②

马瑞芳新校新评

聊斋志异

[清] 蒲松龄 著　马瑞芳 评注

商务印书馆
The Commercial Press

卷二

刘海石

刘海石，蒲台人[1]，避乱于滨州[2]，时十四岁，与滨州生刘沧客同函丈[3]，因相善，订为昆季[4]。无何，海石失怙恃[5]，奉丧而归[6]，音问遂阙。沧客家颇裕，年四十，生二子，长子吉，十七岁，为邑名士，次子亦慧。沧客又内[7]邑中倪氏女，大嬖之[8]。①后半年，长子患脑痛卒，夫妻大惨。无几何，妻病，又卒，逾数月，长媳又死，而婢仆之丧亡，且相继也。沧客哀悼，殆不能堪。

一日，方坐愁间，忽阍人通海石至。沧客喜，急出门迎以入。方欲展寒温[9]，海石忽惊曰："兄有灭门之祸，不知耶？"②沧客愕然，莫解所以。海石曰："久失闻问，窃意近况，未必佳也。"沧客泫然[10]，因以状对，海石欷歔，既而笑曰："灾殃未艾，余初为兄吊也[11]。然幸而遇仆，请为兄贺。"沧客曰："久不晤，岂近精'越人术'耶[12]？"海石曰："是非所长。阳宅风鉴[13]，颇能习之。"沧客喜，便求相宅。海石入宅，内外遍观之，已而请睹诸眷口。沧客从其教，使子媳婢妾，俱见于堂，沧客一一指示。至倪，海石仰天而视[14]，大笑不已。③众方惊疑，但见倪女战栗无色，身暴缩短，仅二尺余。海石以界方击其首[15]，作石缶声[16]。海石揪其发，检脑后，见白发数茎，欲拔之，女缩项跪啼，言即去，但求勿拔。海石怒曰："汝凶心尚未死耶？"就项后拔去之。女随手而变，黑色如狸[17]。众大骇，海石掇纳袖中[18]，顾子妇曰："媳受毒已深，背上当有异，请验之。"妇羞，不肯袒示。刘子固强之，见背上白毛长四指许。海石以针挑出，曰："此毛已老，七日即不可救。"又顾刘子，亦有毛，裁二指。曰："似此可月余死耳。"沧客以及婢仆并刺之。

①狐媚如何媚人未写，奇怪的是，其重点媚的对象沧客居然无事。

②突兀而来，石破天惊。

③海石之笑，乃驱魔利剑。驱狐，无呵斥之声而只有笑声。

④"山石"者,岩。

⑤豪爽的笑。惬意的笑。

⑥狸身上的毛决定其道行,这样的构思是不是学习《西游记》里孙悟空的几茎猴毛?

⑦"拔一毛犹不肯"的小说谐趣情节,蒲松龄是从《西游记》学来,观音菩萨降伏红孩儿小妖时曾和孙悟空开过这样的玩笑。

曰:"仆适不来,一门无噍类矣〔19〕。"问:"此何物?"曰:"亦狐属。吸人神气以为灵,最利人死。"沧客曰:"久不见君,何能神异如此!无乃仙乎?"笑曰:"特从师习小技耳,何遽云仙。"问其师,答云:"山石④道人。适此物,我不能死之,将归献俘于师〔20〕。"言已,告别。觉袖中空空,骇曰:"忘之矣!尾末有大毛未去,今已遁去。"众俱骇然。海石曰:"领毛已尽,不能作人,止能化兽,遁当不远。"于是入室而相其猫,出门而嗾其犬,皆曰无之。启圈笑曰:"在此矣。"沧客视之,多一豕,闻海石笑⑤,遂伏,不敢少动。提耳捉出,视尾上白毛一茎,硬如针⑥。方将检拔,而豕转侧哀鸣,不听拔。海石曰:"汝造孽既多,拔一毛犹不肯耶⑦?"执而拔之,随手复化为狸。纳袖欲出,沧客苦留,乃为一饭。问后会,曰:"此难预定。我师立愿弘,常使我等遨世上〔21〕,拔救众生,未必无再见时。"及别后,细思其名,始悟曰:"海石殆仙矣!'山石'合一'岩'字,盖吕仙讳也〔22〕。"

校勘

底本:手稿本。参校:二十四卷本、异史、铸雪斋本、青柯亭本。

注释

〔1〕蒲台:明清县名,位于黄河下游南端,清代属山东武定府,今并入博兴。〔2〕滨州:明清州名,位于黄河入海口,清代属山东武定府,今山东滨州市,〔3〕同函丈:在同一个私塾读书的同学。函丈,指上学时所坐座位与老师相距一丈。《礼记·曲礼上》:"席间函丈。"后来也可以作为对老师及前辈学者的敬称。〔4〕昆季:兄弟。〔5〕失怙恃:父母双亡。〔6〕奉丧而归:送灵柩回家。〔7〕内:同"纳",指纳妾。〔8〕大嬖(bì):非常宠爱。〔9〕展寒温:问候,寒暄。〔10〕泫然:流泪。〔11〕为兄吊:为老兄家已亡故的人哀悼。〔12〕越人术:医术。战国时名医扁鹊,姓秦,名越人,后来就用越人术称医术。〔13〕阳宅风鉴:星相家看住宅风水与人物面相,以决吉凶。〔14〕仰天而视:

古代星相家的常规动作。《史记·龟策列传》："卫平乃援式而起，仰天而视月之光，观斗所指，定日处乡。"〔15〕界方：戒尺。用硬木或玉石、水晶做成的文具，用来压书本。私塾中用作对学童体罚的工具。〔16〕石缶声：石盆的声音。〔17〕狸：豹猫，亦称"山猫""钱猫""狸猫"，状如家猫而体大似家猫。〔18〕掇（duō）：抓。〔19〕噍（jiào）类：活人。噍，咀嚼，吃饭的意思。《汉书·高帝纪》："（项羽）尝攻襄城，襄城无噍类。"〔20〕献俘：军队凯旋时以所获俘虏献给朝廷、宗庙、主帅。〔21〕遨：漫游。〔22〕吕仙：即吕洞宾，名岩。传说是唐代的进士，后成仙得道，世称吕祖。元代封为纯阳演政警化孚佑帝君，与钟离汉、张果老、韩湘子、蓝采和、曹国舅、铁拐李、何仙姑并称"八洞神仙"。"山石道人"是用拆字法，以"山石"隐其名"岩"。

点评

蒲松龄特别喜爱八仙中的吕祖，《聊斋》数篇（如《吴门画工》）与他有关。此文渲染吕洞宾弟子捉狸妖的谐趣过程。狐是妖兽，狐媚可以致命，是传统观念。识狐妖、捉狐妖成为传统题材。狸同样可以害人，刘海石以驱狸、救众生为己任，慧眼识狸、拔毛治狸的过程，活画出一个道行高明、性格豪爽的人物形象。

刘海石

妖祸潜兴眷
莫逃何期援
手有同袍挺
姜侠急戚惕
悸犹是衰乌
惜一毛

谕鬼 [1]

青州石尚书茂华为诸生时[2]，郡门外有大渊[3]，不雨亦不涸。邑中获大寇数十名刑于渊上[4]。鬼聚为祟，经过者辄被曳入。一日，有某甲正遭困厄，忽闻群鬼惶窜曰："石尚书至矣！"未几，公至，甲以状告。公以垩灰题壁[5]①，示云："石某为禁约事：照得厥念无良，致婴雷霆之怒[6]；所谋不轨，遂遭斧钺之诛[7]。只宜返罔两之心，争相忏悔[8]；庶几洗髑髅之血，脱此沉沦[9]。尔乃生已极刑，死犹聚恶[10]。跳踉而至，披发成群[11]；踯躅以前，搏膺作厉[12]。黄泥塞耳，辄逞鬼子之凶[13]；白昼为妖，几断行人之路！彼丘陵三尺外，管辖由人[14]；岂乾坤两大中，凶顽任尔[15]？谕后各宜潜踪，勿犹怙恶[16]。无定河边之骨，静待轮回[17]；金闺梦里之魂，还践乡土[18]。如蹈前愆[19]，必贻后悔！"自此鬼患遂绝，渊亦寻干。

① 就用白灰写到墙壁上，太随意也太潇洒了吧。

校勘

底本：手稿本。参校：二十四卷本、异史、铸雪斋本。

注释

[1]谕：告知。[2]青州石尚书茂华：石茂华（1522—1583），字居采，青州人，明代嘉靖年间曾任扬州知府、兵部尚书。著有《宁夏志》《衍庆堂集》，康熙十二年（1673）《青州府志》有传。诸生，即秀才。[3]郡门：青州城门。大渊：大水塘。[4]邑：指益都县。刑于渊上：在水塘边行刑。[5]垩（è）灰：石灰。[6]"照得"两句：察得你们这帮鬼心存恶念，引起官府的震怒。厥，代词。婴，遭受。[7]"所谋"两句：因为不法行为，遭受了极刑。[8]"只宜"两句：只应该改掉鬼蜮害人之心，好好忏悔。罔两，古代传说中的一种精怪。

〔9〕"庶几"两句：应该洗掉受刑的污血和被杀的罪恶，不要继续沉沦地下做恶鬼。髑髅（dú lóu），死人的头盖骨。〔10〕"尔乃"两句：你们这些人活着时是遭受极刑的罪犯，死了还聚集到一起作恶。〔11〕"跳踉"两句：跳跃而来，披散着头发聚集成一伙。〔12〕"踯躅"两句：徘徊向前，捶打着胸膛作厉鬼吓人。〔13〕"黄泥"两句：已经被黄泥埋住了耳朵，还要逞厉鬼的威风。〔14〕"彼丘陵"两句：鬼应当老老实实待在三尺坟墓里，坟墓之外是人间官吏管辖的地方。〔15〕"岂乾坤"两句：岂能天地之间任由你们这些恶鬼凶恶作祟？〔16〕"谕后"两句：看到这个告示后，所有的鬼都必须销声匿迹，不要继续作恶。〔17〕"无定"两句：你们就像无定河边的枯骨一样，等待着轮回转世吧。〔18〕"金闺"两句：你们还活在妻子的梦想中，盼望着你们能回归故土。〔19〕如蹈前愆：如果再重新走上作恶鬼的路。

点评

正直文人官吏写文章宣谕恶鬼或怪兽，命令其销声匿迹，韩愈首开先河。唐宪宗元和十四年（819）刑部侍郎韩愈因谏迎佛骨，被贬到岭南做潮州刺史。初到潮州，问民疾苦，知恶溪鳄鱼作怪，遂以一猪一羊为祭，撰《祭鳄鱼文》，祝后溪中暴风震电，数日水涸，鳄鱼潜踪。历代一些有功名的文人竞相模仿。蒲松龄写此文，托名石茂华，实际文风与《聊斋文集》的骈文极其相似。

石尚书是真实的历史人物，他是否写过谕鬼的告示？可能仅仅是传闻。蒲松龄借用这个传闻写出这篇美文。四六文体，文采飞扬，对仗工整，用典精辟。英国大百科全书曾说《聊斋志异》达到了中国古典散文的高峰，这篇短文就是例证。从蒲松龄手稿看，此文似乎文不加点，其实是精心推敲而成。

手復化為鯉納袖欲出潛客皆不及見為一月下後會尚此難再必矣我師立朝弘常便我等遨世上復救衆生未必無再見時及別后細思其名始悟曰海石殆仙笑山石合一岩字盍呂仙翁諱也

○詼鬼

青州石尚書萃菴為諸生時郡門外有大潭不雨亦不涸邑中獲大惡煞者刑於潭上見聚為紫傘逕有轝被曳入日有某甲坐輿困尼忽聞摩鬼懼當訊曰石尚書至笑未幾公至甲以狀告公以靈灰題壁示云石其為禁約事始得厭會無良致嬰雷霆之怒師謀不軌遂運鈇鉞之誅聖空返固西之心爭相懺悔庶幾洗髑髏之血悦世況淪漪乃生已極刑死猶聚為蒼跳踉

泥鬼

余乡唐太史济武〔1〕，数岁时，有表亲某相携戏寺中。太史童年磊落〔2〕，胆即最豪，见庑中泥鬼睁琉璃眼，甚光而巨，爱之，阴以指抉取〔3〕，怀之而归。既抵家，某暴病不语，移时，忽起，厉声曰："何故掘吾睛！"嗓叫不休。众莫之知，太史始言所作。家人乃祝曰："童子无知，戏伤尊目，行奉还也〔4〕。"乃大言曰："如此，我便当去。"言讫，仆地遂绝，良久而苏。问其所言，茫不自觉。乃送睛仍安鬼眶中。

异史氏曰："登堂索睛，土偶何其灵也。顾太史抉睛，而何以迁怒于同游？盖以玉堂之贵〔5〕，而且至性觙觙〔6〕，观其上书北阙，拂袖南山〔7〕，神且惮之，而况鬼乎〔8〕？"

校勘

底本：手稿本。参校：二十四卷本、异史、铸雪斋本。

注释

〔1〕唐太史济武：明清以修史职归翰林院，故称翰林为"太史"。唐梦赉（1628—1698），字济武，别号豹岩。淄川人，顺治六年（1649）进士，官至翰林院检讨，年未三十罢归，卜居淄川东南豹山，著有《志壑堂集》，曾为《聊斋志异》写序，《聊斋文集》有多篇诗文涉及他。乾隆四十一年（1776）《淄川县志》有传。〔2〕磊落：光明正大，胸怀坦荡。〔3〕抉取：挖取。〔4〕行奉还：就要送回。〔5〕玉堂之贵：玉堂原为官署名，汉侍中有玉堂署，宋代之后称翰林院为玉堂。宋太宗曾手书"玉堂之署"挂在翰林院。唐梦赉曾任翰林院检讨，故蒲松龄以"玉堂之贵"誉之。〔6〕至性觙觙：性格刚直。至性，天赋出类拔萃的秉性。觙觙，刚直之貌。〔7〕上书北阙，拂袖南山：语出孟浩然《岁暮归南山》："北阙休上书，南山归敝庐。"北阙，古代皇宫北面的门楼，是朝臣等候皇帝接见或上书奏事的所在。南山，原指孟浩然的襄阳故园，此处指淄川豹山。唐梦赉因上书论政，被罢官。〔8〕神且惮之，而况鬼乎：神都害怕，何况是鬼？唐梦赉任翰林院检讨时曾反对翰林院翻译明代流行的道教劝善书《文昌化书》，

认为该书"曲说不典，无裨圣化"。

> **点评**
>
> 鬼怕恶人，鬼更怕贵人，这是传统观念。唐太史小时抉了鬼偶的眼睛，鬼不敢惹他，就拿他的同游者出气，鬼也欺软怕硬，可笑。蒲松龄青年时代曾随同高珩、唐梦赉游劳山，他们是积极支持蒲松龄写《聊斋志异》的前辈，深受蒲松龄的尊敬，《聊斋》中有数篇故神其事的作品。

泥鬼

遷怒無端嘆土偶
童年嬉戲不尋常
人情勢利休相誚
泥鬼猶知附玉堂

梦别

王春李先生之祖〔1〕，与先叔祖玉田公交最善〔2〕。一夜梦公至其家，黯然相语。问："何来？"曰："仆将长往，故与君来别耳。"问："何之？"曰："远矣。"遂出。送至谷中，见石壁有裂罅〔3〕，便拱手作别，以背向罅，逡巡倒行而入，呼之不应，因而惊寤。及明以告太公敬一〔4〕，且使备吊具〔5〕，曰："玉田公捐舍矣〔6〕！"太公请先探之，信而后吊之。不听，竟以素服往，至门则提幡〔7〕挂矣。呜呼！古人于友，其死生相信如此，丧舆待巨卿而行〔8〕，岂妄哉！

校勘

底本：手稿本。参校：二十四卷本、异史、铸雪斋本。

注释

〔1〕王春李先生之祖：李王春先生的祖父李宪。淄川人，清顺治四年（1647）进士，曾任浙江湖州安吉县知县，著有《四香斋集》，乾隆四十一年（1776）《淄川县志》有传。李王春是蒲松龄终生挚友李尧臣（字希梅）的父亲。〔2〕先叔祖玉田公：蒲松龄的叔祖蒲生汶，字澄甫，明万历二十年（1592）进士，乾隆四十一年（1776）《淄川县志》有传。曾任福建玉田知县，故称"玉田公"。〔3〕裂罅（xià）：裂缝。〔4〕太公敬一：李王春的父亲李敬一。乾隆四十一年《淄川县志》有传。〔5〕吊具：吊丧物品。〔6〕捐舍：捐馆舍，死亡的婉辞。〔7〕提幡：亦称"招魂幡"，丧家挂在门前的吊丧标识，上书丧者名讳、生卒年月日。〔8〕丧舆待巨卿而行：据《后汉书·范式传》：范式，字巨卿，与汝南张劭为好友。张死后托梦给范式，告以丧期并嘱其临丧。届时，范式素车白马千里往吊，范未至，灵柩抬到墓地时不肯动，范式到来，叩关吊唁，为张执绋，灵柩前行，如期安葬。丧舆，运载灵柩的车子。

点评

良朋梦魂相通，这是现代医学也未能解释的现象，古代多有记载，以《后汉书》

范式、张劭的故事最有名。蒲松龄的叔祖与朋友梦别，是传闻，但不管是梦别的本人还是梦别的对象都是真人，有一定可信性，短短的文章将朋友之间的至情写得很感人。好友最后梦中相见"黯然相语"，沉重感伤。逡巡倒行而入石壁裂罅，充满对人生和朋友的依恋，文字简净而有深情。

梦别

梦境依稀话别情
黯然相对感生平
素车白马临丧日
何异衾舆待巨卿

犬灯

韩光禄大千之仆〔1〕，夜宿厦间〔2〕，见楼上有灯如明星，未几，荧荧飘落，及地，化为犬。睨之，转舍后去，急起，潜尾之〔3〕，入园中化为女子。心知其狐，还卧故所。俄，女子自后来，仆阳寐以观其变。女俯而撼之，仆伪作醒状，问其为谁，女不答。仆曰："楼上灯光，非子也耶？"女曰："既知之，何问焉？"遂共宿止。昼别宵会，以为常。

主人知之，使二人夹仆卧，二人既醒，则身卧床下，亦不知堕自何时。主人益怒，谓仆曰："来时，当捉之来；不然，则有鞭楚！"仆不敢言，诺而退，因念：捉之难；不捉，惧罪。展转无策。忽忆女子一小红衫，密着其体，未肯暂脱，必其要害，执此可以胁之。夜分，女至，问："主人嘱汝捉我乎？"曰："良有之。但我两人情好，何肯此为？"及寝，阴揃其衫，女急啼，力脱而去。从此遂绝。

后仆自他方归，遥见女子坐道周〔4〕，至前，则举袖障面。仆下骑，呼曰："何作此态？"女乃起，握手曰："我谓子已忘旧好矣。既恋恋有故人意，情尚可原。前事出于主命，亦不汝怪也。但缘分已尽，今设小酌，请入为别。"时秋初，高粱正茂。女携与俱入，则中有巨第。系马而入，厅堂中酒肴已列。甫坐〔5〕，群婢行炙〔6〕。日将暮，仆有事欲覆主命，遂别。既出，则依然田陇耳。

校勘

底本：手稿本。参校：二十四卷本、异史、铸雪斋本。

注释

〔1〕韩光禄大千：韩茂椿，字大千，其父韩源，崇祯元年（1628）进士，明代礼科给事中，入清后任太仆寺卿、通政使司右通政。韩大千是岁贡生，因恩荫授光禄寺署丞，故称"韩光禄"。乾隆四十一年（1776）《淄川县志》有传。韩家为淄川望族，《聊斋志异》有数篇故事与之有关。〔2〕厦间：房廊。〔3〕潜尾之：在后边悄悄跟随它。〔4〕道周：道旁。〔5〕甫坐：刚刚坐下。〔6〕行炙：行酒布菜。

点评

  狐狸精先变成灯火，再变成犬，最后现身为女子，这是新的写法。狐女对男仆先是热情主动追求，几乎被害后仍不计前嫌，设宴话别，男仆则一直处于被动状态，面目模糊不清。在《聊斋》狐狸精故事中，本篇是较一般的一篇。

犬灯

明铛一幻作牺牲
卢生幻遇成缘
世殊怀缨红衫
非立命相逢肯
读者情无

卷三

番僧〔1〕

释体空言〔2〕：在青州见二番僧〔3〕，像貌奇古，耳缀双环，被黄布，须发鬖如，自言从西域来。闻太守重佛，谒之，太守遣二隶，送诣丛林〔4〕，和尚灵馨不甚礼之。执事者见其人异〔5〕，私款之，止宿焉。或问："西域多异人，罗汉得毋有奇术否〔6〕？"其一辴然笑〔7〕，出手于袖，掌中托小塔，高裁盈尺，玲珑可爱。壁上最高处，有小龛，僧掷塔其中，蠹然端立，无少偏倚。视塔上有舍利放光〔8〕，照耀一室。少间，以手招之，仍落掌中。其一僧乃袒臂，伸左肱〔9〕，长可六七尺，而右肱缩无有矣；转伸右肱，亦如左状①。

①《西游记》写过通背猿。清代作家赵翼《檐曝杂记·独秀山黑猿》有过类似记述。

校勘

底本：手稿本。参校：二十四卷本、异史、铸雪斋本、青柯亭本。

注释

〔1〕番僧：来自西域的和尚。〔2〕释体空：体空和尚。释，佛祖释迦牟尼的简称，也用来称呼僧人或佛教。〔3〕青州：明清府名，今山东省青州市。〔4〕送诣丛林：把番僧送去跟中国和尚住一起。丛林，众僧住在一起，谓"丛林"。〔5〕执事者：寺院里管理杂务的僧人。〔6〕罗汉：对番僧的尊称。〔7〕辴（chǎn）：笑的样子。〔8〕舍利：即舍利子，传说释迦牟尼火化后形成的珠状物，可以放光。〔9〕肱（gōng）：胳膊由肘到肩的部分。

点评

青州是佛教重地，向来寺院鼎盛，官员好佛者很多。俗话说"外来的和尚好念经"，本文记的正是外来的和尚。须发鬖如，是其外形特点；舍利放光，说明番僧有些真正的佛教宝物；而伸肱作戏，又近于魔术。外来和尚不念经，虽然有官员撑腰，却在寺院遭受冷遇。本篇纯是记异，属于琐闻之类。

番僧

掷朱一塔无偶倚
展出双肱立屈伸
异哉番僧多异术
赖麻今不有奇人

狐妾①

① 狐妾，狐狸精小老婆，狐狸精二奶。实际上狐妾亦狐亦人，本是汾州令的女儿，受官衙内狐狸精蛊惑有了狐狸精能力，狐狸精教她各种法术，结果她"飘然若狐"，变成法术超常的狐狸精。

莱芜刘洞九官汾州〔1〕，独坐署中，闻亭外笑语，渐近，入室，则四女子：一四十许，一可三十，一二十四五已来，末后一垂髫者，并立几前，相视而笑。刘固知官署多狐，置不顾。少间，垂髫者出一红巾，戏抛面上，刘拾掷窗间，仍不顾。四女一笑而去。

一日，年长者来，谓刘曰："舍妹与君有缘，愿无弃菅菲〔2〕。"刘漫应之，女遂去。俄偕一婢，拥垂髫儿来，俾与刘并肩坐。曰："一对好凤侣〔3〕，今夜谐花烛。勉事刘郎，我去矣。"刘谛视，光艳无俦〔4〕，遂与燕好。诘其行踪，女曰："妾固非人，而实人也。妾前官之女，蛊于狐，奄忽以死，瘗园内，众狐以术生我，遂飘然若狐。"刘因以手探尻际，女觉之笑曰："君将无谓狐有尾耶？"转身云："请试扪之。"自此，遂留不去，每行坐与小婢俱，家人俱尊以小君礼〔5〕。婢媪参谒，赏赍甚丰。②

② 虽是妾，且是狐妾，但非常有派头，有自尊。

值刘寿辰，宾客烦多，共三十余筵，须庖人甚众；先期牒拘〔6〕，仅一二到者。刘不胜恚。女知之，便言："勿忧。庖人既不足用，不如并其来者遣之。妾固短于才，然三十席亦不难办。"刘喜，命以鱼肉姜桂，悉移内署。家中人但闻刀砧声，繁碎不绝。门内设一几，行炙者置桦其上〔7〕，转视则肴俎已满。托去复来，十余人络绎于道，取之不竭。末后，行炙人来索汤饼〔8〕。内言曰："主人未尝预嘱，咄嗟何以办〔9〕？"既而曰："无已〔10〕，其假之。"少顷，呼取汤饼，视之，三十余碗，蒸腾几上。客既去，乃谓刘曰："可出金资，偿某家汤饼。"刘使人将直去。则其家失汤饼，方共惊疑，使至，疑始解。③

③ 狐妾的能力在应对一个一个困境时表现出来。狐妾能力之一：一个人独办三十宴。

一夕，夜酌，偶思山东苦酺〔11〕，女请取之。遂

④狐妾能力之二：千里之外摄取美酒。

⑤狐妾能力之三：预知百里外仆人无礼，恰当惩治之，通情达理训之安抚之。

⑥狐妾能力之四：巧妙惩罚无良的学使。张道一是真实的历史人物，据历史记载，为人还算正直，不知为何蒲松龄多次讽刺他。

⑦狐妾能力之五：暗存不轨之心的女婿被吓得胫股皆软。

出门去，移时返曰："门外一罂可供数日饮〔12〕。"刘视之，果得酒，真家中瓮头春也。④

越数日，夫人遣二仆如汾。途中一仆曰："闻狐夫人犒赏优厚，此去得赏金，可买一裘。"女在署已知之，向刘曰："家中人将至。可恨伧奴无礼〔13〕，必报之。"明日，仆甫入城，头大痛，至署，抱首号呼，共拟进医药。刘笑曰："勿须疗，时至当自瘥。"众疑其获罪小君。仆自思：初来未解装，罪何由得？无所告诉，漫膝行而哀之〔14〕。帘中语曰："尔谓'夫人'则已耳〔15〕，何谓'狐'也？"仆乃悟，叩不已。又曰："既欲得裘，何得复无礼？"已而曰："汝愈矣。"言已，仆病若失。仆拜欲出，忽自帘中掷一裹出，曰："此一羔羊裘也，可将去。"仆解视，得五金。⑤刘问家中消息，仆言都无事，惟夜失藏酒一罂，稽其时日，即取酒夜也。群惮其神，呼之"圣仙"，刘为绘小像。

时张道一为提学使〔16〕，闻其异，以桑梓谊诣刘，欲乞一面，女拒之。刘示以像，张强携而去。归悬座右，朝夕祝之云："以卿丽质，何之不可？乃托身于鬖鬖之老！下官殊不恶于洞九，何不一惠顾？"女在署，忽谓刘曰："张公无礼，当小惩之。"一日张方祝，似有人以界方击额，崩然甚痛。⑥大惧，反卷。刘诘之，使隐其故而诡对之〔17〕。刘笑，曰："主人额上得毋痛否？"使不能欺，以实告。

无何，婿亓生来，请觐之，女固辞，亓请之坚。刘曰："婿非他人，何拒之深？"女曰："婿相见，必当有以赠之。渠望我奢，自度不能满其志，故适不欲见耳。"既固请之，乃许以十日见。及期，亓入，隔帘揖之，少致存问。仪容隐约，不敢审谛。即退，数步之外，辄回眸注盼。但闻女言曰："阿婿回首矣！"言已大笑，烈烈如鸮鸣〔18〕。亓闻之，胫股皆软，摇摇然如丧魂魄。⑦既出，坐移时，始稍定。乃曰："适闻笑声，如听霹雳，竟不觉身为己有。"少顷，婢以女命，赠亓二十金。亓受之，谓婢曰："圣仙日与丈人居，宁不知我素性挥霍，不惯使小钱耶？"女闻之曰："我固知其然。囊底适罄；向结伴至汴梁[19]，其城为河伯占据[20]，库藏皆没水中，入水各得些须，何能饱无餍之求？且我纵能厚馈，彼福薄，亦不能任。"

女凡事能先知，遇有疑难，与议，无不剖[21]。一日，并坐，忽仰天大惊曰："大劫将至，为之奈何！"刘惊问家口，曰："余悉无恙，独二公子可虑。此处不久将为战场，君当求差远去，庶免于难。"刘从之，乞于上官，得解饷云贵间[22]。道里辽远，闻者吊之，而女独贺。无何，姜瓖叛[23]，汾州没为贼窟。刘仲子自山东来，适遭其变，遂被害。城陷，官僚皆罹于难，惟刘以公出得免。⑧盗平，刘始归。寻以大案罣误[24]，贫至饔飧不给[25]，而当道者又多所需索，因而窘忧欲死。女曰："勿忧，床下三千金，可资用度。"刘大喜，问："窃之何处？"曰："天下无主之物，取之不尽，何庸窃乎！"⑨刘借谋得脱归[26]，女从之。后数年忽去，纸裹数事留赠，中有丧家挂门之小幡，⑩长二寸许，群以为不祥。刘寻卒。

⑧狐妾能力之六：预知战乱，帮刘洞九逃脱。

⑨狐妾能力之七：发无主藏银救急。

⑩狐妾能力之八：预知刘的死期。

校勘

底本：手稿本。参校：二十四卷本、异史、铸雪斋本、青柯亭本。

注释

[1]莱芜：明清县名，明末清初属济南府，今山东莱芜市。刘洞九：即刘澄淇（1586—1659），字洞九，号筠叟，莱芜人，崇祯十三年（1640）贡生，顺治四年（1647）任汾州府通判。康熙十二年（1673）《新修莱芜县志》有传。[2]无弃葑（fēng）菲：不要因为贫贱而抛弃她。葑，蔓菁。菲，萝卜。[3]凤侣：美好的情侣。凤，凤凰，喻夫妻。[4]无俦：无与伦比。[5]尊以小君礼：对狐妾以夫人之礼对待。小君，亦称"少君"，诸侯夫人的称呼。[6]先期牒拘：先发公文征调。[7]柈（pán）：盘子。[8]汤饼：水煮的面食，应为酒

席结束时上的汤面。〔9〕咄嗟何以办：没做准备，怎么能一声吩咐就做好呢？〔10〕无已：不得已。〔11〕山东苦醁(lù)：山东带苦味的美酒。〔12〕罂(yīng)：瓦制酒坛。〔13〕伧奴：无理的奴才，下贱的奴才。〔14〕漫膝行：姑且跪着行走。〔15〕尔谓"夫人"则已耳：你叫"夫人"也就罢了。〔16〕张道一：即张四教（1602—1694），字道一，莱芜人，顺治三年（1646）进士，曾任山西提学佥事。康熙十二年《新修莱芜县志》有传。提学使，又名提学道，明代中期设置，南、北两京与十三布政使司各设一人，任期三年，负责考察辖区内生员，定各地教官，遴选乡试阅卷人员。〔17〕隐其故而诡对之：隐瞒了真实缘故编个瞎话告诉对方。〔18〕烈烈如鸮鸣：笑声高亢激越，像猫头鹰的叫声。〔19〕汴梁：开封。〔20〕河伯：河神。〔21〕无不剖：没有不能分析清楚的。〔22〕解饷云贵间：押解军饷到云南贵州。〔23〕姜瓖：明末大同总兵。曾降清，1648年起兵抗清，北起大同，南至于蒲州，攻陷山西多个县州。清朝廷派兵镇压，1649年兵败。史称"姜瓖之乱"。〔24〕大案罣误：受到他人大案要案的牵连。〔25〕饔飧不给：吃不上饭。〔26〕借谋得脱归：借助狐妾的计谋脱身回家。

点评

《狐妾》有较多怪异成分，狐女妾其实亦人亦狐，且"狐性"较其他著名狐女如婴宁、红玉更突出，但蒲松龄描写她的神奇"狐性"正是为了创造一个特异的富有挑战性与应对能力，又忠心耿耿的人物，因而这种"狐性"带有明显的惩恶扬善的道德倾向。狐妾能摄取远处的物品应急，但不是白白使用，她的法力不用来获取私利；她能预知百里之外的闲言碎语并采取相应措施，但只是为了维持自尊心，并没有为患他人；她对伤害自己的人迎头痛击，但适可而止，对提学使和女婿各有对策，并非一概而论。纵观她跟刘洞九的关系，她是个付出者，而不是索取者；刘洞九是她自己的选择，她也忠于这一选择。对年龄大的刘洞九绝无二心，不对自称"下官殊不恶于洞九"的提学使动心，也不对更年轻的女婿动心。狐妾既有狐性、狐力、狐媚，更有着人性、人情、理性，是作者用"狐性"对现实人物理想化的结果。

瓶姜

刀砧聲裏走廚娘
扠腰似菁年結
秀美一領羊裘
原細事丈人生
出津言狐

雷曹〔1〕

①乐云鹤照顾亡友家属的结果，是亡友投胎做其光宗耀祖的好儿子。

②暗喻天上来客。

乐云鹤、夏平子二人，少同里，长同斋〔2〕，相交莫逆。夏少慧，十岁知名。乐虚心事之，夏亦相规不倦〔3〕。乐文思日进，由是名并著。而潦倒场屋〔4〕，战辄北〔5〕。无何，夏遘疫卒〔6〕，家贫不能葬，乐锐身自任之。遗襁褓子及未亡人〔7〕，乐以时恤诸其家；每得升斗，必析而二之，夏妻子赖以活①。于是士大夫益贤乐。乐恒产无多〔8〕，又代夏生忧内顾〔9〕，家计日蹙。乃叹曰："文如平子，尚碌碌以殁，而况于我？人生富贵须及时〔10〕，戚戚终岁，恐先狗马填沟壑〔11〕，负此生矣，不如早自图也。"于是去读而贾。操业半年，家资小泰〔12〕。

一日，客金陵，休于旅舍，见一人颀然而长〔13〕，筋骨隆起〔14〕，彷徨座侧，色黯淡，有戚容。乐问："欲得食耶？"其人亦不语。乐推食食之〔15〕，则以手掬啖，顷刻已尽。乐又益以兼人之馔〔16〕，食复尽；遂命主人割豚胁，堆以蒸饼，又尽数人之餐。始果腹而谢曰〔17〕："三年以来，未尝如此饫饱〔18〕。"乐曰："君固壮士，何飘泊若此？"曰："罪婴天谴〔19〕，不可说也。"问其里居，曰："陆无屋，水无舟，朝村而暮郭耳〔20〕②。"乐整装欲行，其人相从，恋恋不去。乐辞之，告曰："君有大难，吾不忍忘一饭之德。"乐异之，遂与偕行。途中曳与同餐，辞曰："我终岁仅数餐耳。"益奇之。

次日渡江，风涛暴作，估舟尽覆〔21〕，乐与其人悉没江中。俄风定，其人负乐踏波出，登客舟，又破浪去。少时，挽一船至，扶乐入，嘱乐卧守；复跃入江，以两臂夹货出，掷舟中；又入之，数人数出，列货满舟。乐谢曰："君生我亦良足矣〔22〕，敢望珠还哉

〔23〕！"检视货财，并无亡失。益喜，惊为神人，放舟欲行，其人告退。乐苦留之，遂与共济。乐笑云："此一厄也〔24〕，止失一金簪耳。"其人欲复寻之。乐方劝止，已投水中而没。惊愕良久，忽见含笑而出，以簪授乐曰："幸不辱命〔25〕。"江上人罔不骇异。

乐与归，寝处共之。每十数日始一食，食则咙嚼无算〔26〕。一日，又言别，乐固挽之。适昼晦欲雨，闻雷声。乐曰："云间不知何状？雷又是何物？安得至天上视之，此疑乃可解。"其人笑曰："君欲作云中游耶？"少时，乐倦甚，伏榻假寐〔27〕。既醒，觉身摇摇然，不似榻上；开目，则在云气中，周身如絮③。惊而起，晕如舟上。踏之，奭无地〔28〕。仰视星斗，在眉目间。遂疑是梦。细视，星嵌天上，如老莲实之在蓬也〔29〕。大者如瓮，次如瓿〔30〕，小如盎盂。以手撼之，大者坚不可动；小星动摇，似可摘而下者。遂摘其一，藏袖中④。拨云下视，则银河苍茫，见城郭如豆⑤。愕然自念：设一脱足，此身何可复问？

俄见二龙夭矫〔31〕，驾缦车来〔32〕，尾一掉，如鸣牛鞭〔33〕。车上有器，围皆数丈，贮水满之。有数十人，以器掬水，遍洒云间。忽见乐，共怪之。乐审所与壮士在焉，语众曰："是吾友也。"因取一器，授乐令洒。时苦旱，乐接器排云，遥望故乡，尽情倾注⑥。未几，谓乐曰："我本雷曹，前误行雨，罚谪三载。今天限已满〔34〕，请从此别。"乃以驾车之绳万丈掷前，使握端缒下。乐危之，其人笑言："不妨。"乐如其言，飂飂然瞬息及地〔35〕⑦。视之，则堕立村外。绳渐收入云中，不可见矣。时久旱，十里外雨仅盈指，独乐里沟浍皆满〔36〕。

归探袖中，摘星仍在。出置案上，黯黝如石〔37〕；入夜，则光明焕发，映照四壁。益宝之，什袭而藏〔38〕。每有佳客，出以照饮。正视之，则条条射目〔39〕。一夜，妻坐对握发〔40〕，忽见星光渐小如萤，

---

③乐云鹤的感觉很像航天员太空失重，不知蒲松龄如何琢磨出来。

④一饭之报，救乐云鹤不死，并拯其财物，表面已是大报，实际上仍是小报。按古人观点，不孝有三，无后为大。报以佳儿，才是厚报、大报。
乐云鹤顺手牵羊，把未来的儿子从天上摘下来了。

⑤古代文学关于太空十分优美、颇具表现力的文字。想象丰富、奇特，看到下边城郭如豆，则又似现代乘宇宙飞船或飞机观地面的描述。

⑥天神行雨，像老农种田，有趣！而向家乡降雨，有小小的私心，形象真实可信。

⑦但明伦评："上天下地，行如无事。非胸中磊落者，何以得此？"

⑧天上携来，口中咽下。今日手中小星变他日掌上明珠，妙哉！

流动横飞。妻方怪咤，已入口中，咯之不出，竟已下咽⑧。愕奔告乐，乐亦奇之。既寝，梦夏平子来，曰："我少微星也〔41〕。君之惠好，在中不忘〔42〕。又蒙自上天携归，可云有缘。今为君嗣，以报大德。"乐三十无子，得梦甚喜。自是，妻果娠。及临蓐〔43〕，光耀满室，如星在几上时，因名"星儿"。机警非常，十六岁及进士第。

异史氏曰："乐子文章名一世，忽觉苍苍之位置我者不在是，遂弃毛锥如脱屣〔44〕，此与燕颔投笔者〔45〕，何以少异？至雷曹感一饭之德，少微酬良朋之知，岂神人之私报恩施哉？乃造物之公报贤豪耳。"

校勘

底本：手稿本。参校：二十四卷本、异史、铸雪斋本、青柯亭本。

注释

〔1〕雷曹：雷公。曹，对管某事的官员的称呼。《三国志·蜀书·杜琼传》："古者名官职不言曹，始自汉已来，名官尽言曹，吏言属曹，卒言侍曹。"〔2〕同斋：同学。〔3〕规：帮助。〔4〕潦倒场屋：科举考场上不得志。〔5〕战辄北：考试总是失败。〔6〕遘疫卒：感染疾病而死。〔7〕襁褓子及未亡人：婴儿和寡妇。襁褓，背负婴儿的带子和被子，借指婴儿。未亡人，妇人夫死，自称"未亡人"。〔8〕恒产：固定财产，如土地、房屋、商铺等。〔9〕忧内顾：担忧和照顾夏家内部事务，照顾其妻儿生活。〔10〕富贵须及时：要在盛年获得富贵。〔11〕恐先狗马填沟壑：在狗马死去前，自己已死。语出《史记·平津侯主父列传》："（公孙弘）乃上书曰：'……臣弘行能不足以称，素有负薪之病，恐先狗马填沟壑，终无以报德塞责。愿归侯印，乞骸骨，避贤者路。'"填沟壑，古人对死的委婉说法。〔12〕小泰：小康。〔13〕颀（qí）然而长：个头很高。颀然，修长貌。〔14〕筋骨隆起：骨感面貌。〔15〕推食食（sì）之：把食物给他吃。第二个"食"是动词。〔16〕兼人之馔：两个人的饭菜。〔17〕果腹：吃饱。〔18〕饫（yù）饱：吃得很饱。〔19〕罪婴天谴：因犯罪受到上天惩罚。婴，遭受。〔20〕"陆无屋"三句：地上没有房，水上没有船，终日漂泊在城市和乡村之间。这句话隐含此人

是天上来的。〔21〕估舟：商船。〔22〕生我：救我一命。〔23〕珠还：财物失而复得。《后汉书·孟尝传》：广东合浦产珠，因前任太守多贪秽，珠蚌皆徙去。及孟尝为守，不事采求，珠之徙者皆还故处。后人以"珠还"比喻失物复得。〔24〕厄：灾难。〔25〕幸不辱命：侥幸没有辜负使命。〔26〕无算：不计其数。〔27〕假寐：打盹儿。〔28〕耎（ruǎn）无地：软绵绵踏不着地面。〔29〕老莲实之在蓬：莲子镶嵌在莲蓬中。〔30〕瓿（bù）：瓦器，圆口、深腹、圈足。〔31〕夭矫：屈伸摇摆前进的姿态。〔32〕缦（màn）车：古代不施花纹图饰的车子。〔33〕牛鞭：赶牛的短柄鞭子。〔34〕天限：受天谴的期限。〔35〕飀（liú）飀：轻捷迅速如风。〔36〕沟浍（kuài）：大河沟小河沟。沟为田间行水道，浍为田间排水道。〔37〕黯黝：深黑色。〔38〕什袭而藏：一层一层包起来收藏。〔39〕条条射目：光芒射眼。条条，辐射的光束。〔40〕坐对握发：洗完头发后整理。〔41〕少微星：又名处士星，据《史记·天官书》，是象征士大夫的星。〔42〕在中不忘：内心铭记不忘。〔43〕临蓐（rù）：临产。〔44〕弃毛锥如脱屣：像脱鞋一样把文墨生涯丢掉。毛锥，笔。〔45〕燕颔投笔者：用班超投笔从戎的故事。班超是班彪之子、班固之弟，长得"燕颔虎项"，据说有封侯相。据《后汉书·班超传》，班超早年父死家贫，为官府抄写文书养母，"尝辍业投笔叹曰：'大丈夫无它志略，犹当效傅介子、张骞立功异域，以取封侯，安能久事笔研间乎？'"后投笔从戎，立下大功，得以封侯。

点评

这是个优美的善有善报的故事。乐云鹤为人善良，对亡友夏平子遗属深切关怀，对偶然相遇的饥饿陌生人施以饭菜，都不指望报答。但他得到厚报，进入天空看到雷曹行雨并顺便向家乡施雨。他从天上带下来的小星星成了他光宗耀祖的儿子。蒲松龄在"异史氏曰"明确说明，这不是雷曹的私人行为，而是上天报答好人。雷曹感一饭之德，报答良友，乃是文章要害，也是小说结构的主线。乐云鹤云中行走，是古代小说前所未有的创造。此文笔调明丽优美，比喻形象生动。天上的美景与凡人的心思结合得天衣无缝。

龙戏

踏波而出掌雲上手搖
星辰行雨
回神報
杳由人
事致少
微有
耀卷
珠胎

赌符

韩道士居邑中之天齐庙〔1〕，多幻术，共名之"仙"。先子与最善〔2〕，每适城，辄造之〔3〕。一日与先叔赴邑〔4〕，拟访韩，适遇诸途。韩付钥曰："请先往启门坐，少旋我即至。"乃如其言。诣庙发扃〔5〕，则韩已坐室中。诸如此类。

先是有敝族人嗜博赌，因先子亦识韩。值大佛寺来一僧〔6〕，专事樗蒲〔7〕，赌甚豪。族人见而悦之，罄资往赌，大亏。心益热，典质田产复往，终夜尽丧。邑邑不得志①，便道诣韩，精神惨淡，言语失次。韩问之，具以实告。韩笑云："常赌无不输之理。倘能戒赌，我为汝覆之〔8〕。"族人曰："倘得珠还合浦〔9〕，花骨头当铁杵碎之〔10〕！"

韩乃以纸书符，授佩衣带间。嘱曰："但得故物即已，勿得陇复望蜀也。"又付千钱，约赢而偿之。族人大喜而往。僧验其资，易之〔11〕，不屑与赌。族人强之，请一掷为期〔12〕，僧笑而从之。乃以千钱为孤注〔13〕，僧掷之，无所胜负，族人接色，一掷成采②。僧复以两千为注。又败。僧渐增至十余千，明明枭色，呵之皆成卢雉〔14〕，计前所输，顷刻尽覆。阴念再赢数千亦更佳，乃复博，则色渐劣。心怪之，起视带上，则符已亡矣，大惊而罢。载钱归庙，除偿韩外，追而计之，并末后所失，适符原数也。已乃愧谢失符之罪，韩笑曰："已在此矣。固嘱勿贪，而君不听，故取之。"

异史氏曰："天下之倾家者莫速于博，天下之败德者亦莫甚于博。入其中者，如沉迷海，将不知所底矣〔15〕。夫商农之人，俱有本业；诗书之士，尤惜分阴。负耒横经〔16〕，固成家之正路；清谈薄饮，犹寄兴之生涯〔17〕。尔乃狎比淫朋，缠绵永夜。倾囊倒

---

①手稿本为"邑不得志"，按作者行文习惯，兹从二十四卷本改为"邑邑不得志"。

②这个故事有原型。据蒲松龄亲笔《族谱》（现藏日本庆应义塾大学）记载，蒲松龄高祖蒲世广为人聪慧，才冠当时，有掷钱绝技。其族人蒲节与龙兴寺僧赌钱把田宅输光，求救于他，蒲世广"慨然囊赀往，顷刻间尽复所失"。僧欲求其术，蒲世广回答："我不助恶人为虐也。"

③蒲松龄在"异史氏曰"中写过许多骈文，如《犬奸》《黄九郎》《胭脂》，综合某种社会现象的历史典故，既显示出作者的思想倾向，又表现出杰出的骈文才能。

篚，悬金于岿嶪之天〔18〕；呼雉呵卢，乞灵于淫昏之骨〔19〕；盘旋五木，似走圆珠；手握多章，如擎团扇〔20〕。左觑人而右顾己，望穿鬼子之睛〔21〕；阳示弱而阴用强，费尽魍魉之技〔22〕。门前宾客待，犹恋恋于场头；舍上火烟生，尚眈眈于盆里。忘餐废寝，则久入成迷；舌敝唇焦，则相看似鬼。迨夫全军尽没，热眼空窥，视局中，则叫号浓焉，技痒英雄之臆；顾橐底，而贯索空矣，灰寒壮士之心。引颈徘徊，觉白手之无济；垂头萧索，始玄夜以方归。幸交谪之人眠，恐惊犬吠〔23〕；苦久虚之腹饿，敢怨羹残？既而鬻子质田，冀珠还于合浦〔24〕；不意火灼毛尽，终捞月于沧江〔25〕。及遭败后我方思，已作下流之物；试问赌中谁最善，群指无裤之公。甚而枵腹难堪，遂栖身于暴客；搔头莫度，至仰给于香奁〔26〕。呜呼！败德丧行，倾产亡身，孰非博之一途致之哉！"③

校勘

底本：手稿本。参校：二十四卷本、异史、铸雪斋本、青柯亭本。

注释

〔1〕天齐庙：供奉泰山神的庙宇。唐玄宗曾封泰山神为天齐王。明清以来，各地都有天齐庙。〔2〕先子：已去世的父亲。〔3〕每适城，辄造之：每次到淄川城里，都去天齐庙拜访。〔4〕先叔：已故叔父。〔5〕发扃（jiōng）：开锁。〔6〕大佛寺：淄川一个较大的寺院。〔7〕专事樗（chū）蒲：专门搞赌博。樗蒲，古代对赌博的称呼。用掷骰子决定胜负。骰子以玉石或骨制，六面分别刻一至六点，其点上着色，故骰子又称"色子"。〔8〕覆之：赚回已经输掉的钱。〔9〕珠还合浦：参看《雷曹》"珠还"注。〔10〕花骨头：骰子，多为骨质且各个面颜色不同。〔11〕易之：看不起他的赌本。〔12〕一掷为期：掷一次骰子决胜负。〔13〕孤注：罄其所有，谓之孤注，俗谓"孤注一掷"。〔14〕"明明"两句：明明是可以赢钱的颜色，随着蒲姓族人的吆喝声，都变成输钱的颜色。枭色是上采。〔15〕所底：它的尽头。〔16〕负耒横经：像勤劳的农人一样辛苦劳作，好好向老师学习经书。

〔17〕"清谈"两句：读书人在一起高谈阔论，稍微喝一点儿酒，也是寄托雅兴的方式。〔18〕"狎比"四句：亲近狐朋狗党，整夜在一起聚赌；把家里所有的钱都拿出来，放到最危险的游戏里。崄巇（xiǎn xī），险峻崎岖。〔19〕"呼雉"两句：呼叫着胜采，乞求神灵保佑淫邪智昏的赌徒。〔20〕"盘旋"四句：骰子在转盘中滚动，像圆珠走盘；赌徒手里握着纸牌，像举着一把团扇。〔21〕"左觑"两句：左边看别人的牌，右着顾着自己的牌，望穿秋水，一肚子鬼心眼儿渴望取胜。〔22〕"阳示弱"两句：施尽一切花招，装腔作势，表面说"我不行"，暗地里用劲。〔23〕"幸交谪之人"两句：幸好整天埋怨的妻子睡着了，又怕惊动狗叫。〔24〕"苦久虚"四句：早就饿坏，端起饭碗，哪敢埋怨残汤剩饭？接着得卖掉儿子、典当田产，希望能捞回本钱。〔25〕"不意"两句：没想到再掷还是像大火烧掉须发，终究是江中捞月。〔26〕"甚而"四句：甚至因为饥饿难忍，只好混迹强盗之中；无计可施，只好依靠妻子的嫁妆过活。

点评

赌博败家是非常普遍的问题。蒲松龄对此深恶痛绝。韩道士的赌符可以帮助赌徒把所失尽复，然而再往前走一步，就会再次败家荡产。能够借赌符把所失尽复者，毕竟是少数，所以蒲松龄在篇后具体而微地写了赌博的危害，穷形尽相地描绘了赌徒的情态，成为描绘赌博行为、讨伐赌博罪行的精彩小品文。

赌符

未了贪心博局开
此中胜负本难猜
精灵符佑倘许
相传受一掷
何妨百万来

阿霞

文登景星者〔1〕，少有重名，与陈生比邻而居，斋隔一短垣。一日，陈暮过荒落之墟〔2〕，闻女子啼松柏间，近临，则树横枝有悬带，若将自经。陈诘之，挥涕而对曰："母远出，托妾于外兄。不图狼子野心，畜我不卒〔3〕。伶仃如此，不如死！"言已，复泣。陈解带，劝令适人，女虑无可托者。陈请暂寄其家，女从之。既归，挑灯审视，丰韵殊绝，大悦，欲乱之，女厉声抗拒，纷纭之声，达于间壁。景生逾垣来窥，陈乃释女。女见景生，凝目停睇①，久乃奔去。二人共逐之，不知去向。

景归，阖户欲寝，则女子盈盈自房中出②。惊问之，答曰："彼德薄福浅，不可终托。"景大喜，诘其姓氏。曰："妾祖居于齐〔4〕，为齐姓，小字阿霞。"入以游词，笑，不甚拒，遂与寝处，斋中多友人来往，女恒隐闭深房。过数日，曰："妾姑去，此处烦杂，困人甚。继今请以夜卜〔5〕。"问："家何所？"曰："正不远耳。"遂早去，夜果复来，欢爱綦笃。又数日，谓景曰："我两人情好虽佳，终属苟合。家君宦游西疆，明日将从母去，容即乘间禀命，而相从以终焉。"问："几日别？"约以旬终③。

既去，景思斋居不可常，移诸内，又虑妻妒，计不如出妻〔6〕。志既决，妻至辄诟厉〔7〕，妻不堪其辱，涕欲死。景曰："死恐见累，请早归。"遂促妻行。妻啼曰："从子十年，未尝有失德，何决绝如此！"景不听，逐愈急，妻乃出门去。自是垩壁清尘〔8〕，引领翘待，不意信杳青鸾〔9〕，如石沉海。妻大归后〔10〕，数浼知交请复于景，景不纳，遂适夏侯氏。夏侯里居，与景接壤，以田畔之故世有隙。景闻之，益大恚恨④。然

① 阿霞并非在看美少年，而是看其是否有"福气"。此狐与一般的狐女有极大不同，是一个功名心很强的狐。

② 仪态万千地从房子里出来。

③ 虽是"逾墙相从"却要终身相守，此狐是对封建礼教采取了为我所用的实用主义态度。

④ 缺德者的尴尬，赔了夫人又折兵。

467

犹冀阿霞复来，差足自慰。越年余，并无踪绪。

会海神寿，祠内外士女云集，景亦在。遥见一女，甚似阿霞，景近之，入于人中；从之，出于门外；又从之，飘然竟去，景追之不及，恨悒而返。后半载，适行于途，见一女郎，着朱衣，从苍头，鞚黑卫来[11]，望之，霞也。因问从人："娘子为谁？"答言："南村郑公子继室。"又问："娶几时矣？"曰："半月耳。"景思：得毋误耶？女郎闻语，回眸一睇，景视，真阿霞也。见其已适他姓，愤填胸臆，大呼："霞娘！何忘旧约？"从人闻呼主妇，欲奋老拳[12]。女急止之，启幛纱谓景曰："负心人何颜相见？"⑤景曰："卿自负仆，仆何尝负卿？"女曰："负夫人甚于负我！结发者如是，而况其他？⑥向以祖德厚，名列桂籍[13]，故委身相从。今以弃妻故，冥中削尔禄秩[14]，今科亚魁王昌[15]，即替汝名者也。我已归郑君，无劳复念。"⑦景俯首帖耳，口不能道词。视女子，策蹇去如飞，怅恨而已。

是科，景落第，亚魁果王氏昌名，郑亦捷。景以是得薄倖名。四十无偶，家益替，恒趁食于亲友家[16]。偶诣郑，郑款之，留宿焉。女窥客，见而怜之，问郑曰："堂上客非景庆云耶？"问所自识，曰："未适君时，曾避难其家，亦深得其豢养。彼行虽贱，而祖德未斩[17]，且与君为故人，亦宜有绨袍之义[18]。"郑然之，易其败絮，留以数日。夜分欲寝，有婢持金廿余金赠景。女在窗外言曰："此私贮，聊酬凤好，可将去，觅一良匹。幸祖德厚，尚足及子孙；无复丧检[19]，以促余龄。"景感谢之。既归，以十余金买缙绅家婢，甚丑悍。举一子，后登两榜[20]。郑官至吏部郎[21]。既没，女送葬归，启舆则虚无人矣，始知其非人也。⑧噫！人之无良，舍其旧而新是谋[22]，卒之卵覆而鸟亦飞[23]，天之所报亦惨矣！

⑤问得突兀。

⑥歪理讲得倒也很正。

⑦功名由上天决定，上天考察其德，随时变更。阿霞的选择完全跟随着功名，虽狐，却讲深刻而实际的人世关怀。

⑧曲终奏雅，身份显露。

校勘

底本：手稿本。参校：二十四卷本、异史、铸雪斋本、青柯亭本。

注释

〔1〕文登：明清县名，属登州府，今山东省威海市文登区。〔2〕荒落之墟：荒凉冷落的小山丘。〔3〕畜我不卒：不善始善终地养活我。〔4〕齐：战国时的齐国，都城在今临淄。〔5〕继今请以夜卜：从现在开始我夜间来。〔6〕出妻：休妻。〔7〕诟厉：辱骂。〔8〕垩（è）壁清尘：用白灰抹墙，清扫房屋。〔9〕信杳青鸾：一点儿音信也没有。青鸾，《汉武故事》里西王母的信使。〔10〕大归：被休弃回娘家。〔11〕鞚（kòng）黑卫：驾驭着黑驴。〔12〕欲奋老拳：想动手打人。〔13〕名列桂籍：名字上了金榜。科举及第称"折桂"。〔14〕冥中削尔禄秩：阴司削掉了你的俸禄品秩。〔15〕今科亚魁：这次乡试的第六名。〔16〕趁食：蹭饭。他人吃饭时赶去一起吃。〔17〕祖德未斩：祖上的好品德还没有完全消失。〔18〕绨袍之义：怜惜故人的穷困而救助之。语出《史记·范雎蔡泽列传》：战国时范雎事魏大夫须贾，为贾毁谤，笞辱几死，逃入秦，改名张禄，做了秦相。须贾使秦时，范雎故意穿件破袍子去求见须贾，须贾见他穿得单薄，送了件袍子给他。后来知道范雎是秦相，大惊请罪。范说："然公之所以得无死者，以绨袍恋恋，有故人之意，故释公。"〔19〕无复丧检：不要再干缺德事。〔20〕登两榜：先做了举人，后成了进士。〔21〕吏部郎：吏部侍郎，明正三品，清从二品。〔22〕舍其旧而新是谋：见异思迁、喜新厌旧。典故出自《左传·僖公二十八年》："原田每每，舍其旧而新是谋。"意思是原野青草茂盛，需要去掉旧的播种新的。此处用其字面意。〔23〕卵覆而鸟亦飞：鸡飞蛋打。

点评

喜新厌旧是封建时代士子最大的问题，结局常是负心汉没好下场。喜新厌旧的景生也受到上天惩罚，不仅终生贫困，还要和悍妒丑妇相守。狐女阿霞与景生相爱，奇异地要求他喜新而不厌旧，"负夫人甚于负我"。蒲松龄陈腐的嫡庶观和果报迷信观得到典型表现。一夫多妻，嫡庶相安，共同辅佐夫君，最后夫荣妻贵。如果见异思迁，甚至休妻，就会丢掉上天本来命中注定的福禄，鸡飞蛋打。小说波澜层起，场面活泼逼真，人物对话精彩传神。

阿霞

洞房料理别
藏春枝剑肩月
陌上尘试问废
寒窗榜上纸名
著简负心人

李司鉴

①时间、地点、人物、因由，无一不清清楚楚。

②以"邸抄"证明确有其事，此事亦见县志。

李司鉴〔1〕，永年举人也〔2〕，于康熙四年九月二十八日〔3〕，打死其妻李氏。地方报广平〔4〕，行永年查审〔5〕。①司鉴在府前，忽于肉架下夺一屠刀，奔入城隍庙，登戏台上，对神而跪。自言："神责我不当听信奸人，在乡党颠倒是非，着我割耳。"遂将左耳割落，抛台下。又言："神责我不应骗人钱财，着我剁指。"遂将左指剁去。又言："神责我不当奸淫妇女，使我割肾。"遂自阉，昏迷僵仆。时总督朱云门题参革褫究拟〔6〕，已奉俞旨〔7〕，而司鉴已伏冥诛矣〔8〕。邸抄〔9〕②。

校勘

底本：手稿本。参校：二十四卷本、异史、铸雪斋本、青柯亭本。

注释

〔1〕李司鉴：顺治八年（1651）举人，河北永年县人。据光绪三年（1877）《永年县志》记载，他自残后不久死掉。〔2〕永年：河北县名，属广平府，治所在今河北省邯郸市永年区。〔3〕康熙四年：即公元1665年，蒲松龄年二十六岁。〔4〕广平：广平府。永年县属于广平府。〔5〕行永年查审：广平府派人到永年县审案。〔6〕朱云门题参革褫（chǐ）究拟：总督朱云门已经写了奏本请求朝廷革去李司鉴的举人功名、巾服，然后再按律审理治罪。朱云门，朱昌祚（？—1666），字云门，汉军镶白旗人，祖籍山东高唐，康熙四年（1665）任直隶、山东、河南三省总督。《清史稿》卷二四九有传。〔7〕已奉谕旨：已经得到皇帝批准。〔8〕伏冥诛：被阴司诛戮。〔9〕邸抄：邸报。地方长官在京城设"邸"，抄录诏令奏章等传到地方，称"邸报"，又称"邸抄"。蒲松龄注明"邸抄"，说明此事不是虚构，是真事。

点评

　　作恶多端者的应有下场，阳世的惩罚还没到达，阴司的严惩已捷足先登。李司鉴打死妻子、贪财霸市、玩弄女性，是个"头顶长疮，脚底流脓"的坏蛋。阴司惩罚他，令他当众自割自阉，当众宣布自己的罪恶，奇异之至又是"邸抄"，是一则有道德教诲意义的短文。

李司鑑

自宣罪惡自操
刀天譴由來不可
逃為借眾誅行
顯戮萬人觀衰
戲臺高

五羖大夫[1]

河津畅体元[2]，字汝玉，为诸生时，梦人呼为"五羖大夫"，喜为佳兆。及遇流寇之乱，尽剥其衣，夜闭置空室。时冬月，寒甚，暗中摸索，得数羊皮护体，仅不至死。质明，视之，恰符五数。哑然自笑神之戏己也。后以明经授雒南知县[3]。毕载绩先生志。①

① 毕际有于顺治二年（1645）任山西稷县知县，稷县与河津县为邻县。"五羖大夫"之梦极可能是畅体元本人讲述给毕际有听的。毕际有又亲自把它写到其家庭教师蒲松龄的书里。

校勘

底本：手稿本。参校：二十四卷本、异史、铸雪斋本、青柯亭本。

注释

[1] 五羖（gǔ）大夫：春秋时虞国大夫百里奚被楚人拘之，秦穆公本来想用重金赎回，怕楚人不放，故意用五张黑色公羊皮把他换回来。百里奚到秦国后，执掌国政，大展雄才。因为他的遭遇，人称"五羖大夫"。羖，黑色的公羊。[2] 河津：山西南部一县名。清代属直隶州。畅体元：曾任陕西雒（luò）南县知县。嘉庆十二年（1815）《河津县志》有传。[3] 明经：贡生。雒南县：今陕西洛南县。

点评

梦中被人叫"五羖大夫"，就以为可以做台阁重臣，结果不过是真正被五张羊皮所救，此故事亦见于王士禛《池北偶谈》。可见此事在当时传得很广。

五毂
大夫

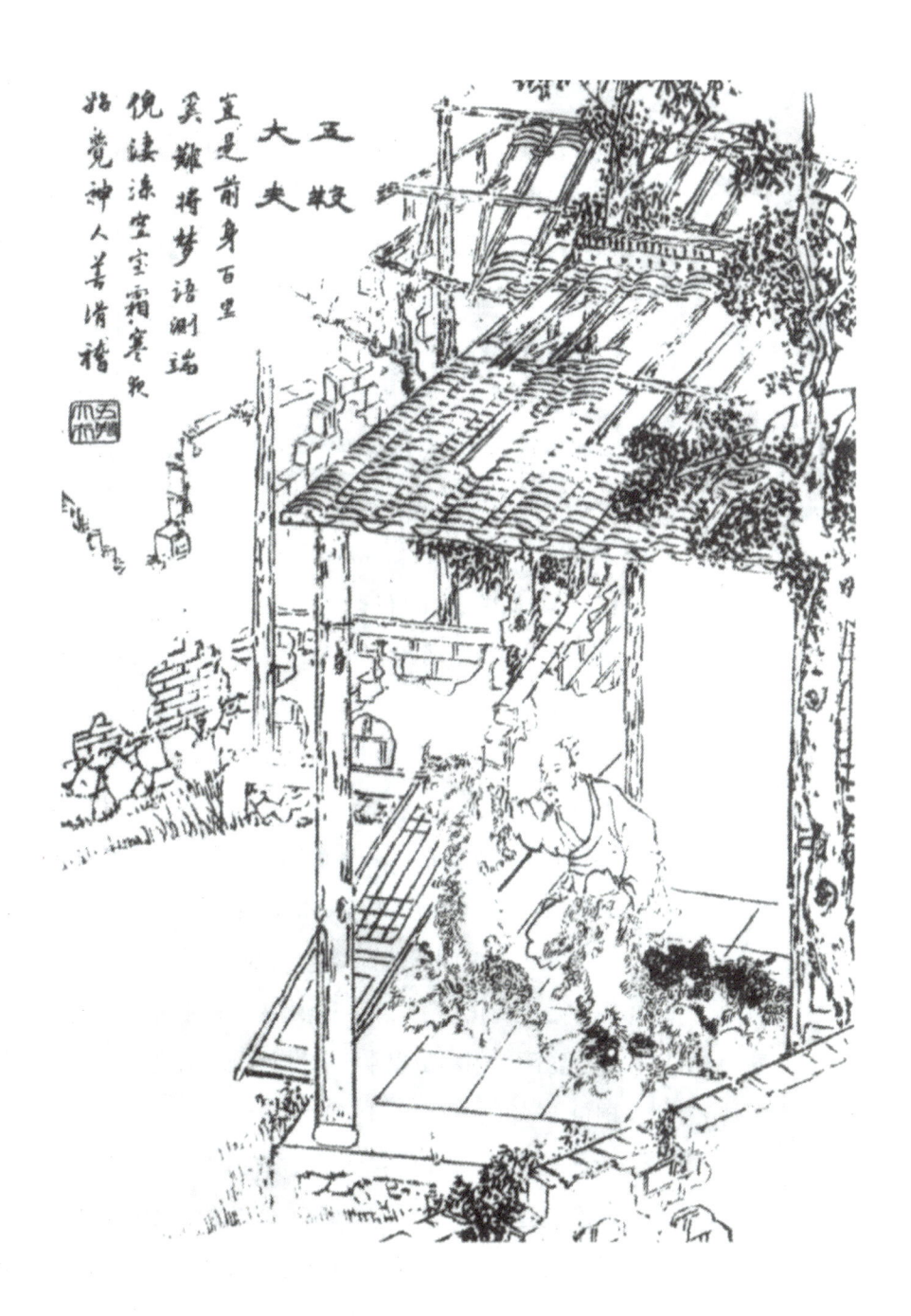

箇是前身百里
奚難將夢語測端
倪漫湥空室霜箸歡
始覺神人善滑稽

毛狐

农子马天荣，年二十余，丧偶，贫不能娶。偶芸田间[1]，见少妇盛妆，践禾越陌而过[2]，貌赤色，致亦风流。马疑其迷途，顾四野无人，戏挑之，妇亦微纳。欲与野合，笑曰："青天白日，宁宜为此，子归，掩门相候，昏夜我当至。"马不信，妇矢之[3]。马乃以门户向背具告之[4]，妇乃去。

夜分果至，遂相悦爱。觉其肤肌嫩甚，火之，肤赤薄如婴儿，细毛遍体①，异之。又疑其踪迹无据[5]，自念得非狐耶？遂戏相诘，妇亦自认不讳。马曰："既为仙人，自当无求不得。既蒙缱绻，宁不以数金济我贫？"②妇诺之。次夜来，马索金，妇故愕曰："适忘之。"将去，马又嘱。至夜，问："所乞或勿忘也？"妇笑，请以异日。逾数日，马复索，妇笑向袖中出白金二锭，约五六金，翘边细纹，雅可爱玩。马喜，深藏于椟。积半岁，偶需金，因持示人。人曰："是锡也。"以齿龁之，应口而落。马大骇，收藏而归。至夜妇至，愤致诮让，妇笑曰："子命薄，真金不能任也。"一笑而罢。

马曰："闻狐仙皆国色，殊亦不然。"妇曰："吾等皆随人现化。子且无一金之福，落雁沉鱼何能消受？以我蠢陋，固不足以奉上流，然较之大足驼背者，即为国色。"③

过数月，忽以三金赠马，曰："子屡相索，我以子命不应有藏金。今媒聘有期，请以一妇之资相馈，亦借以赠别。"马自白无聘妇之说，妇曰："一二日自当有媒来。"马问："所言姿貌如何？"曰："子思国色，自当是国色。"马曰："此即不敢望。但三金何能买妇？"妇曰："此月老注定[6]，非人力也。"马问："何遽言别？"曰："戴月披星，终非了局。使君自有妇，

① 《聊斋》狐女鲜有如此显露狐性者，乃构思需要。

② 贫穷农人口吻。

③ 一番宿命论的哲理。

④此狐亦关心人。

⑤媒人狡猾。旧时媒人的嘴是最害人的。

⑥婚姻的骗局，骗得有水平，骗得有趣，亦时代的特点。

搪塞何为？"天明而去，授黄末一刀圭〔7〕，曰："别后恐病，服此可疗。"④

次日，果有媒来，先诘女貌，答："在妍媸之间〔8〕⑤。""聘金几何？""约四五数。"马不难其价，而必欲一亲见其人。媒恐良家子不肯炫露，既而约与俱去，相机因便。既至其村，媒先往，使马候诸村外。久之来曰："谐矣！余表亲与同院居，适往见女，坐室中，请即伪为谒表亲者而过之，咫尺可相窥也。"马从之。果见女子坐室中，伏体于床，倩人爬背。⑥马趋过，掠之以目，貌诚如媒言。及议聘，并不争直，但求得一二金，装女出阁。马益廉之，乃纳金，并酬媒氏及书券者〔9〕，计三两已尽，亦未多费一文。择吉迎女归，入门，则胸背皆驼，项缩如龟，下视裙底，莲舡盈尺〔10〕。乃悟狐言之有因也。

异史氏曰："随人现化，或狐女之自为解嘲；然其言福泽，良可深信。余每谓：'非祖宗数世之修行，不可以博高官；非本身数世之修行，不可以得佳人。'信因果者，必不以我言为河汉也〔11〕。"

校勘

底本：手稿本。参校：二十四卷本、异史、铸雪斋本、青柯亭本。

注释

〔1〕芸：锄草。〔2〕践禾越陌：踏着庄稼穿过田间小路。〔3〕矢之：向马某发誓。〔4〕门户向背：房门向着哪个方向开，坐落在什么地点。〔5〕踪迹无据：来历不清。〔6〕月老：即月下老人，神话传说中掌管婚姻之神。唐代李复言《续玄怪录·定婚店》：韦固夜经宋城，见一老人倚囊而坐，向月检书。韦问何书。答：天下婚牍，老人囊中有赤绳，以系夫妻之足，虽系世仇，此绳一系，必定成夫妇。后来以"月老"为媒人代称。〔7〕黄末一刀圭：一小盘黄色的药末。〔8〕妍媸（yán chī）：美丑。〔9〕书券者：代写婚书的人。〔10〕莲舡（chuán）盈尺：一尺长的女人绣鞋。〔11〕河汉：银河，比喻言论迂阔、不切实际。《世

说新语·言语》："（谢）公叹曰：'若郗超闻此语，必不至河汉。'"

点评

　　一幕敷衍宿命论的喜剧，主旨是"异史氏曰"。马天荣贪心不足，狐女一再捉弄，始而延宕不给银子，继而以锡代银，真正给银子又是为帮助娶回驼背大脚的丑妻。媒人和驼背家互相配合演出的"相亲"闹剧，是在男女授受不亲的社会互相瞒和骗的奇特现象。狐女在《聊斋》出现时常有沉鱼落雁之姿，此篇独不然，正是为了说明作者的"命中注定"论。

毛狐

霄赤而毛
记束宫
仙人形幻竟
相国二
金刚
为谋新
妇不在
学常国
毛中

翩翩

① 罗子浮因道德败坏，处于世人皆弃、世人皆曰可杀的悲惨境地，无路可走，幸得遇仙。

② 以毫无污染的溪水洗去尘世污垢，极有寓意。

③ 有研究者认为"薛姑子好梦"是"苏姑子好梦"之误，似非是。《霍小玉传》中媒婆鲍十一娘向李益介绍霍小玉说："苏姑子作好梦也未？"鲍十一娘说的"姑子"指未婚小姑娘。《乐府诗集·清商曲辞二·欢好曲》："淑女总角时，唤作小姑子。""苏姑子好梦"指才子佳人好姻缘。花城是借用《续金瓶梅》的薛姑子跟翩翩开玩笑，跟《霍小玉传》涵义不同。山东俗话称尼姑"姑子"。《续金瓶梅》薛尼姑让男扮女装的旧相好进准提庵鬼混。从上下文义看，花城的话调侃仙女和凡人相爱，应借自《续金瓶梅》。该书顺治十八年已出版。蒲松龄对《金瓶梅》及其续书很熟悉。

④ 翩翩说花城是被爱欲的西南风吹来找情郎，而情郎恰好是翩翩的丈夫，跟后边"贪引他家男儿"对应起来，这是仙女间开玩笑的话。翩翩开朗活泼，拿女友和丈夫开涮。

　　罗子浮，邠人[1]，父母俱早世[2]，八九岁，依叔大业。业为国子左厢[3]，富有金缯而无子[4]，爱子浮若己出。十四岁，为匪人诱去，作狭邪游[5]。会有金陵娼侨寓郡中，生悦而惑之。娼返金陵，生窃从遁去。居娼家半年，床头金尽，大为姊妹行齿冷[6]，然犹未遽绝之。无何，广创溃臭[7]，沾染床席，逐而出[8]，丐于市。市人见辄遥避。自恐死异域，乞食西行，日三四十里。渐至邠界，又念败絮脓秽，无颜入里门，尚趑趄近邑间[9]①。

　　日既暮，欲趋山寺宿。遇一女子，容貌若仙，近问："何适？"生以实告。女曰："我出家人，居有山洞，可以下榻。颇不畏虎狼。"生喜，从去。入深山中，见一洞府[10]。入则门横溪水，石梁驾之。又数武，有石室二，光明彻照，无须灯烛。命生解悬鹑[11]，浴于溪流，曰："濯之，创当愈②。"又开幛拂褥促寝，曰："请即眠，当为郎作裤。"乃取大叶类芭蕉，剪缀作衣[12]。生卧视之。制无几时，折叠床头，曰："晓取着之。"乃与对榻寝。生浴后，觉创痒无苦；既醒，摸之，则痂厚结矣[13]。诘旦，将兴，心疑蕉叶不可着。取而审视，则绿锦滑绝。少间，具餐。女取山叶，呼作饼，食之，果饼；又剪作鸡、鱼，烹之，皆如真者。室隅一罂，贮佳醞，辄复取饮；少减，则以溪水灌益之。数日，创痂尽脱，就女求宿，女曰："轻薄儿！甫能安身，便生妄想！"生云："聊以报德。"遂同卧处，大相欢爱。

　　一日，有少妇笑入，曰："翩翩小鬼头快活死！薛姑子好梦[14]③，几时做得？"女迎笑曰："花城娘子，贵趾久弗涉，今日西南风紧[15]④，吹送来也！小哥子抱得未？"曰："又一小婢子。"女笑曰："花娘子瓦窑哉〔16〕！那弗将来〔17〕？"曰："方鸣之，睡却矣。"于是坐以款饮，又顾生曰："小郎君焚好香也〔18〕！"生视之，年廿有三四，绰有余妍〔19〕，心好之。剥果误落案下，俯假拾果，阴捻翘凤〔20〕。花城他顾而笑，若不知者。生方恍然神夺，顿觉袍裤无温；自顾所服，悉成秋叶，几骇绝。危坐移时〔21〕，渐变如故。窃幸二女之弗见也。少顷，酬酢间，又以指搔纤掌。城坦然笑谑，殊不觉知。突突怔忡间〔22〕，衣已化叶，移时始复变。由是惭颜息虑，不敢妄想⑤。城笑曰："而家小郎子，大不端好！若弗是醋胡芦娘子，恐跳迹入云霄去〔23〕。"女亦哂曰："薄倖儿！便直得寒冻杀！"相与鼓掌。花城离席曰："小婢醒，恐啼肠断矣。"女亦起曰："贪引他家男儿，不忆得小江城啼绝矣。"⑥花城既去，惧贻诮责〔24〕。女卒晤对如平时。

居无何，秋老风寒〔25〕，霜零木脱〔26〕。女乃收落叶，蓄旨御冬。顾生肃缩〔27〕，乃持襆掇拾洞口白云，为絮复衣〔28〕。着之，温煦如襦〔29〕，且轻松常如新绵。逾年，生一子，极惠美。日在洞中弄儿为乐。然每念故里，乞与同归，女曰："妾不能从。不然，君自去。"因循二三年，儿渐长，遂与花城订为姻好。生每以叔老为念，女曰："阿叔腊故大高〔30〕，幸复强健，无劳悬耿〔31〕。待保儿婚后，去住由君。"女在洞中，辄取叶写书教儿读，儿过目即了〔32〕。女曰："此儿福相，放教入尘寰〔33〕，无忧至台阁〔34〕。"

未几，儿年十四。花城亲诣送女，女华妆至，容光照人。夫妻大悦。举家谦集〔35〕。翩翩扣钗而歌曰："我有佳儿，不羡贵官；我有佳妇，不羡绮纨〔36〕。今夕聚首，皆当喜欢。为君行酒〔37〕，劝君加餐。"⑦既而花城去，与儿夫妇对室居。新妇孝，依依膝下，宛如所生。生又言归，女曰："子有俗骨，终非仙品。儿亦富贵中人，可携去，我不误儿生平〔38〕。"新妇思别其母，花城已至。儿女恋恋，涕各满眶。两母慰之曰：

⑤一善之念升天堂，一恶之念入地狱。衣变秋叶，是《聊斋》著名情节之一，也可以算标志性情节。

⑥文笔姿态横生。二位少妇的絮絮诉说，像侯宝林学上海女性对话那样有趣、自然。二仙女全然无飘然世外之态，反倒像凡间女子的善谑。"薛姑子好梦""瓦窑"和烧高香，都是人间话语。

⑦扣钗而歌，词意翩翩，表现出超然物外的生活态度。翩翩的高雅恬淡的人生态度教育并成全了罗子浮。一个本来因为嫖娼而得了梅毒的浮浪子弟，跟仙女一起隐居深山十几年，洗净了身上尘埃。

481

"暂去，可复来。"翩翩乃剪叶为驴，令三人跨之以归。

大业已老归林下，意侄已死。忽携佳孙美妇归，喜如获宝。入门，各视所衣，悉蕉叶，破之，絮蒸蒸腾去，乃并易之。后生思翩翩，偕儿往探之，则黄叶满径，洞口路迷，零涕而返。

异史氏曰："翩翩、花城，殆仙者耶？餐叶衣云，何其怪也！然帏幄俳谑〔39〕，狎寝生雏〔40〕，亦复何殊于人世？山中十五载，虽无'人民城廓'之异〔41〕，而云迷洞口，无迹可寻，睹其景况，真刘、阮返棹时矣〔42〕。"

校勘

底本：手稿本。参校：二十四卷本、异史、铸雪斋本、青柯亭本。

注释

〔1〕邠（bīn）：明清州名，今陕西省彬州市。〔2〕早世：早年去世。〔3〕国子左厢：即国子祭酒，是明清时代最高学府国子监的主管。〔4〕金缯（zèng）：金钱。〔5〕狭邪游：嫖娼。〔6〕为姊妹行齿冷：被妓女们嘲笑。姊妹行，妓女之间的称呼。齿冷，嘲笑。〔7〕广创：亦作"广疮"，梅毒。〔8〕逐而出：手稿本原为"恶而出"，作者将"恶"圈掉，未添新字，二十四卷抄本为"逐而出"。〔9〕赼趄（zī jū）：徘徊不前。〔10〕洞府：传说中神仙居住的地方。〔11〕悬鹑：破衣烂衫。鹌鹑尾秃，故以"悬鹑"比喻衣服破烂。〔12〕剪缀：剪裁缝纫。〔13〕痂：疮口结的疤。〔14〕"薛姑子好梦"：借自丁耀亢（1599—1669）《续金瓶梅》尼姑薛某偷人养汉事。意思是说：翩翩，你一个仙女，怎么也跟《续金瓶梅》里的薛姑子一样不守清规？〔15〕西南风紧：并非自然界西南风，是对"薛姑子好梦"调侃性回敬，语出曹植《七哀诗》："愿为西南风，长逝入君怀。"后人常以"西南风"借指男女私情。〔16〕瓦窑：烧瓦的窑。谐指专门生女孩的妇人。古人生男为"弄璋"，生女为"弄瓦"。清代褚人获（1635—1682）《坚瓠三集·弄瓦诗》："无锡邹光大连年生女，俱召翟永龄饮。翟作诗云：'去岁相招云弄瓦，今年弄瓦又相招。作诗上覆邹光大，令正原来是瓦窑。'"〔17〕那弗将来：怎么不带来？〔18〕焚好香：烧高香。走鸿运。〔19〕绰有余妍：仍然年轻漂亮。〔20〕翘凤：原指凤头鞋，此处指花城的三寸金莲。〔21〕危坐移时：端端正正地坐了好一会儿。〔22〕突突忡忡（chōng）：心怀鬼胎，心跳不已。〔23〕"若弗是"两句：意思是假如不是有个吃醋的妻子，他就要无法无天了。

〔24〕诮责：责备。〔25〕秋老：秋深。〔26〕霜零木脱：霜降叶落。〔27〕肃缩：因怕冷而发抖。〔28〕复衣：夹袄。〔29〕温煖（nuǎn）如襦：温暖得像丝绵制成的袄子。〔30〕腊：年纪。〔31〕悬耿：耿耿于怀地悬念。〔32〕过目即了：过目成诵。了，明白。〔33〕尘寰：世俗社会。〔34〕台阁：宰相、尚书之类贵官。明清称内阁大学士为"阁官"，六部尚书及都御史为"台官"，合称"台阁"。〔35〕讌（yàn）集：聚餐。"讌"同"宴"。〔36〕绮纨：原意为绫罗绸缎，引申为纨绔子弟。〔37〕行酒：敬酒。〔38〕生平：前程，前途。〔39〕帏幄俳（pái）谑：闺房里说说笑笑。〔40〕狎寝生雏：夫妻恩爱、生儿育女。〔41〕人民城廓：据《搜神后记》，丁令威学道千年，化成白鹤返回家乡，唱道："有鸟有鸟丁令威，去家千年今始归。城郭犹是人民非，何不学仙家累累。"后人遂用"人民城郭"比喻巨大的变化。〔42〕刘、阮：刘义庆《幽明录》的人物刘晨、阮肇，他们到天台山采药时遇到两位仙女，在她们家住了半年，回家时，子孙已历七代。他们第二次到天台山寻访仙女，却没有找到。

> **点评**

　　《聊斋志异》中的仙女多有平民色彩，她们与凡人成亲，养儿育女，《翩翩》是代表。罗子浮在金陵嫖娼染上一身恶疮，仙女翩翩收留了他，山泉洗恶疮，蕉叶做衣裳，不嫌弃他，与他结婚。罗子浮好了疮疤忘了疼，对妻子女友花城动手动脚。花城和翩翩对罗子浮的鬼花样洞若观火，但不戳破，而是不动声色用"衣叶互易"的神奇法术给予惩戒。罗子浮突然发现衣服变成秋叶，赶紧收敛邪念，秋叶又回复成绵软的锦衣。这是个带哲理性的细节，邪念产生，锦衣变秋叶；邪念消失，秋叶变锦衣。善恶一念间，境界各不同。翩翩清高淡泊的生活态度教育了罗子浮，使之从纨绔子弟变成有责任心的男子。

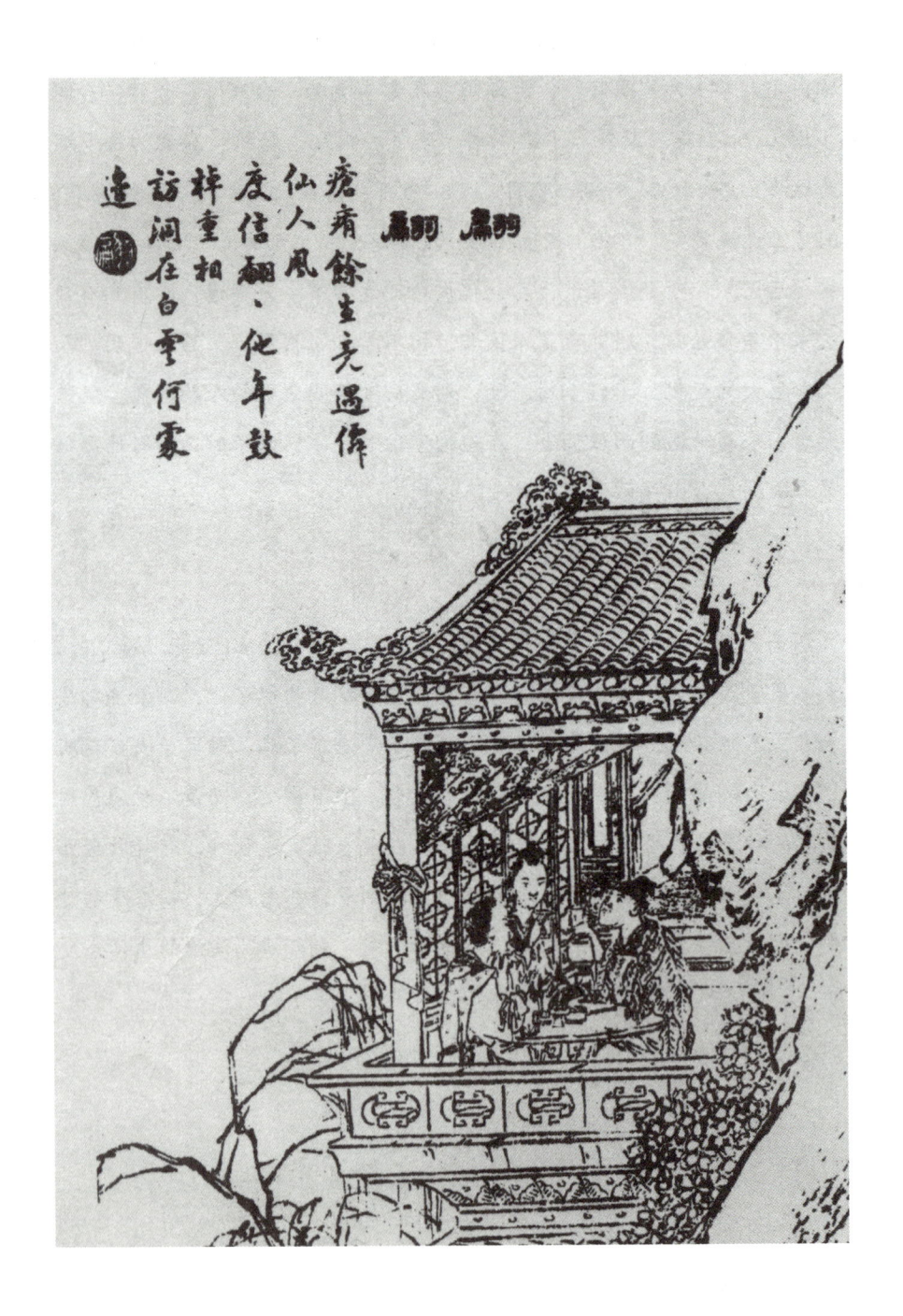

瘴疠馀生亦过侪
仙人风
度信翩翩。他年数
桂重相
访洞在白云何处
逢

黑兽

闻李太公敬一言①："某公在沈阳，宴集山颠，俯瞰山下，有虎衔物来，以爪穴地，瘗之而去。使人探所瘗，得死鹿，乃取鹿而掩其穴。少间虎导一黑兽至，毛长数寸，虎前驱，若邀尊客。既至穴，兽眈眈蹲伺〔1〕。虎探穴失鹿，战伏不敢少动〔2〕。兽怒其诳，以爪击虎额，虎立毙，兽亦径去。

异史氏曰："兽不知何名。然问其形，殊不大于虎，而何延颈受死，惧之如此其甚哉？凡物各有所制，理不可解。如狝最畏狨〔3〕，遥见之则百十成群，罗而跪，无敢逭者。凝睛定息，听狨至，以爪遍揣其肥瘠〔4〕，肥者则以片石志颠顶〔5〕。狝戴石而伏，悚若木鸡〔6〕，惟恐堕落。狨揣志已，乃次第按石取食，余始哄散。余尝谓贪吏似狨，亦且揣民之肥瘠而志之，而裂食之；而民之戢耳听食〔7〕，莫敢喘息，蚩蚩之情〔8〕，亦犹是也。可哀也夫！"

① 蒲松龄挚友李希梅的祖父，《梦别》已出现过。

校勘

底本：手稿本。参校：二十四卷本、异史、铸雪斋本、青柯亭本。

注释

〔1〕眈眈蹲伺：蹲在地上，目光凶猛地看着，等待着。〔2〕战伏：颤抖着趴在地上。〔3〕如狝（mí）最畏狨（róng）：猕猴最怕金丝猴。〔4〕以爪遍揣其肥瘠：用爪子一一摸一摸，检查一下哪个胖哪个瘦。〔5〕肥者则以片石志颠顶：拿一块小石头放到肥胖的猕猴头上做个记号。〔6〕悚：害怕。〔7〕戢（jí）耳：帖耳。耳朵敛帖脑后，畏惧、恭顺之态。〔8〕蚩蚩之情：敦厚无知老百姓的样子。蚩蚩，无知貌，《诗经·卫风·氓》："氓之蚩蚩，抱布贸丝。"朱熹注："蚩蚩，无知之貌。"

点评

这是一篇深刻奇特的寓言。一物降一物，兽中之王猛虎对黑兽俯首帖耳，猕猴听任金丝猴攫食，这是大自然的奇异现象，但这些奇异的大自然现象仅仅是作者刺贪刺虐的引子。贪官污吏将老百姓当成可以"揣其肥瘠"而裂食的对象，老百姓只能老老实实地听从其肆虐。这，就是封建社会的事实。寓言的真正目的是一句道德的教训，"贪吏似猱"，就是要害。

黑獸

鄭人燕寇克戚壘山嶺處
𣵀一郊殊某歧由未雜柞
原不知此獸可能像 與獸

余德

①异人不带富贵气，带仙气。为人不卑不亢。

②暗透龙宫特点：透明。明光纸、碧玉瓶、水晶瓶，都是透明、高贵的。

③花似蝶翼，花蒂似蝶须，鼓响花变蝶飞，鼓歇蝶复花形。妙哉。

　　武昌尹图南有别第〔1〕，尝为一秀才税居，半年来亦未尝过问。一日，遇诸其门，年最少，而容仪裘马，翩翩甚都〔2〕。趋与语，即又蕴藉可爱。异之，归语妻，妻遣婢托遗问以窥其室〔3〕。室有丽姝，美艳逾于仙人。一切花石服玩〔4〕，俱非耳目所经。尹不测其何人，诣门投谒〔5〕，适值他出。翼日，即来拜答，展其刺呼〔6〕，始知余姓德名。语次细审官阀，言殊隐约〔7〕，固诘之，则曰："欲相还往，仆不敢自绝。应知非寇窃逋逃者〔8〕，何须逼知来历。"①尹谢之。命酒款宴，言笑甚欢。向暮，有两昆仑捉马挑灯〔9〕，迎导以去。

　　明日，折简报主人。尹至其家，见屋壁俱用明光纸裱，洁如镜，②金猊焚异香〔10〕，一碧玉瓶，插凤尾孔雀羽各二，各长二尺余；一水晶瓶，浸粉花一树，不知何名，亦高二尺许，垂枝覆几外，叶疏花密，含苞未吐，花状似湿蝶敛翼〔11〕，蒂即如须。筵间不过八簋，而丰美异常。既〔12〕，命童子击鼓催花为令。鼓声既动，则瓶中花颤颤欲拆〔13〕，俄而蝶翅渐张，既而鼓歇，渊然一声〔14〕，蒂须顿落，即为一蝶，飞落尹衣。余笑起，飞一巨觥，酒方引满，蝶亦扬去。顷之，鼓又作，两蝶飞集余冠。余笑云："作法自毙矣。"亦引二觥。三鼓既终，花乱堕，翩翩而下〔15〕，惹袖沾衿③。鼓僮笑来指数：尹得九筹〔16〕，余四筹。尹已薄醉，不能尽筹，强引三爵，离席亡去。由是益奇之。

　　然其为人寡交与，每阖门居，不与国人通吊庆〔17〕。尹逢人辄宣播，闻其异者，争交欢余，门外冠盖常相望〔18〕。余颇不耐，忽辞主人去。去后，尹入其家，空庭洒扫无纤尘，烛泪堆掷青阶下〔19〕，窗间零帛断线，指印宛然。惟舍后遗一小白石缸，可受石许〔20〕。尹

④ 顺手牵羊牵得好。

⑤ 神奇之至，巧妙之极。

⑥ 揭开谜底倒也没有什么稀奇，无非是长生不老的幻想。关键是美。

携归④，贮水养朱鱼，经年，水清如初贮，后为佣保移石，误碎之，水蓄并不倾泻。视之缸宛在，扪之虚夐。手入其中，则水随手泄，出其手则复合，冬月亦不冰。一夜，忽结为晶，鱼游如故⑤。尹畏人知，常置密室，非子婿不以示也。久之渐播，索玩者纷错于门〔21〕。腊夜，忽解为水，荫湿满地〔22〕，鱼亦渺然，其旧缸残石犹存。忽有道士踵门求之，尹出以示，道士曰："此龙宫蓄水器也。"尹述其破而不泄之异。道士曰："此缸之魂也。"⑥殷殷然乞得少许。问其何用，曰："以屑合药，可得永寿。"予一片，欢谢而去。

校勘

底本：手稿本。参校：二十四卷本、异史、铸雪斋本、青柯亭本。

注释

〔1〕武昌：明清府名，清康熙三年（1664）属湖北布政司。别第：别墅。〔2〕翩翩甚都：文雅优美。都，美好。〔3〕托遗（wèi）问：以送东西探望的名义。遗，馈赠。〔4〕花石服玩：花草、石雕、服饰、珍玩。〔5〕诣门投谒：登门投递名片。〔6〕刺呼：名片上的称呼。〔7〕言殊隐约：说话有点儿躲躲闪闪，含含糊糊。〔8〕非寇窃逋逃者：不是强盗小偷被官府追捕者。〔9〕昆仑：异族奴仆。中国古代称肤较黑者为昆仑。唐代泛指南洋诸岛居民为昆仑，用这个地区的人做奴仆为"昆仑奴"。〔10〕狻猊（suān ní）：一种狮子状猛兽，亦作为狮子代称。爇（ruò）：焚烧。〔11〕湿蝶敛翼：蝴蝶的翅膀沾上水收敛起来。〔12〕既：客人入座后。〔13〕颤颤欲折：一边颤动一边绽开。〔14〕渊然：鼓声低沉。〔15〕翾翾：花朵上下飞动。〔16〕筹：酒筹，饮酒计数之具。〔17〕吊庆：吊唁或庆贺。〔18〕冠盖常相望：达官贵人经常来访，路上他们的车马络绎不绝。〔19〕烛泪：流淌的烛油。〔20〕石：今读"旦"，中国计量单位，十斗为一石。〔21〕纷错于门：上门的人多，纷乱杂错。〔22〕荫湿满地：满地阴湿。手稿本误"阴"为"荫"。

点评

神仙世界多姿多彩。《罗刹海市》写龙宫玉树,美到无以复加。此篇别出心裁地创造一个地上龙宫,主人是潇洒的雅士,到处是光洁的、明亮的,凤凰羽是点缀,瓶中花灵动如飞,花变蝶,蝶变花,花落人衣,蝶落人冠,美得奇幻之至,美得令人眼花缭乱。地上石缸更出奇,缸破了还有魂,想象奔驰。作者写"俱非耳目所经",完全是想象的美景,写得气韵生动,如在目前,读之令人心驰神往。

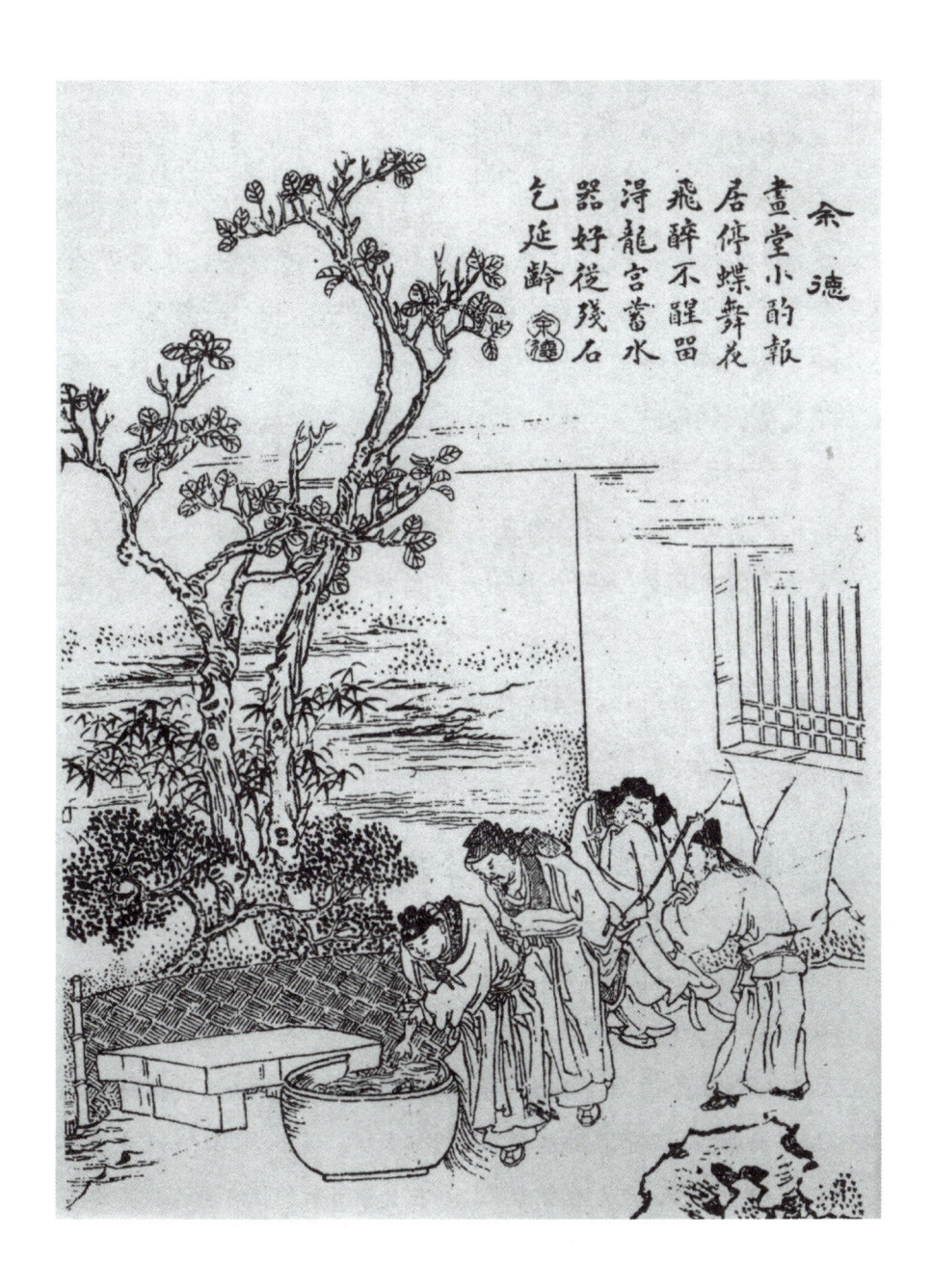

余　德

畫堂小韵報
居停蝶舞花
飛醉不醒留
得龍宮蓄水
器好俊殘石
乞延齡

杨千总[1]

① 官员出行，地动山摇，有人却在路旁大小便，被认为不恭。

② "奉赠一股会稽藤簪绾髻子"是开玩笑的话，古人常用金、银、玉簪绾发髻，会稽竹子做箭杆自古有名，杨千总的箭准确射到遗便者发髻上，恰好如绾髻之簪。

毕民部公即家起备兵洮岷时[2]，有千总杨化麟来迎。冠盖在途，偶见一人遗便路侧①。杨关弓欲射之，公急呵止。杨曰："此奴无礼，合小怖之。"乃遥呼曰："遗屙者，奉赠一股会稽藤簪绾髻子[3]②。"即飞矢去，正中其髻，其人急奔，便液污地[4]。

校勘

底本：手稿本。参校：异史、铸雪斋本。

注释

〔1〕千总：下级武官。〔2〕毕民部公：毕自严，号白阳，淄川人，蒲松龄东家毕际有之父，明代历仕万历、泰昌、天启、崇祯四朝，官至户部尚书，人称"白阳尚书"。洮岷：陕西洮州、岷州。万历年间毕自严奉命负责此处防务。〔3〕会稽藤：即会稽竹。〔4〕"便液"在手稿中为"便披"，参照《青梅》"便液污衣"一词改。

点评

真实的生活琐闻，提供资料者当是毕际有，即蒲松龄西铺坐馆时的东家。毕家有谈野史的爱好，给蒲松龄提供不少写作素材，杨千总其人，既武艺高强又相当可恶，是射箭高手，也是卖弄专家，还把普通百姓的性命当儿戏。为了在新上任的长官前边露一手，神气活现，语言张扬，射箭者与被射者像两个电影特写镜头，定格一样生动。

濕漏地魚赤沙懸其竈缸殘石猶存恐有道士踵門求之產出以示道士曰此龍宮蓄水器也乃托其破而不洩之異道士曰此缸之魂也毀懸乞得少許問其何用曰以屑合藥可得永壽予一片懽謝而去

楊千搭

畢民部公即家起備兵洮岷時有丁搭楊化麟來迎冠蓋在途偶見一人遺便路側楊闕弓欲射之公急呵止楊曰此奴無禮合小怖之乃遙呼曰遺傘何人奉贈一朕會行懍辣佩彩者子即跪矢去正中其髻其人急奔便棄污地

戾異

二十六年六月邑西村民園中黃瓜上復生蔓結西瓜一枚大如椀

瓜异

康熙二十六年六月〔1〕，邑西村民圃中，黄瓜上复生蔓，结西瓜一枚，大如碗。

校勘

底本：手稿本。参校：异史、铸雪斋本。

注释

〔1〕康熙二十六年：为公元1687年。蒲松龄已在西铺毕家坐馆。手稿无"康熙"二字，据《异史》补。

点评

此则为琐闻，是村民嫁接的结果。可惜写过《农桑经》的蒲松龄没有仔细研究一番，仅仅简单记录之。

青梅

卷三

白下程生〔1〕，性磊落，不为畛畦〔2〕。一日，自外归，缓其束带，觉带端沉沉，若有物堕。视之，无所见；宛转间有女子从衣后出，掠发微笑，丽绝。程疑其鬼，女曰："妾非鬼，狐也。"程曰："倘得佳人，鬼且不惧，而况于狐。"遂与狎。二年，生一女，小字青梅。每谓程："勿娶，我且为君生男。"程信之，遂不娶。戚友共诮姗之〔3〕，程志夺，聘湖东王氏。狐闻之，怒，就女乳之，委于程曰："此汝家赔钱货，生之杀之，俱由尔，我何故代人作乳媪乎〔4〕！"出门径去①。

青梅长而慧，貌韶秀〔5〕，酷肖其母。既而程病卒，王再醮去，青梅寄食于堂叔。叔荡无行〔6〕，欲鬻以自肥。适有王进士者，方候铨于家〔7〕，闻其慧，购以重金，使从女阿喜服役。喜年十四，容华绝代，见梅忻悦，与同寝处。梅亦善候伺，能以目听，以眉语②，由是一家俱怜爱之。

邑有张生，字介受，家綦贫，无恒产，税居王第。性纯孝，制行不苟〔8〕，又笃于学〔9〕。青梅偶至其家，见生据石啖糠粥，入室与生母絮语，见案上具豚蹄焉。时翁卧病，生入，抱父而私〔10〕，便液污衣，翁觉之而自恨。生掩其迹，急出自濯，恐翁知。梅以此大异之。归述所见，谓女曰："吾家客非常人也。娘子不欲得良匹则已；欲得良匹，张生其人也。"女恐父厌其贫，梅曰："不然，是在娘子，如以为可，妾潜告，使求伐焉〔11〕。夫人必召商之，但应之曰'诺'也，则谐矣。"女恐终贫，为天下笑。梅曰："妾自谓能相天下士，必无谬误。"明日，往告张媪。媪大惊，谓其言不祥，梅曰："小姐闻公子而贤之也，妾故窥其意以为言。冰人往，我两人祖焉，计合允遂，纵其否也，于公子何辱乎？"③媪

① 有其母则有其女。狐女不甘人下，有独立品格，青梅之遗传基因。

② "以目听，以眉语"，是否按字面意义，眼睛可听话、眉毛会说话？不是。这是借用《列子》典故，说某人极其聪明，视听不用耳目，靠超常感悟。但明伦评这六字"神妙直到秋毫巅，觉灵心慧眼等字，俱成糟粕"。

③ 青梅有心人，能从微小的事判断人将来有没有前途。她从两件小事，因小见大，由近及远，判断张生前途无量。在所谓圣明之世，有孝名，对参加科举考试有好处。青梅想依傍有望飞黄腾达的张生，必须操纵小姐和张生联姻。

④意味深长、不怀好意的笑，笑张生自不量力，这笑是视己为天上人物，视他人为粪土的笑。

⑤矜持。顾壁而言，千金小姐神态，字斟句酌的语言。蒲松龄总在细微处精雕细刻写人，三言两语，形神毕现。

⑥阿喜同意婚事并非对抗父母之命，而是眼光高于父母，对命运做赌博性选择。养尊处优的小姐为将来可能的"贵"与张生共渡现实的"贫"已很难得，但她绝对不敢违抗父母之命。父亲骂句贱骨头，她就再也不敢往前迈一步。

⑦张生字"介受"，"介"有孤高、有操守的意思。人如其名，张生既爱惜羽毛，又尊重对方，不自欺，不欺人，是慎独守信的正人君子。青梅在尴尬情势下跟张生坦诚对话，寻找解决困境的途径，她真是解决难题的能手。

⑧阿喜更加欣赏张生，但她仍不敢迈出追求幸福的步伐，青梅却敢。

曰："诺。"乃托侯氏卖花者往。夫人闻之而笑，以告王，王亦大笑④，唤女至，述侯氏意。女未及答，青梅亟赞其贤，决其必贵。夫人又问曰："此汝百年事，如能啜糠覈〔12〕也，即为汝允之。"女俯首久之，顾壁而答曰："贫富命也。倘命之厚，则贫无几时，而不贫者无穷期矣。或命之薄，彼锦绣王孙，其无立锥者岂少哉？是在父母。"⑤初，王之商女也，将以博笑；及闻女言，心不乐，曰："汝欲适张氏耶？"女不答；再问，再不答。怒曰："贱骨了不长进！欲携筐作乞人妇，宁不羞死！"女涨红气结，含涕引去⑥。媒亦遂奔。

青梅见不谐，欲自谋。过数日，夜诣生。生方读，惊问所来，词涉吞吐，生正色却之。梅泣曰："妾良家子，非淫奔者；徒以君贤，故愿自托。"生曰："卿爱我，谓我贤也。昏夜之行，自好者不为，而谓贤者为之乎？夫始乱之而终成之，君子犹曰不可；况不能成，彼此何以自处？"梅曰："万一能成，肯赐援拾否〔13〕？"生曰："得人如卿，又何求？但有不可如何者三，故不敢轻诺耳。"曰："若何？"曰："卿不能自主，则不可如何；即能自主，我父母不乐，则不可如何；即乐之，而卿身直必重，我贫不能措，则尤不可如何。卿速退，瓜李之嫌可畏也〔14〕！"⑦梅临去又嘱曰："君倘有意，乞共图之。"生诺。

梅归，女诘所往，遂跪而自投。女怒其淫奔，将施扑责。梅泣白无他，因而实告。女叹曰："不苟合，礼也；必告父母，孝也；不轻然诺，信也。有此三德，天必祐之，其无患贫也已。"⑧既而曰："子将若何？"曰："嫁之。"女笑曰："痴婢能自主耶？"曰："不济，则以死继之。"女曰："我必如所愿。"梅稽首而拜之。又数日，谓女曰："曩而言之戏乎？抑果欲慈悲也？果尔，则尚有微情〔15〕，并祈垂怜焉。"女问之，答曰："张生不能致聘〔16〕，婢子又无力可以自赎，必取盈焉〔17〕，嫁我犹不嫁也。"女沉吟曰："是非我之能为力矣。我曰嫁汝，且恐不得当，而曰必无取直焉。是大人所必不允，亦余所不敢言也。"青梅闻之，泣数行下，但求怜拯。女思良久，曰："无已〔18〕，我私蓄数金，当倾囊相助。"梅拜谢，因潜告张。张母大喜，多方乞贷，共得如干数，藏待好音。

会王授曲沃宰〔19〕，喜乘间告母曰："青梅年已长，今将莅任，不如遣之。"⑨夫人固以青梅太黠，恐导女不义，每欲嫁之，而恐女不乐也，闻女言甚喜。逾两日，有佣保妇白张氏意，王笑曰："是只合耦婢子，前此何妄也！然鹭腾高门〔20〕，价当倍于曩昔。"女急进曰："青梅侍我久，卖为妾，良不忍。"王乃传语张氏，仍以原金署券〔21〕，以青梅嫔于生〔22〕。

入门，孝翁姑，曲折承顺，尤过于生，而操作更勤，厌糠秕不为苦。由是家中无不爱重青梅。梅又以刺绣作业，售且速，贾人候门以购，惟恐弗得。得资稍可御穷，且劝勿以内顾误读〔23〕，经纪皆自任之。⑩因主人之任〔24〕，往别阿喜。喜见之，泣曰："子得所矣，我固不如。"梅曰："是何人之赐，而敢忘之？然以为不如婢子，恐促婢子寿。"遂泣相别。

王如晋，半载，夫人卒，停柩寺中；又二年，王坐行赇免，罚赎万计，渐贫不能自给，从者逃散。是时，疫大作，王染疾，亦卒。惟一媪从女。未几，媪又卒。女伶仃益苦。有邻妪劝之嫁，女曰："能为我葬双亲者，从之。"妪怜之，赠以斗米而去。半月复来，曰："我为娘子极力，事难合也；贫者不能为而葬，富者又嫌子为陵夷嗣〔25〕，奈何！尚有一策，但恐不能从也。"女曰："若何？"曰："此间有李郎，欲觅侧室，倘见姿容，即遣厚葬，必当不惜。"女大哭曰："我搢绅裔，而为人妾耶！"妪无言，遂去。日仅一餐，延息待价。居半年，益不可支。一日，妪至，女泣告曰："困顿如此，每欲自尽，犹恋恋而苟活者，徒以有两柩在。已将转沟壑〔26〕，谁收亲骨者？故思不如依汝所言也。"妪于

---

⑨阿喜帮青梅和张生结合，有心计、有预谋，一步步心思绵密。王士禛评："天下得一知己，可以不恨，况在闺阁耶！青梅，张之知己也，乃王女者又能知青梅，事妙文妙，可以传矣。"

⑩青梅嫁给她认为有前途的张生，是否坐等富贵降临？不。青梅不仅是贤惠主妇，还成为聪明能干的手工业劳动者，和封建社会要求的"女子无才便是德"的女性有很大差别。她认准有希望的男人，并不像青藤缠树，而是跟这男人一起奋斗，共同创造新生活，青梅不是男性附庸，而是封建末期出现的新女性，她的善经营已带有女商人特点。可以想象：如果嫁到张家是阿喜，恐怕张生在刻苦攻读的同时，还得考虑怎么养活横草不拿、竖草不拈的千金小姐，他的富贵就来得迟，也来得更加不易了。

497

是导李来，微窥女，大悦。即出金营葬。双榇具举已〔27〕，乃载女去。入参冢室〔28〕，冢室故悍妒，李初未敢言妾，但托买婢。及见女，暴怒，杖逐而出，不听入门。女披发零涕，进退无所。有老尼过，邀与同居，女喜，从之。至庵中，拜求祝发〔29〕。尼不可，曰："我视娘子，非久卧风尘者，庵中陶器脱粟〔30〕，粗可自支，姑寄此以待之。时至，子自去。"居无何，市中无赖窥女美，辄打门游语为戏〔31〕，尼不能制止。女号泣欲自死。尼往求吏部某公揭示〔32〕严禁，恶少始稍敛迹。后有夜穴寺壁者，尼警呼，始去。因复告吏部，捉得首恶者，送郡笞责，始渐安。

又年余，有贵公子过庵，见女，惊绝。强尼通殷勤，又以厚赂啖尼，尼婉语之曰："渠簪缨胄〔33〕，不甘媵御〔34〕，公子且归，迟迟当有以报命〔35〕。"既去，女欲乳药求死〔36〕⑪，夜梦父来，疾首曰〔37〕："我不从汝志，致汝至此，悔之已晚。但缓须臾勿死，夙愿尚可复酬。"女异之。天明，盥已，尼望之而惊曰："睹子面，浊气尽消，横逆不足忧也〔38〕。福且至，勿忘老身矣。"

语未已，闻叩户声，女失色，意必贵家奴。尼启扉，果然。奴骤问所谋，尼甘语承迎，但请缓以三日。奴述主言，事若无成，俾尼自复命。尼唯唯敬应，谢令去。女大悲，又欲自尽，尼止之。女虑三日复来，无词可应，尼曰："有老身在，斩杀自当之。"

次日，方晡，暴雨翻盆，忽闻数人挝户大哗。女意变作，惊怯不知所为。尼冒雨启关，见有肩舆停驻，女奴数辈，捧一丽人出。仆从煊赫，冠盖甚都〔39〕。惊问之，云："是司李内眷，暂避风雨。"导入殿中，移榻肃坐。家人妇群奔禅房，各寻休憩。入室见女，艳之，走告夫人。无何，雨息，夫人起，请窥禅舍。尼引入，睹女，骇绝，凝眸不瞬；女亦顾盼良久⑫。夫人非他，盖青梅也。各失声哭，因道行踪。盖张翁病故，生起复

⑪ 阿喜的悲惨遭遇是对青梅慧眼的反证，王进士的忏悔也是对青梅慧眼的反证。

⑫ 笔墨凝练传神，小姐落难尼庵，丫鬟成了贵妇，二人猝然相遇对视，贵妇无改昔日丫鬟习惯，直愣愣、不客气地盯着对方看，身份变了，对当年主人的亲热未变；落难女未改大家闺秀风度，不直视，睨之，顾盼之，不得不对已身份改变的丫鬟另眼相看。捕捉眼神准确细腻。

后连捷,授司理。生先奉母之任,后移诸眷口。女叹曰:"今日相看,何啻霄壤!"梅笑曰:"幸娘子挫折无偶,天正欲我两人完聚耳。倘非阻雨,何以有此邂逅?此中具有鬼神,非人力也。"乃取珠冠锦衣,催女易妆。女俯首徘徊,尼从中赞劝之。女虑同居其名不顺,梅曰:"昔日自有定分,婢子敢忘大德?试思张郎,岂负义者?"强妆之,别尼而去。抵任,母子皆喜。女拜曰:"今无颜见母!"母笑慰之。因谋涓吉合卺〔40〕。女曰:"庵中但有一丝生路,亦不肯从夫人至此。倘念旧好,得受一庐,可容蒲团足矣。"梅笑而不言。及期,抱艳妆来,女左右不知所可。俄闻鼓乐大作,女亦无以自主。梅率婢媪强衣之,挽扶而出。见生朝服而拜,遂不觉盈盈而亦拜也。梅曳入洞房,曰:"虚此位以待君久矣。"又顾生曰:"今夜得报恩,可好为之。"返身欲去,女捉其裾,梅笑云:"勿留我,此不能相代也。"解指脱去。

青梅事女谨,莫敢当夕〔41〕⑬,而女终惭沮不自安〔42〕,于是母命相呼以夫人,然梅终执婢妾礼,罔敢懈。三年,张行取入都,过尼庵,以五百金为尼寿。尼不受,固强之,乃受二百金,起大士祠,建王夫人碑。后张仕至侍郎,程夫人举二子一女,王夫人四子一女。张上书陈情,俱封夫人⑭。

异史氏曰:"天生佳丽,固将以报名贤;而世俗之王公,乃留以赠纨袴。此造物所必争也。而离离奇奇,致作合者无限经营,化工亦良苦矣。独是青夫人能识英雄于尘埃,誓嫁之志,期以必死;曾俨然而冠裳也者〔43〕,顾弃德行而求膏粱,何智出婢子下哉!"

⑬ 青梅真诚、执着的奴性,是封建等级观念的表现,所谓一日为奴,终身奴性不改。但蒲松龄这样写,主要是肯定青梅和张生报答阿喜当年成全之恩。这个二美一夫故事的深层内涵不是蒲松龄通常宣传的男权中心,而是"德""义""恩"理念。

⑭ 蒲松龄也想让青梅从"奴"字下解脱。皇帝老儿封赏,实际是张生看不下在逆境中陪自己艰苦奋斗的青梅低人一等,巧妙地靠皇命改变。

校勘

底本:手稿本。参校:二十四卷本、异史、铸雪斋本、青柯亭本。

注释

〔1〕白下：古地名。指今南京西北的白石山下，因盛产石灰石和白云石得名，后成为"南京"代称。清代属江宁府。〔2〕畛畦：界限、规范。〔3〕诮（qiào）姗：讥笑批评。〔4〕乳媪：奶妈子。〔5〕韶秀：美好秀丽。〔6〕荡无行：行为放荡，品行不端。〔7〕候铨：听候诠选。封建时代的官吏因故开缺，到吏部报到，听候选任。〔8〕制行不苟：品德严谨，不随便。〔9〕笃于学：专心致志读书。〔10〕私：小便。〔11〕求伐：求人做媒。〔12〕啜糠覈（hé）：意即吃糠咽菜，过贫苦日子。糠覈，粗劣的粮食。覈，碎米屑。〔13〕援拾：伸出援手拉一把。意思是收留。〔14〕瓜李之嫌：男女黑夜单独相处招人怀疑。瓜田纳履，李下整冠，有被怀疑摘瓜果的嫌疑。古乐府《君子行》："瓜田不纳履，李下不正冠。"〔15〕微情：卑微细小情怀。〔16〕致聘：下聘礼，此处指给青梅赎身。〔17〕取盈：不减少（青梅赎身的钱）。〔18〕无已：没有别的办法。〔19〕曲沃宰：曲沃县令。曲沃，明清县名，治所在今山西临汾市曲沃县。〔20〕鬻媵（yìng）高门：卖给富贵人家做妾。〔21〕以原金署券：按照原先买来的身份定下赎身契约。〔22〕嫔：嫁。〔23〕内顾：家庭生计。〔24〕之任：赴任。〔25〕陵夷嗣：败落家庭的后代。〔26〕转沟壑：眼看就要饿死。〔27〕槥（huì）：薄棺。〔28〕冢室：嫡妻。〔29〕祝发：削发为尼。〔30〕陶器脱粟：粗糙的器具，粗糙的粮食。指生活条件非常简陋。〔31〕游语为戏：用轻薄的话调戏。〔32〕揭示严禁：发告示禁止。〔33〕渠簪缨胄：她是官宦人家的小姐。〔34〕不甘媵御：不甘心做妾。〔35〕报命：复命。〔36〕乳药：以水合毒药。〔37〕疾首：痛心疾首。〔38〕横逆：横暴无理。〔39〕冠盖甚都：冠服和车辆都十分华美。〔40〕涓吉合卺（jǐn）：选择良辰吉日举行婚礼。〔41〕莫敢当夕：这是古代约束侍妾的礼法，指不敢代替正妻与丈夫共寝。〔42〕惭沮：惭愧沮丧。〔43〕冠裳（cháng）：官宦士绅。指王进士。

点评

《三国》有青梅煮酒论英雄，《聊斋》中的青梅是丫鬟，命运由主人操纵。她却慧眼识英才，认准一个贫苦而有发展前途的男人，设法誓死追随这个男人，协助他飞黄腾达，最终飞上枝头做凤凰。蒲松龄创造这个曲折故事，从王进士夫妇阻止阿喜嫁张生始，经青梅夜奔、张生崛起、阿喜沉浮，到张生双美共得，离离奇奇，曲曲折折。这些都说明一个道理：下等人青梅慧眼识英才，上等人王进士却瞎眼不识金镶玉，针砭了嫌贫爱富、有眼无珠的社会风气，说明"卑贱者最聪明，高贵者最愚蠢"。《青梅》不管在小说构思上还是人物描写上都是古代短篇小说的另类。小说出现一个男主角和两个女主角，但他们三人不是传统戏曲里的生、旦、贴，而是二龙戏珠、双美对峙，形成构思上青龙白虎并行，人物描写上春兰秋菊齐盛。青梅飞上枝头做凤凰的故事是小说家"换位法"的胜利。低贱的丫鬟不服从命运安排，经过个人奋斗，最后得到封建社会梦寐以求的凤冠霞帔。小姐怯懦、从命，落入悲惨的境地。颠倒的位置颠倒过来。这类王子变贫儿，贫儿变王子，是世界小说巨匠常采用的办法。十七世纪中国小说家可与十九世纪欧美小说家媲美。

青梅

何幸鸡鹜匹鸾官
更欣旧主共团栾
甘居妾媵舜当夕
难得青梅味不酸

卷三

罗刹海市

① 马骥是《聊斋》中的著名美男子。他的美不是阳刚雄浑、赳赳武夫之美，而是文雅书生之美。《罗刹海市》构思中心是指斥以丑为美的世道。马骥的美就不单纯是外貌，而对整个小说起作用。蒲松龄通过美男子马骥异国他乡的奇遇，讽刺了以丑为美、黑白颠倒的社会。

② "罗刹"本是佛教对恶鬼通称，现在成国家名字，其政局可想而知。

马骥①，字龙媒，贾人子。美丰姿，少倜傥，喜歌舞，辄从梨园子弟〔1〕，以锦帕缠头，美如好女，因复有"俊人"之号。十四岁入郡庠〔2〕，即知名。父衰老，罢贾而居，谓生曰："数卷书，饥不可煮，寒不可衣，吾儿仍可继父贾。"马由是稍稍权子母〔3〕。从人浮海〔4〕，为飓风引去〔5〕，数昼夜至一都会〔6〕。其人皆奇丑，见马至，以为妖，群哗而走。马初见其状，大惧，迨知国人之骇己也，遂反以此欺国人。遇饮食者，则奔而往，人惊遁，则啜其余〔7〕。久之，入山村，其间形貌亦有似人者，然褴褛如丐。马息树下，村人不敢前，但遥望之。久之，觉马非噬人者，始稍稍近就之。马笑与语。其言虽异，亦半可解。马遂自陈所自。村人喜，遍告邻里：客非能搏噬者〔8〕。然奇丑者望望即去〔9〕，终不敢前。其来者，口鼻位置，尚皆与中国同。共罗浆酒奉马。马问其相骇之故。答曰："尝闻祖父言：西去二万六千里，有中国，其人民形象率诡异。但耳食之〔10〕，今始信。"问其何贫。曰："我国所重，不在文章，而在形貌。其美之极者，为上卿〔11〕；次，任民社〔12〕；下焉者，亦邀贵人宠，故得鼎烹以养妻子〔13〕。若我辈，初生时，父母皆以为不祥，往往置弃之，其不忍遽弃者，皆为宗嗣耳。"问："此名何国？"曰："大罗刹国②。都城在北去三十里。"马请导往一观。于是鸡鸣而兴，引与俱去。

天明，始达都。都以黑石为墙，色如墨，楼阁近百尺，然少瓦，覆以红石，拾其残块磨甲上，无异丹砂。时值朝退，朝中有冠盖出〔14〕。村人指曰："此相国也〔15〕。"视之，双耳皆背生，鼻三孔，睫毛覆目如帘。又数骑出，曰："此大夫也〔16〕。"以次各指其官职，

503

③以貌取人，以丑为美，越丑陋不堪越高官厚禄，相国丑到登峰造极。罗刹国的故事带有浓郁的寓言色彩，是柳宗元的《三戒》或伊索、克雷洛夫式的寓言。此处之貌并非单纯指面貌，而比喻品质。

④资深外交官执戟郎像个癞蛤蟆。家中歌舞场面极度夸张怪异。歌舞者狰狞如夜叉，扮唱呕呕哑哑，乱七八糟，稀奇古怪。从唱腔、唱词到扮相，都丑恶之至、滑稽至极！

⑤奸佞当道、以丑为美的社会，"易面目图荣显"是想往上爬者必然要走的路。正人君子也不得不装出小人鬼面，才能适应时世。

率髼鬙怪异〔17〕，然位渐卑，丑亦渐杀〔18〕③。无何，马归。街衢人望见之，噪奔跌蹶〔19〕，如逢怪物。村人百口解说〔20〕，市人始敢遥立。既归，国中无大小，咸知村有异人。于是缙绅大夫〔21〕，争欲一广见闻，遂令村人要马〔22〕。然每至一家，阍人辄阖户，丈夫女子窃窃自门隙中窥语。终一日，无敢延见者。

村人曰："此间一执戟郎〔23〕，曾为先王出使异国，所阅人多，或不以子为惧。"造郎门。郎果喜，揖为上宾。视其貌，如八九十岁人，目睛突出，须卷如猬〔24〕④。曰："仆少奉王命，出使最多；独未尝至中华。今一百二十余岁，又得睹上国人物，此不可不闻于天子。然臣卧林下，十余年不践朝阶。早旦，为君一行。"乃具饮馔，修主客礼。酒数行，出女乐十余人，更番歌舞。貌类如夜叉，皆以白锦缠头，拖朱衣及地。扮唱不知何词，腔拍恢诡〔25〕。主人顾而乐之，问："中国亦有此乐乎？"曰："有。"主人请拟其声。遂击桌为度一曲。主人喜曰："异哉！声如凤鸣龙啸，得未曾闻。"翼日，趋朝，荐诸国王。王忻然下诏。有二三大臣言其怪状，恐惊圣体。王乃止。郎出告马，深为扼腕〔26〕。居久之，与主人饮而醉，把剑起舞，以煤涂面作张飞。主人以为美，曰："请客以张飞见宰相，宰相必乐用之。厚禄不难致。"马曰："嘻！游戏犹可，何能易面目图荣显〔27〕？"主人固强之，马乃诺。主人设筵，邀当路者饮〔28〕，令马绘面以待。未几客至，呼马出见客。客讶曰："异哉！何前媸而今妍也〔29〕！"⑤遂与共饮甚欢。马婆娑歌弋阳曲〔30〕，一座无不倾倒。明日，交章荐马〔31〕。王喜，召以旌节〔32〕。既见，问中国治安之道，马委曲上陈，大蒙嘉叹，赐宴离宫〔33〕。酒酣，王曰："闻卿善雅乐，可使寡人得而闻之乎？"马即起舞，亦效白锦缠头，作靡靡之音。王大悦，即日拜下大夫。时与私宴，恩宠殊异。

久而官僚百执事颇觉其面目之假；所至，辄见人耳语，不甚与款洽。马至是孤立，惘然不自安〔34〕。遂上疏乞休致〔35〕，不许；又告休沐〔36〕，乃给三月假。于是乘传载金宝〔37〕，复归山村。村人膝行以迎。马以金资分给旧所与交好者，欢声雷动。村人曰："吾侪小人受大夫赐〔38〕，明日赴海市⑥，当求珍玩，用报大夫。"问："海市何地？"曰："海中市，四海鲛人〔39〕，集货珠宝。四方十二国均来贸易。中多神人游戏。云霞障天，波涛间作。贵人自重，不敢犯险阻，皆以金帛付我辈，代购异珍。今其期不远矣。"问所自知，曰："每见海上朱鸟来往〔40〕，七日即市。"马问行期，欲同游瞩。村人劝使自贵，马曰："我顾沧海客〔41〕，何畏风涛！"

未几，果有踵门寄资者，遂与装资入船。船容数十人，平底高栏。十人摇橹，激水如箭。凡三日，遥见水云幌漾之中〔42〕，楼阁层叠；贸迁之舟，纷集如蚁。少时，抵城下。视墙上砖，皆长与人等。敌楼高接云汉〔43〕。维舟而入，见市上所陈，奇珍异宝，光明射眼，多人世所无。一少年乘骏马来市，人尽奔避，云是"东洋三世子〔44〕"。世子过，目生曰："此非异域人？"即有前马者来诘乡籍〔45〕。生揖道左〔46〕，具展邦族〔47〕。世子喜曰："既蒙辱临，缘分不浅。"于是授生骑，请与连辔〔48〕。乃出西城，方至岛岸，所骑嘶跃入水。生大骇失声。则见海水中分，屹如壁立。俄睹宫殿，玳瑁为梁〔49〕，鲂鳞作瓦〔50〕；四壁晶明，鉴影炫目⑦。下马揖入。仰见龙君在上，世子启奏："臣游市廛〔51〕，得中华贤士，引见大王。"生前拜舞〔52〕，龙君乃言："先生文学士，必能衙官屈、宋〔53〕，欲烦椽笔赋《海市》〔54〕，幸无吝珠玉〔55〕。"生稽首受命。授以水精之砚〔56〕，龙鬣之毫〔57〕，纸光似雪，墨气如兰。生立成千余言，献殿上，龙君击节曰："先生雄才，有光水国多矣。"遂集诸龙族，谦集采霞宫。酒炙数行，龙君执爵而向客曰："寡人所

⑥罗刹国乃幻想之国，但官制与中国同，百执事即百官。"海市"虽然出现在小说标题中，实际仅是马骥从罗刹国到龙宫的过渡。马骥进入龙宫后，志向和才能有了充分施展机会。以真才实学取人的龙君对马骥格外恩宠。马骥的荣华富贵之梦如愿以偿。

⑦龙宫从外延到内涵都达美之极致。透明、高贵、雅致的物体构成优美华丽的氛围，散发馨香。罗刹国与龙宫对比鲜明：罗刹国黑石为墙，龙宫四壁晶明，有色调明暗对比；罗刹国以丑为美，龙宫推崇内外兼美，有美丑对比；罗刹国人与人之间以假面相待，龙宫对马骥待之以诚、待之以礼，是猥琐之邑与礼仪之邦的对比；马骥在罗刹国以煤涂面方能邀宠，在龙宫以堂堂正正面目扬眉吐气，是邪恶和正派之对比。一边是无比黑暗，一边是耀眼光明；一边是尔虞我诈、丑陋邪恶，一边是高雅正派、优美和谐。

怜女，未有良匹，愿累先生。先生倘有意乎？"生离席愧荷〔58〕，唯唯而已。龙君顾左右语。无何，宫人数辈，扶女郎出。佩环声动，鼓吹暴作。拜竟，睨之，实仙人也。女拜已而去。

少时，酒罢，双鬟挑画灯〔59〕，导生入副宫〔60〕。女浓妆坐伺。珊瑚之床，饰以八宝〔61〕；帐外流苏〔62〕，缀明珠如斗大；衾褥皆香软。天方曙，则雏女妖鬟，奔入满侧。生起，趋出朝谢，拜为驸马都尉〔63〕。以其赋驰传诸海。诸海龙君，皆专员来贺；争折简招驸马饮。生衣绣裳，驾青虬〔64〕，呵殿而出〔65〕。武士数十骑，皆雕弧〔66〕，荷白棓〔67〕，晃耀填拥〔68〕。马上弹筝，车中奏玉〔69〕。三日间，遍历诸海。由是"龙媒"之名⑧，噪于四海。

宫中有玉树一株⑨：围可合抱；本莹澈〔70〕，如白琉璃；中有心，淡黄色，稍细于臂；叶类碧玉，厚一钱许，细碎有浓阴。常与女啸咏其下。花开满树，状类蘼蕷〔71〕。每一瓣落，锵然作响。拾视之，如赤瑙雕镂〔72〕，光明可爱。时有异鸟来鸣，毛金碧色，尾长于身，声等哀玉〔73〕，恻人肺腑。生每闻辄念乡土，因谓女曰："亡出三年，恩慈间阻〔74〕，每一念及，涕膺汗背〔75〕。卿能从我归乎？"女曰："仙尘路隔，不能相依。妾亦不忍以鱼水之爱〔76〕，夺膝下之欢〔77〕。容徐谋之。"生闻之，泣不自禁。女亦叹曰："此势之不能两全者也！"

明日，生自外归。龙君曰："闻都尉有故土之思，诘旦趣装，可乎？"生谢曰："逆旅孤臣〔78〕，过蒙优宠，衔报之诚〔79〕，结于肺肝。容暂归省，当图复聚耳。"入暮，女置酒话别。生订后会，女曰："情缘尽矣。"生大悲。女曰："归养双亲，见君之孝。人生聚散，百年犹旦暮耳，何用作儿女哀泣！此后妾为君贞〔80〕，君为妾义〔81〕，两地同心，即伉俪也。何必旦夕相守，乃谓之偕老乎⑩？若渝此盟，婚姻不吉。倘

---

⑧ 名字黏合人龙关系，"龙媒"是马骥的字，又成龙王爱婿。

⑨ 龙宫玉树是何科植物？写过《农桑经》的蒲松龄都说不清。龙宫玉树是蒲松龄根据美学理想培育出来的异常物种，是小说中才有的植物。它给人透明、纯洁、高雅之感，形成"俊人"马骥的特殊生活环境，与人物秉性相契合。玉树下啸咏细节写婚后生活，表现马骥与龙女爱情的高层次。

⑩ 龙女的话富有哲理。人生只要有爱，爱一百年跟爱一天是一样的。龙女美丽而深明大义，与俊男马骥珠联璧合。

卷三

虑中馈乏人〔82〕，纳婢可耳。更有一事相嘱：自奉裳衣〔83〕，似有佳朕〔84〕，烦君命名。"生曰："其女耶，可名龙宫；男耶，可名福海。"女乞一物为信。生在罗刹国所得赤玉莲花一对，出以授女。女曰："三年后四月八日⑪，君当泛舟南岛，还君体胤〔85〕。"女以鱼革为囊，实以珠宝，授生曰："珍藏之，数世吃着不尽也。"天微明，王设祖帐，馈遗甚丰〔86〕。生拜别出宫，女乘白羊车，送诸海涘〔87〕。生上岸下马。女致声珍重，回车便去，少顷便远。海水复合，不可复见。生乃归。

自浮海去，咸谓其已死。及至家，家人无不诧异。幸翁媪无恙，独妻已他适。乃悟龙女"守义"之言，盖已先知也。父欲为生再婚，生不可，纳婢焉。谨志三年之期，泛舟岛中。见两儿坐浮水面，拍流嬉笑，不动亦不沉。近引之，儿哑然捉生臂〔88〕，跃入怀中。其一大啼，似嗔生之不援己者。亦引上之。细审之，一男一女，貌皆婉秀。额上花冠缀玉，则赤莲在焉。背有锦囊，拆视，得书云："翁姑计各无恙。忽忽三年，红尘永隔；盈盈一水〔89〕，青鸟难通；结想为梦〔90〕，引领成劳；茫茫蓝蔚，有恨如何也！顾念奔月姮娥〔91〕，且虚桂府；投梭织女〔92〕，犹怅银河。我何人斯，而能永好？兴思及此，辄复破涕为笑。别后两月，竟得孪生。今已嚄啾怀抱，颇解笑言；觅枣抓梨，不母可活。敬以还君。所贻赤玉莲花，饰冠作信。膝头抱儿时，犹妾在左右也。闻君克践旧盟，意愿斯慰。妾此生不二，之死靡他。奁中珍物，不蓄兰膏；镜里新妆，久辞粉黛。君似征人〔93〕，妾作荡妇〔94〕，即置而不御〔95〕，亦何得谓非琴瑟哉？独计翁姑亦既抱孙，曾未一觌新妇，揆之情理〔96〕，亦属缺然。岁后阿姑窀穸，当往临穴，一尽妇职⑫。过此以往，则'龙宫'无恙，不少把握之期；'福海'长生，或有往还之路。伏惟珍重，不尽欲言。"⑬生反复省书揽涕。两儿抱颈曰："归休乎！"

⑪ 四月八日是佛诞节。

⑫ 马骥和龙女体现的为国效力、孝亲育雏、夫妻贞义，是千百年维系中华民族人与人之间关系的准则。龙女是忠心的妻子、慈爱的母亲、孝顺的儿媳，有贤妻良母的柔美，又有学者的深沉。龙女之美，是封建道德之美，具有明显的男性中心色彩。龙女提出，丈夫"中馈乏人，纳婢可耳"。马骥果然纳婢，龙女在龙宫单方面"克践旧盟"。在这个相当优美的爱情故事里，蒲松龄的男权思想强烈而酸腐地表现着。

⑬ 唐传奇《莺莺传》中莺莺的信，曾被看作中国古代女性内心独白的最佳篇章，堪与普希金笔下达吉雅娜的信媲美。龙女的信以如泣如诉诗歌般的语言，表达了她忠于爱情的心声。较之莺莺的信毫不逊色。

507

生益恸，抚之曰："儿知家在何许？"儿亟啼，呕哑言归。生望海水茫茫，极天无际；雾鬟人渺〔97〕，烟波路穷。抱儿返棹，怅然遂归。

生知母寿不永，周身物悉为预具。墓中植松槚百余〔98〕。逾岁，媪果亡。灵舆至殡宫〔99〕，有女子缞绖临穴。众方惊顾，忽而风激雷轰，继以急雨，转瞬间已失所在。松柏新植多枯，至是皆活。福海稍长，辄思其母。忽自投入海，数日始还。龙宫以女子不得往，时掩户泣。一日，昼瞑，龙女忽入，止之曰："儿自成家，哭泣何为？"乃赐八尺珊瑚一树、龙脑香一帖、明珠百颗、八宝嵌金合一双，为作嫁资。生闻之，突入，执手啜泣。俄顷，疾雷破屋，女已无矣。

异史氏曰："花面逢迎〔100〕，世情如鬼。嗜痂之癖〔101〕，举世一辙。'小惭小好〔102〕，大惭大好。'若公然带须眉以游都市，其不骇而走者，盖几希矣！彼陵阳痴子〔103〕，将抱连城玉向何处哭也？呜呼！显荣富贵，当于蜃楼海市中求之耳！"⑭

⑭ 美男子马骥的奇遇，以及蒲松龄由他的奇遇而引发的"异史氏曰"，实际上是愤世嫉俗的聊斋先生对黑白颠倒社会的锋利投枪。

校勘

底本：手稿本。参校：二十四卷本、异史、铸雪斋本、青柯亭本。

注释

〔1〕梨园子弟：戏曲艺人。〔2〕入郡庠：经过考试成为府学生员。郡庠，科举时代对府学的称呼。〔3〕权子母：经商。权，权衡；子母，货币的大小。语自《国语·周语下》，意思是国家铸钱，以重币为母，轻币为子，权其轻重而使行，以利于民。后世称经商借贷生息为权子母。〔4〕浮海：航海经商。〔5〕飓风：台风。〔6〕都会：大城市。〔7〕啜：吃。〔8〕搏噬：搏击吞吃。〔9〕望望即去：远远地看见就离开了。〔10〕耳食：听说，传闻。〔11〕上卿：周朝制度，天子及诸侯皆有卿，分上、中、下三等，最尊贵的称上卿。〔12〕民社：人民和社稷。借指直接管理民众的府、州、县的官员。〔13〕鼎烹：贵人所享用的美食。鼎，古时炊器。圆鼎两耳三足，方鼎两耳四足。〔14〕冠盖：官员的冠

服车乘。〔15〕相国：古官名，宰相。〔16〕大夫：古官名，位次于相国的高级官员。春秋诸侯国君下有卿、大夫、士三等。〔17〕挣擰（zhēng níng）：狰狞。〔18〕渐杀：逐渐减少。〔19〕噪奔跌蹶：边跑边喊，跌跌撞撞。〔20〕百口解说：极力解说。〔21〕搢绅：有官职或有地位的人。〔22〕要：邀请。〔23〕执戟郎：秦汉时宫廷侍卫官，因手执戟，故称执戟郎。〔24〕须卷如猬：胡须卷曲像刺猬。〔25〕腔拍恢诡：节奏荒诞怪异。〔26〕扼腕：以一只手握另一手腕，表示惋惜、愤慨。〔27〕易面目图荣显：改变面目以求得荣华富贵。〔28〕当路者：掌权者。〔29〕前嫫而今妍：原来丑陋现在美貌。〔30〕婆娑歌弋阳曲：一边翩翩起舞，一边唱弋阳腔。弋阳曲，元末明初起源于江西弋阳的戏曲。〔31〕交章荐马：争先恐后地给皇帝上奏章推荐马骥。〔32〕召以旌（jīng）节：派遣使者手持旌节请马骥入朝。旌节，以竹为竿，上饰旄牛尾和五彩羽毛。古代使者执旌节，作为皇命凭证。〔33〕离宫：帝王正式宫殿外供随时游览的宫室。〔34〕憪（xián）然：寝食不安之貌。〔35〕休致：退休。〔36〕休沐：休假。〔37〕乘传：乘坐驿车。〔38〕吾侪（chái）：我辈小人。〔39〕鲛人：神话传说中的人鱼。据张华《博物志》，南海中有鲛人，善于织鲛绡，流出的泪水变成珍珠。〔40〕朱鸟：传说中的鸾鸟。〔41〕顾沧海客：本来就是航海做生意的人。〔42〕幌漾：荡漾。〔43〕敌楼：城楼。〔44〕世子：帝王嫡妻所生之子。〔45〕前马者：马前护卫者。〔46〕道左：道旁。〔47〕具展邦族：一一陈述自己的籍贯姓名。〔48〕连辔：骑马同行。〔49〕玳瑁为梁：以玳瑁装饰的画梁。玳瑁，形似龟的爬行动物，黄褐色甲壳。〔50〕鲂鳞作瓦：以鱼鳞作瓦。鲂，俗称三角鳊，肉质肥美，青白色细鳞。〔51〕市廛（chán）：集市。〔52〕拜舞：跪拜舞蹈。行见君王的三叩九拜之礼。〔53〕衙官屈、宋：叫屈原和宋玉来做自己的属官，意思是文章超过屈原、宋玉。衙官，唐代刺史的属官。据《旧唐书·杜审言传》，杜审言曾对人说"吾之文章，合得屈、宋做衙官"。〔54〕椽（chuán）笔：如椽之笔，大手笔。椽，放在檩子上架屋瓦的木条。〔55〕珠玉：美丽的辞藻。〔56〕水精：水晶。〔57〕龙鬣（liè）：龙脖颈上的长毛。〔58〕愧荷：以愧疚之心表示感谢。〔59〕双鬟：梳环形发髻的丫鬟。画灯：彩绘宫灯。〔60〕副宫：龙王正殿旁的宫室，龙女结婚的洞房。〔61〕八宝：各种珍宝。〔62〕流苏：用鸟羽或彩丝做成垂于帷帐上的穗状饰物。〔63〕驸马都尉：汉武帝时设，掌副车之马。魏晋后，皇帝女婿照例出任，不是实职。〔64〕青虬：无角青龙。〔65〕呵殿：古时贵人出行有侍卫前呵后殿，喝令行人让道。〔66〕雕弧：雕弓。〔67〕白棓（bàng）：大棒。〔68〕晃耀填拥：队伍辉煌耀眼，出行造成人流聚集堵塞。〔69〕奏玉：奏玉笛。〔70〕本：树干。〔71〕薝（zhān）蔔：栀子花。〔72〕赤瑙：红玛瑙。〔73〕哀玉：像玉笛吹出的哀婉声音。〔74〕恩慈间阻：与父母分离。〔75〕涕膺汗背：泪下沾胸，痛苦得汗流浃背。〔76〕鱼水之爱：夫妻之爱。〔77〕膝下之欢：父母与子女之情。〔78〕逆旅孤臣：旅居在外孤立无助的臣子。〔79〕衔报之诚：感恩图报的诚心。〔80〕贞：妻子不改嫁谓贞。〔81〕义：丈夫不另娶为义。〔82〕中馈乏人：家中无主妇主持家务。〔83〕自奉裳衣：自从结婚之后。奉裳衣，妻子伺候丈夫梳洗。〔84〕佳朕：怀孕的佳兆。〔85〕体胤：亲生儿女。〔86〕馈遗（wèi）：馈赠。〔87〕海涘（sì）：海边。〔88〕哑然：笑的样子。〔89〕盈盈一水：二人相思如一水之隔。《古诗十九首·迢迢牵牛星》："盈盈一水间，脉脉不得语。"〔90〕"结想"二句：思念成梦，远望徒劳。〔91〕"顾念"二句：月宫嫦娥尚且孤独地自处。〔92〕"投梭"二句：天上织女尚且被银河阻隔难以与牛郎相会。〔93〕征人：出游不归者。〔94〕荡妇：出游不归者之妻。〔95〕置而不御：两地分居，有夫妻之义而无肌肤之亲。御，女子侍寝。〔96〕揆之情理：按情理揣测。〔97〕雾鬟人渺：意思是再也看不到美丽的妻子。雾鬟，女子浓密美丽的头发，此处代指龙女。〔98〕松槚（jiǎ）：松柏、楸树。〔99〕灵舆至殡宫：灵车到达墓穴。〔100〕"花面逢迎"二句：装出一副假面孔迎合有权势的人，世俗人情像鬼蜮一般。〔101〕"嗜痂之癖"二句：喜欢丑恶事物，全天下如出一辙。嗜痂的典故出自《宋书·刘邕传》，"邕所至嗜食疮痂，以为味似鳆鱼"。〔102〕"小惭小好"二句：唐代韩愈《与冯宿论文书》："时时应事作俗下文字，下笔令人惭。及示人，则人以为好矣。小惭者亦蒙谓之小好，大惭者即必以为大好矣。"意思是：时人喜逢迎，曲意迎合，违背自己心意。结果文章写得越不好，越被说好。〔103〕陵阳痴子：指春秋时卞和。他曾向楚厉王、楚武王献璞玉，被认为是石头。卞和被砍去双脚，抱璞哭于荆山下。楚文王使人剖璞，得价值连城的"和氏璧"。据东汉蔡邕《琴操》，楚王欲封卞和陵阳侯，卞和不就。

点评

蒲松龄根据"世情如鬼"的构思，以驰想天外的奇思妙想，对是非颠倒的社会做入骨三分的揭露。大罗刹国这个缥缈虚幻的"异域"，实际是血腥现实的投影。在恶鬼当道的社会中，有才学的人必须由目不识丁、心存鄙见者擢拔，品格高尚者永远被蝇营狗苟者左右。蒲松龄将深邃的哲理隐化在类似恶作剧的描写之中，以平静、冷静甚至冷峻的笔墨，对人人装假面骗人的现实做皮里阳秋、富于谐剧的描写。每一句都是"书空",又无一句不与现实生活相通,既穷形而尽相,又幽伏而含讥。充溢着诗情画意的龙宫,是蒲松龄的浪漫狂想,是理想的乌托邦,是现实生活中有志"致君尧舜上"的伊甸园。美男子马骥到了两个异国——"罗刹国"和"龙宫",从环境到人物,从人生功名、婚姻大事到人事琐琐,完全不同。这是丑恶现实与美好理想的对比,是假、恶、丑和真、善、美的对比。美男子马骥在罗刹国被看成妖怪,在龙宫成了驸马。这很像现实生活中同样一个人,在完全不同的单位工作,分别遇到嫉贤妒能的上司和任人唯贤的领导,结果就有了完全不同的际遇和人生。

《罗刹海市》这个神异故事,不过是把现实人生放到哈哈镜里而已。蒲松龄喜欢在小说里穷形尽相地写美女,《罗刹海市》却别出心裁写美男子,大有深意。如果马骥不是美男子,就不能显露媸妍颠倒的罗刹国;如果他不是美男子,就做不了龙宫驸马。马骥多才多艺,有治国安邦的才能和满腹珠玑的文章。马骥的美,是形貌与心灵合一的美。蒲松龄写美男子故事到底为什么?针砭社会。他似乎担心读者看不透"罗刹国"寓意,干脆在"异史氏曰"中说:现在社会美丑颠倒,越坏的东西越受欢迎,正直的人都不敢以本来面目示人,人人装假面,世态鬼蜮般阴冷。如果以堂堂正正男子汉大丈夫的真实面貌出现,就会把人吓跑了。你即使有连城美玉,也找不到赏识的人。显荣富贵,只能到海市蜃楼中寻求。

羅剎海市

妍媸倒置太奇閎
海市遙開萬里
雲翠光文章
熊富貴水晶
宮裏琴龍吳

田七郎

①武承休和田七郎交友的目的不纯，是想在自己倒霉时找人垫背。

②田七郎穷，但有教养。武承休富，有心计，不直说来找七郎，说借地方休息。武承休进门，夜猫子进宅。

③武承休掏钱，是按照"人穷志短""钱能通神"的习惯思维做。没想到，不灵。

④普通农村老太不仅人穷志不短，且经验丰富。田母知道，豪绅跟穷人交朋友，必有不可告人的打算，富朋友"乐善好施"，是驴打滚儿、必须用鲜血偿还的高利贷。田母戳破了"贫富交友"本质是富人用"钱"交换穷人的命。田母这段议论涵盖天地，包括古人经典和历史，是大见识，大议论。

⑤买虎皮的借口聪明，鱼找鱼，虾找虾，人们都跟同身份者交友，富公子跟穷猎人长期交往概率几等于零，买虎皮却可以长久联系，因为老虎不是说打就能打到。

武承休，辽阳人，喜交游，所与皆知名士。夜梦一人告之曰："子交游遍海内，皆滥交耳。惟一人可共患难①，何反不识？"问："何人？"曰："田七郎非与？"醒而异之。诘朝，见所与游，辄问七郎。客或识为东村业猎者。

武敬谒诸家，以马箠挝门。未几，一人出，年二十余，貂目蜂腰〔1〕，着腻帢〔2〕，衣皂犊鼻〔3〕，多白补缀〔4〕，拱手于额而问所自〔5〕。武展姓字，且托途中不快，借庐憩息②。问七郎，答云："即我是也。"遂延客入。见破屋数椽，木歧支壁〔6〕。入一小室，虎皮狼蜕，悬布楣间，更无机榻可坐。七郎就地设皋比焉〔7〕。武与语，言词朴质，大悦之，遽贻金作生计，七郎不受③，固予之，七郎受以白母，俄顷将还，固辞不受。武强之再四，母龙钟而至，厉色曰："老身止此儿，不欲令事贵客！"武惭而退。

归途展转，不解其意。适从人于舍后闻母言，因以告武。先是，七郎持金白母，母曰："我适睹公子，有晦纹〔8〕，必罹奇祸。闻之：'受人知者分人忧，受人恩者急人难。富人报人以财，贫人报人以义。'无故得重赂，不祥，恐将取死报于子矣。"武闻之，深叹母贤，然益倾慕七郎。④翼日，设筵招之，辞不至。武登其堂，坐而索饮。七郎自行酒，陈鹿脯，殊尽情礼。越日，武邀酬之，乃至。款洽甚欢。赠以金，即不受；武托购虎皮⑤，乃受之。归视所蓄，计不足偿，思再猎而后献之。入山三日，无所猎获。会妻病，守视汤药，不遑操业。浃旬〔9〕，妻奄忽以死，为营斋葬，所受金，稍稍耗去。武亲临唁送〔10〕，礼仪优渥〔11〕。既葬，负弩山林，益思所以报武，而迄无所得。武探得其故，

513

⑥拙劣的谎话。虎皮名贵因虎毛，没毛虎皮与羊皮何异？借虎皮钓打虎之人也。

⑦穷人的衣服成了富人的鞋底，正如穷人的性命等同于富人金钱。

⑧武承休的鬼心眼儿被田母一语道破。"引致"是淄川土话，把人引到邪路上之意。田母说话时与武隔着门，似乎门打开，鬼就跑进家里。田母非常清楚，武承休居心叵测。她防贼一样提防武承休。

⑨表面看救七郎是武承休的义举，实际是富人金钱在官府帮助下制约了穷人生命。大恩不可口头感谢，要用生命报答。多么残酷，富人的恩要用穷人的命答谢！但明伦说："可谢者，言语之谢也，谢而不谢；不可谢者，身命之谢也，不谢而谢也。必身命而后可谢，言报何为。"

辄劝勿亟，切望七郎姑一临存，而七郎终以负债为憾，不肯至。武因先索旧藏，以速其来，七郎捡视故革，则蠹蚀殃败，毛尽脱，懊丧益甚。武知之，驰行其庭，极意慰解之，又视败革，曰："此亦复佳。仆所欲得，原不以毛。"⑥遂轴鞟出〔12〕，兼邀同往，七郎不可，乃自归。七郎念终不足以报武，裹粮入山，凡数夜，得一虎，全而馈之。武喜，治具，请三日留，七郎辞之坚；武键庭户，使不得出。宾客见七郎朴陋，窃谓公子妄交。而武周旋七郎，殊异诸客。为易新服，却不受，承其寐而潜易之，不得已而受之。既去，其子奉媪命返新衣，索其敝裰〔13〕，武笑曰："归语老姥，故衣已拆作履衬矣〔14〕。"⑦自是，七郎日以兔鹿相贻，召之，即不复至。武一日诣七郎，值出猎未返。媪出，踦门⑧语曰〔15〕："再勿引致吾儿，大不怀好意！"武敬礼之，惭而退。

半年许，家人忽白："七郎为争猎豹，殴死人命，捉将官里去。"武大惊，驰视之，已械收在狱。见武无言，但云："此后烦恤老母。"武惨然出，急以重金赂邑宰，又以百金赂仇主；月余无事，释七郎归。母慨然曰："子发肤受之武公子〔16〕，非老身所得而爱惜者矣。但祝公子终百年无灾患，即儿福。"七郎欲诣谢武，母曰："往则往耳，见武公子勿谢也，小恩可谢，大恩不可谢。"⑨七郎见武，武温言慰藉，七郎唯唯。家人咸怪其疏，武喜其诚笃，益厚遇之。由是恒数日留公子家，馈遗辄受，不复辞，亦不言报。

会武初度，宾从烦多，夜舍屡满〔17〕，武偕七郎卧斗室中，三仆即床下藉刍藳〔18〕。二更向尽，诸仆皆睡去，两人犹刺刺语。七郎佩刀挂壁间，忽自腾出匣数寸许，铮铮作响，光闪烁如电。武惊起，七郎亦起，问："床下卧者何人？"武答："皆厮仆。"七郎曰："此中必有恶人。"武问故，七郎曰："此刀购诸异国，杀人未尝濡缕〔19〕，迄今佩三世矣。决首至千计，尚如新发于硎〔20〕。见恶人则鸣跃。当去杀人不远矣。公子宜亲君子、远小人，或万一可免。"武颔之。七郎终不乐，辗转床席，武曰："灾祥，数耳，何忧之深？"七郎曰："我诸无恐怖，徒以有老母在。"武曰："何遽至此！"七郎曰："无则便佳。"

盖床下三人：一为林儿，是老弥子〔21〕，能得主人欢；一僮仆，年十二三，武所常役者；一李应，最拗拙，每因细事与公子裂眼争〔22〕，武恒怒之。当夜默念，疑必此人。诘旦，唤至，善言绝令去。

武长子绅，娶王氏。一日，武他出，留林儿居守。斋中菊花方灿，新妇意翁出，斋庭当寂，自诣摘菊。林儿突出勾戏，妇欲遁，林儿强挟入室。妇啼拒，色变声嘶，绅奔入，林儿始释手逃去。武归，闻之，怒觅林儿，竟已不知所之；过二三日，始知其投身某御史家。某官都中，家务皆委决于弟，武以同袍义〔23〕，致书索林儿，某弟竟置不发，武益恚，质词邑宰。勾牒虽出〔24〕，而隶不捕，官亦不问。武方愤怒，适七郎至，武曰："君言验矣。"因与告诉。七郎颜色惨变，终无一语，即径去。

武嘱干仆逻察林儿〔25〕，林儿夜归，为逻者所获，执见武，武掠楚之。林儿语侵武。武叔恒，故长者，恐侄暴怒致祸，劝不如治以官法。武从之，絷赴公庭。而御史家刺书邮至〔26〕，宰释林儿，付纪纲以去。林儿意益肆，倡言丛众中，诬主人妇与私。武无奈之，忿塞欲死〔27〕。驰登御史门，俯仰叫骂。里舍慰劝令归。

逾夜，忽有家人白："林儿被人脔割〔28〕，抛尸旷野间。"武惊喜，意气稍得伸。俄闻御史家讼其叔侄，遂偕叔赴质。宰不容辨，欲笞恒，武抗声曰："杀人莫须有！至辱骂搢绅，则生实为之，无与叔事。"宰置不闻。武裂眦欲上，群役禁捽之。操杖隶皆绅家走狗。恒又老耄，签数未半〔29〕，奄然已死。宰见武叔垂毙，亦不复究。武号且骂，宰亦若弗闻也者。遂舁叔归。哀愤无所为计，思欲得七郎谋，而七郎更不一吊问。窃自念：待七郎不薄，何遽如行路人？亦疑杀林儿必七郎。转念：果尔，胡得不谋？于是遣人探诸其家。至，则扃镭寂然〔30〕，邻人并不知耗。

一日，某弟方在内廨与宰关说〔31〕。值晨进薪水，忽一樵人至前，释担，抽利刃，直奔之。某惶急，以手格刃，刃落断腕，又一刀，始决其首。宰大惊，窜去，樵人犹张皇四顾。诸役吏急阖署门，操杖疾呼，樵人乃自刭死。纷纷集认，识者知为田七郎也。宰惊定，始出覆验，见七郎僵卧血泊中，手犹握刃，方停盖审视〔32〕，尸忽崛然跃起，竟决宰首⑩，已而复踣。衙官捕其母子，则亡去已数日矣。武闻七郎死，驰哭尽哀。咸谓其主使七郎，武破产夤缘当路，始得免。七郎尸弃原野三十余日，禽犬环守之，武取而厚葬。其子流寓于登〔33〕，变姓为佟，起行伍，以功至同知将军〔34〕。归辽，武已八十余⑪，乃指示其父墓焉。

异史氏曰："一钱不轻受，正其一饭不忘者也。贤哉母乎！七郎者，愤未尽雪，死犹伸之，抑何其神！使荆卿能尔，则千载无遗恨矣。苟有其人，可以补天网之漏，世道茫茫，恨七郎少也。悲夫！"

⑩《聊斋》笔势腾跃有致，七郎杀三人，杀林儿全用虚写，杀某弟全用实写，杀县令则用奇笔写。一笔多用，灵活巧妙。

⑪ 牺牲穷朋友的命，自己活下来。其实，人物命名早已寄寓深意：武承休，"承"，继承，"休"是"美善"的意思，"承休"即继承美和善，偏偏姓"武"，谐音"无"，一点好心肠没有！

校勘

底本：手稿本。参校：二十四卷本、异史、铸雪斋本、青柯亭本。

注释

〔1〕貙（chū）目蜂腰：长着貙似的大而有神的眼睛，黄蜂一样细的腰。貙，像狸的猛兽，眼睛大而圆。〔2〕着腻帢：戴着满是油污的便帽。〔3〕衣皂犊鼻：围着黑色遮膝围裙。〔4〕白补缀：白色的补丁。〔5〕拱手于额而问所自：双手对握举过头顶问从什么地方来。拱手于额，是非常恭敬的动作。〔6〕木歧：树杈。〔7〕皋比：虎皮。〔8〕晦纹：脸上有显示晦气的纹理。按相面之书，有这样的纹理必遭大难。〔9〕浃旬：一旬，十天。〔10〕唁送：吊唁，送葬。〔11〕优渥：非常优厚。〔12〕轴鞟（kuò）：把少毛

的皮卷起来。〔13〕敝裰（duō）：破旧的衣衫。〔14〕履利：做鞋用的格褙。〔15〕跂（yǐ）门：隔着门，这是开门者对来者有高度警惕性，不友好、不欢迎的动作。〔16〕发肤受之武公子：意谓武公子是再生父母。〔17〕屦（jù）满：客满。〔18〕刍藁（gǎo）：草垫子。〔19〕濡缕：刀过头落，血来不及沾衣，形容刀快。〔20〕新发于硎（xíng）：刚刚在磨石上磨过。〔21〕老弥子：长时间受宠爱的娈童。弥子，即弥子瑕，春秋时卫灵公的娈童，曾把自己咬了一口的桃子给卫灵公吃，是同性恋"分桃"典故的来源。〔22〕裂眦争：圆睁双眼争执。〔23〕同袍义：同学的情谊。古人称朋友之间的交情为"袍泽之谊"。〔24〕勾牒：官府发的拘票。〔25〕干仆逻察：干练的仆人侦伺。〔26〕刺书：书信。古人称书信为"刺"。〔27〕悒塞：气愤满腔。窝了一肚子火。〔28〕脔（luán）割：碎割。大卸八块。〔29〕签数：封建官府用刑，确定犯人应受杖数后，从公案签筒抽签掷地，按签上的数字杖刑。〔30〕扃镢（jiōng jué）：关闭，锁门。〔31〕关说：游说，说情，打通关节。〔32〕停盖：停步。〔33〕流寓于登：流落到登州府居住。〔34〕同知将军：副将军。

点评

田七郎是蒲松龄笔下少有的普通劳苦大众形象，穷苦猎人交富公子做朋友，并为朋友献出宝贵生命。田七郎是知恩图报、义薄云天？还是被人利用、愚弄？从二人交友过程看，他们有无真正友情？中国古代重视朋友，志同道合是交友根本，朋友之间心灵相通，亲如兄弟。武承休找田七郎交朋友，有明确的私利企图，他和田七郎不是声气相投，志趣相投，而是想在关键时刻用田七郎替自己挡住刀枪。武承休联络"朋友"的纽带始终是金钱。所谓交友，是富人用钱交换穷人之命。这种地位不平等及将来的危害，田母一再点破。《聊斋》点评家冯镇峦说《田七郎》是"一篇刺客传，取《史记》对读之"。战国时诸侯收买、豢养刺客为自己卖命。《史记》把这种收买和被收买、利用和被利用写得很清楚。田七郎就是个替居心叵测的朋友卖命、给人卖了还帮着数票子的倒霉蛋。田七郎的悲剧对现代人的启示就是，交友不可不慎，要警惕鲜花里埋藏的毒蛇，蜜糖里包藏的毒品。

西七郎

重金力與脫羈
因大德拚將一死
酬若浮龍門傳刺
客軟深井里共千秋

产龙

壬戌间〔1〕，邑邢村李氏妇，良人死〔2〕，有遗腹，忽胀如瓮，忽束如握。临蓐〔3〕，一昼夜不能产。视之，见龙首，一见辄缩去。家人大惧，不敢近。有王媪者，焚香禹步，且捽且咒。未几，胞堕，不复见龙，惟数鳞，皆大如盏。继下一女，肉莹彻如晶，脏腑可数。

校勘

底本：手稿本。参校：异史、铸雪斋本。

注释

〔1〕壬戌：康熙二十一年（1682）。〔2〕良人：丈夫。〔3〕临蓐（rù）：临产。蓐，床上草席。

点评

这是一则传得神乎其神的轶闻，实际可能是一桩普通的难产事件，一传十，十传百，在传说过程中走了样。蒲松龄描写得煞有介事，特别是龙首一露再缩回去。接产婆成了巫师，亦有趣。

野三十餘日，禽犬潭守之，武取而瘞焉。其子洗寃於登、萊，姓為佟，起行伍，以功至同知將軍。歸途武邑，八十餘乃指示其父墓焉。

異史氏曰：一錢不輕受，正其一飯不忘者，五晚歲母子乎？七郎者，愤未盡雪，死猶伸之，抑何其神！使荊卿能爾，則千載無遺恨矣。苟有其人，可以補天網之漏。世道茫茫，恨七郎少也，悲夫！

產龍

壬戌間，邑邢村李氏婦臨產，忽有遺腹，忽脹如甕。苦臨床一晝夜不能產。視之見龍首一，輒縮去。家人大懼不敢近，有王媼者，焚香再拜，且祝且呪。未幾胞墮，不復見龍。惟數鱗甲，大如掌。俄又下一女，血縻敗如前。臍腑可數。

卷三

保住

吴藩未叛时〔1〕，尝谕将士：有独力能擒一虎者，优以廪禄〔2〕，号"打虎将"。将中一人名保住，健捷如猱。邸中建高楼，梁木初架。住沿楼角而登，顷刻至颠，立脊檩上〔3〕，疾趋而行，凡三四返；已，乃踊身跃下，直立挺然。①

王有爱姬善琵琶，所御琵琶，以暖玉为牙柱〔4〕，抱之一室生温，姬宝藏，非王手谕，不出示人。一夕，宴集，客请一观其异。王适惰，期以翼日。时住在侧，曰："不奉王命，臣能取之。"王使人驰告府中，内外戒备，然后遣之。住逾十数重垣，始达姬院，见灯辉室中，而门扃锢，不得入。廊下有鹦鹉宿架上，住乃作猫子叫，既而学鹦鹉鸣，疾呼"猫来"。摆扑之声且急②，闻姬云："绿奴可急视，鹦鹉被扑杀矣！"住隐身暗处。俄一女子挑灯出，身甫离门，住已塞入。见姬守琵琶在几上，径携趋出。姬愕呼"寇至"，防者尽起。见住抱琵琶走，逐之不及，攒矢如雨〔5〕。住跃登树上，墙下故有大槐三十余章，住穿行树杪〔6〕，如鸟移枝。树尽登屋，屋尽登楼，飞奔殿阁，不啻翅翎，瞥然不知所在③。

客方饮，住抱琵琶飞落筵前，门扃如故，鸡犬无声④。

① 其人如《七侠五义》的"御猫"。行文亦如侦探小说好看。

② 此人有打虎之勇，亦有急智，会调虎离山。"不啻翅翎"，善比喻。

③ 如鸟移枝，妙；树尽屋，屋尽楼，有节奏感，有音乐感。

④ 背面傅粉，加强效果，收得好。

校勘

底本：手稿本。参校：二十四卷本、异史、铸雪斋本、青柯亭本。

注释

〔1〕吴藩：吴三桂（1612—1678），字长白，扬州高邮人，明代末年总兵吴襄之子，以武举承父荫任辽东总兵。崇祯十七年（1644），李自成进逼北京，吴三桂退守山海关，向多尔衮献关，被封平西王。康熙十二年（1673）撤藩时，

吴三桂与耿精忠、尚之信相继起兵反清，时称"三藩之乱"。〔2〕廪禄：官俸。〔3〕脊檩：架在梁头位置的横木，也叫大梁或正梁。〔4〕暖玉：据说是一种冬暖夏凉的玉。牙柱：琵琶上的弦枕。〔5〕攒矢：密集而集中于某一目标的箭矢。攒，聚集，集中。〔6〕树杪（miǎo）：树梢。

点评

　　取琵琶可谓一绝，一环扣一环，一步紧一步，紧张之极，生动之极，描写如闲庭信步，如信手拈来，文笔简约，文思缜密，洒脱优雅。

保住

捷似猿
獷逃似
鴻毛
琵琶
怎盜
深宮弓
凜冽此
好身手沃
茂吴藩建
邱中

公孙九娘

①大屠杀后血淋淋的悲惨图画。多么"慈悲",杀了人给棺材,棺材之多,济城脱销。"于七一案"寥寥数语,交代了公孙九娘生活的血腥时代,在这样背景下,个人有何爱情和幸福可言?

　　于七一案〔1〕,连坐被诛者〔2〕,栖霞、莱阳两县最多〔3〕。一日俘数百人,尽戮于演武场中〔4〕。碧血满地,白骨撑天。上官慈悲,捐给棺木。济城工肆〔5〕,材木一空①。以故伏刑东鬼〔6〕,多葬南郊。甲寅间〔7〕,有莱阳生至稷下〔8〕,有亲友二三人亦在诛数。因市楮帛〔9〕,酹奠榛墟〔10〕。就税舍于下院之僧〔11〕。明日,入城营干,日暮未归。忽一少年造室来访。见生不在,脱帽登床,着履仰卧。仆人问其谁何,合眸不对。既而生归,则暮色曚昽,不甚可辨。自诣床下问之。瞠目曰:"我候汝主人,絮絮逼问,我岂暴客耶〔12〕!"生笑曰:"主人在此。"少年急起着冠,揖而坐,极道寒暄。听其音,似曾相识;急呼灯至,则同邑朱生,亦死于于七之难者。大骇却走。朱曳之云:"仆与君文字交,何寡于情?我虽鬼,故人之念,耿耿不去心。今有所渎〔13〕,愿无以异物遂猜薄之〔14〕。"

②朱生请媒,引出九娘。朱生和甥女是九娘的影子,他们都是不幸的遇难者。朱生对友情和爱情的执着感动了莱阳生。甥女恪守闺教,做鬼也不肯在无长辈情况下自主择婚。他们善良温顺,不敢越雷池一步,却成了大屠杀下的异乡孤鬼。

　　生乃坐,请所命。曰:"令女甥寡居无偶,仆欲得主中馈。屡通媒妁,辄以无尊长之命为辞。幸无惜齿牙余惠〔15〕。"先是,生有甥女,早失恃〔16〕,遗生鞠养,十五始归其家。俘至济南,闻父被刑,惊恸而绝。生曰:"渠自有父,何我之求?"朱曰:"其父为犹子启榇去〔17〕,今不在此。"问:"女甥向依阿谁?"曰:"与邻媪同居。"生虑生人不能做鬼媒,朱曰:"如蒙金诺〔18〕,还屈玉趾〔19〕。"②遂起握生手。生固辞,问:"何之?"曰:"第行〔20〕。"勉从与去。

　　北行里许,有大村落,约数十百家。至一第宅,朱叩扉。即有媪出,豁开二扉,问朱:"何为?"曰:"烦达娘子,阿舅至。"媪旋反,须臾复出,邀生入,顾朱曰:"两椽茅舍子大隘，劳公子门外少坐候。"生从之入，见半亩荒庭，列小室二。甥女迎门啜泣，生亦泣。室中灯火荧然。女貌秀洁如生时。凝眸含涕，遍问妗姑〔21〕。生曰："具各无恙，但荆人物故矣〔22〕。"女又呜咽曰："儿少受舅妗抚育，尚无寸报〔23〕，不图先葬沟渎，殊为恨恨。旧年伯伯家大哥迁父去，置儿不一念；数百里外，伶仃如秋燕〔24〕。舅不以沉魂可弃〔25〕，又蒙赐金帛〔26〕，儿已得之矣。"生乃以朱言告，女俯首无语。媪曰："公子曩托杨姥三五返。老身谓是大好，小娘子不肯自草草，得舅为政〔27〕，方此意慊得〔28〕。"

言次，一十七八女郎，从一青衣，遽掩入，瞥见生，转身欲遁。女牵其裾曰："勿须尔！是阿舅。非他人。"生揖之，女郎亦敛衽。甥曰："九娘，栖霞公孙氏，阿爹故家子，今亦'穷波斯〔29〕'，落落不称意〔30〕。旦晚与儿还往。"生睨之，笑弯秋月，羞晕朝霞〔31〕③，实天人也。曰："可知是大家，蜗庐人那如此娟好〔32〕？"甥笑曰："且是女学士，诗词俱大高。昨儿稍得指教。"九娘微哂曰："小婢无端败坏人，教阿舅齿冷也。"甥又笑曰："舅断弦未续，若个小娘子，颇能快意否？"九娘笑奔出，曰："婢子颠疯作也！"遂去。言虽近戏，而生殊爱好之。甥似微察，乃曰："九娘才貌无双，舅倘不以粪壤致猜〔33〕，儿当请诸其母。"生大悦，然虑人鬼难匹。女曰："无伤，彼与舅有凤分。"生乃出。女送之，曰："五日后，月明人静，当遣人往相迓。"

生至户外，不见朱。翘首西望，月衔半规〔34〕，昏黄中犹认旧径。见南向一第，朱坐门石上，起逆曰："相待已久。寒舍即劳垂顾。"遂携手入，殷殷展谢〔35〕，出金爵一，晋珠百枚〔36〕，曰："他无长物〔37〕，聊代禽仪〔38〕。"既而曰："家有浊醪〔39〕，但幽室之物，不足款嘉宾。奈何！"生拗谢而退〔40〕。朱送至中途始别。生归，僧仆集问，生隐之曰：

③画龙点睛的外貌语言。公孙九娘美貌聪颖、天真纯净，一举一动、一言一笑，都显得风度高雅、温文庄重。九娘和甥女都是青春靓女，身上充满青春活力，但却是万千白骨中的一员！

④前边莱阳生惊叫有鬼,现在做这样的交代,文章细致周密。

⑤无辜冤死的九娘把自己的不幸看作是前世种下恶因。

⑥新婚夜赋这样的诗!对青春美、人情美的描绘,成了对残酷屠杀的控诉。新婚之喜不过是永久分别之始。

⑦莱霞里,即莱阳、栖霞被杀者的埋骨处。

"言鬼者妄也,适赴友人饮耳。"④

后五日,果见朱来,整履摇箑〔41〕,意甚忻适〔42〕。才至户庭,望尘即拜〔43〕。少间,笑曰:"君嘉礼既成〔44〕,庆在今夕,便烦枉步。"生曰:"以无回音,尚未致聘,何遽成礼?"朱曰:"仆已代致之矣。"生深感荷,从与俱去,直达卧所,则甥女华妆迎笑。生问:"何时于归?"朱云:"三日矣。"生乃出所赠珠,为甥助妆〔45〕。女三辞乃受,谓生曰:"儿以舅意白公孙老夫人,夫人作大欢喜。但言老耄〔46〕,无他骨肉,不欲九娘远嫁,期今夜舅往赘诸其家。伊家无男子,便可同郎拜也。"朱乃导去〔47〕。村将尽,一第门开,二人登其堂。俄白:"老夫人至。"有二青衣扶妪升阶。生欲展拜,夫人云:"老朽龙钟,不能为礼,当即脱边幅〔48〕。"乃指画青衣〔49〕,置酒高会〔50〕。朱乃唤家人另出肴俎,列置生前;亦别设一壶,为客行觞。筵中进馔,无异人世。然主人自举,殊不劝进。既而席罢,朱归。青衣导生去。入室,则九娘华烛凝待。邂逅含情,极尽欢昵〔51〕。

初,九娘母子,原解赴都。至郡,母不堪困苦死,九娘亦自到。枕上追述往事,哽咽不成眠,乃口占两绝云〔52〕:"昔日罗裳化作尘〔53〕,空将业果恨前身〔54〕⑤。十年露冷枫林月〔55〕,此夜初逢画阁春〔56〕。""白杨风雨绕孤坟,谁想阳台更作云?忽启镂金箱里看〔57〕,血腥犹染旧罗裙。"⑥天将明,即促曰:"君宜且去,勿惊厮仆。"自此昼来宵往,嬖惑殊甚。一夕,问九娘:"此村何名?"曰:"莱霞里⑦。里中多两处新鬼,因以为名。"生闻之欷歔。女悲曰:"千里柔魂,蓬游无底〔58〕。母子零孤,言之怆恻。幸念一夕恩义,收儿骨归葬墓侧,使百世得所依栖,死且不朽。"生诺之。女曰:"人鬼路殊,君亦不宜久滞。"乃以罗袜赠生,挥泪促别。

生凄然而出,忉怛若丧〔59〕,心怅怅不忍归。因过拍朱氏之门。朱白足出逆〔60〕；甥亦起，云鬟笼松〔61〕⑧，惊来省问。生怊怅移时，始述九娘语。女曰："妗氏不言，儿亦夙夜图之〔62〕。此非人世，久居诚非所宜。"于是相对汍澜〔63〕。生亦含涕而别。叩寓归寝，展转申旦。欲觅九娘之墓，则忘问志表〔64〕。及夜复往，则千坟累累，竟迷村路，叹恨而返。展视罗袜，着风寸断，腐如灰烬。遂治装东旋。半载不能自释，复如稷门〔65〕，冀有所遇。及抵南郊，日势已晚，息驾庭树〔66〕，趋诣丛葬所。但见坟兆万接〔67〕，迷目榛荒〔68〕；鬼火狐鸣〔69〕⑨，骇人心目。惊悼归舍。失意遨游，返辔遂东。行里许，遥见女郎独行丘墓间，神情意致，怪似九娘。挥鞭就视，果九娘。下骑欲语，女竟走，若不相识；再逼近之，色作怒，举袖自障。顿呼："九娘。"则烟然灭矣。

异史氏曰："香草沉罗〔70〕，血满胸臆；东山佩玦〔71〕，泪渍泥沙。古有孝子忠臣，至死不谅于君父者。公孙九娘岂以负骸骨之托，而怨怼不释于中耶〔72〕？脾鬲间物〔73〕，不能掬以相示，冤乎哉！"

⑧形态描绘真切，朱生光脚出迎，甥女披头散发，一副深夜突然被叫醒的模样。

⑨开头"碧血满地，白骨撑天"，结尾"坟兆万接，迷目榛荒；鬼火狐鸣，骇人心目"。前后对应，悲剧气氛自始至终。

校勘

底本：手稿本。参校：二十四卷本、异史、铸雪斋本、青柯亭本。

注释

〔1〕于七一案：于七抗清事件。于七，名乐吾，行七，山东栖霞人，顺治五年（1648）起义，受招抚，顺治十八年（1661）再次起事，康熙元年（1662）失败。清廷对起义地区人民残酷镇压。〔2〕连坐：牵连在内被罚罪。〔3〕栖霞、莱阳：山东县名，明清时属登州府。现分别属烟台栖霞市、莱阳市。〔4〕演武场：练兵场。〔5〕济城工肆：济南的棺材铺。〔6〕伏刑东鬼：栖霞、莱阳被杀者。因栖霞、莱阳在鲁东，故称"东鬼"。〔7〕甲寅：康熙十三年（1674）。〔8〕稷下：本指稷下学宫所在的临淄，此指济南。〔9〕楮（chǔ）帛：纸钱。〔10〕酹奠榛墟：到荒凉的坟地祭奠。酹奠，以酒洒地祭奠鬼魂。〔11〕下院：指佛教大寺

院分散在各地的小寺院。〔12〕暴客：强盗。〔13〕有所渎：有个冒犯您的不合情理的要求。〔14〕愿无以异物遂猜薄之：请不要因为我是鬼就猜疑鄙视我。〔15〕幸无惜齿牙余惠：请不要吝惜说我的好话。〔16〕失怙：死了母亲。〔17〕犹子：侄子。启榇（chèn）：把棺材迁走。〔18〕金诺：像黄金一样珍贵的许诺。〔19〕屈玉趾：劳您大驾走一趟。〔20〕第行：只管走。〔21〕妗姑：舅妈和姑妈。〔22〕荆人物故：妻子去世。〔23〕寸报：尽孝报恩。〔24〕伶仃如秋燕：像秋天燕子一样孤苦。〔25〕沉魂：沉沦于阴世的冤魂。〔26〕赐金帛：指莱阳生祭奠所烧纸钱。〔27〕为政：主持。〔28〕慊（qiè）得：惬意，满意。〔29〕穷波斯：波斯，今伊朗，古时波斯多经营珠宝的富商。穷波斯是谐称，意思是虽然奔忙却并不富裕。此处的穷波斯，则指公孙九娘虽出身大家，但经过战乱，成为冤鬼，已今非昔比。〔30〕落落：孤高寡合。〔31〕"笑弯秋月"二句：因微笑变得像秋夜弯弯月亮那样明亮的眼睛，因害羞脸上的红晕像清晨的朝霞。弯，形容月牙之状。〔32〕蜗庐：小门小户。〔33〕粪壤：已死的人，鬼魂。〔34〕月衔半规：月亮半圆。〔35〕展谢：致谢。〔36〕晋珠：古时珍珠以晋珠为贵。晋，春秋诸侯国名，代指今山西省。〔37〕长物：多余的东西，也谦指像样的东西。〔38〕禽仪：订婚礼物。〔39〕浊醪（láo）：用糯米、黄米配制的酒，比较混浊。〔40〕抲（huī）谢：谦逊地感谢。〔41〕整履摇箑（shà）：穿戴整齐，摇着扇子。〔42〕忻适：心满意足。〔43〕望尘即拜：老远看见就下拜。《晋书·潘岳传》记载，潘岳、石崇谄事贾谧，每候其出，望尘而拜。〔44〕嘉礼：古代五礼（吉、凶、军、宾、嘉）之一，后专指婚礼。〔45〕助妆：向新娘赠送礼物，亦曰"添妆"。〔46〕老耆：七八十岁的老人。〔47〕"朱乃导去"手稿误"朱"为"株"。〔48〕脱边幅：不拘礼节，免除俗礼。〔49〕指画：指派。〔50〕"置酒高会"手稿误为"追酒高会"，今据二十四卷本。〔51〕欢昵：欢乐亲昵。〔52〕口占：作诗不用纸笔，随口念出。〔53〕罗裳：丝裙。〔54〕业果恨前身：佛教认为前世善恶会带来今世的果报。〔55〕十年露冷枫林月：十年置身于冷月霜露下的枫林中。〔56〕画阁春：享受到新婚的欢乐。画阁，有画饰的楼房、闺房、洞房。〔57〕镂金箱：雕着金花的衣箱。〔58〕蓬游无底：像蓬草一样飘荡，没有归宿。〔59〕忉怛（dāo dá）：悲痛。〔60〕白足：光脚。〔61〕笼松：头发散乱蓬松状。〔62〕凤夜：日夜。〔63〕相对汍澜（wán lán）：相对哭泣。汍澜，不断流泪的样子。〔64〕志表：墓前标志。〔65〕稷门：即稷下，济南。〔66〕息驾：停下车马。〔67〕坟兆万接：坟墓数以万计。〔68〕迷目榛荒：丛杂的荒草灌木遮住目光。〔69〕鬼火：磷火。〔70〕"香草沉罗"二句：屈原被楚王放逐，沉汨罗江而死。香草，指美好的人。血满胸臆，满腔血泪，满腔悲愤。〔71〕"东山佩玦"二句：晋献公受宠姬谗言，对嫡子申生极不好。他让申生征伐东山，临行时给他块金玦，意思是永诀。申生自杀。〔72〕怨怼：胸中的冤屈、怨愤。〔73〕脾鬲间物：指人心。

点评

小说以于七起义被残酷镇压，碧血满地、白骨撑天为开端，以坟兆万接、迷目榛荒为结尾，用一个昙花一现、遗恨终生的爱情故事，抒发作者对清朝廷滥杀无辜的块磊愁。公孙九娘才貌双全、楚楚动人，如小鸟依人。她理当享受炽热长久的爱情，得到安乐的归宿。为什么同样是女鬼，聂小倩可以鬼做人妻，小谢可以借体再生，公孙九娘却永远沉沦？因为覆巢之下，焉有完卵。在社会的大灾大难中，个人怎么可能枯木逢春？公孙九娘的悲剧是不可避免的，正如于七之乱的千万被杀者冤沉海底。蒲松龄经常赋予笔下人物阴阳世界任往来的本领，经常做女鬼和人间书生的撮合者，他为什么一定要把公孙九娘写成永久性悲剧？这是小说的政治性和寓意性决定的。"异史氏曰"用两个政治人物与公孙九娘类比，楚国大夫屈原沉江，晋国太子申生遭谗，是对小说政治性悲剧的进一步强化。当戏剧舞台上的"南洪北孔"都难以直接写改朝换代的时代悲剧时，蒲松龄却用"鬼狐史"的形式写出。

公孙九娘

月落枫林路窈
冥冰人转自
得婷婷一双
罗袜临歧
赠猎染
当年碧
血腥

促织

①从皇帝到官吏沆瀣一气、欺压百姓，导致良民倾家荡产。

②为了一只小虫，一个读书人陷入九死一生的困境。一个成年人，为了完成向皇帝进贡的任务，挖空心思、煞有介事，像顽童一样地捉虫。捉虫过程描写细腻生动，如闻其声、如见其人。

宣德间〔1〕，宫中尚促织之戏〔2〕，岁征民间。此物故非西产，有华阴令欲媚上官〔3〕①，以一头进，试使斗而才，因责常供。令以责之里正〔4〕。市中游侠儿得佳者笼养之〔5〕，昂其直，居为奇货〔6〕。里胥猾黠〔7〕，假此科敛丁口〔8〕，每责一头，辄倾数家之产。

邑有成名者，操童子业〔9〕，久不售〔10〕，为人迂讷，遂为猾胥报充里正役，百计营谋不能脱。不终岁，薄产累尽〔11〕。会征促织，成不敢敛户口〔12〕，而又无所赔偿，忧闷欲死。妻曰："死何裨益〔13〕？不如自行搜觅，冀有万一之得。"成然之，早出暮归，提竹筒、铜丝笼〔14〕，于败堵丛草处，探石发穴，靡计不施，迄无济；即捕得三两头，又劣弱不中于款。宰严限追比〔15〕，旬余，杖至百，两股间脓血流离，并虫亦不能行捉矣。转侧床头，惟思自尽②。

时村中来一驼背巫，能以神卜。成妻具资诣问〔16〕。见红女白婆〔17〕，填塞门户。入其舍，则密室垂帘，帘外设香几。问者爇香于鼎，再拜。巫从旁望空代祝，唇吻翕辟〔18〕，不知何词。各各竦立以听〔19〕。少间，帘内掷一纸出，即道人意中事，无毫发爽〔20〕。成妻纳钱案上，焚拜如前人。食顷，帘动，片纸抛落。拾视之，非字而画：中绘殿阁，类兰若；后小山下，怪石乱卧，针针丛棘，青麻头伏焉〔21〕；旁一蟆，若将跳舞。展玩不可晓〔22〕。然睹促织，隐中胸怀，折藏之，归以示成。

成反复自念：得无教我猎虫所耶？细瞻景状，与村东大佛阁真逼似。乃强起，扶杖执图诣寺后。有古陵蔚起〔23〕，循陵而走，见蹲石鳞鳞〔24〕，俨然类画。

③描写成名搜寻蟋蟀,生动、细致、精彩。作者对动物品性的观察细致入微。

④为了一只小小的蟋蟀,居然害得天真的少年自杀!

⑤成名因舐犊之情,再也不敢追究、责打曾投井的儿子。成名儿子投井是写成名遭遇不幸的细节,也仅是突出成名不幸的细节。儿子并没有进一步动作,如青柯亭本增加的灵魂化为促织情节。

⑥"土狗形"和"蟹壳青"都是较有名的蟋蟀。

遂于蒿莱中侧听徐行,似寻针芥〔25〕;而心、目、耳、力俱穷,绝无踪响。冥搜未已〔26〕,一癞头蟆猝然跃去〔27〕。成益愕,急逐趁之〔28〕,蟆入草间。蹑迹披求〔29〕,见有虫伏棘根;遽扑之,入石穴中。掭以尖草〔30〕,不出;以筒水灌之,始出。状极俊健,逐而得之。审视,巨身修尾,青项金翅。大喜,笼归③。举家庆贺,虽连城拱璧不啻也〔31〕。土于盆而养之〔32〕,蟹白栗黄〔33〕,备极护爱,留待限期,以塞官责。成有子九岁,窥父不在,窃发盆。虫跃掷径出,迅不可捉。及扑入手,已股落腹裂,斯须就毙〔34〕。儿惧,啼告母。母闻之,面色灰死,大骂曰:"业根!死期至矣!而翁归,自与汝覆算耳〔35〕!"儿涕而出。未几,成归,闻妻言,如被冰雪。怒索儿,儿渺然不知所往,既得其尸于井④。因而化怒为悲,抢呼欲绝〔36〕。夫妻向隅〔37〕,茅舍无烟,相对默然,不复聊赖。日将暮,取儿藁葬〔38〕。近抚之,气息惙然〔39〕,喜置榻上,半夜复苏〔40〕,夫妻心稍慰。但蟋蟀笼虚,顾之,则气断声吞,亦不敢复究儿⑤。自昏达曙,目不交睫。东曦既驾〔41〕,僵卧长愁。

忽闻门外虫鸣,惊起觇视,虫宛然尚在。喜而捕之,一鸣辄跃去,行且速。覆之以掌,虚若无物;手裁举,则又超忽而跃〔42〕。急趁之,折过墙隅,迷其所往。徘徊四顾,见虫伏壁上。审谛之,短小,黑赤色,顿非前物。成以其小,劣之,惟彷徨瞻顾,寻所逐者。壁上小虫,忽跃落衿袖间〔43〕。视之,形若土狗〔44〕,梅花翅,方首长胫,意似良。喜而收之。将献公堂,惴惴恐不当意,思试之斗以觇之。

村中少年好事者,驯养一虫,自名"蟹壳青"〔45〕⑥日与子弟角,无不胜。欲居之以为利,而高其直,亦无售者。径造庐访成。视成所蓄,掩口胡卢而笑。因出己虫,纳比笼中〔46〕。成视之,庞然修伟,自增惭怍,不敢与较。少年固强之。顾念蓄劣物终无所用,不如拚博一笑。因合纳斗盆。小虫伏不动,蠢若木鸡。少年又大笑。试以猪鬣毛撩拨虫须,仍不动。少年又笑。屡撩之,虫暴怒,直奔,遂相腾击,振奋作声。俄见小虫跃起,张尾伸须,直齕敌领〔47〕。少年大骇,解令休止。虫翘然矜鸣〔48〕⑦,似报主知。成大喜。方共瞻玩,一鸡瞥来〔49〕,径进以啄。成骇立愕呼。幸啄不中,虫跃去尺有咫〔50〕。鸡健进,逐逼之,虫已在爪下矣。成仓猝莫知所救,顿足失色。旋见鸡伸颈摆扑,临视,则虫集冠上,力叮不释。成益惊喜,掇置笼中。

翼日进宰,宰见其小,怒诃成。成述其异,宰不信。试与他虫斗,虫尽靡〔51〕⑧;又试之鸡,果如成言。乃赏成。献之抚军〔52〕。抚军大悦,以金笼进上。细疏其能〔53〕。既入宫中,举天下所贡蝴蝶、螳螂、油利挞、青丝额一切异状〔54〕⑨,遍试之,无出其右者〔55〕。每闻琴瑟之声,则应节而舞,益奇之。上大嘉悦,诏赐抚臣名马衣缎。抚军不忘所自,无何,宰以"卓异"闻〔56〕。宰悦,免成役〔57〕,又嘱学使,俾入邑庠。由此以善养虫名,屡得抚军殊宠。不数岁,田百顷,楼阁万椽,牛羊蹄躈各千计〔58〕⑩。一出门,裘马过世家焉〔59〕⑪。

异史氏曰:"天子偶用一物,未必不过此已忘。而奉行者即为定例。加之官贪吏虐,民日贴妇卖儿,更无休止。故天子一跬步〔60〕,皆关民命,不可忽也。独是成氏子以蠹贫〔61〕,以促织富,裘马扬扬。当其为里正、受扑责时,岂意其至此哉!天将以酬长厚者,遂使抚臣、令尹并受促织恩荫〔62〕⑫。闻之:一人飞升,仙及鸡犬〔63〕⑬。信夫!"

阮亭云:"宣德治世〔64〕,宣宗令主〔65〕,其台阁大臣,又三杨、蹇、夏诸老先生也〔66〕,顾以草虫纤物,殃民至此耶〔67〕?"⑭

---

⑦《促织》写捉虫、斗虫,是中国古代最精彩的动物"素描"。成名和少年斗虫是古代最精彩的动物比赛描写。

⑧请注意,蟋蟀就是蟋蟀,只不过有了超强的战斗力,它不是成名儿子灵魂所化。蒲松龄亲笔手稿既没直接写善斗蟋蟀是成名儿子灵魂化成,也没暗示蟋蟀身上附着成名儿子灵魂。成名儿子自杀后当天已苏醒。

⑨"蝴蝶"等都是比较有名的蟋蟀。蒲松龄考察过的《帝京景物略》中有详细描写。

⑩"田百顷,楼阁万椽,牛羊蹄躈各千计"极言其多,并非确数。

⑪皮里阳秋的描写,对封建皇帝、官吏的讽刺隐化在似乎客观的描写中。

⑫《促织》写从巡抚到县令都得到一只小蟋蟀恩荫,隐含反讽之意。

⑬《促织》有真实的时代背景。明宣宗好促织,造成百姓家破人亡,历史上有据可查。吕毖《明朝小史》记载:"宣宗好促织之戏,遣取之江南,价贵至数十金。枫桥一粮长,以郡督遣觅,得一最良者,以所乘骏马易之。妻谓骏马所易,必有异,窃视之,跃出,为鸡啄食。妻惧,自缢死。夫归,伤其妻且畏法,亦自尽矣。"经过蒲松龄脱胎换骨的改造,将史上简短轶闻写成脍炙人口的名篇。

⑭王士禛的评论,蒲松龄亲笔过录到手稿本上。

校勘

底本：手稿本。参校：二十四卷本、异史、铸雪斋本、青柯亭本。

注释

〔1〕宣德：明宣宗朱瞻基（1426—1435）年号。〔2〕促织：蟋蟀别名。《古诗十九首·明月皎夜光》："明月皎夜光，促织鸣东壁。"〔3〕华阴：县名，今陕西省华阴市。〔4〕里正：本为汉代名词，明代称"里长"。按明代役法，每一百一十户为一里，由多粮多丁的十户轮流担任里长，负责催粮税、分派徭役，故称"富户役"。因赋税越来越多，富户贿赂官府，让中、下户担任里长。中、下户常因不敢向富户摊派，不得不垫交粮税，导致倾家荡产。〔5〕游侠儿：不务正业的年轻人。〔6〕居为奇货：囤积起来当作珍贵的财货。〔7〕里胥猾黠：乡里的公差奸诈。〔8〕科敛丁口：按人丁摊派进贡蟋蟀的费用。〔9〕童子业：即童生。科举制度规定，凡参加秀才考试的读书人，不论年龄，皆称童生。〔10〕不售：考不上秀才。〔11〕薄产累尽：原本微薄的家产耗费殆尽。〔12〕敛户口：按应交劳役的一甲十户加以征收。〔13〕裨益：补益。〔14〕提竹筒、铜丝笼：描写捉促织的工具和办法。竹筒可以盛水，灌促织钻入的洞穴。铜丝笼为细铜丝编成的锥形小罩，可罩住蟋蟀。〔15〕严限追比：封建时代地方官府对规定百姓交纳的赋税严格限定期限，定期查验、催逼、追讨并一再责打。每误一期责打一次，谓之"追比"，蒲松龄在《述刘氏行实》中风趣地称为"肉鼓吹"。〔16〕具资诣问：准备好钱前去求教。〔17〕红女白婆：红妆少女和白发老妇。〔18〕唇吻翕（xī）辟：嘴唇一张一合。〔19〕竦立：恭敬地站立。〔20〕无毫发爽：丝毫不差。〔21〕青麻头：蟋蟀的一种。据贾似道《蟋蟀经》，蟋蟀白不如黑，黑不如赤，赤不如黄，黄不如青。以头项肥、青项金翅、脚腿长、身背阔者为佳。〔22〕展玩：展示玩味。〔23〕古陵蔚起：古墓又高又多。〔24〕蹲石鳞鳞：乱石层层像鱼鳞一般。〔25〕针芥：针和芥子，极细小之物。〔26〕冥搜：尽力寻找。〔27〕癞头蟆：癞蛤蟆。〔28〕逐趁：遁迹追赶。〔29〕蹑迹披求：跟踪蛤蟆的踪迹拨开草丛寻找。〔30〕掭（tiàn）：轻轻拨动。〔31〕连城拱璧：典出《史记·廉颇蔺相如列传》：战国时，赵国得和氏璧，秦国愿以十五城交换，故称"连城璧"。拱璧，两手拱抱之大璧。〔32〕土于盆：将盆中装上泥土养蟋蟀。〔33〕蟹白栗黄：蟹肉和栗实，喂养蟋蟀的精细饲料。〔34〕斯须：一会儿。〔35〕而翁：你父亲。覆算：算账。〔36〕抢呼欲绝：呼天抢地，悲痛欲绝。〔37〕向隅：原意为对着墙角，引申为孤独、悲凉。〔38〕藁葬：草草埋葬。

〔39〕惙（chuò）然：呼吸微弱。〔40〕苏：苏醒。〔41〕东曦既驾：太阳升起。东曦，初升的太阳。驾，指神话传说中羲和的车驾。羲和为古代神话中驾驭日车的神。〔42〕超忽：远远地、轻飘飘地。〔43〕衿袖：衣领和袖口。〔44〕土狗：蝼蛄的别号。〔45〕蟹壳青：善斗蟋蟀的一种。〔46〕比笼：用于蟋蟀打斗的陶制罐。〔47〕龁（hé）敌领：咬住对手的脖子。〔48〕翘然矜鸣：挺直身躯骄傲地鸣叫。〔49〕瞥来：突然到来。〔50〕尺有咫：不到两尺的距离。周制一咫为八寸，合今市尺六寸二分二厘。〔51〕靡：披靡，失败。〔52〕抚军：巡抚。总管一省政事。〔53〕细疏：在表章上仔细陈述。此处细疏是巡抚向皇帝详细陈述小蟋蟀的本事。疏，臣子向皇帝陈述政事的奏章。〔54〕"举天下"一句：所列为蟋蟀名称。〔55〕无出其右：没有蟋蟀能斗过它。〔56〕卓异：卓越优异。明代每三年对官员一次考绩。外官考绩谓"大计"，最好的考语是"卓异"，即才能卓越优异。〔57〕免成役：免去成名里长的差役。〔58〕牛羊蹄躈（qiào）各千计：按马四蹄一躈共千数，则为马二百匹。蹄，脚；躈，尻窍，肛门。〔59〕裘马过世家：轻裘肥马，生活豪华，超过祖上做官的人家。〔60〕跬（kuǐ）步：举一足为跬，举两足为步，跬步为半步。引申为皇帝的一举一动。〔61〕蠹：祸国殃民的弊政。〔62〕恩荫：恩泽。封建时代子孙可以因为祖父、父亲有功而得到朝廷恩赐的功名，谓之"恩荫"。〔63〕一人飞升，仙及鸡犬：一人得道升天，连他的鸡犬都随着成仙。《神仙传》记载，淮南王刘安学道，服仙药后飞升，他放药的器具留在庭院中，鸡犬舔啄了，也飞升上天。〔64〕宣德治世：指明宣宗统治时期政治稳定、经济恢复、人民安定。宣德，明宣宗年号。〔65〕宣宗令主：明宣宗朱瞻基是贤德皇帝。〔66〕三杨、蹇、夏诸老先生：明宣宗时五位名臣。杨士奇、杨荣、杨溥史称"三杨"，是明宣宗名臣，也是明代台阁诗派代表。蹇，蹇义。夏，夏原吉。这五个人是明宣宗时对治理国家做出一定贡献的名臣。〔67〕"顾以"二句：难道贤德皇帝在贤德名臣襄助下，还能因为草虫纤物，祸害老百姓到这个地步吗？王士禛是台阁重臣，他对事务的考察和思索跟长期乡居的蒲松龄不会在同一立场上。蒲松龄看到的是老百姓受到的伤害，王士禛想到的是整个时局。

🔶 点评

　　这篇名作将批判矛头直接指向封建社会至高无上的皇帝。因为皇帝斗蟋蟀，各级官吏对人民横征暴敛，给人民带来深重灾难。为了一只小虫，百姓倾家荡产；为了一只小虫，天真的儿童投井自杀，惨绝人寰。当皇帝的奢靡玩乐得到满足后，巡抚得到奖赏，县令评上"卓异"官员，受尽责打的成名"裘马过世家"。一人得道，鸡犬升天。一篇二千余字的小说像《清明上河图》一样绘出封建社会的世相图，皇帝之昏，百官之虐，百姓之苦，写尽封建社会的黑暗和荒唐。小说写得紧凑简练又曲折跌宕，人物栩栩如生，遣词用字有针针见血的气概。悲、喜剧手法的交替使用，成名得失促织的对比，产生了强烈的艺术效果。

　　《聊斋志异》有半部手稿传世，少数几篇手稿为蒲松龄亲属所抄，《促织》则是蒲松龄亲笔。半部手稿1955年即有文学古籍刊行社影印本，全篇无一字修改，说明是蒲松龄最后定稿。蒲松龄去世半个世纪后，乾隆年间刻印的青柯亭本《促织》结尾出现这样的情节："后岁余，成子精神复旧，自言身化促织，轻捷善斗，今始苏耳。""子化促织"画蛇添足，不符合聊斋先生原意。"幻由人生"是聊斋艺术构思的基本特点。也就是说，《聊斋》中神鬼狐妖因人的翘盼而出现，是作者的心灵和意识在神鬼狐妖和生物身上的展开。《聊斋》故事里幻化为绿衣女的绿蜂、幻化为莲花公主的蜜蜂、幻化为少女素秋的书蠹，都是小虫化人形。《促织》中常胜蟋蟀是动物有了人的思维，是成名的不幸感动上帝，不起眼的蟋蟀蓦然变得神勇善斗甚至战败大公鸡，化解了成名的倒悬之苦。青柯亭本将成名儿子投井后成名的表现改为"成顾蟋蟀笼虚，则气断声吞，亦不复以儿为念"，更是严重扭曲人物性格。

促織

莎雞遠貢
九重天責
有常供例
不鬻何物
癡兒偏
致富生
生死死
赤堪憐

柳秀才

① 令有忧民之心，神助。

② 既有秀才的外貌又有柳树的隐形，妙。

明季〔1〕，蝗生青兖间〔2〕，渐集于沂〔3〕，沂令忧之①。退卧署幕，梦一秀才来谒，峨冠绿衣，状貌修伟②，自言御蝗有策。询之，答云："明日西南道上，有妇跨硕腹牝驴子〔4〕，蝗神也。哀之，可免。"令异之。治具出邑南〔5〕。伺良久，果有妇高髻褐帔〔6〕，独控老苍卫〔7〕，缓蹇北度〔8〕。即爇香，捧卮酒〔9〕，迎拜道左〔10〕，捉驴不令去。妇问："大夫将何为〔11〕？"令便哀恳："区区小治〔12〕，幸悯脱蝗口。"妇曰："可恨柳秀才饶舌，泄我密机〔13〕！当即以其身受，不损禾稼可耳。"乃尽三卮〔14〕，瞥不复见。

③ 蝗神，以灾惩罚人也，故走得迟缓，似在多思。蝗神既大权在握，又通情达理。处理难题亦在情在理。

③后蝗来，飞蔽天日，然不落禾田，但集杨柳，过处柳叶都尽。方悟秀才柳神也。或云是宰官忧民所感。诚然哉！④

④ 冯镇峦评："叶尽而不伤干根本，柳固无恙也，然功在苍生。渔洋评以百世祀，宜哉。"

阮亭云：柳秀才有大功德于沂，沂虽百世祀可也。

校勘

底本：手稿本。参校：二十四卷本、异史、铸雪斋本、青柯亭本。

注释

〔1〕明季：明代末年。〔2〕青兖：青州和兖州。兖州府位于山东省西南部。〔3〕沂：沂州，即今临沂，居青州、兖州的中间。〔4〕硕腹牝驴子：大肚子母驴子。〔5〕治具：准备好贡神的用具。〔6〕高髻褐帔：梳着高高的发髻，披着褐色披风。〔7〕老苍卫：灰白色苍老的驴子。〔8〕缓蹇北度：缓慢而艰难地往北走。〔9〕爇（ruò）香，捧卮酒：烧上香，捧上一杯酒。〔10〕道左：道旁。〔11〕大夫：本来是古代的职官名，后以"大夫"称任官职者。〔12〕区区小治：很小的一个县。〔13〕密机：机密。〔14〕尽三卮：喝了三杯酒，表示接受了请求。

点评

在生产力低下的时代，蝗灾是重要难题，蒲松龄写过《蝗赋》《捕蝻歌》《祭蚤虫文》，还在《农桑经》里总结过如何治蝗的经验。此文乃虚幻小说，县令关心民生，柳神即来相助，蝗神顺水推舟，一县免于蝗灾，文字很短，但三个人物（或一人二神）都栩栩如生。

柳秀才

绿衣志现秀
才身不榴蝗
神柳六神祈
玉秋成隆报
赛祝他
陌上早
回春

水灾

①石门庄确有其庄，地点在蒲家庄南。叟观牛斗而判断有大水，此生活经验丰富也。

②莫名其妙！夫妻二人同时扶一老母，却不顾幼儿，此亦大不合人情。即使按封建伦理"不孝有三，无后为大"，不顾后嗣，也可以算是不孝。

康熙二十一年〔1〕，苦旱，自春徂夏〔2〕，赤地无青草。六月十三日小雨，始有种粟者。十八日，大雨沾足，乃种豆。一日，石门庄①有老叟〔3〕，暮见二牛斗山上，谓村人曰："大水将至矣！"遂携家播迁〔4〕。村人共笑之。无何，雨暴注，彻夜不止，平地水深数尺，居庐尽没。一农人弃其两儿，与妻扶老母，奔避高阜〔5〕。下视村中，已为泽国，并不复念及儿矣②。水落归家，见一村尽成墟墓，入门视之，则一屋独存，两儿并坐床头，嬉笑无恙。咸叹谓夫妇之孝报云。此六月二十二日事也。

康熙二十四年〔6〕，平阳地震〔7〕，人民死者十之七八。城郭尽墟；仅存一舍，则孝子某家也。茫茫大劫中，惟孝嗣无恙，谁谓天公无皂白耶？

校勘

底本：手稿本。参校：二十四卷本、异史、铸雪斋本、青柯亭本。

注释

〔1〕康熙二十一年：公元1682年。是岁，据《清实录》："亢旱益甚，家事堪忧。"《淄川县志》亦载："春夏不雨，大无麦，报旱灾。"〔2〕自春徂（cú）夏：从春天到夏天。〔3〕石门庄：今淄川太河镇石门村。离蒲家庄十几公里。〔4〕播迁：迁徙逃难。〔5〕阜：土丘。〔6〕康熙二十四年：公元1685年。《清史稿·圣祖本纪》："夏四月丁酉，平阳府地震。"〔7〕平阳：明清府名，今山西临汾。

点评

水灾当年恰好作者年过四十，特别关注"孝"的问题。所记两则，其中水灾中上天特别庇护孝子的异事，当是本地传闻，一村尽成废墟，孝子家一房独存，二子嬉笑其中，将"孝"可通天，大加渲染。叙事简洁明了。

水灾

暮见二牛
山上斗
朝看一屋水
中存天
公卓自分
明甚呵
护常临
孝子
门

诸城某甲[1]

学师孙景夏先生言[2]①：其邑中某甲者，值流寇乱[3]，被杀，首坠胸前。寇退，家人得尸，将舁瘗之[4]，闻其气缕缕然，审视之，咽不断者盈指。遂扶其头，荷之以归。②经一昼夜始呻，以匕箸稍稍哺饮食，半年竟愈。又十余年，与二三人聚谈，或作一解颐语，众为哄堂，甲亦鼓掌。一俯仰间，刀痕暴裂，头堕血流，共视之，气已绝矣。父讼笑者，众敛金赂之，又葬甲，乃解。

异史氏曰："一笑头落，此千古第一大笑也。颈连一线而不死，直待十年后成一笑狱[5]，岂非二三邻人，负债前生者耶！"③

①孙景夏是蒲松龄的老师，蒲松龄在全省得秀才第一名，对乡试很执着，跟学师接触也多。淄川谈风甚盛，学堂谈怪说异成风。言者无心，闻者有意，蒲松龄善于收集写作素材，将师友谈论随时记下。

②奄奄一息之状描写细致，"盈指"写得准。

③蒲松龄脑海中这种因果报应总是时不时出现。酸腐。

校勘

底本：手稿本。参校：二十四卷本、异史、铸雪斋本、青柯亭本。

注释

[1]诸城：明清县名，属青州府，今山东潍坊诸城市。[2]学师孙景夏先生：孙瑚，字景夏，山东诸城人。顺治十四年（1657）举人，康熙四年（1665）任淄川县儒学教谕。[3]流寇乱：可能是李自成农民起义。[4]舁瘗：抬回去埋葬。[5]笑狱：因笑而产生民事纠纷。

点评

颈连一指而能复活，十年后却笑掉了脑袋，真真乐极生悲，天下绝无仅有的奇闻。某甲如何在家人小心翼翼维护下存活，如何忘乎所以大笑而笑掉了脑袋，皆写得活灵活现，文字极富表现力。

諸城某甲
不死於刀死於笑可知
笑裏暗藏刀旅次
土人占多驗先笑居然
變後乩

库官

邹平张华东公〔1〕，奉旨祭南岳〔2〕，道出江淮间，将宿驿亭〔3〕。前驱白："驿中有怪异，宿之必致纷纭〔4〕。"张弗听，宵分，冠剑而坐〔5〕，俄闻靴声入，则一颁白叟，皂纱黑带〔6〕。怪而问之，叟稽首曰："我库官也。为大人典藏有日矣〔7〕。幸节钺遥临〔8〕，下官释此重负。"问："库存几何？"①答云："二万三千五百金。"公虑多金累缀〔9〕，约归时盘验，叟唯唯而退。

张至南中〔10〕，馈遗颇丰。及还，宿驿亭，叟复出谒。及问库物，曰："已拨辽东兵饷矣。"②深讶其前后之乖〔11〕。叟曰："人世禄命，皆有额数，锱铢不能增损。大人此行，应得之数已得矣，又何求？"言已竟去。张乃计其所获，与所言库数适相吻合。方叹饮啄有定〔12〕，不可以妄求也。③

① 闻钱而窃喜。

② 此处隐约写明末对辽东之战。

③ 得到如此多的银子，还感叹"饮啄有定"！

校勘

底本：手稿本。参校：二十四卷本、异史、铸雪斋本、青柯亭本。

注释

〔1〕邹平：明清县名，属济南府，今山东滨州邹平县。张华东：即张延登（？—1641），字济美，号华东，邹平人，明万历二十年（1592）进士，曾任工部尚书，官居正二品。康熙三十四年（1695）《邹平县志》有传。〔2〕南岳：衡山，五岳之一，在湖南衡阳境内，道教主流全真派圣地。祭南岳是封建王朝遣使祭告岳渎祈福的活动。〔3〕驿亭：驿站。〔4〕必致纷纭：必然惹麻烦。〔5〕冠剑而坐：身穿官服，佩剑而坐。〔6〕皂纱黑带：黑色纱帽黑色衣带，明代吏员的服装。〔7〕典藏：管理库存财物。〔8〕节钺遥临：钦差大人从远处来到。节钺，钦差的仪仗，代指钦差。节，旌节，使臣仪仗中的旗子；钺，仪仗中的大斧。〔9〕累缀：累赘。

〔10〕南中：南方。张延登曾以左右都御史掌南京都察院，因此有在南方接受贿赂的机会。祭南岳仅仅是其中一次。〔11〕前后之乖：前后说的不一致。〔12〕饮啄有定：喝多少水吃多少饭，一切都是命中注定。《庄子·养生主》："泽雉十步一啄，百步一饮，不蕲畜乎樊中。"后引申为人的命运。

点评

朝廷一品大员闻钱眼开，只关心有多少银子，不问银子的来龙去脉。一次祭南岳就可以得到两万多两银子"馈遗"即贿赂，官场何等黑暗。即使把银子拨作军饷，又怎奈大明江山风雨飘摇、大厦将倾？在这个奇异的"饮啄有定"宿命故事里，包含着思考改朝换代、刺贪刺虐的重要内容。

庫官

驛傳輝煌使
節馳饋遺偏
有庫官知遞
東軍餉由誰
撥惜味當年
一閧之（鹽鋪）

酆都御史①

①王士禛云:"阎罗天子庙,在酆都南门外平都山上,旁即王方平洞,亦无他异。但山半有蟒御史庙,事亦荒唐。"

酆都县外有洞〔1〕,深不可测,相传阎罗天子署其中〔2〕,一切狱具〔3〕,皆借人工。桎梏朽败〔4〕,辄掷洞口,邑宰即以新者易之,经宿失所在。供应度支〔5〕,载之经制〔6〕。

明有御史行台华公〔7〕,按及酆都,闻其说,不以为信,欲入洞以决其惑,人辄言不可。公弗听,秉烛而入,以二役从。深抵里许,烛暴灭。视之,阶道阔朗,有广殿十余间,列坐尊官,袍笏俨然。惟东首虚一座。尊官见公至,降阶而迎,笑问曰:"至矣乎?别来无恙否?"②公问:"此何处所?"尊官曰:"此冥府也。"

②此神亦颇有幽默感。

公愕然,告退。尊官指虚座曰:"此为君坐,那可复还。"公益惧,固请宽宥,尊官曰:"定数何可逃也!"遂捡一卷示公,上注云:"某月日,某以肉身归阴。"公览之,战慄如濯冰水,念母老子幼,泫然涕流。③

③入洞前气壮如牛,听说已入冥府,胆小如鼠。

俄有金甲神人,捧黄帛书至,群拜舞启读已,乃贺公曰:"君有回阳之机矣。"公喜致问。曰:"适接帝诏,大赦幽冥,可为君委折原例耳〔8〕。"乃示公途而出,数武之外,冥黑如漆,不辨行路,公甚窘苦。忽一神将,轩然而入,赤面长髯,光射数尺。公迎拜而哀之,神人曰:"诵佛经可出④。"言已而去。

④好玩儿。道教圣地诵佛经。是作者思维混乱还是调侃?

公自计经咒多不记忆,惟《金刚经》颇曾习之,遂乃合掌而诵,顿觉一线光明,映照前路。忽有遗忘之句,则目前顿黑,定想移时,复诵复明,乃始得出。其二从人,则不可问矣⑤。

⑤冤鬼。他们难道无老母妻儿?

校勘

底本:手稿本。参校:二十四卷本、异史、铸雪斋本、青柯亭本。

注释

〔1〕酆都县：今重庆市丰都县。有仙都观，是道家福地之一，谓冥府所在。〔2〕阎罗天子署其中：阎罗王的官署在这个地方。〔3〕狱具：惩罚犯人的工具。〔4〕桎梏：手铐脚镣。〔5〕度支：经费开支。〔6〕载之经制：供应阴曹地府的用具载入官府的正常开支。经制，开始于北宋的附加杂税。〔7〕御史行台华公：御史行台又叫行台御史，元代在部分重要地区设立，以监察诸省。明代罢去。这里可能是明代的巡按御史，职能类似元代的御史行台。〔8〕委折原例：援引前例加以变通。

点评

一则荒诞不经的传闻。蒲松龄创造了肉身入冥、肉身出冥的写法，御史大人开始不怕鬼，不信邪，铤而走险，气壮山河。一听说自己成了鬼，立即矮了三截，低声下气，乞求还阳，何前倨而后恭？人物性格割裂。赤面长髯者疑为关羽，指点御史在道教圣地念佛经，岂非乱点经卷？此文颇有些见神见鬼，纠缠不清。

归隐谁证肉身来
束坐偏寒聊斋志
幸是玉霄馀大觳
金经捧袁绣衣回

龙无目

沂水大雨〔1〕，忽堕一龙，双睛俱无，奄有余息。邑令公以八十席覆之，未能周身。又为设野祭〔2〕，犹反复以尾击地，其声塴然〔3〕。

校勘

底本：手稿本。参校：铸雪斋本、异史。

注释

〔1〕此稿虽有手稿本，但不是蒲松龄的笔迹，应是其儿孙抄录。〔2〕野祭：露天祭奠。〔3〕塴（bì）然：本义为土块，此处形容敲地的声音。

点评

荒诞的传闻，丑恶的形象。

然涕流俄有金甲神人捧黄帛書至群拜舞啟讀已乃賀公曰君有回陽之機笑公喜欽問曰適接帝詔大赦幽冥可為君委折原例耳乃示公途而出數武之外冥黑如漆不辨行路公甚窘苦忽一神將軒然而入赤面長髯光射數尺公迎拜而袁之神人曰誦佛經可出言已而去公自計經咒多不記憶惟金剛經頗曾習之遂乃合掌而誦初覺一線光明映照前路忽有遺忘之句則目前輒黑定想移時復誦復明乃始得出其二從人則不可問矣

龍無目

是月沂水大雨忽墮一龍雙睛俱無奄有餘息邑令公以八十葦蓆覆之未能周身又為設野祭猶反復以尾擊地其聲堛然

狐谐

万福，字子祥，博兴人也〔1〕，幼业儒，家少有而运殊蹇〔2〕，行年二十有奇，尚不能掇一芹〔3〕。乡中浇俗〔4〕，多报富户役，长厚者至碎破其家。万适报充役，惧而逃，如济南，税居逆旅。夜有奔女，颜色颇丽，万悦而私之，请其姓氏，女自言："实狐，但不为君祟耳。"万喜而不疑。女嘱勿与客共，遂日至，与共卧处，凡日所需，无不仰给于狐。

居无何，二三相识辄来造访，恒信宿不去〔5〕，万厌之而不忍拒，不得已，以实告客。客愿一睹仙容，万白于狐，狐谓客曰："见我何为哉？我亦犹人耳。"闻其声，呖呖在目前〔6〕，四顾，即又不见。客有孙得言①者，善俳谑〔7〕，固请见，且谓："得听娇音，魂魄飞越。何吝容华〔8〕，徒使人闻声相思？"狐笑曰："贤哉孙子，欲为高曾母作行乐图耶？"②诸客俱笑。

狐曰："我为狐，请与客言狐典，颇愿闻之否？"众唯唯。狐曰："昔某村旅舍，故多狐，辄出祟行客，客知之，相戒不宿其舍。半年，门户萧索，主人大忧，甚讳言狐。忽有一远方客，自言异国人，望门休止〔9〕。主人大悦，甫邀入门，即有途人阴告曰：'是家有狐。'客惧，白主人，欲他徙，主人力白其妄，客乃止。入室方卧，见群鼠出于床下，客大骇，骤奔，急呼：'有狐！'主人惊问，客怨曰：'狐巢于此，何诳我言无？'主人又问：'所见何状？'客曰：'我今所见，细细幺么〔10〕，不是狐儿，必当是狐孙子。'"③言罢，座客为之粲然〔11〕。

孙曰："既不赐见，我辈留宿，宜勿去，阻其阳台〔12〕。"狐笑曰："寄宿无妨，倘小有迕犯〔13〕，幸勿滞怀〔14〕。"客恐其恶作剧，乃共散去，然数日

---

①特别注意"孙得言"这个名字的深层含意：姓孙而"得言"，就是姓孙的朝廷言官，这是影射蒲松龄的东家孙蕙也。

②叫人为孙子，是齐鲁地区骂人的习惯用语。

③又骂孙子，且是狐狸精的孙子。

必一来,索狐笑骂。

狐谐甚,每一语,即颠倒宾客[15],滑稽者不能屈也,群戏呼为"狐娘子"。一日,置酒高会,万居主人位,孙与二客分左右座,上设一榻屈狐[16]。狐辞不善酒,咸请坐谈,许之。

酒数行,众掷骰为瓜蔓之令[17],客值瓜色,会当饮,戏以觥移上座曰:"狐娘子大清醒,暂借一觞[18]。"狐笑曰:"我固不饮,愿陈一典,以佐诸公饮。"孙掩耳,不乐闻,客皆言曰:"骂人者,当罚。"狐笑曰:"我骂狐,何如?"④众曰:"可。"于是倾耳共听。狐曰:"昔一大臣,出使红毛国[19],着狐腋冠见国王[20],王见而异之,问:'何皮毛,温厚乃尔?'大臣以狐对。王曰:'此物生平未曾得闻,狐字字画何等?'使臣书空而奏曰:'右边是一大瓜,左边是一小犬[21]。'"⑤主客又复哄堂。

二客,陈氏兄弟,一名所见,一名所闻,见孙大窘,乃曰:"雄狐何在?而纵雌狐流毒若此!"狐曰:"适一典,谈犹未终,遂为群吠所乱,请终之。⑥国王见使臣乘一骡,甚异之,使臣告曰:'此马之所生。'又大异之,使臣曰:'中国马生骡,骡生驹驹。'王细问其状,使臣曰:'马生骡,是臣所见;骡生驹驹⑦,是臣所闻。'"举座又大笑。

众知不敌,乃相约:后有开谑端者,罚作东道主。顷之,酒酣,孙戏谓万曰:"一联,请君属之[22]。"万曰:"何如?"孙曰:"妓者出门访情人,来时'万福[23]',去时'万福'。"合座属思,不能对。狐笑曰:"我有之矣!"众共听之。曰:"龙王下诏求直谏[24],鳖也'得言[25]',龟也'得言'。"四座无不绝倒[26]。⑧

孙大恚曰:"适与尔盟,何复犯戒?"狐笑曰:"罪诚在我,但非此不能确对耳。明日设席,以赎吾过。"相笑而罢。狐之诙谐,不可殚述。

④文章之妙,在全用"狐"做文章,却骂到对方头上。

⑤骂孙得言和陈氏兄弟是狗,是妓女。但此语细推敲则有些牵强,荷兰国王岂懂得汉字的写法?

⑥众人哄堂变成群吠。

⑦信口开河。骡没有生育能力,驹驹,是狐女造的一种生物。

⑧这是骂孙蕙,你姓孙的朝廷言官,算什么东西?乌龟王八蛋!骂得咬牙切齿,入木三分。手稿本某人已注意到:《狐谐》似注意姓孙,但不知何人为翁所恶。

卷三

居数月，与万偕归，及博兴界，告万曰："我此处有葭莩亲，往来久梗〔27〕，不可不一讯。日且暮，与君同寄宿，待旦而行可也。"万询其处，指言："不远。"万疑此故无村落，姑从之。二里许，果见一庄，生平所未历，狐往叩关，一苍头出应门，入则重门叠阁，宛然世家。俄见主人，有翁与媪，揖万而坐，列筵丰盛，待万以姻娅〔28〕，遂宿焉。⑨狐早谓曰："我遽偕君归，恐骇闻听，君宜先往，我将继至。"万从其言。先至，预白于家人，未几，狐至，与万言笑，人尽闻之，而不见其人。

逾年，万复事于济〔29〕，狐又与俱。忽有数人来，狐从与语，备极寒暄。乃语万曰："我本陕中人，与君有夙因，遂从尔许时，今我兄弟至矣，将从以归，不能周事〔30〕。"留之不可，竟去。⑩

阮亭云："此狐辨而黠，自是东方曼倩一流〔31〕。"

⑨虽骂孙蕙，但仍要做成一篇真正的小说，故而有狐女的来路描写。

⑩鲁迅《中国小说史略》曾大段引用《狐谐》的语言，可见其语言颇有特点。

> **校勘**

底本：手稿本。参校：二十四卷本、异史、铸雪斋本、青柯亭本。

> **注释**

〔1〕博兴：山东县名，位于黄河下游南岸，清代属青州辖，今属滨州市。〔2〕家少有而运殊蹇：家里稍有财产而命运非常不顺。〔3〕掇一芹：取得秀才功名。《诗经·鲁颂·泮水》："思乐泮水，薄采其芹。"后称考中秀才为"掇芹"。〔4〕浇俗：不好的风俗。浇，浮薄。〔5〕信宿：连续两个晚上留宿。〔6〕呖呖：清脆悦耳，如鸟鸣。〔7〕俳（pái）谑：开玩笑。〔8〕容华：美丽的面容。〔9〕望门休止：见到一户人家就投宿。〔10〕细细么么：很小的小玩意儿。〔11〕粲然：露齿而笑的样子。〔12〕阳台：阳台之会，男女幽会。语出宋玉《高唐赋》。〔13〕迕犯：冒犯。〔14〕滞怀：放在心上。〔15〕颠倒：倾倒，佩服。〔16〕屈狐：让狐女屈尊坐在那儿。〔17〕瓜蔓之令：酒令的一种。〔18〕"狐娘子"二句：狐娘子还很清醒，请代饮此杯。〔19〕红毛国：当时对

555

荷兰的称呼。〔20〕狐腋冠：用狐狸腋下皮毛做的名贵帽子。〔21〕"右边"二句：这是骂分坐左右的孙得言和陈氏兄弟。这句话用拆字法骂分坐左右的客人，骂他们三人是妓女和狗。山东人称妓女是"大瓜"。〔22〕属之：将对联对上。〔23〕万福：古时女人行礼的姿态。〔24〕直谏：直言进谏。〔25〕鳖也"得言"，龟也"得言"：得言，是孙得言的名字，鳖、龟，则是乌龟王八蛋。此句话的意思是：孙得言是乌龟王八蛋。〔26〕绝倒：笑倒，笑得透不过气。〔27〕往来久梗：很长时间没有往来。〔28〕待万以姻娅：像招待尊贵的女婿一样招待万福。〔29〕事于济：到济南办事。〔30〕周事：终身相伴。〔31〕东方曼倩：东方朔（公元前154—前93），字曼倩，西汉辞赋家，今山东惠民人，曾任太中大夫等职。性格诙谐，言词敏捷，滑稽多智。

点评

　　表面上看，这是篇描绘狐狸精的成功之作。《聊斋》许多篇章写到狐狸精的超强能力，此篇狐女口才出众，像诸葛亮舌战群儒，机智聪慧，才思敏捷，出口成章，将想捉弄她的男士置于被讥骂、嘲笑的境地，很尴尬。王士禛认为成功创造了一位像东方朔一样的女性人物。实际上，此篇有更加深刻的寓意，有着作者极欲一吐为快却不想让人一眼看穿的内容：这是一篇"使酒骂座"式的文章，所骂的对象是作者年轻时的好友孙蕙。孙蕙在江苏宝应做知县时，蒲松龄曾给他做幕宾，孙蕙后来做给事中，即朝廷的言官。"孙得言"就是姓孙的朝廷言官，而偏偏鳖也得言、龟也得言，就是巧妙地骂姓孙的言官是乌龟王八蛋。至于蒲松龄为何这样做？主要因蒲松龄认为孙蕙是个不懂得真正爱情、一味留情的纨绔子弟，造成蒲松龄南游期间相识并喜爱的顾青霞的人生悲剧，孙蕙还纵容家人在淄川乡里横行，蒲松龄曾写信正告并劝诫。

狐谐

同是萍飘紫泊中
笑啼怒骂尽英雄
诙谐涉口皆成趣
可使麝兜挥下风

雨钱

① 名字好。我善养吾浩然之气也。

② 失望之极。

③ 从读书人到梁上君子，一步之差。《后汉书·陈寔传》，陈夜间在家里发现小偷，小偷躲到梁上，陈把子孙召来，告诫他们好好做人，否则就会堕落到像梁上那位君子。小偷大惊，下地请罪。

滨州一秀才读书斋中〔1〕，有款门者，启视，则皤然一翁〔2〕，形貌甚古〔3〕。延之入，请问姓氏，翁自言："养真①，姓胡，实乃狐仙。慕君高雅，愿共晨夕〔4〕。"秀才故旷达，亦不为怪。相与评驳今古〔5〕，翁殊博洽〔6〕，镂花雕缋〔7〕，粲于牙齿〔8〕，时抽经义〔9〕，则名理湛深〔10〕，尤觉非意所及，秀才惊服，留之甚久。

一日密祈翁曰："君爱我良厚。顾我贫若此，君但一举手，金钱宜可立致，何不小周给？"翁嘿然②，似不以为可，少间笑曰："此大易事。但须得十数钱作母。"

秀才如其请。翁乃与共入密室中，禹步作咒。俄顷，钱有数十百万，从梁间锵锵而下，势如骤雨，转瞬没膝，拔足而立又没踝。广丈之舍，约深三四尺已来。乃顾语秀才："颇厌君意否〔11〕？"曰："足矣。"翁一挥，钱即画然而止，乃相与扃户出。秀才窃喜，自谓暴富。顷之，入室取用，则满室阿堵物〔12〕，皆为乌有，惟母钱十余枚，寥寥尚在。秀才失望，盛气向翁，颇怼其诳〔13〕。翁怒曰："我本与君文字交，不谋与君作贼！便如秀才意，只合寻梁上君子交好得〔14〕③，老夫不能承命！"遂拂衣去。

校勘

底本：手稿本。参校：二十四卷本、异史、铸雪斋本。

注释

〔1〕滨州：位于黄河入海口，今山东滨州市。〔2〕皤（pó）然：白色。〔3〕形貌甚古：样子像古时的人。〔4〕共晨夕：一起读书论学。〔5〕评驳今

古：互相讨论今古之事。〔6〕博洽：知识渊博。〔7〕镂花雕缋（huì）：在金器和锦缎上雕镂修饰花纹，比喻辞藻华丽。〔8〕粲于牙齿：口才出众，谈吐文雅。〔9〕抽经义：引经据典。抽，引用，阐发。〔10〕名理湛深：阐发儒家经典讲得很深奥。〔11〕厌：满足。〔12〕阿堵物：钱。西晋人王衍清高，不说"钱"，说"阿堵物"，即"那个东西"。《世说新语·规箴》："王夷甫雅尚玄远，常嫉其妇贪浊，口未尝言'钱'字。妇欲试之，令婢以钱绕床，不得行。夷甫晨起，见钱阂行，呼婢曰：'举却阿堵物。'"〔13〕怼（duì）：怨恨。〔14〕梁上君子：小偷。

点评

　　一个本来高雅的读书人交了一位同样高雅的朋友，本来可以一直高雅下去，其人却钻到钱眼里了。结果被狐仙朋友奉劝还是找"梁上君子"交友为好。挖苦得有趣。这是《聊斋》非常短小却非常有名的故事，某些故作高雅者常常顶不住金钱诱惑，做出比"雨钱"还要尴尬的事，都可以此为戒。

雨錢

文字交情自有真
真靈名高雅
悔知人秀才應
愧儒冠誤滿
室金錢不療貪

妾击贼①

①手稿本原题"妾杖击贼"，涂改为"枪棒女"，又涂去改"妾击贼"。

②王士禛《池北偶谈》亦有此条：妾"以杖击贼，踣数人，余皆奔窜"。远不如蒲松龄写得生动。蒲氏写摸得挑水杖，说明妾平时被罚挑水，风鸣钩响形容杖击贼，贼急切不能上墙。有妾的动作，有贼的动作，面面生风。

③一日为妾，终生奴性不改。

益都西鄙之贵家某者，富有巨金，蓄一妾，颇婉丽，而冢室凌折之〔1〕，鞭挞横施。妾奉事之惟谨。某怜之，常私语慰抚〔2〕。妾殊未尝有怨言。

一夜，数十人逾垣入，撞其屋扉几坏。某与妻惶遽丧魄，摇战不知所为。妾起，嘿无声息，暗摸屋中，得挑水木杖一〔3〕，拔关遽出。群贼乱如蓬麻，妾舞杖动，风鸣钩响〔4〕，击四五人仆地，贼尽靡；骇愕乱奔墙，急不得上，倾跌咿哑，亡魂失命。妾拄杖于地，顾笑曰："此等物事〔5〕，不直下手插打得〔6〕，亦学作贼！我不汝杀；杀，嫌辱我。"悉纵之逸去②。

某大惊，问："何自能尔？"则妾父故枪棒师，妾尽传其术，殆不啻百人敌也〔7〕。妻尤骇甚，悔向之迷于物色。由是善颜视妾，妾终无纤毫失礼。

邻妇或谓妾："嫂击贼若豚犬，顾奈何俯首受挞楚？"妾曰："是吾分耳③，他何敢言。"闻者益贤之。

异史氏曰："身怀绝技，居数年而人莫之知，而卒之捍患御灾〔8〕，化鹰为鸠〔9〕，呜呼！射雉既获，内人展笑〔10〕；握槊方胜，贵主同车〔11〕。技之不可以已也如是夫〔12〕！"

校勘

底本：手稿本。参校：二十四卷本、异史、铸雪斋本、青柯亭本。

注释

〔1〕冢室凌折之：正妻折磨她。〔2〕私语慰抚：私下安慰。〔3〕挑水木杖：挑水的扁担。〔4〕钩：扁担两头的铁钩。〔5〕物事：蔑称他人，如同"家伙"。〔6〕插打：打击。〔7〕不啻百人敌：武艺可以抵挡百人以上。〔8〕捍

患御灾：保护了家庭的安全，抵御了灾患。〔9〕化鹰为鸠：将像老鹰一样凶恶的正妻感化得像斑鸠一样柔弱善良。〔10〕射雉既获，内人展笑：这是用《左传·昭公二十八年》的典故，"昔贾大夫恶（丑陋），取妻而美，三年不言不笑。御以如皋，射雉获之，其妻始笑而言"。〔11〕握槊方胜，贵主同车：这是用《新唐书·诸帝公主列传》的典故。高祖丹阳公主下嫁将军薛万彻，万彻很蠢，公主不喜欢。唐太宗知道后，设酒宴，召来各驸马，特地和万彻亲切地说话，在玩"握槊"这个棋类游戏时故意输掉，把身上的佩刀赐给万彻，公主高兴了，跟万彻同车回家。〔12〕技之不可以已也如是夫：人有本事不可以永远不用，那样他人就不了解。

点评

蒲松龄男权思想严重，主张嫡庶有序，妻妾和美。妾身怀绝技，却俯首甘心受嫡妻欺负，并认为是自己命中注定的磨折。许多《聊斋》点评家欣赏妾的"循分自安""养晦""安分"，说明蒲松龄的欣赏在男权世界中有其代表性。《妾击贼》一文虽短，从手稿看，却是作者改动最多的，仅题目就改了三次。"异史氏曰"引用的两个典故稍有牵强，是学者型作家喜欢的"旁征博引"。

要擊敗

身挑絕技
有誰知鞭
捷橫施默
不聲冰也
備非來暴
客此生無
凌見滸時

驱怪

长山徐远公[1]，故明诸生也，鼎革后[2]，弃儒访道，稍稍学敕勒之术，远近多耳其名。某邑一巨公[3]，具币，致诚款书[4]，招之以骑。徐问："召某何意？"仆辞以："不知。但嘱小人务屈临降耳。"徐乃行。

至则中亭宴馔[5]，礼遇甚恭，然终不道所以致迎之旨。徐不耐，因问曰："实欲何为？幸祛疑抱[6]。"主人辄言无何也，但劝杯酒。言词闪烁，殊所不解。言话之间，不觉向暮，邀徐饮园中。园构造颇佳胜，而竹树蒙翳，景物阴森，杂花丛丛，半没草莱中[7]①。抵一阁，覆板上悬蛛错缀[8]，大小上下，不可以数。酒数行，天色曛暗，命烛复饮。徐辞不胜酒，主人即罢酒呼茶。诸仆仓皇撤肴器，尽纳阁之左室几上。茶啜未半，主人托故竟去。仆人便持烛引宿左室，烛置案上，遽返身去，颇甚草草②。徐疑或携襆被来伴，久之，人声殊杳，即自起扃户寝。窗外皎月，入室侵床，夜鸟秋虫，一时啾唧，心中怛然[9]，不成梦寐。

顷之，板上橐橐似踏蹴声，甚厉。俄下护梯[10]，俄近寝门。徐骇，毛发猬立[11]，急引被覆首，而门已豁然顿开。徐展被角微伺之，则一物，兽首人身，毛周其体，长如马鬛[12]，深黑色；牙粲群蜂，目炯双炬③。及几，伏餂器中剩肴，舌一过，连数器辄净如扫④。已而趋近榻，嗅徐被。徐骤起，翻被幂怪头[13]，按之，狂喊。怪出不意，惊脱，启外户窜去。徐披衣起遁，则园门外扃，不可得出。缘墙而走，择短垣逾，则主人马厩也。厩人惊，徐告以故，即就乞宿。

将旦，主人使伺徐，失所在，大骇。已而得之厩中。徐出，大恨，怒曰："我不惯作驱怪术，君遣我，又秘

①一幅多少带点恐怖意味的荒凉园林景色。

②仆人的表现很不正常，但徐某似乎不敏感。

③"牙粲"八字，写怪写绝。

④妖怪倒吃起剩饭来。紧张之中有趣笔。

不一言，我橐中蓄如意钩一〔14〕，又不送达寝所，是死我也！"主人谢曰："拟即相告，虑君难之，初亦不知橐有藏钩。幸宥十死！"徐终怏怏，索骑归。自是而怪遂绝。后主人宴集园中，辄笑向客曰："我终不忘徐生功也。"⑤

异史氏曰："黄狸黑狸，得鼠者雄。⑥此非空言也。假令翻被狂喊之后，隐其所骇惧，公然以怪之遁为己能，天下必将谓徐生真神人不可及矣。"

⑤此巨公是个"吃了泰山不谢土"的角色，设好了局令人上钩，别人驱怪，他坐享其成。徐某特别不善"炒作"。

⑥"不管黑猫白猫，能捉老鼠就是好猫"的著名观点盖出于此。邓小平夫人卓琳曾向《红楼梦学刊》介绍，邓小平终生酷爱《聊斋》。

校勘

底本：手稿本。参校：二十四卷本、异史、铸雪斋本、青柯亭本。

注释

〔1〕长山：明清县名，在淄川西北。徐远公：徐处闇，字见区、远公。明末济南府生员，入清后弃儒访道。康熙五十五年（1716）《长山县志》有传。〔2〕鼎革：改朝换代。革，去故；鼎，立新。〔3〕巨公：大人物。〔4〕致诚款书：送来表达诚恳邀请的书信。〔5〕中亭：手稿本为"中涂"，据异史本。〔6〕幸祛疑抱：希望消除疑虑。〔7〕草莱：杂草。〔8〕覆板上悬蛛错缀：天花板上大大小小的蜘蛛网悬垂交错。〔9〕怛然：惊恐。〔10〕护梯：带扶手的楼梯。〔11〕猬立：像刺猬毛一样立起来。〔12〕马鬐（qí）：马鬃。〔13〕幂（mì）：覆盖。〔14〕如意钩：形似如意、可钩取物的短兵器。

点评

"巨公"不以真实情形相告，令徐某陷入性命攸关的被动"驱怪"，徐某莫名其妙成功却不懂得居功自傲，还把未带驱怪"如意钩"讲出来。一个书生气十足，憨直真诚；一个玩人于股掌，老奸巨猾。简单的情节写活了两个生动的人物。在驱怪前，荒园小景如同画出。文笔如诗，幽默风趣。特别值得注意的是，篇末著名的"猫论"，三百年后在中国现实生活中起到举足轻重的作用。

驱怪

酒阑人散客无眠，
何意妖氛一旦起。
榻前等是仓皇人，
惊窜宁呼功不武。
贪天

卷三

姊妹易嫁

①毛纪真实情况与小说写的不同。其父是举人并非牧牛者，曾任杭州府教授。夫人官氏，姊因嫌毛纪有文无貌，临嫁而悔，妹代之。毛纪富贵后，姊出家为道士，从不接受妹的馈赠。毛纪归隐后，还常与其过从谈道，对大姨姐很敬重。蒲松龄将毛纪的"本事"完全变更，将毛家改为牧牛者，将姊不嫁改为嫌贫爱富，以宣扬"富贵天命"论。

掖县相国毛公〔1〕①，家素微〔2〕，其父常为人牧牛。时邑世族张姓者〔3〕，有新阡在东山之阳〔4〕，或经其侧，闻墓中叱咤声曰："若等速避去！勿久溷贵人宅〔5〕！"张闻，亦未深信，既又频得梦，警曰："汝家墓地，本是毛公佳城〔6〕，何得久假此？"由是家数不利〔7〕。客劝徙葬吉，张听之，徙焉。

一日，相国父牧，出张家故墓，猝遇雨，匿身废圹〔8〕中。已而，雨益倾盆，潦水奔穴〔9〕，崩溃〔10〕灌注，遂溺以死。相国时尚孩童，母自诣张，愿丐咫尺地，掩儿父。张征知其姓氏，大异之，行视溺死所，俨然当置棺处，又益骇，乃使就故圹窆焉，且令携若儿来。葬已，母偕儿诣张谢，张一见辄喜，即留其家，教之读，以齿子弟行〔11〕，又请以长女妻儿，母不敢应，张妻云："既已有言，奈何中改？"卒许之。②

②张某是对女儿命运做了一次赌博性的选择。

然此女甚薄毛家〔12〕，怨惭之意，形于言色，有人或道及，辄掩其耳，每向人曰："我死不从牧牛儿。"及亲迎，新郎入宴，彩舆在门，而女掩袂向隅而哭，催之妆，不妆，劝之亦不解。俄而新郎告行〔13〕，鼓乐大作，女犹眼零雨而首飞蓬也〔14〕。父止婿，自入劝女，女涕若罔闻，怒而逼之，益哭失声，父无奈之。又有家人传白："新郎欲行。"父急出，言："衣妆未竟，乞郎少停待。"即又奔入视女，往来者无停履，迁延少时，事愈急，女终无回意。父无计，周张欲自死〔15〕。③

③情节描写生动，场面活泼，宛如现成的戏剧。正因如此，此文屡被改编为戏剧搬上舞台，至今在吕剧、梆子戏、柳子戏、五音戏里盛演不衰。

其次女在侧，颇非其姊，苦逼劝之，姊怒曰："小妮子，亦学人喋聒〔16〕，尔何不从他去？"妹曰："阿爷原不曾以妹子属毛郎〔17〕，若以妹子属毛郎，更何须姊姊劝驾也！"父以其言慷爽，因与伊母窃议，以次易长。母即向女曰："忤逆婢不遵父母命〔18〕，欲以儿代若姊，

567

④可能妹子比较了解毛郎。冯镇峦评:"落落大方,一品夫人语也。"但明伦评:"慷爽之言,不作一毫儿女态,俱从大义看出,何等德行,何等福泽。""从亲命,孝也;安贫贱,智也;不嫌贫,义也;而仁礼即在其中。"

⑤富易交贵易妻,此古人之常情,毛纪亦不能免俗。此处有点不合情理,毛纪既然深感知己,怎么会产生这样的念头?这又是作者故意宣传"暗室不可欺心"。

⑥这是蒲松龄的老套子。好人好报,连头发都会长出来。好玩。

儿肯之否?"女慨然曰:"父母教儿往也,即乞丐不敢辞,且何以见毛家郎便终饿殍死乎〔19〕?"④父母闻其言,大喜,即以姊妆妆女,仓猝登车而去。

入门,夫妇雅敦逑好〔20〕,然女素病赤鬝〔21〕,稍稍介公意。久之,浸知易嫁之说〔22〕,由是益以知己德女。

居无何,公补博士弟子〔23〕,应秋闱试,道经王舍人店〔24〕。店主人先一夕梦神曰:"旦日当有毛解元来〔25〕,后且脱汝于厄〔26〕。"以故晨起,专伺察东来客,及得公,甚喜,供具殊丰善,不索直,特以梦兆厚自托。公亦颇自负,私以细君发鬑鬑〔27〕,虑为显者笑,富贵后念当易之⑤。已而晓榜既揭〔28〕,竟落孙山,咨嗟蹇步,懊惋丧志,心赧旧主人,不敢复由王舍,以他道归。

后三年,再赴试,店主延候如初,公曰:"尔言初不验,殊惭祇奉〔29〕。"主人曰:"秀才以阴欲易妻故,被冥司黜落〔30〕,岂妖梦不足以践〔31〕?"公愕而问故,盖别后复梦而云。公闻之,惕然悔惧,木立若偶。主人谓:"秀才宜自爱,终当作解首〔32〕。"未几,果举贤书第一人〔33〕,夫人发亦寻长,云鬟委绿〔34〕,转更增媚。⑥

姊适里中富室儿,意气颇自高。夫荡惰,家渐陵夷,空舍无烟火。闻妹为孝廉妇,弥增惭怍,姊妹辄避路而行。又无何,良人卒,家落。顷之,公又擢进士,女闻,刻骨自恨,遂忿然废身为尼〔35〕。

及公以宰相归,强遣女行者诣府谒问〔36〕,冀有所贻。比至,夫人馈以绮縠罗绢若干匹〔37〕,以金纳其中,而行者不知也。携归见师,师失所望,恚曰:"与我金钱,尚可作薪米费,此等仪物,我何须尔!"遽令将回。公及夫人疑之,及启视,而金俱在,方悟见却之意。发金笑曰:"汝师百余金尚不能任,焉有福泽从我老尚书也!"遂以五十金付尼去,曰:"将去,作尔师用度。

多，恐福薄人难承荷也。"行者归，具以告，师默然自叹，念生平所为，辄自颠倒，美恶避就[38]，繄岂由人耶？后，店主以人命事，逮系囹圄，公为力解，释罪。

异史氏曰："张公故墓，毛氏佳城，斯已奇矣。余闻时人有'大姨夫作小姨夫[39]，前解元为后解元[40]'之戏，此岂慧黠者所能较计邪？呜呼！彼苍者天，久不可问，何至毛公，其应如响？"

校勘

底本：手稿本。参校：二十四卷本、异史、铸雪斋本、青柯亭本。

注释

[1]掖县：明清县名，属莱州府，今为山东省烟台市莱州市。相国毛公：即毛纪（1463—1545），字维之，号鳌峰逸叟，掖县人。明成化二十二年（1486）乡试第一，次年中进士，官至礼部尚书兼东阁大学士，著有《密勿稿》等。《明史》有传。明代以大学士为辅臣，尊称相国。[2]素微：原本贫贱。[3]世族：世家大族。[4]新阡：新造的墓地。[5]久淹：滞留、长久打扰。[6]毛公佳城：此指毛公家的墓地。[7]家数（shuò）不利：家中多次发生不吉利的事情。[8]废圹：张家把棺材迁走后遗留的墓穴。[9]潦（liáo）水：雨后的积水。[10]崩訇（hōng）：水奔涌声。[11]齿子弟行：跟本家子弟一样看待。[12]薄：轻视，瞧不起。[13]告行：辞行。[14]眼零雨而首飞蓬：哭得一塌糊涂，头发像乱草窝。[15]周张：不知所措。[16]喋聒：喋喋不休，絮絮叨叨。[17]以妹子属毛郎：把妹妹许配给毛郎。[18]迕逆婢：忤逆不孝的死丫头。[19]饿殍：饿死的人。[20]雅敦逑好：很和睦亲密。[21]病赤鬝（qiān）：头发稀疏发黄。[22]浸知：渐渐知道。[23]补博士弟子：做了秀才。[24]王舍人店：位于济南东郊，是山东东部赴济南府贡院参加乡试的必经地。[25]解元：头名举人。[26]脱汝于厄：把你从灾难中救出来。[27]私以细君发鬑（lián）鬑：私下想到妻子头发稀少。鬑，稀少。[28]晓榜既揭：乡试发榜是在清晨。[29]祗奉：敬奉。[30]被冥司黜落：被阴司从功名榜除名。[31]岂妖梦不足以践：并不是神人托的梦不对。[32]解首：举人第一名。[33]举贤书第一人：举人第一名。举贤书，指乡试的榜文。[34]云鬟委绿：头发乌黑发亮。[35]废身：舍身，出家。[36]女行者：尼姑庵做杂活者。[37]绮縠罗绢：绫绸纱绢、轻软的丝织品。[38]美恶避就：避美就恶。[39]大姨夫作小姨夫：宋朝的名人

典故。欧阳修与王拱辰都是薛家的女婿。欧阳修娶长女，王拱辰娶次女。欧阳为大姨夫，王为小姨夫。后来欧阳修妻子去世，续娶其小妹，王成了大姨夫，欧阳成了小姨夫，时人有"旧女婿成新女婿，大姨夫成小姨夫"的说法。此处指毛纪本该娶张家的长女，却娶了次女。〔40〕前解元为后解元：指毛纪本来应该是前一届的解元，后来成了下一届的解元。

点评

　　这是个很传统的故事，又是个很现代、世界性的故事，是"王子变贫儿，贫儿变王子"的故事。作者思想比较复杂，既宣传贫贱富贵俱由天定，又宣传人必须保存善念，一念之私也会影响到本来天定的富贵。易嫁的姐妹个性突出，姊嫌贫爱富，妹见识过人。易嫁的场面热闹紧张，父女矛盾白热化，姐妹矛盾哲理化，如一幕精彩过瘾的重场戏。王舍人店主的参与进一步加深了小说的说教气氛。姊从"眼零雨而首飞蓬"的坚决抗争，到向自己抛弃的人乞求金钱，性格似乎有断裂之嫌。

姊妹两嫁

掖縣傳聞事有無
大姨夫作小姨夫
集祜集苑尋常事
姊妹當時計較殊

续黄粱

①佞谀即违心地巧言奉承。而曾某因之得意情溢于言表。

②"一举手"并非简单地举手行礼,而是敷衍性略示敬意,实际很傲慢。

③梦中得荣华富贵是唐传奇常见命题。《枕中记》《南柯记》写梦中得官,醒来发现是黄粱一梦,从而淡化功名之想。李肇评:"贵极禄位,权倾国都,达人视此,蚁聚何殊。"《聊斋》人物曾某刚做上贡士,尚未经殿试赐进士,就打算重用亲友,招降纳叛,这样的人做宰相,绝不是黎民福、社稷福。

④写梦之妙在既像真又像假,表层是真,深层是假;初看是真,琢磨是假。"曾宰相"没有宰相常有的拯荒救溺、经纶在抱;也没有宰相的雍容大度、气宇轩昂。倘若真是宰相,听到皇帝召唤,自应宠辱无惊,坐着官轿,前呼后拥入朝,迈四方步上殿。曾某"疾趋",急急忙忙,颠颠儿一溜小跑,完全没有宰相的威仪。曾某对官员看人下菜碟,根据级别高低决定亲疏,完全没有宰相的气度。

⑤权倾一时,气焰熏天。虽是宰相排场,但行事却全无宰相法度。明写宰相权威,隐写势利小人。

　　福建曾孝廉,高捷南宫时〔1〕,与二三新贵邀游郊郭〔2〕。偶闻毗卢禅院寓一星者〔3〕,因并骑往诣问卜。入,揖而坐。星者见其意气,稍佞谀之①。曾摇簋微笑,便问:"有蟒玉分否〔4〕?"星者正容,许二十年太平宰相。曾大悦,气益高。值小雨,乃与游侣避雨僧舍。舍中一老僧,深目高鼻,坐蒲团上,偃蹇不为礼〔5〕。众一举手②,登榻自话。群以宰相相贺。曾心气殊高,指同游曰:"某为宰相时,推张年丈作南抚〔6〕,家中表为参、游〔7〕,我家老苍头亦得小千把〔8〕,于愿足矣。"一坐大笑。

　　俄闻门外雨益倾注,曾倦,伏榻间③。忽见有二中使赍天子手诏〔9〕,召曾太师决国计〔10〕。曾得意,疾趋入朝。天子前席〔11〕,温语良久。命三品以下,听其黜陟〔12〕;即赐蟒玉、名马。曾被服稽拜以出。入家,则非旧所居第,绘栋雕榱〔13〕,穷极壮丽。自亦不解何以遽至于此④。然捻髭微呼,则应诺雷动。俄而公卿赠海物,伛偻足恭者,叠出其门。六卿来〔14〕,倒屣而迎〔15〕;侍郎辈,揖与语;下此者,颔之而已。晋抚馈女乐十人〔16〕,皆是好女子。其尤者为袅袅,为仙仙,二人尤蒙宠顾。科头休沐〔17〕,日事声歌。

　　一日,念微时尝得邑绅王子良周济〔18〕,我今置身青云〔19〕,渠尚蹉跎仕路〔20〕,何不一引手〔21〕?早旦一疏,荐为谏议〔22〕,即奉俞旨〔23〕,立行擢用。又念郭太仆曾睚眦我〔24〕,即传吕给谏及侍御陈昌等〔25〕,授以意旨。越日,弹章交至〔26〕,奉旨削职以去。恩怨了了〔27〕,颇快心意⑤。偶出郊衢,醉人适触卤簿,即遣人缚付京尹,立毙杖下

572

⑥。接第连阡者〔28〕，皆畏势献沃产，自此富可埒国〔29〕。无何，而袅袅、仙仙以次殂谢。朝夕遐想。忽忆曩年见东家女绝美，每思购充媵御，辄以绵薄违宿愿〔30〕，今日幸可适志。乃使干仆数辈，强纳资于其家。俄顷，藤舆舁至，则较昔之望见时尤艳绝也。自顾生平，于愿斯足。

又逾年，朝士窃窃〔31〕，似有腹非之者。然各为立仗马〔32〕⑦；曾亦高情盛气，不以置怀。有龙图学士包上疏〔33〕，其略曰："窃以曾某，原一饮赌无赖、市井小人。一言之合，荣膺圣眷〔34〕；父紫儿朱〔35〕，恩宠为极。不思捐躯摩顶〔36〕，以报万一，反恣胸臆〔37〕，擅作威福。可死之罪，擢发难数！朝廷名器〔38〕，居为奇货，量缺肥瘠〔39〕，为价重轻。因而公卿将士，尽奔走于门下；估计贪缘〔40〕，俨如负贩；仰息望尘〔41〕，不可算数。或有杰士贤臣，不肯阿附〔42〕，轻则置之闲散〔43〕，重则褫以编氓〔44〕。甚且一臂不袒〔45〕，辄兴鹿马之奸〔46〕；片语方干〔47〕，远窜豺狼之地。朝士为之寒心，朝廷因而孤立。又且平民膏腴，任肆蚕食〔48〕；良家女子，强委禽妆〔49〕。淫气冤氛〔50〕，暗无天日。奴仆一到，则守、令承颜〔51〕；书函一投，则司、院枉法〔52〕。或有厮养之儿〔53〕，瓜葛之亲，出则乘传，风行雷动。地方之供给稍迟，马上之鞭挞立至。荼毒人民，奴隶官府。扈从所临〔54〕，野无青草。而某方炎炎赫赫〔55〕，怙宠无悔〔56〕。召对方承于阙下〔57〕，萋菲辄进于君前；委蛇才退于自公〔58〕，声歌已起于后苑。声色狗马，昼夜荒淫；国计民生，罔存念虑。世上宁有此宰相乎！内外骇讹，人情汹汹。若不急加斧锧之诛〔59〕，势必酿成操、莽之祸〔60〕。臣夙夜祗惧〔61〕，不敢宁处，冒死列款，仰达宸听〔62〕。伏祈断奸佞之头，籍贪冒之产，上回天怒，下快舆情〔63〕。如果臣言虚谬，刀锯鼎镬〔64〕，即加

---

⑥穷人乍富，腆胸叠肚。

⑦围绕宰相写高官群态，他们是低三下四的钻营者，是只享受俸禄尸位素餐者，是只知"腹非"的明哲保身者。对官场的全景式素描大大拓宽思想力度。

臣身。"⑧云云。

疏上，曾闻之，气魄悚骇〔65〕，如饮冰水。幸而皇上优容〔66〕，留中不发〔67〕。又继而科、道、九卿交章劾奏〔68〕；即昔之拜门墙、称假父者〔69〕，亦反颜相向。奉旨籍家〔70〕，充云南军。子任平阳太守，已差员前往提问。曾方闻旨惊怛，旋有武士数十人，带剑操戈，直抵内寝，褫其衣冠，与妻并系。俄见数夫运资于庭，金银钱钞以数百万，珠翠瑙玉数百斛〔71〕，幄幕帘榻之属又数千事，以至儿襁女舄〔72〕，遗坠庭阶。曾一一视之，酸心刺目。又俄而一人掠美妾出，披发娇啼，玉容无主。悲火烧心，含愤不敢言。

俄楼阁仓库，并已封志，立叱曾出，监者牵罗曳而出。夫妻吞声就道，求一下驷劣车少作代步〔73〕，亦不得。十里外，妻足弱，欲倾跌。曾时以一手相攀引。又十余里，己亦困懒。欻见高山直插霄汉，自忧不能登越，时挽妻相对泣。而监者狞目来窥，不容稍停驻。又顾斜日已坠，无可投止，不得已，参差蹩躠而行〔74〕。比至山腰，妻力已尽，泣坐路隅，曾亦憩止，任监者叱骂。

忽闻百声齐噪，有群盗各操利刃，跳梁而前〔75〕。监者大骇，逸去。曾长跪，言："孤身远谪，橐中无长物。"哀求宥免〔76〕。群盗裂眦宣言："我辈皆被害冤民，只乞得佞贼头，他无索取〔77〕。"曾叱怒曰："我虽待罪，乃朝廷命官〔78〕，贼子何敢尔！"贼亦怒，以巨斧挥曾项，觉头堕地作声。魂方骇疑，即有二鬼来，反接其手，驱之行。行逾数刻，入一都会。顷之，睹宫殿⑨。殿上一丑形王者，凭几决罪福。曾前，匍伏请命〔79〕。王者阅卷，才数行，即震怒曰："此欺君误国之罪，宜置油鼎！"万鬼群和，声如雷霆。即有巨鬼捽至墀下〔80〕，见鼎高七尺已来，四围炽炭，鼎足尽赤。曾觳觫哀啼〔81〕，窜迹无路〔82〕。鬼以左手抓发，右手握踝，抛置鼎中。觉块然一身，随油波而上下；皮肉焦灼，痛彻于心；沸油入口，煎烹肺腑。念欲速死，

⑧包学士上疏，是正直官员对不法宰相的弹劾，是蒲松龄对封建官场高级官吏的综合认识。以简练、生动、铿锵有力的语言，将台阁重臣卖官鬻爵、鱼肉人民、荒淫无耻的丑恶嘴脸揭露无遗。包龙图是宋代清官，让他出来说话，既带奇崛的幻想色彩，又符合"忠臣"身份。

⑨唐传奇中，梦中高升者罢官，梦就结束。《聊斋志异》不同。曾某罢官后先被杀，然后被铁面无私的阎罗下令下油锅、上刀山，这都是传说中恶人常有的惩罚。

而万计不能得死。约食时,鬼方以巨叉取曾出,复伏堂下。王又检册籍,怒曰:"倚势凌人,合受刀山狱!"鬼复捽去。见一山,不甚广阔,而峻削壁立,利刃纵横,乱如密笋。先有数人胃肠刺腹于其上〔83〕,呼号之声,惨绝心目。鬼促曾上,曾大哭退缩。鬼以毒锥刺脑,曾负痛乞怜。鬼怒,捉曾起,望空力掷。觉身在云霄之上,晕然一落,刃交于胸,痛苦不可言状。又移时,身躯重赘,刀孔渐阔,忽焉脱落,四支蜷屈〔84〕。鬼又逐以见王。王命会计生平卖爵鬻名、枉法霸产,所得金钱几何。即有鬑须人持筹握算〔85〕,曰:"三百二十一万。"王曰:"彼即积来,还令饮去!"少间,取金钱堆阶上,如丘陵。渐入铁釜,熔以烈火。鬼使数辈,更以杓灌其口。流颐则皮肤臭裂,入喉则脏腑腾沸。生时患此物之少,是时患此物之多也⑩。半日方尽。王者令押去甘州为女〔86〕。

行数步,见架上铁梁,围可数尺,绾一火轮〔87〕,其大不知几百由旬〔88〕,焰生五采,光耿云霄〔89〕。鬼挞使登轮。方合眼跃登,则轮随足转〔90〕,似觉倾坠,遍体生凉。开眸自顾,身已婴儿,而又女也。视其父母,则悬鹑败絮〔91〕。土室之中,瓢杖犹存。心知为乞人子,日随乞儿托钵〔92〕,腹辘辘然,常不得一饱。着败衣,风常刺骨。十四岁,鬻与顾秀才备媵妾,衣食粗足自给。而冢室悍甚,日以鞭箠从事〔93〕,辄以赤铁烙胸乳。幸而良人颇怜爱,稍自宽慰。东邻恶少年,忽逾垣来逼与私。乃自念前身恶孽,已被鬼责,今那得复尔。于是大声疾呼。良人与嫡妇尽起,恶少年始窜去。居无何,秀才宿诸其室,枕上喋喋,方自诉冤苦;忽震厉一声,室门大辟,有两贼持刀入,竟决秀才首,囊括衣物。团伏被底,不敢复作声。既而贼去,乃喊奔嫡室。嫡大惊,相与泣验,遂疑妾以奸夫杀良人。因以状白刺史〔94〕。刺史严鞠,竟以酷刑定罪案,依律凌迟处死。縶赴刑所。胸中冤气扼塞,距踊声屈〔95〕,

⑩阎罗殿对恶人最奇异的惩罚莫过于求钱喝钱。原来令贪官爱不释手的金钱,在人生总清算时让其脏腑沸腾,这是蒲松龄想象出的特殊惩罚。虽带宿命色彩,却奇特而深刻,贪官每喝一口都想到贪污的害处,倘有来生,绝不敢再伸手。

觉九幽十八狱〔96〕，无此黑黯也。

正悲号间，闻游者呼曰："兄梦魇耶？"豁然而寤，见老僧犹跏趺座上〔97〕。同侣竞相谓曰："日暮腹枵〔98〕，何久酣睡？"曾乃惨淡而起。僧微笑曰："宰相之占验否？"曾益惊异，拜而请教。僧曰："修德行仁，火坑中有青莲也〔99〕。山僧何知焉？"曾胜气而来，不觉丧气而返。台阁之想，由此淡焉。入山不知所终⑪。

异史氏曰："福善祸淫，天之常道。闻作宰相而忻然于中者〔100〕，必非喜其鞠躬尽瘁可知矣⑫。是时，方寸中宫室妻妾〔101〕，无所不有。然而梦固为妄，想亦非真。彼以虚作，神以幻报。黄粱将熟〔102〕，此梦在所必有，当以附之《邯郸》之后〔103〕。"

⑪ 世间少了一个可能的恶相，山中却多了一个静修高人。阿弥陀佛！

⑫ 开头封官许愿是梦中宰相的基础。

校勘

底本：手稿本。参校：二十四卷本、异史、铸雪斋本、青柯亭本。

注释

〔1〕高捷南宫：考中进士。古称尚书省为南宫，此指主持会试的礼部。〔2〕新贵：会试考中的新贡士。〔3〕毗（pí）卢禅院：佛寺。毗卢，释迦牟尼佛法身。星者：算命的。〔4〕蟒玉分：做高官的福分。蟒袍玉带是古代高官服饰。〔5〕偃蹇：傲慢。〔6〕年丈：即"年伯"。在科举考试中，同科考中的互称"同年"，父辈的同年则称"年丈"。南抚：应天府巡抚。〔7〕中表：中表兄弟。指与祖父母、父母是兄弟姐妹者的孩子。参、游：明清时代中级武官参将和游击将军。〔8〕千把：千总、把总，明清时代低级武官。〔9〕中使：宫廷使者，太监。赍（jī）：持送。〔10〕太师：封建时代以太师、太保、太傅为"三公"，太师地位最高。明清时大臣功绩卓著者授太师。〔11〕天子前席：古代席地而坐，帝王为专注倾听臣子的话而向前移动座席。〔12〕黜陟（chù zhì）：降级或提拔。〔13〕绘栋雕榱（cuī）：彩绘的屋梁，雕花的房椽。〔14〕六卿：六部尚书。〔15〕倒屣（xǐ）而迎：急起迎接。倒屣，穿倒了鞋。〔16〕晋抚馈女乐：山西巡抚赠送歌女。〔17〕科头休沐：衣着随便，在家休假。科头，不结辫，不戴帽。休沐，休息沐浴。汉律，官员五日一休沐。〔18〕微时：寒微时。〔19〕置身青云：身居高位。〔20〕蹉

跎仕路：仕途不得意。〔21〕引手：伸手援助。〔22〕谏议：即谏议大夫。明清时称"给事中"或"给谏"，是朝廷言官。〔23〕俞旨：圣旨。〔24〕太仆：掌管皇帝舆马等事的官员，秦汉时九卿之一。睚眦（yá zì）：怒目而视，此处指微小的怨恨。〔25〕给谏：给事中。侍御：御史。〔26〕弹章交至：弹劾的奏章一齐来到。〔27〕了了：明白。〔28〕接第连阡：与曾家府邸田地相邻。〔29〕富可埒（liè）国：富可敌国。埒，等同。〔30〕绵薄：财力不足。〔31〕"朝士窃窃"二句：朝廷官员背后偷偷议论，有人嘴上不说，心里反对。〔32〕立仗马：朝臣像仪仗队的马一样只摆样子，不吭声。仗马，唐代皇帝临朝时，立八马于宫门外。这些马都经过严格训练，静立无声。奸相李林甫曾以立仗马为喻，威胁言官不要进谏。〔33〕龙图学士包：宋代龙图阁大学士包拯。此处借用宋代历史人物，梦境故事主角所处时代并不确指宋代。〔34〕荣膺圣眷：荣幸地得到皇帝恩宠。〔35〕父紫儿朱：父子都做高官。唐代规定三品以上官员着紫服，五品以上穿朱服。〔36〕捐躯摩顶：不辞辛苦地献身。〔37〕恣胸臆：放纵个人欲望。〔38〕朝廷名器：朝廷的官爵。〔39〕"量缺肥瘠"二句：根据官爵进项多寡决定卖官价格。〔40〕"估计羔缘"二句：估计通过某途径可将官位卖高价，就拉拢关系，像市场商贩般讨价还价。〔41〕仰息望尘：看曾某脸色行事。仰息，仰人鼻息；望尘，望尘而拜。〔42〕阿附：阿谀、归附。〔43〕轻则置之闲散：得罪曾某程度轻的官员被安排担任没有油水的闲职。〔44〕重则褫以编氓：得罪曾某程度重的官员被革职为民。〔45〕"一臂不袒"二句：一点儿小事上不依附曾某，就会受到威胁陷害。一臂不袒，指倘若不站在曾某一边。典出《史记·吕太后本纪》。〔46〕迕：违背。鹿马之奸：指赵高指鹿为马探测群臣是否对他阿附的历史典故。〔47〕"片语方干"二句：一句话冒犯曾某，就会被充军到边远荒凉的地方。〔48〕膏腴：肥沃良田。蚕食：逐渐侵占。〔49〕委禽妆：下彩礼。〔50〕沴（lì）气冤氛：曾某凶恶嚣张的气焰和受害者悲惨凄凉的冤气。〔51〕守、令承颜：太守和县令都看曾家奴仆的脸色行事。〔52〕司、院枉法：布政司、按察院都根据曾某需要徇情枉法。〔53〕厮养：干杂役的奴仆、小厮。〔54〕"扈从所临"二句：曾某随从所到之处，掘地三尺搜刮地皮，以致田野上连青草都没了。〔55〕炎炎赫赫：气焰嚣张。〔56〕怙宠无悔：依恃皇帝宠爱，毫无悔过之心。〔57〕"召对"二句：每当皇帝召见问事，曾某就乘机花言巧语陷害他人。萋菲：花纹错乱状，比喻谗言。〔58〕"委蛇"二句：刚从庄严的朝班退朝回家，就立即声色犬马地享受。委蛇，从容自得。典出《诗经·召南·羔羊》："退食自公，委蛇委蛇。"〔59〕斧锧之诛：斩首的刑罚。斧锧，古代行刑用的斧子和铁砧。

〔60〕操、莽之祸：曹操和王莽那样的篡国之祸。〔61〕夙夜祗（zhī）惧：日夜警惕戒备。〔62〕仰达宸（chén）听：上报皇帝知道。宸，北极星，指皇帝的居所。〔63〕舆情：民众之情。〔64〕刀锯鼎镬：最残酷的刑罚。刀锯，杀人刑具；鼎镬，油锅。〔65〕悚骇：惊骇到丧魂失魄的地步。〔66〕优容：宽容。〔67〕留中不发：皇上把奏章留在案头，不发下来治罪。〔68〕科、道、九卿交章劾奏：所有朝臣接连不断地弹劾。科道，明清时都察院下属六科给事中和御史总称；九卿，各部主要长官。〔69〕拜门墙、称假父者：拜为门生、认干爹的人。〔70〕奉旨籍家：按圣旨抄家。〔71〕斛：量器。古代以十斗为一斛，南宋末改五斗为一斛。〔72〕儿褓女舄（xì）：婴儿褓褓与女人睡鞋。〔73〕下驷劣车：劣马拉的破车。〔74〕参差蹩躠（bié xiè）：深一脚浅一脚、一跛一拐前行。蹩躠，跛行貌。〔75〕跳梁：跳踉，许多人乱跑乱跳。跳梁。〔76〕宥免：宽恕。〔77〕手稿"他无索取"后涂去"即有数人拥妻狎昵，嘲戏无不至"。〔78〕朝廷命官：有"皇封"的官员。〔79〕请命：请求饶命。〔80〕揸至墀下：揪住头发拖到台阶下。〔81〕觳觫（hú sù）：发抖。〔82〕窜迹：隐藏踪迹。〔83〕罥（juàn）：挂。〔84〕四支蠖（huò）屈：四肢像虫子一样弯曲。〔85〕握算：打算盘。〔86〕甘州：今甘肃张掖市。〔87〕绾：系。〔88〕由旬：梵文音译。古印度计量单位。由旬有大、中、小之分，约合八十、六十、四十里。〔89〕耿：照耀。〔90〕轮随足转：按照佛教观点，人要在天道、人道、阿修罗道、地狱道、饿鬼道、畜生道等六道中轮回。〔91〕悬鹑败絮：破衣烂衫。手稿为"悬鹑败焉"，今据铸雪斋抄本。〔92〕托钵：乞丐捧着碗乞讨。〔93〕箠（chuí）：短棍。〔94〕刺史：明清知府的别称。〔95〕距踊声屈：跳着脚喊冤枉。〔96〕九幽十八狱：极其黑暗的十八层地狱。〔97〕跏趺（jiā fū）：盘腿而坐。〔98〕腹枵（xiāo）：肚子饿了。枵，空虚。〔99〕"修德行仁"二句意思是人即使身处险恶之境，只要加强道德修养，行善行仁，就能得到神佛的帮助。佛教认为人死后如堕入地狱、饿鬼、畜生道，痛苦无比，如入火坑。皈依净土可以摆脱灾难。青莲，梵语"优钵罗"意译，青色莲花，比喻净土。〔100〕忻然于中：心满意足。〔101〕方寸：内心。〔102〕黄粱将熟：唐传奇《枕中记》写卢生不得志，在邯郸旅店遇到仙人吕翁。吕翁给他个枕头，他枕上做高官厚禄的梦。入梦时旅店主人在蒸黄粱饭，等他醒来，黄粱饭还没熟。后用"黄粱梦"挖苦世人对官位的向往之心。〔103〕《邯郸》：唐传奇《枕中记》卢生做梦地点为邯郸。明代作家汤显祖根据《枕中记》创作"临川四梦"之一的《邯郸记》。

点评

《续黄粱》为《聊斋志异》神鬼狐妖的艺术世界增添了一个堪称丰满典型的儒林人物。曾某刚中进士,听到有宰相之命就封官许愿,结果高僧点化他进入梦境,让他享尽荣华富贵,做尽恶相坏事,又在地狱及生死轮回中受到应有惩罚。《聊斋志异》将传统的黄粱梦变成对封建官场全景式的描写,借包学士长篇上疏,对贪官污吏进行全面而深刻的控诉。让贪官喝掉贪污金银的奇特构思更是符合老百姓的心理,小说有突出思想价值。艺术描写如行云流水,对小人得志的白描尤为精彩。蒲松龄自称这篇小说是"续黄粱",认为可以附在《枕中记》《邯郸记》之后。其实此小说的思想和艺术水平超出前者。因为蒲松龄借旧瓶装新酒,将刺贪刺虐思想纳入传统梦幻题材。

續黃粱
初捷南宮意氣揚
沅間譽語更翱翔
僧寮不是邯鄲道
也作黃梁夢一場

龙取水

俗传龙取江河之水为雨，此疑似之说耳。徐东痴南游〔1〕，泊舟江岸，见一苍龙自云中垂下，以尾搅江水，波浪涌起，随龙身而上。遥望水光睒焖〔2〕，阔于三匹练〔3〕。移时，龙尾收去，水亦顿息。俄而大雨倾注，渠道皆平。

校勘

底本：手稿本。参校：异史、铸雪斋本。

注释

〔1〕徐东痴：即徐元善（1612—1684），山东新城人，由明入清，慕嵇康，改名徐夜，字嵇庵，又字东痴，隐居，著有《徐夜诗集》，是清初著名诗人。王士禛搜集其诗并写序。徐夜曾两次南游。〔2〕睒焖（shǎn shǎn）：闪烁。〔3〕匹：四丈为匹。练：白色的绢。

点评

中国传统认为龙行雨，而雨从何来？在没有科学解释的情况下，有各种民间传说，龙取水就是其一。这本来是虚幻的事情，但蒲松龄写得情景逼真，层次分明。

焉曾勝氣而來，不覺喪氣而返。臺閣之想，由此淡為冰矣。

異史氏曰：福善禍淫，天之常道。聞作寧相而忻然於中者，必非喜其鞠躬盡瘁可知矣。是時方寸中宮室妻妾無所不有，然而夢固為妄想亦非真。彼以虛作神，以幻報黃粱將熟，此夢在所必有。當以附之邯鄲之後。

龍取水

俗傳龍取江河之水以為雨，此疑似之說耳。徐東癡南遊海舟江岸，見一蒼龍自雲中垂下，以尾攬江水，波浪湧起，隨龍身而上。遙望水光瑩烱，澗于三足。練移時龍尾收去，水亦頓息。俄而大雨傾注，渠道皆平。

小獵犬

小猎犬

山右卫中堂为诸生时[1]，厌冗扰[2]，徙斋僧院。苦室中蜰虫蚊蚤甚多[3]，夜不成寝。食后，偃息在床，忽见一小武士，首插雉尾，身高两寸许，骑马大如蜡[4]，臂上青鞲[5]，有鹰如蝇。自外而入，盘旋室中，行且驶。①

公方凝注，忽又一人入，装亦如前，腰束小弓矢，牵猎犬如巨蚁。又俄顷，步者、骑者，纷纷来以数百辈，鹰亦数百臂，犬亦数百头，有蚊蝇飞起，纵鹰腾击，尽扑杀之。猎犬登床缘壁，搜噬虱蚤，凡罅隙之所伏藏，嗅之无不出者，顷刻之间，决杀殆尽。

公伪睡睨之，鹰集犬窜于其身。既而一黄衣人，着平天冠[6]，如王者，登别榻，系驷苇箔间[7]。从骑皆下，献飞献走[8]，纷集盈侧，亦不知作何语②。无何，王者登小辇，卫士仓皇，各命鞍马，万蹄攒奔，纷如撒菽③，烟飞雾腾，斯须散尽。

公历历在目，骇诧不知所由。蹑履外窥[9]，渺无迹响，返身周视[10]，都无所见，惟壁砖遗一细犬。公急捉之，且驯。置砚匣中，反复瞻玩。毛极细茸，项上有小环。饲以饭颗，一嗅辄弃去。跃登床榻，寻衣缝，啮杀虮虱。旋复来伏卧。逾宿，公疑其已往，视之，则盘伏如故。公卧，则登床簟[11]，遇虫辄啖毙，蚊蝇无敢落者。公爱之，甚于拱璧。一日，昼卧，犬潜伏身畔。公醒转侧，压于腰底。公觉有物，固疑是犬，急起视之，已匾而死[12]，如纸剪成者然。自是壁虫无噍类矣。④

①首、臂、马、鹰，面面俱到，宛如真正武士。
冯镇峦评："变大为小，以小见妙。"

②人太小，声更小，不可能听到说什么。真切。

③像撒豆粒儿，妙。

④王士禛《池北偶谈》亦有此条。

校勘

底本：手稿本。参校：异史、铸雪斋本。

注释

〔1〕山右：（太行）山的西侧，指山西省。卫中堂：卫周祚（1612—1675），字文锡，号闻石，山西曲沃人，明崇祯进士，官户部郎中。入清后历任工、吏、户、刑部尚书，先后授文渊阁大学士、保和殿大学士。中堂，清代对大学士的称呼。〔2〕冗扰：事情繁杂，不得清静。〔3〕蜰（féi）虫：臭虫。〔4〕马大如蜡：蜡借用为"蚱"，马像蚂蚱那样大。〔5〕臂上青鞲（gōu）：胳膊上有停立猎鹰的臂衣。〔6〕平天冠：帝王的冠冕。〔7〕系驹苇篾间：把马系在两席相叠的地方。〔8〕献飞献走：献上蚊蝇、蚤虫。〔9〕蹑履：穿上鞋子。〔10〕周视：到处查看。〔11〕簀（zé）：竹编床席。〔12〕匾：压扁。

点评

达官贵人故神其事，常常造出神灵如何护佑自己的故事，此文当是卫周祚自己或其家人、亲近者造的一段神话，说明大学士寒微时就有神灵相助，连臭虫都有神来捕捉。这本是常有的"造假"现象。到了蒲松龄笔下，小猎犬被描写得如同一幕杰出的木偶戏或小人国戏剧。小人，小马，小鹰，小猎犬，小国王，一切全是缩微型，又跟真正武士相似。小武士驱小猎犬捕猎场面，活灵活现，生机勃勃。留下的小犬似"留守部队"，恪尽职守并依恋"主人"，终于献身，可爱可怜。

小獵犬

紛、野馬與
醯雞，道是先
生睡眼迷矇虛
既除遺細犬寓
言得兔莫忘蹄

棋鬼

扬州督同将军梁公〔1〕，解组乡居〔2〕，日携棋酒，游翔林丘间〔3〕。会九日登高〔4〕，与客弈，忽有一人来，逡巡局侧，耽玩不去①。视之，面目寒俭，悬鹑结焉，然而意态温雅，有文士风。公礼之，乃坐。亦殊拗谦〔5〕。公指棋谓曰："先生当必善此，何勿与客对垒？"其人逊谢移时，始即局。局终而负，神情懊热〔6〕，若不自已②。又着又负，益愤惭。酌之以酒，亦不饮，惟曳客弈③。自晨至于日昃〔7〕，不遑溲溺〔8〕④。方以一子争路，两互喋聒，忽书生离席悚立，神色惨沮〔9〕。少间，屈膝向公座，败颡乞救〔10〕，公骇疑，起扶之曰："戏耳，何至是？"书生曰："乞付嘱圉人〔11〕，勿缚小生颈⑤。"公又异之，问："圉人谁？"曰："马成。"

先是，公圉役马成者，走无常，常十数日一入幽冥，摄牒作勾役。公以书生言异，遂使人往视成，则已僵卧二日矣。公乃叱成不得无礼，瞥然间，书生即地而灭。公叹咤良久，乃悟其鬼。

越日，马成寤，公召诘之。⑥成曰："书生湖襄〔12〕人，癖嗜弈，产荡尽。父忧之，闭置斋中。辄逾垣出，窃引空处，与弈者狎。父闻诟詈，终不可制止，父愤悒，赍恨而死〔13〕。阎摩王以书生不德，促其年寿，罚入饿鬼狱〔14〕，于今七年矣。会东岳凤楼成〔15〕，下牒诸府，征文人作碑记。王出之狱中，使应召自赎。不意中道迁延，大愆限期〔16〕⑦。岳帝使直曹问罪于王〔17〕。王怒，使小人辈罗搜之。前承主人命，故未敢以缧绁系之〔18〕。"公问："今日作何状？"曰："仍付狱吏，永无生期矣。"公叹曰："癖之误人也如是夫！"

异史氏曰："见弈遂忘其死；及其死也，见弈又忘

①活画入迷之状。

②再画入迷之状。

③所谓"臭棋"偏偏好拉人弈。

④入迷状又深一层。

⑤突发奇语，令人莫解。

⑥用一走无常的马夫联结阳世阴界。叙棋鬼生平，笔法简捷。

⑦生前癖性如此，死后又过之，无可救药。

⑧人生这样的事情多矣，爱好某事未必擅长某事，还有个才能在内。

其生。非其所欲有甚于生者哉？然癖嗜如此，尚未获一高着⑧，徒令九泉下，有长死不生之弈鬼也。可哀也哉！"

校勘

底本：手稿本。参校：异史、铸雪斋本。

注释

〔1〕扬州：明清府名，今江苏扬州市。督同将军：即都督同知、副总兵。明代最高军事机关五军都督府官名。〔2〕解组：罢任，退休。〔3〕游翔林丘间：游山玩水。〔4〕九日登高：阴历九月九日为重阳节，习俗于是日登高。〔5〕挥（huī）谦：非常谦逊。〔6〕神情懊热：神情很懊丧烦躁。〔7〕日昃：日落。〔8〕不遑溲溺：连解手的时间都没有。〔9〕神色惨沮：神情悲惨沮丧。〔10〕败颡（sǎng）乞救：叩头出血求救。〔11〕付嘱圉人：嘱咐马夫。〔12〕湖襄：湖广襄阳一带，今湖北省襄樊市。〔13〕赍恨而死：怀抱着遗憾去世。〔14〕饿鬼狱：地狱的一种。〔15〕东岳凤楼：泰山东岳庙的楼阁。〔16〕大愆限期：大大超过规定的时间。〔17〕直曹：值班的功曹。〔18〕缧绁：绳捆索绑。

点评

极爱下棋却偏偏怎么也不开窍，因嗜棋荡产败家被罚到饿鬼狱，又因为迷棋耽误了千载难逢的重生机会，因棋成鬼，棋迷心窍，棋鬼名副其实。《聊斋》是志怪，如果仅写离奇荒诞之事，就成了"侈陈怪异"，没什么价值。作者写棋鬼，穷形尽相地写其迷棋的形态，层层深入地描绘其耽于棋局不能自拔的情状，着棋时兴致盎然，输棋后懊丧烦躁，有浓郁的雅士氛围。实际上，这是作者对现实生活中耽于棋乐的人物做了细致观察，有着鲜活的生活因素。

棋鬼

長日消塵一局棋
樓應名竟戀期劇
詩奇癖忘生死勝負
斷二未決時

辛十四娘

① "正德间"，特定皇帝，对小说构思有提纲作用。

② 性格决定命运，轻脱纵酒定一生。得佳人又交恶人。冯生是《聊斋》中生动的男性形象之一，出口成章，既轻狂又真挚，既轻浮又耿直，常"改过"又再犯。

③ 翁彬彬有礼，一点儿礼数都不少。狐叟常呈文雅而又有学问状。翁看穿冯生，与妻子商量是托词。

④ 蒲松龄代小说人物所作求婚诗，受到大诗人王士禛欣赏。

⑤ 看来是辛十四娘反对。

⑥ 轻脱变轻狂。"振袖倾鬟，亭亭拈带"，八字写绝一美人。

广平冯生〔1〕，正德间人①，少轻脱〔2〕，纵酒②。昧爽偶行，遇一少女。着红帔〔3〕，容色娟好，从小奚奴〔4〕，蹑露奔波，履袜沾濡。心窃好之。薄暮醉归，道侧故有兰若，久芜废。有女子自内出，则向丽人也。忽见生来，即转身入。阴念：丽者何得在禅院中？縶驴于门，往觇其异。入则断垣零落，阶上细草如毯。彷徨间，一斑白叟出，衣帽整洁，问："客何来？"生曰："偶过古刹〔5〕，欲一瞻仰。翁何至此？"叟曰："老夫流寓无所，暂借此安顿细小〔6〕。既承宠降〔7〕，有山茶可以当酒。"乃肃宾入。见殿后一院，石路光明，无复蓁莽〔8〕。入其室，则帘幌床幕，香雾喷人。坐展姓字，云："蒙叟姓辛〔9〕。"生乘醉遽问曰："闻有女公子，未遭良匹，窃不自揣，愿以镜台自献〔10〕。"辛笑曰："容谋之荆人。"③生即索笔为诗曰："千金觅玉杵，殷勤手自将。云英如有意，亲为捣玄霜〔11〕。"④主人笑付左右。少间，有婢与辛耳语。辛起，慰客耐坐，牵幕入。隐约三数语，即趋出。生意必有佳报，而辛乃坐与喁嚅〔12〕，不复有他言⑤。生不能忍，问曰："未审意旨，幸释疑抱。"辛曰："君卓荦士〔13〕，倾风已久，但有私衷，所不敢言耳。"生固请之，辛曰："弱息十九人〔14〕，嫁者十有二。醮命任之荆人〔15〕，老夫不与焉。"生曰："小生只要得今朝领小奚奴带露行者。"辛不应，相对默然。闻房内嘤嘤腻语，生乘醉搴帘曰："伉俪既不可得，当一见颜色，以消吾憾。"内闻钩动，群立愕顾。果有红衣人，振袖倾鬟〔16〕，亭亭拈带⑥，望见生入，遍室张皇。辛怒，命数人捽生出。酒愈涌上，倒蓁芜中。瓦石乱落如雨，幸不着体〔17〕。

卧移时，听驴子犹龁草路侧，乃起跨驴，跉跰而行〔18〕。夜色迷闷，误入涧谷，狼奔鸱叫〔19〕，竖毛寒心。踟蹰四顾，并不知其何所。遥望苍林中，灯火明灭，疑必村落，竟驰投之。仰见高闳〔20〕，以策挝门〔21〕。内有问者曰："何处郎君，半夜来此？"生以失路告，问者曰："待达主人。"生累足鹄俟〔22〕，忽有人振管辟扉〔23〕，一健仆出，代客捉驴。生入，见室甚华好。堂上张灯火。少坐，有妇人出，问客姓字，生以告。逾刻，青衣数人扶一老妪出，曰："郡君至〔24〕。"生起立，肃身欲拜〔25〕。妪止之坐，谓生曰："尔非冯云子之孙耶？"曰："然。"妪曰："子当是我弥甥〔26〕。老身钟漏并歇〔27〕，残年向尽⑦，骨肉之间，殊所乖阔〔28〕。"生曰："儿少失怙〔29〕，与我祖父处者，十不识一焉。素未拜省，乞便指示⑧。"妪曰："子自知之。"生不敢复问，坐对悬想。妪曰："甥深夜何得来此？"生以胆力自矜诩，遂一一历陈所遇。妪笑曰："此大好事。况甥名士，殊不玷于姻娅〔30〕。野狐精何得强自高！甥勿虑，我能为若致之。"生谢唯唯。妪顾左右曰："我不知辛家女儿，遂如此端好！"青衣人曰："渠有十九女，都翩翩有风格〔31〕，不知官人所聘行几？"生曰："年约十五余矣。"青衣曰："此是十四娘，三月间曾从阿母寿郡君，何忘却？"妪笑曰："是非刻莲瓣为高履〔32〕，实以香屑，蒙纱而步者乎？"⑨青衣曰："是也。"妪曰："此婢大会作意弄媚巧〔33〕，然果窈窕。阿甥赏鉴不谬。"即谓青衣曰："可遣小狸奴唤之来〔34〕。"

青衣应诺去。移时，入白："呼得辛家十四娘至矣。"旋见红衣女子，望妪俯拜。妪曳之曰："后为我家甥妇，勿得修婢子礼。"女子起，娉娉而立〔35〕，红袖低垂。妪理其鬓发，捻其耳环，曰："十四娘近在闺中作么生〔36〕？"女低应曰："闲来只挑绣。"回首见生，羞缩不安。妪曰："此吾甥也。盛意与儿作姻好，何便教

⑦"钟漏并歇"这句话有幽默感，其实老妪已死许久。

⑧冯生虽牛皮哄哄，亦知看人下菜碟。对郡君，他一见就想跪拜，始终执礼甚恭。

⑨以老妪口描绘十四娘之美。冯镇峦评："每于极琐事随口诌出，随笔点缀，是史家频上添毫法。"前后五次写十四娘之美。冯生眼中点其娇美，口中点其年龄，青衣口中点其排行，妪口中点其媚巧。十四娘拜妪详尽风貌。千呼万唤始出来，回眸一笑百媚生。

卷三

迷途，终夜窜溪谷？"女俯首无语。妪曰："我唤汝，非他，欲为吾甥作伐耳！"女默默而已。妪命扫榻、展裀褥，即为合卺。女觍然曰："还以告之父母。"妪曰："我为汝作冰〔37〕，有何舛谬〔38〕？"⑩女曰："郡君之命，父母当不敢违。然如此草草，婢子即死，不敢奉命！"⑪妪笑曰："小女子志不可夺，真吾甥妇也！"乃拔女头上金花一朵，付生收之。命归家检历〔39〕，以良辰为定。乃使青衣送女去。听远鸡已唱，遣人持驴送生出。数步外，欷一回顾，则村舍已失。但见松楸浓黑，蓬颗蔽冢而已〔40〕。定想移时，乃悟其处为薛尚书墓〔41〕。薛故生祖母弟，故相呼以甥。心知遇鬼，然亦不知十四娘何人，咨嗟而归〔42〕。漫检历以待之，而心恐鬼约难恃。再往兰若，则殿宇荒凉。问之居人，则寺中往往见狐狸云。阴念：若得丽人，狐亦自佳⑫。至日，除舍扫途〔43〕，更仆眺望〔44〕。夜半犹寂，生已无望。顷之，门外哗然，躧履出窥〔45〕。则绣憾已驻于庭〔46〕。双鬟扶女坐青庐中。妆奁亦无长物，惟两长鬣奴扛一扑满〔47〕，大如瓮⑬，息肩置堂隅。生喜得丽偶，并不疑其异类。问女曰："一死鬼，卿家何帖服之甚？"女曰："薛尚书，今作五都巡环使〔48〕，数百里鬼狐皆备扈从。故归墓时常少。"生不忘塞修〔49〕。翼日，往祭其墓。归，见二青衣，持贝锦为贺〔50〕，竟委几上而去。生以告女，女视之曰："此郡君物也。"

邑有楚银台之公子〔51〕，少与生共笔砚，相狎。闻生得狐妇，馈遗为馔〔52〕，即登堂称觞〔53〕。越数日，又折柬来招饮。女闻，谓生曰："曩公子来，我穴壁窥之，其人猿睛而鹰准〔54〕，不可与久居也⑭。宜勿往。"生诺之。翼日，公子造门，问负约之罪，且献新什。生评涉嘲笑，公子大惭，不欢而散。生归，笑述于房。女惨然曰："公子豺狼，不可狎也！子不听吾言，将及于难。"生笑谢之。后与公子辄相谀噱〔55〕，前郄渐释〔56〕。

⑩鬼妪摆足尚书夫人架势，尊贵蛮横，颐指气使，倚老卖老又惜幼怜美。人物生动！

⑪十四娘温婉而坚强，个性显露。

⑫想得开，傻人傻福，岂不知狐比人还强。

⑬狐叟狐媪想得周到，一大瓮钱！

⑭辛十四娘观察判断人的本事很强。一次穴壁观察就判断公子是恶人，劝冯生远之，但冯生轻脱秉性不改。

会提学试〔57〕，公子第一，生第二。公子沾沾自喜，走伻来邀生饮〔58〕。生辞，频召乃往。至，则知为公子初度，客从满堂，列筵甚盛。公子出试卷示生，亲友叠肩叹赏。酒数行，乐奏作于堂，鼓吹伧儜〔59〕，宾主甚乐。公子忽谓生曰："谚云'场中莫论文〔60〕'，此言今知其谬。小生所以忝出君上者〔61〕，以起处数语略高一筹耳〔62〕。"公子言已，一座尽赞。生醉，不能忍，大笑曰："君到于今，尚以为文章至是耶？"⑮生言已，一座失色，公子惭忿气结。客渐去，生亦遁。醒而悔之，因以告女。女不乐，曰："君诚乡曲之儇子也〔63〕！轻薄之态，施之君子，则丧吾德；施之小人，则杀吾身。君祸不远矣⑯！我不忍见君流落，请从此辞。"生惧而涕，且告之悔。女曰："如欲我留，与君约：从今闭户绝交游，勿浪饮。"生谨受教。

十四娘为人勤俭洒脱，日以纤织为事〔64〕。时自归宁，未尝逾夜。又时出金帛作生计，日有赢余，辄投扑满。日杜门户，有造访者，辄嘱苍头谢去。一日，楚公子驰函来，女焚蓻不以闻。翼日，出吊于城，遇公子于丧者之家。捉臂苦邀，生辞以故。公子使圉人挽辔，拥之以行。至家，立命洗腆〔65〕，继辞夙退〔66〕。公子要遮无已，出家姬弹筝为乐。生素不羁⑰，向闭置庭中，颇觉闷损；忽逢剧饮，兴顿豪，无复萦念。因而酣醉，颓卧席间⑱。

公子妻阮氏，最悍妒，婢妾不敢施脂泽〔67〕。日前，婢入斋中，为阮掩执〔68〕，以杖击首，脑裂立毙。公子以生嘲慢故，衔生，日思所报，遂谋醉以酒而诬之。乘生醉寐，扛尸床间，合扉径去。生五更醒解〔69〕，始觉身卧几上，起寻枕榻，则有物腻然，继绊步履〔70〕；摸之，人也，意主人遣僮伴睡，又蹴之，不动而僵〔71〕。大骇，出门怪呼。厮役尽起。蓺之，见尸，执生怒闹。公子出验之，诬生逼奸杀婢，执送广平。隔日，十四娘始知，潸然曰："早知今日矣！"⑲

⑮书生斗嘴，声态并作，栩栩如生。冯生一语捅破靠势力得第一名的内幕。冯生固然痛快，楚公子却恨入骨髓。冯生不能忍一时之气，险遭杀身之祸。

⑯十四娘语重心长。但明伦评："士人当书此为座右箴。"有研究者提出"辛十四娘"谐音为"心识士娘"。

⑰辛十四娘防贼一样防楚公子，提心吊胆护冯生。男子汉大丈夫不做家庭顶梁柱，成妻子累赘，不亦羞乎？

⑱轻脱纵酒，全然不知自珍自重，十四娘的叮咛只当东风吹马耳。

卷三

因按日以金钱遗生。生见府尹[72]，无理可伸，朝夕搒掠[73]，皮肉尽脱。女自诣问，生见之，悲气塞心，不能言说。女知陷阱已深，劝令诬服，以免刑宪[74]。生泣听命。女还往之间，人咫尺不相窥。归家咨悒[75]，遽遣婢子去。独居数日，又托媒媪购良家女，名禄儿，年已及笄，容华颇丽，与同寝食，抚爱异于群小[76]。生认误杀，拟绞，苍头得信归，恸述不成声。女闻，坦然若不介意。既而秋决有日[77]，女始皇皇躁动，昼去夕来，无停履，每于寂所，於邑悲哀[78]⑳，至损眠食。一日，日晡，狐婢忽来。女顿起，相引屏语[79]。出则笑色满容，料理门户如平时。翼日，苍头至狱，生寄语娘子一往永诀。苍头复命。女漫应之，亦不怆恻，殊落落置之。家人窃议其忍。

忽道路沸传：楚银台革爵；平阳观察奉特旨治冯生案[80]。苍头闻之，喜告主母。女亦喜。即遣入府探视，则生已出狱，相见悲喜。俄捕公子至，一鞫，尽得其情。生立释宁家[81]。归见闺中人[82]，泫然流涕。女亦相对怆楚，悲已而喜。然终不知何以得达上听。女笑指婢曰："此君之功臣也。"㉑生愕问故。先是，女遣婢赴燕都[83]，欲达宫闱，为生陈冤。婢至，则宫中有神守护，徘徊御沟间，数月不得入。婢惧误事，方欲归谋，忽闻天子将幸大同，婢乃预往，伪作流妓[84]。上至句阑[85]，极蒙宠眷㉒。疑婢不似风尘人，婢乃垂泣。上问："有何冤苦？"婢对："妾原籍隶广平，生员冯某之女。父以冤狱将死，遂鬻妾句阑中。"上惨然，赐金百两。临行，细问颠末，以纸笔记姓名，且言欲与共富贵。婢言："但得父子团聚，不愿华膴也[86]。"上颔之，乃去。婢以此情告生。生急拜，泪眦双荧[87]。

居无几何，女忽谓生曰："妾不为情缘，何处得烦恼？君被逮时，妾奔走戚眷间，并无一人代一谋者。尔时酸衷[88]，诚不可以告诉。今视尘俗益厌苦。我已为君

⑲辛十四娘"早知今日"，无限伤心事，俱从一语出。当初就不乐意跟随冯生，迫于妪命相从；千方百计维护冯生安全，无奈冯生不自爱。十四娘运筹帷幄，胸有成竹。如大将临敌，安排妥当。派狐丫鬟进京找皇帝，买下禄儿准备代自己。冯生脱离陷阱，自己全身而退。

⑳既虚幻又真实的人生画卷，既有狐仙昼去夕来设法救助，又有人间弱女子面临丈夫判死刑时的惶急状况。

㉑叙事极有讲究，此前不写狐丫鬟去向，后借十四娘介绍和盘托出，如横云断岭。

㉒千年间以皇帝之尊逛妓院的仅正德皇帝，就被蒲松龄巧妙利用来大做文章。官官相护，要翻冤案，必须经皇帝。皇帝偏偏通过嫖妓翻案，讽刺入骨。小说开头似乎随意说冯生是正德年间人，其实是草蛇灰线，伏线千里。

㉓ 轻脱者渐渐变得沉稳而重情；见色起意者渐渐知道情为至重。短篇小说也能写出人物性格发展。

㉔ 十四娘诚多情矣，似此男子，能活命已不错，还给他安排禄儿为妻，再留下如此多钱，真是仁至义尽。收结扑满，一丝不苟。

㉕ 十四娘性格刚介，险阻不惊，历尽艰难，曲折救夫，功成身退。

㉖ 狐而成仙，是作者对狐狸精的最佳"处理"。蒲松龄彻底颠覆传统狐狸精害人观念，赋予"室有仙人"全新内涵。

㉗ 此篇小说手稿原题"鬼媒狐女"，涂改为"辛十四娘"。着力塑造狐女形象。

蓄良偶，可从此别。"生闻，泣伏不起。女乃止。夜遣禄儿侍生寝，生拒不纳。朝视十四娘，容光顿减；又月余，渐已衰老；半载，黯黑如村妪。生敬之，终不替〔89〕㉓。女忽复言别，且曰："君自有佳侣，安用此鸠盘为〔90〕？"㉔生哀泣如前日。又逾月，女暴疾，绝食饮，羸卧闺闼。生侍汤药，如奉父母。巫医无灵，竟以溘逝〔91〕㉕。生悲怛欲绝，即以婢赐金，为营斋葬。数日，婢亦去，遂以禄儿为室。逾年，举一子。然比岁不登〔92〕，家益落。夫妻无计，对影长愁，忽忆堂陬扑满〔93〕，常见十四娘投钱于中，不知尚在否。近临之，则豉具盐盎〔94〕，罗列殆满。头头置去〔95〕，箸探其中，坚不可入。扑而碎之，金钱溢出，由此顿大充裕。

后苍头至太华，遇十四娘，乘青骡，婢子跨蹇以从，问："冯郎安否？"且言："致意主人，我已名列仙籍矣。"言讫，不见。

异史氏曰："轻薄之词，多出于士类，此君子所悼惜也。余尝冒不韪之名〔96〕，言冤则已迂〔97〕；然未尝不刻苦自励，以勉附于君子之林，而祸福之说不与焉。若冯生者，一言之微，几至杀身，苟非室有仙人㉖，亦何能解脱囹圄〔98〕，以再生于当世耶？可惧哉！"㉗

校勘

底本：手稿本。参校：异史、铸雪斋本、二十四卷本、青柯亭本。

注释

〔1〕广平：今河北邯郸市广平县。〔2〕轻脱：轻浮，放纵。〔3〕红帔（pèi）：红色披风。〔4〕奚奴：丫鬟。〔5〕古刹：古寺。刹，梵语"刹多罗"音译略称。原指佛塔顶部的装饰，也可代称佛寺。〔6〕细小：对家眷的谦称。〔7〕宠降：给面子光临。〔8〕蓁莽：杂乱丛生的草木。〔9〕蒙：谦称。〔10〕镜台自献：不通过媒人，自己求婚。晋代温峤堂姑母托他为表妹做媒，温告诉姑母，佳婿送

玉镜台为聘。待举行婚礼，发现女婿就是他本人。〔11〕"千金觅玉杵"四句：唐传奇《裴航》写：裴航想娶美女云英。云英的祖母说：我有长生不老药，需要用玉杵、玉臼捣。你能得到玉杵，就将云英嫁给你。玄霜，黑色的仙药。手稿"玄"为"元"，避康熙皇帝名讳。〔12〕喔嚯（wà jué）：聊天，谈笑。〔13〕卓荦（luò）士：特殊卓越的人物。〔14〕弱息：对人称呼女儿的谦辞。〔15〕醮命任之荆人：许婚权力由妻子决定。荆人，对妻子的谦称。〔16〕"振袖倾鬓"二句：辛十四娘看到冯生的一连串动作，因害怕而袖子抖动着，低下头，仪态万方地手拈衣裙绣带。〔17〕幸不着体：手稿的"体"残缺，据铸雪斋本补。〔18〕踉跄：慌急走路不稳。〔19〕"狼奔鸱叫"：手稿"狼"残半边。鸱（chī）：猫头鹰。〔20〕高闳：高大讲究的门。〔21〕以策挝门：用马鞭子敲门。〔22〕累足鹄（hú）俟：站着一动不动伸着脖子等消息。鹄，天鹅。〔23〕振管：打开锁。〔24〕郡君：唐代封四品以上官员之母为郡君。明代宗室女子称郡君。〔25〕肃身欲拜：起立直身、面容端正想跪拜。〔26〕弥甥：外甥之子。〔27〕"钟漏并歇"两句：二句同一意思，意谓我快死了。钟和漏，都是古代报时工具。钟漏并歇，计算我生命的时间马上停止。〔28〕乖阔：缺少来往。〔29〕失怙：丧父。怙，依靠，特指依靠父亲。《诗经·小雅·蓼莪》："无父何怙，无母何恃。"〔30〕不玷于姻娅：不失于门当户对。〔31〕翩翩有风格：风度翩翩，光彩照人。〔32〕"是非刻莲瓣为高履"三句：古代女子在木底高跟鞋鞋面蒙纱，高底刻莲花瓣，鞋底中空，里边装香屑，走起路来在地上留下莲花瓣形香屑，名曰"步步生香"。〔33〕作意：故意，别出心裁。〔34〕狸奴：奴仆。狸，猫。〔35〕娉娉而立：亭亭玉立。〔36〕作么生：干什么。〔37〕作冰：做媒。〔38〕舛（chuǎn）谬：差错。〔39〕检历：看黄历，选黄道吉日。〔40〕蓬颗蔽冢：覆盖蓬草的坟墓。〔41〕尚书：明代吏、户、礼、兵、刑、工六部长官，秩正二品。因为是二品诰命夫人，老妪才派头十足。〔42〕咨嗟：叹息。〔43〕除舍扫途：打扫房舍、清扫街道。〔44〕更仆：更番相代。〔45〕躧屣（xǐ xǐ）：急迫地趿拉着鞋。〔46〕绣幰（xiǎn）：绣花的车帷，代指花轿。〔47〕扑满：顶端有小孔的储钱瓦器。〔48〕五都巡环使：阴司官名。〔49〕蹇修：媒人。〔50〕贝锦：有贝壳花纹的高级锦缎。〔51〕银台：宋代银台司掌管奏牍奏状，明清设通政使司掌管，故别称"银台"。〔52〕馈遗为煖（nuǎn）：结婚三日后，亲友送食物。〔53〕称觞：举杯祝贺。〔54〕猿睛而鹰准：鹰鼻猴眼。相面术认为，猿睛者目微黄，生性多疑，贪奸狡猾。鹰准，鹰钩鼻，相面术认为，鹰钩鼻为凶相，心肠恶毒，常陷害人。〔55〕谀噱：以开玩笑的形式恭维阿谀楚公子。〔56〕郗（xī）：嫌隙。〔57〕提学试：提督学政主持秀才科试和岁试，决定秀才等级，等级高者可参加乡试。〔58〕走伻（bēng）：派仆人。〔59〕鼓吹伧儜（níng）：音乐粗俗杂乱。〔60〕场中莫论文：考场讲究命运，不论文章好坏。〔61〕忝出君上者：惭愧地名次高于您的原因。〔62〕起处数语略高一筹：开头几句写得稍微高明一点儿。起处，八股文由破题、承题、起讲、入手、起股、中股、后股、束股八部分组成。起处为破题。〔63〕乡曲之儇子：见识浅薄的乡下佬。〔64〕纴（rèn）织：纺纱织布。〔65〕洗腆：摆设洁净的酒席。〔66〕继辞凤退：一再推辞一再告退。〔67〕施脂泽：梳洗打扮。〔68〕掩执：突然破门捉拿。〔69〕酲（chéng）解：酒醒。〔70〕绁（xiè）绊步履：绊脚。绁，绳索。手稿为"绁袢步履"，今据二十四卷抄本。〔71〕僵：僵硬。〔72〕府尹：广平府知府。〔73〕榜掠：拷打。〔74〕以免刑宪：免得被严刑拷打。〔75〕咨惋：叹惜。〔76〕群小：普通奴仆。〔77〕秋决：秋天处决。古代惯例，判死罪的犯人一般秋后处决。〔78〕於（wū）邑：低声哭泣。〔79〕相引屏（bǐng）语：两人到没人的地方悄悄说话。〔80〕"平阳观察"一句：平阳，辖今山西临汾。观察，明清时对道员的尊称，省以下、府以上的官员。特旨，帝王的特别圣旨。〔81〕宁家：回家。〔82〕闱中人：妻子。〔83〕燕都：北京。〔84〕流妓：走江湖居无定所的妓女。〔85〕句（gōu）阑：妓院。〔86〕华膴（wǔ）：华贵的衣服，精美的饮食。〔87〕泪眦双荧：两眼泪珠晶莹。眦，眼眶。〔88〕酸衷：悲痛的内心。〔89〕不替：不改变。〔90〕鸠盘：梵语"鸠盘茶"，又译为"冬瓜鬼"，指非常丑陋的妇人。〔91〕溘（kè）：突然。〔92〕比岁不登：连年收成不好。〔93〕堂陬（zōu）：房间一个角落。〔94〕豉具盐盎：放豆豉和盐的罐子。〔95〕头头置去：一件一件移走。〔96〕不腆之名：说话刻薄的名声。〔97〕言冤则已迂：说自己冤枉就太迂腐。〔98〕囹圄（líng yǔ）：监狱。

点评

本篇是《聊斋志异》篇幅最长、最好的作品之一，即便放在中国小说史长河中也属上乘之作。它既是优美的人狐恋故事，又是上写官场、下写书生的佳作。辛十四娘以绝美风姿、绝顶智慧、绝佳口齿，构成"奇美"的狐仙形象。她开头对冯生不十分满意，但嫁鸡随鸡，恪尽妻责，尽力让冯生改正"轻脱"以求完美，像诲人不倦的人生导师。在封建社会丈夫判死刑，家里塌了天，辛十四娘稳健处理棘手难题，挽狂澜于既倒，是家庭顶梁柱。最后功成身退，巧剪情缘，复归世外狐仙。小说人物虽多，却人各一面，狐叟雅量，鬼妪跋扈，冯生轻狂，楚公子霸道，辛十四娘聪慧机敏。写景如同油画，荒寺古墓摇曳生姿。人物对话鲜明生动，与人物个性谐和无间。情节曲折多变而合情合理。行文细针密线，松紧有致，显示出作者擅长驾驭复杂故事的才能。

辛十四娘

了却夫妻又来了
情功成主婢好同行
敩书鹜地徙天阵曾
對天颜道挂名

白莲教

①蒲松龄写白莲教的作品，除本篇外，还有八卷本卷二的《小二》，写的是脱离白莲教仍然掌握其魔术的女性。卷六《邢子仪》也写到与白莲教有关的奇事。八卷本卷四还有完全同名的篇章《白莲教》。

白莲教某者①，山西人，忘其姓名，大约徐鸿儒之徒。左道惑众〔1〕，慕其术者多师之。某一日将他往，堂中置一盆，又一盆覆之，嘱门人坐守，戒勿启视。去后，门人启之，见盆贮清水，水上编草为舟，帆樯具焉〔2〕。异而拨以指，随手倾侧；急扶如故，仍覆之。俄而师来，怒责："何违吾命？"门人立白其无。师曰："适海中舟覆，何得欺我？"

又一夕，烧巨烛于堂上，戒恪守，勿以风灭。漏二滴，师不至，儳然而殆〔3〕，就床暂寐，及醒，烛已竟灭，急起爇之。既而师入，又责之。门人曰："我固不曾睡，烛何得息？"师怒曰："适使我暗行十余里，尚复云云耶？"门人大骇。如此奇行种种，不胜书。

后有爱妾与门人通，觉之，隐而不言。遣门人饲豕，门人入圈，立地化为豕，某即呼屠人杀之，货其肉，人无知者。门人父以子不归，过问之，辞以久弗至。门人家诸处探访，绝无消息。有同师者，隐知其事，泄诸门人父，门人父告之邑宰。宰恐其遁，不敢捕治，达于上官，请甲士千人围其第，妻子皆就执。闭置樊笼〔4〕，将以解都。途经太行山，山中出一巨人，高与树等，目如盏，口如盆，牙长尺许。兵士愕立不敢行。某曰："此妖也，吾妻可以却之。"乃如其言，脱妻缚。妻荷戈往，巨人怒，吸吞之。众愈骇。某曰："既杀吾妻，是须吾子。"乃复出其子，又被吞如前状。众各对觑，莫知所为。某泣且怒曰："既杀我妻，又杀吾子，情何以甘！然非某自往不可也。"众果出诸笼，授之刃而遣之。巨人盛气而逆。格斗移时，巨人抓攫入口，伸颈咽下，从容竟去。

599

校勘

底本：手稿本。参校：异史、二十四卷本、铸雪斋本、青柯亭本。

注释

〔1〕左道：旁门左道。〔2〕帆樯：船帆船桅。〔3〕儽（léi）然而殂：非常困倦。儽，疲倦之极。〔4〕樊笼：木制的囚笼。

点评

本文写白莲教异术四个例子，前两个充满神奇诡异色彩。第三个例子变人为猪并货其肉，过于残忍，作者仍然持欣赏态度。第四个例子最精彩，白莲教徒巧妙摆脱官府，先救其妻，再救其子，都由巨人一口吞之，到教徒本人，先要怒而泣，似乎妻儿果然被杀，然后要经过格斗，以显示教徒法力较妻儿强。这样一来，巨人吞人的幻术就容易被接受，官府诸人看到巨人吞人后从容而去，文章戛然而止，留下想象的空间。笔法精粹，叙事巧妙。

白蓮教

左道由来幻術多
一家械繫太行過
巨人吞罷徒容去
竟得安然脫網羅

双灯

　　魏运旺，益都之盆泉人，故世族大家也。后式微不能供读〔1〕。年二十余，废学，就岳业酤〔2〕。一夕，独卧酒楼上，忽闻楼下踏蹴声，魏惊起，悚听。声渐近，寻梯而上，步步繁响。无何，双婢挑灯①，已至榻下。后一年少书生，导一女郎，近榻微笑。魏大愕怪，转知为狐，发毛森竖，俯首不敢睨。书生笑曰："君勿见猜。舍妹与有前因，便合奉事。"魏视书生，锦貂炫目，自惭形秽，觍颜不知所对。书生率婢子，遗灯竟去。魏细瞻女郎，楚楚若仙，心甚悦之，然惭怍不能作游语。女郎顾笑曰："君非抱本头者，何作措大气〔3〕？"遽近枕席，暖手于怀②。魏始为之破颜，捋裤相嘲，遂与狎昵。

　　晓钟未发，双鬟即来引去。复订夜约。至晚，女果至，笑曰："痴郎何福，不费一钱，得如此佳妇，夜夜自投到也③。"魏喜无人，置酒与饮，赌藏枚〔4〕，女子十有九赢。乃笑曰："不知妾约枚子〔5〕，君自猜之，中则胜，否则负。若使妾猜，君当无赢时。"遂如其言，通夕为乐。既而将寝，曰："昨宵衾褥涩冷，令人不可耐。"遂唤婢襆被来，展布榻间，绮縠香耎。顷之，缓带交偎，口脂浓射，真不数汉家温柔乡也〔6〕。自此，遂以为常。

　　后半年，魏归家，适月夜与妻话窗间，忽见女郎华妆坐墙头，以手相招。魏近就之，女援之，逾垣而出，把手而告曰："今与君别矣。请送我数武，以表半载绸缪之义。"魏惊叩其故，女曰："姻缘自有定数，何待说也。"语次，至村外，前婢挑双灯以待，竟赴南山。登高处，乃辞魏言别。魏留之不得，遂去。魏伫立彷徨，遥见双灯明灭，渐远不可睹，怏怏而反。是夜山头灯火，村人悉望见之。

---

①双灯为本文文眼。

②少女热情主动。

③为什么？因为运气好。"魏运旺"者谐音"为运旺"也，蒲松龄经常在人物命名上暗伏巧机关。

校勘

底本：手稿本。参校：异史、二十四卷本、铸雪斋本、青柯亭本。

注释

〔1〕式微：衰败。〔2〕就岳业酤：跟随着岳父卖酒。〔3〕"君非"二句：你不是一个抱着书本的人，为什么要做书呆子的样子？〔4〕藏枚：猜枚，一种游戏。一人手握棋子、铜钱、石子，令另一人猜有多少。〔5〕约：握。〔6〕汉家温柔乡：汉家温柔乡，典故出自《飞燕外传》，汉成帝得赵飞燕之妹合德，大悦，说自己生活在温柔乡里。

点评

《聊斋》人狐之恋的故事常常以女主角的名字为题目，本文却以"双灯"为题，是一个少见的例外。为什么？可能作者想营造一种朦朦胧胧的诗意感。狐女由双灯引来，来得突兀而美丽，双灯引去，走得衣袖飘飘，一来一去，充满美感。狐女大方热情，舌底生莲，开口解颐。一个卖酒的人，没什么"背景"也没多少才智，既没有壮士席方平的勇，也没有俊男马骥的貌，却夜夜有美女自投，就是因为有个好名字。小说有各种写法，如此出人意料，妙。

雙燈

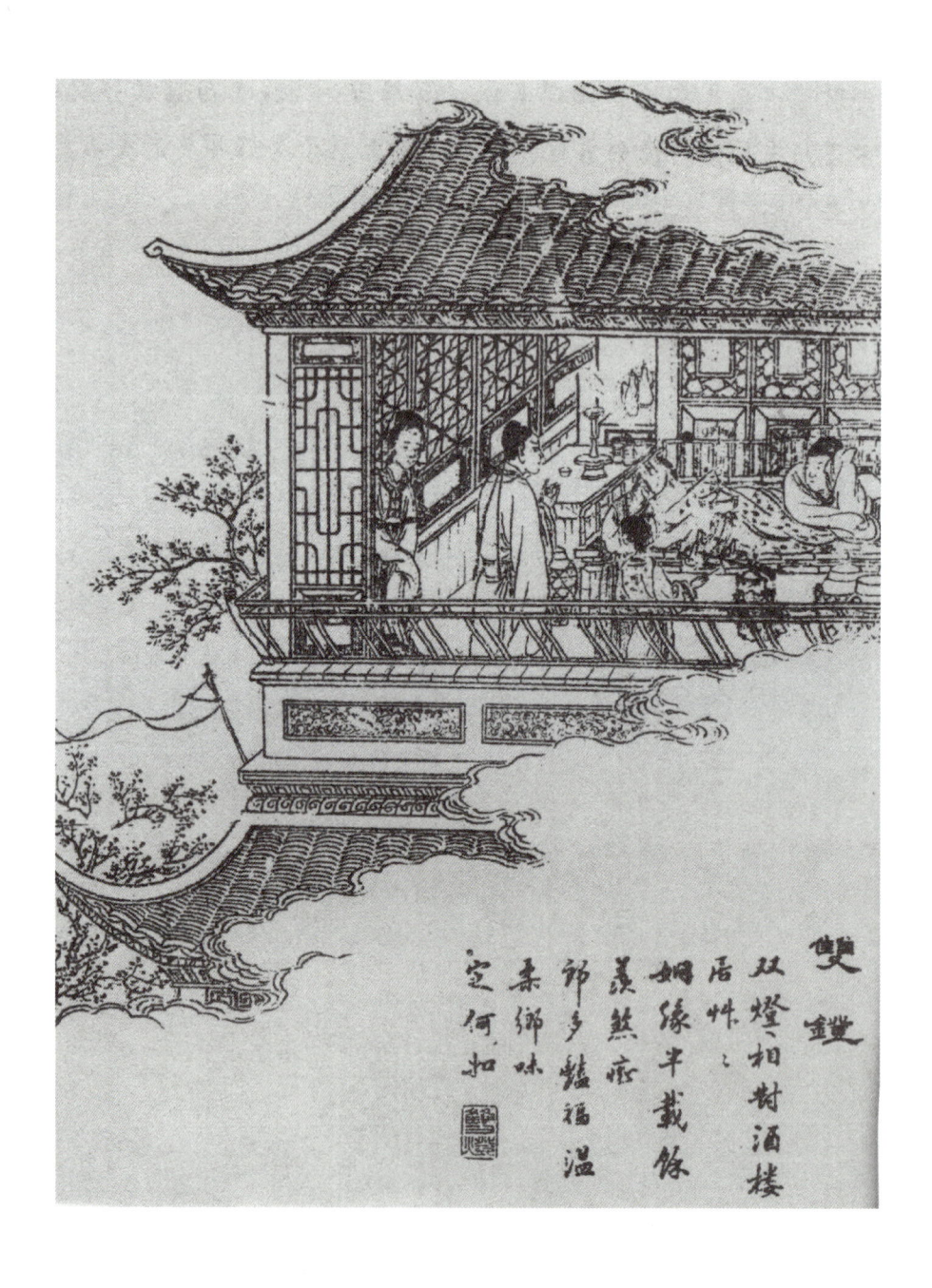

双灯相对酒楼居
住惬意
姻缘半载馀
蔼然瓶钵多韫福温
柔乡味定何如

捉鬼射狐

李公著明，睢宁令襟卓先生公子也〔1〕，为人豪爽无馁怯，为新城王季良先生内弟〔2〕。先生家多楼阁，往往睹怪异。公常暑月寄宿，爱阁上晚凉。或告之异，公笑，不听，固命设榻，主人如请。嘱仆辈伴公寝，公辞言："喜独宿，生平不解怖。"主人乃使炷息香于炉〔3〕，请衽何趾〔4〕，始息烛覆扉而去。

公即枕移时，于月色中，见几上茗瓯倾侧旋转，不堕，亦不休。公咄之，铿然立止，即若有人拔香炷，炫摇空际，纵横作花缕。①公起，叱曰："何物鬼魅敢尔！"裸裼下榻，欲就捉之。以足觅床下，仅得一履，不暇冥搜，赤足挝摇处，炷顿插炉，竟寂无兆。公俯身遍摸暗陬，忽一物腾击颊上，觉似履状，索之，亦殊不得。乃启覆下楼，呼从人，爇火以烛，空无一物，乃复就寝。既明，使数人搜履，翻席倒榻，不知所在。主人为公易履。越日，偶一仰首，见一履夹塞椽间，挑拨而下，则公履也。②

公，益都人，侨居于淄之孙氏第。第綦阔，皆置闲旷，公仅居其半。南院临高阁，止隔一堵，时见阁扉自启闭，公亦不置念。偶与家人话于庭，阁门开，忽有一小人，面北而坐，身不盈三尺，绿袍白袜。众指顾之，亦不动。公曰："此狐也。"急取弓矢，对阁欲射。小人见之，哑哑作揶揄声，遂不复见。公提刀登阁，且骂且搜，竟无所睹，③乃返。异遂绝。公居数年，安妥无恙。公长公友三，为余姻家，其所目触。

异史氏曰："予生也晚，未得奉公杖履〔5〕。然闻之父老，大约慷慨刚毅丈夫也。观此二事，大概可睹。浩然中存〔6〕，鬼狐何为之哉！"

①此鬼虽未露面，但其作为，全是顽童捣乱之态。纵横做花缕，好看。

②借一只履做文章，做得巧妙。

③李公豪迈之态如画，小人情态可哂。

校勘

底本：手稿本。参校：异史、二十四卷本、铸雪斋本、青柯亭本。

注释

〔1〕李公著明：李著明，蒲松龄的姻亲。蒲松龄有《祭李公著明老亲家文》："循良嫡嗣，清白家声。雄姿俊茂，眉目朗清。幼得夙慧，长擅英称。风情倜傥，志气纵横。"李著明侨寓淄川孙氏宅。襟卓先生：即李毓奇，字襟卓，山东青州人，明万历十年（1582）举人，明代万历年间曾任江苏睢宁知县。李著明是他的儿子。作者以朱笔将篇题改为"李公"，并将下一篇改为"又"，今用原题。〔2〕王季良：即王象随（？—1642），王士禛同族祖父辈。内弟：妻子的弟弟。〔3〕息香：安息香。〔4〕请衽何趾：询问睡眠习惯、足之朝向，以便为之设榻安席。〔5〕奉公杖履：追随。手稿为"奉公仗屦"，按二十四卷本用"杖履"。〔6〕浩然中存：胸怀浩然之气。

点评

篇中主人公是蒲松龄祖父辈人物，为人慷慨豪爽，其事迹在后人传说中越变越神异。鬼狐皆幻想，却写得如同目睹。不管是鬼还是狐都不是害人性命的角色，倒像恶作剧。文章中心在说明人有浩然之气就不怕鬼狐。

捉狐
轶鬼

偶遇新城谈
轶事李公塘
暑冠时鳖捉
狐射鬼都无
惧想兄平生
意气家

塞偿债

李公著明①，慷慨好施。乡人某，佣居公室〔1〕。其人少游惰，不能操农业，家窭贫〔2〕。然小有技能，常为役务，每赉之厚。时无晨炊，向公哀乞，公辄给以升斗。

一日，告公曰："小人日受厚恤，三四口幸不殍饿，然曷可以久？乞主人贷我绿豆一石作资本。"公忻然立命授之。负去年余，一无所偿，及问之，豆资已荡然矣。公怜其贫，亦置不索。

公读书于萧寺。后三年余，忽梦某来，曰："小人负主人豆直，今来投偿。"公慰之曰："若索尔偿，则平日所负欠者，何可算数？"某愀然曰："固然。凡人有所为而受人千金，可不报也。②若无端受人资助，升斗且不容昧，况其多哉！"言已，竟去。公愈疑。既而家人白公："夜牝驴产一驹，且修伟。"公忽悟曰："得毋驹为某耶？"③越数日归，见驹，戏呼其名，驹奔赴，如有知识。自此遂以为名。公乘赴青州，衡府内监见而悦之〔3〕，愿以重价购之，议直未定。适公以家中急务不及待，遂归。又逾岁，驹与雄马同枥，龁折胫骨，不可疗。有牛医至公家〔4〕，见之，谓公曰："乞以驹付小人，朝夕疗养，需以岁月。万一得痊，得直与公剖分之。"公如所请。后数月，牛医售驴，得钱千八百，以半献公。公受钱，顿悟，其数适符豆价也。噫！昭昭之债，而冥冥之偿〔5〕，此足以劝矣。

① 蒲松龄习惯于将相似的作品编在一卷内，李著明的故事在本卷连续出现，可能是蒲松龄与李家结姻亲之始听到的一些故事。

② 乡人某的话其实是有道理的，如按阶级分析，乡人某是受李家剥削的雇工，应当得到报偿。

③ 前世欠债者来世变畜牲还债，并非蒲松龄的发明创造。六朝小说集《冥祥记》写到欠债不还者，来世变牛变马还债。元杂剧《庞居士误放来生债》，写到三个人因为欠他人钱，变成为驴、马、牛来偿还。

校勘

底本：手稿本。参校：异史、二十四卷本、铸雪斋本、青柯亭本。

注释

〔1〕佣居公室：住在李公家做雇工。〔2〕窭贫：贫穷，简陋。〔3〕衡府：明代衡王府，位于青州。〔4〕牛医：兽医。〔5〕昭昭之债，而冥冥之偿：公开欠的债务，暗中偿还；阳世欠下债务，由阴世判令来生偿还。

点评

世上没有免费的午餐，不管用他人多少钱、多少物，冥冥之中都会以适当方式归还。这个劝惩故事如老僧谈禅，充满迷信色彩和说教气息。

塞梦中情事记分明戴向
偿跨驴唤小名戴角拔毛
债偿豆偿世间债帅府小鹜

头滚

①冯镇峦在此篇有一长评："短篇文字不似大篇出色，然其叙事简净，用笔明雅，譬诸游山者才过一山又开一山，当此之时不无借径于小桥曲岸，浅水平沙。然而前山未远，魂魄方收，后山又来，耳目又费。虽不大为着意，然政不致遂败人意。况又其一桥一岸，一水一沙，并未一望荒屯绝徼之比。晚凉新浴，豆花棚下，摇蕉尾，说曲折，兴复不浅也。"这段话说明，《聊斋》在编排上长短结合，繁简交替，可以在阅读上造成美感，而且其短篇文字也颇有自己的特点。

苏孝廉贞下封公昼卧〔1〕，见一人头从地中出，其大如斛〔2〕，在床下旋转不已。惊而中疾，遂以不起。后其次公就荡妇宿〔3〕，罹杀身之祸，其兆于此耶？①

校勘

底本：手稿本。参校：异史、二十四卷本、铸雪斋本、青柯亭本。

注释

〔1〕苏孝廉贞下：苏贞下，名元行，淄川人，康熙十七年（1678）举人。任濮州学正，卒于官。封公：同"封翁"，称因子孙做官而受封的人。这里指苏贞下的父亲。〔2〕斛：十斗为一斛。〔3〕次公：尊称他人的弟弟。这里指苏贞下的叔叔。

点评

本文纯属简单的志怪之作。苏贞下是真实的历史人物，曾跟作者有过交往，蒲松龄的长辈朋友唐梦赉康熙十九年（1680）曾有《七夕宿绰然堂，同苏贞下蒲留仙》。头滚当然是个怪异的传说，作者可能对苏举人家道德败坏颇有微词，借怪异说之。

颠滚

朦胧睡眼
梦初回忽
见头颅出
地来不解
惧意
方知
麓子
走庸才

鬼作筵

杜秀才九畹，内人病。会重阳〔1〕，为友人招作茱萸会〔2〕。早兴，盥已〔3〕，告妻所往。冠服欲出，忽见妻昏愦，絮絮若与人言，杜异之，就问卧榻，妻辄"儿"呼之。家人心知其异。时杜有母柩未殡，疑其灵爽所凭〔4〕。杜祝曰："得毋吾母耶？"妻骂曰："畜产！何不识尔父！"杜曰："既为吾父，何乃归家祟儿妇？"妻呼小字曰："我专为儿妇来，何反怨恨？儿妇应即死。有四人来勾致，首者张怀玉。我万端哀乞，甫能允遂。我许小馈送，便宜付之。"①杜如言，即于门外焚纸钱。妻又言曰："四人去矣。彼不忍违吾面目，三日后当治具酬之。尔母老，龙钟不能料理中馈。及期，尚烦儿妇一往。"杜曰："幽冥殊途，安能代庖？望父恕宥。"妻曰："儿勿惧，去去即复返。此为渠事，当毋惮劳。"言已即冥然，良久乃苏。杜问所言，茫不记忆。但曰："适见四人来，欲捉我去。幸阿翁哀请。且解囊赂之，始去。我见阿翁镪袱尚余二锭，欲窃取一锭来，作糊口计。翁窥见，叱曰：'尔欲何为！此物岂尔所可用耶！'我乃敛手，未敢动。"杜以妻病革，疑信参半。

越三日，方笑语间，忽瞪目久之，语曰："尔妇綦贪，曩见我白金便生觊觎〔5〕，然大要以贫故，亦不足怪。将以妇去，为我敦庖务〔6〕，勿虑也。"言甫毕，奄然竟毙。约半日许，始醒，告杜曰："适阿翁呼我去，谓曰：'不用尔操作，我烹调自有人，只须坚坐指挥足矣。我冥中喜丰满，诸物馔都覆器外〔7〕，切宜记之。'我诺。至厨下，见二妇操刀砧于中，俱绀帔而绿缘之〔8〕，呼我以嫂。每盛炙于簋，必请觇视。曩四人都在筵中。进馔既毕，酒具已列器中。翁乃命我还。"杜大愕异，每语同人。

①人命关天的事也可以上下其手。

校勘

底本：手稿本。参校：异史、二十四卷本、铸雪斋本、青柯亭本。

注释

〔1〕重阳：农历九月九日为重阳节。〔2〕茱萸会：古代习俗于重阳节折茱萸佩戴以祛邪。茱萸，一种香草。〔3〕早兴，盥已：早上起来，梳洗完。〔4〕灵爽：鬼魂作祟。〔5〕觊觎：非分之想。〔6〕敦庖务：料理厨房的事务。〔7〕诸物馔都覆器外：饭菜都盛得满满的，几乎溢出盆碗来。〔8〕俱绀（gàn）帔而绿缘之：黑色的披风缘以绿边。绀，黑色带红。

点评

蒲松龄常创造人世冥世任往来的故事，"畜产何不识尔父"，一句话，把已死之父的身份亮了出来，是父亲对儿子的称呼，却出自儿媳的口中，此所谓"借体说话"。最不可思议的是，冥世可以被操纵，翁爱惜儿媳，不欲其入冥，采用行贿的办法改变她的命运，而阴世的管事者竟徇私舞弊。翁嘱咐儿媳指挥摆宴，说鬼宴喜欢把饭菜装得满满的。好像真的有鬼，而鬼和鬼之间欠了情也得宴请，煞有介事。

鬼佐筵

兒婦居然慶再生而翁靈諳自分明賓筵
肴饌須豐滿不信真中六世情

胡四相公

莱芜张虚一者，学使张道一①之仲兄也，性豪放自纵。闻邑中某宅为狐狸所居，敬怀刺往谒②，冀一见之。投刺隙中，移时，扉自辟，仆者大愕，却退，张肃衣敬入③，见堂中几榻宛然，而阒寂无人〔1〕，揖而祝曰："小生斋宿而来，仙人既不以门外见斥，何不竟赐光霁〔2〕？"忽闻虚室中有人言曰："劳君枉驾，可谓跫然足音矣〔3〕。请坐赐教。"即见两座自移相向。甫坐，即有镂漆朱盘贮双茗盏，悬目前。各取对饮，吸沥有声，而终不见其人。④茶已，继之以酒。细审官阀〔4〕，曰："弟姓胡氏，行四，曰相公〔5〕，从人所呼也。"于是酬酢议论，意气颇洽。鳖羞鹿脯〔6〕，杂以芗蓼〔7〕。进酒行炙者，似小辈甚夥。酒后颇思茶，意才少动，香茗已置几上。凡有所思，无不应念而至。张大悦，尽醉始归。自是三数日必一往访胡，胡亦时至张家，并如主客往来礼。

一日，张问胡曰："南城中巫媪，日托狐神，渔病家利。不知其家狐，君识之否？"曰："彼妄耳，实无狐。"少间，张起溲溺，闻小语曰："适所言南城狐巫，未知何如人。小人欲从先生往观之，烦一言请于主人。"张知为小狐，乃应曰："诺。"即席而请于狐曰："我欲得足下服役者一二辈，往探狐巫，敬请君命。"狐固言不必，张言之再三，乃许之。

既而张出，马自至，如有控者。既骑而行，狐相语于途，曰："今后先生于道途间，觉有细沙散落衣襟上，便是吾辈从也。"⑤语次入城，至巫家。巫见张至，笑逆曰："贵人何忽得临？"张曰："闻尔家狐子大灵应，果否？"巫正容曰："若个蹀躞语〔8〕，不宜贵人出得！何便言狐子？恐吾家花姊不欢！"言未已，空中发半砖来，中巫臂，踉跄欲跌。惊谓张曰："官人何得抛击老

①这句似乎无意的介绍乃全文之文眼也。不知张道一做过一些什么不好的事，让蒲松龄对他如此之恨？《狐妾》中已写到他的轻薄并受到狐妾的惩罚。

②对狐仙如此敬重，如此郑重其事，张虚一亦达观之人也。

③极写张虚一对狐仙的尊重。

④此处写狐仙招待客人与《青凤》有相似之处，非常讲究理数，不同之处是胡四相公不露面，于是出现了酒杯、茶杯悬在空中的趣笔。

⑤胡四相公爱屋及乌，连他的狐侍从都如此彬彬有礼。

身也？"张笑曰："婆子盲也！几曾见自己额颅破，冤诬袖手者？"巫错愕不知所出。正回惑间，又一石子落，中巫，颠蹶，秽泥乱堕，涂巫面如鬼。惟哀号乞命。张请恕之，乃止。巫急起，奔遁房中，阖户不敢出。张呼与语曰："尔狐如我狐否？"巫惟谢过。张仰首望空中，戒勿复伤巫，巫始惕惕而出。张笑谕之，乃还。⑥

由是，每独行于途，觉尘沙渐渐然，则呼狐语，辄应不讹。虎狼暴客，恃以无恐。如是年余，愈与胡莫逆。尝问其甲子〔9〕，殊不自记忆，但言："见黄巢反，犹如昨日。"⑦一夕共话，忽墙头苏然作响，其声甚厉。张异之，胡曰："此必家兄。"张云："何不邀来共坐？"曰："伊道颇浅，只好攫鸡啖，便了足耳。"⑧

张谓狐曰："交情之好，如吾两人，可云无憾；终未一见颜色，殊属恨事。"胡曰："但得交好足矣，见面何为？"一日，置酒邀张，且告别。问："将何往？"曰："弟陕中产，将归去矣。君每以对面不觌为恨，今请一识数载之友，他日可相认耳。"张四顾都无所见。胡曰："君试开寝室门，则弟在焉。"张如其言，推扉一觑，则内有美少年，相视而笑。衣裳楚楚，眉目如画，转瞬之间，不复睹矣。张反身而行，即有履声藉藉随其后，曰："今日释君憾矣。"张依恋不忍别。狐曰："离合自有数，何容介介〔10〕。"乃以巨觥劝酒。饮至中夜，始以纱烛导张归。及明往探，则空房冷落而已。

后道一先生为西州学使〔11〕，张清贫如昔，因往视弟，愿望颇奢。月余而归，甚违初意，咨嗟马上，嗒丧若偶〔12〕。忽一少年骑青驴驹蹑其后。张回顾，见裘马甚丽，意甚骚雅，遂与闲语。少年察张不豫〔13〕，诘之。张欷歔而告以故。少年亦为慰藉。同行里许，至歧路中，少年乃拱手别曰："前途有一人，寄君故人一物，乞笑纳也。"复欲询之，驰马迳去。张莫解所由。又二三里许，见一苍头，持小簏子〔14〕，献于马前，曰："胡四相公敬致先生。"张豁然顿悟。受

⑥张虚一治巫一段绝妙，巫以虚构的"花姊不欢"恫吓，小狐即抛砖抛石教训之，张再说"尔狐如我狐否？""虚狐"遇见"实狐"，描写狐仙，妙笔生花。

⑦见黄巢反者乃翩翩一少年，妙。

⑧人有不讲交情、只认钱之弟；狐有道业不精、只配啖鸡之哥，互相对照。但明伦评："忽然叙及狐之兄，便前后相映成趣。张有弟而无弟，狐有兄而无兄。狐若曰：'家兄道术颇浅，不及令弟学问深耳。'"

617

而启视，则白镪满中。及顾苍头，已不知所之矣。⑨

⑨但明伦评："开首便大书特书'学使张道一之仲兄'，即放下，叙入谒狐交友一事，几乎上下分成两橛，令人将此一句为赘疣矣。乃读至终篇，而知通幅精神，皆从此一句生出。古史之笔也。""既亡兄弟，绝少知交。有狐绥绥，量殊斗宵。邂逅相遇，旨酒嘉肴。非吾族类，不啻同胞。"

校勘

底本：手稿本。参校：异史、二十四卷本、铸雪斋本、青柯亭本。

注释

〔1〕阒（qù）寂：寂静无声。〔2〕光霁：即"光风霁月"。这是形容狐仙美好的面貌。〔3〕跫（qióng）然足音：听到脚步声很高兴。〔4〕官阀：官阶，门第。〔5〕相公：旧时对读书人的敬称，多指秀才。〔6〕鳖羞鹿脯：鳖肉鹿肉做成的肉干。〔7〕芗蓼（xiāng liǎo）：调料。〔8〕蹀躞（dié xiè）语：蹀躞，本是走路不正的样子，此处指不好的话。〔9〕甲子：年龄。〔10〕介介：总是有心事不能放下。〔11〕西州：即四川。〔12〕嗒丧若偶：灰心懊丧，痴痴的，如同木偶。〔13〕不豫：不高兴。〔14〕簏（lù）子：小筐。

点评

亲兄弟不如狐朋友，令人笑倒。全文似乎全在写胡四相公的雅量、潇洒、大方、重友情，实际是为了一个不细看都很难发现的目的：讽刺不讲兄弟之情的小气学使张道一。无意之中认识的狐友让到亲弟弟那儿"打秋风"打到两袖清风的张虚一满载银两而归，是多么辛辣的讽刺。胡四相公的狐侍从对张虚一的友好、细心关照，也成为张道一对兄弟冷漠的对比。

胡卯相公
贈金持重故人情異
類友朋勝弟兄一面
有緣燈再見神交亦
足慰平生

念秧

①"异史氏曰"总是在篇末出现,此篇却出现在开头,主要因为此篇写的是骗局,而"念秧"的意思一般人不了解,作者需要先加说明。念秧,又作"念殃",意思是用甜言蜜语和貌似诚实的行为做成圈套骗取钱财。

②此局诈之第一步,因仆人干预未能成功。冯镇峦评:"凡一见而过于谦恭亲密者,须防之。"

③以推心置腹的样子出现,其实本人就是骗子。说鬼者即鬼也。

异史氏曰①:"人情鬼蜮〔1〕,所在皆然;南北冲衢〔2〕,其害尤烈。如强弓怒马,御人于国门之外者,夫人而知之矣。或有劓囊刺橐〔3〕,攫货于市,行人回首,财货已空,此非鬼蜮之尤者耶?乃又有萍水相逢,甘言如醴,其来也渐,其入也深。误认倾盖之交〔4〕,遂罹丧资之祸。随机设阱,情状不一;俗以其言辞浸润,名曰"念秧"。今北途多有之,遭其害者尤众。"

余乡王子巽者〔5〕,邑诸生。有族先生在都为旗籍太史〔6〕,将往探讯。治装北上,出济南,行数里,有一人跨黑卫,驰与同行,时以闲语相引,王颇与问答。其人自言:"张姓。为栖霞隶,被令公差赴都。"称谓扽卑〔7〕,祗奉殷勤,相从数十里,约以同宿②。王在前,则策蹇迫及,在后,则祗候道左。仆疑之,因厉色拒去,不使相从。张颇自惭,挥鞭遂去。

既暮,休于旅舍,偶步门庭,则见张就外舍饮。方惊疑间,张望见王,垂手拱立,谦若厮仆,稍稍问讯,王亦以泛泛适相值〔8〕,不为疑。然王仆终夜戒备之。鸡既唱,张来呼与同行,仆咄绝之,乃去。朝暾已上,王始就道。行半日许,前一人跨白卫,年四十以来,衣帽整洁,垂首蹇分,眄寐欲堕〔9〕。或先或后,因循十余里。王怪问:"夜何作,致迷顿乃尔?"其人闻之,猛然欠伸,言:"我青苑人〔10〕,许姓,临淄令高槃是我中表〔11〕。家兄设帐于官署,我往探省,少获馈贻。今夜旅舍,误同念秧者宿,惊惕不敢交睫,遂致白昼迷闷。"王故问:"念秧何说?"许曰:"君客时少,未知险诈③。今有匪类,以甘言诱行旅,贪缘与同休止,因而乘机骗赚。昨有葭莩亲,以此丧资斧。吾等皆宜警备。"王颔之。

先是，临淄宰与王有旧，王曾入其幕[12]，识其门客，果有许姓，遂不复疑。因道温凉，兼询其兄况。许约暮共主人，王诺之。仆终疑其伪，阴与主人谋，迟留不进，相失，遂杳。

翼日，日卓午[13]，又遇一少年，年可十六七，骑健骡，冠服秀整，貌甚都。同行久之，未尝交一言。日既西，少年忽言曰："前去屈律店不远矣[14]。"王微应之。少年因咨嗟欷歔，如不自胜。王略致诘问，少年叹曰："仆江南金姓。三年膏火，冀博一第，不图竟落孙山！家兄为部中主政，遂载细小来，冀得排遣。生平不习跋涉，扑面尘沙，使人薶恼[15]。"因取红巾拭面，叹咤不已。听其语，操南音，娇婉若女子。王心好之，稍稍慰藉。少年曰："适先驰出，眷口久望不来，何仆辈亦无至者？日已将暮，奈何！"迟留瞻望，行甚缓④。王遂先驱，相去渐远。晚投旅邸，既入舍，则壁下一床，先有客解装其上。王问主人，即有一人入，携之而出，曰："但请安置，当即移他所。"王视之，则许也。王止与同舍，许遂止，因与坐谈。少间，又有携装入者，见王、许在舍，返身遽出，曰："已有客在。"王审视，则途中少年也。王未言，许急起曳留之，少年遂坐。许乃展问邦族，少年又以途中言为许告。俄顷，解囊出资，堆累颇重，秤两余付主人，嘱治肴酒，以供夜话。二人争劝止之，卒不听。⑤

俄而酒炙并陈。筵间，少年论文，甚风雅。王问江南闱中题，少年悉告之。且自诵其承破[16]，及篇中得意之句。言已，意甚不平，共扼腕之。少年又以家口相失，夜无仆役，患不解牧圉[17]，王因命仆代摄菜豆[18]，少年深感谢。居无何，忽蹴然曰[19]："生平蹇滞[20]，出门亦无好况。昨夜逆旅，与恶人居，掷骰叫呼，聒耳沸心[21]，使人不眠。"南音呼"骰"为"兜"，许不解，固问之，少年手摹其状。许乃笑于囊中出色一枚，曰："是此物否？"少年诺。许乃以色

④此人最不易识破，完全投读书人所好，是读书人的样子。此人可能本来就是读书人，读书求功名不成变成骗子。

⑤第一个献殷勤以试探，被主仆拒绝，遂以怕念秩的同道出现，解除疑心，再以柔弱读书人形象相诱，点兵布将，惑其心志，乱其心智，或前或后，或出或没，四面埋伏，首尾相接。小骗局像大仗。冯镇峦评："焉得不入其玄中？如国手而局，闲中一着一着，俱关紧要。"

⑥骗局各兵四面会集,不再一味用柔,而开始用强,代掷骰子,伪报筹码,渐露峥嵘。

⑦又来一个！官兵亦强盗。

⑧说的比唱的还好听。冯评："如造鬼窟,幻化已极。"

⑨无所不用其极,丑恶。

为令,相欢饮。酒既阑,许请共掷,赢一东道主,王辞不解。许乃与少年相对呼卢,又阴嘱王曰："君勿漏言。蛮公子颇充裕,年又雏,未必深解五木诀〔22〕。我赢些须,明当奉屈耳〔23〕。"二人乃入隔舍。旋闻轰赌甚闹,王潜窥之,见栖霞隶亦在其中。大疑,展衾自卧。又移时,众共拉王赌,王坚辞不解。许愿代辨枭雉〔24〕,王又不肯;遂强代王掷。少间,就榻报王曰："汝赢几筹矣。"王睡梦应之。⑥

忽数人排闼而入,番语啁嘁〔25〕。首者言佟姓,为旗下逻捉赌者。时赌禁甚严,各大惶恐。佟大声吓王,王亦以太史旗号相抵。佟怒解,与王叙同籍,笑请复博为戏⑦。众果复赌,佟亦赌。王谓许曰："胜负我不预闻。但愿睡,无相溷。"许不听,仍往来报之。既散局,各计筹马,王负欠颇多,佟遂搜王装橐取偿。王愤起相争。金捉王臂,阴告曰:"彼都匪人,其情叵测。我辈乃文字交,无不相顾。适局中我赢得如干数,可相抵。此当取偿许君者,今请易之。便令许偿佟,君偿我。弗过暂掩人耳目,过此仍以相还。终不然,以道义之友,遂实取君偿耶?"⑧王故长厚,亦遂信之。少年出,以相易之谋告佟。乃对众发王装物,估入己橐,佟乃转索许、张而去。

少年遂襆被来,与王连枕,衾褥皆精美。王亦招仆人卧榻上,各默然安枕。久之,少年故作转侧,以下体眤就仆。仆移身避之,少年又近就之。肤着股际,滑腻如脂。仆心动,试与狎,而少年殷勤甚至⑨,衾息鸣动。王颇闻之,虽甚骇怪,终不疑其有他也。

昧爽,少年即起,促与早行。且云："君蹇疲殆,夜所寄物,前途请相授耳。"王尚无言,少年已加装登骑,王不得已,从之。骤行驶,去渐远,王料其前途相待,初不为意。因以夜间所闻问仆,仆实告之。王始惊曰："今被念秧者骗矣！焉有宦室名士,而毛遂于圉仆者〔26〕?"又转念其谈词风雅,非念秧者所能,急追数十里,踪迹殊杳。始悟张、许、佟皆其一党,一局不行,又易一局，务求其必入也。偿债易装，已伏一图赖之机，设其携装之计不行，亦必执前说篡夺而去。为数十金，委缀数百里，恐仆发其事，而以身交欢之，其术亦苦矣。

后数年而有吴生之事。

邑有吴生，字安仁，三十丧偶，独宿空斋。有秀才来与谈，遂相知悦。从一小奴，名鬼头，亦与吴僮报儿善。久而知其为狐。吴远游，必与俱，同室之中，人不能睹。吴客都中，将旋里，闻王生遭念秧之祸，因戒僮警备。狐笑曰："勿须，此行无不利。"

至涿，一人系马坐烟肆，裘服济楚〔27〕。见吴过，亦起，超乘从之。渐与吴语，自言："山东黄姓，提堂户部〔28〕。将东归，且喜同途不孤寂。"于是吴止亦止，每共食必代吴偿值。吴阳感而阴疑之。私以问狐，狐曰："不妨。"吴意释。

及晚，同寻寓所，先有美少年坐其中。黄入，与拱手为礼，喜问少年："何时离都？"答云："昨日。"黄遂拉与共寓，向吴曰："此史郎⑩，我中表弟，亦文士，可佐君子谈骚雅，夜话当不寥落。"乃出金资，治具共饮。少年风流蕴藉，遂与吴大相爱悦，饮间，辄目示吴作觞弊〔29〕，罚黄，强使醊，鼓掌作笑。吴益悦之。既而更与黄谋博赌，共牵吴，遂各出橐金为质。狐嘱报儿暗锁板扉，嘱吴曰："倘闻人喧，但寐无吪〔30〕。"吴诺。吴每掷，小注则输，大注则赢。更余，计得二百金。史、黄错橐垂罄，议质其马。

忽闻挞门声甚厉，吴急起，投色于火〔31〕，蒙被假卧。久之，闻主人觅钥不得，破扃启关，有数人汹汹入，搜捉博者。史、黄并言无有。一人竟拽吴被，指为赌者，吴叱咄之。数人强捡吴装。方不能与之撑拒，忽闻门外舆马呵殿声〔32〕。吴急出鸣呼，众始惧，曳之入，但求无声。吴乃从容苞苴付主人〔33〕。卤簿既远，众乃出门去。⑪

黄与史共作惊喜状⑫，取次觅寝，黄命史与吴同榻。

⑩史郎即前南方口音的金公子也。

⑪此狐友幻化矣，否则亦同王生一样入圈套。

⑫两人"共做惊喜状"，是表演，其实已经安排下一步"子妇"来做色情诱惑。

吴以腰橐置枕头，方命被而睡。无何，史启吴衾，裸体入怀，小语曰："爱兄磊落，愿从交好。"吴心知其诈，然计亦良得，遂相偎抱。史极力周奉，不料吴固伟男，大为凿枘〔34〕，颦呻殆不可任，窃窃哀免。吴固求讫事。手扪之，血流漂杵矣〔35〕。乃释令归。及明，史惫不能起，托言暴病，但请吴、黄先发。吴临别，赠金为药饵之费。途中语狐，乃知夜来卤簿，皆狐为也。黄于途，益诣事吴。暮复同舍，斗室甚隘，仅容一榻，颇暖洁，而吴狭之。黄曰："此卧两人则隘，君自卧则宽，何妨？"食已径去。吴亦喜独宿可接狐友，坐良久，狐不至。倏闻壁上小扉，有指弹声。吴拔关探视，一少女艳妆遽入，自扃门户，向吴展笑，佳丽如仙。吴喜致研诘，则主人之子妇也。遂与狎，大相爱悦。女忽潸然泣下。吴惊问之，女曰："不敢隐匿，妾实主人遣以饵君者。曩时入室，即被掩执，不知今宵，何久不至？"又呜咽曰："妾良家女，情所不甘。今已倾心于君，乞垂拔救！"吴闻骇惧，计无所出，但遣速去，女惟俯首泣。

忽闻黄与主人捶阖鼎沸，但闻黄曰："我一路祇奉，谓汝为人，何遂诱我弟室！"吴惧，逼女令去。闻壁扉外亦有腾击声。吴仓卒汗流如渖，女亦伏泣。又闻有人劝止主人，主人不听，推门愈急。劝者曰："请问主人，意将胡为？如欲杀耶，有我等客数辈，必不坐视凶暴。如两人中有一逃者，抵罪安所辞？如欲质之公庭耶，帷薄不修〔36〕，适以取辱。且尔宿行旅，明明陷诈，安保女子无异言？"主人张目不能语。吴闻窃感佩，而不知其谁。

初，肆门将闭，即有秀才共一仆来，就外舍宿。携有香醖，遍酌同舍，劝黄及主人尤殷。两人辞欲起，秀才牵裾，苦不令去。后乘间得遁，操杖奔吴所。秀才闻喧，始入劝解。吴伏窗窥之，则狐友也，心窃喜。又见主人意稍夺，乃大言以恐之。又谓女子："何默不一言？"女啼曰："恨不如人，为人驱役贱务！"主人闻之，面如死灰。秀才叱骂曰："尔辈禽兽之情，亦已毕露。此客子所共愤者！"黄及主人皆释刀杖，长跽而请。吴亦启户出，顿大怒詈，秀才又劝止吴，两始和解。女子又啼，宁死不归。内奔出妪婢，捽女令入。女子卧地哭益哀。秀才劝主人重价货吴生，主人俯首曰："作老娘三十年，今日倒绷孩儿〔37〕，亦复何说。"遂依秀才言。吴固不肯破重资，秀才调停主客间，议定五十金。人财交付后，晨钟已动，乃共促装，载女子以行。女未经鞍马，驰驱颇殆，午间稍休憩，将行，唤报儿，不知所往。日已西斜，尚无迹响，颇怀疑讶，遂以问狐。狐曰："无忧，将自至矣。"星月已出，报儿始至。吴诘之，报儿笑曰："公子以五十金肥奸佮，窃所不平。适与鬼头计，反身索得。"遂以金置几上。吴惊问其故，盖鬼头知女止一兄，远出十余年不返，遂幻化作其兄状，使报儿冒弟行，入门索姊妹。

主人惶恐，诡托病殂。二僮欲质官，主人益惧，啖之以金，渐增至四十，二僮乃行。报儿具述其状，吴即赐之。

吴归，琴瑟綦笃。家益富。细诘女子，曩美少即其夫，盖史即金也。袭一椷绸帔，云是得之山东王姓者。盖其党羽甚众〔38〕，逆旅主人，皆其一类。何意吴生所遇，即王子巽连天呼苦之人⑬，不亦快哉！旨哉古言〔39〕："骑者善堕。"

⑬ 王子巽与蒲松龄关系密切，前一个故事应该是王的亲身经历，后一个故事则是作者憎恨这些害人精，幻化出狐仙惩治之。

校勘

底本：手稿本。参校：异史、二十四卷本、铸雪斋本、青柯亭本。

注释

〔1〕人情鬼蜮：人情奸诈凶狠。蜮，传说伏于水中含沙射人的动物。〔2〕冲衢：交通要道。〔3〕劙（lí）囊刺橐：割破背囊，刺开包裹。〔4〕倾盖之交：旅途中交的朋友。倾盖，两车相接时倾斜车盖互相交谈。〔5〕王子巽：即王敏入，淄川人，乾隆八年（1743）《淄川县志》有传，系蒲松龄好友，聊斋词写到他，并曾代其作《陈淑卿小像题辞》。〔6〕族先生：族人中的前辈先生。旗籍太史：八旗出身的翰林院官员。〔7〕㧑（huī）卑：非常谦逊。〔8〕泛泛适相值：关系不深，偶尔相遇。〔9〕垂首寒分，眲瞇欲堕：趴在驴背上，打盹儿，好像要掉下来。〔10〕青苑：明清县名，属保定府，今河北省保定市清苑区。〔11〕临淄：明清县名，属青州府，今山东淄博市临淄区。据《山东通志》，高裴于康熙十一年（1672）担任临淄县令。〔12〕入其幕：做幕宾。〔13〕卓午：正午。李白《戏赠杜甫》："饭颗山头逢杜甫，头戴笠子日卓午。"〔14〕屈律店：地名，在山东平原县和德州之间。〔15〕薅（hāo）恼：烦恼。〔16〕承破：八股文中的承题、破题。〔17〕不解牧围：不会喂牲口。〔18〕代摄莝（cuò）豆：代替少年准备喂牲畜的草料。〔19〕蹴然：踩脚。〔20〕蹇滞：不顺利，困窘。〔21〕聒耳沸心：大呼小叫，喊得心思不宁。〔22〕五木诀：赌博的诀窍。五木，赌具。〔23〕奉屈：希望屈驾光临。〔24〕代辨枭雉：代替王生认领色子采名。〔25〕番语唧嚌：叽哩咕噜地说满语。〔26〕毛遂于圉仆者：向牵马的仆人毛遂自荐，指操南音的少年在床上主动与仆人搞同性恋。〔27〕裘服济楚：裘皮外衣，鲜明整齐。〔28〕提堂户部：提堂，官名。清代时名省督抚选派一名武官长驻京

城，专门投递本省与在京衙门公文，名提堂官。〔29〕辄目示吴作觞弊：总是向吴生使眼色，让他在行酒令时作弊。〔30〕吪（é）动：《诗经·王风·兔爰》："逢此百罹，尚寐无吪。"〔31〕投色于火：把骰子丢到火炉。色，色子，是山东对骰子的叫法。〔32〕舆马呵殿声：有许多车马和前呼后拥、喝道开路的声音。〔33〕苞苴：捆绑行李。〔34〕凿枘：难以进入。凿为圆，枘为方，互不合卯。〔35〕血流漂杵：原意是杀人很多，此处是流很多血。〔36〕帷薄不修：家庭管理不严，导致淫乱。〔37〕作老娘三十年，今日倒绷孩儿：字面的意思是：做接生婆做了三十年，这次却把婴儿倒裹在襁褓里。引申意思是：久已经熟悉的事，没想到办砸了。这里是说：一直坑害他人的被他人坑了。〔38〕党羽甚众：手稿为"党与甚众"，今从二十四卷本。〔39〕旨哉古言：古语说得好啊。

点评

　　念秧即设局诈骗。前一故事中为了诈骗几十两银子，先后有三个骗子以不同面目出场，追随王子巽数百里终于得手，其中还要以同性恋相诱，用心良苦。三个骗子人各一面，或故作殷勤，或假装老实，或附庸风雅，都是为了取得被骗者的信任。抓赌者参赌，警察即小偷，骗局层出，令人眼花欲迷。后一故事因有狐仙帮助，设骗局者偷鸡不着蚀把米，赔了夫人又折兵。前一个故事是纪实性，后一个故事乃理想化。互相对比，愈加好看。

念奴娇

裘马辉煌动观觑
客途莲萍聚夜呼庐
囊金尽入他人橐
赢得便宜走僕夫

蛙曲

王子巽言①：在都时，曾见一人作剧于市〔1〕，携木盒作格，凡十有二孔，每孔伏蛙。以细杖敲其首，辄哇然作鸣。或与金钱，则乱击蛙顶，如拊云锣〔2〕，宫商词曲〔3〕，了了可辨〔4〕。

① 此文紧接上文，都是王子巽讲给作者听的。王在向蒲松龄讲了自己途中被骗的故事后，又讲了他的北京见闻，《蛙曲》和《鼠戏》都是。

校勘

底本：手稿本。参校：异史、二十四卷本、铸雪斋本、青柯亭本。

注释

〔1〕作剧：玩杂耍。〔2〕拊（fǔ）云锣：拊，敲击；云锣，以大小相同、厚薄相异的十至二十四面小铜锣系于带格的木架上，用小木槌敲击出声。其原理类似于编钟。〔3〕宫商词曲：乐曲。宫商，宫、商、角、徵、羽五音中的宫音与商音。〔4〕了了可辨：清清楚楚。

点评

青蛙的叫声可以按音符要求而高低不同，还可以组成乐曲，这样的杂耍相当有趣。中国杂技源远流长，但古代一些杂技现在已失传了，蛙曲即其一。

蛙曲

鼓吹曾經兩部誇
塘肯咋咋捲聽蛙
何人製就翻新曲韻
叶宮商了不差

鼠戏

> ① 仍然是蒲松龄的好友王子巽讲述京城见闻的话。

又言①:"一人在长安市上卖鼠戏〔1〕,背负一囊,中蓄小鼠十余头。每于稠人中,出小木架置肩上,俨如戏楼状。乃拍鼓板,唱古杂剧〔2〕。歌声甫动,则有鼠自囊中出,蒙假面,被小装服,自背登楼,人立而舞,男女悲欢,悉合剧中关目〔3〕。"

校勘

底本:手稿本。参校:异史、二十四卷本、铸雪斋本、青柯亭本。

注释

〔1〕卖鼠戏:靠演鼠戏卖钱。〔2〕古杂剧:元杂剧。〔3〕剧中关目:剧中情节。

点评

不到一百字的文章,将一个现已失传的杂技表演场面精彩生动地描写下来,戴面具的小鼠人立表演人生悲欢,绝妙。

鼠戲

無儀祇合相
具皮都道長
安事寡奇莫
笑么鹿鮚鼠
技居然也有
上場時

泥书生

罗村有陈代者，少蠢陋，娶妻某氏颇丽。自以婿不如人，郁郁不得志。然贞洁自持，婆媳亦相安。一夕独宿，忽闻风动扉开，一书生入，脱衣巾，就妇共寝。妇骇惧，苦相拒，而肌骨顿软，听其狎亵而去。自是恒无虚夕。月余，形容枯瘁，母怪问之，初惭怍，不欲言，固问，始以情告。母骇曰："此妖也！"百术为之禁咒，终不能绝。乃使代伏匿室中，操杖以伺。夜分，书生果复来，置冠几上，又脱袍服，搭槏枷间〔1〕。才欲登榻，忽惊曰："咄咄！有生人气！"急复披衣。代暗中暴起，击中腰胁，塔然作声。四壁张顾，书生已渺。束薪爇照，泥衣一片堕地上，案头泥巾犹存。

> **校勘**
>
> 底本：手稿本。参校：异史、二十四卷本、铸雪斋本、青柯亭本。

> **注释**
>
> 〔1〕槏（yí）枷：衣架。

> **点评**
>
> 一则荒诞不经的传闻。清代点评家认为，妇嫌弃自己的丈夫，结果引来了妖孽；按当代研究者观点看，美丽的农妇对丑且蠢的丈夫不满意，又不能离婚，于是恶梦连连。

迎書生

豈無駿馬馳康莊
恨風動獨扉開
宿時冠服翩然
乘夢入莫嘗上
偶畫無知

土地夫人

鸾桥王炳者出村〔1〕①，见土地神祠中出一美人，顾盼甚殷〔2〕。挑以亵语，欢然乐受。狎昵无所，遂期夜奔。炳因告以居址。至夜，果至，极相悦爱。问其姓名，固不以告。由此往来不绝。时炳与妻共榻，美人亦必来与交，妻竟不觉其有人。炳讶问之。美人曰："我土地夫人也。"炳大骇，亟欲绝之，而百计不能阻。因循半载，病瘥不起。美人来更频，家人都能见之。未几，炳果卒。美人犹日一至。炳妻叱之曰："淫鬼不自羞！人已死矣，复来何为？"美人遂去，不返。土地虽小，亦神也，岂有任妇自奔者？愦愦应不至此〔3〕。不知何物淫昏②，遂使千古下，谓此村有污贱不谨之神。冤矣哉！

① 此村离蒲家庄距离不远。

② 蒲松龄还是希望是其他鬼祟冒充土地夫人。

校勘

底本：手稿本。参校：异史、二十四卷本、铸雪斋本。

注释

〔1〕鸾（diào）桥：吊桥。淄川村名。〔2〕顾盼甚殷：一再回头看，情意绵绵。〔3〕愦愦：糊里糊涂。

点评

土地是一方人民的护卫者，却有位淫奔夫人害人至死，天方夜谭。连老婆都管不了的神当然昏愦，其实，土地夫人也莫名其妙，既然已把情郎勾到阴司，还跑到王炳家做甚？招骂？

土地夫人

鴛橋王炳者出村見土地神祠中出一美人顧盼甚殷挑以褻語懽然樂受狎昵無所遂期夜奔炳因告以居止至夜果至極相悅愛問其姓名因不以告由此往來不絕時炳與妻共榻美人必來與交妻竟不覺其有人炳訴問之美人曰我土地夫人也炳大駭亟欲絕之而百計不能阻因循半載病憊不能起美人來更頻家人都能見之未幾炳果卒美人猶日一至炳妻叱之曰淫鬼不自羞人已先矣復來何為美人遂去不返土

寒月芙蕖〔1〕

济南道人者，不知何许人，亦不详其姓氏。冬夏惟着一单袷衣〔2〕，系黄绦，别无袴襦〔3〕。每用半梳梳发，即以齿衔髻〔4〕，如冠状。日赤脚行市上，夜卧街头，离身数尺外，冰雪尽熔。初来，辄对人作幻剧，市人争贻之〔5〕。有井曲无赖子遗以酒，求传其术，弗许。遇道人浴于河津〔6〕，骤抱其衣以胁之，道人揖曰："请以赐还，当不吝术。"无赖者恐其绐，固不肯释。道人曰："果不相授耶？"曰："然。"道人默不与语，俄见黄绦化为蛇，围可数握，绕其身六七匝，怒目昂首，吐舌相向，某大愕，长跪，色青气促，惟言乞命。道人乃取绦。绦竟非蛇；另有一蛇，蜿蜒入城去。① 由是道人之名益著。

缙绅家闻其异，招与游，从此往来乡先生门〔7〕。司、道俱耳其名〔8〕，每宴集，辄以道人从。

一日，道人请于水面亭报诸宪之饮〔9〕。至期，各于案头得道人速客函〔10〕，亦不知所由至。诸官赴宴所，道人伛偻出迎。既入，则空亭寂然，榻几未设，咸疑其妄。道人顾官宰曰："贫道无僮仆，烦借诸扈从，少代奔走。"官宰共诺之。道人于壁上绘双扉，以手挝之。内有应门者，振管而起。共趋觇望，则见憧憧者往来于中，屏幔床几，亦复都有。即有人一一传送门外，道人命吏胥辈接列亭中〔11〕，且嘱勿与内人交语。两相受授，惟顾而笑。②

顷刻，陈设满亭，穷极奢丽。既而旨酒散馥，热炙腾熏，皆自壁中传递而出，座客无不骇异。亭故背湖水，每六月时，荷花数十顷，一望无际。宴时方凌冬，窗外茫茫，惟有烟绿〔12〕③。一官偶叹曰："此日佳集，可惜无莲花点缀！"众俱唯唯。少顷，一青衣吏奔白：

① 此类法术六朝小说里的道人也有过，这是用来教训恶少的。

② 宛如互联网的虚拟世界。《丐仙》有类似描写，而且写得非常美。

③ 蒲松龄对济南大明湖非常熟悉，有几十首诗写他到济南的游历。

④美景如诗如画。

⑤《画壁》"幻由人生"的艺术哲学。

⑥来如惊鸿，去如游龙。

⑦但明伦评："声嘶阶下，血殷坐上，安得遍传此法，以酬天下之挟嫌而诬笞人者。"

"荷叶满塘矣！"一座尽惊，推窗眺瞩，果见弥望青葱〔13〕，间以菡萏〔14〕。转瞬间，万枝千朵，一齐都开，朔风吹来，荷香沁脑。④群以为异。遣吏人荡舟采莲，遥见吏人入花深处，少间返棹，白手来见。官诘之，吏曰："小人乘舟去，见花在远际，渐至北岸，又转遥遥在南荡中。"道人笑曰："此幻梦之空花耳⑤。"无何，酒阑，荷亦凋谢，北风骤起，摧折荷盖，无复存矣。⑥

济东观察公甚悦之〔15〕，携归署，日与狎玩。一日，公与客饮。公故有家传良酝，每以一斗为率〔16〕，不肯供浪饮〔17〕。是日客饮而甘之，固索倾酿〔18〕，公坚以既尽为辞。道人笑谓客曰："君必欲满老饕，索之贫道而可。"客请之。道人以壶入袖中，少刻出，遍斟座上，与公所藏更无殊别。尽欢始罢。公疑焉，入视酒瓿〔19〕，则封固宛然，而空无物矣。心窃愧怒，执以为妖，笞之。杖才加，公觉股暴痛，再加，臀肉欲裂。道人虽声嘶阶下，观察已血殷座上⑦。乃止不笞，遂令去。道人遂离济，不知所往。后有人遇于金陵，衣装如故，问之，笑不语。

校勘

底本：手稿本。参校：二十四卷本、铸雪斋本、青柯亭本。

注释

〔1〕寒月芙蕖：手稿本原题"寒月芙蕖"，被涂去，于其右旁加"济南道人"，墨色较淡且不像蒲松龄笔迹，诸参校本均用"寒月芙蕖"。芙蕖，荷花的别名。〔2〕单袷（qiá）衣：单薄的夹衣。〔3〕袴襦：裤子、短袄。袴，古代左右各一裹起两胫的套裤。襦，短袄。〔4〕以齿衔髻：用梳齿别在发髻上。〔5〕贻之：施舍食物。〔6〕河津：河边。〔7〕乡先生：辞官归隐、德高望重者。〔8〕司、道：布政司、按察司及所属的道员。〔9〕水面亭：济南大明湖上的亭子。诸宪：各位司道官员。宪，旧时下属称上司。〔10〕速客函：请帖。〔11〕吏胥辈：衙门的小吏。〔12〕烟绿：雾蒙蒙的一池绿色湖水。〔13〕弥望：极目远望。

〔14〕菡萏：荷花。〔15〕济东观察公：济东道的道员。〔16〕每以一斗为率：每次饮酒都规定一斗的量。〔17〕浪饮：开怀畅饮。〔18〕固索倾酿：坚持要求把所有的美酒都拿出来让大家一醉方休。〔19〕酒鸱（chī）：酒瓮。

点评

  道家的虚幻世界是前辈作家多次写过的，但是能像蒲松龄这样写出迷人的美景，像互联网一样的虚拟景物，写出深刻的人生，既迷离恍惚，又蕴含哲理，实在太少。道人开头用奇幻的法术惩罚恶少，结尾又以其人之道还治其人之身，让向老百姓滥施酷刑者尝尝滋味，奇妙有趣，大快人心。

賽月芙蓉

維揚幻術驚
官军顶刻花
闹街六神拍
桑大家齐叫
绝受荆人走

灌荆人

阳武侯

① 金圣叹曰"文章之妙无过曲折",初生婴儿因神异事被断定极贵。

② 一大反跌。将薛禄之"傻"写到极点。

③ 刘熙载曰"文章之妙全在衬跌",周振甫解释"衬跌好像把水闸住,让水位提高了再跌落下去,就更有力"。阳武侯从呆傻到勇健,从垢面垂鼻涕到丰采顿异,是衬跌,文有起伏,人物形象亦易凸显。

阳武侯薛公禄,胶薛家岛人〔1〕。父薛公,最贫,牧牛乡先生家。先生有荒田,公牧其处,辄见蛇兔斗草莱中,以为异,因请于主人为宅兆,构茅而居。后数年,太夫人临蓐,值雨骤至,适二指挥使奉命稽海〔2〕,出其途,避雨户中。见舍上鸦鹊群集,竟以翼覆漏处,异之。既而翁出,指挥问:"适何作?"因以产告,又询所产,曰:"男也。"指挥又益愕,曰:"是必极贵①。不然,何以得我两指挥护守门户也?"咨嗟而去。

侯既长,垢面垂鼻涕②,殊不聪颖。岛中薛姓,故隶军籍〔3〕。是年应翁家出一丁口戍辽阳〔4〕,翁长子深以为忧。时侯十八岁,人以太憨生〔5〕,无与为婚。忽自谓兄曰:"大哥啾唧〔6〕,得无以遣戍无人耶?"曰:"然。"笑曰:"若肯以婢子妻我,我当任此役。"兄喜,即配婢。

侯遂携室赴戍所。行方数十里,暴雨忽集。途侧有危崖,夫妻奔避其下。少间,雨止,始复行。才及数武,崖石崩坠。居人遥望两虎跃出,逼附两人而没〔7〕。③侯自此勇健非常,丰采顿异。后以军功封阳武侯世爵。

至启、祯间〔8〕,袭侯某公薨〔9〕,无子,止有遗腹,因暂以旁支代。凡世封家进御者〔10〕,有娠即以上闻〔11〕,官遣媪伴守之,既产乃已。年余,夫人生女。产后,腹犹震动,凡十五年,更数媪,又生男,应以嫡派赐爵,旁支噪之,以为非薛产。官收诸媪,械梏百端,皆无异言。爵乃定。

校勘

底本:手稿本。参校:二十四卷本、铸雪斋本、青柯亭本。

注释

〔1〕阳武侯薛公禄：薛禄（1358—1430），《明史》及《山东通志》皆有传。山东胶县人，原名薛六，曾从燕王朱棣起兵，在靖难之役（朱棣争皇位的战争）中屡立战功，朱棣即位后，封阳武侯，后封太保。胶薛家岛：胶，胶州，今属山东青岛市。据《胶州志》记载：薛家岛在治东南百里，山形佳胜，明阳武侯故居。〔2〕指挥使：武官名。明初设驻军，数府为一防区设卫，卫的军事长官称指挥使。〔3〕故隶军籍：隶属军户。即士兵及其家属属于军府，叫"军籍"，军户的子弟要世代当兵。〔4〕戍辽阳：到辽阳服役。〔5〕憨生：呆傻。生，语助词。〔6〕啾唧：嘀咕。〔7〕逼附：逼近，附着。〔8〕启、祯：明代天启、崇祯年间。〔9〕袭侯某公：世袭了阳武侯爵位的某人。〔10〕世封家进御者：世袭封爵的家庭的侍妾。〔11〕上闻：报告皇帝。

点评

薛禄于明仁宗洪熙元年加封太保，宣德元年卒，追封鄞国公。《聊斋》对威势赫赫的封疆大吏，不写其武功政绩，专写其垢面憨生，以丫鬟为妻，调侃之意非常鲜明。写历史人物的琐闻轶事，其命意正如鲁迅先生所说："传鬼神明因果而无他异。"作者用"蛇兔斗草莱中"和鸦鹊翼覆漏屋、两指挥使守门户的奇异，为薛禄上天注定的富贵做依据，再以袭侯某公的遗孀遗腹十五年产子袭爵，极力彰扬嫡派袭爵，思想并无多少可取之处。写人粗线条勾勒和特写镜头相结合，有总写，有分写，有粗写，有细写。文笔简捷，神采立见。

陽苍集

貴人誕降多奇兆 厯
數勲名衛霍侔 曾說
遼陽悲遠戍 須知帶
將已封侯

酒狂

① 哲理性命名。"缪"音谐"谬",谬误之意,而名字是"永定",坚持错误,死不改悔。

缪永定①,江西拔贡生[1],素酗于酒,戚党多畏避之。偶适族叔家,缪为人滑稽善谑,客与语,悦之,遂共酬饮。缪醉,使酒骂座[2],忤客;客怒,一座大哗。叔以身左右排解,缪谓左袒客,又益迁怒。叔无计,奔告其家。家人来,扶捽以归。才置床上,四肢尽厥[3],抚之,奄然气尽。

缪死,有皂帽人絷去[4]。移时,至一府署,缥碧为瓦[5],世间无其壮丽。至墀下,似欲伺见官宰,自思:我罪伊何,当是客讼斗殴。回顾皂帽人,怒目如牛,又不敢问。然自度贡生与人角口[6],或无大罪。忽堂上一吏宣言,使讼狱者翼日早候,于是堂下人纷纷藉藉,如鸟兽散。缪亦随皂帽人出,更无归着,缩首立肆檐下。皂帽人怒曰:"颠酒无赖子!日将暮,各去寻眠食,而何往[7]?"缪战慄曰:"我且不知何事,并未告家人,故毫无资斧,庸将焉归[8]?"皂帽人曰:"颠酒贼!若酗自啖,便有用度!再支吾,老拳碎颠骨子[9]!"②缪垂首不敢声。忽一人自户内出,见缪,诧异曰:"尔何来?"缪视之,则其母舅。舅贾氏,死已数载。缪见之,始恍然悟其已死,心益悲惧,向舅涕零曰:"阿舅救我!"贾顾皂帽人曰:"东灵非他[10],屈临寒舍。"二人乃入。

② 皂帽人骂人的语言生动之极,如同耳闻。

贾重揖皂帽人,且嘱青眼[11]。俄顷,出酒食,团坐相饮。贾问:"舍甥何事,遂烦勾致[12]?"皂帽人曰:"大王驾诣浮罗君[13],遇令甥醉骂,使我捽得来。"贾问:"见王未?"曰:"浮罗君会花子案,驾未归。"又问:"阿甥将得何罪?"答曰:"未可知也。然大王颇怒此等辈。"缪在侧,闻二人言,觳觫汗下,杯箸不能举。无何,皂帽人起,谢曰:"叨盛酌,已径

643

醉矣。即以令甥相付托，驾归，再容登访。"乃去。

　　贾谓缪曰："甥别无兄弟，父母爱如掌上珠，常不忍一诃。十六七岁时，每三杯后，喃喃寻人疵，小不合，辄挝门裸骂，犹谓齿稚。不意别十余年，甥了不长进。今且奈何！"缪伏地哭，惟言悔无及。贾曳之曰："舅在此业酤，颇有小声望，必合极力。适饮者乃东灵使者，舅常饮之酒，与舅颇相善。大王日万几〔14〕，亦未必便能记忆。我委曲与言，浼以私意释甥去，或可允从。"③即又转念曰："此事担负颇重，非十万不能了也。"缪谢，诺之，锐然自任，即就舅氏宿。

　　次日，皂帽人早来觇望。贾请间，语移时，来谓缪曰："谐矣。少顷即复来。我先罄所有，用压契〔15〕，余待甥归从容凑致之。"缪喜曰："共得几何？"曰："十万。"曰："甥何处得如许？"贾曰："只金币钱纸百提〔16〕，足矣。"缪喜曰："此易办耳。"

　　待将亭午，皂帽人不至。缪欲出市上少游瞩，贾嘱勿远荡，诺而出。见街里贸贩，一如人间。至一所，棘垣峻绝，似是囹圄。对门一酒肆，纷纷者往来颇夥。肆外一带长溪，黑潦涌动，深不可底。方伫足窥探，闻肆内一人呼曰："缪君何来？"缪急视之，则邻村翁生，乃十年前文字交。趋出握手，欢若平生。即就肆内小酌，各道契阔。缪庆幸中，又逢故知，倾怀尽醺。酣醉，顿忘其死，旧态复作，渐絮絮瑕疵翁。④翁曰："数载不见，若复尔耶？"缪素厌人道其酒德，闻翁言，益愤，击桌顿骂。翁睨之，拂袖竟出。缪追至溪头，挦翁帽，翁怒曰："是真妄人！"乃推缪颠堕溪中。溪水殊不甚深，而水中利刃如麻，刺穿胁胫，坚难动摇，痛彻骨脑。黑水半杂溲秽，随吸入喉，更不可过。⑤岸上人观笑如堵，并无一引援者。

　　时方危急，贾忽至，望见大惊，提携以归，曰："子不可为也！死犹弗悟，不足复为人！请仍从东灵受斧锧。"缪大惧，泣言："知罪矣。"贾乃曰："适东

③有钱能使鬼推磨。

④见酒即饮，饮酒即醉，醉即撒酒疯，酗酒酗得连死都忘了！

⑤喝"奈河"之臭水，为之奈何！

灵至，候汝为券，汝乃饮荡不归，渠忙迫不能待。我已立券，付千缗令去，余者以旬尽为期。子归，宜急措置，夜于村外旷莽中，呼舅名焚之，此愿可结也。"缪悉应之，乃促之行，送之郊外，又嘱曰："必勿食言累我。"乃示途令归。

时缪已僵卧三日，家人谓其醉死，而鼻息隐隐如悬丝。是日苏，大呕，呕出黑沈数斗，臭不可闻。吐已，汗湿裀褥，身始凉爽。告家人以异。旋觉刺处痛肿，隔夜成疮，犹幸不大溃腐。十日渐能杖行。家人共乞偿冥负，缪计所费，非数金不能办，颇生吝惜，曰："曩或醉乡之幻境耳。纵其不然，伊以私释我，何敢复使冥王知？"⑥家人劝之，不听。然心惕惕然，不敢复纵饮。里党咸喜其进德，稍稍与共酌。年余，冥报渐忘，志渐肆，故状亦渐萌。一日，饮于子姓之家，又骂主人座，主人摈斥出，阖户径去。缪噪逾时，其子方知，将扶而归。入室，面壁长跪，自投无数，曰："便偿尔负！便偿尔负！"言已仆地，视之，气已绝矣。

⑥吝啬到此种程度，亦称一绝。

校勘

底本：手稿本。参校：二十四卷本、铸雪斋本、青柯亭本。

注释

〔1〕拔贡生：清代贡生名目之一。由各省学政从府、州、县学选拔品学兼优者送国子监读书，有正途出身的资格。〔2〕使酒骂座：在酒席上借酒使性辱骂他人。典出《史记·魏其武安侯列传》：西汉灌夫与窦婴赴田蚡宴，田傲慢无礼，灌夫借行酒之机指临汝侯灌贤大骂，意在田蚡。〔3〕厥：手足冰冷。〔4〕皂帽人：戴黑帽子的人，衙役。〔5〕缥碧为瓦：淡绿色玉石般的瓦。〔6〕角口：吵架。〔7〕而：你。〔8〕庸将焉归：能到哪儿去？〔9〕老拳碎颠骨子：挥拳打碎醉鬼的头骨。〔10〕东灵：对拘鬼魂阴差的尊称。〔11〕青眼：垂青，另眼看待。〔12〕勾致：勾魂，逮捕。〔13〕浮罗君：太上老君诞于浮罗之狱。疑此处指太上老君。〔14〕日万几：即"日理万机"，形容政务繁忙。〔15〕压契：

做押金。〔16〕金币钱纸百提：烫金纸钱一百串（冥纸）。

点评

明人张岱曰："人无癖不可与交。"但"癖"过了头，就成了病。缪永定酗酒至死，死不改悔，死了继续酗酒。此文将"酒狂"即酗酒之态写得声态并作，跃然纸上。缪的酗酒偏偏又和吝啬联系到一起，其舅父千方百计向阴司使者行贿，以换取缪还阳，缪仅仅需要"数金"就可以还清舅父在阴司花的巨万冥金，却愣是不肯，结果被鬼索债而死。鬼使者索贿，行贿可以从阴司逃脱，隐喻阳世官场。"皂帽人"的横行霸道，亦阳世衙役的写照。舅氏的爱护晚辈又世情练达，颇具神采。

酒狂

故態猶存笑酒徒轉疑
醉夢依模糊漫未罵
座神人愁且罰何
須問有無

赵城虎①

①虎有人性，虎能赎罪，前人作品屡见不鲜。《搜神记·苏易》写苏易为母虎接生，虎再三送肉于门。《夷坚志》写害人之虎惭愧得化为石虎。

赵城妪〔1〕，年七十余，止一子，一日，入山，为虎所噬。妪悲痛，几不欲活，号啼而诉于宰。宰笑曰："虎何可以官法制之乎？"妪愈号咷，不能制止。宰叱之，亦不畏惧。又怜其老，不忍加威怒，遂诺为捉虎。妪伏不去，必待勾牒出〔2〕，乃肯行。宰无奈之，即问诸役："谁能往者？"一隶名李能，醺醉，诣座下，自言："能之。"持牒下，妪始去。

隶醒而悔之，犹谓宰之伪局，姑以解妪扰耳，因亦不甚为意。持牒报缴〔3〕，宰怒曰："固言能之，何容复悔！"隶窘甚，请牒拘猎户，宰从之。隶集诸猎人，日夜伏山谷，冀得一虎，庶可塞责〔4〕。月余，受杖数百，冤苦罔控，遂诣东郭岳庙〔5〕，跪而祝之，哭失声。

②自疚心昭然若揭。

③认罪不讳，好汉做事好汉当。

④担孝养之责于一肩，虎的人情味何等浓厚。

无何，一虎自外来，隶错愕，恐被咥噬〔6〕。虎入，殊不他顾，蹲立门中。隶祝曰："如杀某子者尔也，其俯听吾缚。"遂出缧索絷虎颈〔7〕，虎贴耳受缚②。牵达县署，宰问虎曰："某子，尔噬之耶？"虎颔之③。宰曰："杀人者死，古之定律。且妪止一子，而尔杀之，彼残年垂尽，何以生活？倘尔能为若子也，我将赦之。"虎又颔之④。乃释缚令去。

⑤人情味大做文章。

⑥宛如儿子承欢膝下。

⑦孝子送葬。

⑧冯镇峦评："此公循吏可知，否则虎何可为子也。予有笑判：'曾闻苛政猛于虎，又道纷纷虎渡河。若教山君能作子，食尽人间爹娘多。'"

妪方怨宰之不杀虎以偿子也，迟旦启扉，则有死鹿。妪货其肉、革，用以资度。自是以为常，时衔金帛掷庭中，妪从此致丰裕，奉养过于其子⑤，心窃德虎。虎来，时卧檐下，竟日不去⑥。人畜相安，各无猜忌。数年，妪死，虎来吼于堂中。妪素所积，绰可营葬，族人共瘗之。坟垒方成，虎骤奔来，宾客尽逃。虎直赴冢前，嗥鸣雷动⑦，移时始去。土人立"义虎祠"于东郭，至今犹存⑧。

阮亭云："王于一所记孝义之虎，予所记赣州良富里郭氏之义虎，及此而三，何於菟之多贤哉〔8〕！"

校勘

底本：手稿本。参校：二十四卷本、铸雪斋本、青柯亭本。

注释

〔1〕赵城：今山西洪洞县西赵城镇。〔2〕勾牒：拘捕犯人的公文。〔3〕持牒报缴：交回勾牒复命。〔4〕庶可：大概，或者。〔5〕东郭岳庙：即东岳庙，为祭祀东岳大帝而建。〔6〕咥（dié）：吃，咬。〔7〕缧索：捆犯人的绳索。〔8〕於菟（wū tú）：老虎的别称。

点评

虎有人性并非蒲松龄的发明创造，但他营构了优美而新颖的新天地。赵城虎是人化的非人，虎形的义士，作者想象出以纯粹的虎形负荷完整而优美的人性，甚至可以说，作者借助虎的凶猛外形和美好内心的越来越大的裂缝，制造越来越引人动心的美。《聊斋》在创造"义虎"形象时以一系列的合理的巧合变荒诞为入情入理。妪失去儿子而要求县官捉虎，因为她年老昏聩；隶明知虎不可捉而担承，因为他喝醉，离离奇奇又顺理成章。

赵城虎 县蝶持来师虢拘居楚反哺学慈乌代供子膝徐前忾祠宇东郊今未燕

螳螂捕蛇

张姓者偶行溪谷，闻崖上有声甚厉。寻途登觇，见巨蛇围如碗，摆扑丛树中，以尾击柳，柳枝崩折①。反侧倾跌之状，似有物捉制之②，然审视殊无所见，大疑。渐近临之，则一螳螂据顶上，以刺刀攫其首，擿不可去〔1〕③，久之，蛇竟死。视颚上革肉〔2〕，已破裂云。

① "折"前加"崩"字，形容力气之大。
② 一个"似"字，既说明了螳螂的细小难窥，又给人迷离恍惚之感。
③ "擿"字活画了蛇的反侧倾跌之状。

> **校勘**
>
> 底本：手稿本。参校：二十四卷本、铸雪斋本。

> **注释**
>
> 〔1〕擿（diān）：摔。〔2〕颚（è）：人的眉心。此处指蛇的两眼正中处。

> **点评**
>
> 明代王圣俞曾说："文至东坡真是不须作文，只随事记录便是文。"蒲松龄也如此。此百余字短文是作家经敏锐的观察，从生活中捕捉并随事记录的美文。以质朴凝练的语言，对螳螂捕蛇做动态描写，文字极短却极有层次，由闻声写起，先写远景（蛇的摆扑），继写近景（螳螂在蛇首），巨蛇围如碗，螳螂必须近临才能见，两者不成比例的形体对比产生了奇特的美学效果。作者遣词用字十分用心，精练的文字使文章境界顿出。

始去土人义立虎祠于东郊至今犹存

螳螂捕蛇

张姓者偶行溪谷闻崖上有声甚厉寻途登岘见巨蛇围如碗摆扑丛树中以尾击树之枝崩折反侧倾跌之状似有物挫制之然审视殊无所见大疑渐近临之则一螳螂据顶上以刺刀攫其首扼不可去久之蛇竟死视额上革肉已破裂云

拳勇

武技

李超字魁吾淄之西鄙人豪爽好施偶一僧来托钵李饱啗之僧甚感荷乃曰吾少林出也有薄技请以相授李喜馆之客舍丰其给旦夕从学三月

卷三

武技

李超，字魁吾，淄之西鄙人，豪爽好施。偶一僧来托钵[1]，李饱啖之，僧甚感荷，乃曰："吾少林出也[2]。有薄技，请以相授。"李喜，馆之客舍[3]，丰其给[4]，旦夕从学。三月，艺颇精，意甚得，僧问："汝益乎[5]？"曰："益矣。师所能者，我已尽能之。"僧笑命李试其技。李乃解衣唾手，如猿飞，如鸟落，腾跃移时，诩诩然骄人而立[6]。僧又笑曰："可矣。子既尽吾能，请一角低昂[7]。"李忻然，即各交臂作势①。既而支撑格拒，李时时蹈僧瑕[8]，僧忽一脚飞掷②，李已仰跌丈余。僧抚掌曰："子尚未尽吾能也！"李以掌致地[9]，惭沮请教。又数日，僧辞去。

李由此以武名，遨游南北，罔有其对[10]。偶适历下[11]，见一少年尼僧，弄艺于场，观者填溢。尼告众客曰："颠倒一身，殊大冷落。有好事者，不妨下场一扑为戏。"如是三言，众相顾，迄无应者。李在侧，不觉技痒，意气而进③。尼便笑与合掌，才一交手，尼便呵止，曰："此少林宗派也。"即问："尊师何人？"李初不言，尼固诘之，乃以僧告。尼拱手曰："憨和尚汝师耶？若尔，不必较手足，愿拜下风。"李请之再四，尼不可。众怂恿之，尼乃曰："既是憨师弟子，同是个中人，无妨一戏，但两相会意可耳。"④李诺之，然以其文弱故，易之，又年少喜胜，思欲败之，以要一日之名。方颉颃间[12]，尼即遽止，李问其故，但笑不言⑤。李以为怯，固请再角，尼乃起。少间，李腾一踝去[13]，尼骈五指下削其股，李觉膝下如中刀斧，蹶仆不能起[14]。尼笑谢曰："孟浪迕客[15]，幸勿罪！"李舁归，月余始愈。后年余，僧复来，为述往事，僧惊曰："汝大卤莽！惹他何为！幸先以我名告之，不然，股已

①写李超的不知天高地厚都用细笔。

②写少林僧都用简笔。笔墨极为经济。

③李超不知天外有天，人外有人。于是出现李超一再挑战，尼僧一再退让的有趣场面。

④李超表现自己，尼僧"友谊至上"；李超不知深浅一味逞能，尼僧深晓底里再三退让。两相映照，泾渭分明。

⑤尼僧胸有成竹，既要教训浅薄的李超，又要给少林僧留面子，"但笑不言"蕴藏千言万语。

⑥反衬法，尼僧形象更加鲜明。

⑦作者曾用"拳勇"命题。可能因为王士禛点评时将"武技"称为"拳勇"。《武技》存于《聊斋志异》传世手稿，正文字迹并非蒲松龄手迹，当为其子孙抄写。但"王阮亭先生云"的两段文字，是蒲松龄亲笔。说明蒲松龄对王士禛评点《聊斋》的重视。

断矣！"⑥

王阮亭先生云："此尼亦殊踪迹诡异不可测。"又云："拳勇之技，少林为外家，武当张三峰为内家。三峰之后有关中人王宗，宗传温州陈州同，州同，明嘉靖间人，故今两家之传，盛于浙东。顺治中，王来咸，字征南，其最著者，鄞人也。雨窗无事，读李超事始末，因识于后。阮亭书。"⑦

校勘

底本：手稿本。参校：二十四卷本、铸雪斋本、青柯亭本。

注释

〔1〕托钵：登门化斋。〔2〕少林：少林寺。在河南开封少室山。僧徒擅长拳术，自成流派，称"少林派"。〔3〕馆之客舍：安排居住在自己的客房。〔4〕丰其给：供应得很丰盛。〔5〕益：长进。〔6〕诩诩然：洋洋自得貌。〔7〕一角低昂：一决胜负。〔8〕蹈僧瑕：不时地寻找和尚的破绽。〔9〕以掌致地：两手撑在地上。〔10〕罔有其对：没有人可以做他的对手。〔11〕历下：济南。因在历山下而得名。〔12〕颉颃（xié háng）：本意指鸟的上下飞翔，此处写武林人物交手时的腾跃进退。〔13〕腾一踝去：一脚踢过去。〔14〕蹶仆：跌倒在地。〔15〕孟浪迕客：冒犯客人。

点评

武林中人交手描摹情态，妙语入神。少年气盛而不自量力的李超两次被武林高手教训，生动精彩，饶有风趣。蒲松龄的语言有鲜明的美学色彩，大大增添了思想意义和艺术表现力。作者以小喻大，讽世嫉邪之意并未溢于言表，而是在武打场面中深寓人生哲理。世人不管是不是学习武术，只要像李超这样目光如豆，本事不大傲气不小，只能到处献丑，到处吃亏。此文受到王士禛赏识并在《聊斋》手稿做过点评。王士禛点评的《聊斋》手稿现在还未发现，幸好曾经蒲松龄亲笔过录到现在传世的手稿本上。

莝技

少林宗派
傳人少繞得真傳
便已狂同是筒中須
會亦未容重浪角低昂

小人

康熙间有术人携一榼[1]，榼中藏小人[2]，长尺许。投以钱，则启榼令出，唱曲而退。至掖[3]，掖宰索榼入署，细审小人出处。初不敢言，固诘之，方自述其乡族[4]。盖读书童子，自塾中归，为术人所迷，复投以药，四体暴缩，彼遂携之，以为戏具。宰怒，杀术人。留童子欲医之，尚未得其方也①。

① 为什么不先从术人那里问明复原的药方？

校勘

底本：手稿本。参校：二十四卷本、铸雪斋本、青柯亭本。

注释

[1] 术人：玩魔术的人。[2] 榼（kē）：盛酒的小木盒。[3] 掖：山东掖县，今莱州市。[4] 乡族：家乡、族姓。

点评

一个已经进私塾读书的童子，被玩魔术的人所迷，四体暴缩成为尺余长的小人，为魔术者演出以获利，这惨绝人寰的劣行，发生在所谓"康熙盛世"，是蒲松龄对当代社会现实的实录。

小人

肢體矯柔供戲具
由來朱兔編江湖
試聽訴供言如繪
左道宜嚴兩觀誅

秦生

① 这可真成了饮鸩止渴。馋酒之状惟妙惟肖。

② 真酒徒也。

③ 同病亦同痴。

④ 聊斋诗多次写到蒲松龄与邱行素交往，如《坠驴行，仿古乐府，邱明经大醉坠驴，夜卧山中，戏赠之》《九日同邱行素兄弟、父子登山》《登豹山》《赠别邱行素》《邱行素师弟邀游东流水》。邱行素是蒲松龄在县学的同学。

莱州秦生制药酒〔1〕，误投毒味，未忍倾弃，封而置之。积年余，夜适思饮，而无所得酒。忽忆所藏，启封嗅之，芳烈喷溢，肠痒涎流①，不可制止。取盏将尝，妻苦劝谏。生笑曰："快饮而死，胜于馋渴而死多矣。"② 一盏既尽，倒瓶再斟。妻覆其瓶，满屋流溢，生伏地而牛饮之〔2〕。少时，腹痛口噤〔3〕，中夜而卒。妻号泣，为备棺木，行入殓矣。次夜，忽有美人入，身不满三尺，径就灵寝〔4〕，以瓯水灌之，豁然顿苏。叩而诘之，曰："我狐仙也。适丈夫入陈家，窃酒醉死，往救而归，偶过君家，彼怜君子与己同病③，故使妾以余药活之也。"言讫不见。

余友人邱行素贡士〔5〕④，嗜饮。一夜思酒，而无可行沽，辗转不可复忍，因思代以醋。谋诸妇，妇嗤之。邱固强之，乃煨醯以进〔6〕。壶既尽，始解衣甘寝。次日，夫人竭壶酒之资〔7〕，遣仆代沽。道遇伯弟襄宸〔8〕，诘知其故，因疑嫂不肯为兄谋酒。仆言："夫人云：'家中蓄醋无多，昨夜已尽其半；恐再一壶，则醋根断矣。'"闻者皆笑之。不知酒兴初浓，即毒药犹甘之，况醋乎？此亦可以传矣。

校勘

底本：手稿本。参校：异史、二十四卷本、铸雪斋本、青柯亭本。

注释

〔1〕莱州：明清府名，今山东省莱州市。〔2〕牛饮：像牛一样俯地而饮。〔3〕口噤：嘴紧闭。〔4〕灵寝：停灵的地方。〔5〕邱行素：即邱希潜，淄川人，康熙二十八年（1689）岁贡生，康熙五十年（1711）任山东黄县儒学训导。乾隆

四十一年（1776）《淄川县志》有传。邱行素与蒲松龄交往较多，聊斋诗多次写到。〔6〕醯（xī）：醋的别称。〔7〕壶酒之资：买一壶酒的钱。〔8〕伯弟：大伯父家的弟弟。

> **点评**

　　此文不过是畸形社会现象的掇拾，然而下笔解颐，人物情态，宛转笔端。作者以风趣诙谐的笔墨写了两个嗜酒如命者的故事。秦生嗜酒之状，令人绝倒，狐仙嗜酒而死，其妻救之并顺带救活与狐仙同病相怜的秦生，产生意想不到的喜剧效果。至于作者写朋友邱行素，文笔轻脱可喜。不论是邱行素求酒而饮醋，还是其妻"醋根断"的言语，均有令人喷饭之妙。

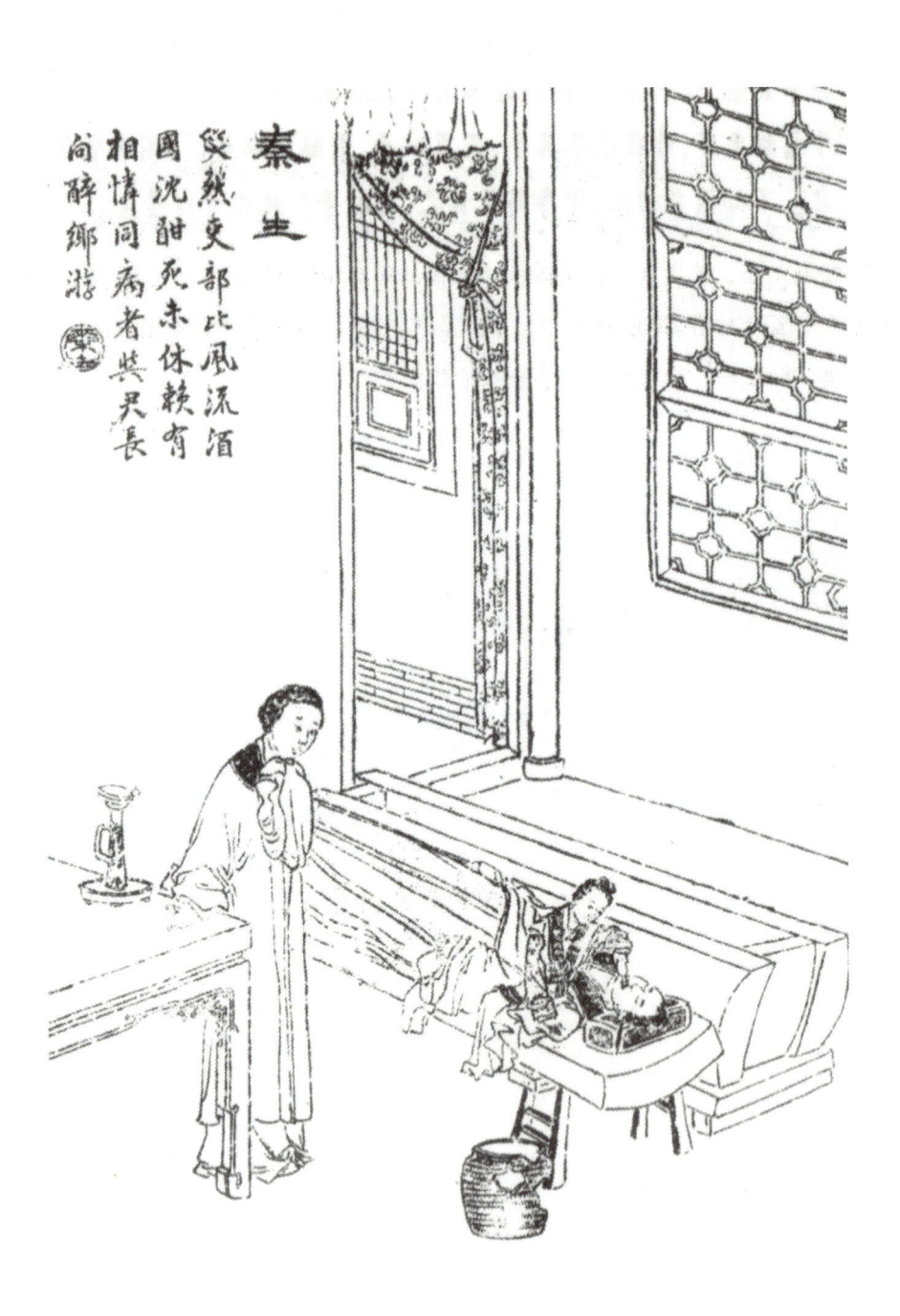

秦生
炎炎吏部比风流
酒国沉酣死未休
赖有相怜同病者
与君长向醉乡游

卷四

鸦头

诸生王文，东昌人〔1〕，少诚笃，薄游于楚〔2〕。过六河〔3〕，休于旅舍，仍步门外〔4〕，遇里戚赵东楼，大贾也，尝数年不归。见王，相执甚欢，便邀临存〔5〕。至其所，有美人坐室中，愕怪却步。赵曳之，又隔窗呼妮子去，王乃入。赵具酒馔，话温凉〔6〕。王问："此何处所？"答云："此是小勾栏。余因久客，暂假床寝。"话间，妮子频来出入。王跼促不安，离席告别。赵强捉令坐。俄见一少女经门外过①，望见王，秋波频顾，眉目含情，仪度娴婉〔7〕，实神仙也②。王素方直〔8〕，至此惘然若失。便问："丽者何人？"赵曰："此媪次女，小字鸦头，年十四矣。缠头者屡以重金唊媪〔9〕，女执不愿，致母鞭楚。女以齿稚哀免，今尚待聘耳。"③王闻言俯首，默然痴坐，酬应悉乖〔10〕④。赵戏之曰："君倘垂意，当作冰斧〔11〕。"王怃然曰〔12〕："此念所不敢存。"然日向西，绝不言去。赵又戏请之。王曰："雅意极所感佩，囊涩奈何〔13〕！"赵知女性激烈，必当不允，故许以十金为助。王拜谢趋出，罄资而至，得五数，强赵致媪。媪果少之。鸦头言于母曰："母日责我不作钱树子〔14〕，今请得如母所愿。我初学作人，报母有日，勿以区区放却财神去。"⑤媪以女性拗执，但得允从，即甚欢喜，遂诺之。使婢邀王郎。赵难中悔，加金付媪。

王与女欢爱甚至。既，谓王曰："妾烟花下流〔15〕，不堪匹敌〔16〕；既蒙缱绻，义即至重。君倾囊博此一宵欢，明日如何？"王泫然悲哽〔17〕，女曰："勿悲。妾委风尘〔18〕，实非所愿。顾未有敦笃可托如君者〔19〕。请以宵遁〔20〕。"王喜，遽起，女亦起〔21〕。听谯鼓已三下矣〔22〕。女急易男装，草草

①此时鸦头已在悄悄观察，发现王文洁身自好，并非寻花问柳之徒，才大胆迈出追求幸福的第一步，主动露面结识王文。

②鸦头遇王文不是"佛殿相逢"而是蓄意相识，是她向诚笃君子托付终身第一步。

③"待聘"并非等出嫁，而是等待第一次接客，"梳弄"。

④书呆子痴情态入情入理。

⑤鸦头的聪明机智、伶牙俐齿写得极有张致。先以自责语诱之，以报母饵之，后以勿却财神恐之。与贪财人说财，鸦母焉得不堕其术？

偕出，叩主人扉。王故从双卫，托以急务，命仆便发。女以符系仆股并驴耳上，纵辔极驰，目不容启，耳后但闻风鸣。平明，至汉江口〔23〕，税屋而止。王惊其异，女曰："言之，得无惧乎？妾非人，狐耳。母贪淫，日遭虐遇，心所积懑。今幸脱苦海。百里外，即非所知，可幸无恙。"王略无疑二〔24〕，从容曰："室对芙蓉〔25〕，家徒四壁〔26〕，实难自慰，恐终见弃置。"女曰："何为此虑？今市货皆可居〔27〕。三数口，淡薄亦可自给〔28〕。可鬻驴子做资本。"⑥王如言，即门前设小肆，王与仆人躬同操作，卖酒贩浆其中。女作披肩，刺荷囊〔29〕，日获赢余，顾赡甚优〔30〕。积年余，渐能蓄婢媪。王自是不着犊鼻，但课督而已。

女一日悄然忽悲，曰："今夜合有难作，奈何！"王问之，女曰："母已知妾消息，必见凌逼。若遣姊来，吾无忧；恐母自至耳。"夜已央〔31〕，自庆曰："不妨，阿姊来矣。"居无何，妮子排闼入〔32〕。女笑逆之。妮子骂曰："婢子不羞，随人逃匿！老母令我缚去。"即出索子繫女颈。女怒曰："从一者得何罪〔33〕？"妮子益忿，捽女断衿。家中婢媪皆集。妮子惧，奔出。女曰："姊归，母必自至。大祸不远，可速作计。"乃急办装，将更播迁〔34〕。媪忽掩入，怒容可掬，曰："我固知婢子无礼，须自来也！"女迎跪哀啼⑦。媪不言，揪发提去。王徘徊怆恻，眠食都废，急诣六河，冀得贿赎〔35〕。至则门庭如故，人物已非。问之居人，俱不知其所徙。悼丧而返。于是俵散客旅〔36〕，囊资东归。

后数年，偶入燕都，过育婴堂〔37〕，见一儿，七八岁。仆人怪似其主，反复凝注之。王问："看儿何说？"仆笑以对，王亦笑。细视儿，风度磊落〔38〕。自念乏嗣，因其肖己，爱而赎之。诘其名，自称王孜。王曰："子弃之襁褓，何知姓氏？"曰："本师尝言〔39〕，得我时，胸前有字，书'山东王文之子'。"⑧王大骇曰："我即王文，乌得有子？"念必同己姓名者，心窃喜，甚爱

⑥鸦头深谋远虑，受尽鞭楚而渴望爱情，楚楚动人。鸦头坦诚率真，披肝沥胆，自食其力，质朴甘贫。人物形象平添一层温和明媚的色彩。

⑦鸦头对妮子和媪采取不同态度。对妮子理直气壮，对媪却逆来顺受。鸦头既勇敢又软弱，既聪慧又愚孝。

⑧作者写人不用正面描写，而是穿插变化，灵活多样。鸦头被捉后的经历用两种手段互为补充、反复咏叹地写出，一是儿子的线索；二是赵东楼的叙述。

惜之。及归，见者不问而知为王生子。孜渐长，孔武有力〔40〕，喜田猎，不务生产，乐斗好杀，王亦不能钳制之。又自言能见鬼狐，悉不之信。会里中有患狐者，请孜往觇之。至则指狐隐处，令数人随指处击之，即闻狐鸣，毛血交落，自是遂安。由是人益异之。

王一日游市廛，忽遇赵东楼。巾袍不整，形色枯黯〔41〕。惊问所来，赵惨然请间。王乃偕归，命酒。赵曰："媪得鸦头，横施楚掠。既北徙，又欲夺其志。女矢死不二，因囚置之。生一男，弃诸曲巷〔42〕，闻在育婴堂，想已长成。此君遗体也。" ⑨王出涕曰："天幸孽儿已归。"因述本末，问："君何落拓至此？"叹曰："今而知青楼之好，不可过认真也。夫何言！"先是，媪北徙，赵以负贩从之，货重难迁者，悉以贱售。途中脚直供亿〔43〕，烦费不资，因大亏损。妮子索取尤奢。数年，万金荡然。媪见床头金尽，旦夕加白眼。妮子渐寄贵家宿，恒数夕不归。赵愤激不可耐，然无奈之。适媪他出，鸦头自窗中呼赵曰："勾栏中原无情好，所绸缪者，钱耳。君依恋不去，将掇奇祸〔44〕。"赵惧，如梦初醒。临行，窃往视女，女授书使达王。赵乃归。因以此情为王述之，即出鸦头书。书云："知孜儿已在膝下矣。妾之厄难，东楼君自能缅悉〔45〕。前世之孽，夫何可言！妾幽室之中，暗无天日，鞭创裂肤，饥火煎心，易一晨昏，如历年岁。君如不忘汉上雪夜单衾〔46〕，迭互暖抱时，当与儿谋，必能脱妾于厄。母姊虽忍，要是骨肉。但嘱勿致伤残，是所愿耳。" ⑩王读之，泣不自禁。以金帛赠赵而去。

时孜年十八矣⑪，王为述前后，因示母书。孜怒眦欲裂，即日赴都，询吴媪居，则车马方盈。孜直入，妮子方与湖客饮，望见孜，愕立变色。孜骤进杀之。宾客大骇，以为寇。及视女尸，已化为狐。孜持刃径入，见媪督婢作羹。孜奔近室门，媪忽不见。孜四顾，急抽矢望屋梁射之，一狐贯心而堕，遂决其首。寻得母所，

⑨补叙。回风舞雪，倒峡逆浪，交代人物经历。

⑩书信是巧妙而质朴的心理描写。汹涌澎湃的感情潮汐，冲击读者心灵。有对恋人望穿秋水的期待，有对昔日温情的热情追忆。既有对度日如年囚禁生活的描述，又有对自由的呼唤，还有对母姊刀割不断的情义。爱恨交织，柔情万端，抒情诗般语言。

⑪鸦头给儿子起个王孜的名字非常巧妙，一方面，用"孜"的含义勤谨、不懈怠，相信他将来能孜孜以求把母亲救出来，另一方面是谐音，王孜，王家之子。

665

投石破扃，母子各失声。母问媪，曰："已诛之。"母怨曰："儿何不听吾言！"命持葬郊野。孜伪诺之，剥其皮而藏之。检媪箱箧，尽卷金赀，奉母而归。夫妇重谐，悲喜交至。既问吴媪，孜言："在吾囊中。"惊问之，出两革以献。母怒，骂曰："忤逆儿！何得此为！"号恸自挝，转侧欲死。王极力抚慰，叱儿瘗革[47]。孜忿曰："今得安乐所，顿忘挞楚耶？"母益怒，啼不止。孜葬皮反报，始稍释。

王自女归，家益盛。心德赵，报以巨金。赵始知媪母子皆狐也。孜承奉甚孝，然误触之，则恶声暴吼。女谓王曰："儿有拗筋，不刺去之，终当杀人倾产。"夜伺孜睡，潜縶其手足。孜醒曰："我无罪。"母曰："将医尔虐[48]，其勿苦。"孜大叫，转侧不可开。女以巨针刺踝骨侧，深三四分许，用力掘断，崩然有声；又于肘间脑际并如之。已乃释缚，拍令安卧。天明，奔候父母，涕泣曰："儿早夜忆昔所行，都非人类！"父母大喜。从此温和如处女，乡里贤之。

异史氏曰："妓尽狐也，不谓有狐而妓者；至狐而鸨，则兽而禽矣。灭理伤伦，其何足怪？至百折千磨，之死靡他[49]，此人类所难，而乃于狐也得之乎？唐君谓魏征饶更妩媚[50]，吾于鸦头亦云。"⑫

⑫《隋唐嘉话》记载："太宗每谓人曰：'人言魏征举动疏慢，我但觉其妩媚耳。'"魏征因能向皇帝直言进谏而被唐太宗认为美好。鸦头是贫贱的狐妓，蒲松龄将其抬到与名臣并列的位置。

校勘

底本：手稿本。参校：异史、二十四卷本、铸雪斋本、青柯亭本。

注释

[1]东昌：明清府名，今山东省聊城。[2]薄游：随意游历。楚：古国名，后泛指长江中下游包括江苏、安徽、湖北一带。[3]六河：旧县名，在南京北部。[4]仍：频繁。[5]临存：大驾光临。[6]话温凉：问寒问暖。[7]娴婉：文雅美丽。[8]方直：端方正直。[9]缠头者：嫖客。古时舞者以锦缠头，舞罢，宾客赠锦，称"缠头"。[10]酬应悉乖：心不在焉，应酬问答都不对。

〔11〕冰斧：媒人。〔12〕怃(wǔ)然：怅然若失。〔13〕囊涩：钱包里没钱。〔14〕钱树子：妓院将妓女做摇钱树。〔15〕烟花下流：下流的娼妓。烟花，指娼妓。〔16〕匹敌：婚配。〔17〕泫然悲哽：流泪悲伤哽咽。〔18〕委风尘：沦落风尘。〔19〕敦笃：敦厚诚笃。〔20〕宵遁：连夜逃跑。〔21〕自开头"诸生王文"至"女亦起"，手稿本脱落字甚多，据二十四卷抄本补齐。〔22〕谯鼓：谯楼更鼓。〔23〕汉江口：汉口镇。〔24〕疑二：疑心。〔25〕室对芙蓉：在家里面对芙蓉花一样的艳妻。《西京杂记》写卓文君"脸际常若芙蓉"。〔26〕家徒四壁：家里穷得只有四堵墙。《史记》写司马相如带卓文君回成都，"家居徒四壁立"，后简化为成语"家徒四壁"。〔27〕市货皆可居：市上一切货物都可以通过贸易盈利。〔28〕淡薄：淡泊。〔29〕荷囊：荷包。〔30〕顾赡甚优：家庭生活供应优裕。〔31〕夜已央：到了半夜。〔32〕排闼：撞开门。〔33〕从一者：从一而终不嫁二夫的人。〔34〕播迁：迁徙。〔35〕贿赎：拿钱赎买。〔36〕俵散客旅：遣散客居地的雇工。〔37〕育婴堂：旧时收养无主婴儿的机构。〔38〕磊落：魁伟英俊。〔39〕本师：育婴堂抚育教养老师。〔40〕孔武：非常英武。〔41〕枯黯：面色灰暗憔悴。〔42〕曲巷：偏僻小巷。〔43〕脚直供亿：途中运输费用和家居花销的费用。〔44〕掇(duō)：招致。〔45〕缅悉：详细得知。〔46〕汉上：即汉江口。〔47〕瘗革：埋葬狐媪和妮子的皮革。〔48〕虐：残暴本性。〔49〕之死靡他：至死也不变心。〔50〕魏征：唐初政治家，以直言敢谏出名。斌媚：美好可爱。

点评

  鸦头出淤泥而不染，既柔美又刚强，既纯真又聪慧。蒲松龄以精细的笔触，结合故事发展，生动形象地从多个侧面刻画这个人物，使之极富神采。鸦头形象是在与其他人物参差错落、交互映照中矗立起来。作者写一人肖一人，鸦头娴婉多情，王文痴情单一，赵东楼热情油滑，鸨母贪婪愚蠢。人物之间以反衬正，相映而出。水性杨花的妮子相衬爱情单一的鸦头，市井赵东楼反衬书生王文，在一个短篇小说里写活数个人物，很不简单。

雅頭

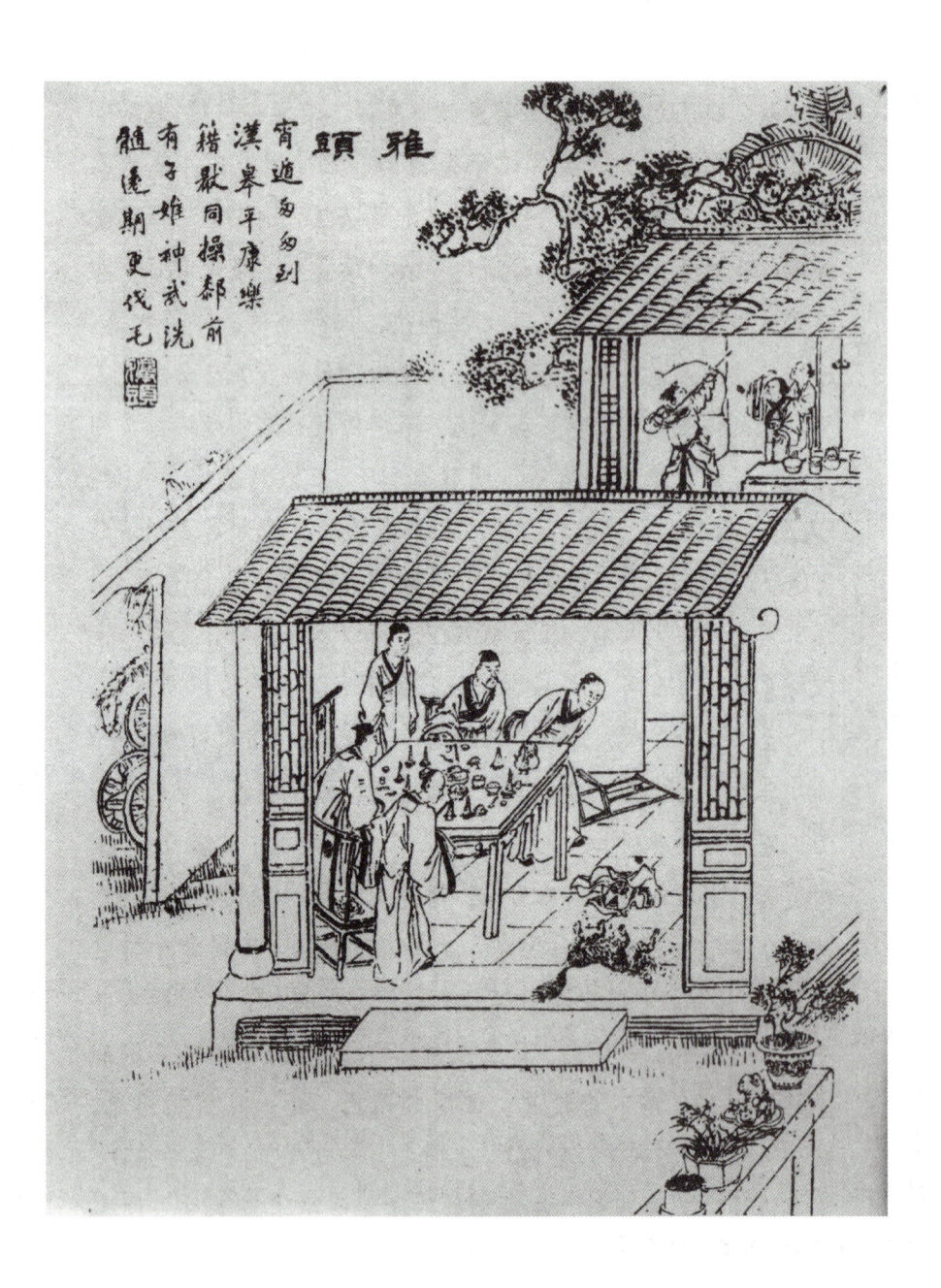

宵遁匆匆到
漢皋平康樂
籍猶同操都前
有子姓神武洗
隨逼期更伐毛

酒虫①

①唐传奇《宣室志·陆颙》写过"消面虫"的轶闻:"有顷遂吐出一虫,长二寸许,色青,状如蛙。"此文与之相似。

　　长山刘氏,体肥嗜饮,每独酌,辄尽一瓮。负郭田三百亩〔1〕,辄半种黍〔2〕,而家豪富,不以饮为累也。一番僧见之,谓其身有异疾。刘答言:"无。"僧曰:"君饮尝不醉否?"曰:"有之。"曰:"此酒虫也。"刘愕然,便求医疗。曰:"易耳。"问:"需何药?"俱言不须。但令于日中俯卧,縶手足,去首半尺许,置良酝一器。移时,燥渴,思饮为极,酒香入鼻,馋火上炽,而苦不得饮。忽觉咽中暴痒,哇有物出〔3〕,直堕酒中。解缚视之,赤肉长三寸许,蠕动如游鱼,口眼悉备。刘惊谢,酬以金,不受,但乞其虫。问:"将何用?"曰:"此酒之精,瓮中贮水,入虫搅之,即成佳酿。"刘使试之,果然。刘自是恶酒如仇。体渐瘦,家亦日贫,后饮食至不能给。

　　异史氏曰:"日尽一石〔4〕,无损其富;不饮一斗,适以益贫。岂饮啄固有数乎哉〔5〕?或言:'虫是刘之福,非刘之病,僧愚之以成其术。'然欤否欤?"

校勘

　　底本:手稿本。参校:康熙本、异史、二十四卷本、铸雪斋本、青柯亭本。

注释

　　〔1〕负郭田:靠近城郊的肥田。〔2〕半种黍:将三百亩良田一半用来种可以酿酒的黍。黍,黄米,多用以酿酒。〔3〕哇:吐。〔4〕一石:石和斗都是容量单位,一石为十斗,一百二十斤为一石。〔5〕饮啄固有数:人吃多少东西命中注定的。饮、啄,本指鸟类饮食。

点评

《酒虫》所宣扬的是"一饮一啄,系于定分"的观念,"日尽一石,无损其富;不饮一斗,适以益贫"。人的富贵全决定于定数。这是迷信观念。本文将民间传说与前人作品的类似故事融合,任诞诡奇,其艺术描写甚为细腻,"馋火上炽,而苦不得饮",将嗜酒者形象画得入木三分。"赤肉长三寸许,蠕动如游鱼,口眼悉备",将酒虫写得绘声绘色,宛然如生。

酒虫

漫向貧富歎途窮
雖悔當時去酒蟲
物者偏偏仔事求
容及任醉鄉中

木雕美人

商人白有功言：在泺口河上〔1〕，见一人荷竹簏〔2〕，牵巨犬二。于簏中出木雕美人，高尺余〔3〕，手目转动，艳妆如生。又以小锦鞯被犬身〔4〕，便令跨坐。安置已，叱犬疾奔。美人自起，学解马作诸剧〔5〕，镫而腹藏〔6〕，腰而尾赘〔7〕，跪拜起立，灵变不讹。又作"昭君出塞"〔8〕，别取一木雕儿，插雉尾〔9〕，披羊裘，跨犬从之。昭君频频回顾，羊裘儿扬鞭追逐，真如生者。

校勘

底本：手稿本。参校：康熙本、异史、二十四卷本、铸雪斋本。

注释

〔1〕泺（luò）口：洛口。今济南北郊。古时泺水从此处入济水。〔2〕竹簏（lù）：竹箱。〔3〕"美人高尺余"五字，手稿残损，今据异史补齐。〔4〕锦鞯（jiān）：绣花织锦的彩色马鞍垫。〔5〕解马：即"跑马卖解"，马术。〔6〕镫而腹藏：镫里藏身。骑在马身上的人弯倒在马的一侧。宋代孟元老《东京梦华录》中记载："又存身拳曲在鞍一边，谓之'镫里藏身'。"〔7〕腰而尾赘：在马飞跑过程中，抓住马尾上马，又叫"豹子马"。《东京梦华录》："或放令马先走，以身追及，握马尾而上，谓之'豹子马'。"〔8〕昭君出塞：西汉宫人王嫱入匈奴和亲事。王嫱，字昭君，晋避司马昭讳，改称明君，又称明妃，汉元帝宫人，竟宁元年（前33年）嫁到匈奴为宁胡阏氏。她的事迹在小说戏剧多有描写。〔9〕雉尾：野鸡长长的尾羽，可做帽饰。

点评

中华民间杂技历史悠久，成就斐然。《木雕美人》所描绘的场景，既胜于今日之木偶戏，又超过西方之机器人。"手目转动"的自如，"灵变不讹"的跨马疾奔，镫里藏身，频频回首，均摹绘如生，历历如画，真是既奇且美。《聊斋志异》是文学书，然其在民俗学、社会学上的价值也令人瞩目。

木雕美人

分明傀儡也登場，如見明妃塞上粧。
金埒錦韉人叱逐，羊裘哀雄尾犬蹲。

封三娘

范十一娘，曦城祭酒之女[1]，少艳美，骚雅尤绝[2]。父母钟爱之，求聘者辄令自择，女恒少可。会中元日[3]，水月寺中诸尼作盂兰盆会[4]，是日，游女如云，女亦诣之。方随喜间，一女子步趋相从，屡望颜色，似欲有言。审视之，二八绝代姝也[5]。悦而好之，转用盼注[6]。女子微笑曰："姊非范十一娘乎？"答曰："然。"女子曰："久闻芳名，人言果不虚谬。"十一娘亦审里居，女答言："妾封氏，第三，近在邻村。"把臂欢笑，词致温婉[7]，于是大相爱悦，依恋不舍①。十一娘问："何无伴侣？"曰："父母早世，家中止一老妪，留守门户，故不得来。"十一娘将归，封凝眸欲涕。十一娘亦惘然，遂邀过从，封曰："娘子朱门绣户[8]，妾素无葭莩亲，虑致讥嫌。"十一娘固邀之，答："俟异日。"十一娘乃脱金钏一股赠之，封亦摘髻上绿簪为报。

十一娘既归，倾想殊切。②出所赠簪，非金非玉，家人都不之识，甚异之③。日望其来，怅然遂病。父母讯得故，使人于近村谘访[9]，并无知者。时值重九，十一娘羸顿无聊[10]，倩侍儿强扶窥园，设褥东篱下。忽一女子攀垣来窥④，觇之，则封女也。呼曰："接我以力！"侍儿从之，蓦然遂下。十一娘惊喜，顿起，曳坐褥间，责其负约，且问所来。答云："妾家去此尚远，时来舅家作耍。前言近村者，缘舅家耳。别后悬思颇苦，然贫贱者与贵人交，足未登门，先怀惭怍，恐为婢仆下眼觑[11]⑤，是以不果来。适经墙外过，闻女子语，便一攀望，冀是小姐，今果如愿。"十一娘因述病源，封泣下如雨，因曰："妾来当须秘密。造言生事者，飞短流长，所不堪受。"十一娘诺。偕归同榻，快与倾怀。

① 毛氏父子认为《三国》"有以宾衬主之妙"，蒲松龄亦深谙此法。范十一娘为宾，封三娘为主。范十一娘始终处于依从地位，对塑造封三娘有"关锁穿插"作用。

② 作者并不直接写封三娘如何美丽迷人，而是用其他人物的感受写。范十一娘思念是写封三娘魅力，此后，其母赞扬，其兄傻追，孟安仁一见就拥抱，是"四面受敌"写封三娘之美。

③ 狐仙身份逗漏。

④ 封三娘的狐仙身份苦心营构，一点一点透露，其玉簪人不识；按其地址访问找不到；想她时，她就来了。封三娘两次在女友盼望时出现，貌似巧合，实际暗藏狐仙神力。

⑤ 有骨气，矫矫云中鹤。

病寻愈。订为姊妹，衣服履舄〔12〕，辄互易着。见人来，则隐匿夹幙间。

积五六月，公及夫人颇闻之。一日，两人方对弈，夫人掩入，谛视，惊曰："真吾儿友也！"因谓十一娘："闺中有良友，我两人所欢，胡不早白？"十一娘因达封意。夫人顾谓三娘："伴吾儿，极所忻慰，何昧之？"封羞晕满颊，默然拈带而已。夫人去，封乃告别，十一娘苦留之，乃止。

一夕，自门外匆皇奔入，泣曰："我固谓不可留，今果遭此大辱！"惊问之，曰："适出更衣〔13〕，一少年丈夫，横来相干，幸而得逃，如此，复何面目！"十一娘细诘形貌，谢曰："勿须怪，此妾痴兄，会告夫人，杖责之。"封坚辞欲去，十一娘留请天曙，封曰："舅家咫尺，但须以梯度我过墙耳。"十一娘知不可留，使两婢逾垣送之。行半里许，辞谢自去。婢返，十一娘伏床悲惋，如失伉俪⑥。

后数月，婢以故至东村，暮归，遇封女从老妪来。婢喜，拜问，封亦恻恻〔14〕，讯十一娘兴居〔15〕，婢捉袂曰："三姑过我，我家姑姑盼欲死！"封曰："我亦思之，但不乐使家人知。归启园门，我自至。"婢归告十一娘，十一娘喜，从其言，则封已在园中矣。相见，各道间阔〔16〕，绵绵不寐。视婢子眠熟，乃起，移与十一娘同枕，私语曰："妾固知娘子未字，以才色门第，何患无贵介婿〔17〕？然纨袴儿敖不足数〔18〕。如欲得佳耦，请无以贫富论。"⑦十一娘然之。封曰："旧年邂逅处，今复作道场，明日再烦一往，当令见一如意郎君。妾少读相人书〔19〕，颇不参差。"

昧爽，封即去，约俟兰若。十一娘果往，封已先在。眺览一周，十一娘便邀同车。携手出门，见一秀才，年可十七八，布袍不饰，而容仪俊伟。封潜指曰："此翰苑才也〔20〕。"十一娘略睋之。封别曰："娘子先归，我即继至。"入暮，果至，曰："我适物色甚详，其人

⑥写女性之间友谊，此创举也。冯镇峦评：《聊斋》各种题都做到，惟此中境界未尝写。故又畅发此篇。

⑦但明伦评："以贫富论人何能得佳耦？彼世家名姝，多死于纨袴之手。""绝大议论，又能独具只眼赏识贫贱之中，祭酒殊愧此女。"

即同里孟安仁也。"十一娘知其贫，不以为可。封曰："娘子何亦堕世情哉！此人苟长贫贱者，余当抉眸子，不复相天下士矣。"十一娘曰："且为奈何？"曰："愿得一物，持与订盟。"十一娘曰："姊何草草！父母在，不遂，如何？"封曰："妾此为，正恐其不遂耳。志若坚，生死何可夺也！"十一娘必不可。封曰："娘子姻缘已动，而魔劫未消〔21〕。所以故，来报前好耳。请即别，即以所赠金凤钗，矫命赠之〔22〕。"十一娘方谋更商，封已出门去。

时孟生贫而多才，意将择耦，故十八犹未聘也。是日忽睹两艳，归涉冥想。一更向尽，封三娘款门而入。烛之，识为日中所见，喜致诘问，曰："妾封氏，范十一娘之女伴也。"生大悦，不暇细审，遽前拥抱。封拒曰："妾非毛遂，乃曹丘生〔23〕。⑧十一娘愿缔永好，请倩冰也〔24〕。"生愕然，不信，封乃以钗示生，生喜不自已，矢曰："劳眷注若此〔25〕，仆不得十一娘，宁终鳏耳〔26〕。"封遂去。

生诘旦浼邻媪诣范夫人。夫人贫之，竟不商女，立便却去。十一娘知之，心失所望，深怨封之误己也；而金钗难返，只须以死矢之。又数日，有某绅为子求婚，恐不谐，浼邑宰作伐。时某方居权要，范公心畏之，以问十一娘，十一娘不乐。母诘之，默默不言，但有涕泪。使人潜告夫人：非孟生，死不嫁。公闻，益怒，竟许某绅家，且疑十一娘有私意于生，遂涓吉速成礼。十一娘忿不食，日惟耽卧〔27〕，至亲迎之前夕，忽起，揽镜自妆，夫人窃喜，俄侍女奔白："小姐自经！"举宅惊涕，痛悔无所复及。三日遂葬。

孟生自邻媪反命，愤恨欲绝，然遥遥探访，妄冀复挽。察知佳人有主，忿火中烧，万虑俱断矣。未几，闻玉葬香埋〔28〕，憯然悲丧〔29〕，恨不从丽人俱死。向晚出门，意将乘昏夜一哭十一娘之墓。欻有一人来，近之，则封三娘。向生曰："喜姻好可就矣。"生泫然曰："卿

⑧典故用得多么贴切。一句话用了两个典故。毛遂，战国时赵国平原君门下食客，曾自告奋勇，随平原君出使楚国。"毛遂自荐"成为成语。曹丘生，汉人，曾到处称赞朋友季布，季布因此名气很大。此处用曹丘生代指介绍人。

不知十一娘亡耶？"封曰："我所谓就者，正以其亡。可急唤家人发冢，我有异药，能令苏。"生从之，发墓破棺，复掩其穴。生自负尸，与三娘俱归。置榻上，投以药，逾时而苏。顾见三娘，问："此何所？"封指生曰："此孟安仁也。"因告以故，始如梦醒。封惧漏泄，相将去五十里，避匿山村。封欲辞去，十一娘泣留作伴，使别院居。因货殉葬之饰，用为资度，亦称小有。封每遇生来，辄走避。十一娘从容曰："吾姊妹，骨肉不啻也，然终无百年聚，计不如效英、皇〔30〕。"封曰："妾少得异诀，吐纳可以长生〔31〕，故不愿嫁耳！"十一娘笑曰："世传养生术汗牛充栋，行而效者谁也？"封曰："妾所得非世人所知。世传并非真诀，惟华佗《五禽图》差为不妄〔32〕。凡修练家无非欲血气流通耳，若得厄逆症〔33〕，作虎形立止，非其验耶！"十一娘阴与生谋，使伪为远出者，入夜强劝以酒，既醉，生潜入污之。三娘醒曰："妹子害我矣！倘色戒不破，道成当升第一天〔34〕。今堕奸谋，命耳！"乃起告辞。十一娘告以诚意而哀谢之。封曰："实相告：我乃狐也。缘瞻丽容，忽生爱慕，如茧自缠，遂有今日。此乃情魔之劫，非关人力。再留，则魔更生，无底止矣。娘子福泽正远，珍重自爱。"言已而逝。夫妻惊叹久之。

逾年，生乡、会果捷〔35〕，官翰林。投刺谒范公，公愧悔不见；固请之，乃见。生入，执子婿礼，伏拜甚恭。公愧怒，疑生儇薄〔36〕。生请间，具道情事。公不深信，使人探诸其家，方大惊喜。阴戒勿宣，惧有祸变。又二年，某绅以关节发觉〔37〕，父子充辽海军〔38〕，十一娘始归宁焉。⑨

⑨但明伦评："闺中有良友，而针砭药石，生死不渝，遂致嘉耦终谐，不陷于权要。古人出处之大节，每得诸良朋规戒之间，若十一娘之于封，所谓因不失其亲者也，足以为法矣。"

校勘

底本：手稿本。参校：康熙本、异史、二十四卷本、铸雪斋本、青柯亭本。

注释

〔1〕曬城：《聊斋》手稿作"曬城"，但任何字典查无曬字，疑作者误写。如果是"嘐"字之误，则为明清时的嘉定县。如果是"廬"字之误，则为明清时的湖南岳阳。如果是鹿城，则为明清时温州。姑存疑。祭酒：国子监祭酒，明清时太学的主管。〔2〕骚雅尤绝：擅长诗词。骚，《离骚》；雅，《小雅》。〔3〕中元日：农历七月十五日，是鬼节，寺院举行诵经法会、水陆道场。手稿及诸抄本均为"上元日"，是笔误，盂兰盆会在中元日。〔4〕盂兰盆会：盂兰盆，梵语，解救倒悬的意思。《盂兰盆经》记载，释迦弟子目连看到母亲在地狱受苦，求佛救助，释迦要目连在七月十五日，备各种饮食斋十万僧众，可解母于倒悬。〔5〕二八绝代姝：十五六岁的绝代美女。〔6〕转用盼注：回转身来注目细看。〔7〕词致：说话的形态和语言。〔8〕朱门绣户：红漆的大门，房梁上雕花绘彩。此处指身份高的家庭。〔9〕谘访：咨询访问。〔10〕羸顿：消瘦憔悴。〔11〕下眼觑：看不起。〔12〕履舃（xì）：泛指鞋。〔13〕更衣：入厕。〔14〕恻恻：忧伤。〔15〕兴居：日常起居。〔16〕间阔：久别之情。〔17〕贵介：尊贵的大户人家。〔18〕敖不足数：傲慢而不值一提。数，谈论。〔19〕相人书：古时算命者靠观察人的相貌以判定其穷通命运，相人书就是他们用的书。〔20〕翰苑才：可以进入翰林院的人才。〔21〕魔劫：本意是佛教中阻碍修成正果的劫难，此指婚姻上的障碍。〔22〕矫命：假托范十一娘的意思。〔23〕妾非毛遂，乃曹丘生：我不是自我推荐，而是推荐他人。〔24〕倩冰：派媒人。〔25〕眷注：眷顾，关注。〔26〕终鳏：一辈子不娶妻。〔27〕耽卧：卧床不起。〔28〕玉葬香埋：美人香消玉殒。〔29〕愫（sè）然：极其愤恨的样子。〔30〕英、皇：即娥皇、女英，尧的两个女儿，同嫁舜为妻。〔31〕吐纳：道家的养生法，认为吐出死气，吸进活气，可长生不死。〔32〕华佗《五禽图》：东汉名医华佗创造的健身法。仿效虎、鹿、熊、猿、鸟五种动物的姿态，活动筋骨。手稿本"华佗"误为"华陀"。〔33〕厄逆：打嗝。〔34〕升第一天：道家认为神仙住的地方共三十六天，升第一天，是达到最高境。〔35〕生乡、会果捷：孟生果然在乡试、会试中取得成功，做举人、成进士。乡，指乡试；会，指会试。〔36〕儇（xuān）薄：轻薄、缺乏教养、恶作剧。〔37〕关节：古时称行贿为打通关节。〔38〕充辽海军：充军到辽海卫。充军，古代将罪犯发配到边远地方服役的刑罚。辽海卫，在今辽宁开原境内。明代设置，清初已废。

点评

在"俞伯牙摔琴谢知音"家传户诵,"范张鸡黍"人们耳熟能详时,《封三娘》算得上拓荒栽植的奇葩。小说写两个女性之间的生死不渝的友情,冰雪般晶莹,鲜花似芬芳,醇醪样馥郁,有如一支悠扬的小夜曲,有着独特的审美价值。官宦小姐范十一娘能够抛弃门第观念,勇敢地选择贫困的孟生,拒绝父母选择的缙绅子,以死殉情,其胆识、胸襟、志气令人拍手称奇。而范十一娘之所以能如此,跟她的女友封三娘有关。封三娘是美丽少女,但她在小说里既不是以爱情女主角的身份出现,也不是以"双美共一夫"的双美之一出现。她为朋友终生幸福奔波劳碌、殚精竭虑。她为范十一娘的人生指点迷途,在关键时刻帮助范十一娘实现人生理想。封三娘有很高的审美价值,是《聊斋》狐女中特殊而成功的一位。

封三娘
悔汲情丝一缕
牵惹鬓丝鬌髻
太匆促伊主和君
戒无端破下凌
居开第一天

卷四

狐梦

①把叙述语言与作者评价结合起来，开章明义的人物介绍中，埋藏着故事发展的引线和个性依据。毕怡庵的个性和体貌对小说有重要作用。倜傥豪纵才会和狐仙交往；体肥多髭，才有狐女为此而来的妙语。

②有人摇时，毕怡庵已入梦。"醒"而视其实是在梦中。

③毕怡庵才伏案头，即进入梦中之梦。

④"点缀小女子闺房戏谑，都成隽语，且逼真。"（冯镇峦评语）几位狐女年相近、貌相若，同中存异，曲尽变化，个个活灵活现。大姐温文尔雅，二姐豪爽调皮，四妹聪慧顽皮。

⑤将人物对话嵌入叙述语言中。人物语言几乎是口头语言，不加修饰引入，叙述语言却凝重工整。蒲松龄终生乡居，熟悉中下层人民语言，又身居藏书万卷的毕府，于学无所不窥，才使他的语言有丰富性、多样性、优美性。

余友毕怡庵〔1〕，倜傥不群〔2〕，豪纵自喜，貌丰肥，多髭，士林知名①。尝以故至叔刺史公之别业〔3〕，休憩楼上。传言楼中故多狐。毕每读《青凤传》，心辄向往，恨不一遇。因于楼上摄想凝思。既而归斋，日已浸暮〔4〕。时暑月燠热〔5〕，当户而寝。睡中有人摇之②。醒而却视〔6〕，则一妇人，年逾不惑〔7〕，而风雅犹存。毕惊起，问其谁何。笑曰："我狐也。蒙君注念，心窃感纳。"毕闻而喜，投以嘲谑。妇笑曰："妾齿加长矣，纵人不见恶，先自惭沮。有小女及笄，可侍巾栉〔8〕。明宵，无寓人于室，当即来。"言已而去。

至夜，焚香坐伺。妇果携女至，态度娴婉，旷世无匹。妇谓女曰："毕郎与有夙缘〔9〕，即须留止〔10〕。明旦早归，勿贪睡也。"毕乃握手入帏，款曲备至。事已，笑曰："肥郎痴重，使人不堪。"未明即去。既夕，自来，曰："姊妹辈将为我贺新郎，明日即屈同去。"问："何所？"曰："大姊作筵主，去此不远也。"毕果候之。良久不至，身渐倦惰，才伏案头③，女忽入曰："劳君久伺矣。"乃握手而行。奄至一处，有大院落，直上中堂，则见灯烛荧荧，灿若星点。俄而主人出，年近二旬，淡妆绝美。敛衽称贺已，将践席，婢入白："二娘子至。"见一女子入，年可十八九④，笑向女曰："妹子已破瓜矣〔11〕。新郎颇如意否？"女以扇击背，白眼视之。二娘曰："记儿时与妹相扑为戏〔12〕，妹畏人数胁骨，遥呵手指，即笑不可耐。便怒我，谓我当嫁僬侥国小王子〔13〕。我谓婢子他日嫁多髭郎，刺破小吻，今果然矣。"大娘笑曰："无怪三娘子怒诅也〔14〕！新郎在侧，直尔憨跳〔15〕！"⑤顷之，合尊促坐〔16〕，宴笑甚欢。

忽一少女抱一猫至，年可十一二，雏发未燥〔17〕，而艳媚入骨。大娘曰:"四妹妹亦要见姊丈也?此无坐处。"因提抱膝头,取肴果饵之。移时,转置二娘怀中,曰:"压我胫股酸痛〔18〕!"二姊曰:"婢子许大〔19〕,身如百钧重〔20〕。我脆弱不堪。既欲见姊夫,姊夫故壮伟,肥膝耐坐。"乃捉置毕怀。入怀香软,轻若无人。毕抱与同杯饮。大娘曰:"小婢勿过饮,醉失仪容,恐姊夫所笑。"少女孜孜展笑〔21〕,以手弄猫,猫戛然鸣。大娘曰:"尚不抛却,抱走蚤虱矣!"二娘曰:"请以狸奴为令,执箸交传,鸣处则饮。"众如其教。至毕辄鸣。毕故豪饮,连举数觥。乃知小女子故捉令鸣也,因大喧笑。二娘曰:"小妹子归休,压煞郎君,恐三姊怨人。"小女郎乃抱猫去。

大姊见毕善饮,乃摘髻子贮酒以劝〔22〕。视髻仅容升许,然饮之,觉有数斗之多。比干,视之,则荷盖也。二娘亦欲相酬。毕辞不胜酒。二娘出一口脂合子〔23〕,大于弹丸,酌曰:"既不胜酒,聊以示意。"毕视之,一吸可尽,接吸百口,更无干时。女在旁,以小莲杯易合子去,曰:"勿为奸人所弄。"置合案上,则一巨钵。二娘曰:"何预汝事!三日郎君,便如许亲爱耶!"毕持杯向口立尽。把之,腻软;审之,非杯,乃罗袜一钩〔24〕,衬饰工绝⑥。二娘夺骂曰:"猾婢!何时盗人履子去,怪道足冷冰也!"遂起,入室易舄。女约毕离席告别。女送出村,使毕自归。瞥然醒寤,竟是梦景;而鼻口醺醺,酒气犹浓,异之。

至暮,女来,曰:"昨宵未醉死耶?"毕言:"方疑是梦。"⑦女曰:"姊妹怖君狂噪〔25〕,故托之梦,实非梦也。"女每与毕弈,毕辄负。女笑曰:"君日嗜此,我谓必大高着〔26〕。今视之,只平平耳。"毕求指诲,女曰:"弈之为术,在人自悟,我何能益君?朝夕渐染,或当有异。"居数月,毕觉稍进。女试之,笑曰:"尚未,尚未!"毕出,与所尝共弈者游,则人觉其异,咸奇之。毕为人坦直,胸无宿物〔27〕,微泄之。女已知,责曰:

⑥《聊斋志异》茶具不比《红楼梦》逊色,且有幻异奇妙意味。三样酒器,分别由髻子、口脂盒、罗袜变成。大变小,小变大,髻变荷盖,口脂合变巨钵,袜变莲杯,相映成趣。狐女宴会上喁喁絮语,都是口吻逼真的家庭细事。真中有幻,幻中有真,奇幻迭生,新奇雅致。

⑦《狐梦》两次入梦不同,第一次狐仙梦,第二次梦中梦。有趣的是,毕怡庵怀疑是梦,狐女却说不是梦。是梦非梦,非梦是梦,作家一管之笔令人眼花欲迷。

"无惑乎同道者不交狂生也〔28〕。屡嘱慎密，何尚尔尔！"怫然欲去。毕谢过不遑〔29〕，女乃稍解，然由此来浸疏矣。

积年余，一夕来，兀坐相向〔30〕。与之弈，不弈；与之寝，不寝。怅然良久，曰："君视我孰如青凤？"曰："殆过之。"曰："我自惭弗如。然聊斋与君文字交。请烦作小传，未必千载下无爱忆如君者。"毕曰："夙有此志，曩遵旧嘱，故秘之。"女曰："向为是嘱，今已将别，复何讳？"问："何往？"曰："妾与四妹妹为西王母征作花鸟使〔31〕，不复得来。曩有姊行，与君家叔兄，临别已产二女，今尚未醮。妾与君幸无所累。"毕求赠言。曰："盛气平，过自寡。"遂起，捉手曰："君送我行。"至里许，洒涕分手，曰："彼此有志，未必无会期也。"乃去。

康熙二十一年腊月十九日〔32〕，毕子与余抵足绰然堂〔33〕，细述其异⑧。余曰："有狐若此，则聊斋之笔墨有荣光矣！"遂志之。

⑧毕怡庵因慕青凤而得狐梦，又受狐仙之托，求聊斋先生作传，煞有介事。毕怡庵是真实人物，绰然堂是真实地点，康熙二十一年腊月十九日是真实时间，狐狸精和梦却是假的。真真假假、假假真真，是聊斋先生诱人深信的障眼法。

校勘

底本：手稿本。参校：康熙本、异史、二十四卷本、铸雪斋本、青柯亭本。

注释

〔1〕毕怡庵：据邹宗良《淄川毕氏世谱》考证，毕怡庵是蒲松龄的东家毕际有长兄毕际壮之子毕盛锡（1635—1685）。另有考据者提出毕际有之侄毕盛统、毕盛育、毕盛钰等可能人选。〔2〕"倜傥不群"二句：风流洒脱，不同凡俗，豪放不羁，自我欣赏。〔3〕刺史公之别业：毕际有的别墅。刺史公，指毕际有。〔4〕浸暮：天渐渐变黑。〔5〕燠（yù）热：闷热。〔6〕却视：仰视。〔7〕年逾不惑：年纪超过四十岁。《论语·为政》："四十而不惑"，后来用"不惑"代指四十岁。〔8〕侍巾栉：侍奉梳洗，即当侍妾。〔9〕凤缘：命中注定的缘分。手稿为"凤宿"，今据《异史》。〔10〕留止：留下住宿。〔11〕破瓜：指少女已婚。〔12〕相扑为戏：相扑本是秦汉时体育比赛项目，此指打闹玩

耍。〔13〕僬侥（jiāo yáo）国：古代传说中的小人国。〔14〕怒诅：发怒咒骂。〔15〕直尔憨跳：竟如此胡打乱闹。〔16〕合尊促坐：围桌而坐，举杯应酬。尊，同"樽"，酒杯。〔17〕雏发未燥：本意是胎毛未干，此处指年龄很小。〔18〕胫股：大腿小腿。〔19〕许大：这样大。〔20〕钧：古代计量单位，三十斤为一钧。〔21〕孜孜展笑：不停地开颜欢笑。〔22〕髻子：妇女束发髻的圆形饰品。〔23〕口脂合子：盛唇膏的小盒子。〔24〕罗袜一钩：绣鞋一只。〔25〕怖君狂噪：担心你大惊小怪、乱喊乱叫。〔26〕高着：出色的棋艺。〔27〕胸无宿物：心里藏不住事儿，嘴里藏不住话。〔28〕同道者：狐仙们。〔29〕谢过不遑：赶忙连声认错。〔30〕兀坐：呆坐。〔31〕花鸟使：唐朝开元天宝年间，唐玄宗遣使挑选民间美貌女子充入后宫，使者称"花鸟使"。此指照料西王母宫中宴会的侍女。〔32〕康熙二十一年腊月十九日：公元1683年1月16日。腊月，农历十二月。〔33〕绰然堂：蒲松龄在毕家授徒下榻处。

点评

毕怡庵忻慕青凤，"恨不一遇"，果然在梦中遇狐，极尽缱绻、怡游。小说融合狐仙和梦幻于一体，写狐梦又写梦中之梦，是别出心裁的创新。小说奇幻诡异、幽默风趣，喜剧气氛洋溢全篇，虽然是梦、是幻，却有浓郁的生活气息。毕怡庵与狐女聚饮是小说最成功的地方。几位狐女形象人各一面，却面面不同，栩栩如生；几件酒器优美别致、妙趣盎然。语言表达错落有致、典雅凝练，人物对话生动形象。读者似乎可以听到狐女们妙语如珠般的莺声燕语，能感受到她们的青春气息。作者以半真半假的笔墨，造就了真幻相生的艺术境界。

狐寐

记得摹杯纤手
学梦中宴笑尚
分明也思羊墨
传千古莫道仙
人不爱名

布客

长清某〔1〕，贩布为业，客于泰安〔2〕。闻有术人工星命之学〔3〕，诣问休咎〔4〕。术人推之曰："运数大恶，可速归。"某惧，囊资北下。途中遇一短衣人，似是隶胥，渐渍与语〔5〕，遂相知悦，屡市餐饮，呼与共啜。短衣人甚德之，某问所营干，答曰："将适长清，有所勾致〔6〕。"问为何人，短衣人出牒，示令自审，第一即己姓名。骇曰："何事见勾？"短衣人曰："我非生人，乃蒿里山东四司隶役〔7〕①。想子寿数尽矣。"某出涕求救。鬼曰："不能。然牒上名多，拘集尚需时日。子速归处置后事，我最后相招，此即所以报交好耳。"

无何，至河际，断绝桥梁，行人艰涉。鬼曰："子行死矣，一文亦将不去②。请即建桥，利行人，虽颇烦费，然于子未必无小益。"某然之。

某归，告妻子作周身具〔8〕。克日鸠工建桥〔9〕。久之，鬼竟不至，心窃疑之。一日，鬼忽来，曰："我已以建桥事上报城隍，转达冥司矣。谓此一节，可延寿命。今牒名已除，敬以报命。"某喜，感谢。后再至泰山，不忘鬼德，敬赍楮锭〔10〕，呼名酬奠〔11〕。既出，见短衣人匆遽而来，曰："子几祸我！适司君方莅事，幸不闻知。不然，奈何！"送之数武，曰："后勿复来。倘有事北往，自当迂道过访。"遂别而去。

① 蒿里山十殿阎罗掌人世生死祸福，下设七十五司，"东四司隶役"当为掌管生死轮回司的隶役。

② 唤醒一切迷惑于金钱的世人。

校勘

底本：手稿本。参校：康熙本、异史、二十四卷本、铸雪斋本。

注释

〔1〕长清：明清县名，属济南府，今为济南市长清区。〔2〕泰安：明清州名，

今为山东省泰山市。〔3〕工：精通。星命之学：算命的学问。古人认为，人的命运常同星宿的位置、运行有关。把出生年月日及时辰配上天干地支为"八字"，推算人的寿夭、穷通、祸福。〔4〕休咎：好坏，吉凶。〔5〕渐渍：逐渐。〔6〕勾致：捉拿，此处指勾魂。〔7〕蒿里：泰山西南的蒿里山，山上有十殿阎罗，主管人的生死轮回。汉乐府《蒿里》："蒿里谁家地？聚敛魂魄无贤愚。鬼伯一何相催促？人命不得稍踟蹰。"东四司：十殿阎罗下属七十五司之一。〔8〕周身具：安葬的用具。〔9〕克日鸠工建桥：限定日期聚集工人建桥。〔10〕赍楮锭：带着纸钱。楮锭，纸糊的银子。〔11〕呼名酹奠：喊着名字祭奠，对鬼使表示感谢。

点评

布客向术人问休咎，就是求术人算命以测吉凶。《聊斋》相信，人的生死祸福都是天定的，而行善积德如筑桥修路，可以感动冥王。而幽冥世界的社会组织是模仿现实社会的，冥王下有若干司，司里有隶役。布客知道自己将死，听从隶役朋友的建议，建桥以利行人，竟以此延长了寿命。劝施是本篇的明显寓意。文中的隶役着笔不多，但他的助人为善、深谙事理，却给人留下深刻印象。

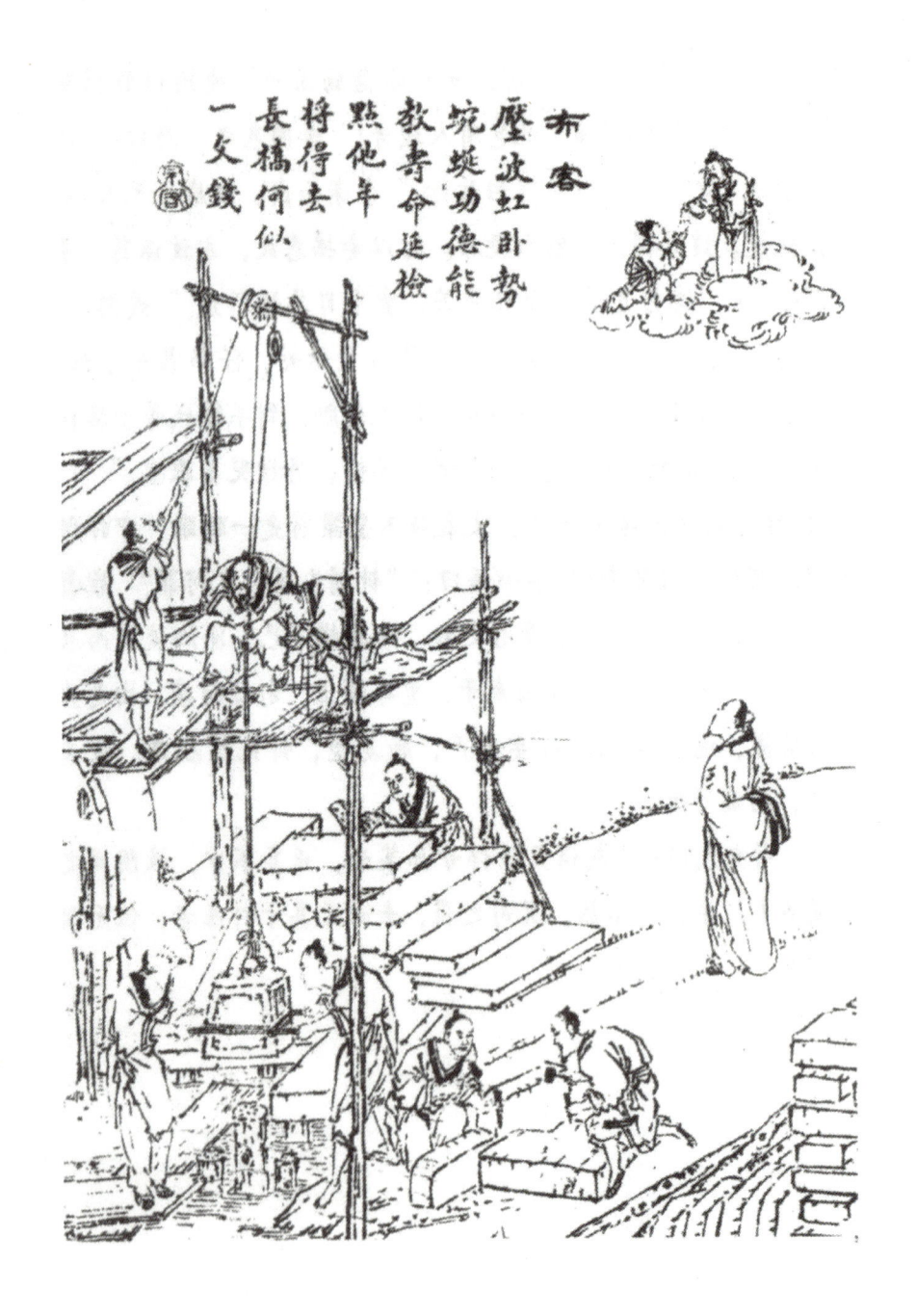

布客
壓波虹卧勢
坑埏功德能
救壽命延檢
點他年
將得去
長橋何似
一文錢

农人

有农人芸于山下〔1〕，妇以陶器为饷〔2〕，食已，置器垄畔，向暮视之，器中余粥尽空。如是者屡。心疑之，因睨注以觇之。有狐来，探首器中。农人荷锄潜往，力击之，狐惊，窜走。器囊头〔3〕，苦不得脱，狐颠蹶，触器碎落，出首，见农人，窜益急，越山而去。

后数年，山南有贵家女，苦狐缠祟，敕勒无灵。狐谓女曰："纸上符咒，能奈我何！"女绐之曰："汝道术良深，可幸永好。顾不知生平亦有所畏者否？"①狐曰："我罔所怖。但十年前在北山时，尝窃食田畔，被一人戴阔笠，持曲项兵，②几为所戮，至今犹悸。"女告父。父思投其所畏，但不知姓名、居里，无从问讯。会仆以故至山村，向人偶道。旁一人惊曰："此与吾曩年事适相符，将无向所逐狐〔4〕，今能为怪耶？"仆异之，归告主人。主人喜，即命仆持马招农人来，敬白所求。农人笑曰："曩所遇诚有之，顾未必即为此物。且既能怪变，岂复畏一农人？"③贵家固强之，使披戴如尔日状，入室以锄卓地，咤曰："我日觅汝不可得，汝乃逃匿在此耶！今相值，决杀不宥！"言已，即闻狐鸣于室。农人益作威怒④，狐即哀言乞命，农人叱曰："速去，释汝。"女见狐奉头鼠窜而去。自是遂安。

① 此女亦机智。

② 狐窃食为农人驱走，狐此后对戴阔笠者"至今犹悸"，异想天开地将锄头认作"曲项兵"。这是狐狸精的错觉。

③ 思考实事求是。

④ 聪明的农人利用了狐的错觉，用将锄竖立于地的动作引起狐对"曲项兵"的恐怖回忆。再以恫吓对症下药。"益作威怒"是天才的表演。

校勘

底本：手稿本。参校：康熙本、异史、二十四卷本、铸雪斋本、青柯亭本。

注释

〔1〕芸：锄地。〔2〕饷：给田间干活的人送饭。〔3〕器囊头：陶器套在头上。〔4〕将无：莫非。

点评

本篇是《聊斋》短篇代表作。用笔凝炼，农人的善良而多智有神采。真狐与狐妖交替出现产生滑稽可哂的效果。令人骇惧的狐妖偏偏怕寻常农人，这是农人心理战的胜利。短短五百字，农人的机智善变，狐狸精的作茧自缚，甚至被祟之女的花言巧语引狐上钩，都给人留下深刻印象。

農人

阿紫倉皇竟遁形，荷鋤帶笠儼神靈。
人間敕勒非無咒，合與秧歌一例聽。

章阿端

卫辉戚生〔1〕，少年蕴藉，有气敢任〔2〕。①时大姓有巨第，白昼见鬼，死亡相继，愿以贱售。生廉其直，购居之。而第阔人稀，东院楼亭，蒿艾成林，亦姑废置。家人夜惊，辄相哗以鬼。两月余，丧一婢。无何，生妻以暮至楼亭，既归得疾，数日寻毙。家人益惧，劝生他徙，生不听。而块然无偶〔3〕，憭慄自伤〔4〕②。婢仆辈又时以怪异相聒。生怒，盛气襆被，独卧荒亭中，留烛以觇其异。久之无他，亦竟睡去。

忽有人以手探被，反复扪揉〔5〕。生醒，视之，则一老大婢，挛耳蓬头〔6〕，臃肿无度③。生知其鬼，捉臂推之，笑曰："尊范不堪承教〔7〕！"④婢惭，敛手踧踖而去。少顷，一女郎自西北隅出，神情婉妙，闯然至灯下，怒骂："何处狂生，居然高卧！"生起笑曰："小生此间之地主，候卿讨房税耳。"遂起，裸而捉之。⑤女急遁，生先趋西北隅，阻其归路，女既穷，便坐床上。近临之，对烛如仙，渐拥诸怀。女笑曰："狂生不畏鬼耶？将祸尔死！"生强解裙襦，则亦不甚抗拒。已而自白曰："妾章氏，小字阿端。误适荡子，刚愎不仁，横加折辱〔8〕，愤恚夭逝，瘗此二十余年矣。此宅下皆坟冢也。"问："老婢何人？"曰："亦一故鬼，从妾服役。上有生人居，则鬼不安于夜室，适令驱君耳。"问："扪揉何为？"笑曰："此婢三十年未经人道〔9〕，其情可悯，然亦太不自谅矣。要之：馁怯者，鬼益侮弄之，刚肠者不敢犯也。"⑥听邻钟响断，着衣下床，曰："如不见猜，夜当复至。"

入夕，果至，绸缪益欢。生曰："室人不幸殂谢，感悼不释于怀。卿能为我致之否？"女闻之益戚，曰："妾死二十年，谁一置念忆者？君诚多情，妾当极力。

---

① 狂生的形象非常成功。篇首写其个性，整篇就围绕着疏狂做文章。敢住经常有鬼出没的荒园，敢捉鬼。

② 鳏夫孤独形象生动。

③ 丑妇形象如画。

④ 狂生口吻毕肖。

⑤ 一副放荡不羁姿态。

⑥ 语言精练古朴，巧言妙语，在本来应该完全口语化的人物语言中别出心裁运用书面语言。

然闻投生有地矣，不知尚在冥司否。"逾夕，告生曰："娘子将生贵人家。以前生失耳环，挞婢，婢自缢死，此案未结，以故迟留。今尚寄药王廊下〔10〕，有监守者，妾使婢往行贿，或将来也。"生问："卿何闲散？"曰："凡枉死鬼不自投见，阎摩天子不及知也〔11〕。"

二鼓向尽，老婢果引生妻而至。生执手大悲，妻含涕不能言。女别去，曰："两人可话契阔〔12〕，另夜请相见也。"生慰问婢死事。妻曰："无妨，行结矣。"上床偎抱，款若平生之欢。由此遂以为常。

后五日，妻忽泣曰："明日将赴山东，乖离苦长〔13〕，奈何！"生闻言，挥涕流离，哀不自胜。女劝曰："妾有一策，可得暂聚。"共收涕询之。女请以钱纸十提〔14〕，焚南堂杏树下，持贿押生者，俾缓时日，生从之。

至夕，妻至，曰："幸赖端娘，今得十日聚。"生喜，禁女勿去，留与连床，暮以暨晓，惟恐欢尽。过七八日，生以限期将满，夫妻终夜哭。问计于女，女曰："势难再谋。然试为之，非冥资百万不可。"生焚之如数。女来，喜曰："妾使人与押生者关说，初甚难，既见多金，心始摇。今已以他鬼代生矣。"自此，白日亦不复去，令生塞户牖，灯烛不绝。

如是年余，女忽病，瞀闷懊侬〔15〕，恍惚如见鬼状。妻抚之曰："此为鬼病。"生曰："端娘已鬼，又何鬼之能病？"妻曰："不然。人死为鬼，鬼死为聻〔16〕。鬼之畏聻，犹人之畏鬼也。生欲为聘巫医。曰："鬼何可以人疗？邻媪王氏，今行术于冥间，可往召之。然去此十余里，妾足弱不能行，烦君焚刍马〔17〕。"生从之。马方爇，即见女婢牵赤骝，授绥庭下〔18〕，转瞬已杳，少间，与一老妪叠骑而来，絷马廊柱。妪入，切女十指〔19〕。既而端坐，首僛俛作态〔20〕。仆地移时，蹶而起曰："我黑山大王也。娘子病大笃，幸遇小神，福泽不浅哉！此业鬼为殃，不妨，不妨！但是病

⑦鬼妪做法，写得诙谐滑稽，含讽刺之意。

⑧将原本子虚乌有的事写得如在目前。富于形象性的描写，变"不近人情"为"似近情理"，因为"写鬼亦有伦次"，构成了故事的魅力。

有瘥，须厚我供养，金百锭、钱百贯，盛筵一设，不得少缺。"⑦妻一一嗷应。妪又仆而苏，向病者呵叱，乃已。既而欲去。妻送诸庭外，赠之以马，欣然而去。

入视女郎，似稍清醒。夫妻大悦，抚问之。女忽言曰："妾恐不得再履人世矣。合目辄见冤鬼，命也！"因泣下。越宿，病益沉殆，曲体战栗，妄有所睹。拉生同卧，以首入怀，似畏扑捉。生一起，则惊叫不宁。如此六七日，夫妻无所为计。会生他出，半日而归，闻妻哭声，惊问，则端娘已毙床上，委蜕犹存〔21〕。启之，白骨俨然。⑧生大恸，以生人礼葬于祖墓之侧。

一夜，妻梦中呜咽，摇而问之，答云："适梦端娘来，言其夫为瘅鬼，怒其改节泉下，衔恨索命去，乞我作道场。"生早起，即将如教。妻止之曰："度鬼非君所可与力也。"乃起去。逾刻而来，曰："余已命人邀僧侣。当先焚钱纸作用度。"生从之。日方落，僧众毕集，金铙法鼓，一如人世。妻每谓其聒耳，生殊不闻。道场既毕，妻又梦端娘来谢，言："冤已解矣，将生作城隍之女。烦为转致。"

居三年，家人初闻而惧，久之渐习。生不在，则隔窗启禀。一夜，向生啼曰："前押生者，今情弊漏泄，安责甚急，恐不能久聚矣。"数日果疾，曰："情之所钟，本愿长死，不乐生也。今将永诀，得非数乎！"生皇遽求策，曰："是不可为也。"问："受责乎？"曰："薄有所责。然偷生罪大，偷死罪小。"言讫，不动。细审之，面庞形质，渐就渐灭矣。生每独宿亭中，冀有他遇，终亦寂然，人心遂安。

校勘

底本：手稿本。参校：二十四卷本、铸雪斋本、青柯亭本。

注释

〔1〕卫辉：明清府名，今河南汲县。〔2〕有气敢任：敢作敢当。〔3〕块然：孤独貌。〔4〕憀（liáo）慄：忧伤冷清。〔5〕扪搎（sūn）：此淄川土话，意为摸索。〔6〕挛耳蓬头：耳朵蜷曲，蓬首垢面。〔7〕尊范：尊容。〔8〕折辱：折磨，污辱。〔9〕未经人道：没有经历过男女情事。〔10〕药王：菩萨名。传说是施良药给众生治病者。〔11〕阎摩天子：阎王。〔12〕话契阔：互抒别离情怀。〔13〕乖离：分别。〔14〕十提：十串钱。〔15〕瞀闷懊侬：烦燥不安，神志不清。〔16〕聻（jiàn）：据《五音集韵》："人死为鬼，人见惧之；鬼死为聻，鬼见怕之。若篆书此字贴门上，一切鬼祟，远离千里。"在迷信传说中，鬼死为聻，就永远不能再轮回为人。〔17〕刍马：纸糊的马。〔18〕授绥：拉着缰绳。〔19〕切女十指：诊脉。〔20〕翛倯（shǔ sù）：头摆动。〔21〕委蜕：衣服脱落在地上，像蚕蜕皮。

点评

此文早就为《聊斋》点评家瞩目，"鬼中之鬼，演成一派鬼话"，"死后又死，死到何时？""鬼聻复有死生，荒唐极矣！"小说中出现了鬼畏聻的情节，与一般《聊斋》故事所写的冥世又有不同，古怪，奇特，神秘，宛如西方的哥特式小说。情之所钟，生者可以死，死者可以生，戚妻则为了爱情乐意长死，不乐意托生，这是《聊斋》写尽至情的新蹊径。章阿端实际是封建社会受压迫少女的变形，有一定思想意义，但作家宣扬的内妻外室，因果报应，并无可取。此文特别擅长将典雅的叙述语言和活泼生动的人物语言相结合，体现了蒲松龄语言上奄有众长、不名一格的特点。

章阿端
一林枝鬼為新鬼鞭使断肠
也自傷摸百道湯雛懺悔
夢中雪說見端倪

馎饦媪〔1〕

韩生居别墅半载，腊尽始返〔2〕。一夜妻方卧，闻人行声，视之。炉中煤火，炽耀甚明。见一媪，可八九十，鸡皮橐背〔3〕，衰发可数。向女曰："食馎饦否？"女惧，不敢应。媪遂以铁箸拨火，加釜其上，又注以水，俄闻汤沸。媪撩襟启腰橐，出馎饦数十枚投汤中，历历有声。自言曰："待寻箸来。"遂出门去。女乘媪去，急起捉釜倾箦后〔4〕，蒙被而卧。少刻，媪至，逼问釜汤所在。女大惧而号，家人尽醒，媪始去。启箦照视，则土鳖虫数十〔5〕，堆累其中。

校勘

底本：手稿本。参校：康熙本、异史、铸雪斋本。

注释

〔1〕馎饦（bó tuō）：汤饼。〔2〕腊尽：年底。〔3〕鸡皮橐背：皮肤皱折层层，驼背。〔4〕箦（zé）：床席。〔5〕土鳖虫：形似鳖的小昆虫。

点评

此文似写韩妻梦魇之事，但又有土鳖虫若干与梦中的馎饦相呼应。所谓馎饦，据欧阳修记载是汤饼。据《齐民要术》介绍，馎饦，大如指许，约二寸一断，急火煮熟之，是一种北方食品。此文用"鸡皮橐背，衰发可许"写高龄老妇，寥寥数语，出神入化。

病有瘳渐净戏供养金百缢钱感遽一设不得少跌妻二嗽应姬又作而苏自病若何吃乃已晚而欲去妻送诸庭外赠之以马欣然而去令视女即似稍清醒夫妻大悦抚阿之女忽言曰妻娶不得再娶人世笑合目辄见宠命也因拉不熟迎将益沈殆曲体战栗妥有所睹拉生同卧以首入怀似畏撲提生一

䯄䯇媪

韩生告别壁干戴濯画始返一夜妻卧闻人行声视之㸑中煤火熻燿甚

明见一媪可八九十难及亶背苒衰髪乂数向女曰食䯄䯇苦女惧不敢应媪逐以铁箸燃火加釜其上又注以水佛哦啊汤沸媪撩襟下腰袅出䯄䯇数十枚投汤中历七有声且言曰待寻少勤来女急起提釜倾覆后蒙被而卧少刻媪空逼问釜汤所在女大惧而号家人尽醒媪始去除覆

㸑视则土凳虫数十堆累其中

金永年

利津金永年，八十二岁无子；媪亦七十八岁，自分绝望。忽梦神告曰："本应绝嗣，念汝贸贩平准〔1〕，赐予一子。"醒以告媪。媪曰："此真妄想。两人皆将就木，何由生子？"无何，媪腹震动，十月，竟举一男。

校勘

底本：手稿本。参校：康熙本、异史、铸雪斋本、青柯亭本。

注释

〔1〕贸贩平准：贸易公平，不缺斤短两。

点评

蒲松龄喜欢以有嗣无嗣作为奖惩小说人物的手段，以证神道之不诬。因为贸易公平，居然耄耋之年得子，是所谓"天报善人，不可以常理论也"（何垠评语）。只是不知道八十多岁的金老夫妇怎么样把儿子抚养成人。

鉴永丰

幻梦戏蝶妄想柔谁
知老蚌究含脍蕭
條菩愚憑誰慰立
揚邈縱心地培
（壺翁）

卷四

花姑子

①蛇目也。

②章叟在安生迷路时出现，驼背拄杖，似乎年迈无力，却又能斜径疾走，表面看不合情理，实际暗点异类身份。只有香獐才能如此敏捷。神灵能预知安生将遇蛇精（灯火即蛇目）。

③章叟貌与行矛盾，前言不搭后语。他突然出现在安生面前时问"谁何？"带安生回家老妪却问"郎子来耶？"说明章氏全家为安生将受蛇魅焦急。章叟尽心救人却不欲人知。舍宇湫隘暗点穴居特点。

④两个酒沸的情节写活花姑子。第一次因贪玩而酒沸，是"寄慧于憨"。"点缀琐事，写小女子性情都是传神之笔。"（冯镇峦评）这细节得到两个目睹者的不同评价，一个是舐犊慈父恨铁不成钢的说法；一个是情人眼里出西施的说法。两个貌似对立的说法对花姑子的天真举止进行互相补充的诠释。

⑤年纪太小，还不知道在陌生男子面前害羞或假装害羞。

安幼舆，陕之拔贡生〔1〕，为人挥霍好义〔2〕，喜放生，见猎者获禽，辄不惜重值，买释之。会舅家丧葬，往助执绋〔3〕。暮归，路经华岳〔4〕，迷窜山谷，中心大恐〔5〕。一矢之外〔6〕，忽见灯火①，趋投之。数武中，欻见一叟，伛偻曳杖②，斜径疾行。安停足，方欲致问，叟先诘："谁何？"安以迷途告，且言灯火处必是山村，将以投止〔7〕。叟曰："此非安乐乡。幸老夫来，可从去，茅庐可以下榻〔8〕。"安大悦，从行里许，睹小村。叟扣荆扉，一妪出，启关曰："郎子来耶〔9〕？"③叟曰："诺。"既入，则舍宇湫隘〔10〕。叟挑灯促坐，便命随事具食〔11〕，又谓妪曰："此非他，是吾恩主。婆子不能行步，可唤花姑子来酾酒〔12〕。"

俄女郎以馔具入，立叟侧，秋波斜盼。安视之，芳容韶齿〔13〕，殆类天仙。叟顾令煨酒〔14〕。房西隅有煤炉，女即入房拨火。安问："此公何人？"答云："老夫章姓，七十年止有此女。田家少婢仆，以君非他人，遂敢出妻见子〔15〕，幸勿哂也。"安问："婿家何里？"答言："尚未。"安赞其惠丽，称不容口。叟方谦挹〔16〕，忽闻女郎惊号。叟奔入，则酒沸火腾。叟乃救止。诃曰："老大婢，濡猛不知耶〔17〕！"回首，见炉旁有蓊心插紫姑未竟〔18〕，又诃曰："发蓬蓬许〔19〕，裁如婴儿！"持向安曰："贪此生涯，致酒腾沸④。蒙君子奖誉，岂不羞死！"安审谛之，眉目袍服，制甚精工。赞曰："虽近儿戏，亦见慧心。"

斟酌移时，女频来行酒，嫣然含笑，殊不羞涩⑤。安注目情动。忽闻妪呼，叟便去。安觑无人，谓女曰："睹仙容，使我魂失。欲通媒妁，恐其不遂，如何？"女把壶向火，默若不闻；屡问，不对。生渐入室，女起，厉

701

⑥第二次酒沸是假沸，是"寄情于恕"。花姑子对突如其来的求爱不知所措，她自珍自重且自知是异类。安生强行接吻，她本能地颤呼，本来是要父亲救自己。父亲到时，她却对安生曲意呵护，这是爱情的觉醒。

⑦"脑麝奇香"几句是脑袋中感受到麝香味道，穿过鼻子到达全身，汗出病愈。自然界有麝香者是雄麝，以麝香治病应对应到章叟身上。蒲松龄异想天开，令花姑子用麝香治病。

⑧治相思病最好药方是心上人。花姑子治病既是医者施术，又是麝香发生作用。无处不香的身体，甘美异常的香饼暗点其异类身份。

⑨安生为花姑子到来悄悄打开门的小心眼儿写得妙。

⑩花姑子自比巫医。巧言情语！娇态如画。

⑪花姑子娇憨情态如画。她的解颐妙语，"东头聋媪，我姨行"的假话，都深化了人物。

色曰："狂郎入闼，将何为！"生长跽哀之。女夺门欲出，安暴起要遮，狎接胲脢〔20〕。女颤声疾呼。叟匆遽入问。安释手而出，殊切愧惧。女从容向父曰："酒复涌沸，非郎君来，壶子融化矣。"⑥安闻女言，心始安妥，益德之。魂魄颠倒，丧所怀来〔21〕，于是伪醉离席。女亦遂去。叟设裀褥，阖扉乃出。安不寐，未曙，呼别。至家，即浼交好者造庐求聘。终日而返，竟莫得其居里。安遂命仆马，寻途自往。至则绝壁巉岩，竟无村落。访诸近里，则此姓绝少。失望而归，并忘食寝。由此得昏瞀之疾〔22〕，强啖汤粥，则哕咯欲吐〔23〕，溃乱中〔24〕，辄呼花姑子。家人不解，但终夜环伺之，气势阽危〔25〕。

一夜，守者困怠并寐，生矇瞳中〔26〕觉有人揣而抈之〔27〕。略开眸，则花姑子立床下，不觉神气清醒。熟视女郎，潸潸涕堕。女倾头笑曰："痴儿何至此耶？"乃登榻，坐安股上，以两手为按太阳穴。安觉脑麝奇香，穿鼻沁骨⑦。按数刻，忽觉汗满天庭〔28〕，渐达肢体。小语曰："室中多人，我不便住。三日当复相望。"又于绣袪中出数蒸饼置床头〔29〕，悄然遂去。安至中夜，汗已，思食，扪饼啖之。不知所苞何料，甘美非常⑧。遂尽三枚。又以衣覆余饼，憣悇酣睡〔30〕，辰分始醒，如释重负。三日，饼尽，精神倍爽。乃遣散家人，又虑女来不得其门而入，潜出斋庭，悉脱扃键⑨。

未几，女果至，笑曰："痴郎子，不谢巫耶？"⑩安喜极，抱与绸缪，恩爱甚至。已而曰："妾冒险蒙垢，所以故，来报重恩耳。实不能永谐琴瑟，幸早别图。"安默默良久，乃问曰："素昧生平，何处与卿家有旧？实所不忆。"女不言，但云："君自思之。"生固求永好。女曰："屡屡夜奔，固不可常；常谐伉俪，亦不能。"安闻言，邑邑而悲。女曰："必欲相谐，明宵请临妾家。"安乃收悲以忻，问曰："道路辽远，卿纤纤之步，何遂能来？"曰："妾固未归。东头聋媪，我姨行〔31〕⑪，

702

为君故，淹留至今。家中恐所疑怪。"安与同衾，但觉气息肌肤，无处不香。问曰："熏何芳泽〔32〕，致侵肌骨？"女曰："妾生来便尔，非由熏饰。"安益奇之。女早起言别。安虑迷途，女约相候于路。

安抵暮驰去，女果伺待，偕至旧所，叟媪欢逆〔33〕。酒肴无佳品，杂具藜藿。既而请客安寝。女子殊不瞻顾，颇涉疑念。更既深，女始至，曰："父母絮絮不寝，致劳久待。"浃洽终夜〔34〕，谓安曰："此宵之会，乃百年之别。"安惊问之，答曰："父以小村孤寂，故将远徙。与君好合，尽此夜耳。"安不忍释，俯仰悲怆。依恋之间，夜色渐曙。叟忽闯然入〔35〕，骂曰："婢子玷我清门，使人愧怍欲死！"⑫女失色，草草奔去。叟亦出，且行且詈。安惊屚愕怯〔36〕，无以自容，潜奔而归。

数日徘徊，心景殆不可过〔37〕。因思夜往，逾墙以观其便。叟固言有恩，即令事泄，当无大谴。遂乘夜窜往。蹀躞山中，迷闷不知所往，大惧，方觅归途，见谷中隐有舍宇，喜诣之，则闬闳高壮，似是世家，重门尚未扃也。安向门者询章氏之居。有青衣人出，问："昏夜何人询章氏？"安曰："是吾亲好，偶迷居向。"青衣曰："男子无问章也。此是渠妗家，花姑即今在此。容传白之。"入未几，即出邀安。才登廊舍，花姑趋出迎，谓青衣曰："安郎奔波中夜，想已困殆，可伺床寝。"少间，携手入帏。安问："妗家何别无人？"女曰："妗他出，留妾代守。幸与郎遇，岂非夙缘？"然偎傍之际，觉甚羶腥⑬，心疑有异。女抱安颈，遽以舌舐鼻孔，彻脑如刺。安骇绝，急欲逃脱，而身若巨绠之缚〔38〕⑭。少时，闷然不觉矣。

安不归，家中逐者穷人迹。或言暮遇于山径者。家人入山，则见裸死危崖下。惊怪，莫察其由。舁归。众方聚哭，一女郎来吊，自门外嗷啕而入〔39〕，抚尸掭鼻，涕洟其中〔40〕，呼曰："天乎！天乎！何愚冥至此！"

⑫ 恩情是恩情，礼教是礼教。章叟受安生放生之德，"蒙恩衔结，至于没齿"，但他正派而古板。安生与花姑子私会，被他看作玷我门户。

⑬ 蛇精出现有两层意义。一方面是寓言意义，高门大户的蛇家毒辣凶残，房小屋窄的章家善良美好；另一方面，蛇精在布局上起穿针引线作用，令情节跌宕起伏。蛇精害人，花姑子惩治蛇，害她百年不得飞升，愈见其对安生的深情。

⑭ 巨绠之缚实乃巨蟒缠身。

703

⑮ 二次治病，巧夺天工地将花姑子为情献身的深情和精深法术相结合，层层推进，将本来外貌"殆类天仙"的花姑子推向优美的"仙乎仙乎"境界。

⑯ 香獐形似鹿而小，无角，擅跳，雄性有麝香。

⑰ 章叟耿直自重，以德报恩，为救安生甚至不惜牺牲生命求"坏道代死"，可见其憨厚、纯朴、重情义。为什么不是哀之五日或八日，恰好七日？蒲松龄是将香獐与春秋时楚国大夫申包胥七日"秦庭之哭"类比。

⑱ 有情异类胜无情人。"异史氏曰"是对憨、慧、忍、情的辩证分析。妙。一次酒沸是真沸真情；二次酒沸是假沸真情。两次酒沸写花姑子形象追魂摄魄、入木三分。一真一假，展示花姑子慧而多情的性格，这性格和"芳容韶齿"相合。

痛哭声嘶，移时乃已。告家人曰："停以七日，勿殓也。"众不知何人，方将启问，女傲不为礼，含涕径出。留之，不顾，尾其后，转眸已渺〔41〕。群疑为神，谨遵所教。夜又来，哭如昨。至七夜，安忽苏，反侧以呻，家人尽骇。女子入，相向呜咽。安举手，挥众令去。女出青草一束，煊汤升许〔42〕，即床头进之，顷刻能言⑮。叹曰："再杀之惟卿，再生之亦惟卿矣！"因述所遇。女曰："此蛇精冒妾也。前迷道时所见灯光，即是物也。"安曰："卿何能起死人而肉白骨也〔43〕？勿乃仙乎？"曰："久欲言之，恐致惊怪。君五年前，曾于华山道上买猎獐而放之否？⑯"曰："然，其有之。"曰："是即妾父也。前言大德，盖以此故。君前日已生西村王主政家〔44〕，妾与父讼诸阎摩王，阎摩王弗善也〔45〕。父愿坏道代郎死〔46〕，哀之七日，始得当⑰。今之邂逅，幸耳。然君虽生，必且痿痹不仁〔47〕；得蛇血合酒饮之，病乃可除。"生衔恨切齿，而虑其无术可以擒之。女曰："不难。但多残生命，累我百年不得飞升〔48〕。其穴在老崖中，可于晡时聚茅焚之〔49〕，外以强弩戒备，妖物可得。"言已，别曰："妾不能终事，实所哀惨。然为君故，业行已损其七〔50〕，幸悯宥也。月来觉腹中微动，恐是孽根〔51〕。男与女，岁后当相寄耳。"流涕而去。

安经宿，觉腰下尽死，爬抓无所痛痒。乃以女言告家人。家人往，如其言，炽火穴中。有巨白蛇冲焰而出。数弩齐发，射杀之。火熄，入洞，蛇大小数百头，皆焦臭。家人归，以蛇血进。安服三日，两股渐能转侧。半年始起。

后独行谷中，遇老媪以绷席抱婴儿授之〔52〕，曰："吾女致意郎君。"方欲问讯，瞥不复见。启襁视之，男也。抱归，竟不复娶。

异史氏曰："'人之所以异于禽兽者几希〔53〕。'此非定论也。蒙恩衔结〔54〕，至于没齿，则人有惭于禽兽者矣。至于花姑，始而寄慧于憨，终而寄情于忍〔55〕，乃知憨者慧之极，忍者情之至也。仙乎，仙乎！"⑱

校勘

底本：手稿本。参校：康熙本、异史、铸雪斋本、青柯亭本。

注释

〔1〕拔贡生：清代由县、州、府推荐到国子监的廪生。〔2〕挥霍：洒脱。〔3〕执绋：送葬。绋，灵车前边导引的绳子。〔4〕华岳：西岳华山。〔5〕中心：心中。〔6〕一矢：一箭。〔7〕投止：投宿。〔8〕下榻：请客人留宿。〔9〕郎子：对他人年少子弟的敬称。〔10〕湫（jiǎo）隘：低矮潮湿狭小。〔11〕随事具食：就家中现成食物招待客人。〔12〕酾（shī）酒：斟酒。〔13〕芳容韶齿：貌美年轻。韶齿，韶颜稚齿。〔14〕煴酒：文火温酒。〔15〕出妻见（xiàn）子：令妻子儿女出来见客，是古代表示亲近的待客之道。〔16〕谦挹（yì）：谦逊客气。〔17〕濡（rú）猛：沸出。〔18〕蜀（shǔ）心：高粱秆心。紫姑：厕神。传说紫姑为妾，被嫡妻杀害。上帝可怜她，封为厕神。民俗以插紫姑的方式，在厕所或猪圈迎接她。〔19〕发蓬蓬：头发浓密。〔20〕狎接腝腒（jué hán）：强行接吻。腝，上嘴唇；腒，下嘴唇。〔21〕丧所怀来：丧失了与花姑子成好事的念头。〔22〕昏瞀（mào）：神志不清。〔23〕喠喀（zhǒng yōng）：想呕吐。〔24〕溃乱：昏乱。〔25〕阽（diàn）危：临近危险。〔26〕瞢瞳（méng tóng）：神志不清。〔27〕揣而掑（yǎn）之：捶打摇动他。〔28〕天庭：两眉之间。〔29〕绣祛（qū）：绣花衣袖。〔30〕懵腾（téng）：迷迷糊糊。〔31〕姨行：姨妈。〔32〕苀（xiāng）泽：香气。"苀"通"香"。〔33〕欢逆：喜悦迎接。〔34〕浃洽：和美融洽。〔35〕闯然：突然到来。〔36〕惊屦（chán）愕怯：惊吓、震惊、胆怯。〔37〕心景：心境。〔38〕缏：绳索。〔39〕嗷啕：号哭。〔40〕涕洟（tì）：眼泪和鼻涕。〔41〕转眸：转眼。〔42〕燖（xún）汤：煮汤。〔43〕起死人而肉白骨：起死回生。使死人站起来，让白骨重新长出肉。〔44〕主政：明清六部中主事的别称。〔45〕弗善：不以为是。〔46〕道：多年修行的道行。〔47〕痿痹（bì）不仁：肢体麻木，失去知觉。〔48〕飞升：羽化升仙。〔49〕晡时：即申时，相当于十五点至十七点。〔50〕业行：道行。〔51〕蓇根：对爱情结晶胎儿的昵称。〔52〕绷席：襁褓。〔53〕人之所以异于禽兽者几希：语出《孟子·离娄下》，意思是人和禽兽的差别只有那么一点点儿。〔54〕衔结：即结草衔环，结草的故事出自《左传·宣公十五年》，魏武子有爱妾，他病危时嘱咐儿子，自己死后要爱妾殉葬。魏武子的儿子没有按照父亲的话做。后来他在作战时，有位老人以草结绳，帮他俘虏敌人。梦中知道是妾的父亲来帮他。衔环

的故事出《续齐谐记》，杨宝救活一只黄雀，夜里梦到一位黄衣儿童送他四枚玉环，说要让他的子孙做高官。杨的子孙后来都做了大官。〔55〕寄情于恝（jiá）：花姑子似乎漠不在意的表情中，蕴藏着对安生的深情。恝，漠不在意。

点评

　　这是《聊斋志异》艺术成就最高的佳作之一。立意优美深邃，人物活灵活现，故事迷离朦胧，布局周详严密，"异史氏曰"画龙点睛。鲁迅先生说"异类有情，尚堪晤对"，章氏父女是香獐精，又是义重如山的仁人，是生动丰满的典型形象。蒲松龄在创造这两个人物时，从"异类"的特有美感入手，细致刻画。小说擅长用悬念，叙事绵密、钩清段落、明如指掌，"报恩"之语和异物暗示穿插变化于故事之中，如云龙，似雾豹，令人目不暇接。

笋姑子
遇道原无伉俪
缘荘拓情未白
缱绻无师不谐
残生命退我飞
异一百年

武孝廉

武孝廉石某[1]，囊资赴都，将求铨叙[2]；至德州[3]，暴病，唾血不起，长卧舟中。仆篡金亡去[4]，石大恚[5]，病益加，资粮断绝。榜人谋委弃之[6]。会有女子乘船，夜来临泊，闻之，自愿以舟载石，榜人悦，扶石登女舟。石视之，妇四十余，被服粲丽，神采犹都[7]。呻以感谢。妇临审曰："君夙有瘵根[8]，今魂魄已游墟墓。"石闻之，嗷然哀哭，妇曰："我有丸药，能起死。苟病瘳，勿相忘。"石洒泣矢盟，妇乃以药饵石。半日，觉少痊。妇即榻供甘旨[9]，殷勤过于夫妇，石益德之。月余，病良已[10]。石膝行而前，敬之如母。妇曰："妾茕独无依，如不以色衰见憎，愿侍巾栉[11]。"时石三十余，丧偶经年，闻之，喜惬过望[12]，遂相燕好。①妇乃出藏金，使入都营干，相约返与同归。石赴都夤缘，选得本省司阃[13]，余金市鞍马，冠盖赫奕[14]。因念妇腊已高[15]，终非良偶，因以百金聘王氏女为继室。心中悚怯，恐妇闻知，遂避德州道，迂途履任。②年余，不通音耗。有石中表，偶至德州，与妇为邻。妇知之，诣问石况，某以实对。妇大骂，因告以情。某亦代为不平。慰解曰："或署中务冗[16]，尚未暇遑，乞修尺一书[17]，为嫂寄之。"妇如其言。某敬以达石，石殊不置意。

又年余，妇自往归石，止于旅舍，托官署司宾者通姓氏[18]，石令绝之。一日，方燕饮，闻喧詈声，释杯凝听，则妇已搴帘入矣。石大骇，面色如土。妇指骂曰："薄情郎！安乐耶？试思富若贵何所自来[19]？我与汝情分不薄，即欲置婢妾，相谋何害？"石累足屏气[20]，不能复作声。久之，长跪自投，诡辞乞宥。③妇气稍平。石与王氏谋，使以妹礼见妇，王氏雅不欲，

①石某在山穷水尽情况下遇狐妇：其一，如狐妇不帮，石某将被船夫弃于途中；其二，石某重病将死，狐妇以金丹救之；其三，石某本来进京求官的钱被仆人抢走，狐妇提供了求官资本；其四，狐妇年纪比石某大，但她向石某求婚时，并未强求，而是让他自己选择，石某对接受徐娘半老、风韵犹存的狐妇是心甘情愿、毫不勉强的。

②石某实用主义嘴脸暴露，作者一步步刻画势利小人的嘴脸：其一，向妇封锁消息；其二，对妇的问询不加理睬；其三，妇登门时不见还要追查门人责任。负心行为一步比一步可恶，一步比一步不齿人行。

③狐妇问得有理、有力、有节。石某被责惶惧惊愕之态如画。"长跪自投""诡辞"将石某的两面三刀、口蜜腹剑写活。

石固哀之，乃往。王拜，妇亦答拜，曰："妹勿惧，我非悍妒者。曩事，实人情所不堪，即妹亦当不愿有是郎。"遂为王缅述本末。王亦愤恨，因与交詈石。石不能自为地，惟求自赎，遂相安帖。

初，妇之未入也，石戒阍人勿通，至此，怒阍人，阴诘让之。阍人固言管钥未发，无入者，不服。石疑之而不敢问妇。两虽笑言，而终非所好也。幸妇娴婉，不争夕〔21〕，三餐后掩闼早眠，并不问良人夜宿何所。王初犹自危，见其如此，益敬之。厌旦往朝，如事姑嫜〔22〕。

妇御下宽和有体，而明察若神。一日，石失印绶〔23〕，合署沸腾，屑屑还往〔24〕，无所为计。妇笑言："勿忧，竭井可得。"石从之，果得之。叩其故，辄笑不言。④隐约间，似知盗者姓名，然终不肯泄。居之终岁，察其行多异，石疑其非人，常于寝后使人瞯听之〔25〕，⑤但闻床上终夜做振衣声，亦不知其何为。妇与王极相怜爱。一夕，石以赴臬司未归〔26〕，妇与王饮，不觉过醉，就卧席间，化而为狐。王怜之，覆以锦褥。未几，石入，王告以异。石欲杀之，王曰："即狐，何负于君？"⑥石不听，急觅佩刀，而妇已醒，骂曰："虺蝮之行〔27〕，而豺狼之心，必不可以久居。曩所唼药，乞赐还也！"即唾石面，石觉森寒如浇冰水，喉中习习做痒，呕出，则丸药如故。妇拾之，忿然径出，追之已杳。石中夜旧症复作，血嗽不止，半岁而卒。

异史氏曰："石孝廉，翩翩若书生。或言其折节能下士〔28〕，语人如恐伤。壮年殂谢，士林悼之。至闻其负狐妇一事，则与李十郎何以少异〔29〕？"⑦

---

④狐妇归石后善良忍让，宽和有体。她的作为可称贤妇，无可指责。

⑤写石某阴暗、鬼祟心理，以精辟的语言写出人物性格的内在真实。

⑥此语由王氏说出来，更有说服力。但明伦评："一语如老吏断狱。"此语为本文文眼。蒲松龄正是赋予女主角狐女身份，才能使得故事和人物更具神采。

⑦古代小说塑造成功的负心汉形象，有《金玉奴棒打薄情郎》里的莫稽，《霍小玉传》里的李益，《武孝廉》中的石某与前二者鼎足而三。按蒲松龄记载，武孝廉确有其人且壮年而亡，可能与他负心有关。至于所负为狐狸精，大约就是添油加醋了。

校勘

底本：手稿本。参校：康熙本、异史、二十四卷本、铸雪斋本、青柯亭本。

注释

〔1〕武孝廉：武举人。〔2〕铨叙：举人除参加录取进士的会试外，还可以通过拣选、大挑、截取等途径做官。石某参加的是拣选后授官。这一活动需要金钱做后盾。〔3〕德州：明清州名，位于山东西北部，今山东省德州市。〔4〕篡金：抢夺钱财。〔5〕大恚：极其愤怒。〔6〕榜人：船夫。〔7〕神采犹都：徐娘半老，风韵犹存。都，美好。〔8〕夙有瘵（zhài）根：一向有肺痨病根。〔9〕甘旨：好吃的东西。〔10〕良已：完全好了。〔11〕侍巾栉：做妻子。〔12〕喜惬过望：喜出望外。〔13〕司阍：省城的门卫武官。〔14〕冠盖赫奕：冠服车辆丰盛光辉。〔15〕妇腊已高：妇人的年龄大了。〔16〕务冗：事情多。〔17〕修尺一书：写一封信。〔18〕司宾者：负责接待宾客的小吏。〔19〕富若贵：富和贵。〔20〕累足屏气：非常害怕，叠足站立，不敢喘气。〔21〕不争夕：不与王氏争夺与夫君同寝。〔22〕厌旦往朝，如事姑嫜：黎明就去拜见，像对待公婆。古时称婆母为"姑"，公爹为"嫜"。〔23〕印绶：官印。绶，系印纽的丝带。〔24〕屑屑还往：非常不安地到处寻找。〔25〕睍（jiàn）听：偷窥，侦听。〔26〕臬司：臬司衙门，即按察使。〔27〕虺蝮（huǐ fù）之行：毒蛇的行为。〔28〕折节能下士：能屈己下人，礼贤下士。〔29〕李十郎：唐传奇《霍小玉传》的男主角李益，排行十，称十郎。曾与霍小玉相爱，后来却娶世家卢氏，霍小玉因此而死，化厉鬼复仇。

点评

一阔脸就变，是负心汉的通病。狐妇对石某不仅有夫妇之义，且有再造之恩，石某用狐妇的钱求官后，马上变心，势利小人的蝇营狗苟、狡诈恶毒，暴露无遗。狐妇仅要求一立足之地，一可怜的名分和三餐闲饭，连这小小要求石某都不能容忍，其豺狼之心，毒蛇之念，何其毒也。小说写负心汉的心术恶，言简意赅，触处皆是。他为求狐妇信任，洒泣矢盟，煞有介事；刚刚求得官职，冠盖赫奕，不可一世；偷娶王氏，做贼心虚；狐妇归来，貌合神离，居心叵测；狐妇露出原形，立即捉刀，心狠手辣。这样的负心汉最后唾血而死，是应得下场。小说写人物之间的关系亦真切细致合理。

霍小廉

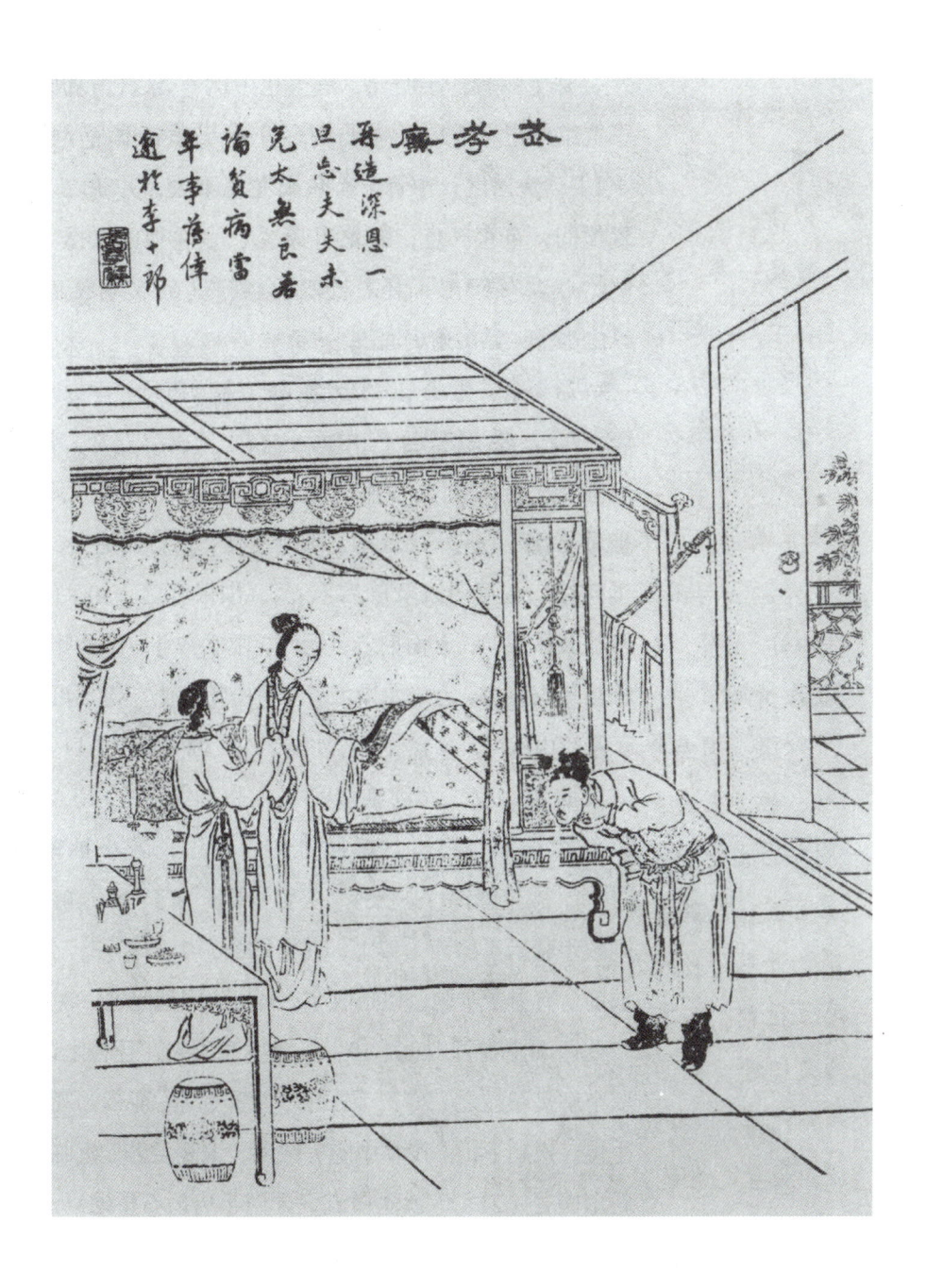

再造深恩一
旦忘夫夫未
兒太無良者
論貧病當
年李蓇偉
逢於李十郎

西湖主

① 开头写陈生救猪婆龙的小事，为后文埋下伏笔。"似求援拯"是与人交流感情；"有鱼衔尾"貌似偶然现象，实则为情节突然转折之关键；"戏敷患处"玩笑般的举止，后文却举足轻重。似无关紧要之事淡然出之，实则小说家用心良苦。

② 清灵洁澄、水彩淡岚的湖畔美景是明媚春光般公主的背景。

③ 写景得其形更得其韵。写山景清润娟秀，写园林像电影"摇"镜头，一一特写，总体构成一幅风致幽绝的江南园林图画。纯洁、宁静而丰富的大自然，"好句若仙"（但明伦语）。

　　陈生弼教，字明允，燕人也〔1〕。家贫，从副将军贾绾作记室〔2〕。泊舟洞庭〔3〕，适猪婆龙浮水面〔4〕，贾射之，中背。有鱼衔龙尾不去，并获之。锁置桅间，奄存气息；而龙吻张翕〔5〕，似求援拯。生恻然心动，请于贾而释之。携有金创药〔6〕，戏敷患处，纵之水中，浮沉逾刻而没①。

　　后年余，生北归，复经洞庭，大风覆舟。幸扳一竹簏〔7〕，漂泊终夜，维木而止〔8〕。援岸方升，有浮尸继至，则其僮仆。力引出之，已就毙矣。惨怛无聊，坐对憩息。但见小山耸翠，细柳摇青②，行人绝少，无可问途。自迟明以及辰后〔9〕，怅怅靡之〔10〕。忽僮仆肢体微动，喜而扪之，无何，呕水数斗，醒然顿苏。相与曝衣石上，近午始燥可着。而枵肠辘辘，饥不可堪。于是越山疾行，冀有村落。才至半山，闻鸣镝声〔11〕。方疑听所，有二女郎乘骏马来，骋如撒菽〔12〕，各以红绡抹额〔13〕，髻插雉尾〔14〕；着小袖紫衣〔15〕，腰束绿锦；一挟弹，一臂青鞲〔16〕。度过岭头，则数十骑猎于榛莽〔17〕，并皆姝丽，装束若一。生不敢前。有男子步驰，似是驭卒〔18〕。因就问之。答曰："此西湖主猎首山也〔19〕。"生述所来，且告之馁。驭卒解裹粮授之〔20〕，嘱云："宜即远避，犯驾当死！"生惧，疾趋下山。茂林中隐有殿阁，谓是兰若。近临之，粉垣围沓〔21〕，溪水横流，朱门半启，石桥通焉。攀扉一望，则台榭环云〔22〕，拟于上苑，又疑是贵家园亭。逡巡而入，横藤碍路，香花扑人。过数折曲栏，又是别一院宇。垂杨数十株，高拂朱檐。山鸟一鸣，则花片齐飞；深苑微风，则榆钱自落③。怡目快心，殆非人世。穿过小亭，有秋千一架，上与云齐；而罥索沉沉〔23〕，杳

712

无人迹。因疑地近闺阁，悁怯未敢深入〔24〕。俄闻马腾于门，似有女子笑语。生与僮潜伏丛花中。未几，笑声渐近，闻一女子曰："今日猎兴不佳，获禽绝少。"又一女曰："非是公主射得雁落，几空劳仆马也。"

无何，红妆数辈，拥一女郎至亭上坐，秃袖戎装〔25〕，年可十四五。鬟多敛雾〔26〕，腰细惊风〔27〕，玉蕊琼英〔28〕，未足方喻。诸女子献茗熏香，灿如堆锦〔29〕。移时，女起，历阶而下。一女曰："公主鞍马劳顿，尚能秋千否？"公主笑诺。遂有驾肩者，捉臂者，褰裙者，持履者，挽扶而上。公主舒皓腕，蹑利屣〔30〕，轻如飞燕，蹴入云霄。已而扶下，群曰："公主真仙人也！"④嘻笑而去。

生睨良久，神志飞扬。追人声既寂，出诣秋千下，徘徊凝想。见篱下有红巾，知为群美所遗，喜内袖中〔31〕。登其亭，见案上设有文具，遂题巾曰："雅戏何人拟半仙〔32〕？分明琼女散金莲〔33〕⑤。广寒队里恐相妒〔34〕，莫信凌波上九天〔35〕。"题已，吟诵而出。复寻故径，则重门扃锢矣。踟蹰罔计，反而楼阁亭台，涉历几尽。

一女掩入，惊问："何得来此？"生揖之曰："失路之人，幸能垂救。"女问："拾得红巾否？"生曰："有之。然已玷染，如何？"因出之。女大惊曰："汝死无所矣！此公主所常御〔36〕，涂鸦若此〔37〕，何能为地〔38〕？"生失色，哀求脱免。女曰："窃窥宫仪〔39〕，罪已不赦。念汝儒冠蕴藉〔40〕，欲以私意相全，今孽乃自作，将何为计！"遂皇皇持巾去。生心悸肌慄〔41〕，恨无翅翎，惟延颈俟死。迂久，女复来，潜贺曰："子有生望矣！公主看巾三四遍，靦然无怒容〔42〕⑥。或当放君去，宜姑耐守，勿得攀树钻垣，发觉不宥矣。"日已投暮，凶祥不能自必〔43〕；而饿焰中烧，忧煎欲死⑦。

无何，女子挑灯至。一婢提壶榼〔44〕，出酒食饷生⑧。

④公主颇有神采，既是美女，又是贵主。寥寥数语，写出公主极尊极贵的气派。公主荡秋千别开生面，荡秋千实景及陈生的诗（虽有亵玩之意），都是古代小说非常优美的描写之一。

⑤"琼女散金莲"形容美女足影随秋千上下翻飞。琼女，可以指西王母侍女许飞琼，也可以泛指仙女。

⑥陈生心惊肉跳，不寒而栗，极度恐惧又无路可逃的绝望心理写得惊心动魄、丝丝入扣。通过侍女描述巧写公主心理，看巾三四遍，喜欢；不怒且笑，更喜欢。侍女传话，"一起一落，如蝴蝶穿花、蜻蜓点水，妙甚！"（但明伦语）。

⑦陈生从万分焦急、恐惧变成不能自己估计是凶还是吉。用"忧煎"写饥饿煎熬和忧心如焚，形象、贴切、精当。

⑧公主派人送饭，暗写其爱怜之情。

生急问消息，女云："适我乘间言：'园中秀才，可恕则放之；不然，饿且死。'公主沉思云：'深夜教渠何之？'遂命馈君食。此非恶耗也。"生徬徨终夜，危不自安。辰刻向尽，女子又饷之。生哀求缓颊〔45〕，女曰："公主不言杀，亦不言放。我辈下人，何敢屑屑渎告〔46〕？"既而斜日西转，眺望方殷，女子夌息急奔而入〔47〕，曰："殆矣！多言者泄其事于王妃。妃展巾抵地〔48〕，大骂狂伧〔49〕，祸不远矣！"生大惊，面如灰土，长跽请教⑨。忽闻人语纷拏〔50〕，女摇手避去。数人持索，汹汹入户。内一婢熟视曰："将谓何人，陈郎耶？"⑩遂止持索者，曰："且勿且勿，待白王妃来。"返身急去。

少间来，曰："王妃请陈郎入。"生战惕从之⑪。经数十门户，至一宫殿，碧箔银钩〔51〕。即有美姬揭帘，唱："陈郎至。"上一丽者，袍服炫冶〔52〕。生伏地稽首曰："万里孤臣，幸恕生命。"妃急起，自曳之，曰："我非君子，无以有今日。婢辈无知，致迕佳客，罪何可赎！"即设华筵，酌以镂杯。生茫然不解其故。妃曰："再造之恩，恨无所报。息女蒙题巾之爱，当是天缘。今夕即遣奉侍。"⑫生意出非望，神惝恍而无着〔53〕。日方暮，一婢前白："公主已严妆讫〔54〕。"遂引生就帐。忽而笙管敖嘈〔55〕，阶上悉践花罽，门堂藩溷，处处皆笼烛。数十妖姬，扶公主交拜。麝兰之气，充溢殿庭。

既而相将入帏，两相倾爱。生曰："羁旅之臣，生平不省拜侍。点污芳巾，得免斧锧，幸矣；反赐姻好，实非所望。"公主曰："妾母，湖君妃子，乃扬江王女。旧岁归宁，偶游湖上，为流矢所中。蒙君脱免，又赐刀圭之药⑬。一门戴佩，常不去心。郎勿以非类见疑。妾从龙君得长生诀，愿与郎共之。"生乃悟为神人。因问："婢子何以相识？"曰："尔日洞庭舟上，曾有小鱼衔尾，即此婢也。"又问："既不见诛，何迟迟不赐纵脱〔56〕？"笑曰："实怜君才，但不自主。颠倒终夜，

⑨用长跽于地写陈生的大惊大惧、极度狼狈。

⑩婢女忽止捆绑，文章于极险峻处，忽变平静，文境绝妙！

⑪"战惕从之"四字写活陈生战战兢兢、忐忑不安的心理。

⑫祸弭福至，阶下囚变驸马，写心神恍惚、出乎意料的心理恰如其分。

⑬故事结局与开头严丝合缝，无懈可击。

他人不及知也。"生叹曰："卿，我鲍叔也〔57〕。馈食者谁？"曰："阿念，亦妾腹心。"生曰："何以报德？"笑曰："侍君有日，徐图塞责未晚耳。"问："大王何在？"曰："从关圣征蚩尤未归〔58〕。"

居数日，生虑家中无耗，悬念綦切，乃先以平安书遣仆归。家中闻洞庭舟覆，妻子缞绖已年余矣。仆归，始知不死，而音问梗塞，终恐漂泊难返。又半载，生忽至，裘马甚都，囊中宝玉充盈。由此富有巨万，声色豪奢，世家所不能及。七八年间，生子五人。日日宴集宾客，宫室饮馔之奉〔59〕，穷极丰盛。或问所遇，言之无少讳。

有童稚之交梁子俊者，宦游南服十余年〔60〕。归过洞庭，见一画舫，雕槛朱窗，笙歌幽细，缓荡烟波。时有美人推窗凭眺。梁目注舫中，见一少年丈夫，科头叠股其上〔61〕；傍有二八姝丽，挼莎交摩〔62〕。念必楚襄贵官〔63〕，而驺从殊少〔64〕。凝眸审谛，则陈明允也。不觉凭栏酬叫。生闻呼罢棹，出临鹢首〔65〕，邀梁过舟。见残肴满案，酒雾犹浓。生立命撤去。顷之，美婢三五，进酒烹茗，山海珍错，目所未睹。梁惊曰："十年不见，何富贵一至于此！"笑曰："君小觑穷措大不能发迹耶〔66〕？"问："适共饮何人？"曰："山荆耳。"梁又异之，问："携家何往？"答："将西渡。"梁欲再诘，生遽命歌以侑酒。一言甫毕，旱雷聒耳〔67〕，肉竹嘈杂，不复可闻言笑。梁见佳丽满前，乘醉大言曰："明允公，能令我真个销魂否〔68〕？"生笑云："足下醉矣！然有一美妾之资，可赠故人。"遂命侍儿进明珠一颗，曰："绿珠不难购〔69〕，明我非吝惜。"乃趣别曰："小事忙迫，不及与故人久聚。"送梁归舟，开缆径去。梁归，探诸其家。则生方与客饮，益疑。因问："昨在洞庭，何归之速？"答曰："无之。"梁乃追述所见，一座尽骇。生笑曰："君误矣，仆岂有分身术耶？"众异之，而究莫解其故。后八十一岁而终。迨殡，讶其棺轻，开之，则空棺耳。

异史氏曰："竹簏不沉，红巾题句，此其中具有鬼神，而要皆恻隐之一念所通也。迨宫室妻妾，一身而两享其奉〔70〕，即又不可解矣。昔有愿娇妻美妾、贵子贤孙，而兼长生不死者，仅得其半耳。岂仙人中亦有汾阳、季伦耶〔71〕？"

校勘

底本：手稿本。参校：康熙本、异史、二十四卷本、铸雪斋本、青柯亭本。

注释

〔1〕燕：周代诸侯国名，约在今河北省北部、辽宁省西部及北京、天津。〔2〕副将军：明代官员名称，为一军副统帅。记室：掌管文书者。〔3〕洞庭：洞庭湖，位于湖南省北部。〔4〕猪婆龙：扬子鳄。有鳞甲，是中国特有物种。〔5〕龙吻张翕：扬子鳄的嘴一张一合。〔6〕金创药：治疗刀伤的外用药物。〔7〕扳：攀附。竹篓（lù）：竹制箱子。〔8〕絓（guà）：挂。〔9〕迟明：黎明。辰：辰时，相当于七时至九时。〔10〕怅怅靡之：在失意与不快中不知道到什么地方去。〔11〕鸣镝：射箭的声音。〔12〕骋如撒菽：跑得很快，蹄声零乱，如撒豆一样。〔13〕红绡抹额：用红色薄绸束在额头上。〔14〕雉尾：野鸡尾部长羽。〔15〕小袖：短小的衣袖。〔16〕臂青韝（gōu）：臂上套着青色的袖套。韝，皮做的套袖，射箭时戴在胳膊上。〔17〕榛莽：杂乱的草木。〔18〕驭卒：马夫。〔19〕首山：洞庭湖北岸蒲圻县西三十里处有首山。〔20〕裹粮：即裹糇（hóu）粮，熟食。语出《诗经·大雅·公刘》："乃裹糇粮。"〔21〕粉垣：白色围墙。〔22〕"台榭环云"两句：层楼叠阁被云雾环绕，好像皇家园林。〔23〕罥索沉沉：秋千的绳索垂在空中。〔24〕恇（kuāng）怯：胆怯。〔25〕秃袖戎装：窄袖的打猎服装。〔26〕鬓多敛雾：头发像堆积的云雾。形容头发多而且密。〔27〕腰细惊风：腰细得似乎一阵风可以吹断，指弱不禁风。〔28〕玉蕊琼英：香花美玉。玉蕊花即琼花，有异香；琼英，英通"瑛"，美玉。〔29〕灿如堆锦：侍女的华丽服装像许多锦绣堆在一起。〔30〕蹑利屣：脚蹬尖尖舞鞋。利屣，舞屣。〔31〕内：同"纳"。〔32〕雅戏：高雅的游戏。半仙：半仙之戏，唐玄宗对荡秋千的称呼。〔33〕"分明"一句：分明是天上玉女在散金色莲花。〔34〕"广寒"一句：月宫仙女也会嫉妒。传说月宫中有广寒宫，宫中有仙女嫦娥。〔35〕凌波：曹植《洛神赋》："凌波微步，罗袜生尘。"后人用来形容美女轻盈的脚步。〔36〕常御：常用。〔37〕涂鸦：胡抹乱画。〔38〕为地：即"为之地"，提供理由。〔39〕宫仪：宫里的女子。〔40〕儒冠：读书人的帽子。代指读书人。〔41〕心悸肌栗：因害怕，身上起鸡皮疙瘩。〔42〕辴（chǎn）然：笑的样子。〔43〕自必：自己确定。〔44〕榼（kē）：盒子。〔45〕缓颊：说情。〔46〕屑屑渎告：絮絮叨叨轻率告诉。〔47〕夆（bèn）息：喘气很急。〔48〕展巾抵地：打开红巾看后丢到地上。〔49〕狂伧：狂妄的伧夫。伧夫，粗俗没教养的人。〔50〕纷挐（rú）：混乱。〔51〕碧箔银钩：绿色的帘子，银色的挂钩。〔52〕炫冶：耀眼的美丽。〔53〕惝怳（chǎng huǎng）而无着：神情恍惚，没着没落。〔54〕严妆：打扮整齐。〔55〕敖曹：声音嘈杂。〔56〕纵脱：释放，

允许逃走。〔57〕鲍叔：代指知音。《史记·管晏列传》记载，春秋时齐国大夫鲍叔牙，他很了解管仲，推荐他辅佐齐桓公，管仲说："生我者父母，知我者鲍子也。"〔58〕关圣征蚩尤：迷信传说。大宋年间，解州因蚩尤为害，盐池减产，朝廷令张天师请关羽来镇服之。〔59〕宫室饮馔：住房和饮食。〔60〕宦游：外出做官。南服：南方。服，古代王畿之外的地方，南方为南服。〔61〕科头叠股：休闲状态，不戴帽子，跷着二郎腿。〔62〕挼莎交摩：按摩。〔63〕楚襄：湖北湖南。〔64〕骖从：贵族的侍从。〔65〕鹢（yì）首：船头。古时船头上画有鹢鸟的图像，故称船头为"鹢首"。鹢，形似鹭鸶的水鸟。〔66〕穷措大：贫寒失意的读书人。〔67〕"旱雷聒耳"两句：打击乐器像雷声一样响亮，歌声和乐声混杂在一起。〔68〕销魂：指占有一位美女。〔69〕绿珠：以晋代富豪石崇爱妾绿珠比喻美女身价之高。绿珠美而艳，善吹笛，石崇以三斛珍珠买到，石崇失势后，孙秀向他迫索绿珠，绿珠坠楼而死。〔70〕一身而两享其奉：一个人同时在两地享乐，既享受娇妻美妾、子孙满堂的人间生活，又享受长生不老的神仙之乐。〔71〕汾阳、季伦：汾阳即唐代汾阳王郭子仪，季伦为晋代富豪石崇之字。

点评

陈生因放生之德，得以"一身而两享其奉"，既享受神仙的长生不老，又享受人世的天伦之乐，成为神仙中的郭子仪、石崇。蒲松龄通过陈生寄托封建时代读书人"富贵神仙"的追求和幻想，这种思想并不能算多高尚。但小说意境优美、情节多变、构思精巧，景物描写和人物刻画都极其出色，是《聊斋志异》中最有代表性的佳作之一。

人贵直而文贵曲。金圣叹曾一再称《水浒传》"千曲百折""处处不作直笔"。此篇以"曲"取胜，全文巧妙地运用悬念和伏笔，环环相扣、节节相连，腾挪变化，奥秘无穷。作者巧布疑阵，如逆水推舟，将主人公推向风狂浪急、危如叠卵的困境。文笔夭矫，一波未平，一波又起。处处为惊心动魄之文，却笔笔作流风回云之势。出人意料之事纷至沓来，主人公的心情也时而心存焦虑，时而心存侥幸；从失望到绝望，从恐惧到喜悦，从巨大的灾难到莫大的幸福，万花筒一般离离奇奇。情节极险、极快，前因后果又昭彰分明。起伏跌宕、酣畅淋漓的情节和人物心理描写相辅相成。写景彩绘淋漓，逸气横溢；美人是仙，美景若仙。

西湖主

一幅红巾题
抒句美人真
阖家誇才
醻恩合共长
生讵会向龙
宫发远来

孝子

青州东香山之前，有周顺亭者，事母至孝。母股生巨疽〔1〕，痛不可忍，昼夜嚬呻〔2〕。周抚肌进药，至忘寝食。数月不瘥，周忧煎无以为计。梦父告曰："母疾赖汝孝。然此疮非人膏涂之不能愈，徒劳焦恻也〔3〕。"醒而异之。乃起，以利刃割胁肉，肉脱落，觉不甚苦。急以布缠腰际，血亦不注。于是烹肉持膏，敷母患处，痛截然顿止。母喜问："何药而灵效如此？"周诡对之。母疮寻愈。周每掩护割处，即妻子亦不知也。既瘥，有巨痕如掌，妻诘之，始得其情。

异史氏曰："刲股为伤生之事〔4〕，君子不贵。然愚夫妇何知伤生为不孝哉？亦行其心之所不自已者而已。有斯人而知孝子之真，犹在天壤耳。司风教者〔5〕，重务良多，无暇彰表，则阐幽明微〔6〕，赖兹刍荛〔7〕。"

校勘

底本：手稿本。参校：异史、二十四卷本、铸雪斋本、青柯亭本。

注释

〔1〕疽（jū）：恶疮。〔2〕嚬（pín）呻：蹙眉呻吟。嚬，同"颦"。〔3〕焦恻：焦虑、悲恻。〔4〕刲（kuī）股为伤生之事：《孝经》认为身体发肤受之父母，不能随便伤害。否则就是不孝。〔5〕司风教者：管理风俗教化的官员。〔6〕阐幽明微：探求阐述精微深远的道理。〔7〕刍荛（chú ráo）：割草打柴，引申为割草打柴的人。这里指草野之民，即没有多少文化也没有多高地位的普通百姓。

点评

蒲松龄认为，"振励斯文，事关名教，表彰盛迹，责在儒生"。他痛心那些以风教为己任的人还不如那些草野之人。此文正文笔墨简约地写孝子割股疗亲，字里行间寓赞扬之意。"异史氏曰"意味深长，含义有三层：其一，伤生之行是不可以提倡的；其二，孝子虽然伤生，却因为他发自内心的孝心，可以感天动地；其三，也是作家锋芒之所在，作者尖锐地指出，那些主管风教、为官做宰的人，正忙于各种"重务"——实际是忙着对人民敲骨吸髓，忙着声色犬马，没时间"彰表"人世应有的孝行，只有依赖草野之人为世人做出榜样，依赖草莽之士写文章表扬。

孝子

遺體原難精毀
傷奈何母氏病膏
肓煎將脇肉親敷貼
好為瘍科續異方

狮子

暹逻贡狮[1]，每止处，观者如堵。其形状，与世所传绣画者迥异，毛黑黄色，长数寸。或投以鸡，先以爪抟而吹之。一吹，则毛尽落如扫，亦理之奇也。

校勘

底本：手稿本。参校：康熙本、异史、二十四卷本、铸雪斋本、青柯亭本。

注释

[1] 暹逻：泰国。

点评

虽为风物琐闻，却描摹如生，虎虎有神。马卡连珂说过："一个用得其所的字，可给人以力。"此文"观者如堵"，一个"堵"字，状人稠之态；"以爪抟而吹之"，一个"抟"字，写狮子雄武之姿；"毛尽落如扫"，一个"扫"字，描狮子神威之力，一字千钧。

獅子

猱狖未見但
聞名貢自邈
羅萬里程能
使難毛吹盡
落此中物理
信難明

阎王

李久常，临朐人〔1〕。壶榼于野〔2〕，见旋风蓬蓬而来〔3〕，敬酹奠之〔4〕。后以故他适，路旁有广第，殿阁弘丽。一青衣人自内出〔5〕，邀李，李固辞。青衣人要遮甚殷，李曰："素不识荆〔6〕，得无误耶？"青衣云："不误。"便言李姓字。问："此谁家第？"云："入自知之。"①

入，进一层门，见一女子手足钉扉上，近视之，其嫂也，大骇。李有嫂，臂生恶疽，不起者年余矣。因自念何得至此。②转疑招致意恶，畏沮却步〔7〕，青衣促之，乃入。至殿下，上一人，冠带如王者〔8〕，气象威猛。③李跪伏，莫敢仰视。王者命曳起之，慰之曰："勿惧。我以曩昔扰子杯酌，欲一见相谢，无他故也。"李心始安，然终不知故。王者又曰："汝不忆田野酹奠时乎？"李顿悟，知其为神，顿首曰："适见嫂氏，受此严刑，骨肉之情，实怆于怀。乞王怜宥！"王者曰："此甚悍妒，宜得是罚。三年前，汝兄妾盘肠而产〔9〕，彼阴以针刺肠上，俾至今脏腑常痛。此岂有人理者！"李固哀之，乃曰："便以子故宥之。归当劝悍妇改行。"李谢而出，则扉上无人矣。

归视嫂，嫂卧榻上，创血殷席。时以妾拂意故，方致诟骂。李遽劝曰："嫂勿复尔！今日恶苦，皆平日忌嫉所致。"嫂怒曰："小郎若个好男儿〔10〕，又房中娘子贤似孟姑姑〔11〕，任郎君东家眠，西家宿，不敢一作声。自当是小郎大好乾纲〔12〕，到不得代哥子降伏老媪！"④李微哂曰："嫂勿怒，若言其情，恐欲哭不暇矣。"曰："便曾不盗得王母箦中线〔13〕，又未与玉皇案前吏一眨眼〔14〕，中怀坦坦，何处可用哭者！"⑤李小语曰："针刺人肠，宜何罪？"嫂勃然色变，

---

①时空转换突兀奇特，没有病亡、入梦、勾魂，一个大活人一下子跳入冥世，是所谓"肉身入冥"。传统小说的牛头马面不见，是"青衣"带路，迷离恍惚。

②异想天开将本应人死后的惩罚用于阳世，对妒妇的处罚体现着封建伦理纲常观念。

③似人实鬼，笔墨闪烁，诡谲突梯。不直接称"冥王"而暗示之。王者气象威猛而无青面獠牙的鬼气。

④嫂子对李久常的劝解连讽加刺，挟枪带棒，其势汹汹，极尽挖苦之能事。

⑤以夸张的语言表白自己毫无过失。亏心人偏偏嘴硬。真是舌底生莲，雄辩滔滔。语气盛气凌人，尖酸刻薄，用语多是民间口语，似能从话中窥见嫂子张牙舞爪的神情，听到强词夺理的语调。

问此言之因，李告之故。嫂战惕不已，涕泗流离而哀鸣曰："吾不敢矣！"啼泪未干，觉疼顿止，旬日而瘥。由是立改前辙，遂称贤淑。后妾再产，肠复堕，针宛然在焉。拔去之，肠痛乃瘳。

异史氏曰："或谓天下悍妒如某者，正复不少，恨阴网之漏多也〔15〕。余曰不然。冥司之罚，未必无甚于钉扉者，但无回信耳。"

校勘

底本：手稿本。参校：异史、二十四卷本、铸雪斋本、青柯亭本。

注释

〔1〕临朐（qú）：明清县名，隶属青州府，今山东省潍坊市临朐县。〔2〕壶榼（kē）：盛酒菜的工具。壶用以盛酒，榼用以盛菜。〔3〕蓬蓬：拟声词，形容风声。〔4〕酹奠：将酒洒到地上祭奠。〔5〕青衣：仆人。古时仆人一般着青色的衣衫，故作为奴仆的代指。〔6〕识荆：相识的客气话。语出李白《上韩荆州书》："生不愿封万户侯，但愿一识韩荆州。"韩荆州即韩朝宗，曾为荆州长史，善于发现、提拔人才。〔7〕畏沮却步：因为害怕而止步。〔8〕冠带如王者：装束打扮像王。冠，帽子；带，腰带。〔9〕盘肠而产：产后子宫脱垂，中医称"产肠不收"，因当时科学不发达，故蒲松龄作此描述。〔10〕小郎：小弟。古时女子对丈夫弟弟的称呼。〔11〕孟姑姑：即孟光。古时有名的贤妻，东汉扶风平陵（今陕西省咸阳）人，贤士梁鸿之妻，梁鸿贫困为人做雇工，孟光对丈夫恭敬礼让，在饭时对丈夫举案齐眉。事见《后汉书·梁鸿传》。〔12〕乾纲：夫权。〔13〕王母箩中线：西王母针线箩里的针线。这句话的意思是：我从不贪财，更没犯过盗窃罪。〔14〕未与玉皇案前吏一眨眼：未曾和玉皇大帝的小吏挤眉弄眼。玉皇案前吏，给玉皇大帝管香案的小神。眨眼，递眼色。这句的意思是：自己恪守妇道，没有犯过淫邪罪。〔15〕阴网：阴世的法网。

点评

这是篇苦口婆心的劝世道德经，旨在劝天下悍妇妒妇改弦更张。蒲松龄一向主张"妇道"，主张家庭嫡庶和美，主张嫡妻不仅不要嫉妒，还要以夫嗣为重。此文中的嫂子在妾难产时，"阴以针刺肠上"，是嫉妒并妨害子嗣的行为，蒲松龄按正统观念给以儆戒。小说语言成就突出，悍妇口吻毕肖，符合嫂子身份、教养及说话时的环境。嫂子是掌家主妇,有权力斥妾训弟,前段话既教训弟弟,又对侍妾敲山震虎。后段话赌咒发誓,完全是没多少文化教养的家庭主妇腔调。如闻其声,如见其人。

閻王

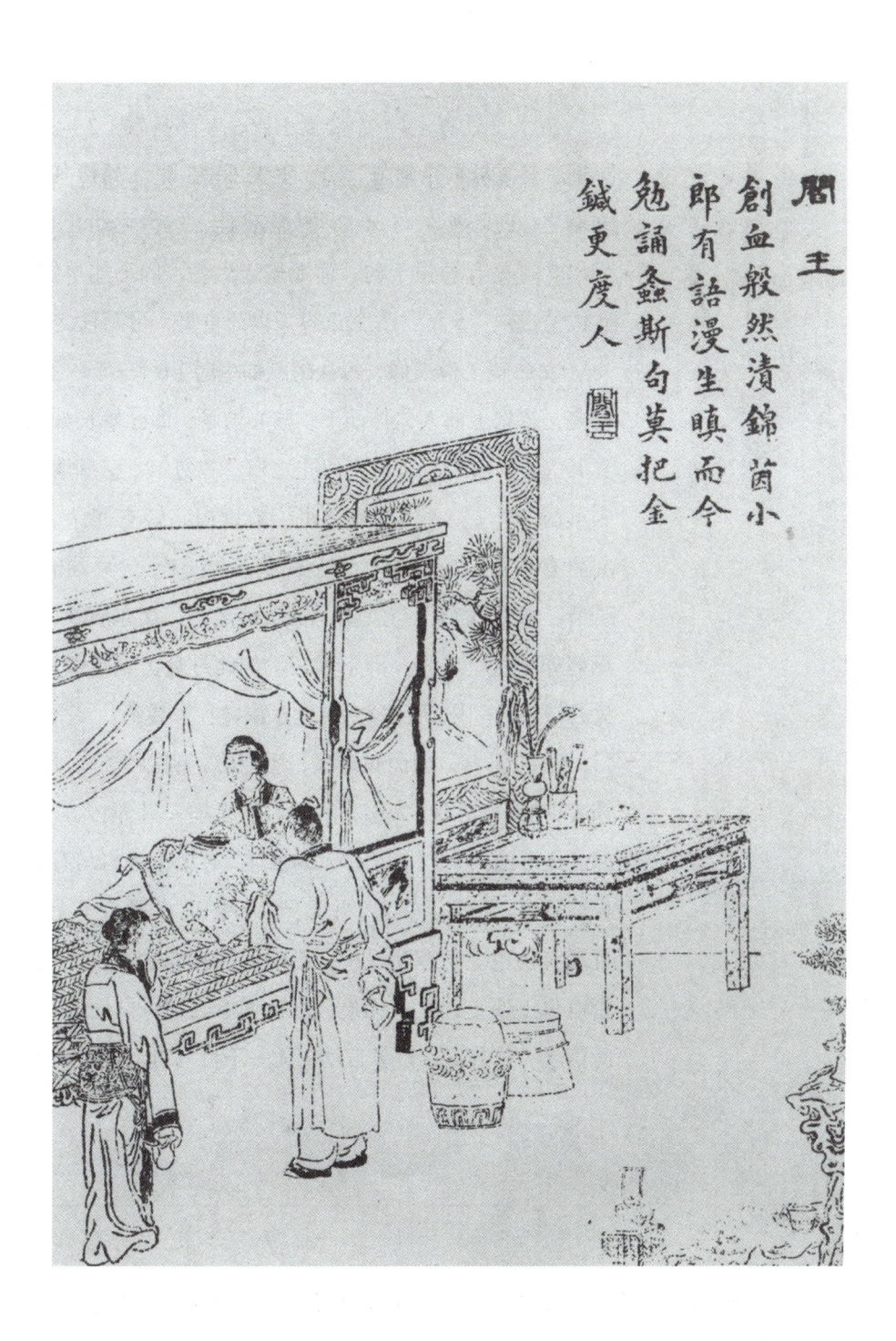

創血般然漬錦茵小
郎有語漫生瞋而今
勉誦盦斯句莫把金
鐵更度人

土偶

①按惯例，封建家长是逼迫孀妇守节者，此文的家长却通情达理，王氏誓死不肯，显其真情。

②缠绵动人，像拟话本小说《乐小舍拼生觅偶》的情节。

③土偶逝矣，王氏从此陷入永远的孤寂之中，只要有传宗接代的儿子，女人的苦闷算什么？子嗣至上的聊斋先生哪儿顾得了这些屑屑小事？

④奇思妙想，新颖随意。

沂水马姓者〔1〕，娶妻王氏，琴瑟甚敦〔2〕。马早逝，王父母欲夺其志〔3〕，王矢不他〔4〕。姑怜其少，亦劝之，王不听。母曰："汝志良佳，然齿太幼，儿又无出。每见有勉强于初，而贻羞于后者，固不如早嫁，犹恒情也。〔5〕"①王正容，以死自誓，母乃任之。

女命塑工肖夫像，每食酹献如生时〔6〕②。一夕，将寝，忽见土偶人欠伸而下。骇心愕顾，即已暴长如人，真其夫也。女惧，呼母，鬼止之曰："勿尔。感卿情好，幽壤酸辛〔7〕。一门有忠贞，数世祖宗皆有光荣。吾父生有损德，应无嗣，遂至促我茂龄〔8〕。冥司念尔苦节，故令我归，与汝生一子承祧绪。"女亦沾襟，遂燕好如平生。鸡鸣，即下榻去。如此月余，觉腹微动。鬼乃泣曰："限期已满，从此永诀矣！"遂绝。③

女初不言，即而腹渐大，不能隐，阴以告母。母疑涉妄，然窥女无他，大惑不解。十月，果举一男。向人言之，闻者无不匿笑〔9〕，女亦无以自伸，有里正故与马有隙，告诸邑令。令拘讯邻人，并无异言。令曰："闻鬼子无影，有影者伪也。"抱儿日中，影淡淡如轻烟然。④又刺儿指血付土偶上，立入无痕，取他偶涂之，一拭便去。以此信之。长数岁，口鼻言动，无一不肖马者。群疑始解。

校勘

底本：手稿本。参校：康熙本、异史、二十四卷本、铸雪斋本、青柯亭本。

注释

〔1〕沂水：明清县名，属青州府，今山东临沂市沂水县。〔2〕琴瑟甚敦：

夫妻感情非常好。〔3〕夺其志：改变她守寡的意志。〔4〕矢不他：发誓不嫁二夫。〔5〕恒情：人之常情。〔6〕酹献：饭时像丈夫活着时一样请他吃、喝。〔7〕幽壤酸辛：阴世间感到酸辛。〔8〕促我茂龄：让我英年早逝。〔9〕匿笑：偷着笑。

点评

明清时代，节妇甚多。蒲松龄写过《请表一门双节呈》，要求县令旌扬"两世两孀"对丈夫"矢心不二"的节妇。他认为"治化休隆，首推节烈"，把宣扬节烈看作是维护封建秩序的重要方面。此文中的王氏是节妇，但她的守节主要不是出于封建节烈观，而是因为跟丈夫有感情，不肯移情别恋。在《聊斋》中，绝后是最大的人生惩罚，王氏精诚所至，金石为开，冥司也成了与人为善者，既免除了马姓绝后，又允许人鬼燕好如平日。王氏居然和土偶生子，县令还创造出日光下观影、血滴土偶的判断办法，真是用心良苦。

土偶

土偶無知急有知依然
燕好似生時
閨房苦節
天能鑒特
許宗桃
衍一支
土偶

长治女子

卷四

① 名为欢乐，实得灾祸，人物命名反讽法，在《聊斋》中屡见不鲜。

② 人刚刚被杀，灵魂出窍之状，迷离恍惚。《聊斋》状难写之景如在目前。鬼魂本凭空捏造，蒲松龄却描写巧妙，似确有其事。陈女被妖道所迷，灵魂出窍，其肉身被杀，身体麻痹，由脚至股，再至腰腹，似乎灵魂一步一步离开躯体，写得入情入理，活灵活现。

③ 此处以魂与壳之间的互相感受，意为补接。刻画入微，似幻似真。

　　陈欢乐①，潞之长治人〔1〕，有女慧美。有道士行乞，睨之而去。由是日持钵近廛间〔2〕。适一瞽人自陈家出，道士追与同行，问何来。瞽云："适从陈家推造命〔3〕。"道士曰："闻其家有女郎，我中表亲欲求姻好，但未知其甲子〔4〕。"瞽为述之，道士乃别而去。

　　居数日，女绣于房，忽觉足麻痹，渐至股，又渐至腰腹，俄而晕然倾仆。定逾刻，始恍惚能立，将寻告母。及出门，则见茫茫黑波中，一路如线，骇而却退，门舍居庐，已被黑水淹没。②又视路上，行人绝少，惟道士缓步于前。遂遥尾之，冀见同乡以相告语。走数里以来，忽睹里舍，视之，则已家门。大骇曰："奔驰如许，固犹在村中。何向来迷惘若此！"欣然入门，父母尚未归复，仍至己房，所绣业履〔5〕，犹在榻上。自觉奔波殆极，就榻憩坐。道士忽入，女大惊，欲遁。道士捉而捺之，女欲号，则喑不能声〔6〕。道士急以利刃剖女心，女觉魂飘飘离壳而立③，四顾家舍全非，惟有崩崖若覆〔7〕。视道士以己心血点木人上，又复叠指诅咒〔8〕，女觉木人遂与己合。道士嘱曰："自兹当听差遣，勿得违误！"遂佩戴之。

　　陈氏失女，举家惶惑。寻至牛头岭，始闻村人传言，岭下一女子剖心而死。陈奔验，果其女也。泣以诉宰。宰拘岭下居人，拷掠几遍，讫无端绪。姑收群犯，以待覆勘〔9〕。

　　道士去数里外，坐路旁柳树下，忽谓女曰："今遣汝第一差，往侦邑中审狱状，去当隐身暖阁上〔10〕。倘见官宰用印，即当趋避，切记勿忘！限汝辰去巳来〔11〕。迟一刻，则以一针刺汝心中，令作急痛；二刻，刺二针；至三针，则使汝魂魄销灭矣。"女闻之，四体

④"飘然"二字妙，加重魂游气氛。

⑤以鬼怕官印的传统观念再起波澜。鬼见印而魂不得飞升从而躯体变重，导致暖阁迸裂。

⑥陈女转世为县令之女，一方面是结构上的安排；另一方面是以得娇女，还报为民除害之官，两全其美。

惊悚，飘然遂去④。瞬息至官廨，如言伏阁上。时岭下人罗跪堂下〔12〕，尚未讯诘。适将钤印公牒〔13〕，女未及避，而印已出匣。女觉身躯重软，纸格似不能胜〔14〕，曝然作响〔15〕⑤，满堂愕顾。宰命再举〔16〕，响如前；三举，翻坠地下，众悉闻之。宰起祝曰："如是冤鬼，当便直陈，为汝昭雪。"女哽咽而前，历言道士杀己状、遣己状。宰差役驰去，至柳树下，道士果在。捉还，一鞫而服。人犯乃释。宰问女："冤雪何归？"女曰："将从大人。"宰曰："我署中无处可容，不如暂归汝家。"女良久曰："官署即吾家，我将入矣。"宰又问，音响已寂。退入宅中，则夫人生女矣。⑥

校勘

底本：手稿本。参校：康熙本、异史、二十四卷本、铸雪斋本、青柯亭本。

注释

〔1〕潞：山西潞安府，今山西省长治市。〔2〕廛间：市区通称。〔3〕推造命：推算八字。星相学家认为人出生年月、时辰关乎人的命运。〔4〕甲子：生辰八字。〔5〕业履：没绣完的鞋子。〔6〕喑（yīn）不能声：喊不出声音。〔7〕崩崖：要倾倒的悬崖。〔8〕叠指诅咒：食指与中指叠起念咒语。〔9〕覆勘：重新审问。〔10〕暖阁：封建时代官衙大堂，围绕官员正座的阁子用木条间隔而成糊以纸褙，谓"暖阁"。〔11〕辰去巳来：辰，七时至九时；巳，九时至十一时。道士限陈女灵魂在四个小时内回来。〔12〕罗跪堂下：成环形跪在堂下。〔13〕钤印公牒：在公文上加盖官印。〔14〕纸格：暖阁顶棚系用纸褙糊在井字形木格上。〔15〕曝（bó）然作响：突然发出迸裂声。〔16〕再举：再次用印。

点评

由他人摄取并驱使灵魂进行犯罪活动，是蒲松龄创造的特有灵魂存在方式，中国古代小说里，还没有类似描写。妖道凶残、狡诈，残民以逞，是《聊斋》鞭挞的对象。

長治女子

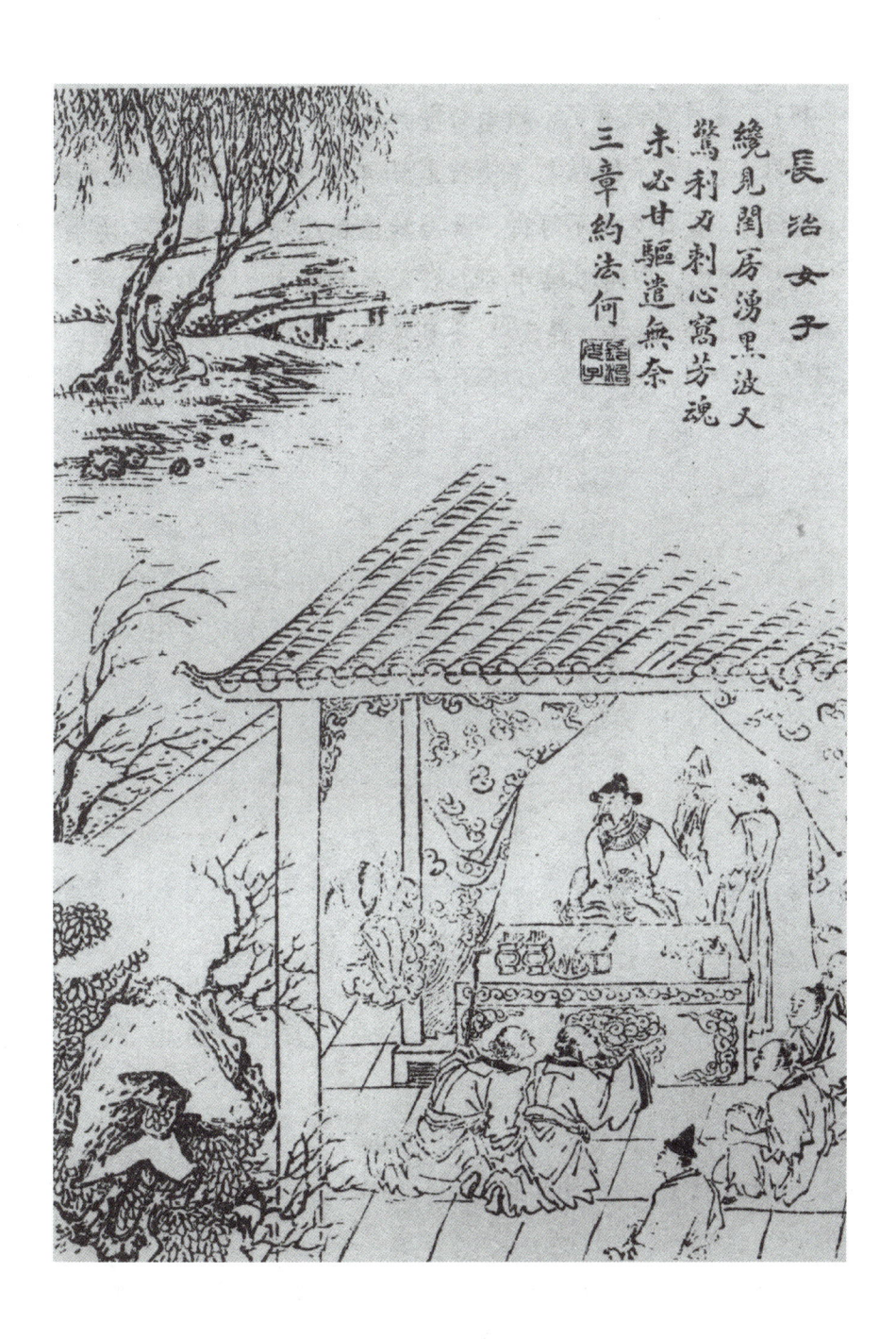

繞見閨房湧黑波又
驚利刃刺心窩芳魂
未必甘驅遣無奈
三章約法何

义 犬

潞安某甲，父陷狱将死，搜括囊蓄，得百金，将诣郡关说。跨骡出，则所养黑犬从之。呵逐使退。既走，则又从之，鞭逐不返，从行数十里。某下骑，趋路侧私焉。既，乃以石投犬，犬始奔去；某既行，则犬欻然复来，啮骡尾、足。某怒鞭之，犬鸣吠不已。忽跃在前，愤龁骡首，似欲阻其去路。某以为不祥，益怒，回骑驰逐之。视犬已远，乃返辔疾驰，抵郡已暮。及扪腰橐，金亡其半，涔涔汗下[1]，魂魄都失。辗转终夜，顿念犬吠有因。①候关出城[2]，细审来途。又自计南北冲衢，行人如蚁，遗金宁有存理？逡巡至下骑所，见犬毙草间，毛汗湿如洗。提耳起视，则封金俨然。感其义，买棺葬之，人以为义犬冢云。

① 写义犬所为，处处从主人的不解入手，他对犬的追随、提醒，总是茫然莫解，直到失金，经终夜辗转，才"顿念犬吠有因"，何其愚也。

校勘

底本：手稿本。参校：康熙本、异史、二十四卷本、铸雪斋本、青柯亭本。

注释

〔1〕涔涔：汗不停地流。〔2〕候关：等候城门打开。

点评

黑犬为主人效忠，如忍辱负重的义士，受鞭逐而必随，被石击仍死死盯住主人的银子，至死守而不去，无以复加。黑犬在主人陷狱将死时，执着地追随幼主、帮助幼主，给人以预知祸福的"智"的印象。但在描写上，始终把握动物的特点，毫无怪异成分。故《义犬》属于记实散文之类。"麻雀虽小，五脏俱全"，短文文理自然，文字流畅，无意于感人而感人至深。

義犬

不辭鞭逐吠猙獰
捨死守遺金若有神
義犬冢前曾寄慨艱難報
主又何人

鄱阳神

翟湛持司理饶州〔1〕，道经鄱阳湖。湖上有神祠，停盖游瞻。内雕丁普郎死节神像〔2〕，翟姓一神，最居末坐。翟曰："吾家宗人，何得在下！"遂于上易一座。既而登舟，大风断帆，桅樯倾侧，一家哀号。俄一小舟，破浪而来，既近官舟，急挽翟登小舟，于是家人尽登。审视其人，与翟姓神无少异。无何，浪息，寻之已杳。

校勘

底本：手稿本。参校：康熙本、异史、二十四卷本、铸雪斋本、青柯亭本。

注释

〔1〕翟湛持：山东益都人，顺治十六年（1659）进士，任陕西韩城知县。康熙十一年（1672）《益都县志》有传。司理饶州：在饶州做司理。司理，又称"司李"。饶州，今江西鄱阳县。〔2〕丁普郎：湖北黄陂人，曾随朱元璋攻打陈友谅，在鄱阳湖畔阵亡。《明史》记载"普郎身披十余创，首脱犹直立，执兵作斗状，敌惊为神"。

点评

两个历史人物连缀成一段趣事。翟湛持将鄱阳神祠里的同姓神上易一位，他全家翻船时，同姓神救了他们。故事本身无非是强调宗族观念，值得注意的是"内雕丁普郎死节臣像"，对明代开国功臣，公然冠以"死节"，应当看作是作家民族情绪的自然流露。该文笔墨简洁，倏然而来，倏然而去，笔意萧疏而人物分明。翟湛持的争强好胜与翟姓神的"亦过好胜"（但明伦评语）相映成趣。

鄱陽神

來偶非將坐佐爭
同宗邂逅盡興情
鄱陽湖裏風濤急
一艇如飛破浪迎

伍秋月

①西方有位理论家说:"床是爱情的摇篮,也是爱情的坟墓。"伍秋月和王鼎的合欢床,既不是爱情的摇篮,也不是爱情的坟墓,而是一对青年男女在荆天棘地的黑暗社会拼搏的开端。

②本文人鬼恋建立在宿命论基础上。王鼎是秋月的命定伴侣,脱离阴世唯一希望。

③有趣!世间人看冥世,要鬼用唾沫擦眼睛。

秦邮王鼎〔1〕,字仙湖,为人慷慨有力,广交游。年十八,未娶,妻殒。每远游,恒经岁不返。兄鼐,江北名士,友于甚笃〔2〕。劝弟勿游,将为择偶。生不听,命舟抵镇江访友〔3〕。友他出,因税居于逆旅阁上。江水澄波,金山在目〔4〕,心甚快之。次日,友人来,请生移居,辞不去。居半月余,夜梦女郎,年可十四五,容华端妙,上床与合①,既寤而遗,颇怪之。亦以为偶。入夜,又梦之,如是三四夜。心大异,不敢息烛,身虽偃卧,惕然自警。才交睫,梦女复来,方狎,忽自惊寤,急开目,则少女如仙,俨然犹在抱也。见生醒,颇自愧怯。生虽知非人,意亦甚得,无暇问讯,直与驰骤。女若不堪,曰:"狂暴如此,无怪人不敢明告也。"生始诘之,答云:"妾伍氏秋月,先父名儒,邃于《易》数〔5〕。常珍爱妾,但言不永寿,故不许字人。后十五岁果夭殁,即攒瘗阁东〔6〕,令与地平。亦无冢志〔7〕,惟立片石于棺侧,曰:'女秋月,葬无冢,三十年,嫁王鼎。'②今已三十年,君适至,心喜,亟欲自荐;寸心羞怯,故假之梦寐耳。"王亦喜,复求讫事。曰:"妾少须阳气,欲求复生,实不禁此风雨。后日好合无限,何必今宵。"遂起而去。次日,复至,坐对笑谑,欢若生平。灭烛登床,无异生人,但女既起,则遗泄流离,沾染茵褥。

一夕,月明莹澈,小步庭中。问女:"冥中亦有城郭否?"答曰:"等耳。冥间城府,不在此处。去此可三四里,但以夜为昼。"问:"生人能见之否?"答云:"亦可。"生请往观,女诺之。乘月去,女飘忽若风,王极力追随。欸至一处,女言:"不远矣。"王瞻望,殊罔所见。女以唾涂其两眦③,启之,明倍于常,视夜色不

738

殊白昼。顿见雉堞在杳霭中〔8〕，路上行人，如趋墟市〔9〕。俄二皂縶三四人过〔10〕，末一人怪类其兄。趋近之，果兄。骇问："兄那得来？"兄见生，潸然零涕，言："自不知何事，强被拘囚。"王怒曰："我兄秉礼君子〔11〕，何至缧绁如此〔12〕！"便请二皂，幸且宽释。皂不肯，殊大傲睨〔13〕。生恚，欲与争。兄止之曰："此是官命，亦合奉法。但余乏用度，索贿良苦。弟归，宜措置。"生把兄臂，哭失声。皂怒，猛掣项索，兄顿颠蹶。生见之，忿火填胸，不能制止，即解佩刀，立决皂首④。一皂喊嘶，生又决之。女大惊曰："杀官使，罪不宥，迟则祸及！请即觅舟北发，归家勿摘提幐〔14〕，杜门绝出入七日，保无虑也。"⑤王乃挽兄，夜买小舟，火急北渡。归见吊客在门，知兄果死。闭门下钥，始入。视兄，已渺；入室，则亡者已苏，便呼："饿死矣！可急备汤饼。"时死已二日。家人尽骇。生乃备言其故。七日启关，去丧幐。人始知其复苏。亲友集问，但伪对之。

转思秋月，想念颇烦，遂复南下。至旧阁，秉烛久待，女竟不至。矇眬欲寝。见一妇人来，曰："秋月小娘子致意郎君：前以公役被杀，凶犯逃亡，捉得娘子去，见在监押。押役遇之虐，日日盼郎君，当谋作经纪〔15〕。"王悲愤，便从妇去。至一城都，入西郭，指一门曰："小娘子暂寄此间。"王入，见房舍颇繁，寄顿囚犯甚多，并无秋月。又进一小扉，斗室中有灯火。王近窗以窥，则秋月坐榻上，掩袖呜泣。二役在侧，撮颐捉履〔16〕，引以嘲戏。女啼益急。一役挽颈曰："既为罪犯，尚守贞耶？"王怒，不暇语，持刀直入，一役一刀，摧斩如麻⑥。篡取女郎而出〔17〕，幸无觉者。裁至旅舍，蓦然即醒。方怪幻梦之凶，见秋月含睇而立〔18〕，生惊起曳坐，告之以梦。女曰："真也，非梦也。"生惊曰："且为奈何？"女叹曰："此有定数。妾待月尽，始是生期。今已如此，急何能待！当速发瘗处，载妾同

④兄是秉礼而行的谦谦君子，弟是不能忍辱的铮铮铁汉。兄弟二人刚柔相济。

⑤如此拙劣的骗术竟然骗过了明察秋毫的冥王、判官、黑白无常。柔弱女鬼居然玩弄法力无边的冥王于股掌之上。

⑥对鱼肉人民者只能利刃相对。懦弱少女和威武壮士对比鲜明。

归。日频唤妾名，三日可活。但未满时日，骨脆足弱，不能为君任井臼耳。"言已，草草欲出。又返身曰："妾几忘之，冥追若何⑦？生时，父传我符书，言三十年后，可佩夫妇。"乃索笔疾书两符，曰："一君自佩，一黏妾背。"送之出，志其没处〔19〕，掘尺许，即见棺木，亦已败腐。侧有小碑，果如女言。发棺视之，女颜色如生。抱入房中，衣裳随风尽化。黏符已，以被褥严裹，负至江滨，呼拢泊舟，伪言妹急病⑧，将送归其家。幸南风大竞，甫晓，已达里门。抱女安置，始告兄嫂。一家惊顾，亦莫敢直言其惑。生启衾，长呼秋月，夜辄拥尸而寝。日渐温暖，三日竟苏，七日能步，更衣拜嫂，盈盈然神仙不殊〔20〕。但十步之外，须人而行，不则随风摇曳，屡欲倾侧⑨。见者以为身有此病，转更增媚。每劝生曰："君罪孽太深，宜积德诵经以忏之。不然，寿恐不永也。"生素不佞佛〔21〕，至此皈依甚虔〔22〕，后亦无恙。

异史氏曰："余欲上言定律：'凡杀公役者，罪减平人三等。'盖此辈无有不可杀者也。故能诛锄蠹役者〔23〕，即为循良〔24〕；即稍苛之，不可谓虐。况冥中原无定法⑩，倘有恶人，刀锯鼎镬〔25〕，不以为酷。若人心之所快，即冥王之所善也。岂罪致冥追，遂可倖而逃哉？"

⑦ "冥追"在传统小说中是冥世不贰的法则。蒲松龄彻底颠覆了这一冥世传统模式。冥世出现许多漏洞，丧失了"最后审判"的严肃性和权威性。人居然可以在人世、冥世间任意往来。

⑧ 铮铮铁骨的男儿无师自通学会耍小心眼儿，如果他说运尸体，船夫肯定不干，所以他说送生病的妹子回家！

⑨ 痴爱感天地。定数不作数，违拗定数者复活了。因复活太早反而带来封建士子希望的弱不禁风之美，并构成秋月特有的弱柳迎风风采。

⑩ "冥中原无定法"是作者为映照阳世编造冥法；为了针砭现行吏法；为了能够深刻表达作者的"磊块愁"，什么样"鬼狐史"都可能应运而生。

校勘

底本：手稿本。参校：康熙本、异史、二十四卷本、铸雪斋本、青柯亭本。

注释

〔1〕秦邮：今江苏省高邮市，秦时筑台高邮亭，故名。〔2〕友于：兄弟之情。语出《尚书》："惟孝友于兄弟。"〔3〕镇江：明清府名，位于长江北岸，今江苏省镇江市。〔4〕金山：在今镇江市西北，原屹立于长江中，清代光绪之后沙涨成陆，与南岸相连。山上有名刹金山寺。〔5〕邃（suì）于《易》数：精通《周易》占卜之术。〔6〕攒瘗：暂时掩埋，不是正常埋葬。〔7〕冢志：墓碑砖

圹之类的标志。〔8〕雉堞（dié）：城墙上的垛口。〔9〕墟市：集市。〔10〕皂：皂隶。衙役穿青衣，故称皂隶，简称"皂"。〔11〕秉礼：恪守礼仪。〔12〕缧绁（léi xiè）：捆绑。缧，捆犯人的绳索，此处为捆绑。〔13〕傲睨：傲慢斜视。〔14〕提幡（fān）：丧家将亡人入殓后，以八尺白布书写死者姓名挂在门前为丧幡。不摘提幡，就是此人还在阴世间。〔15〕经纪：管理。〔16〕颐：下巴。〔17〕篡取：夺取。〔18〕含睇：脉脉含情地看着。〔19〕志其没处：记住其消失的地方。〔20〕盈盈然神仙不殊：体态轻盈美好，像天上仙女。《古诗十九首·青青河畔草》："盈盈楼上女，皎皎当窗牖。"〔21〕佞佛：迷信佛教。〔22〕皈依甚虔：虔诚地信奉佛教。〔23〕蠹役：横行不法的坏衙役。蠹，蛀虫，比喻损害法纪。〔24〕循良：奉公守法的官吏。〔25〕刀锯鼎镬：指各种酷刑。

点评

这是个著名的人鬼恋故事。蒲松龄旧瓶装新酒，以传统故事强烈而沉重地负荷起刺贪刺虐的思想重责。《聊斋》新鬼故鬼并非蒲松龄凭空创造的天方夜谭。冥世其实是现实另一种形式。阴世隶卒索贿枉法，猥亵女囚，是黑暗现实的倒影。王鼎杀隶卒如快刀斩乱麻，毫不手软，实际是普通百姓对黑暗吏治深恶痛绝的想象性和浪漫性惩戒。伍秋月的复活，是对六朝小说沉魂复生的诗意性再创造。《搜神记》写李仲文之女有命中注定的复活日期，但因其父发冢过早，李氏女虽已面目如生，腰下只有枯骨，没法生还，永沉阴世。按六朝小说原则，沉魂复生有严格"定数"，不可违拗，否则就万劫不复。伍秋月本来也有准确复活时间，但王鼎为秋月杀了役隶，为逃脱冥中惩罚，必须提前复活。秋月成功复活，是人定胜天，是王鼎忘我之爱的胜利。小说写王鼎帮助哥哥和伍秋月复活，写王鼎两次杀掉冥世恶役再逃脱冥世的追捕，都是浪漫狂想。"异史氏曰"提出能铲除残害人民的恶役者就是贤良，对残害人民者不管如何惩罚都不过分，体现了作家惩贪罚虐的美好愿望。

伍秋月
片石昌題易牧精
埋香卅載竟蘇生
冥追情有靈
待在秋月榜今
十倍明

卷四

莲花公主

①褐色，蜂色也。

②"邻境"即邻家蜂巢。

③叠阁重楼，寓意双关。表面上是进入有独特建筑风格的宫殿，实际是有密密麻麻蜂房的蜂巢。

④往来甚夥，也是寓意双关。字面意思是人多事忙，实际暗寓蜜蜂匆匆忙忙爬出爬进。妙！

⑤钲鼓不鸣，乃无钲鼓可鸣。是雅致的乐队演奏，更寓群蜂飞鸣之意。紧扣幽细的蜂音做文章。

⑥"才人""君子"对联暗喻窦旭娶莲花公主。

⑦既是装饰珠宝的妙龄少女，又隐含蜜蜂飞翔散布花香之意。

　　胶州窦旭〔1〕，字晓晖。方昼寝，见一褐衣人立榻前①，逡巡惶顾，似欲有言。生问之，答云："相公奉屈〔2〕。""相公何人？"曰："近在邻境。"②从之而出，转过墙屋，导至一处，叠阁重楼，万椽相接。曲折而行，觉万户千门，迥非人世③。又见宫人女官〔3〕，往来甚夥④，都向褐衣人问曰："窦郎来乎？"褐衣人诺。俄一贵官出迎，见生甚恭。既登堂，生启问曰："素既不叙〔4〕，遂疏参谒〔5〕。过蒙爱接〔6〕，颇注疑念〔7〕。"贵官曰："寡君以先生清族世德〔8〕，倾风结慕〔9〕，深愿思晤焉。"生益骇，问："王何人？"答云："少间自悉。"

　　无何，二女官至，以双旌导生行〔10〕。入重门，见殿上一王者。见生入，降阶而迎，执宾主礼。礼已，践席〔11〕，列筵丰盛。仰视殿上一匾曰"桂府"。生踧踖不能致辞〔12〕。王曰："忝近芳邻〔13〕，缘即至深，便当畅怀，勿致疑畏。"生唯唯。酒数行，笙歌作于下，钲鼓不鸣〔14〕，音声幽细⑤。稍间，王忽左右顾曰："朕一言，烦卿等属对：'才人登桂府〔15〕。'"四座方思，生即应云："君子爱莲花〔16〕。"⑥王大悦曰："奇哉！莲花乃公主小字，何适合如此？宁非夙分？传语公主，不可不出一晤君子。"移时，佩环声近，兰麝香浓，则公主至矣⑦。年十六七，妙好无双。王命向生展拜，曰："此即莲花小女也。"拜已而去。

　　生睹之，神情摇动，木坐凝思。王举觞劝饮，目竟罔睹。王似微察其意，乃曰："息女宜相匹敌，但自惭不类，如何？"生怅然若痴，即又不闻。近坐者蹑之曰〔17〕："王揖君未见，王言君未闻耶？"生茫乎若

743

⑧窦旭视听皆迷写得极有层次。他见到莲花公主后魂不守舍，如同现实生活中青年男子偶遇高贵美丽女性时既痴迷爱恋，又自惭形秽。心理描写真实细腻，委曲婉转。

⑨入梦离家，梦遇公主，因精神恍惚而失去联姻机会，归家出梦并想寻梦。入梦时为午睡，出梦时则傍晚。时间安排合情合理、严密周到。

⑩纯是宫廷嫁女的气象。既是人间夫妇的新婚洞房，又以温暖芳香暗指蜂房；既是人间的琼楼华阁和妙龄美女，又是蜂巢和蜜蜂。暗点法，巧妙！

⑪"以带围腰，布指度足"均形容公主腰细脚小，亦暗指蜂之生物特点。

⑫娶得如花美眷，乐极而以为是梦，莲花偏偏回答哪儿是梦？妙问巧答，生出妙趣无穷之文。

⑬好名！黑翅膀也。

失，憷僳自惭〔18〕⑧，离席曰："臣蒙优渥〔19〕，不觉过醉，仪节失次，幸能垂宥〔20〕。然日旰君勤〔21〕，即告出也。"王起曰："既见君子，实惬心好，何仓卒而便言离也？卿既不住，亦无敢于强。若烦萦念，更当再邀。"遂命内官导之出〔22〕。途中，内官语生曰："适王谓可匹敌，似欲附为婚姻，何默不一言？"生顿足而悔，步步追恨，遂已至家。忽然醒寤，则返照已残。冥坐观想，历历在目。晚斋灭烛，冀旧梦可以复寻，而邯郸路渺〔23〕，悔叹而已⑨。

一夕，与友人共榻，忽见前内官来，传王命相召。生喜，从去，见王，伏谒。王曳起，延止偶坐〔24〕，曰："别后知劳思眷。谬以小女子奉裳衣，想不过嫌也。"生即拜谢。王命学士大臣陪侍宴饮〔25〕。酒阑〔26〕，宫人前白："公主妆竟。"俄见数十宫女拥公主出，以红锦覆首，凌波微步〔27〕，挽上氍毹〔28〕，与生交拜成礼⑩。已而，送归馆舍。洞房温清，穷极芳腻〔29〕。生曰："有卿在目，真使人乐而忘死。但恐今日之遭，乃是梦耳。"公主掩口曰："明明妾与君，那得是梦？"诘旦方起，戏为公主匀铅黄，已而以带围腰，布指度足〔30〕⑪。公主笑问："君颠耶？"曰："臣屡为梦误，故细志之。倘是梦时，亦足动悬想耳〔31〕。"⑫调笑未已，一宫女驰入曰："妖入宫门，王避偏殿〔32〕，凶祸不远矣！"生大惊，趋见王。王执手泣曰："君子不弃，方图永好〔33〕。讵期孽降自天〔34〕，国祚将覆〔35〕，且复奈何！"生惊问何说。王以案上一章，授生启读。章曰："含香殿大学士臣黑翼⑬，为非常妖异，祈早迁都，以存国脉事。据黄门报称：自五月初六日，来一千丈巨蟒，盘踞宫外，吞食内外臣民一万三千八百余口，所过宫殿尽成丘墟，等因〔36〕。臣奋勇前窥，确见妖蟒，头如山岳，目等江海。昂首则殿阁齐吞，伸展则楼垣尽覆。真千古未见之凶，万代不遭之祸！社稷宗庙〔37〕，危在旦夕！乞皇上早

744

率宫眷，速迁乐土〔38〕。"⑭云云。生览毕，面如灰土。即有宫人奔奏："妖物至矣！"阖殿哀呼，惨无天日。王仓遽不知所为，但泣顾曰："小女已累先生。"

生悒息而返。公主方与左右抱首哀鸣，见生入，牵衿曰："郎焉置妾？"生怆恻欲绝，乃捉腕思曰："小生贫贱，惭无金屋〔39〕。有茅庐三数间，姑同窜匿，可乎？"公主含涕曰："急何能择？乞携速往。"生乃挽扶而出。未几，至家。公主曰："此大安宅〔40〕⑮，胜故国多矣。然妾从君来，父母何依？请别筑一舍，当举国相从。"生难之。公主号咷曰："不能急人之急，安用郎也！"

生略慰解，即已入室。公主伏床悲啼，不可劝止。焦思无术，顿然而醒，始知梦也。而耳畔啼声，嘤嘤未绝，审听之，殊非人声，乃蜂子二三头，飞鸣枕上⑯。大叫怪事。友人诘之，乃以梦告。友人亦诧为异。共起视蜂，依依裳袂间〔41〕，拂之不去。友人劝为营巢⑰。生如所请，督工构造。方竖两堵，而群蜂自墙外来，络绎如绳。顶尖未合，飞集盈斗〔42〕。迹所由来〔43〕，则邻翁之旧圃也。圃中蜂一房，三十余年矣，生息颇繁。或以生事告翁。翁觇之，蜂户寂然。发其壁，则蛇据其中，长丈许。捉而杀之，乃知巨蟒即此物也⑱。蜂入生家，滋息更盛，亦无他异⑲。

⑭ "大学士"的奏章沉稳庄重，是台阁大臣议政口气，是国家遭受外来侵略情景。其实千丈蟒蛇不过丈许小蛇，在蜜蜂眼中却是庞然大物，小王国的大入侵者，有趣！

⑮ 再简陋的人间住房也比蜂房大得多。

⑯ 娇啼的公主变成飞鸣的蜜蜂；桂府变成园中旧蜂房；国王、大臣、公主均不复存在，而变成络绎不绝的群蜂。人和物骤变，变得快速利落。作家像魔术大师，眨眼间，纸变飞鸟，活人切两半，人们在惊诧之际，幕布垂下，留下无限回味。妙哉！

⑰ 友人亦善解人意。

⑱ 兔起鹘落，妙笔翻空。缘幻生情，情梦如诗。

⑲ 倘若再有他异，岂不成狗尾续貂？

校勘

底本：手稿本。参校：康熙本、异史、二十四卷本、铸雪斋本、青柯亭本。

注释

〔1〕胶州：今山东省胶州市。〔2〕相公：古时对有身份的人的称呼。此处是褐衣人对主人称呼。奉屈：请您屈驾光临。〔3〕宫人：宫廷服务的侍女。女官：女史之类。〔4〕素既不叙：向来没有交谈过。"素不相识"的文雅说法。〔5〕参谒：晋见有身份的人。〔6〕爱接：抬爱接见。〔7〕疑念：怀疑。〔8〕清族

745

世德：清门大族，祖上有德。〔9〕倾风结慕：向往倾慕他人的风采。〔10〕双旌：高官的仪仗。〔11〕践席：入席。〔12〕踧踖：局促不安。〔13〕忝近芳邻：荣幸地跟您是邻居。忝，自谦话。〔14〕钲（zhēng）鼓：两种打击乐器。〔15〕才人登桂府：有才华者进士及第。桂府，指礼部考贡士的地方。〔16〕君子爱莲花：宋代周敦颐《爱莲说》创造"出淤泥而不染，濯清涟而不妖"说法，文人爱莲成为常例。此"莲花"既指自然的花，又特指莲花公主。〔17〕蹴：踩。暗示的动作，悄悄用脚碰一下，提醒窦旭注意大王的话。〔18〕㦬㦬（mǒ luó）：羞愧。〔19〕优渥：盛情款待。〔20〕垂宥：赐以宽容的待遇。〔21〕日旰（gàn）君勤：天色已晚，君王劳乏。〔22〕内官：宦官。〔23〕邯郸路渺：美梦难寻。唐代《枕中记》写卢生在邯郸客店遇道士吕翁给青瓷枕，卢生入梦做大官。后世遂以"邯郸"代指美妙的梦境。〔24〕延止偶坐：请窦旭在旁边入座。偶坐，陪坐。《礼记·曲礼上》："偶坐不辞。"汉郑玄注："偶，配也。"《聊斋》手稿为"偶坐"。铸雪斋、二十四卷抄本为"隅坐"，隅坐是另外安排座位的意思。〔25〕学士：翰林学士。〔26〕酒阑：饮酒将结束。〔27〕凌波微步：脚步轻盈地走来。〔28〕氍毹（qú shū）：毛织地毯。〔29〕芳腻：香气弥漫，令人沉醉。〔30〕以带围腰，布指度足：用带子去量公主的细腰，伸开拇指与中指做尺子，丈量公主纤足。〔31〕悬想：想象，猜想。〔32〕偏殿：朝廷正殿旁边的殿堂。〔33〕永好：永以为好。〔34〕讵（jù）期：不料。〔35〕国祚（zuò）将覆：国家将要灭亡。〔36〕等因：旧时公文的小段结束语。〔37〕社稷：古代帝王祭祀的土神和谷神。宗庙：祭祀祖先的庙宇。〔38〕乐土：安乐之处。〔39〕金屋：供高贵的美人居住的房屋。典出《汉武故事》，汉武帝刘彻幼时，其姑母长公主问他，若娶妇，"阿娇好不？"刘彻回答："好！若得阿娇作妇，当作金屋贮之也。"〔40〕安宅：安乐的住宅。〔41〕依依裳袂间：在衣服上留恋不去。〔42〕盈斗：比斗还大。十升为一斗。〔43〕迹所由来：追踪它们来的痕迹。

点评

　　重写前人题材是《聊斋志异》的重要取材方式。蒲松龄对传统题材立足于变革，致力于创新。发他人未见之幽，烛他人未见之微。此文与唐传奇《南柯太守传》有明显师承关系。《南柯太守传》写游侠淳于棼梦中进入大槐安国做驸马，享尽荣华富贵，醒后发现，大槐安国乃家中蚁穴。他感叹人世倏忽，栖心道门。蒲松龄屏除《南柯太守传》的消极出世思想，借梦成篇，以写意取胜，艺术成就突出。具体表现在三方面：其一，寓意双关，既描写特殊的宫殿又象征蜂巢，描写美丽的公主，暗寓蜜蜂飞鸣；其二，构思轻快紧凑，以两个梦构成一个艳遇故事；其三，描写圆转、新峭。写人而物、物而人的情景独具风采。作者写入梦、寻梦、悟梦，笔法多变，新颖独特。

蓮花公主

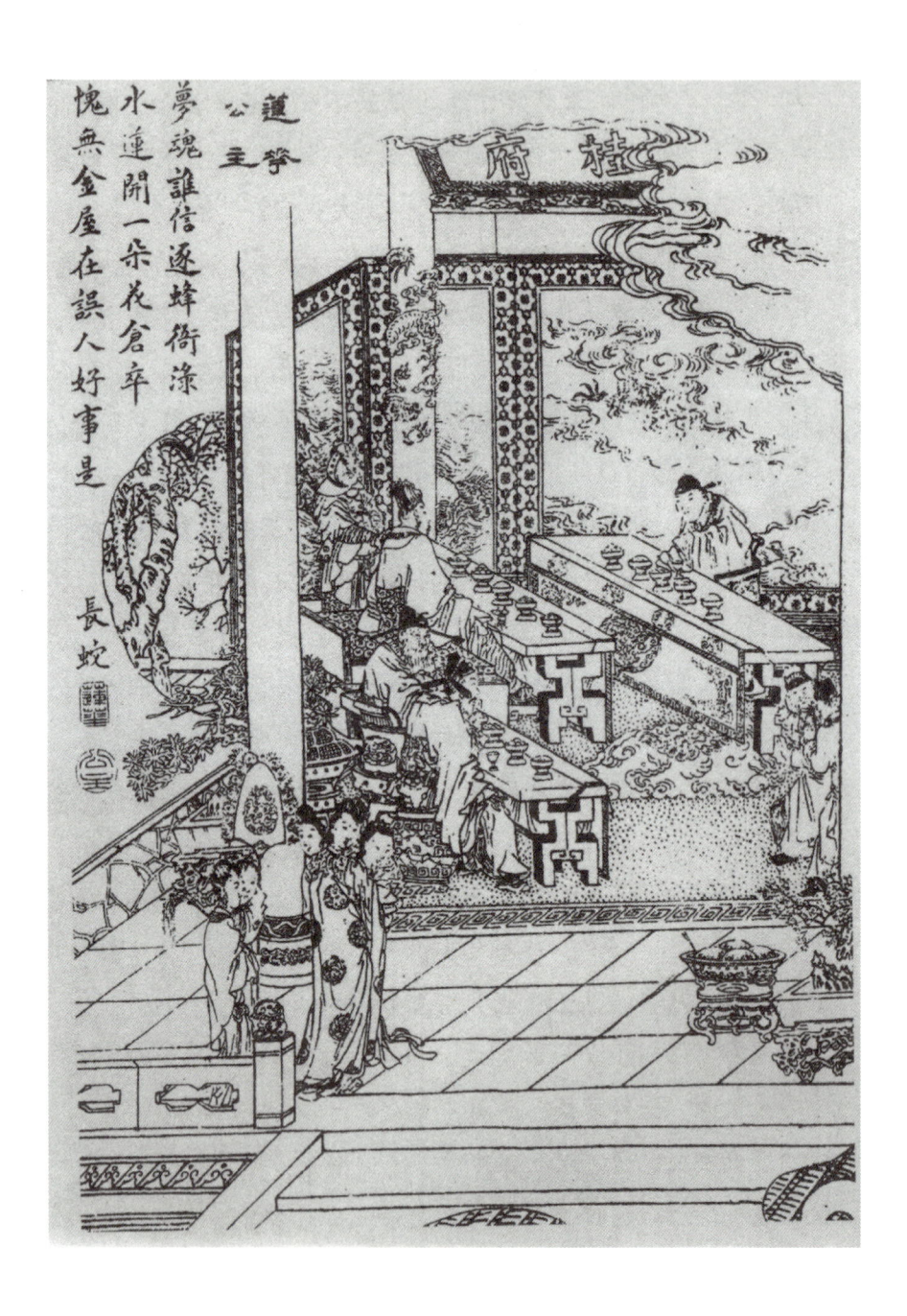

夢魂誰信逐蜂衙，潦水蓮開一朵花倉卒，愧無金屋在誤人好事是

長蛇

绿衣女

于生名璟，字小宋，益都人〔1〕，读书醴泉寺。夜方披诵〔2〕，忽一女子在窗外赞曰："于相公勤读哉！"因念深山何处得女子？方疑思间，女已推扉笑入，曰："勤读哉！"于惊起，视之，绿衣长裙，婉妙无比。于知非人，固诘里居〔3〕。女曰："君视妾当非能咋噬〔4〕者，何劳穷问？"①于心好之，遂与寝处。罗襦既解，腰细殆不盈掬〔5〕。更筹方尽〔6〕，翩然遂去。由此无夕不至②。

一夕，共酌，谈吐间妙解音律〔7〕。于曰："卿声娇细，倘度一曲，必能消魂〔8〕。"女笑曰："不敢度曲，恐消君魂耳。"于固请之。曰："妾非吝惜，恐他人所闻。君必欲之，请便献丑，但只微声示意可耳。"遂以莲钩轻点足床〔9〕，歌云："树上乌臼鸟〔10〕，赚奴中夜散。不怨绣鞋湿，只恐郎无伴。"③声细如蝇，裁可辨认〔11〕。而静听之，宛转滑烈〔12〕，动耳摇心。歌已，启门窥曰："防窗外有人。"绕屋周视，乃入。生曰："卿何疑惧之深？"笑曰："谚云：'偷生鬼子常畏人。'妾之谓矣。"

既而就寝，惕然不喜〔13〕，曰："生平之分，殆止此乎？"于急问之，女曰："妾心动，妾禄尽矣〔14〕。"于慰之曰："心动眼睏〔15〕，盖是常也，何遽此云？"女稍怿〔16〕，复相绸缪。更漏既歇，披衣下榻。方将启关，徘徊复返，曰："不知何故，惵惵心怯〔17〕，乞送我出门。"于果起，送诸门外。女曰："君伫望我，我逾垣去，君方归。"于曰："诺。"视女转过房廊，寂不复见。方欲归寝，闻女号救甚急。于奔往，四顾无迹，声在檐间。举首细视，则一蛛大如弹，抟捉一物〔18〕，哀鸣声嘶。于破网挑下，去其缚缠，

①拒绝得温文尔雅。

②超凡脱俗的外貌说明非同凡人，细腰绿裙暗寓绿蜂外形。

③台湾地区《聊斋》专家罗敬之在《蒲松龄和〈聊斋志异〉》提出对绿衣女所唱小曲另一解释：乌臼鸟半夜将绿蜂伴侣吃掉，她不得不到人间重新寻找伴侣。因此"偷生鬼子常畏人"，总担心爱情不能持久，自己福分将尽。

④但明伦评:"写色写声,写形写神,俱从蜂曲曲画出,结处一笔点明,复以投墨作字,振翼穿窗,作不尽之语。短篇中具赋物之妙。"

⑤鲁迅先生说《聊斋》形象"偶见鹘突,知复非人"。少女呼救变成绿蜂啼鸣,蜂走墨池后作"谢"字。纯粹的物显示美好的人的心态,以意外妙境和不尽之意,为清丽挥洒的美文作结。

则一绿蜂,奄然将毙矣。捉归室中,置案头,停苏移时〔19〕,始能行步。徐登砚池,自以身投墨汁,出伏几上,走作"谢"字,频展双翼④,已乃穿窗而去。自此遂绝。⑤

校勘

底本:手稿本。参校:康熙本、异史、二十四卷本、铸雪斋本、青柯亭本。

注释

〔1〕益都:今山东省青州市。青州是古九州之一。禹原定传位于治水功臣益。益在青州建都,称为益都。后因继位者为启,益都未成为国都。〔2〕披诵:翻开书朗读。披,翻开。〔3〕固诘里居:一再询问居住地址。〔4〕咋噬(zé shì):吃人、咬人。咋,咬。噬,吞吃。〔5〕"罗襦(rú)既解"两句:是说绿衣女解开绸制的衣服,腰细得大概两手合掐还很宽松。掬,指两手拇指与中指圈成的大小。〔6〕更筹方尽:五更过去,天色微明。更,古代夜间计时,一夜分五更,每更约两小时。更筹,夜间计时报更的竹签。〔7〕妙解音律:精通音乐。妙解,修养精深。音律,古代的律吕、宫调。〔8〕度一曲:唱一支歌。度曲,按谱歌唱。〔9〕以莲钩轻点足床:用美丽的小脚轻轻在脚踏上打拍。莲钩,绣花的尖头鞋。足床,旧时床前放着的小矮桌,长方形台面,高二三十厘米。〔10〕"树上乌臼鸟"四句:通常解释为,树上乌臼鸟的啼声惊散绿衣女与情郎欢会,她不担心自己的绣鞋湿了,只担心情郎没了伴。这样解读还可联系南朝民歌贪欢怕晓的情侣所唱:"打杀长鸣鸡,弹去乌臼鸟。愿得连暝不复曙,一年都一晓。"但黎明啼晓如何导致"中夜散"?又似牵强。乌臼鸟,候鸟名,形似鸦而稍小,北方俗称"黎雀""鸦舅",五更则鸣。赚,欺骗。中夜,半夜。

〔11〕裁:略微。〔12〕"宛转滑烈"二句:绿衣女的歌声清亮宛转,非常动

人。〔13〕惕然：心惊肉跳，恐惧不安的样子。〔14〕禄尽：福分将尽，生命走到尽头。〔15〕心动眼瞤（shùn）：因为心里有事，眼皮乱跳。〔16〕稍怿（yì）：稍微高兴一点儿。〔17〕惵惭（tí sī）心怯：胆战心惊，非常害怕。〔18〕抟（tuán）：将东西紧紧抓在手（爪）中。〔19〕停苏移时：停在案头，经过一段时间慢慢苏醒。

点评

短短七百字，如诗如画。人物之美，无与伦比。"物而人"是蒲松龄的拿手好戏，《绿衣女》为其翘楚。少女绿蜂，会合无间。少女优美化，绿蜂人格化，写得扑朔迷离。少女绿衣长裙，实指绿蜂翅膀；腰细殆不盈掬，实指蜂腰；少女妙解音律，实指蜂之善鸣；"偷生鬼子常畏人"，非畏人，乃畏乌臼鸟也。处处写美丽而娇柔的少女，时时暗点绿蜂身份。婉妙的身材，写蜂形；娇细的声音，写蜂音。写声写色、写形写神，皆丝丝入扣，少女变成绿蜂，顺理成章。

绿衣女温柔多情、巧而能庄、趣而能雅，有令人销魂的美姿。其唱词清丽，意在言外又不露纤巧，可谓词清、乐韵、人美。绿衣女与其他《聊斋志异》女性不同的是她特别低调、胆小，莫名其妙恐惧。实际上，她爱情受过挫折，原来的伴侣被乌臼鸟吃掉，她凄惨偷生，化成绿衣女到人间来寻找新爱。一朝被蛇咬，十年怕井绳，她时时担心不幸再次发生，而小小的绿蜂被蛛网罩上，是常有之事。蒲松龄写出绿衣女特有的生存姿态，有很大特殊性，又构成特殊的美感。

绿衣女

窥眺有女妆
逸迓一曲清
歌妙入神居
家不芳君紫
闺绿衣原是
术宫人

黎氏

龙门谢中条者〔1〕，佻达无行〔2〕。三十余丧妻，遗二子一女，晨夕啼号，萦累甚苦〔3〕。①谋聘继室，低昂未就，暂雇佣媪抚子女。

一日，翔步山途〔4〕，忽一妇人出其后，待以窥觇，是好女子，年二十许，心悦之，戏曰："娘子独行，不畏怖耶？"妇走，不对。又曰："娘子纤步，山径殊难。"妇仍不顾。谢四望无人，近身侧，遽挚其腕〔5〕，曳入幽谷，将以强合，妇怒呼曰："何处强人，横来相侵！"谢牵挽而行，更不休止，妇步履跌蹶〔6〕，困窘无计，乃曰："燕婉之求〔7〕，乃若此耶？缓我，当相就耳。"谢从之。偕入静壑，野合既已，遂相欣爱。②妇问其里居姓氏，谢以实告，既亦问妇，妇言："妾黎氏，不幸早寡，姑又殒殁，块然一身，无所依倚，故常至母家耳。"谢曰："我亦鳏也，能相从乎？"妇问："君有子女无也？"谢曰："实不相欺，若论枕席之事，交好者亦颇不乏，只是儿啼女哭，令人不耐。"妇踌躇曰："此大难事！观君衣服袜履，款样亦只平平，我自谓能办。但继母难作，恐不胜诮让也。"谢曰："请毋疑阻。我自不言③，人何干与？"妇亦微纳，转而虑曰："肌肤已沾，有何不从？但有悍伯，每以我为奇货，恐不允谐，将复如何？"谢亦忧皇，请与逃窜。妇曰："我亦思之烂熟，所虑家人一泄，两非所便。"谢云："此即细事。家中惟一孤媪，立便遣去。"妇喜，遂与同归。先匿外舍，即入遣媪讫，扫榻迎妇，倍极欢好。妇便操作，兼为儿女补缀，辛勤甚至。④谢得妇，嬖爱异常〔8〕，日惟闭门相对，更不通客。月余，适以公事出，反关乃去〔9〕。及归，则中门严闭，扣之不应，排阖而入，渺无人迹。方至寝室，一巨狼冲门跃出，几惊绝，入视，子女皆无，鲜血殷地，

① 谢中条的不幸主要不因他择偶不慎，而是无行。他以子女为不耐的负担，以渔色为乐，是个饥不择食又不乐意承担儿女责任的家伙。

② 一个拦路施暴的流氓，一个来者不拒的荡妇，两败类居然论婚娶。

③ 谢做出任其肆虐的承诺，黎氏开始有恃无恐地实现残害子女的计谋，先剪其羽翼，将佣媪送走。

④ 做出一副贤妻良母模样，让本来对儿女不尽心的谢中条心安理得地将三个子女交给居心叵测的后母。

惟三头存焉。返身追狼,已不知所之矣。⑤

异史氏曰:"士则无行,报以惨矣。再娶者,皆引狼入室耳,况将于野合逃窜中求贤妇哉!"⑥

⑤可怜的孩子!最遗憾的是,恶狼为什么偏偏不吃了这个引狼入室的家伙?
⑥两层劝世意思:其一,涉及中下层人民生活中一个普遍性问题:千万莫要为子女娶后母;其二,择偶要慎之又慎。要有道德标准,万不可从行为不检者(野合)和不知底者(逃窜)中求妇。

校勘

底本:手稿本。参校:康熙本、异史、二十四卷本、铸雪斋本、青柯亭本。

注释

〔1〕龙门:今山西省河津市。〔2〕佻达:放荡、轻薄。〔3〕萦累:牵累。〔4〕翔步:缓步。〔5〕挲(suō):原意为抚摸,引申为抓住。〔6〕跌蹶:跌跌撞撞。〔7〕燕婉之求:与安详和顺的男子夫妇和美。《诗经·邶风·新台》:"燕婉之求,籧篨不鲜。"〔8〕嬖(bì)爱:非常宠爱。〔9〕反关:反锁门。

点评

本文寓言式地描写父亲的不慎婚姻给子女带来的毁灭性损害。莱辛在《论寓言的本质》中说:"寓言的最终目的,也就是创作寓言的目的,就是一句道德教训。"后娘化狼固然奇怪,但恶狼式的后娘却尤须警惕,这就是《黎氏》给人的道德教训。

人异化为动物,是古代小说常写的题材,唐传奇《广异记·冀州刺史》写刺史之子路遇一陌生女子,恋其美,先野合,后带回家同居,结果被女子化成的大白狼吃掉。《黎氏》显然受此影响。后娘异化恶狼,寓劝世讽世之意。

黎氏

蕭瑟蘆花淚
眼枯世間詎少
黑心符可憐
膝下佳兒女
供得冰閨
一飽無

荷花三娘子

① 杜甫诗"江碧鸟俞白，山青花欲燃"。不同的音调构成最美的和音。荷花三娘子和她的"曹丘生"相得益彰。

② 一副"性解放"口吻，毫不知耻。刚和人野合，又接着引诱宗生，鄙贱放荡，令人不快。

湖州宗湘若〔1〕，士人也。秋日巡视田垄〔2〕，见禾稼茂密处，振摇甚动。疑之，越陌往觇〔3〕，则有男女野合。一笑将返。即见男子觍然结带，草草径去，女子亦起。细审之，雅甚娟好①。心悦之，欲就绸缪，实惭鄙恶〔4〕。乃略近拂拭曰："桑中之游乐乎〔5〕？"女笑不语。宗近身启衣，肤腻如脂。于是挼莎上下几遍〔6〕。女笑曰："腐秀才，要如何便如何耳，狂探何为？"诘其姓氏。曰："春风一度〔7〕，即别东西，何劳审究，岂将留名字做贞坊耶？"②宗曰："野田草露中，乃山村牧猪奴所为〔8〕，我不习惯。以卿丽质，即私约亦当自重，何至屑屑如此〔9〕？"女闻言，极意嘉纳〔10〕。宗言："荒斋不远，请过留连。"女曰："我出已久，恐人所疑。夜分可耳。"问宗门户物志甚悉，乃趋斜径，疾行而去。

更初，果至宗斋，殢雨尤云〔11〕，备极亲爱。积有月日，密无知者。会一番僧卓锡村寺〔12〕，见宗，惊曰："君身有邪气，曾何所遇？"答言："无之。"过数日，悄然忽病。女每夕携佳果饵之，殷勤抚问，如夫妻之好。然卧后必强宗与合。宗抱病，颇不耐之。心疑其非人，而亦无术暂绝使去。因曰："曩和尚谓我妖惑〔13〕，今果病，其言验矣。明日屈之来，便求符咒。"女惨然色变。宗益疑之。

次日，遣人以情告僧。僧曰："此狐也。其技尚浅，易就束缚。"乃书符二道，付嘱曰："归以净坛一事置榻前〔14〕，即以一符贴坛口。待狐窜入，急覆以盆。再以一符黏盆上，投釜汤烈火烹煮，少顷毙矣。"家人归，并如僧教。夜深，女始至，探袖中金橘，方将就榻问讯，忽坛口飕飗一声〔15〕，女已吸入。家人暴起，覆口贴符，方欲就煮，宗见金橘散满地上，追念情好，怆然感动，遽命释之。揭符去覆，女子自坛中出，狼狈颇殆，稽首曰："大道将成，一旦几为灰土。君，仁人也，誓必相报。"③遂去。

数日，宗益沉绵，若将陨坠〔16〕。家人趋市，为购材木，途中遇一女子，问曰："汝是宗湘若纪纲否〔17〕？"答云："是。"女曰："宗郎是我表兄。闻病沉笃〔18〕，将便省视，适有故不得去。灵药一裹，劳寄致之。"家人受归。宗念中表讫无姊妹，知是狐报。服其药，果大瘳〔19〕，旬日平复。心德之，祷诸虚空，愿一再觏〔20〕。

一夜，闭户独酌，忽闻弹指敲窗。拔关出视，则狐女也。大悦，把手称谢，延止共饮。女曰："别来耿耿〔21〕，思无以报高厚〔22〕。今为君觅一良匹，聊足塞责否？"宗问："何人？"曰："非君所知。明日辰刻，早越南湖，如见有采菱女，着冰縠帔者〔23〕，当急舟趁之。苟迷所往，即视堤边，有短干莲花隐叶底，便采归。以蜡火爇其蒂，当得美妇，兼致修龄〔24〕④。"宗谨受教。既而告别，宗固挽之。女曰："自遭厄劫，顿悟大道。即奈何以衾裯之爱〔25〕，取人仇怨？"厉色辞去。

宗如言，至南湖，见荷荡佳丽颇多。中一垂髫人，衣冰縠，绝代也。促舟劙逼〔26〕，忽迷所往。即拨荷丛，果有红莲一枝，干不盈尺，折之而归。入门，置几上，削蜡于旁〔27〕，将以爇火。一回头，化为姝丽。宗惊喜伏拜。女曰："痴生！我是妖狐，将为君祟矣。"宗不听，女曰："谁教子者？"答曰："小生自能识卿，何待教？"捉臂牵之，随手而下，化为怪石。高尺许，面面玲珑⑤。乃携供案上，焚香再拜而祝之。入夜，杜门塞窦〔28〕，惟恐其亡。平旦视之〔29〕，即又非石，纱帔一袭，遥闻芗泽〔30〕；展视领衿，犹存余腻〔31〕。宗覆衾拥之而卧。暮起挑灯，既返，则垂髫人在枕上。喜极，恐其复化，哀祝而后就之。女笑曰："孽

③"君，仁人也，誓必相报"是宗生和狐女的结语，又是宗生和三娘子的提笔。宗生怜悯之心使狐女有了道德感，用给宗生治病赎采补之过，以给宗生介绍佳侣表达觉醒的爱。

④"当得美妇，兼致修龄"是情节性预言。后文一一映照。荷花本来"出淤泥而不染"，放荡狐女介绍荷花三娘子更加深此意。狐女与三娘子一邪一正，又以邪荐正、以邪趋正。狐女的改过平添几分亲切，舍爱荐人又平添几分雅量。两女性如翠竹映荷花，冉冉生香。

⑤荷花三娘子与狐女迥然不同。狐女放荡任性，她矜持自重。宗生追求她的过程也是对她万般珍重的过程。

障哉⑥！不知何人饶舌，遂教风狂儿屑碎死〔32〕！"乃不复拒。而款洽间，若不胜任，屡乞休止。宗不听，女曰："如此，我便化去！"宗惧而罢。

　　由是两情甚谐。而金帛常盈箱箧，亦不知所自来。女见人喏喏〔33〕，似口不能道辞，生亦讳言其异。怀孕十余月，计日当产。入室，嘱宗杜门禁款者〔34〕，自乃以刀剖脐下，取子出，令宗裂帛束之，过宿而愈⑦。又六七年，谓宗曰："夙业偿满〔35〕，请告别也。"宗闻泣下，曰："卿归我时，贫苦不自立，赖卿小阜〔36〕。何忍遽言离逖〔37〕？且卿又无邦族，他日儿不知母，亦一恨事。"女亦怅惘〔38〕，曰："聚必有散，固是常也⑧。儿福相，君亦期颐〔39〕，更何求？妾本何氏，倘蒙思眷，抱妾旧物而呼曰'荷花三娘子'，当有见耳。"言已解脱，曰："我去矣。"惊顾间，飞去已高于顶。宗跃起，急曳之，捉得履。履脱及地，化为石燕；色红于丹朱，内外莹澈，若水精然。拾而藏之。检视箱中，初来时所着冰縠帔尚在。每一忆念，抱呼"三娘子"，则宛然女郎，欢容笑黛，并肖生平，但不语耳。

　　友人云："'花如解语还多事，石不能言最可人。'放翁佳句，可为此传写照。"⑨

⑥少女娇嗔倩语，淑女做撒娇语，宛然在耳。

⑦这可能是全世界最早的成功剖宫产记载？

⑧两情若是久长时，又岂在朝朝暮暮。新颖的感情观。
宗生两次遇合是封建时代士子猎艳行为的表现。相对两位性格鲜明的女性，宗生一直处于感受她们的地位，这实际是代作者行叙事之职，对宗生本人的刻画并不算太丰满。

⑨"友人云"几句是蒲松龄手稿亲笔，说明作者对此看法认可。异史本作"王阮亭云"。

校勘

　　底本：手稿本。参校：康熙本、异史、二十四卷本、铸雪斋本、青柯亭本。

注释

　　〔1〕湖州：明清府名，今浙江省湖州市。〔2〕田垅：田间。〔3〕陌：田间小路。〔4〕鄙恶：鄙陋恶劣。〔5〕桑中之游：指男女野外幽会。《诗经·鄘风·桑中》："期我乎桑中。"〔6〕挼莎（ruó suō）：以手探摸。〔7〕春风一度：指男女偶然交合。〔8〕牧猪奴：原意指赌徒，泛指粗鲁低下的人。《晋书·陶侃传》："樗蒱者，牧猪奴戏耳。"〔9〕屑屑：猥琐、轻率。〔10〕嘉纳：称赞、接受。〔11〕瀸（tī）雨尤云：沉溺于男欢女爱中。〔12〕番僧卓锡村寺：西域

来的僧人居住在村里寺庙。卓，植立；锡，僧人外出用的锡杖。〔13〕妖惑：被妖迷惑。〔14〕净坛：洁净的坛子。〔15〕飕飗（sōu liú）：风快速吹过的声音。〔16〕陨坠：死亡。〔17〕纪纲：原意为统领仆人的人，也泛指仆人。〔18〕沉笃：非常沉重。〔19〕大瘳：病很快好转。〔20〕觏（gòu）：见面。〔21〕耿耿：心事重重。〔22〕高厚：深厚的恩德。〔23〕冰縠帔（hú pèi）：用冰蚕丝制成的绉纱披肩。〔24〕修龄：高寿。〔25〕衾裯（qīn chóu）之爱：男女欢爱。衾裯，被褥等卧具。〔26〕劘（mó）：逼近。〔27〕削蜡：剪掉烛蕊便于燃烧。〔28〕杜门塞窦：关闭门窗。窦，孔穴。〔29〕平旦：清晨。〔30〕苾泽：香气。"苾"通"香"。〔31〕余腻：浓郁的香气。〔32〕屑碎：此处指不断纠缠。〔33〕喏（nuò）喏：顺从敬慎、不善言谈。〔34〕禁款：不许叫门。〔35〕夙业偿满：前生注定的恩情冤业已完成。〔36〕小阜：小康。〔37〕离逖（tì）：离别。〔38〕怅悒：惆怅。〔39〕期颐：百岁之寿。

点评

"花如解语还多事，石不能言最可人。"以蒲松龄转益多师的精神，陆放翁的诗句引发其电光石火般的构思是可能的。然而此篇与造化同工的艺术创造，并非放翁的诗句可概括。荷花三娘子初露面，是披着白纱的采菱女；化为红莲，婀娜之至，自是花中第一流；变为面面玲珑的怪石，逸秀清峭；怪石再变石燕，幻化无穷而无所不美。人物亦花、亦人、亦仙，风神秀彻。作家一管之笔，如麻姑掷米，粒粒皆为金砂。结构上以宗生与狐女、荷花三娘子相识、相爱、相离为线索，采用勾连式布局，一环扣一环。小说虽分上下两段，但穿插映照，无割裂痕迹。人物语言尤其成功。两个女子，狐女放荡任性，荷花三娘子温文收敛，对比鲜明。狐女"春风一度"等语常被研究者作为《聊斋》代表性语言引用。

荷花三娘子
为渠良足报
深恩荷萆经
镕蜡火太温石太
冷瓶花太艳古
访纱帐件清魂

骂鸭

① 盗鸭鸭毛生，盗牛者则牛毛生也？窃高位者如何？盗国者如何？

邑西白家庄民某〔1〕，盗邻鸭烹之。至夜，觉肤痒；天明视之，茸生鸭毛〔2〕①，触之则痛。大惧，无术可医。夜梦一人告之曰："汝病乃天罚。须得失者骂，毛乃可落。"而邻翁素雅量〔3〕，生平失物，未尝征于声色〔4〕。民诡告翁曰："鸭乃某甲所盗。彼深畏骂焉，骂之亦可警将来。"翁笑曰："谁有闲气骂恶人。"卒不骂。某益窘，因实告邻翁。翁乃骂，其病良已。②

② 蒲松龄长子蒲箬《祭父文》透露，蒲松龄为使《聊斋志异》能像晨钟暮鼓一样，大醒村庸市媪之梦，又演为通俗俚曲，以劝善惩恶，这说明蒲松龄重视文学作品的道德净化作用。

异史氏曰："甚矣，攘者之可惧也〔5〕：一攘而鸭毛生！甚矣，骂者之宜戒也：一骂而盗罪减！然为善有术，彼邻翁者，是以骂行其慈者也。"

校勘

底本：手稿本。参校：康熙本、异史、二十四卷本、铸雪斋本、青柯亭本。

注释

〔1〕邑西：淄川西部。邑，指作者故乡淄川。〔2〕茸：细毛丛生状。〔3〕雅量：宽宏大量，有修养，能容人。〔4〕未尝征于声色：不曾在声音及容态上表现出来。〔5〕攘：偷盗。

点评

善戏谑兮不为虐兮，《骂鸭》虽短，却用意很深，是劝人向善的寓言和诙谐的讽刺小品。对偷儿的惩罚，别出心裁，妙趣横生，令人喷饭。偷儿的鬼鬼祟祟，失主的雅量，几句话写活，小偷不得不如实招供并请骂，窘态可掬。

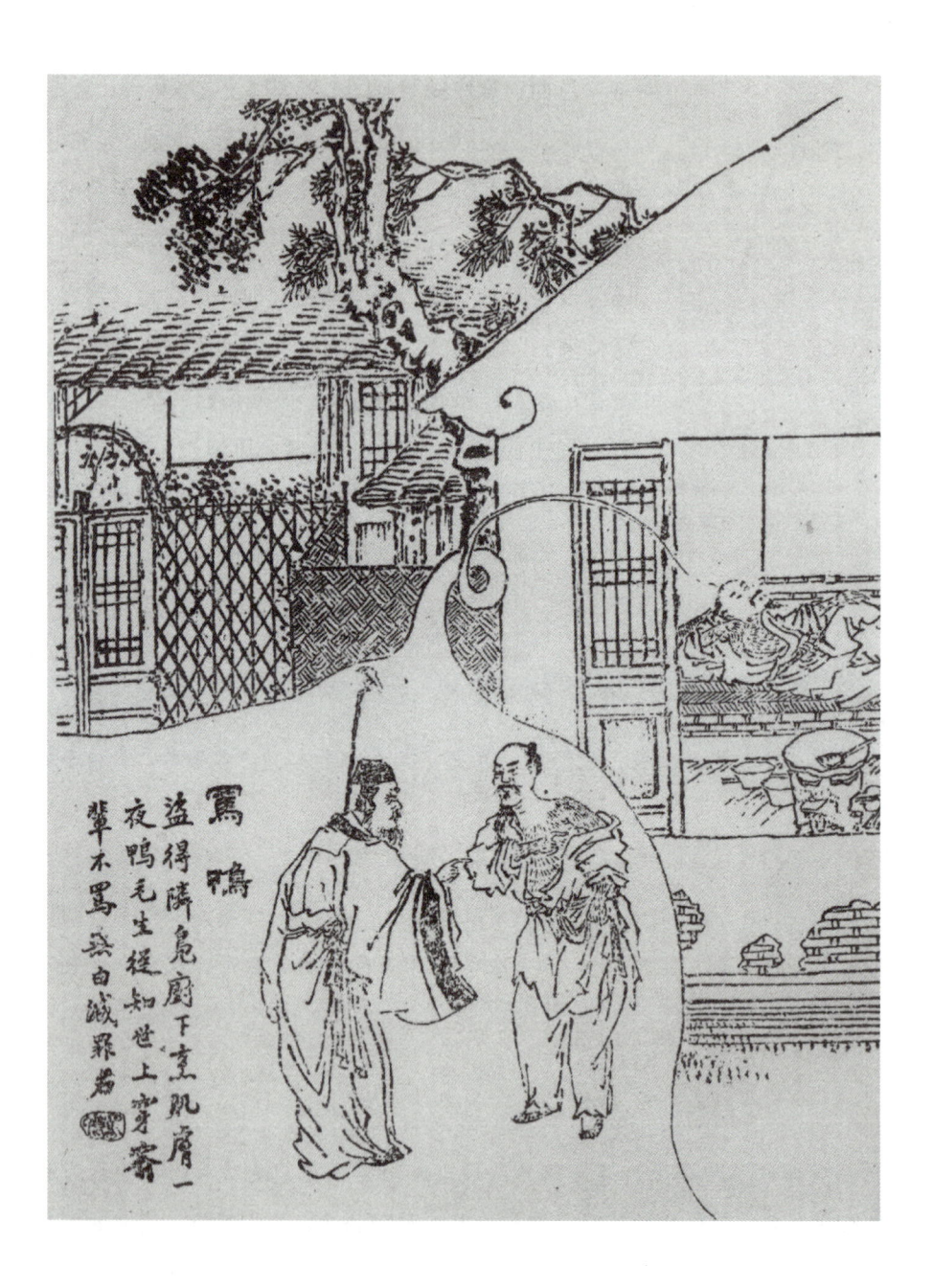

骂鸭

盗得邻鳧厨下烹，肌肤一夜鸭毛生。经知世上穿窬辈，不骂焉自诚罪名。

柳氏子

胶州柳西川，法内史之主计仆也〔1〕。年四十余，生一子，溺爱甚至，纵任之，惟恐拂。既长，荡侈逾检〔2〕，翁囊积为空。无何，子病，翁故蓄善骡，子曰："骡肥可啖。杀啖我，我病可愈。"柳谋杀蹇劣者〔3〕。子闻之，即大怒骂，疾益甚。柳惧，杀骡以进，子乃喜，然尝一脔〔4〕，便弃去，病卒不减，寻毙，柳悼叹欲绝。

后三四年，村人以香社登岱〔5〕。至山半，见一人乘骡，驶行而来，怪似柳子。比至，果是。下骡遍揖，各道寒暄①。村人共骇，亦不敢诘其死。但问："在此何作？"答云："亦无甚事，东西奔驰而已。"便问逆旅主人姓名，众具告之。柳子拱手曰："适有小故，不暇叙间阔，明日当相谒。"上骡遂去。众既归寓，亦谓其未必即来。厌旦俟之〔6〕，子果至，系骡厩柱，趋进笑言。②众谓："尊大人日切思慕，何不一归省侍？"子讶问："言者何人？"众以柳对。子神色俱变，久之曰："彼既见思，请归传语：我于四月七日，在此相候。"言讫，别去。

众归，以情致翁。翁大哭，如期而往，自以其故告主人。主人止之，曰："曩见公子，神情冷落③，似未必有嘉意。以我卜之也〔7〕，殆不可见。"柳涕泣不信。主人曰："我非阻君，神鬼无常，恐遭不善。如必欲见，请伏椟中，察其词色，可见则出。"柳如其言。既而子果至，问曰："柳某来否？"④主人答云："无。"子盛气骂曰："老畜产⑤那便不来！"主人惊曰："何骂父？"答曰："彼是我何父！初与义为客侣〔8〕，不意包藏祸心，隐我血资，悍不还。今愿得而甘心〔9〕，何父之有！"言已出门，曰："便宜他！"⑥柳在楼中，历历闻之，汗流接踵〔10〕，不敢出气。主人呼之，乃出，狼狈而归。

①对村人温文尔雅。

②"趋进笑言"生动，"趋"，快走；"笑"，说话时的表情。柳氏子对村人非常有礼貌。

③不合情理。

④焉有儿子对老子直呼其名者？怪哉。

⑤"老畜产"是很重的骂人话，由"儿子"骂老子，尤不可思议。

⑥怒火万丈，语态如画。儿子称老子"柳某""畜产""彼何是我父""顾得而甘心""便宜他"，读之令人毛骨悚然。

异史氏曰:"暴得多金,何如其乐?所难堪者偿耳。荡费殆尽〔11〕,尚不忘于夜台〔12〕,怨毒之于人甚矣!"

校勘

底本:手稿本。参校:康熙本、异史、二十四卷本、铸雪斋本、青柯亭本。

注释

〔1〕法内史:法若真(1613—1696),胶州人,曾任中书舍人、翰林院编修,"中书"隋唐时曾改称"内史",故称。道光二十五年(1845)《重修胶州志》有传。〔2〕荡侈逾检:放荡奢侈,不守规矩。〔3〕蹇劣:低等的。蹇,跛,行走不利。〔4〕胾:碎肉。〔5〕以香社登岱:结伙到山上进香谓"香社"。岱,泰山。〔6〕厌旦:黎明。〔7〕以我卜之:我估计。〔8〕义为客侣:合伙经商的伴侣。〔9〕得而甘心:杀了他解心头之恨。〔10〕汗流接踵:汗直流到脚后跟。〔11〕荡费殆尽:指仇人托生为柳氏子将其家产荡尽。〔12〕不忘于夜台:死了仍然不忘前世之仇。夜台,坟墓。

点评

做人要诚实,经商要诚信,不能不择手段,不可取不义之财。蒲松龄创造出"诚信"和"果报"互为补充的道德原则。对不讲道德的人给予严厉惩戒。柳西川不讲诚信,将同伴辛苦积聚的资本偷偷吞掉,同伴冤死后,转世做柳氏子,冤冤相报,将柳西川的家产荡尽,看到骡肥就要杀了吃肉,真杀了只吃一块,诚心作对。这故事带有明显的迷信色彩。逆子是前世欠债者来讨还,本是中国古代的传统观念。作者写人情世故善于从细部落笔,柳氏子对不相干的村人,热情而有礼貌,对父亲却神情冷落,谈到其父时极其不合常情的语言、举止,说明这对"父子"有绝大隐情。特有的仇人的语言,通过"儿子"的嘴讲出,有惊心动魄之力。

柳氏子

思子何須別築臺
生兒瑞為索
道未積中有家
檀施亡香當
年暴得財

上仙

癸亥三月〔1〕，与高季文赴稷下〔2〕，同居逆旅。季文忽病。会高振美亦从念东先生至郡〔3〕，因谋医药。闻袁鳞公言〔4〕：南郭梁氏家有狐仙，善长桑之术〔5〕。遂共诣之。

梁，四十以来女子也，致绥绥有狐意〔6〕。入其舍，复室中挂红幕〔7〕。探幕以窥，壁间悬观音像。又两三轴，跨马操矛，驺从纷沓。北壁下有案，案头小座，高不盈尺，贴小锦褥，云仙人至则居此。众焚香列揖。妇击磬三。口中隐约有词。祝已，肃客就外榻坐。妇立帘下，理发支颐与客语〔8〕，具道仙人灵迹。久之，日渐曛。众恐碍夜难归，烦再祝请。妇乃击磬重祷，转身复立，曰："上仙最爱夜谈，他时往往不得遇。昨宵有侯试秀才，携酒肴来与上仙饮，上仙亦出良酝酬诸客，赋诗欢笑。散时，更漏向尽矣。"

言未已，闻室中细细繁响，如蝙蝠飞鸣。方凝听间，忽案上若堕巨石，声甚厉。妇转身曰："几惊怖煞人！"便闻案上作叹咤声，似一健叟。妇以蕉扇隔小座。座上大言曰："有缘哉！有缘哉！"抗声让坐，又似拱手为礼。已而问客："何所谕教〔9〕？"高振美尊念东先生意，问："见菩萨否？"答云："南海是我熟径，如何不见！"又："阎罗亦更代否？"曰："与阳世等耳。""阎罗何姓？"曰："姓曹。"已乃为季文求药。曰："归当夜祀茶水，我与大士处讨药奉赠，何羔不已。"众各有问，悉为剖决。乃辞而归。过宿，季文少愈。余与振美治装先归，遂不暇造访矣。

校勘

底本：手稿本。参校：康熙本、异史、二十四卷本、铸雪斋本、青柯亭本。

注释

〔1〕癸亥：康熙二十二年（1683）。〔2〕高季文：淄川人，即高之驳，字季文，高珩兄高玮次子，拔贡生，曾授东昌府茌平县教谕，未到任病逝。乾隆四十一年（1776）《淄川县志》有传。此文写其病重求医之事。〔3〕高振美：高氏族人。念东：即高珩（1612—1698），字葱佩，别字念东，号紫霞道人。淄川人，官至

刑部左侍郎，乾隆四十一年（1776）《淄川县志》有传。是蒲松龄的长辈朋友。〔4〕袁鳞公：事迹不详。〔5〕长桑之术：医术。据《史记·扁鹊仓公列传》，长桑君为战国时的神医，精通医术并传术于扁鹊，令扁鹊视病可以尽见五脏症结。后世以"长桑之术"代指医术。〔6〕致绥绥有狐意：有狐的样子。《诗经·卫风·有狐》："有狐绥绥。"〔7〕复室：套间，内室。〔8〕支颐：以手支下巴。〔9〕谕教：晓谕教诲。

点评

本文记作者与高氏族人一起拜访擅长医术的女巫，女巫为请"上仙"。从文章表面上看，女巫实际是擅长口技的艺人，她做出蝙蝠飞鸣、巨石击案等声响，模仿"健叟"的动作声音和说话声，大言不惭地说南海是"熟径"，阎王已换人，都是诱人相信"上仙"（其实就是她）治病的本领。"上仙"宣扬自己"何恙不已"，高季文服药后仅仅是"少愈"，似乎不久就死了，连官都没做成，这位见神见鬼的女巫情态可哂。此文可与《口技》一文对照阅读。

上傳

蝙蝠飛鳴聽不真
焚香飾坐夜逡巡
上倦縱使非和緩
詩酒風流亦可人

侯静山

高少宰念东先生云〔1〕："崇祯间〔2〕，有猴仙，号静山。托神于河间之叟〔3〕，与人谈诗文，决休咎〔4〕，娓娓不倦。以肴核置案上〔5〕，啖饮狼藉，但不能见之耳。"时先生祖寝疾〔6〕。或致书云："侯静山，百年人也，不可不晤。"遂以仆马往招叟。叟至经日，仙犹未来。焚香祠之，忽闻屋上大声叹赞曰："好人家！"①众惊顾。俄檐间又言之，叟起曰："大仙至矣。"群从叟岸帻出迎〔7〕，又闻作拱致声〔8〕。既入室，遂大笑纵谈。时少宰兄弟尚诸生〔9〕，方入闱归。仙言："二公闱卷亦佳，但经不熟〔10〕，再须勤勉，云路亦不远矣〔11〕。"二公敬问祖病，曰："生死事大，其理难明。"因共知其不祥。无何，太先生谢世〔12〕。

旧有猴人，弄猴于村。猴断锁而逸，不可追，入山中。数十年，人犹见之。其走飘忽，见人则窜。后渐入村中，窃食果饵，人皆莫之见。一日，为村人所睹，逐诸野，射而杀之。而猴之鬼竟不自知其死也，但觉身轻如叶，一息百里。遂往依河间叟，曰："汝能奉我，我为汝致富。"因自号静山云。

① 似乎是高氏借神鬼之语，对家族作神异性扩大宣传。

校勘

底本：手稿本。参校：康熙本、异史、二十四卷本、铸雪斋本、青柯亭本。

注释

〔1〕高少宰念东：即高珩，少宰，对吏部侍郎的别称，高做过此职。
〔2〕崇祯：明思宗朱由检年号（1628—1644）。〔3〕托神：迷信传说认为神灵可以附到人身上显灵。〔4〕决休咎：判断吉凶。〔5〕肴核：菜肉果品。〔6〕寝疾：

病重。〔7〕岸帻：岸，将冠巾掀起，露出额头；帻，头巾。形容衣着简率、洒脱不羁。〔8〕拱致：拱手致意。〔9〕少宰兄弟尚诸生：高珩及其兄高玮、弟高玶。高珩、高玮在崇祯二十年乡试中举，"少宰兄弟尚诸生"则在此前。〔10〕经：五经。科举考试的内容之一。〔11〕云路：青云之路。〔12〕太先生：对上辈的尊称，指高珩祖父。

点评

蒲松龄喜人谈鬼，其朋友也常以鬼狐为谈资。此文及前一文都是根据蒲松龄的长辈朋友高珩闲话所写。文中借附河间叟显灵的猴仙有神奇的魔力，能隐身飞主人家，能预知未来（包括功名、生死）。蒲松龄常让十分真实的人物讲述异事，以证明是真人真事，更重要的是，作者把异事本身描述得活灵活现，读者如闻其声，貌似真实。文章末段交代了猴被杀后成鬼的来历，为上文做进一步补充，共同创造出一种神异奇特的情调和迷离恍惚的氛围。

兵靜山

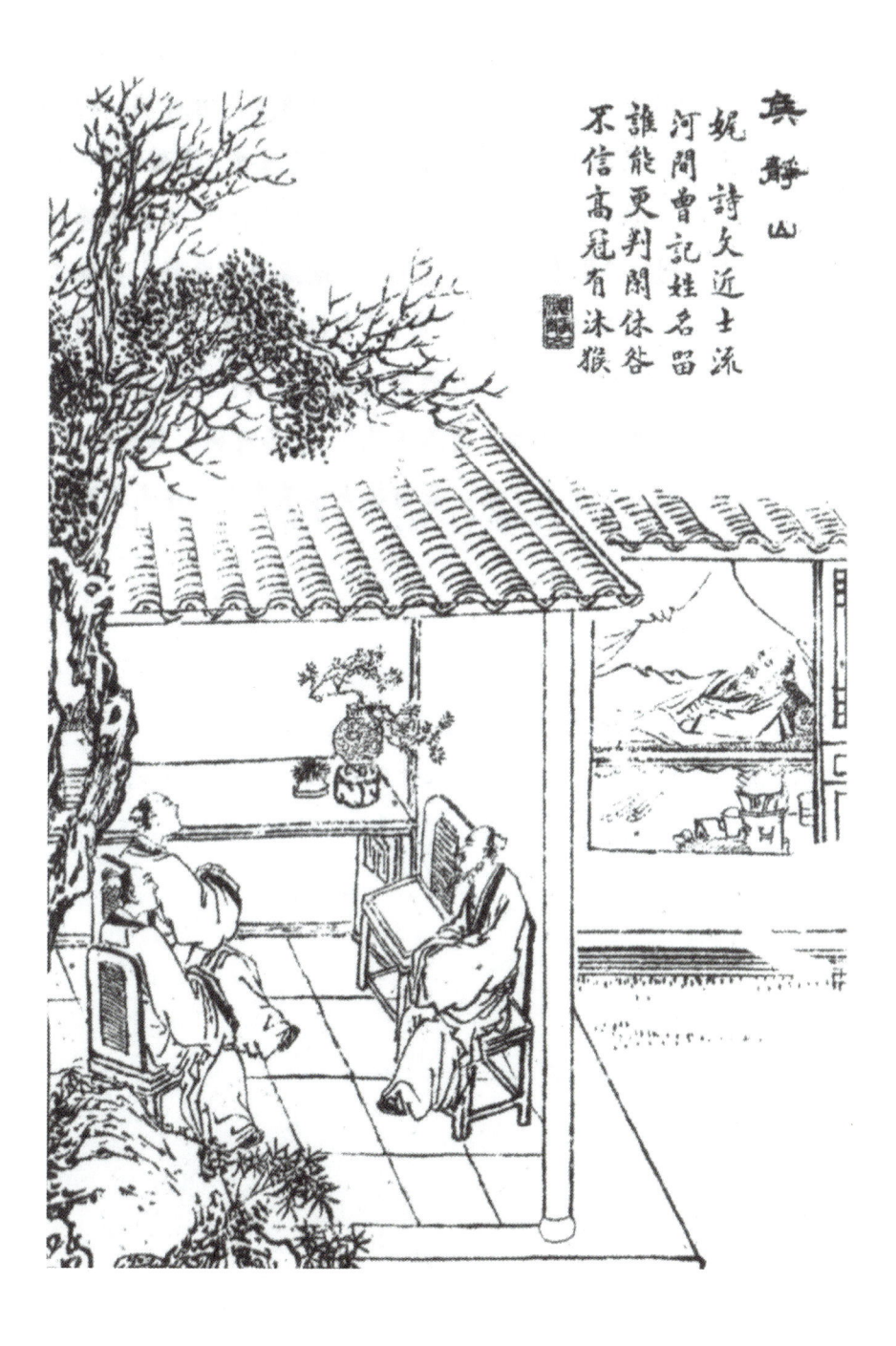

妮詩文近士流
河間曾記姓名留
誰能更判閒休咎
不信高冠有沐猴

钱流

沂水刘宗玉云〔1〕：其仆杜和，偶在园中，见钱流如水①，深广二三尺许。杜惊喜，以两手满掬，复偃卧其上〔2〕。既而起视，则钱已尽去，惟握于手者尚存。

①司马迁在《史记·货殖列传》早就说过，财币其行如流水。蒲松龄可能借此琐闻警世。

校勘

底本：手稿本。参校：康熙本、异史、二十四卷本、铸雪斋本、青柯亭本。

注释

〔1〕刘宗玉：即刘琮，道光七年（1827）《沂水县志》有传。〔2〕偃卧：仰卧。

点评

《太平广记》卷四百零五收录《清阳童子》和《建安村人》，写了"钱流如沙"，"山上有数钱流下"的情节。《钱流》当取意于此。此文算丛残小语，记生活琐闻，而讽喻意味存其中。杜某见钱眼开，贪多务得，结果枉费心机。三言两语，妙义无穷。

鮫綃

苦陰僵臥笑
吳儂阿堵多欺
滿握中斯如信餞
文原白水吐間無
雲石瓶通

郭生

①郭生露面的形象：连字画都写不准的书生。蒲松龄这位老乡所住"东山"在蒲家庄南数里，是个实实在在的地名，他的经历却是虚幻的。"以实证幻"是蒲松龄常用手段。

②暂得小名。

③叶、缪或者是蒲松龄调侃之笔，当时以八股文驰名者，未闻有叶、缪两家。"叶、缪"出现颇有春秋，既是刻画郭生的重笔，也是作者对走红"时文"的讽刺，可能以"叶"谐音"孽"，以"缪"谐音"谬"？

④稍有微名即不知天高地厚。

⑤郭生似乎很聪明，岂不知文章随时变化，哪有永远不变之文？

⑥实用主义，过河拆桥。

⑦诙谐有趣的狐。

　　郭生，邑之东山人。少嗜读，但山村无所就正，年二十余，字画多讹①。先是，家中患狐，服食器用，辄多亡失，深患苦之。一夜读，卷置案头，被狐涂鸦，甚者，狼藉不辨行墨〔1〕。因择其稍洁者辑读之，仅得六七十首，心甚恚愤〔2〕，而无如何。又积窗课廿余篇〔3〕，待质名流〔4〕。晨起，见翻摊案上，墨汁浓泚殆尽〔5〕。恨甚。会王生者，以故至山，素与郭善，登门造访。见污本，问之。郭具言所苦，且出残课示王。王谛玩之，其所涂留，似有春秋〔6〕。又复视浼卷〔7〕，类冗杂可删。讶曰："狐似有意。不惟勿患，当即以为师。"过数月，回视旧作，顿觉所涂良确。于是改作两题，置案上，以觇其异。比晓，又涂之。积年余，不复涂，但以浓墨洒作巨点，淋漓满纸。郭异之，持以白王。王阅之曰："狐真尔师也，佳幅可售矣〔8〕。"是岁，果入邑庠。郭以是德狐，恒置鸡黍〔9〕，备狐啖饮。每市房书名稿〔10〕，不自选择，但决于狐。由是两试俱列前名〔11〕，入闱中副车〔12〕。②

　　时叶、缪诸公稿〔13〕，风雅艳丽，家传而户诵之。③郭有抄本，爱惜臻至。忽被倾浓墨碗许于上，污荫几无余字，又拟题构作求〔14〕，自觉快意，悉浪涂之〔15〕，于是渐不信狐。无何，叶公以正文体被收〔16〕，又稍稍服其先见。然每作一文，经营惨澹，辄被涂污。自以屡拔前茅〔17〕，心气颇高，以是益疑狐妄。④乃录向之洒点烦多者试之，狐又尽泚之。乃笑曰："是真妄矣！何前是而今非也？"⑤遂不为狐设馔，取读本锁箱簏中。⑥旦见封锢俨然，启视则卷面涂四画，粗于指，第一章画五，二章亦画五，⑦后即无有矣。自是狐竟寂然。后郭一次四等，两次五等〔18〕，始知其兆已寓意

774

⑧ 以"字画多讹"露面，以五等收场。首尾相接，笔法圆转。

⑨ 语出《尚书·大禹谟》。历来为中国讲究道德修养的读书人奉为至理名言。毛泽东有名言："虚心使人进步，骄傲使人落后。"

于画也。⑧

异史氏曰："满招损，谦受益，天道也。⑨名小立，遂自以为是，执叶、缪之余习，狃而不变〔19〕，势不至大败涂地不止也。满之为害如是夫！"

校勘

底本：手稿本。参校：康熙本、异史、二十四卷本、铸雪斋本、青柯亭本。

注释

〔1〕行墨：间距和字画。〔2〕恚愤：气愤。〔3〕窗课：读书人为准备参加科举考试作的八股文，类似现在的学生作业。〔4〕质：请教，请人指正。〔5〕沘（cǐ）：用墨涂染。〔6〕春秋：指褒贬之意。〔7〕涴（wò）：玷污。〔8〕佳幅：好文章。〔9〕鸡黍：待客的饭菜。〔10〕市房书名稿：买科举考试中的优秀考卷。市，买；房书名稿，进士考试的优秀闱墨。明清时书商常印刷了卖给求取功名的读书人。〔11〕两试：按照科举制度的规定，秀才在乡试之前要参加两次考试，一为岁试，一为科试。岁试是学政到任那一年举行的，秀才成绩优秀者可以补廪膳生员即"补廪"，成为朝廷给予生活补助的秀才；科试在岁试第二年举行，成绩优秀者可以参加乡试。郭生两次考试都名列前茅，取得参加乡试的资格。〔12〕入闱：参加乡试。闱，指古代科举考场。副车：乡试录取正榜外另取若干名，为副榜贡生。〔13〕叶、缪：所指不详。〔14〕拟题构作：根据叶、缪二人的文章模拟题目写作。〔15〕悉浪涂之：全部被涂抹。〔16〕叶公以正文体被收：此句的意思是时文名家叶某因朝廷端正文风而被捕。〔17〕屡拔前茅：屡次名列前茅。〔18〕一次四等，两次五等：秀才参加岁试，分为六等：文理平通者一等；文理亦通者二等；文理略通者三等；文理有疵者四等；文理荒缪者五等；文理不通者六等。四等以下有罚或黜革。〔19〕狃（niǔ）：拘泥，因袭。

点评

郭生意外地得到狐仙的帮助，学业稍有进步就飞扬浮躁起来，不仅不再尊重狐师，还追求华而不实、"风雅艳丽"的文风，结果在科举考试中碰得头破血流。郭生的遭遇提醒人们：要谦虚谨慎，不要自以为是；要深入学习，不要浅尝辄止。此文不事雕饰而笔力舒健，写人物性情，妙在有意无意之间。没有曲折情节，没有警句炼字，但哲理兴味贯穿全篇。郭生的才疏学浅又狂妄自大、患得患失，历历如画，始终没露面的狐仙聪慧、机敏，阅尽沧桑又含而不露，亦翩翩有致。

蒲松龄学富五车，其文章能中世人目，却不中试官眼，他也可能想借对"叶、缪"时文走红的挖苦，出一口胸中闷气。

郤生

逕抹雉
黃海已歸去
聰且喜得師
資副卒一中
矜心起忿邱
供雛役春時

金生色

① 含金木相克寓意。

② 木氏之恶主要不在与人私通，而在心口不一。

③ 是何言也？居心险恶，毫无仁爱之心。在女婿尸骨未寒时就调唆女儿用不逊的态度对待痛失爱子的金母。可恶。

④ 按木氏"期以必死"誓言，守丧一年未为不可，她却做出一系列不合情理的事来。

⑤ 小说将木氏淫贱写至十二分可恶。人们欣赏小说时不知不觉将同情心转到金母和金生色身上。小说家瞒天过海神术厉害。

⑥ 运笔细密，分寸恰当。鬼魂先以听觉形式出现，后从丫鬟视觉补叙，类似"现场证人"。

⑦ 鬼魂如何对奸夫淫妇？如他人写来可能详尽而啰唆，《聊斋》只用一句，从丫鬟"闻二人骇诧声"写，含不尽之意于言外。

⑧ 鬼魂至孝，隐身不惊母，故母仅见木女裸奔。

⑨ 母因妇大叫而来，寡妇房中见男子鞋焉得不问？合情合理。

金生色，晋宁人也。娶同村木姓女。①生一子，方周岁。金忽病，自分必死，谓妻曰："我死，子必嫁，勿守也！"妻闻之，甘词厚誓〔1〕，期以必死。②金摇手呼母曰："我死，劳看阿保〔2〕，勿令守也。"母哭应之。

既而金果死。木媪来吊，哭已，谓金母曰："天降凶忧，婿遽遭殒命〔3〕。女太幼弱，将何为计？"母悲悼中，闻媪言，不胜愤激，盛气对曰："必以守！"媪惭而罢。夜伴女寝，私谓女曰："人尽夫也〔4〕。以儿好手足，何患无良匹？小儿女不早作人家，眈眈守此襁褓物〔5〕，宁非痴子？倘必令守，不宜以面目好相向〔6〕。"③金母过，颇闻余语，益恚。明日，谓媪曰："亡人有遗嘱，本不教妇守也。今既急不能待，乃必以守！"媪怒而去。

母夜梦子来，涕泣相劝，心异之。使人言于木，约殡后听妇所适。而询诸术家，本年墓向不利。④妇思自炫以售，缞绖之中，不忘涂泽。居家犹素妆，一归宁，则崭然新艳。母知之，心弗善也，以其将为他人妇，亦隐忍之。于是妇益肆。⑤

村中有无赖子董贵者，见而好之，以金啖金邻妪，求通殷勤于妇。夜分，由妪家逾墙以达妇所，因与会合。往来积有旬日，丑声四塞〔7〕，所不知者惟母耳。

妇室夜惟一小婢，妇腹心也。一夕，两情方洽，闻棺木震响，声如爆竹。婢在外榻，见亡者自幛后出，戴剑入寝室去。⑥俄闻二人骇诧声⑦，少顷，董裸奔出；无何，金捽妇发亦出。妇大噪，母惊起，见妇赤体走去⑧，方将启关，问之，不答。出门追视，寂不闻声，竟迷所往。入妇室，灯火犹亮。见男子履⑨，呼婢，婢始战惕而出，具言其异，相与骇怪而已。

卷四

　　董窜过邻家，团伏墙隅，移时，闻人声渐息，始起。身无寸缕，苦寒战甚，将假衣于媪。视院中一室，双扉虚掩，因而暂入。暗摸榻上，触女子足，知为邻子妇。顿生淫心，乘其寝，潜就私之。⑩妇醒，问："汝来乎？"应曰："诺。"妇竟不疑，狎亵备至。先是，邻子以故赴北村，嘱妻掩户以待其归。既返，闻室内有声，疑而审听，音态绝秽。大怒，操戈入室。董惧，窜于床下，子就戮之。又欲杀妻；妻泣而告以误，乃释之。但不解床下何人，呼母起，共火之，仅能辨认。视之，奄有气息。诘其所来，犹自供吐〔8〕。而刃伤数处，血溢不止，少顷已绝。妪仓皇失措，谓子曰："捉奸而单戮之，子且奈何？"子不得已，遂又杀妻。⑪

　　是夜，木翁方寝，闻户外拉杂之声，出窥则火炽于檐，而纵火人犹彷徨未去。翁大呼，家人毕集，幸火初燃，尚易扑灭。命人操兵弩，逐搜纵火者，见一人趫捷如猿〔9〕，竟越垣去。垣外乃翁家桃园，园中四缭周墉皆峻固〔10〕。数人梯登以望，踪迹殊杳。惟墙下块然微动，问之，不应，射之而软。⑫启扉往验，则女子白身卧，矢贯胸脑。细烛之，则翁女而金妇也。骇告主人，翁媪惊怛欲绝〔11〕，不解其故。女合眸，面色灰败，口气细于属丝〔12〕。使人拔脑矢不可出，足踏顶项而后出之。女嘤然一呻〔13〕，血暴注，气亦遂绝。

　　翁大惧，计无所出。既曙，以实情白金母，长跽哀乞。而金母殊不怨怒，但告以故，令自营葬。金有叔兄生光，怒登翁门，诟数前非。翁惭沮，赂令罢归。而终不知妇所私者何名。⑬

　　俄邻子以执奸自首，既薄责逐释讫。而妇兄马彪素健讼〔14〕，具词控妹冤。官拘妪，妪惧，悉供颠末。又唤金母，母托疾，遣生光代质，具陈底里。于是前状并发，牵木翁夫妇尽出，一切廉得其情。⑭木以海女嫁，坐纵淫，笞；使自赎，家产荡焉。邻妪导淫，杖之毙。案乃结。⑮

⑩真真无赖之极。

⑪鬼魂捉奸后出现的两条线索之一：董贵裸奔后淫邻家妇，邻妪之子怒而杀董，不得已杀妻。此妇可怜，莫名其妙成"贞节"观念刀下鬼。

⑫鬼魂捉奸后的另一线索：金生置木氏于木家桃园，巧设机关，让木家的人杀死木女。

⑬此一线索还未和另一线索会合。

⑭曲曲折折，淫徒和三姑六婆得以伏法。

⑮无数曲折一一分明，谁播春风，谁收秋雨。但明伦评："纵淫者自杀其女，导淫者自杀其妇，宣淫者自杀其身。"

779

异史氏曰:"金氏子其神乎!谆嘱醮妇[15],抑何明也!一人不杀,而诸恨并雪,可不谓神乎!邻妪诱人妇,而反淫己妇;木媪爱女,而卒以杀女。呜呼!'欲知后日因,当前作者是'[16]⑯,报更速于来生矣!"

⑯ "欲知后日因,当前作者是",是化用"欲知后世果,今生作者是"。意思是木家之女和邻妪之媳的悲剧都来源于木媪纵容女儿改嫁和邻妪做马泊六的不道德作为。

校勘

底本:手稿本。参校:康熙本、异史、二十四卷本、铸雪斋本、青柯亭本。

注释

[1]甘词厚誓:甜言蜜语地发很重的誓。[2]阿保:当为周岁儿子的名字。[3]遽遭殒命:突然夭折。[4]人尽夫也:任何人都可以做丈夫。原话出自《左传·桓公十五年》,雍姬的丈夫参加对岳父不利的阴谋,雍姬知道后,拿不定主意是否告诉父亲,就去问母亲:"父与夫孰亲?"母亲回答:"人尽夫也,父一而已。胡可比也。"雍姬遂向父亲揭露了丈夫的阴谋。后世常用"人尽夫"讽刺不贞节的女人或妓女。[5]眈眈:专注地看着。[6]不宜以面目好相向:不要给金母好脸色看。[7]四塞:到处传播。[8]犹自供吐:还能自己说出事情的来龙去脉。[9]趫(jiǎo)捷:矫健、快捷。[10]四缭周墉:四面环有垣墙。缭,四周;墉,墙。[11]惊怛:惊奇、害怕。[12]口气细于属丝:气息微弱,不能吹动属丝。属丝,即属纩。古时人之将死,在口鼻上放丝绵,观察还有无呼吸。[13]嘤然:像鸟鸣一样的呻吟声。[14]健讼:擅长打官司。[15]醮妇:妇女改嫁。[16]欲知后日因,当前作者是:是化用"欲知后日果,今生作者是"。意思是后日吉凶祸福的因缘,就是源自于今天的所作所为。这是佛教因果报应之说,典故来源于元刘谧《三教平心论》:"修短之数系于善恶,而善恶之报通乎三世。故曰:'欲知前世因,今生享者是。欲知后世果,今生作者是。'以是知今世之修短,原于前世之善恶,而今世之善恶,又所以基后世之修短。"

点评

这是《聊斋》中封建性最明显的篇章之一。作者宣扬寡妇守节,不守妇节的木氏遭受了惨重的污辱至于殒命。教唆木氏与无赖通奸的邻妪搬起石头砸自己的脚,儿媳被污辱并被杀,不按妇德教育女儿的木家翁媪名誉扫地,家产荡尽。一件寡妇与人私通事件导致如此广泛的株连,如此残酷的杀戮,令人发指。此文隐含阴阳五行迷信观念，金生娶木女，金木相克，夫妻不到头。鬼魂捉奸，金生放光。全文因果报应贯穿始终，种瓜得瓜，种豆得豆，天理昭彰，一丝不爽。本文的封建性不容置疑，但因为作家对人情世故巧使机杼，又使得种种荒谬而残忍的行为似情有可原。情节发展中，"偶然性"是最重要因素。作者以情节之"曲"写人物之"神"，错综描写中颇见层次，人与人关系把握准确、细腻。但是腐朽的封建说教却属画蛇添足。

金生色

剑光躍躍，如生静夜。鸳鸯枕函，声兔萧有。灵能雪恨，芳因泼果。寂兮明

彭海秋

①小说要思路明晰，滴水不漏。此文开头却故意含糊其辞，说丘生有隐恶，而一直隐隐约约、模模糊糊，不具体说明。彭海秋疏放不羁，猝然登场，自我介绍说字而不说名（按：古人互相称字以示尊重，自我介绍则说名字），傲岸与常理相悖。至于他为什么厌恶丘生，为什么将丘生变坐骑？始终无一语涉及。可以猜测：丘生是附庸风雅的假名士。正因令人猜叹不已，反而带来意想不到的美学效果。

②《扶风豪士》可能是李白《扶风豪士歌》："扶风豪士天下奇，意气相倾山可移。"选择这样的歌说明两位彭生性情相投。

③有分寸。娟娘被摄来，迷迷糊糊，歌姬本能地巧妙应付一切无礼的客人，故含笑唯唯。而"披坐"二字画出彭好古对娟娘爱之甚。

④歌词美，"薄倖郎"暗寓脱离苦海的追求。

莱州诸生彭好古，读书别业，离家颇远，中秋未归，岑寂无偶，念村中无可共语，惟丘生者，是邑名士，而素有隐恶〔1〕，彭常鄙之。月既上，倍益无聊，不得已，折简邀丘。饮次，有剥啄者〔2〕，斋僮出应门，则一书生，将谒主人。彭离席，肃客入，相揖环坐，便询族居。客曰："小生广陵人〔3〕，与君同姓，字海秋。值此良夜，旅邸倍苦。闻君高雅，遂乃不介而见〔4〕。"①视其人，布衣洁整，谈笑风流，彭大喜曰："是我宗人。今夕何夕，遘此嘉客！"即命酌，款若风好〔5〕，察其意，似甚鄙丘，丘仰与攀谈〔6〕，辄傲不为礼。彭代为之惭，因挠乱其词〔7〕，请先以俚歌侑饮〔8〕。乃仰天再咳，歌《扶风豪士》之曲②，相与欢笑。

客曰："仆不能韵，莫报《阳春》〔9〕，倩代者可乎？"彭言："如教。"客问："莱城有名妓无也？"彭答云："无。"客默良久，谓斋僮曰："适唤一人，在门外，可导入之。"僮出，果见一女子逡巡户外，引之入，年二八已来，宛然若仙。彭惊绝，披坐〔10〕，衣柳黄帔，香溢四座。客便慰问："千里颇烦跋涉也。"女含笑唯唯③。彭异之，便致研诘，客曰："贵乡苦无佳人，适于西湖舟中唤得来。"谓女曰："适舟中所唱《薄倖郎曲》大佳〔11〕。请再反之〔12〕。"女歌云："薄倖郎，牵马洗春沼〔13〕。人声远，马声杳；江天高，山月小。掉头去不归，庭中空白晓。不怨别离多，但愁欢会少。眠何处？勿作随风絮〔14〕。便是不封侯〔15〕，莫向临邛去〔16〕！"④客于袜中出玉笛，随声便串〔17〕。曲终笛止，彭惊叹不已，曰："西湖至此，何止千里，咄嗟招来〔18〕，得非仙乎？"客曰："仙何敢言，但视万里犹庭户〔19〕耳。今夕西湖风月，尤

⑤天上亦时兴金钱交易?

⑥一个"众"字,暗含丘生在内。彭海秋问彭好古欲陆欲舟,回答要舟。回来却有了一匹马,"俱登"之人中已经暗含丘生这一马,妙甚趣甚。

⑦伏笔亦趣笔。娟娘名字与"薄倖郎"曲及绫巾一起成为他日相识标志。娟娘未告诉彭好古籍贯,一则自认名气够大,无人不知,二则因梦中恍惚。二人他日相识伏笔够多,偏偏漏掉了最重要的"广陵歌姬"身份,其实这"疏漏"是有意为之,文增曲折。

⑧马出现丘生消失,马身上何来银子?自然是丘生带的。不明说丘生变马,但马即丘生的蛛丝马迹非常明白。

⑨"名士"变良马。

盛囊时,不可不一观也,能从游否?"彭留心欲觇其异,诺言:"幸甚。"客问:"舟乎,骑乎?"彭思舟坐为逸,答言:"愿舟。"客曰:"此处呼舟较远,天河中当有渡者。"乃以手向空中招曰:"舡来!舡来!我等要西湖去,不吝偿也。"⑤

无何,彩船一只,自空飘落,烟云绕之,众俱登⑥。见一人持短棹,棹末密排修翎〔20〕,形类羽扇,一摇则清风习习。舟渐上入云霄,望南游行,其驶如箭,逾刻,舟落水中,但闻弦管嘈嘈,鸣声喤聒。出舟一望,月印烟波,游船成市,榜人罢棹,任其自流,细视,真西湖也。

客于舱后取异肴佳酿,欢然对酌。少间,一楼船渐近,相傍而行。隔窗以窥,中有二三人,围棋喧笑。客飞一觥向女曰:"引此送君行。"女饮间,彭依恋徘徊,惟恐其去,蹴之以足,女斜波送盼。彭益动,请要后期〔21〕,女曰:"如相见爱,但问娟娘名字⑦,无不知者。"客即以彭绫巾授女,曰:"我为若代订三年之约。"即起,托女子于掌中,曰:"仙乎,仙乎〔22〕!"乃扳邻窗,捉女入,窗目如盘,女伏身蛇游而进,殊不觉隘。

俄闻邻舟曰:"娟娘醒矣。"舟即荡去。遥见舟已就泊,舟中人纷纷并去,游兴顿消。遂与客言,欲一登岸,略同眺瞩,才作商榷,舟已自拢。因而离舟翔步,觉有里余。客后至,牵一马来,令彭捉之,即复去,曰:"待再假两骑来。"久之不至,行人已稀,仰视斜月西转,天色向曙,丘亦不知何往。捉马营营〔23〕,进退无主。振辔至泊舟所〔24〕,则人船俱失,念腰橐空匮,倍益忧皇。

天大明,见马上有小错囊〔25〕⑧,探之,得白金三四两,买食凝待,不觉向午,计不如暂访娟娘,可以徐察丘耗。比讯娟娘名字,并无知者,兴转萧索,次日遂行。马调良,幸不骞劣⑨,半月始归。

方三人之乘舟而上也,斋僮归白:"主人已仙去。"举家哀涕,谓其不返。彭归,系马而入,家人惊喜集问,彭始具白其异。因念独还乡井，恐丘家闻而致诘，戒家人勿播。语次，道马所由来。众以仙人所遗，便悉诣厩验视，及至，则马顿渺，但有丘生，以草缰絷枋边。骇极，呼彭出视，见丘垂首栈下，面色灰死，问之不言，两眸启闭而已。彭大不忍，解扶榻上，若丧魂魄，灌以汤醑〔26〕，稍稍能咽。中夜少苏，急欲登厕，扶掖而往，下马粪数枚。又少饮啜，始能言。

彭就榻研问之，丘云："下船后，彼引我闲语，至空处，戏拍项领，遂迷闷颠踬。伏定少刻，自顾已马，心亦醒悟，但不能言耳。是大辱耻，诚不可以告妻子，乞勿泄也！"彭诺之，命仆马驰送归。

彭自是不能忘情于娟娘。又三年，以姊丈判扬州〔27〕，因往省视。州有梁公子，与彭通家〔28〕，开筵邀饮，即席有歌姬数辈，俱来祗谒〔29〕。公子问娟娘，家人白以病，公子怒曰："婢子声价自高，可将索子系之来！"彭闻娟娘名，惊问其谁，公子云："此娼女，广陵第一人。缘有微名，遂倨而无礼。"彭疑名字偶同，然突突自急，极欲一见之。无何，娟娘至，公子盛气排数〔30〕，彭谛视，真中秋所见者也，谓公子曰："是与仆有旧，幸垂原恕。"娟娘向彭审顾，似亦错愕。公子未遑深问，即命行觞，彭问："《薄倖郎曲》犹记之否？"娟娘更骇，目注移时，始度旧曲。听其声，宛似当年中秋时。酒阑，公子命侍客寝，彭捉手曰："三年之约，今始践耶？"娟娘曰："昔日从人泛西湖，饮不数卮〔31〕，忽若醉，瞢眬间被一人携去，置一村中。一僮引妾入，席中三客，君其一焉。后乘舠至西湖，送妾自窗棂归，把手殷殷。每所凝念，谓是幻梦，而绫巾宛在，今犹什袭藏之〔32〕。"彭告以故，相共叹咤。

娟娘纵体入怀，哽咽而言曰："仙人已作良媒，君勿以风尘可弃，遂舍念此苦海人。"彭曰："舟中之约，一日未尝去心。卿倘有意，则泻囊货马，所不惜耳。"诘旦，告公子，又称贷于别驾，千金削其籍〔33〕，携

⑯ 娟娘形象翩若游龙，姿若惊鸿。初露面似睡似醉，其歌声备极声情之美，是色艺并佳的名姬排场。梁公子招饮，她辞以病，是洁身自好。珍藏绫巾的表白，说明她痴情并令人同情。

之以归。偶至别业，犹能识当年饮处云。⑯

异史氏曰："马而人，必其为人而马者也〔34〕；使为马，正恨其不为人耳。狮象鹤鹏，悉受鞭策，何可谓非神人之仁爱之乎？即订三年约，亦度苦海也。"

校勘

底本：手稿本。参校：康熙本、异史、二十四卷本、铸雪斋本、青柯亭本。

注释

〔1〕隐恶：隐藏很深的恶行，素日不易发现的恶行。〔2〕剥啄：敲门声。〔3〕广陵：扬州。〔4〕不介而见：不经人介绍就自己来见。〔5〕款若凤好：像招待平时的好朋友一样。〔6〕仰与攀谈：以仰慕的态度讨好地与之交谈。〔7〕挠乱其词：打断他们话题。〔8〕俚歌侑饮：唱民谣劝酒。〔9〕莫报《阳春》：不能回报你的美好歌曲。《阳春》，即《阳春白雪》，高级乐曲。〔10〕掖坐：扶持坐下。〔11〕薄倖郎：薄情郎。〔12〕反之：再重复一遍。〔13〕牵马洗春沼：在春天的池塘里洗刷马匹。〔14〕随风絮：随风飘荡的柳絮。意思是到处漫游没有目的地。〔15〕便是不封侯：即使外出求官不得。〔16〕莫向临邛去：不要另觅新欢。临邛，今四川邛崃市，汉代文学家司马相如到临邛卓王孙家做客，其女文君夜奔相如。〔17〕随声便串：伴随着歌声演奏。〔18〕咄嗟招来：转眼之间就叫了来。〔19〕万里犹庭户：万里之外的人和物宛如在自家院子一般唾手可得。〔20〕棹末：船桨的末端。修翎：长长的羽毛。〔21〕请要后期：请求约定后会的日期。〔22〕仙乎仙乎：《飞燕外传》：汉成帝皇后赵飞燕曾歌舞归风送远曲，有"仙乎仙乎，去故而就新"。此处借用此语，有送别娟娘之意。〔23〕营营：徘徊。〔24〕振辔：抖动马缰。〔25〕错囊：金线绣的袋子、荷包。〔26〕汤酏(yì)：稀粥。〔27〕判扬州：做扬州通判。〔28〕通家：世交。〔29〕祗(zhī)谒：恭敬地拜访。〔30〕盛气排数：盛气凌人地指责。〔31〕卮(zhī)：古代一种酒器。〔32〕什袭藏之：把物品一层一层包裹收藏起来，以表示珍重之意。〔33〕削其籍：从妓院赎身。〔34〕人而马者也：为人行事像畜牲，意即"不是人"。

点评

在《聊斋》万紫千红的百花园中，《彭海秋》是特别旖旎的一株。文雅精美的意趣，优美空灵的意境，凝炼俊美的语言，矜奇务新的布局，兼以诗意朦胧，人物幽丽，飘然若仙。小说情景辉映，天河行船，彩船，祥云，瑞霭，清风，羽扇般的短棹像凤鸟的翅膀，太空飞驶如箭。西湖泛舟，仙乐缭绕，人声喧笑，月印烟波，景美如画。飞船美，西湖美，娟娘形态美，歌词美。小说清丽幽芳的韵味，令人读之兴味盎然。小说的艺术描写洗练而含蓄，结构严密，首尾照应，叙事奇崛之中见细密。就艺术而言，此文是无与伦比的佳作；就思想意蕴而说，此文不过写名士风流，写阔公子与俏佳人的悲欢离合，可见封建文人情致之一端。

彭海秋

玉笛新翻簿倖郎
酒闌夢醒客還鄉
綾巾一幅分明在
莫把三年舊約忘

卷四

堪舆〔1〕

沂州宋侍郎君楚家〔2〕，素尚堪舆，即闺阁中亦能读其书，解其理。宋公卒，两公子各立门户，为公卜兆〔3〕。闻能善青乌之术者〔4〕，不惮千里，争罗致之。于是两门术士，召致盈百。日日连骑遍郊野，东西分道出入，如两旅〔5〕。①经月余，各得牛眠地〔6〕，此言封侯，彼言拜相。兄弟两不相下，因负气不为谋〔7〕，并营寿域〔8〕，锦棚彩幢〔9〕，两处俱备。灵舆至歧路〔10〕，兄弟各率其属以争，自晨至于日昃〔11〕，不能决。宾客尽引去。舁夫凡十易肩〔12〕，困惫不举，相与委柩路侧。②因止不葬，鸠工构庐，以蔽风雨。兄建舍于旁，留役居守，弟亦建舍如兄，兄再建之，弟又建之：三年而成村焉。③

积多年，兄弟继逝④，嫂与娣始合谋〔13〕，力破前人水火之议〔14〕，并车入野，视所择两地，并言不佳，遂同修聘贽〔15〕，请术人另相之。每得一地，必具图呈闺闼，判其可否。日进数图，悉疵摘之〔16〕。旬余，始卜一域。嫂览图，喜曰："可矣。"示娣。娣曰："是地当先发一武孝廉。"⑤葬后三年，公长孙果以武庠领乡荐〔17〕。

异史氏曰："青乌之术，或有其理，而癖而信之，则痴矣。况负气相争，委柩路侧，其于孝弟之道不讲，奈何冀以地理福儿孙哉！如闺中宛若〔18〕，真雅而可传者矣。"

① 生动。

② 一幕好戏。

③ 三年即成村？未免夸张。

④ 埋人者须人埋矣。

⑤ 女诸葛料事如神。

校勘

底本：手稿本。参校：康熙本、异史、二十四卷本、铸雪斋本、青柯亭本。

789

注释

〔1〕堪舆：即风水。《文选·甘泉赋》注引许慎注："堪，天道也；舆，地道也。"后世称看地形、风水者为堪舆家。堪舆家认为，墓葬的位置和地形可以决定后世子孙的功名利禄。所谓"牛眠地"就是风水好的地方，将来子孙可以出将入相。〔2〕宋侍郎君楚：宋之普（1602—1669），沂州人，崇祯年间曾任户部左侍郎。降清后曾任常州知府。事见《琅琊宋氏家谱》。〔3〕卜兆：选择墓地。〔4〕青乌之术：堪舆术。青乌子，汉代青乌子为著名的堪舆术者，故后世亦用"青乌术"称堪舆家。〔5〕两旅：术士多得像两支军队。〔6〕牛眠地：殡葬的佳地。《晋书·周光传》："初，陶侃微时，丁艰，将葬，家中忽失牛，而不知所在。遇一老父谓曰：'前冈见一牛眠山污中，其地若葬，位极人臣矣。'"〔7〕负气不为谋：宋氏兄弟各执己见，不互相商量。〔8〕寿域：墓地。〔9〕锦棚彩幢：丧家为祭拜亡者建立的彩棚、彩幡。〔10〕灵舆：灵车。〔11〕自晨至于日昃：从早上到太阳偏西。〔12〕舁夫凡十易肩：抬灵柩的人换了十次。〔13〕嫂与娣：嫂子和弟妇。娣，弟妇。〔14〕水火之议：水火不相容的建议。〔15〕聘赘：聘金和礼物。〔16〕疵摘之：找出毛病。〔17〕以武库领乡荐：以武秀才的身份考中举人。〔18〕宛若：妯娌。

点评

《聊斋》是中华民俗的宝库，举凡清初婚丧嫁娶，均有真实记录。《堪舆》对痴迷堪舆的宋氏兄弟持怀疑态度，认为堪舆虽然有一定的道理，却不可走火入魔。宋侍郎的两个儿子为了自己子孙的富贵，竟将父柩委置路旁，连生身之父的入土为安都做不到，怎么可能借助一块墓地保佑儿孙？至于兄弟相争，至于建舍、舍连成村，更近乎笑话。宋氏妯娌当机立断，快速营葬，见识超人，是作者讴歌的对象，也是对"女子无才便是德"的嘲弄。

蜡舆

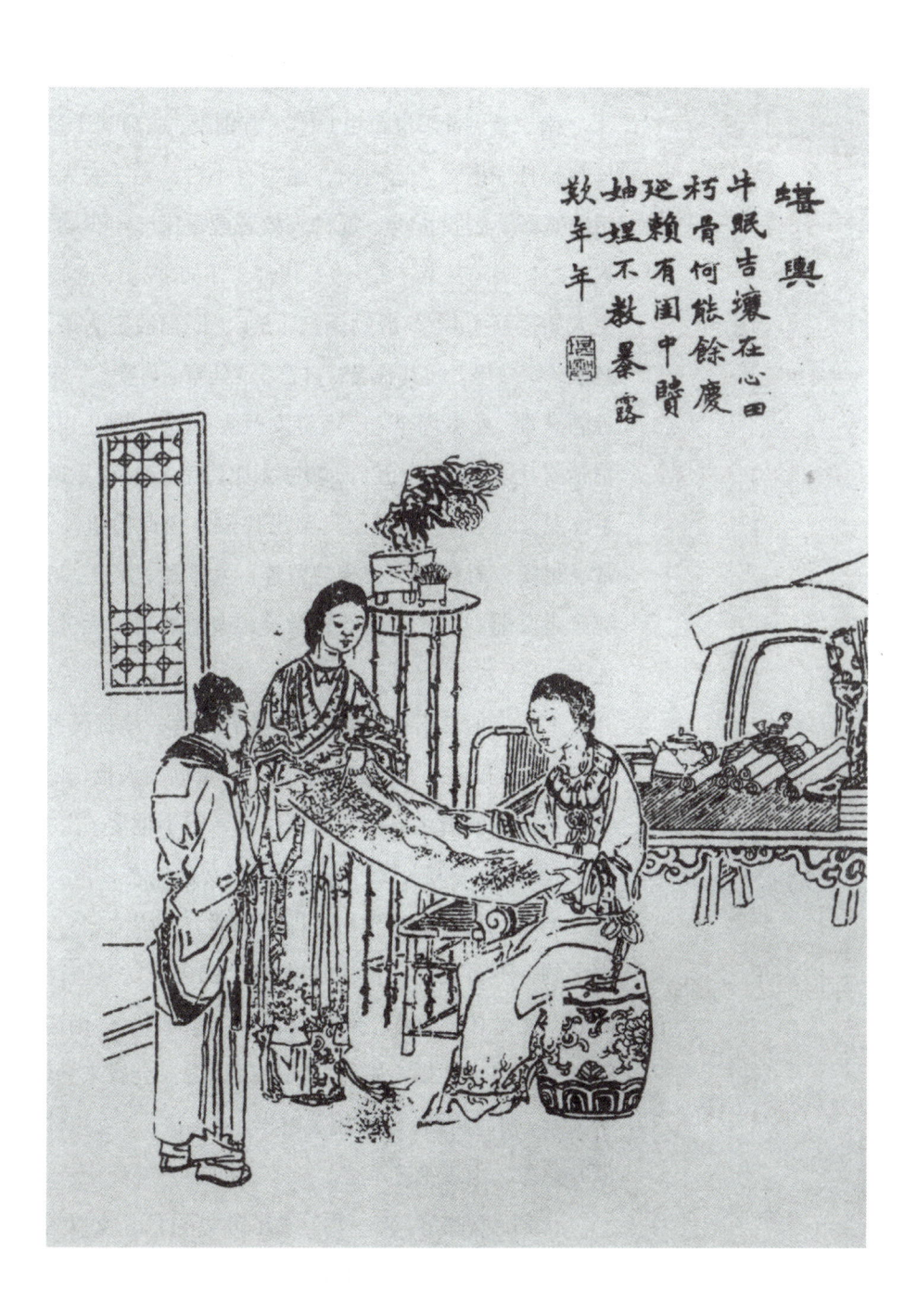

牛眠吉壤在心田
朽骨何能餘慶延
賴有閨中賢妯娌
不教暴露數年年

窦氏

①南三复对窦氏的薄倖行为一开始就带阶级压迫色彩。窦氏尚未露面，作者已把弱肉强食的气氛渲染得十分浓重。

②不速之客闯入，主人却怕得像老鼠见了猫。短短二百字，将一个恶霸地主在老实农民家作威作福、农民畏如虎狼写得淋漓尽致。

③幼稚。

④字面意思是在南的庇护之下，实际上是在其欺压、统治之下。

⑤贫富之间焉有真正的爱？

　　南三复，晋阳世家也〔1〕。有别墅，去所居十里余，每驰骑日一诣之。适遇雨，途中有小村，见一农人家，门内宽敞，因投止焉。近村人故皆威重南。①少顷，主人出邀，踧踖甚恭〔2〕。入其舍，斗如〔3〕，客既坐，主人始操箒〔4〕，殷勤泛扫〔5〕，既而泼蜜为茶，命之坐，始敢坐。问其姓名，自言："廷章，姓窦。"未几，进酒烹雏，给奉周至。②有笄女行炙〔6〕，时止户外，稍稍露其半体，年十五六，端妙无比。南心动，雨歇既归，系念綦切〔7〕。越日，具粟帛往酬，借此阶进。是后常一过窦，时携肴酒，相与留连。女渐稔，不甚忌避，辄奔走其前。睨之，则低鬟微笑，南益惑焉，无三日不往者。

　　一日，值窦不在，坐良久，女出应客。南捉臂狎之。女惭急，峻拒曰："奴虽贫，要嫁，何贵倨凌人也〔8〕！"时南失偶，便揖之曰："倘获怜眷，定不他娶。"女要誓〔9〕，南指矢天日，以坚永约，女乃允之。③

　　自此为始，瞰窦他出，即过缱绻。女促之曰："桑中之约，不可长也。日在绷幪之下〔10〕④，倘肯赐以姻好，父母必以为荣，当无不谐。宜速为计。"南诺之，转念农家岂堪匹耦？姑假其词以因循之。会媒来为议姻于大家，初尚踌躇，既闻貌美财丰，志遂决。⑤女以体孕，催并益急，南遂绝迹不往。

　　无何，女临蓐，产一男。父怒搒女〔11〕。女以情告，且言："南要我矣。"窦乃释女，使人问南，南立却不承〔12〕。窦乃弃儿，益扑女。女暗哀邻妇，告南以苦。南亦置之。女夜亡，视弃儿犹活，遂抱以奔南。款关而告阍者曰："但得主人一言，我可不死。彼即不念我，宁不念儿耶？"阍人具以达南，南戒勿内。女倚户悲啼，

792

五更始不复闻，质明视之，女抱儿坐僵矣。⑥

窦忿，讼之上官，悉以南不义，欲罪南。南惧，以千金行赂得免。大家梦女披发抱子而告曰："必勿许负心郎；若许，我必杀之！"大家贪南富，卒许之。

既亲迎，而奁妆丰盛，新人亦娟好。然善悲，终日未尝睹欢容。枕席之间，时复有涕洟，问之，亦不言。

过数日，妇翁来，入门便泪，南未遑问故，相将入室，见女而骇曰："适于后园，见吾女缢死桃树上。今房中谁也？"女闻言，色暴变，仆然而死。视之，则窦女。急至后园，新妇果自经死，骇极。往报窦，窦发女冢，棺启尸亡。前忿未蠲〔13〕，倍益惨怒。复讼于官。官以其情幻，拟罪未决。⑦南又厚饵窦，哀令休结；官亦受其赇嘱，乃罢。而南家自此稍替〔14〕，又以异迹传播，数年无敢字者。南不得已，远于百里外聘曹进士女。未及成礼，会民间讹传，朝廷将选良家女充掖庭〔15〕，以故有女者，悉送归夫家。一日，有妪导一舆至，自称曹家送女者，扶女入室，谓南曰："选嫔之事已急，仓卒不能如礼，且送小娘子来。"问："何无客？"曰："薄有奁妆，相从在后耳。"妪草草径去，南视女亦风致，遂与谐笑。女俯颈引带，神情酷类窦女。心中作恶，第未敢言。女登榻，引被障首而眠，亦谓是新人常态，弗为意。日敛昏〔16〕，曹人不至，始疑，捋被问女〔17〕，而女已奄然冰绝。惊怪莫知其故。驰伻告曹〔18〕，曹竟无送女之事，相传为异。

时有姚孝廉女新葬，隔宿为盗所发，破材失尸，闻其异，诣南所征之，果其女，启衾一视，四体裸然。姚怒，质状于官，⑧官以南屡无行，恶之，坐发冢见尸〔19〕，论死。

异史氏曰："始乱之而终成之，非德也；况誓于初而绝于后乎！挞于室，听之，哭于门，仍听之，抑何其忍！而所以报之者，亦比李十郎惨矣〔20〕！"

⑥虎毒不食子，南三复比虎狼还狠。

⑦窦氏的鬼魂两次尸陈南三复家，两次结果不同。第一次败诉，因陈尸者是贫家少女。在以金钱地位论输赢的较量中，窦翁和窦氏败下阵来。

⑧二次陈尸却将南送上断头台。因为陈尸者是姚孝廉之女。举人对土豪，针尖对麦芒。南三复获罪并非因发冢见尸，而是他居然敢像对待贫家女一样地对待举人的女儿。文章至此，为封建吏治涂上一笔可笑的油彩。窦氏形象也在蹉跌中成熟。

校勘

底本：手稿本。参校：康熙本、异史、二十四卷本、铸雪斋本、青柯亭本。

注释

〔1〕晋阳：秦置县名，明清属太原府，今山西太原南古城营。〔2〕跼蹐（jú jí）：形容小心惊惧的状态。跼，弯腰；蹐，小步行走。〔3〕斗如：形容小。〔4〕篲（huì）：扫帚。〔5〕泛（fàn）扫：洒水打扫。〔6〕笄女：将笄之年的少女。古时女子十五岁为"及笄"，从短发覆额的儿童发型改梳髻插发簪的少女发型。〔7〕系念綦切：想念急切。〔8〕贵倨凌人：以势压人。贵，高贵；倨，傲慢。〔9〕要誓：订立盟誓。〔10〕帡幪（píng méng）之下：在（南三复）的管辖之下。帡幪，原意为遮盖风雨的帷帐。〔11〕搒（péng）：打。〔12〕立却不承：坚决否认，不认账。〔13〕蠲（juān）：消除。〔14〕稍替：稍见衰落。〔15〕充掖庭：补充入帝王的后宫。〔16〕日敛昏：天色黄昏。〔17〕捋（lǚ）：掀开。〔18〕驰伻（bēng）：送快信。伻，传信者。〔19〕坐：因犯罪受到惩处。〔20〕李十郎：唐传奇《霍小玉传》中的负心汉。

点评

窦氏是封建时代千万被凌辱的女性之一，她天真幼稚，为恶霸南三复花言巧语所骗失身，她只有一个最低微的要求："南要我"，大概做妾也甘心。但蛇蝎心肠的南三复已经玩腻了她，希望同富室结亲以人财两得，结果窦氏抱着新生婴儿冻僵在南家门外。贫穷的窦家告富裕的南家，官府受贿，冤沉海底。窦氏的故事已结束，可是，鬼魂出现，报仇雪恨，大快人心。窦氏只能变成鬼，才能清醒地看清南三复的嘴脸，冷静地面对负心人，才能变柔弱为刚强，变幼稚为深沉，变茕茕无助为法力无边。窦氏必须变成鬼，才能对付夜台一样黑暗的世道。席勒说，艺术要"用美的想象去代替不足的真实"。窦氏的故事就是如此。

竇氏

鞫獄皆當時彊項如
何奏牽等塵輕奇
怪頻修怨不致王
奎恨不平

梁彦

徐州梁彦，患鼽嚏[1]，久而不已。一日方卧，觉鼻奇痒，遽起大嚏。有物突出落地，状类屋上瓦狗[2]，约指顶大。又嚏，又一枚落。四嚏，凡落四枚。蠢然而动，相聚互嗅。俄而强者啮弱者以食，食一枚，则身顿长。瞬息吞并，止存其一，大于鼫鼠矣[3]。伸舌周匝，自舐其吻。梁大愕，踏之，物缘袜而上，渐至股际。捉衣而撼摆之，粘据不可下。顷入衿底，爬搔腰胁。大惧，急解衣掷地。扪之，物已贴伏腰间。推之不动，掐之则痛，竟成赘疣[4]，口眼已合，如伏鼠然。

校勘

底本：手稿本。参校：康熙本、异史、二十四卷本、铸雪斋本、青柯亭本。

注释

[1]鼽(qiú)嚏：鼻出清涕，打喷嚏。[2]瓦狗：陶制的狗，旧时装饰屋顶，可以避邪。[3]鼫(shí)鼠：鼠的一种，较寻常鼠大。[4]赘疣：肉瘤。

点评

人打喷嚏竟然打出满地乱跑的瓦狗，互相吞噬，再钻进人体形成肉瘤，这是则滑稽谈片，是文人雅士以资谈谑的话资。所写怪物多变，有正面描述，又有人物感受，还用现实中人们熟悉的物体形容，如瓦狗、鼫鼠，给人可信之感。

梁彥

滅臭無端更
噬臍突木切
近兌何辜廿間
不少鑽香翁
莫走機心
咸召夫

龙肉

姜太史玉璇言〔1〕："龙堆之下〔2〕①，掘地数尺，有龙肉充牣其中〔3〕，任人割取，但勿言'龙'字。或言'此龙肉也'，则霹雳震作，击人而死。"太史曾食其肉，实不谬也。

①有学者认为龙堆是西域沙丘。扬雄《法言·孝至》："龙堆以西，大漠以北，鸟夷兽夷。郡劳王师，汉家不为也。"

校勘

底本：手稿本。参校：康熙本、异史、二十四卷本、铸雪斋本、青柯亭本。

注释

〔1〕姜太史玉璇：即姜元衡（1622—?），即墨人，曾任翰林弘文院侍讲、江南主考。乾隆二十九年（1764）《即墨县志》有传。明清俗称翰林院任职为"太史"。〔2〕龙堆：洞庭湖金沙洲，杜甫《过洞庭湖》："蛟室拥青草，龙堆隐白沙。"〔3〕充牣（rèn）：充满。

点评

根本不存在龙，也就更不可能有龙肉，本文却以凿凿有据的真人（姜太史）和真实可信的情节（食龙肉不可言"龙"），给人确有其事的印象。断简谈片也。

戭

微言合讓玉堂才
霹靂聲中掘地來
噤似寒蟬偏肉食
柏臺風氣葰龍堆

魁星〔1〕

郓城张济宇〔2〕，卧而未寐，忽见光明满室，惊视之，一鬼执笔立，若魁星状。急起拜叩，光亦寻灭。由此自负，以为元魁之先兆也。后竟落拓无成。家亦凋落。骨肉相继死，惟生一人存焉。彼魁星者，何以不为福而为祸也？

校勘

底本：手稿本。参校：康熙本、异史、二十四卷本、铸雪斋本。

注释

〔1〕魁星：即"奎星"，是古代天文学二十八宿之一宿。因汉代纬书有"奎主文章"之说，后世便将"奎星"改为"魁鬼"，作文运神祭祀。"魁"字的形状如鬼举起斗，点中考中者。民间认为梦中见到魁星是将来可以金榜题名的先兆。
〔2〕郓城：明清县名，今山东省菏泽市郓城县。

点评

张济宇做梦都想得到功名，终于盼得魁星下降，便以为功名在手，不再努力读书，"自负"的结果是一事无成，不仅名落孙山，且家事渐凋零。人的祸福交替，决于神明，更决于人心。《魁星》一文，寓醒世劝世之意，有一定的唯物主义色彩。

聊齋志異卷四下

魁星

鄆城張濟宇卧而未寐忽見光明滿室驚視之一鬼執筆立若魁星狀急起非叩光亦尋熄由此自負以為元魁之先兆也後竟落拓無成家亦凋落骨肉相繼死惟生一人存焉彼魁星者何以不為福而為禍也

馬介甫

楊萬石大名諸生也生平拙於馭下其妻尹氏奇悍少迕之輒以鞭撻從事楊父年六十餘而鰥尹以齒奴隸數楊與弟萬鍾常竊餅餌翁不敢令婦知楊雖碩士奈尹暴悍胎訕笑不令見家萬石四十無子納妾王旦夕不敢通一語兄弟候試郡中見一少年容服都雅與談議之詞其姓字自云介甫姓馬由此交日密

马介甫

杨万石,大名诸生也〔1〕,生平有"季常之惧"〔2〕。①妻尹氏,奇悍,少忤之,辄以鞭挞从事。杨父年六十余而鳏,尹以齿奴隶数〔3〕。杨与弟万钟常窃饵翁,不敢令妇知。然衣败絮,恐贻讪笑,不令见客。万石四十无子,纳妾王,旦夕不敢通一语。兄弟候试郡中,见一少年,容服都雅〔4〕,与语,悦之,询其姓字,自云:"介甫,姓马。"由此交日密,焚香为昆季之盟〔5〕。

既别,约半载,马忽携僮仆过杨。值杨翁在门外曝阳扪虱〔6〕,疑为佣仆,通姓氏使达主人,翁披絮去。或告曰:"此即其翁也。"马方惊讶,杨兄弟岸帻出迎。②登堂一揖,便请朝父,万石辞以偶恙。促坐笑语,不觉向夕,万石屡言具食〔7〕,而终不见至。兄弟迭互出入,始有瘦奴持壶酒来,俄顷饮尽。坐伺良久,万石频起催呼,额颊间热汗蒸腾。俄瘦奴以馔具出,脱粟失饪〔8〕,殊不甘旨。③

食已,万石草草便去。万钟襆被来伴客寝〔9〕,马责之曰:"曩以伯仲高义,遂同盟好。今老父实不温饱,行道者羞之!"万钟泫然曰:"在心之情,卒难申致。家门不吉,塞遭悍嫂〔10〕,尊长细弱,横被摧残。非沥血之好〔11〕,此丑不敢扬也。"

马骇叹移时,曰:"我初欲早旦而行,今得此异闻,不可不一目见之。请假闲舍,就便自炊。"万钟从其教,即除室为马安顿。夜深窃馈蔬稻,惟恐妇知。马会其意,力却之,且请杨翁与同食寝。自诣城肆,市布帛,为易袍裤,父子兄弟皆感泣。

万钟有子喜儿,方七岁,夜从翁眠。马抚之曰:"此儿福寿,过于其父,但少年孤苦耳。"妇闻老翁安饱,大怒,辄骂,谓马强预人家事。初恶声尚在闺闼,渐近

---

① "季常之惧"乃一文总纲。

② "披絮去""岸帻出迎"七字,将杨家纲常颠倒、有悖天理画入骨髓。杨父受虐状与兄弟麻木不仁状触目惊心。

③ 尹氏未出场,其种种不良已入木三分。杨家兄弟受制于悍妇,待父待客俱不合伦理。

马居，以示瑟歌之意〔12〕。杨兄弟汗体徘徊，不能制止；而马若弗闻也者。

妾王，体妊五月，妇始知之，褫衣惨掠〔13〕。已，乃唤万石跪受巾帼〔14〕，操鞭逐出。值马在外，惭慊不前〔15〕，又追逼之，始出。妇亦随出，叉手顿足，观者填溢。马指妇叱曰："去，去！"妇即反奔，若被鬼逐，裤履俱脱，足缠萦绕于道上，徒跣而归，面色灰死。④少定，婢进袜履，着已，嗷啕大哭〔16〕。家人无敢问者。马曳万石为解巾帼，万石耸身定息，如恐脱落，马强脱之，而坐立不宁，犹惧以私脱加罪。⑤探妇哭已，乃敢入，趑趄而前。妇殊不发一语，遽起，入房自寝。万石意始舒，与弟窃奇焉。家人皆以为异，相聚偶语。妇微有闻，益羞怒，遍挞奴婢。呼妾，妾创剧不能起。妇以为伪，就榻榜之，崩注堕胎。万石于无人处，对马哀啼，马慰解之。呼僮具牢馔，更筹再唱〔17〕，不放万石归。

妇在闺房，恨夫不归，方大恚忿，闻撬扉声，急呼婢，则室门已辟。有巨人入，影蔽一室，狰狞如鬼；俄又有数人入，各执利刃。妇骇绝欲号，巨人以刀刺颈，曰："号便杀却！"妇急以金帛赎命。巨人曰："我冥曹使者，不要钱，但取悍妇心耳！"妇益惧，自投败颡〔18〕。巨人乃以利刃画妇心而数之曰："如某事，谓可杀否？"即一画。凡一切凶悍之事，责数殆尽，刀画肤革，不啻数十。末乃曰："妾生子，亦尔宗绪〔19〕，何忍打堕？此事必不可宥〔20〕！"乃令数人反接其手，剖视悍妇心肠。妇叩头乞命，但言知悔。俄闻中门启闭，曰："杨万石来矣。既已悔过，姑留余生。"纷然尽散。

无何，万石入，见妇赤身绷系，心头刀痕，纵横不可数。解而问之，得其故，大骇，窃疑马。明日，向马述之，马亦骇。由是妇威渐敛，经数月不敢出一恶语。马大喜，告万石曰："实告君，幸勿宣泄，前以小术惧之。既得好合，请暂别也。"遂去。

④好看好看！

⑤怕老婆硬给戴上的女饰落下，直挺挺跪着，连气也不敢喘。好看。

⑥丑态百出。

⑦恶劣之极。

⑧活画无能之人。

⑨妙药,不知有秘方传世否?倘有,医药公司发大财矣。一笑。

　　妇每日暮,挽留万石作侣,欢笑而承迎之。万石生平不解此乐,遽遭之,觉坐立皆无所可。⑥妇一夜忆巨人状,瑟缩摇战。万石思媚妇意,微露其假。妇遽起,苦致穷诘。万石自觉失言,而不可悔,遂实告之。妇勃然大骂,万石惧,长跽床下。妇不顾,哀至漏三下〔21〕,妇曰:"欲得我恕,须以刀画汝心头如干数,此恨始消。"乃起捉厨刀。万石大惧而奔,妇逐之。犬吠鸡腾,家人尽起。万钟不知何故,但以身左右翼兄。妇乃诟詈,忽见翁来,睹袍服,倍益烈怒,即就翁身条条割裂,批颊而摘翁髭。⑦万钟见之怒,以石击妇,中颅,颠蹶而毙。万钟曰:"我死而父兄得生,何憾!"遂投井中,救之已死。移时,妇复苏,闻万钟死,怒亦遂解。

　　既殡,弟妇恋儿,矢不嫁。妇唾骂不与食,醮去之。遗孤儿,朝夕受鞭楚,俟家人食讫,始唼以冷块。积半岁,儿尪羸,仅存气息。

　　一日,马忽至,万石嘱家人勿以告妇。马见翁褴褛如故,大骇;又闻万钟殒谢〔22〕,顿足悲哀。儿闻马至,便来依恋,前呼马叔。马不能识,审顾始辨〔23〕,惊曰:"儿何憔悴至此!"翁乃嗫嚅具道情事,马岔然谓万石曰:"我曩道兄非人,果不谬。两人止此一线,杀之,将奈何?"万石不言,惟伏首帖耳而泣。坐语数刻,妇已知之,不敢自出逐客,但呼万石入,批使绝马〔24〕。含涕而出,批痕俨然。马怒之曰:"兄不能威,独不能断'出'耶〔25〕?殴父杀弟,安然忍之,何以为人!"万石欠伸,似有动容。马又激之曰:"如渠不去,理须威劫〔26〕;便杀却,勿惧!仆有二三知交,都居要地,必合极力,保无亏也。"

　　万石喏,负气疾行,奔而入。适与妇遇,叱问:"何为?"万石皇遽失色,以手据地曰:"马生教余出妇。"⑧妇益恚,顾寻刀杖,万石惧而却走。马唾之曰:"兄真不可教也已!"遂开箧,出刀圭药,合水授万石饮。曰:"此'丈夫再造散'⑨,所以不轻用者,以能病人故耳。

今不得已，暂试之。"饮下，少顷，万石觉忿气填胸，如烈焰中烧，刻不容忍，直抵闺闼，叫喊雷动。妇未及诘，万石以足腾起，妇颠去数尺有咫，即复握石成拳，擂击无算。妇体几无完肤，嘲哳犹骂〔27〕。万石于腰中出佩刀。妇骂曰："出刀子，敢杀我耶？"万石不语，割股上肉大如掌，掷地下。方欲再割，妇哀鸣乞恕。万石不听，又割之。家人见万石凶狂，相集，死力掖出。马迎去，捉臂相用慰劳。万石余怒未息，屡欲奔寻，马止之。少间，药力渐消，嗒焉若丧。马嘱曰："兄勿馁。乾纲之振〔28〕，在此一举。夫人之所以惧者，非朝夕之故，其所由来者渐矣〔29〕。譬昨死而今生，须从此涤故更新。再一馁，则不可为矣。"遣万石入探之。妇股慄心慑〔30〕，倩婢扶起，将以膝行。⑩止之，乃已。出语马生，父子交贺。马欲去，父子共挽之。马曰："我适有东海之行，故便道相过，还时可复会耳。"

月余，妇起，宾事良人〔31〕。久觉黔驴无技，渐狎，渐嘲，渐骂，居无何，旧态全作矣。翁不能堪，宵遁，至河南，隶道士籍。万石亦不敢寻。年余，马至，知其状，怫然责数已，立呼儿至，置驴子上，驱策径去。

由此乡人皆不齿万石。学使案临〔32〕，以劣行黜名〔33〕。又四五年，遭回禄，居室财物，悉为煨烬〔34〕，延烧邻舍。村人执以告郡，罚锾烦苛〔35〕。于是家产渐尽，至无居庐，近村相戒，无以舍舍万石。尹氏兄弟怒妇所为，亦绝拒之。万石既穷，质妾于贵家〔36〕，偕妻南渡。至河南界，资斧已绝。妇不肯从，聒夫再嫁。适有屠而鳏者，以钱三百货去。万石一身，丐食于远村近郭间。至一朱门，阍人诃拒不听前。少间，一官人出，万石伏地啜泣。官人熟视久之，略诘姓名，惊曰："是伯父也！何一贫至此？"万石细审，知为喜儿，不觉大哭。从之入，见堂中金碧焕映。俄顷，父扶童子出，相对悲哽。万石始述所遭。

初，马携喜儿至此，数日，即出寻杨翁来，使祖孙同居。又延师教读。十五岁入邑庠，次年领乡荐，始为完婚。乃别欲去，祖孙泣留之。马曰："我非人，实狐仙耳。道侣相候已久。"遂去。孝廉言之，不觉恻楚。因念昔与庶伯母同受酷虐，倍益感伤。遂以舆马赍金赎王氏归。年余生一子，因以为嫡。

尹从屠半载，狂悖犹昔。夫怒，以屠刀孔其股〔37〕，穿以毛绠悬梁上，荷肉竟出。号极声嘶，邻人始知。解缚抽绠，一抽则呼痛之声，震动四邻。以是见屠来，则骨毛皆竖。后胫创虽愈，而断芒遗肉内，终不良于行，犹夙夜服役，无敢少懈。屠既横暴，每醉归，则挞詈不情。至此，始悟昔之施于人者，亦犹是也。⑪

一日，杨夫人及伯母烧香普陀寺〔38〕，近村农妇并来参谒。尹在中，怅立不前，王氏故问："此伊谁？"家人进白："张屠之妻。"便诃使前，与太夫人稽首。王笑曰："此妇从屠，当不乏肉食，何羸瘠乃尔？"⑫尹愧恨，归欲自经，绠弱不得死。屠益恶之。岁余，屠死。途遇万石，遥望之，以膝行，泪下如縻〔39〕。万石碍仆，未通一言。归告侄，欲谋珠还，侄固不肯。妇为里人所唾弃，久无所归，依群乞以食。万石犹时就尹废寺中〔40〕，侄以为玷，阴教群乞窘辱之，乃绝。

此事余不知其究竟，后数行，乃毕公权撰成之〔41〕。

异史氏曰："惧内，天下之通病也。然不意天壤之间，乃有杨郎！宁非变异？余尝作《妙音经》之续言，谨附录以博一噱〔42〕⑬：

'窃以天道化生万物，重赖坤成〔43〕；男儿志在四方，尤须内助。同甘独苦，劳尔十月呻吟〔44〕；就湿移干，苦矣三年龁笑〔45〕。此顾宗祧而动念，君子所以有伉俪之求；瞻井臼而怀思，古人所以有鱼水之爱也。第阴教之旗帜日立，遂乾纲之体统无存〔46〕。始而不逊之声，或大施而小报〔47〕；继则如宾之敬，竟有往而无来。只缘儿女深情，遂使英雄短气。床上夜叉

⑪ 因果报应。

⑫ 曾被尹氏毒打堕胎的妾归家成嫡妻，再尖酸刻薄地挖苦尹，既以其人之道，还治其人之身。

⑬ 蒲松龄认为"惧内"是大问题，他有三篇文章写到这一社会现象：《与王鹿瞻书》《怕婆经疏》《妙音经续言》。《聊斋文集》中的有关篇目，可作《马介甫》背景材料。

坐，任金刚亦须低眉〔48〕；釜底毒烟生，即铁汉无能强项〔49〕。秋砧之杵可掬，不捣月夜之衣〔50〕；麻姑之爪能搔，轻试莲花之面〔51〕。小受大走，直将代孟母投梭〔52〕；妇唱夫随，翻欲起周婆制礼〔53〕。婆娑跳掷，停观满道行人；嘲哳鸣嘶，扑落一群娇鸟。恶乎哉，呼天吁地，忽尔披发向银床〔54〕；丑矣夫，转目摇头，猥欲投缳延玉颈〔55〕。当是时也：地下已多碎胆，天外更有惊魂。北宫黝未必不逃，孟施舍焉能无惧〔56〕？将军气同雷电，一入中庭，顿归无何有之乡〔57〕；大人面若冰霜，比到寝门，遂有不可问之处〔58〕。岂果脂粉之气，不势而威？胡乃肮脏之身，不寒而慄？犹可解者：魔女翘鬟来月下，何妨俯伏皈依？最冤枉者：鸠盘蓬首到人间，也要香花供养。闻怒狮之吼，则双孔撩天；听牝鸡之鸣，则五体投地。登徒子淫而忘丑，《回波词》怜而成嘲〔59〕。设为汾阳之婿，立致尊荣，媚卿卿良有故〔60〕；若赘外黄之家，不免奴役，拜仆仆将何求〔61〕？彼穷鬼自觉无颜，任其斫树摧花，止求包荒于怨妇〔62〕；如钱神可云有势，乃亦婴鳞犯制，不能借助于方兄〔63〕。岂缚游子之心，惟兹鸟道〔64〕？抑消霸王之气，恃此鸿沟〔65〕？然死同穴，生同衾，何尝教吟"白首"〔66〕；而朝行云，暮行雨，辄欲独占巫山〔67〕。恨煞"池水清"，空按红牙玉板〔68〕；怜尔"妾命薄"，独支永夜寒更〔69〕。蝉壳鹭滩，喜骊龙之方睡〔70〕；犊车麈尾，恨驽马之不奔〔71〕。榻上共卧之人，挞去方知为舅〔72〕；床前久系之客，牵来已化为羊〔73〕。需之殷者仅俄顷，毒之流者无尽藏〔74〕。买笑缠头，而成自作之孽，太甲必曰难违〔75〕；俯首帖耳，而受无妄之刑，李阳亦谓不可〔76〕。酸风凛冽，吹残绮阁之春〔77〕；醋海汪洋，淹断蓝桥之月〔78〕。又或盛会忽逢，良朋即坐，斗酒藏而不设，且由房出《逐客》之书；故人疏而不来，遂自我广《绝交》之论。甚而雁影分飞，涕空沾于荆

⑭ 古今同理。有友人告：现在京城原来时髦的"惧协"（惧内协会）已为"五全丈夫"取代。哪五全？一曰妻子的话全听，包括梦话；二曰家中活全干，包括岳母家；三曰剩饭全吃，包括变味未变质的；四曰钱全交，包括马路上捡到一分钱；五曰思想全汇报，包括一闪念。亦诙谐有趣，附此一笑。

树〔79〕；鸾胶再觅，变遂起于芦花〔80〕。故饮酒阳城，一堂中惟有兄弟〔81〕；吹竽商子，七旬余并无室家〔82〕。古人为此有隐痛矣。⑭呜呼！百年鸳偶，竟成附骨之疽〔83〕；五两鹿皮，或买剥床之痛〔84〕。髯如戟者如是，胆似斗者何人？固不敢于马栈下断绝祸胎，又谁能向蚕室中斩除孽本〔85〕？娘子军肆其横暴，苦疗妒之无方〔86〕；胭脂虎啖尽生灵，幸渡迷之有楫〔87〕。天香夜爇，全澄汤镬之波〔88〕；花雨晨飞，尽灭剑轮之火〔89〕。极乐之境，彩翼双栖〔90〕；长舌之端，青莲并蒂〔91〕。拔苦恼于优婆之国〔92〕，立道场于爱河之滨〔93〕。咦！愿此几章贝叶文〔94〕，洒为一滴杨枝水〔95〕！'"

校勘

底本：手稿本。参校：康熙本、异史、二十四卷本、铸雪斋本、青柯亭本。

注释

〔1〕大名：明清府名，隶属直隶，今河北省邯郸市大名县。〔2〕季常之惧：惧内。宋代陈慥，字季常，号龙丘先生。妻柳氏泼悍，苏东坡有诗："龙丘居士亦可怜，谈空说有夜不眠。忽闻河东狮子吼，拄杖落手心茫然。"河东为柳姓的郡望，苏东坡借"河东"指柳氏。后世遂以"河东狮吼"和"季常之惧"指惧内。〔3〕齿奴隶数：当作奴隶来对待。〔4〕容服都雅：面容和服装美丽高雅。〔5〕昆季之盟：结为兄弟。〔6〕曝阳扪虱：晒着太阳捉虱子。〔7〕具食：备饭。〔8〕脱粟失饪：粗米饭半生不熟。〔9〕襆被：抱着被子。〔10〕寒遭：不幸遇到。寒，因厄。〔11〕沥血之好：洒血发誓结的好友，刎颈之交。〔12〕以示瑟歌之意：故意让对方听到。典故出自《论语·阳货》。孺悲欲见孔子，孔子托病不见，但传话的人刚出门，孔子就在房间里取瑟而歌，故意让对方听到。〔13〕褫衣惨掠：脱掉衣服残酷拷打。〔14〕跪受巾帼：跪下接受女人服饰。〔15〕惭愳（jù）：羞愧。〔16〕嗷（áo）咷：哀号大哭。〔17〕更筹再唱：二更天。〔18〕自投败颡：叩头以致额头磕破。〔19〕宗绪：后代。按封建宗法制，妾生子女在名义上属正妻所有。子女对嫡母称"母"，对妾称"姨"。〔20〕宥：

宽恕。〔21〕漏三下：三更天。〔22〕殒谢：死亡。殒，殒命；谢，谢世。〔23〕审顾：仔细察看。〔24〕批使绝马：打杨万石的耳光命令他轰走马介甫。〔25〕断"出"：决定休妻。〔26〕理须威劫：理当用威力胁迫。〔27〕嘲哳犹骂：叽叽喳喳地乱骂。嘲哳，鸟叫声。〔28〕乾纲：夫为妻纲。〔29〕所由来者渐：杨万石惧内，不是偶然的，而是渐渐形成，习惯成自然。〔30〕股慄心慑：双腿发抖，心惊胆战。〔31〕宾事良人：像对待贵宾一样对待丈夫。〔32〕学使案临：一省的学政到府、县巡察，谓"案临"。〔33〕以劣行黜名：因为品德恶劣被取消秀才功名。〔34〕煨烬：全部烧光。〔35〕罚锾（huán）烦苛：罚金很重。〔36〕质妾：把妾卖了。〔37〕孔其股：穿透大腿。〔38〕普陀寺：供奉观世音的寺院。〔39〕泪下如縻：哭得眼泪婆娑，鼻涕涟涟。〔40〕就尹废寺中：和尹氏在废寺苟合。〔41〕毕公权：即毕世持（1649—1687），淄川人，举人，蒲松龄的朋友。王士禛《文学毕君子万解元公权家传》为其父子写传。〔42〕一噱（jué）：一笑。〔43〕"天道"二句：天生万物要依赖大地完成。古时以男为天，以女为地，以男为乾，以女为坤。〔44〕劳尔十月呻吟：指妻子为养育孩子十月怀胎的辛苦。〔45〕"就湿"二句：妻子抚养孩子的艰辛。孩子尿湿褥子，母亲要把干的部分换给孩子，自己躺在湿的地方。孩子三岁之内是母亲最辛苦的时候。〔46〕"第阴教"二句：妻子在家里威风八面，丈夫的体面和夫纲不复存在。〔47〕"始而"二句：开始时妻子仅仅对丈夫说话不客气、不恭敬，或者妻子对丈夫大不恭敬，丈夫只能稍做反抗。〔48〕"床上"二句：家有凶妻，金刚般的男儿也得低头。〔49〕"釜底"二句：泼妇气焰嚣张，钢铁似的男人也只有俯首帖耳。〔50〕"秋砧"二句：本来用来杵衣的棒槌，成了妻子打丈夫的工具。〔51〕"麻姑"二句：本来可以给丈夫搔痒的长指爪，抓破了丈夫的面颊。〔52〕"小受"二句：悍妻对丈夫就像母亲对儿子一样。"小受大走"用当年舜被父母责罚时的故事，打轻时接受，打重了逃走。"孟母投梭"，指孟子母亲教育儿子的故事。〔53〕"妇唱"二句：家里的一切事情都是妻子说了算，丈夫只能跟随。家里完全是按"周婆"的礼法行事。"妇唱夫随"是将传统的"夫唱妇随"翻案；"周婆之礼"是把传统的"周公之礼"翻案。南朝《妒记》写到：谢太傅（安）妻刘夫人不令谢纳妾，众人以《关雎》等诗共谏刘夫人，刘问：是谁写的诗？答：是周公。刘夫人回答：若使周姥姥传，应无此语。〔54〕"恶乎哉"二句：最恶毒的是，妻子披头散发要跳井。银床，银饰的井栏。〔55〕"丑矣夫"三句：最丑恶的是，妻子威胁丈夫要上吊。〔56〕"地下"四句：丈夫被吓破了胆，连北宫黝和孟施舍那样的壮士也不能不逃，不能不怕。北宫黝和孟施舍是《孟子·公孙丑上》提到的壮士。

〔57〕"将军"三句：带兵的大将军威风凛凛，一进入妻子庭院，所有的威风都不见了。〔58〕"大人"三句：居高位的大人先生在人前人五人六、庄严肃穆，一旦到了妻子的门口，是个什么模样就没法问了。〔59〕"登徒子"二句：登徒子因为好淫，连丑妻子都喜欢。唐中宗因为惧内，传为笑柄流播后世。登徒子，战国楚国宋玉《登徒子好色赋》中虚构的人物。其妻极丑，登徒子却悦之。《回波词》，唐中宗惧怕韦后，优人内宴唱《回波词》："回波尔时栲栳，怕妇也是大好。外边只有裴谈，内里无过李老。"〔60〕"设为"三句：如果像郭子仪的子孙做了帝王的女婿，马上就尊荣立至、鸡犬升天，对妻子讨好还是有缘故的。郭子仪（697—781），平定安史之乱的功臣，其子郭暧娶升平公主。〔61〕"若赘"三句：若是贤能之人入赘到平庸的富人家，已经是为其服役，又何必拜了再拜？〔62〕"彼穷鬼"三句：那些贫穷的男人，自知没有本事约束妻子，只能任凭她作威作福。〔63〕"如钱神"三句：有钱有势的男人遇到泼悍的妻子，钱也不能起作用了。〔64〕"岂缚"二句：亵语。"鸟道"隐指女子性器。〔65〕"抑消"二句：亵语。"鸿沟"隐指女子性器。〔66〕"然死同穴"三句：丈夫向妻子保证生死相随，没有纳妾或别寻新欢的想法。〔67〕"朝行云"三句：妻子要求丈夫时时刻刻留在自己身边，和自己恩爱，不许丈夫和其他女人接触。〔68〕"恨煞"二句：妻子对嫖妓的丈夫大打出手。"池水清"典故出自《王氏见闻》：韩某喜嫖妓，有一次正在妓院取乐，其妻率女仆找来，韩某正乐滋滋听妓女唱"池水清"，没想到妻子一棒打到头上，摔倒在地。"红牙玉板"，歌妓唱曲时打拍子用。〔69〕"怜尔"二句：丈夫将妻子抛弃家中独守空房。〔70〕"蝉壳"二句：丈夫趁妻子酣睡时偷偷地外出寻欢作乐。蝉壳鹭滩，指丈夫像金蝉脱壳、鹭鹚轻步一样从妻子身边逃走。〔71〕"犊车"二句：丈夫外遇被妻子发现后，丈夫只能拼命地打着马狂奔。《太平广记》记东晋王导私自在外纳妾，被妻子发现，只好狼狈逃跑。〔72〕"榻上"二句：《太平广记》写车武子妻嫉妒异常，有一次车武子拉妻兄共榻，故意将一件罗裙挂在屏风上，车妻大怒，持刀登床，揭开被子才发现是自己老兄，惭愧而退。〔73〕"床前"二句：《太平广记》记载，某士子妻奇妒，怕丈夫外出，拴到床上。丈夫与女巫合谋，用羊代替，自己躲到厕所里。妻子接绳见羊，大惊。女巫说：妻子改过，她可以恢复丈夫原形。后妻子再次嫉妒，丈夫伏地做羊叫以吓之。〔74〕"需之殷"二句：跟悍妻的恩爱仅仅刹那间，却要永远受她的毒害。〔75〕"买笑"三句：丈夫追欢买笑，是自作自受，即使是王孙，也活该受到妻子的惩罚。《孟子·公孙丑上》引《太甲》说："天作孽，犹可违；自作孽，不可活。"太甲是商汤之孙。〔76〕"俯首"

三句：丈夫对妻子俯首帖耳却仍然受到妻子的虐待，就连李阳那样的正人君子也认为不可。《世说新语·规箴》载，西晋王衍的妻子郭氏贪财无度，但很怕同乡李阳。王衍就用李阳吓唬郭氏。〔77〕"酸风"二句：悍妻动辄吃醋，破坏了美好的夫妇感情。〔78〕"醋海"二句：意思同上二句。蓝桥，相传为裴航遇仙女之处，后世以蓝桥为男女约会的代指。蒲松龄喜欢用对仗、罗列句。"酸风"和"醋海"都指极厉害的嫉妒心。〔79〕"雁影"二句：悍妇造成兄弟分家、家庭不和。雁行，比喻兄弟。荆树，用《续齐谐记》田真三兄弟家庭不睦分家，家中的紫荆树枯死，兄弟受感动合家，荆树重荣。但田真兄弟分家是不是因为妻子不贤，原书并没有写。〔80〕"鸾胶"二句：后妻泼悍，竟然用芦花给前房之子絮衣。鸾胶，据《海内十洲记·凤麟洲》：西海中有凤麟洲，多仙家，煮凤喙麟角合煎为膏，能续弓弩已断之弦，名续弦胶，亦称"鸾胶"，后用来比喻续娶后妻。芦花絮衣典故出自《太平御览》，闵子骞幼时受后母虐待，后母冬天为其亲子用新绵絮衣，以芦花为子骞絮衣。其父欲出后妻，子骞跪求："母在一子单，母去三子寒。"〔81〕"故饮酒"二句：阳城，唐代人，怕娶妻后影响兄弟感情，终身不娶。〔82〕"吹竽"二句：商子，传说中的商丘兄弟，活到七十岁仍未娶妻。〔83〕"百年"二句：本来应该是白头到老的好夫妇，因为妻子嫉妒却变成长在骨头上的恶疮。〔84〕"五两"二句：当年订下的姻缘，变成现在的切肤之痛。五两鹿皮，是男方向女方的定婚礼物，五匹帛、两张鹿皮；剥床之痛，迫身切肤之痛。〔85〕"固不敢"二句：既不敢杀了妻子断绝灾祸，又有哪个人乐意受了宫刑免除夫妇之礼。"马栈下"，据《战国策·齐策》，齐国一女人因得罪丈夫被杀，被埋在马栈下。"蚕室中"，语出司马迁《报任安书》，司马迁受宫刑，怕冷，要住在温室（蚕室）中。〔86〕"娘子军"二句：悍妻像无往不胜的军兵，没有人能治其嫉妒。〔87〕"胭脂虎"二句：像老虎一样凶恶的悍妻，只有佛法可以救治。〔88〕"天香"二句：悍妇只有信仰佛法，才能免除死后上刀山下油锅的惩罚。〔89〕"花雨"二句：意思同上二句。〔90〕极乐之境，彩翼双栖：夫妇恩爱，进入极乐境地。〔91〕长舌之端，青莲并蒂：妒妇受佛法教育改邪归正，妻妾和美共侍丈夫。〔92〕拔苦恼于优婆之国：佛法可以拔除烦恼。〔93〕立道场于爱河之滨：靠佛法解脱情欲的煎熬。〔94〕贝叶文：本意指佛经，此系作者指本文的劝世作用像佛经。〔95〕杨枝水：佛教中可以使万物复苏的甘露，以杨枝蘸洒。

点评

　　世间万物千殊万类，很难用确切的字眼表达，写人写到穷形尽相很不容易。像"惧内"这样微妙、棘手的题目，蒲松龄居然也得心应手。写泼妇之悍虐，写懦夫之软弱，形神意气，逼夺化工。小说写悍妇面面俱到，无所不用其极。她将公爹做奴隶使唤，将妾打得崩注坠胎，吓得小叔子投井而死，逼走弟妇，害得侄儿几乎丧命。而她的悍主要用于对待丈夫。作者擅长写悍妇与懦夫的相生相克、相依相存，写悍妇之劣立于纸上，懦夫之嗜虐入骨三分。尤奇妙的是，作者还来个"悍懦"换位描写，悍者变弱，懦者变凶，位置颠倒而奇趣迭出，千曲百折，大有层次。最终悍者被请君入瓮，受屠夫无奇不有的虐待，是构思上的巧结，也是作者道德教化的寄托。作为篇名的"马介甫"一方面担任叙事角色，另一方面以狐仙的法术治悍。"丈夫再造散"一节，尤为生动精彩。"异史氏曰"的《妙音经续言》，与正文在思想内容上有一定的联系，又相对独立，其内涵是封建婚姻观、伦理观。作者将古代历史和文学中悍妇典故尽收囊中，几乎成为古代悍妇的"百事典"，《妙音经续言》系骈文，词采丰赡，雄辩滔滔，如决长江之水。该文开始写悍妇产生乃因丈夫因爱生惧，渐渐阴盛阳衰，由小及大，由隐蔽而公开，后以调笑的口气写古代种种泼妇著名典故，滑稽风趣，亦作者炫才之作。

馬水册

乾綱不振自
貽羞此病難
將藥力療羸
浮仙人勤佈
置宗嗣一綫
賴長苗

潞令

宋国英，东平人〔1〕，以教习授潞城令〔2〕。贪暴不仁，催科尤酷〔3〕，①毙杖下者狼藉于庭〔4〕。余乡徐白山适过之，见其横，讽曰："为民父母，威焰固至此乎？"宋洋洋作得意之词曰："嗻！不敢！官虽小，莅任百日，诛五十八人矣。"后半年，方据案视事〔5〕，忽瞪目而起，手足挠乱，似与人撑拒状，自言曰："我罪当死！我罪当死！"扶入署中，逾时寻卒。呜呼！幸阴曹兼摄阳政〔6〕，不然，颠越货多，则"卓异"声起矣〔7〕，②流毒安穷哉！

异史氏曰："潞子故区〔8〕，其人魂魄毅，故其为鬼雄。今有一官握篆于上〔9〕，必有一二鄙流，风承而痔舐之〔10〕。其方盛也，则竭攫未尽之膏脂〔11〕，为之具锦屏〔12〕；其将败也，则驱诛未尽之肢体〔13〕，为之乞保留〔14〕。③官无贪廉，每莅一任，必有此两事。赫赫者一日未去〔15〕，则蚩蚩者不敢不从〔16〕。积习相传，沿为成规④，其亦取笑于潞城之鬼也已！"

① 字面意思是催税，实际含义不止如此。清初苛捐杂税多如牛毛，"父母官"常以种种名堂巧取豪夺纳入私囊。如正税之外的"火耗""乐输"，额外的税常超出正常税。

② 越坏的官越有好官声。黑白颠倒、美恶不分达到登峰造极的程度。

③ "具锦屏""乞保留"是贪官污吏既要做婊子又要树牌坊的弄虚作假、欺世盗名之计。

④ 做假成了普遍的社会现象，成了香臭不分的过场文章，老实良善的百姓永无出头之日。

校勘

底本：手稿本。参校：康熙本、异史、二十四卷本、铸雪斋本、青柯亭本。

注释

〔1〕宋国英：当为宋国鍈，康熙年间任潞城县令，光绪七年（1881）《东平州志》有传。东平：明清州名，今山东泰安市东平县。〔2〕以教习授潞城令：以教习的资格担任潞城令。教习，学官，指清代八旗官学的教职人员，由贡生充任。潞城，明清县名，今山西省潞城市。〔3〕催科：催税。〔4〕狼藉于庭：死者尸体很多，乱堆在堂下。〔5〕视事：办理公事。〔6〕阴曹兼摄阳政：阴世兼

管阳世官员。〔7〕颠越货多，则"卓异"声起：杀人掠财越多，"卓异"的官声就越响。卓异，考察官吏的最高等级。明清时代每三年对官吏做一次考核，地方官谓"大计"，"大计"最好的评语是"卓异"。〔8〕潞子故区：春秋时潞子封国故地，系赤狄所建，为晋所灭。〔9〕握篆：掌管官印。〔10〕风承而痔舐之：跟风逢迎。痔舐，吮痔。无耻地巴结。〔11〕竭攫未尽之膏脂：千方百计搜刮老百姓的财物。未尽之膏脂，县令还没有完全诈取完的财物。〔12〕具锦屏：送锦旗。〔13〕驱诛未尽之肢体：强迫、驱使还没被杀掉的老百姓。〔14〕乞保留：为离任者歌功颂德，要求其继续留任。〔15〕赫赫者：作威作福的地方官。〔16〕茧茧者：任人宰割的老百姓。

点评

　　此文虽短，却是鞭挞现实最有力、思想锋芒最突出的《聊斋》名篇之一。它用最小的篇幅惊人地集中了最大的思想量，一篇小小说成为贪官污吏涂炭良民、用鲜血染红顶戴的血泪史。其一字千钧的叙述，有史家的严肃与凝重。像雄辩滔滔的时事述评，将整个封建时代的痼疾揭露得体无完肤。又以高度漫画家的技巧，为贪官酷吏画像，言简意赅，以一当十。统共三百余字，有简捷而明了的故事，有精当而锋利的议论，记实与志怪结合，现实与理想融合，质朴和奇诡谐合，确为不可多得的佳作。

潞令
不能撫字卻
催科黑索橫
飛就獎多據
索急為撐拒
狀奈他五十
八人何

厍将军〔1〕

厍大有，字君实，汉中洋县人〔2〕，以武举隶祖述舜麾下〔3〕。祖厚遇之，屡蒙拔擢，迁伪周总戎〔4〕。后觉大势既去，潜以兵乘祖〔5〕。祖格拒伤手〔6〕，因就缚之，纳款于总督蔡〔7〕。至都，梦至冥司，冥王怒其不义，命鬼以沸油浇其足。既醒，足痛不可忍，后肿溃，指尽堕，又益之疟〔8〕。辄呼曰："我诚负义！"遂死。

异史氏曰："事伪朝固不足言忠；然国士庸人，因知为报〔9〕，贤豪之自命宜尔也〔10〕。是诚可以惕天下之人臣而怀二心者矣。"

> **校勘**
>
> 底本：手稿本。参校：康熙本、异史、二十四卷本、铸雪斋本。

> **注释**
>
> 〔1〕厍（shè）将军：即厍大有。康熙三十四年（1695）《洋县志》卷四《人物志·贡》："厍大有，顺治庚子武举。"〔2〕汉中洋县：陕西洋县，明清时属汉中府。今陕西省汉中市洋县。〔3〕祖述舜：吴三桂的部下。〔4〕伪周总戎：伪周，吴三桂于康熙十七年三月初一在衡州称帝，国号大周。总戎，清代以此称总兵，总兵是绿营的高级武官。〔5〕乘：偷袭。〔6〕格拒：格斗、抵抗。〔7〕纳款于总督蔡：向总督蔡毓荣投降邀功。蔡毓荣（1633—1699），汉军正白旗人，官至贵州总督加兵部尚书。〔8〕疟：疟疾。〔9〕国士庸人，因知为报：不论是杰出之士还是普通人，都要根据所受到的待遇做相应报答。国士，有识之士，杰士；庸人，普通人。典出《史记·刺客列传》："范、中行氏皆众人遇我，我故众人报之；至于智伯，国士遇我，我故国士报之。"〔10〕贤豪之自命宜尔也：贤良豪杰之士更应该以此要求自己。

> **点评**
>
> 厍大有随祖述舜仕周，追随吴三桂，已是清廷的叛徒，由周投降清，又成周之叛徒。按清朝的正统观念，降清是弃暗投明，"异史氏曰"也用"事伪朝固

不足言忠"来敷衍。但厍大有受祖述舜提拔之恩，危难时不同恩人共生死，反而丧心病狂出卖恩人求荣，实禽兽之举。本文让他受到冥王的惩罚，暗刺其二三其德、脚跟不稳。明白无误地鞭挞降清将领，不能不说是民族情绪的流露。此文可与《张氏妇》《三朝元老》对照阅读，则对作者的用意可有更深理解。

庫將軍

助逆曾居貔虎行
烹然反噬癉生忘
將軍償不遣賓徒
詆使中山產狼

绛妃

①除短简残片外，聊斋先生很少以第一人称形式出现。此文例外。这是篇虚构性很强的小说，却把时间、地点、人物写得清清楚楚。大量篇幅是代花神写的檄文，檄文造就了绛妃的形象。

癸亥岁〔1〕，余馆于毕刺史公之绰然堂〔2〕。公家花木最盛，暇辄从公杖履〔3〕，得恣游赏。一日眺览既归，倦极思寝，解屦登床。梦二女郎，被服艳丽，近请曰："有所奉托，敢屈移玉〔4〕。"余愕然起，问："谁相见召？"曰："绛妃耳。"恍惚不解所谓，遽从之去。①

俄睹殿阁，高接云汉，下有石阶，层层而上，约尽百余级，始至颠头〔5〕。见朱门洞敞。又有二三丽者，趋入通客。无何，诣一殿外，金钩碧箔〔6〕，光明射眼，内见一女人降阶出迎，环佩锵然，状若贵嫔〔7〕。方思展拜，妃便先言："敬屈先生，理须首谢。"呼左右以毯贴地，若将行礼。余惶悚无以为地〔8〕，因辞曰："草莽微贱，得辱宠召，已有余荣。况敢分庭抗礼，益臣之罪，折臣之福！"

②香草美人比君子，阴云恶风喻小人，古代诗词自《诗经》《楚辞》始，最长于依诗取兴，引类譬喻。此文亦独造胜境，花即善良之人，风即恶毒之世也。

妃命撤毯设宴，对筵相向。酒数行，余辞曰："臣饮少辄醉，惧有愆仪〔9〕。教命云何？幸释疑虑。"妃不言，但以巨杯促饮。余屡请命，乃言："妾，花神也。合家细弱，依栖于此，屡被封家婢子〔10〕，横见摧残。今欲背城借一〔11〕，烦君属檄草耳〔12〕。"②

余惶然起奏："臣学陋不文，恐负重托；但承宠命，敢不竭肝膈之愚〔13〕。"

妃喜，即殿上赐笔札。诸丽者拭案拂座，磨墨濡毫。又一垂髫人，折纸为范，置腕下。略写一两句，便二三辈叠背相窥。余素迟钝，此时觉文思若涌。少间，稿脱，争持去，启呈绛妃。妃展阅一过，颇谓不疵，遂复送余归。醒而忆之，情事宛然。但檄词强半遗忘，因足而成之：

"谨按封氏，飞扬成性，忌嫉为心〔14〕。济恶以才，妒同醉骨；射人于暗，奸类含沙〔15〕。昔虞帝受其狐媚，

③檄文洋洋洒洒,以形象笔法写风的历史,风的肆虐,巧妙运用虞帝、宋玉、刘邦、汉武典故,说明风如何邀取帝王之宠,捞取政治资本起家,日渐放纵,以一系列故实写风的狂妄无比和暴虐之极。

④此文文笔奔逸,可称天下之奇。无一字无来历,成为"风"的博物馆。尤奇妙的是,这些由名家巨匠创造的"风典"都按照蒲翁以物寓情、以风讽世的艺术构思,各得其所,宛如用一条丝线,串起了一个一个发亮的珍珠。特别是,蒲翁完全按照自己抒发孤愤的需要化用前人的典故。"竟吹灯灭"就不符历史事实。

⑤此处令人联想到林黛玉的《葬花吟》。二者有许多词句十分相似。

英、皇不足解忧,反借渠以解愠〔16〕;楚王蒙其蛊惑,贤才未能称意,惟得彼以称雄〔17〕。沛上英雄,云飞而思猛士〔18〕;茂陵天子,秋高而念佳人〔19〕。从此怙宠日恣,因而肆狂无忌。怒号万窍,响碎玉于王宫〔20〕;澎湃中宵,弄寒声于秋树〔21〕。倏向山林丛里,假虎之威;时于滟滪堆中,生江之浪〔22〕。③

且也,帘钩频动,发高阁之清商;檐铁忽敲,破离人之幽梦〔23〕。寻帷下榻,反同入幕之宾〔24〕;排闼登堂,竟作翻书之客〔25〕。不曾于生平识面,直开门户而来〔26〕;若非是掌上留裾,几掠妃子而去〔27〕。吐虹丝于碧落,乃敢因月成阑〔28〕;翻柳浪于青郊,谬说为花寄信〔29〕。赋归田者,归途才就,飘飘吹薜荔之衣〔30〕;登高台者,高兴方浓,轻轻落茱萸之帽〔31〕。篷梗卷兮上下,三秋之羊角抟空〔32〕;筝声入乎云霄,百尺之鸢丝断系〔33〕。不奉太后之诏,欲速花开〔34〕;未绝坐客之缨,竟吹灯灭〔35〕。④

甚则扬尘播土,吹平李贺之山〔36〕;叫雨呼云,卷破杜陵之屋〔37〕。冯夷起而击鼓,少女进而吹笙〔38〕。荡漾以来,草皆成偃;吼奔而至,瓦欲为飞〔39〕。未施抟水之威,浮水江豚时出拜〔40〕;陡出障天之势,书天雁字不成行〔41〕。助马当之轻帆,彼有取尔〔42〕;牵瑶台之翠帐,于意云何〔43〕?至于海鸟有灵,尚依鲁门以避〔44〕;但使行人无恙,愿唤尤郎以归〔45〕。古有贤豪,乘而破者万里;世无高士,御以行者几人?驾炮车之狂云,遂以夜郎自大〔46〕;恃贪狼之逆气,漫以河伯为尊〔47〕。姊妹俱受其摧残,汇族悉为其蹂躏〔48〕。纷红骇绿,掩苒何穷?擘柳鸣条,萧骚无际〔49〕。雨零金谷,缀为藉客之裀;露冷华林,去作沾泥之絮〔50〕。埋香瘗玉,残妆卸而翻飞;朱榭雕阑,杂佩纷其零落〔51〕。⑤减春光于旦夕,万点正飘愁;觅残红于西东,五更非错恨〔52〕。翩跹江汉女,

821

弓鞋漫踏春园；寂寞玉楼人，珠勒徒嘶芳草[53]。

斯时也：伤春者有难乎为情之怨，寻胜者作无可奈何之歌[54]。尔乃趾高气扬，发无端之踔厉；催蒙振落，动不已之阑珊[55]。伤哉绿树犹存，簌簌者绕墙自落[56]；久矣朱幡不竖，娟娟者陨涕谁怜[57]？堕溷沾篱，毕芳魂于一日[58]；朝容夕悴，免荼毒以何年[59]？怨罗裳之易开，骂空闻于子夜[60]；讼狂伯之肆虐，章未报于天庭[61]。诞告芳邻，学作蛾眉之阵[62]；凡属同气，群兴草木之兵。莫言蒲柳无能，但须藩篱有志。且看莺俦燕侣，公覆夺爱之仇；请与蝶友蜂交，共发同心之誓[63]。兰桡桂楫，可教战于昆明；桑盖柳旌，用观兵于上苑[64]。东篱处士，亦出茅庐；大树将军，应怀义愤[65]。杀其气焰，洗千年粉黛之冤；歼尔豪强，销万古风流之恨[66]！"⑥

⑥美国著名哲学家罗伊斯说："全部哲学就在于了解我是谁？我是什么？以及更深邃的自我是谁？"他进一步说："这个真实的自我是无限的、无涯的、浪漫的、神圣的，只有诗人和其他各种天才能在梦境中把握它。"《绛妃》是蒲松龄的天才的自我分析，浪漫的自我表现，神圣的自我寄托，如此才写得笔酣墨饱，激情满纸。

校勘

底本：手稿本。参校：康熙本、异史、二十四卷本、铸雪斋本。

注释

[1]癸亥：康熙二十二年（1683），作者四十四岁。[2]绰然堂：作者在毕府教书下榻处。[3]从公杖履：跟随毕际有的脚步。[4]敢屈移玉：劳驾移尊步前往。[5]颠头：顶端。[6]金钩碧箔：金质的帘钩，绿色装饰。[7]环佩锵然，状若贵嫔：首饰叮叮当当地响，样子好像是位贵妃。[8]惶悚无以为地：诚惶诚恐，无所措手足。[9]愆仪：违犯了礼法。[10]封家婢子：封家那个丫头。"封"谐音"风"。[11]背城借一：在自己的城下和敌人决一死战。[12]属（zhǔ）檄草：撰写讨伐封氏的檄文。[13]肝膈之愚：竭尽忠诚。[14]"飞扬"二句：放纵任性，满怀嫉妒之心。[15]"济恶"四句：妒嫉他人的品性浸入骨髓；暗处害人，含沙射影。[16]"虞帝"三句：舜帝当年受到风的蛊惑，两个妃子不足以解忧，竟然弹《南风》之歌为民解忧。[17]"楚王"三句：楚王受到风的诱惑，对宋玉的讽谏不以为意，而让风称雄。[18]"沛上"二句：指刘邦唱《大风歌》一事，中有"安得猛士兮守四方"之句。[19]"茂

陵"二句：指汉武帝《秋风辞》，中有"怀佳人兮不能忘"之句。〔20〕"怒号"二句：狂风怒号，将宫中的玉片吹得叮叮当当响。〔21〕"澎湃"二句：秋风夜吹，将枯树吹出寒瑟之声。〔22〕"倏向"四句：疾风掠过山林，狐假虎威；疾风吹向河滩，掀起巨浪。〔23〕"帘钩"四句：秋风掠过高阁，吹动檐间的风铃，扰动离乡者的美梦。〔24〕"寻帷"二句：风不经同意就进入内室，好像是可以不拘形迹的好友。〔25〕"排闼"二句：风擅自推开门进来，吹动桌上的书页。〔26〕"不曾"二句：风并非亲朋好友，却直接闯门入户。〔27〕"若非"二句：如果不是宫女拉住裙子，风就把汉成帝在掌上跳舞的赵飞燕吹走。〔28〕"吐虹丝"二句："月晕而风"，风竟然借月亮的光辉给自己造景。〔29〕"翻柳浪"二句：风擅自翻动柳枝，倒说是送来春天的信息。〔30〕"赋归田"二句：高尚的归隐者陶渊明刚刚踏上归途，风就来吹动他的衣服，以此邀名。〔31〕"登高台"二句：孟嘉和好友重阳登高玩得正高兴，风却来吹落了他的帽子。〔32〕"蓬梗"二句：蓬草不过想随风飘来飘去，没想到被深秋的风吹到高空。〔33〕"筝声"二句：凤鸟风筝带着悦耳的声音飘入空中，没想到被风吹得无影无踪。〔34〕"不奉"二句：没接到武则天的命令，风就催促百花盛开。〔35〕"未绝"二句：风竟然吹灭了灯，帮助奸臣调戏楚庄王的王后。"绝缨"典故出自《韩诗外传》，楚庄王宴会，风吹灯灭，有臣子趁机拉王后的衣服，王后告王并说已绝其缨（扯断系冠的绳带），楚王命全体绝缨，君臣尽欢。〔36〕"扬尘"二句：狂风把山吹成平地，语出李贺诗句："南风吹山作平地。"〔37〕"叫雨"二句：狂风还吹走诗圣杜甫的房上茅草。杜甫有《茅屋为秋风所破歌》。〔38〕"冯夷"二句：微风也能吹起巨浪，像吹笙一样美妙的西风马上带来骤雨。"冯夷"，传说中的水神，典故出自曹植《洛神赋》："冯夷鸣鼓，女娲清歌。""少女"即"少女风"，按《易经》以兑卦为西方之卦，"兑"又象征少女。《三国志·魏书·管辂传》裴松之注引《管辂别传》说管辂判断将下雨，理由之一是"树上已有少女微风"。〔39〕"荡漾"四句：微风吹得草纷纷低伏，狂风吹得瓦片乱飞。〔40〕"未施"二句：风尚未发挥最大的威力，江豚已怕得出江而拜。传说江豚在水中跳跃时常常起风。〔41〕"陡出"二句：风吹得扬沙遮蔽天空，天上的大雁都排不成队形。〔42〕"助马"二句：风曾经帮助大诗人王勃吹动风帆到达南昌，写出《滕王阁序》与《滕王阁诗》。〔43〕"牵瑶台"二句：风还去吹动王母的翠帐，到底又想做什么？〔44〕"海鸟"二句：有灵气的海鸟，还知道依附着鲁国的国门避风。〔45〕"但使"二句：只要外出经商的丈夫安全，妻子乐意变成大风阻止商业活动。据《江湖记闻》，石氏女嫁尤郎后，尤经常外出经商，石氏女忧思而死，发下誓言，要变成大风阻止商人外出。从此商人经常遇到逆风，称"石尤风"。〔46〕"驾炮车"二句：狂风因为伴随着狂云而格外自以为是。炮车云，飞沙走石的狂云。〔47〕"恃贪狼"二句：河伯靠了狂风的威力泛滥成灾。〔48〕"姊妹"二句：群花都受到风的摧残。汇族，群花。此两句是对仗，意思基本相同。〔49〕"纷红"四句：花草树木都受到风的骚扰，在风中摇动着。〔50〕"雨零"四句：风雨过后，花瓣满地，成了人们的坐席；柳絮飘落，掉到烂泥之中。〔51〕"埋香"四句：花纷纷被风吹落，像美女卸妆，玉饰凋落。〔52〕"减春光"四句：花落花飞，减弱了春光，增添了春愁，飘散在四处的落花，正是应该埋怨五更天的无情风。〔53〕"翩跹"四句：大意是风吹花落，怀春游春的少女越加寂寞。〔54〕"斯时也"三句：风致花落，使得伤春寻胜的文人发出种种悲伤的哀歌。〔55〕"尔乃"四句：风吹走春天，继续肆意虐待群花，真吹到春意阑珊。〔56〕"伤哉"二句：大风过后，只留绿叶，鲜花纷纷凋落。〔57〕"久矣"二句：群花受尽摧残，哪有人可怜？〔58〕"堕溷"二句：美丽的鲜花落到厕所里，沾到篱笆上，走完了生命的历程。〔59〕"朝容"二句：鲜花早开晚败，哪年哪月能躲开风的摧残？〔60〕"怨罗裳"二句：风吹动少女罗裳，惹来人们用《子夜歌》怨骂。晋代乐府《子夜歌》："罗裳易飘扬，小开罵春风。"〔61〕"讼狂伯"二句：狂风受到人们愤恨，却未被天庭惩罚。〔62〕"诞告"二句：群花互相转告：一起对付狂风。蛾眉，指蛾眉之阵，战国时孙武以美女摆成的阵势。〔63〕"且看"四句：群花与黄莺、春燕、蜜蜂、蝴蝶联合起来，共同对付恶风。〔64〕"兰桡"四句：曾经成为汉武帝昆明水战材料的兰桂，曾经为帝王上苑游园做车盖、旌旗的桑柳，也都参加战斗。〔65〕"东篱"四句：菊花和大树也都加入其中。〔66〕"杀其"四句：共同剿灭狂风，打掉其嚣张气焰，美丽的鲜花洗雪千年万载的冤屈。

点评

绛妃是谁？骆宾王式檄文是聊斋先生的逞能肆笔，抬文士身份，成得意文章。固然聊斋先生有炫才之意，但细读檄文，则可以理解为另一《聊斋自志》。檄文处处写风，又处处写世。风为谁？恶势力，官虎吏狼也。是什么像风吹落花把聊斋出将入相、造福黎民的理想吹得烟消云散？是号称"盛世"的魑魅社会。是什么把本该为民造福的父母官变成"虚肚鬼王"？是把读书人一网打尽的科举制度。是什么把蒲松龄珍爱的人间真情变成恨不能你吃了我、我吃了你的乌眼鸡？是口头上仁义道德、满肚子男盗女娼的大人先生。绛妃，非花神，蒲松龄自谓也。

挚神

花宮折芹禮才人叢薇
爭誇筆墨新自此奇
娥眉欽迓年～當
浮十分春

河间生〔1〕

河间某生，场中积麦穰如丘〔2〕，家人日取为薪，洞之。有狐居其中，常与主人相见，老翁也。一日，屈主人饮〔3〕，拱生入洞，生难之，强而后入。入则廊舍华好。即坐，茶酒香烈；但日色苍皇，不辨中夕。筵罢既出，景物俱杳。翁每夜往晨归，人莫能迹〔4〕，问之则言友朋招饮①。生请与俱，翁不可；固请之，翁始诺。挽生臂，疾如乘风，可炊黍时〔5〕，至一城市。入酒肆，见坐客良多，聚饮颇哗，乃引生登楼上②。下视饮者，几案柈飧〔6〕，可以指数。翁自下楼，任意取案上酒果，抔来供生〔7〕。筵中人曾莫之禁。移时，生视一朱衣人前列金橘，命翁取之。翁曰："此正人，不可近。"生默念：狐与我游，必我邪也；自今以往，我必正。方一注想，觉身不自主，眩堕楼下。饮者大骇，相哗以妖。生仰视，竟非楼上，乃梁间耳。以实告众。众审其情确，赠而遣之。问其处，乃鱼台〔8〕，去河间千里云。

① 其实就是不请自到的从他人桌上取食。

② "楼上客人"即梁上君子，俏皮有趣。河间生身不由己做了梁上君子。

校勘

底本：手稿本。参校：康熙本、异史、二十四卷本、铸雪斋本、青柯亭本。

注释

〔1〕河间：明清府名，今河北省沧州市河间市。河间生，即河间生员，俗谓秀才。〔2〕场（cháng）：翻晒农作物并脱粒的空地，俗称"场院"。麦穰：麦子脱粒后的麦子茎秆。〔3〕屈主人饮：请主人饮酒。〔4〕夜往晨归，人莫能迹：晚上出去早上回来，人们弄不清他的踪迹。〔5〕炊黍：做一顿饭的时间。〔6〕柈飧（pán sūn）：盘中的熟食。飧，原意是晚餐，引申为熟食。〔7〕抔（póu）：双手捧来。〔8〕鱼台：明清县名，属济宁府，今山东省济宁市鱼台县。

> **点评**
>
> 此文言短意长，含蕴不尽。河间生初时警惕狐，保持一定的距离，后来感于狐的"廊舍华好""茶酒香烈"，渐入邪道，至于随狐到千里之外干起鸡鸣狗盗的勾当。狐不敢近正人，狐近者必为邪人，河间生刚有"自此以往，我必正"的想法，便苦海无边，回头是岸。本文寓意深刻，文字虽短，影响却大。

河间生
喜与狐翁
共往还无
端身忽堕
梁间袒徒
一念分
邪正人
兽由来
判此关

卷四

云翠仙

梁有才，故晋人[1]，流寓于济[2]，作小负贩，无妻子、田产。从村人登岱。岱四月交，香侣杂沓[3]，又有优婆夷、塞[4]，率众男子以百十，杂跪神座下，视香炷为度[5]，名曰"跪香"。才视众中有女郎，年十七八而美，悦之。诈为香客，近女郎跪，又伪为膝困无力状，故以手据女郎足[6]。①女回首似嗔，膝行而远之。才又膝行近之②，少间，又据之。女郎觉，遽起，不跪，出门去。才亦起，亦出。履其迹[7]，不知其往。心无望，怏怏而行。③途中见女郎从媪，似为女母者。才趋之，媪女行且语。媪云："汝能参礼娘娘，大好事。汝又无弟妹，但获娘娘冥加护[8]，护汝得快婿，但能相孝顺，都不必贵公子富王孙也。"才窃喜，④渐渍诘媪[9]。媪自言为云氏，女名翠仙，其出也，家西山四十里。才曰："山路涩[10]，母如此踽踽[11]，妹如此纤纤，何能便至？"⑤曰："日已晚，将寄舅家宿耳。"才曰："适言相婿，不以贫嫌，不以贱鄙，我又未婚，颇当母意否？"媪以问女，女不应。媪数问，女曰："渠寡福[12]，又荡无行[13]。轻薄之心，还易翻覆[14]，儿不能为逼伎儿作妇[15]！"⑥才闻，朴诚自表，切矢皦日[16]。媪喜，竟诺之。⑦女不乐，悖然而口[17]，母又强拍咻之[18]。才殷勤，手于橐[19]，觅山兜二[20]，舁媪及女。己步从，若为仆，过隘，辄诃兜夫不得颠摇动，良殷。⑧俄抵村舍，便邀才同入舅家，舅出翁，妗出媪也。云兄之嫂之，谓："才吾婿，日适良，不须别择，便取今夕。"舅亦喜，出酒肴饵才。既，严妆翠仙出，拂榻促眠。女曰："我固知郎不义，迫母命，漫相随。郎若人也，当不须忧偕活⑨。"才唯唯听受。

①旧时女人的足不仅是足，还是"性"的一部分，梁的行为极下流。

②膝行，非常典型的细节。梁之膝行，见其无耻；云之膝行，见其高洁。

③无一见钟情，无"佛殿相逢"，乃一见恶心。蒲松龄很看重跪香情节，小说手稿原题为"跪香女"。

④坏蛋偏会窃听。看人下菜，你不是要"孝顺"？我就假装孝顺。

⑤八字没一撇，先把"妈"叫上耶。

⑥云翠仙态度明显。

⑦翠仙对梁的观察深刻之极。云母乃棉花耳朵，受梁花言巧语之骗。不讲父母之命的庄严，只讲父母之命的随意。

⑧天才演员。

⑨翠仙话里有话：只要你老老实实做人，丰衣足食不难。言外之意：我娘家有钱。利令智昏的梁没听懂翠仙的话。

829

⑩ 像深谋远虑的大将。翠仙有母家黄金可改变梁的命运，她珍藏密收，看看梁在没有妻财可用时能否像个男子汉？至少，能否安分守贫？

⑪ 狐狸尾巴露出。

⑫ 引梁有才开口。但梁非常狡猾。

⑬ 对梁还存幻想，故以卖丫鬟试探。

⑭ 并非不想卖，但丫鬟不值钱，更值钱者谁？翠仙知梁打自己主意。

⑮ 正中梁下怀。

⑯ 满心乐意表面不得不推托，因为梁担心翠仙不是真心。

⑰ 可以商量如何卖妻子及卖多少钱啦。上钩矣。

⑱ 说服卖妻者回岳家居然能成，翠仙大智。

明日早起，母谓才："宜先去，我以女继至。"才归，扫户阕，媪果送女至。入视室中，虚无有，便云："似此何能自给？老身速归，当小助汝辛苦。"遂去。次日，有男女数辈，各携服食器具，布一室满之，不饭俱去，但留一婢。才由此坐温饱，惟日引里无赖，朋饮竞赌〔21〕，渐盗女郎簪珥佐博〔22〕。女劝之，不听；颇不耐之，惟严守箱奁，如防寇。⑩一日，博党款门访才，窥见女，适适惊〔23〕，戏谓才曰："子大富贵，何忧贫耶？"才问故，答曰："曩见夫人，实仙人也。适与子家道不相称。货为媵〔24〕，金可得百；为妓，可得千。千金在室，而听饮博无资耶？"才不言，而心然之。归辄向女欷歔，时时言贫不可度。女不顾，才频频击桌，抛匕箸，骂婢，作诸态。⑪

一夕，女沽酒与饮，⑫忽曰："郎以贫故，日焦心。我又不能御穷〔25〕，分郎忧。中岂不愧怍？但无长物，止有此婢，鬻之，可稍稍佐经营。"⑬才摇首曰："其直几许！"⑭又饮少时，女曰："妾于郎，有何不相承？但力竭耳。念一贫如此，便死相从，不过均此百年苦，有何发迹？不如以妾鬻贵家，两所便益，得直或较婢多。"⑮才故愕言："何得至此！"⑯女固言之，色作庄。才喜曰："容再计之。"⑰

遂缘中贵人〔26〕，货隶乐籍〔27〕。中贵人亲诣才，见女大悦，恐不能即得，立券八百缗〔28〕。事濒就矣〔29〕，女曰："母日以婿家贫，常常萦念，今意断矣，我将暂归省，且郎与妾绝，何得不告母？"才虑母阻，女曰："我顾自乐之，保无差贷〔30〕！"才从之。⑱

夜将半，始抵母家，挝阖入，见楼舍华好，婢仆辈往来憧憧。才曰与女居，每请诣母，女辄止之，故为甥馆年余〔31〕，曾未一临岳家，至此大骇，以其家巨，恐媵妓所不甘也。女引才登楼上，媪惊问夫妻何来，女怨曰："我固道渠不义，今果然！"乃于衣底出黄金二铤置几上〔32〕，曰："幸不为小人赚脱，今仍以还母。"母骇问故,女曰:"渠将鬻我,故藏金无用处。"乃指才骂曰:"豺鼠子!曩日负肩担,面沾尘如鬼。初近我,熏熏作汗腥,肤垢欲倾塌,足手皴一寸厚,使人终夜恶。自我归汝家,安坐餐饭,鬼皮始脱。母在前,我岂诬耶?"才垂首,不敢少出气。女又曰:"自顾无倾城姿,不堪奉贵人,似若辈男子,我自谓犹相匹,有何亏负,遂无一念香火情〔33〕?我岂不能起楼宇、买良沃?念汝儇薄骨、乞丐相〔34〕,终不是白头侣!"言次,婢妪连袂臂,旋旋围绕之。闻女责数,便都唾骂,共言:"不如杀却!何须复云云〔35〕。"才大惧,据地自投,但言知悔。女又盛气曰:"鬻妻子[19]已大恶,犹未便是剧〔36〕,何忍以同衾人赚作娼!"言未已,众眦裂,悉以锐簪、剪刀股攒刺胁膂〔37〕,才号悲乞命,女止之曰:"可暂释却。渠便无仁义,我不忍其觳觫〔38〕。"乃率众下楼去。

才坐听移时,语声俱寂,思欲潜遁。忽仰视,见星汉,东方已白,野色苍莽,灯亦寻灭,并无屋宇。身坐削壁上,俯瞰绝壑,深无底,骇绝。[20]惧堕,身稍移,塌然一声,随石崩坠。壁半有枯横焉,冒不得堕〔39〕。以枯受腹,手足无着。下视茫茫,不知几何寻丈〔40〕。不敢转侧,嗥怖声嘶,一身尽肿,眼耳鼻舌身力俱竭。日渐高,始有樵人望见之。寻绳来,缒而下,取置崖上,奄将溘毙〔41〕。舁归其家。至则门洞敞〔42〕,家荒荒如败寺,床簏什器俱杳,惟有绳床败案是己家旧物〔43〕,零落犹存。嗒然自卧,饥时,日一乞食于邻。既而肿溃为癞〔44〕,里党薄其行,悉唾弃之。才无计,货屋而穴居,行乞于道,以刀自随,或劝以刀易饵,才不肯,曰:"野居防虎狼,用自卫耳。"后遇向劝鬻妻者于途,近而哀语,遽出刀擘而杀之〔45〕,遂被收。官廉得其情,亦未忍酷虐之,系狱中,寻瘐死〔46〕。

异史氏曰:"得远山芙蓉,与共四壁〔47〕,与以南面王岂易哉?己则非人,而怨逢恶之友,故为友者不

[19] 冯镇峦谓:云翠仙像击鼓骂曹的祢衡。确实骂得好!骂得痛快淋漓,抑扬顿挫,生动精彩。句句骂豺鼠,实则句句埋怨母亲:您看您给我找的夫婿是什么玩意儿?对母亲旁敲侧击,怨而不怒。满腹苦水辛酸却不忍心指责母亲。

[20] 文至此,完全正常的人情世态一变而为奇崛的仙人罚虐,云翠仙仙人身份揭晓,削壁深渊,歹徒悬吊,大快人心。弱女的不幸在美丽的幻想中得到补偿。但明伦曰:"此篇篇法、段法,疏疏落落,洋洋洒洒,其妙不待言矣。而句法、字法,尤为锤炼精净,为学者暗度金针,幸勿随口念过。"

可不知戒也。凡狭邪子诱人淫博，为诸不义，其事不败，虽则不怨亦不德。迨于身无襦，妇无袴，千人所指，无疾将死。穷败之念，无时不萦于心；穷败之恨，无时不切于齿。清夜牛衣中〔48〕，辗转不寐，夫然后历历想未落时，历历想将落时，又历历想致落之故，而因以及发端致落之人。至于此，弱者起，拥絮坐诅，强者忍冻裸行，篝火索刀，霍霍磨之，不待终夜矣。故以善规人，如赠橄榄〔49〕；以恶诱人，如馈漏脯也〔50〕。听者固当省，言者可勿惧哉！"

校勘

底本：手稿本。参校：康熙本、异史、二十四卷本、铸雪斋本。

注释

〔1〕晋人：山西人。〔2〕流寓于济：迁居住在济南。〔3〕香侣杂沓：烧香的人很多。四月初是传统的"浴佛节"，又叫"佛诞节"，庆祝佛祖释迦牟尼的生日。届时各寺院举行法会，故烧香的人特别多。〔4〕优婆夷、塞：即优婆夷、优婆塞。分别是信奉佛教的女居士和男居士。〔5〕视香炷为度：以烧完一炷香为限度。〔6〕据：用手抓。〔7〕履其迹：沿着足迹追寻其踪影。〔8〕娘娘冥加护：泰山娘娘暗中保护。〔9〕渐渍诘媪：亲近、讨好、询问老太太。〔10〕山路涩：山路崎岖难行。〔11〕蹜（sù）蹜：脚小走路不快的样子。〔12〕渠寡福：那个人没有福气。〔13〕荡无行：放荡没品行。〔14〕轻薄之心，还易翻覆：一肚子坏心眼儿，容易出尔反尔。〔15〕遏伎儿：邋遢鬼。〔16〕朴诚自表，切矢皦（jiǎo）日：表白自己是如何真诚善良，并指着太阳发誓。切，恳切；矢，发誓；皦日，明亮的太阳。典故出自《诗经·王风·大车》："谷则异室，死则同穴。谓予不信，有如皦日。"〔17〕悖（bèi）然而口：生气地反驳母亲。〔18〕强拍咻（xiū）之：勉强地安慰。〔19〕手于橐：手伸到钱包里。〔20〕山兜：山轿。〔21〕朋饮竞赌：和狐朋狗友饮酒赌博。〔22〕簪珥：发簪、耳环。〔23〕适（tī）适惊：吃惊的样子。〔24〕货为媵：卖给人做妾。〔25〕御穷：对付贫穷。〔26〕中贵人：宦官。〔27〕货隶乐籍：卖做官妓。〔28〕立券八百缗（mín）：立下契约，以八百串钱的代价买下。〔29〕滨就：将要办成。〔30〕保无差贷：保证没有差错。〔31〕为甥馆：做女婿。〔32〕铤：锭。〔33〕香火情：夫妻焚香拜天地的情分。〔34〕偿薄骨、乞丐相：贱骨头，一副乞丐样子。〔35〕何须复云云：少和他啰嗦。〔36〕犹未便是剧：还不算是最坏。〔37〕悉以锐簪剪刀

股攒刺胁腂（lěi）：都拿着尖锐的簪子、剪刀、金钗刺两胁突起处。〔38〕不忍其觳觫（hú sù）：不忍心看他发抖。〔39〕罥（juàn）不得堕：挂在悬崖上掉不下来。〔40〕几何寻丈：不知有多高。寻，古时的长度单位，以八尺为寻。〔41〕奄将溘毙：奄奄一息，将要死去。〔42〕门洞敞：大门洞开。〔43〕绳床：用绳索捆成的破床。〔44〕溃为癞：溃烂成麻风病。〔45〕挈（áo）而杀之：从旁边挥刀杀死。〔46〕瘐死：在狱中病死。〔47〕得远山芙蓉，与共四壁：能够有眉如远山、面如芙蓉的美女同居一室。〔48〕清夜牛衣中：清冷的夜晚卧在草编的牛被（本应披在牛身上的草席）上。〔49〕以善规人，如赠橄榄：劝人行善，像送人好吃的青果。〔50〕以恶诱人，如馈漏脯也：引诱人干坏事，就像送人毒肉干。

点评

　　《聊斋》充满人文关怀，蒲翁用主人公的命运告诉读者：人生的路怎样走？如何面对人生困境？怎样置之死地而后生？在封建社会，婚姻要从父母之命，女子如果嫁给行为不当的男子，所遇非人，只能认命。云翠仙却机智地掌握自己的命运，挣脱不幸婚姻的牢笼。她巧妙地诱"貀鼠子"露出真面目，并在母亲面前揭露其嘴脸，请君入瓮，瓮中捉鳖，终于跳出不幸婚姻。一个弱女子，遇到好吃懒做、无赖无耻的丈夫，不沉沦，不气馁，不认命，用自己的聪明才智保护自己，从逆境中走出来。这是个芙蓉花样的美丽女性、智慧女性。她的坚强、聪慧、善于动脑筋，对今天的女性仍有启发。蒲松龄一层深一层、一层紧一层地成功塑造了这位不平凡的女性。人物精彩，故事曲折，语言富有表现力。

云翠仙

名花高占一枝春,忍听黄
言别赠人唱得
黄金无用裹灰身
明阿母误兕身

跳神

济俗〔1〕：民间有病者，闺中以神卜〔2〕。倩老巫击铁环单面鼓，娑婆作态，名曰"跳神"。而此俗都中尤盛。良家少妇，时自为之。堂中肉于案，酒于盆，甚设几上〔3〕。烧巨烛，明于昼。妇束短幅裙，屈一足，作"商羊舞"〔4〕。两人捉臂，左右扶掖之。妇刺刺琐絮，似歌又似祝，字多寡参差，无律带腔〔5〕。室数鼓乱挝如雷，蓬蓬聒人耳。妇吻辟翕〔6〕，杂鼓声，不甚辨了。既而首垂，目斜睨，立全须人，失扶则仆。旋忽伸颈巨跃，离地尺有咫〔7〕。室中诸女子，凛然愕顾曰〔8〕："祖宗来吃食矣。"便一噱，吹灯灭，内外冥黑。人慄息立暗中〔9〕，无敢交一语，语亦不得闻，鼓声乱也。食顷，闻妇厉声呼翁姑及夫嫂小字，始共爇烛，伛偻问休咎。视樽中、盎中、案中，都复空空。①望颜色，察嚬喜。肃肃罗问之〔10〕，答若响。中有腹诽者，神已知，便指某："姗笑我，大不敬，将褫汝裤。"诽者自顾，莹然已裸，辄于门外树头觅得之。②

满洲妇女〔11〕，奉事尤虔。小有疑，必以决。时严妆，骑假虎、假马，执长兵〔12〕，舞榻上，名曰"跳虎神"。马、虎势作威怒，尸者声伧伫。或言关、张、元坛〔13〕，不一号。赫气惨凛，尤能畏怖人。有丈夫穴窗来窥，辄被长兵破窗刺帽，挑入去。一家媪媳姊若妹，森森踽踽〔14〕，雁行立〔15〕，无歧念〔16〕，无懈骨〔17〕。

①透过跳神场面可以窥见旧时妇女如何借助鬼神反抗封建宗法制。她们扬言"祖宗附体"，对素来凌驾自己之上的公婆兄嫂"厉声呼小字"，大模大样地把供神佳肴吃个干净，包括平时妇女不敢问津的佳酝。她们惟妙惟肖地模仿已逝者的腔调，让人以为是阴魂附体，借这样的鬼把戏扬眉吐气。跳神无疑是闺中女杰巧妙进行家庭斗争的方式之一。

②妙哉，真有"神"耶？

校勘

底本：手稿本。参校：康熙本、二十四卷本、铸雪斋本。

注释

〔1〕济俗：济南风俗。〔2〕闺中以神卜：女子用占卜来判定吉凶。〔3〕甚设：设备十分齐全。〔4〕商羊舞：一足着地的舞蹈。商羊，传说是跟下雨有关的鸟。〔5〕无律带腔：没有韵律而拖着长腔。〔6〕妇吻辟翕：妇人的嘴一张一合。〔7〕尺有咫：一尺多高。〔8〕凛然愕顾：神气庄严、惊奇地看。〔9〕惵（dié）息：吓得不敢出声。〔10〕肃肃罗问之：恭恭敬敬地环绕着问。〔11〕满洲：这里是民族名，即今满族。〔12〕长兵：长兵器，大概是长矛之类。〔13〕关、张、元坛：关羽、张飞、赵公明。"元坛"即"玄坛"，指财神赵公明。〔14〕森森蹜蹜：神情严肃紧靠在一起。〔15〕雁行立：一字儿排开。〔16〕无歧念：没有其他想法。〔17〕无懈骨：挺直腰板儿。

点评

本篇乃是对北方巫术的精彩描写。"跳神"为何神？未语及。有两个细节写到神力，一是将腹诽者的裤子扯掉挂树上，一是将偷看者的帽子挑了去。跳神是否能治好病？看来未必。本文对奇特民俗的记录有不可低估的社会价值。跳神具体而微的场面，跳神者忽而委顿忽而巨跃的做派，均如油画一样明丽，构成一幅明末清初汉满民族特有的风俗画。神婆的投手投足，做神做鬼，众人的敬畏，跃然纸上。文章短小精悍，篇无余句，句无余字，富于变化，余味不尽。

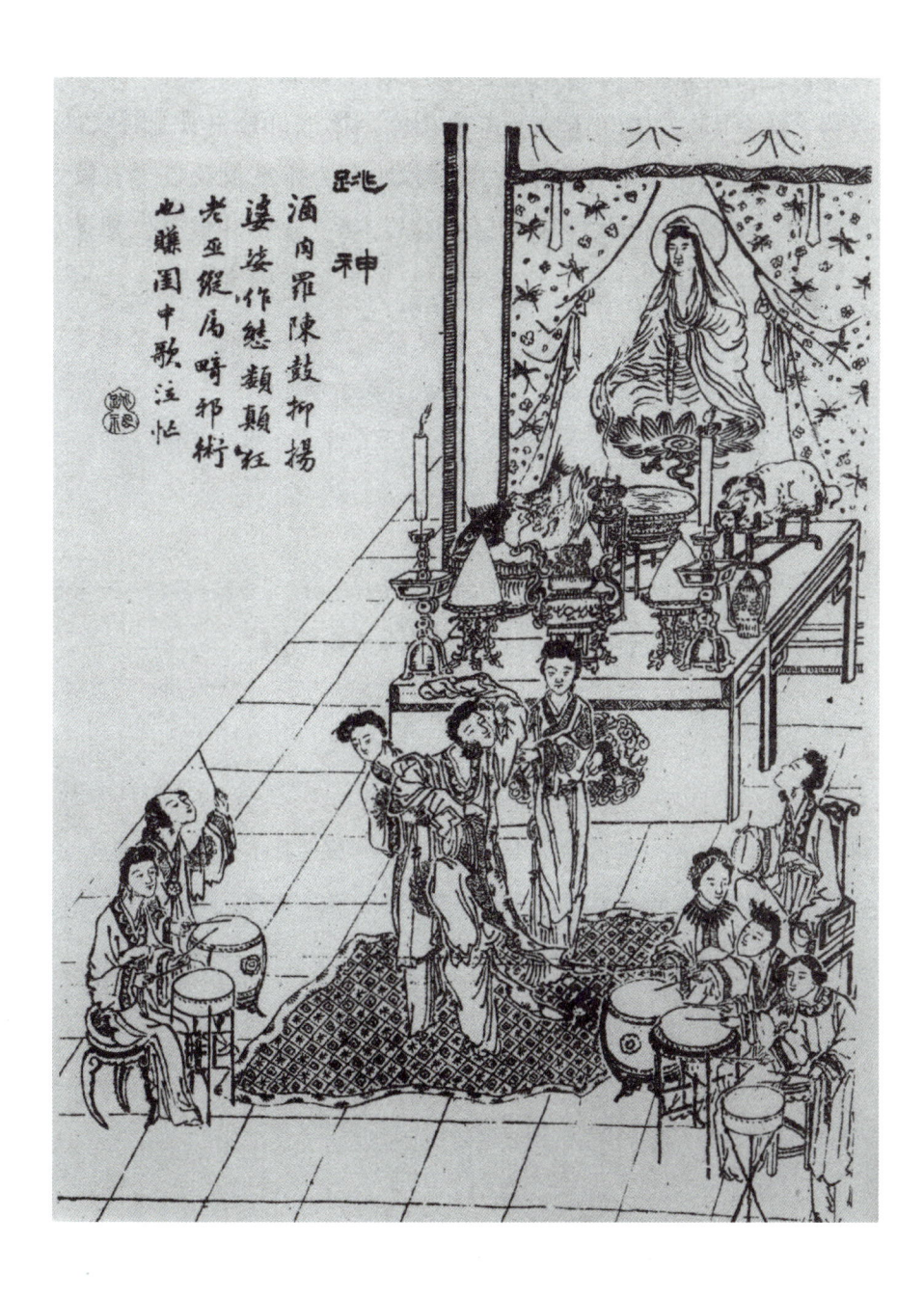

跳神

酒肉羅陳鼓柳揚
婆娑作態顙頻𢬵
老巫縱舞噚邨術
也賺閨中歌泣忙

铁布衫法

沙回子得铁布衫大力法〔1〕，骈其指力斫之〔2〕，可断牛项；横搠之〔3〕，可洞牛腹。曾在仇公子彭三家，悬木于空，遣两健仆极力撑去，猛反之，沙裸腹受木，砰然一声，木去远矣。又出其势即石上〔4〕，以木椎力击之，无少损。但畏刀耳。

校勘

底本：手稿本。参校：康熙本、异史、二十四卷本、铸雪斋本。

注释

〔1〕沙回子：姓沙的回族人。铁布衫大力法：气功。〔2〕骈其指：两指并起。〔3〕横搠（shuò）之：横向戳去。〔4〕势：生殖器。

点评

铁布衫法当为气功。据吕湛恩注："《易筋经》：'大力方有铁布衫、金钟扣诸名。'"武术家通过气功训练力大无比。裸腹受巨木，以势迎木槌，内功卓绝。本文要言不烦，疏淡几笔，又有细节点染，形象生动。

鐵布衫濾

駢指劈牛
推健渾
叶君神力
信非凡
當時爭
濺沙四子
曾得真
傳鐵布衫

大力将军

①极力写乞儿之力大无穷。

②焉有带回家而不问名字之理？是作者故意如此写，设置悬念也。

③少间登堂，手稿中缺"堂"字，据参校本补。

④将军超出常礼的敬重令人如坠五里雾中。

⑤此笔法学《左传》晋灵公将设伏杀害赵盾时出现的"翳桑之饿人"。一句话，连接起数十年。尺幅千里。

　　查伊璜，浙人[1]，清明饮野寺中，见殿前有古钟，大于两石瓮，而上下土痕手迹，滑然如新。疑之。俯窥其下，有竹筐受八升许，不知所贮何物。使数人抠耳，力掀举之，无少动，益骇。乃坐饮以伺其人；居无何，有乞儿入，携所得糗糒[2]，堆累钟下。乃以一手起钟，一手掬饵置筐内，往返数四始尽。已复合之，乃去，移时复来，探取食之。食已复探，轻若启椟[3]。①一座尽骇。查问："若男儿胡行乞？"答以："啖啖多[4]，无佣者。"查以其健，劝投行伍，乞人愀然，虑无阶[5]。查遂携归，饵之，计其食，略倍五六人。为易衣履，又以五十金赠之行。②

　　后十余年，查犹子令于闽[6]，有吴将军六一者[7]，忽来通谒。款谈间，问："伊璜是君何人？"答言："为诸父行[8]。与将军何处有素？"曰："是我师也。十年之别，颇复忆念。烦致先生一赐临也。"漫应之。自念叔名贤，何得武弟子？会伊璜至，因告之，伊璜茫不记忆。因其问讯之殷，即命仆马，投刺于门。将军趋出，逆诸大门之外。视之，殊昧生平。窃疑将军误，而将军伛偻益恭。肃客入，深启三四关，忽见女子往来，知为私阃，屏足立。将军又揖之。少间登堂③，则卷帘者、移座者，并皆少姬。既坐，方拟展问，将军颐少动，一姬捧朝服至，将军遽起更衣，查不知其何为。众姬捉袖整衿讫，先命数人捺查座上不使动，而后朝拜，如觐君父[9]。④查大愕，莫解所以。拜已，以便服侍坐。笑曰："先生不忆举钟之乞人耶？"⑤查乃悟。既而华筵高列，家乐作于下。酒阑，群姬列侍。将军入室，请衽何趾[10]，乃去。

　　查醉，起迟，将军已于寝门三问矣。查不自安，辞欲返，将军投辖下钥〔11〕，锢闭之。见将军日无他作，惟点数姬婢养厮卒〔12〕，及骡马服用器具，督造记籍，戒无亏漏。查以将军家政，故未深叩。一日，执籍谓查曰："不才得有今日，悉出高厚之赐。一婢一物，所不敢私，敢以半奉先生。"⑥查愕然不受，将军不听。出藏镪数万，亦两置之。按籍点照，古玩床几，堂内外罗列几满。查固止之，将军不顾。稽婢仆姓名已，即令男为治装，女为敛器，且嘱敬事先生，百声悚应。又亲视姬婢登舆，厩卒捉马骡，阗咽并发〔13〕，乃返。⑦别查后，查以修史一案〔14〕，株连被收〔15〕，卒得免，皆将军力也。

异史氏曰："厚施而不问其名，真侠烈古丈夫哉。而将军之报，其慷慨豪爽，尤千古所仅见。如此胸襟，自不应老于沟渎〔16〕，以是知两贤之相遇，非偶然也。"⑧

⑥豪气冲天。

⑦极力渲染豪爽报答的场面。他人"报以万金"的片言记载，《聊斋》敷衍出大段花团锦簇的文字，因为不如此铺排，无以写将军慷慨，无以显英雄本色。

⑧此二人事迹除《潮州府志》外，还见于王渔洋《香祖笔记》、钮琇《觚剩》、昭梿《啸亭杂录》。其中乞儿变将军《觚剩》有详尽交代，蒲松龄则一字不提。古人绘画讲究"无画处皆画"，《聊斋》之文亦在无笔墨处用心，不着一字，尽得风流。

校勘

底本：手稿本。参校：康熙本、异史、二十四卷本、铸雪斋本、青柯亭本。

注释

〔1〕查伊璜：即查继佐（1601—1676），字伊璜，号与斋，浙江海宁人，举人，曾陷《明史》一案，著有《罪惟录》等。〔2〕糗糒（qiǔ bèi）：干粮。〔3〕轻若启椟：像拿一个小木匣。〔4〕啗（dàn）：吃。〔5〕无阶：没有路径。〔6〕犹子：侄子。〔7〕吴将军六一：应为吴六奇（1607—1665），字葛如，今广东梅州人，因赌博散尽家资，一度流落到江浙，后为南明永历帝总兵，降清后官至太子太傅。《清史列传》有传。〔8〕诸父行：父辈。〔9〕如觐君父：像拜见皇帝一样。〔10〕请衽何趾：亲自为尊贵的长者安排住处。〔11〕投辖下钥：把车子和门都锁起来，不让客人走。辖，车的键。〔12〕点数姬婢养厮卒：清点侍妾、丫鬟、奴仆。〔13〕阗咽：车启动的声音。〔14〕修史一案：指查继佐因为庄廷鑨《明史》一案被牵连入狱事。康熙二年（1663）吴兴县巨富庄廷鑨重金购得原明朝宰相朱国祯著明史遗稿，请名家修订为《明史》，其中多有触犯清廷忌讳之处。庄廷鑨死后，其父刊行该书时，署上查继佐等为参校者。革职县令吴之荣想借此复职，讹诈庄家钱财未遂后，向清廷告发，导致史上著名的《明史》

案。庄廷鑨被开棺戮尸，受株连者达千人。〔15〕株连被收：受到牵连被抓起来。〔16〕老于沟渎：老死于乡间野外，不能闻达。

点评

举人查伊璜和将军吴六一的厚施、慨报故事有多部书记载，其他书多是平铺直叙地写历史人物事迹，而《聊斋》中则写成一篇立意新颖、笔法超脱的短篇小说。像电影"蒙太奇"一样，把两个似乎互不相关的片段，天才地衔接起来。构思奇崛，文笔简约，悬念丛生。小说开头极力描绘乞儿举钟情景，十年后二人对面不相识，再以"举钟之乞人"引起回忆，笔墨经济而情节奇幻。举人厚施而不问名，将军豪爽地报恩，都写得生动精彩，历历如画。

大力将军

吹箫乞食歎沿門
束跳英雄欲斷魂
富貴隆崇吾自有
歉忘當日解推恩

白莲教

白莲盗首徐鸿儒，得左道之书[1]，能役鬼神。小试之，观者尽骇，走门下者如鹜[2]。于是阴怀不轨。因出一镜，言能鉴人终身。悬于庭，令人自照，或幞头，或纱帽，绣衣貂蝉，现形不一。人益怪愕。由是道路遥播[3]，踵门求鉴者，挥汗相属[4]。徐乃宣言："凡镜中文武贵官，皆如来佛注定龙华会中人[5]。各宜努力，勿得退缩。"因亦对众自照，则冕旒龙衮[6]，俨然王者。众相视而惊，大众齐伏。徐乃建旗秉钺[7]，罔不欢跃相从，翼符所照，不数月，聚党以万计，滕、峄一带[8]，望风而靡。

后大兵进剿，有彭都司者[9]，长山人，艺勇绝伦，寇出二垂髫女与战。女俱双刃，利如霜；骑大马，喷嘶甚怒。飘忽盘旋，自晨达暮，彼不能伤彭，彭亦不能捷也。如此三日，彭觉筋力俱竭，哮喘而卒。迨鸿儒既诛，捉贼党械问之，始知刃乃木刀，骑乃木凳也。假兵马死真将军，亦奇矣！

校勘

底本：手稿本。参校：康熙本、异史、二十四卷本、铸雪斋本。

注释

[1]左道：邪门歪道。[2]走门下者如鹜：投奔其门下做徒弟的人趋之若鹜。[3]遥播：远远地传播。手稿为"摇播"，当为笔误，据抄本改。[4]挥汗相属：来人众多，挥汗如雨。[5]龙华会中人：民间传说，宇宙生存灭亡经过分别由佛祖掌握的三个时期，简称"龙华三会"。[6]冕旒龙衮：王冠龙袍。[7]建旗秉钺：建立起帝王用的旗帜和仪仗。[8]滕、峄：滕县、峄县，旧属兖州府。[9]都司：主管各省军务的武官。彭都司，即彭修翼（？—1622），字凌汉，长山人，明代万历年间武进士，官都司金书管领临清参将，曾镇压徐鸿儒之白莲教运动。康熙五十五年（1716）《长山县志》有传。

点评

白莲教原为流行于元明清的民间宗教，起源于佛教净土宗派的白莲宗。元末明初由信奉弥勒佛转而信仰元生老母。农民起义多以白莲教为号召手段。此文写的白莲教可以役鬼神跟《小二》的纸豆兵马均属于白莲教中的左道术。此文所写以镜鉴人的纱帽绣衣，王冠龙袍，是用功名和真命天子为号召。用"天意"聚众，这是古代农民起义常用手段。文中写刀利如霜，马怒喷嘶，极利刃骏马之态，结果却是木刀木凳。"假兵马死真将军"，写得真实精彩，事固诡异，文亦奇幻。

白蓮教

白蓮盜首徐鴻儒得左道之書能役鬼神小試之觀者盡駭走門下者如鶩於是隂栗不軌因出一鏡言能鑑人終身懸於庭令人自始或襆頭或帽儒衣鬍蟬現形不一盍怪愕由是道路擋搪臨門求鑑者揮汗相屬徐乃宣言之鏡中文武貴官皆如來佛註定龍華會中人各宜努力勿得退縮因亦對衆自始則冕旒龍袞儀邈王者衆相視而驚大衆齊伏徐乃進旗東馘問不歡躍相送真符所始不數月聚黨以萬計勝輩上帶望風而靡後大兵進勦有彭都司者長山人藝勇絕倫寇出二弱鬟女與戰女俱雙刃利如霜相騎大馬嘖嘶甚怒颺忽盤旋目眩彼暮蓬連不能傷彭亦不能捷也如廿三日彭覺助力俱疲喘喘而卒道鴻儒阮誅捉賊黨

颜氏

卷四

①《聊斋》男主角一般有名字或姓氏，此篇称"某生"，姓都没有，有蔑视之意。注意：手稿原是"裁能成幅"，蒲松龄改"裁"为"不"，意思完全不同。"裁能成幅"是能写完整的文章，"不能成幅"是写不出完整文章。

注意：蒲松龄手稿是"受童蒙"，不是"授童蒙"。

②"弁"与"不弁"即有没有男子身份，是小说文眼。

③笨人偏偏会写信，而信偏偏为才女见到，巧！

④笨且无志气。

⑤女扮男装的第一条件：老家有旧居。妻子可以冒充是外地出生的"弟弟"。

顺天某生〔1〕，家贫，值岁饥，从父之洛。性钝，年十七，不能成幅〔2〕。而丰仪秀美，能雅谑〔3〕，善尺牍〔4〕。见者不知其中之无有也。无何，父母继殁，孑然一身，受童蒙于洛汭〔5〕。①

时村中颜氏有孤女，名士裔也。少慧，父在时尝教之读，一过辄记不忘。十数岁，学父吟咏。父曰："吾家有女学士，惜不弁耳〔6〕。"②钟爱之，期择贵婿。父卒，母执此志，三年不遂，而母又卒。或劝适佳士，女然之而未就也。适邻妇逾垣来，就与攀谈。以字纸裹绣线。女启视，则某手翰〔7〕③，寄邻生者。反复之而好焉。邻妇窥其意，私语曰："此翩翩一美少年。孤与卿等，年相若也。倘能垂意，妾嘱渠侬聊合之〔8〕。"女脉脉不语。妇归，以意授夫。邻生故与生善，告之，大悦。有母遗金鸦镮〔9〕，托委致焉。刻日成礼，鱼水甚欢。及睹生文，笑曰："文与卿似是两人，如此，何日可成？"朝夕劝生研读，严如师友。敛昏，先挑烛据案自哦，为丈夫率〔10〕，听漏三下，乃已。如是年余，生制艺颇通，而再试再黜，身名蹇落〔11〕，饔飧不给〔12〕。抚情寂漠，嗷嗷悲泣④。

女呵之曰："君非丈夫，负此弁耳！使我易髻而冠，青紫直芥视之〔13〕！"生方懊丧，闻妻言，睒睗而怒曰〔14〕："闺中人身不到场屋〔15〕，便以功名富贵似汝在厨下汲水炊白粥；若冠加于顶，恐亦犹人耳〔16〕！"女笑曰："君勿怒。俟试期，妾请易装相代。倘落拓如君，当不敢复藐天下士矣。"生亦笑曰："卿自不知蘖苦〔17〕，真宜使请尝试之。但恐绽露，为乡邻笑耳。"女曰："妾非戏语。君尝言燕有故庐〔18〕，请男装从君归，伪为弟⑤。君以襁褓出，谁

847

⑥女扮男装第二条件：服侍的人年龄非常小，看不出主人是女人。

⑦女扮男装的第三条件：改朝换代。连皇帝都换外族旁人了，女扮男装无所谓欺君。

⑧女扮男装第四个也是最重要条件：生平不孕。否则御史怀孕大腹便便，成何体统？

⑨"异史氏曰"讽刺现在官场中做高官者往往像妇人，抒发作者对科举制度的失望情绪。

⑩这故事有没有所谓原型？俞樾《春在堂随笔》提出：明末抵御张献忠的桐城令杨尔铭，"年甫弱冠，丰姿玉映，貌如处子，人多疑为女子，即《聊斋》易钗而弁之颜氏也。大约杨、颜音近而讹传之耳"。杨尔铭十四岁中进士并担任县令，曾有虚张声势逼退流寇为史可法解围的功绩。但多数《聊斋》研究者认为把杨尔铭当成颜氏原型，是郢书燕说。

得辨其非？"生从之。女入房，巾服而出，曰："视妾可作男儿否？"生视之，俨然一顾影少年也。生喜，遍辞里社。交好者薄有馈遗，买一羸蹇〔19〕，御妻而归。

生叔兄尚在，见两弟如冠玉，甚喜，晨夕恤顾之。又见宵旰攻苦〔20〕，倍益爱敬。雇一剪发雏奴⑥，为供给使，暮后辄遣去之。乡中吊庆，兄自出周旋，弟惟下帷读〔21〕。居半年，罕有睹其面者。客或请见，兄辄代辞。读其文，瞯然骇异〔22〕。或排闼入而迫之，一揖便亡去。客睹丰采，又共倾慕，由此名大噪。世家争愿赘焉。叔兄商之，惟腼然笑；再强之，则言："矢志青云〔23〕，不及第不婚也。"会学使案临，两人并出。兄又落，弟以冠军应试〔24〕，中顺天第四〔25〕。明年成进士，授桐城令〔26〕，有吏治。寻迁河南道掌印御史〔27〕，富埒王侯〔28〕。因托疾乞骸骨〔29〕，赐归田里。宾客填门，迄谢不纳。又自诸生以及显贵，并不言娶，人无不怪之者。归后，渐置婢，或疑其私，嫂察之，殊无苟且。

无何，明鼎革〔30〕⑦，天下大乱，乃告嫂曰："实相告：我小郎妇也。以男子葛苴〔31〕，不能自立，负气自为之。深恐播扬，致天子召问，贻笑海内耳。"嫂不信，脱靴而示之足，始愕，视靴中，则败絮满焉。于是使生承其衔，仍闭门而雌伏矣〔32〕。而生平不孕⑧，遂出资购妾。谓生曰："凡人置身通显，则买姬媵以自奉；我宦迹十年，犹一身耳。君何福泽，坐享佳丽？"生曰："面首三十人〔33〕，请卿自置耳。"相传为笑。是时生父母屡受覃恩矣〔34〕。搢绅拜往，尊生以侍御礼。生羞袭闺衔，惟以诸生自安，终身未尝舆盖云。

异史氏曰⑨："翁姑受封于新妇，可谓奇矣。然侍御而夫人也者〔35〕，何时无之？但夫人而侍御者少耳。天下冠儒冠、称丈夫者，皆愧死矣！"⑩

校勘

底本：手稿本。参校：康熙本、异史、二十四卷本、铸雪斋本、青柯亭本。

注释

〔1〕顺天：明清时顺天府，今北京市。〔2〕不能成幅：写不出完整的八股文。古时学写八股文，要先学写一段，再学写半篇，叫"半幅"，然后才学习写完整的文章。不能成幅，就是写不出完整的八股文，简言之为不会写文章。〔3〕雅谑：雅致的玩笑。〔4〕善尺牍：擅长写信。〔5〕受童蒙：教授学童为之启蒙。洛汭（ruì）：今河南洛阳一带。汭，河流汇合弯曲的地方。〔6〕不弁：古代只有男子戴帽子，"不弁"就是不戴帽子。也就是说此人不是男子。〔7〕手翰：亲笔书信。〔8〕嘱渠侬聤（ér）合：让他给撮合一下。渠侬，邻妇说自己丈夫的口语；聤合，撮合。〔9〕金鸦镮（huán）：镶有金鸦宝石的指环。〔10〕为丈夫率：给丈夫做榜样。〔11〕身名蹇落：得不到功名，非常失意。〔12〕饔飧（yōng sūn）不给：吃不上饭。饔，早餐；飧，晚餐，泛指饭食。〔13〕青紫直芥视之：做大官像弯腰拾芥子那样小事一桩。青、紫，指官印上的绶带，汉代宰相授金印紫绶，御史授银印青绶。〔14〕睒睗（shǎn shì）：目光闪闪疾视之状，似口语"瞪了一眼"。〔15〕场屋：科举考场。〔16〕犹人：与别人一样。〔17〕檗（bò）：黄柏。〔18〕燕有故庐：在燕地有旧居。燕，春秋战国时国名。在今北京、天津、河北、辽宁一带。〔19〕羸蹇：瘦弱的驴子。〔20〕宵旰攻苦：白天黑夜地用功。宵，天不亮。〔21〕下帷读：放下室内悬挂的帷幕，闭门苦读。〔22〕矆（xuè）然：惊奇的样子。〔23〕矢志青云：下决心取得高官厚禄。〔24〕以冠军应试：以科试第一名身份参加乡试。〔25〕中顺天第四：考中顺天府第四名举人。〔26〕"授桐城令"二句：颜氏做桐城县令有政绩。桐城，今安徽桐城市。有吏治，做官声誉良好。〔27〕掌印御史：监察御史，负责考察官吏。〔28〕富埒王侯：像王侯那样富裕。〔29〕托疾乞骸骨：托病请求朝廷准许退职，以使骸骨得归葬故乡。〔30〕鼎革：取新去故，指改朝换代。〔31〕蓓（tà）茸：平庸无能。〔32〕闭门而雌伏：关起门来老老实实做女人。〔33〕面首：男宠。据《宋书》记载，南朝宋山阴公主经皇帝（自己同母弟）同意，有男宠三十人。面，指貌美；首，指发美。〔34〕覃（tán）恩：赐恩。〔35〕侍御而夫人：名为御史，行事却像个女人。此处含有旧时男子对女子的轻视与偏见。

点评

颜氏把封建重压下女子被压抑的才能充分地表现出来。她有文才，可以在八股文上超过男人；有治国之才，可以在吏治上不逊于男子。她为公婆挣得皇封，代丈夫取得御史头衔。这个形象与替父从军的花木兰、求凰得凤的黄崇嘏一脉相承。颜氏用自己的聪明才智为女性扬眉吐气，最终因为生平不孕，不得不自己出钱替丈夫纳妾。"青紫真芥视之"、纵横官场的女强人在家庭中败下阵来，用自己的钱让丈夫"坐享佳丽"，这是多么可悲的讽刺。女扮男装会遇到各种难题，作者在行文中巧为点缀，情节设计周密，合乎情理。

顏氏

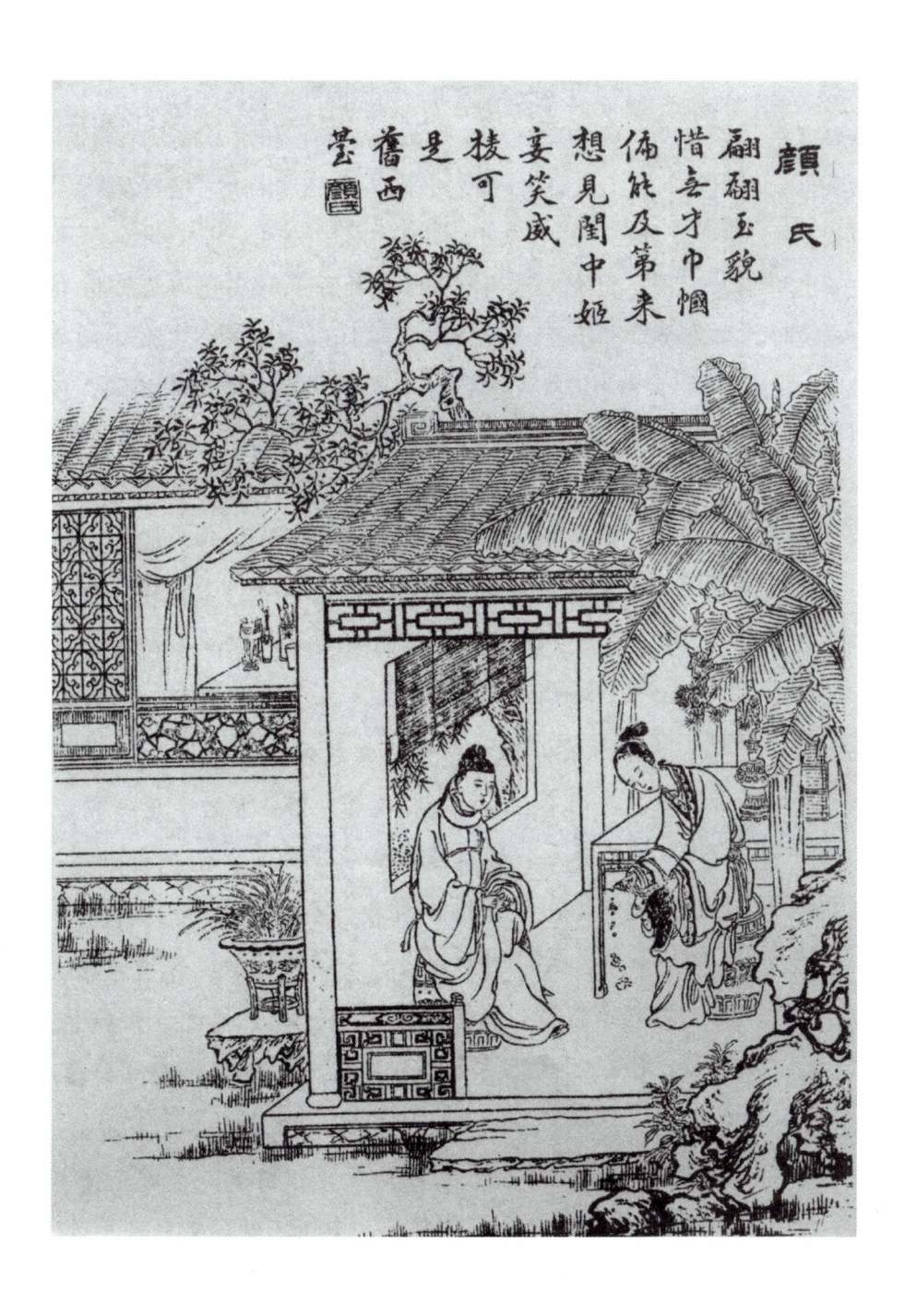

翩翩玉貌
惜吞才巾幗
佇能及第来
想見閨中姬
妾笑咸
稜可
是舊西
臺

杜翁

　　杜翁，沂水人。偶自市中出，坐墙下，以候同游。觉少倦，忽若梦，见一人持牒摄去。至一府署，从来所未经。一人戴瓦垄冠自内出[1]，则青州张某，其故人也。见杜惊曰："杜大哥何至此？"杜言："不知何事，但有勾牒。"张疑其误，将为查验。乃嘱曰："谨立此，勿他适。恐一迷失，将难救挽。"遂去，久之不出。惟持牒人来，自认其误，释令归。别杜而行，途中遇六七女郎，容色媚好，悦而尾之。下道，趋小径，行十数步，闻张在后大呼曰："杜大哥，汝将何往？"杜迷恋不已。俄见诸女入一圭窦[2]，心识为王氏卖酒者之家。不觉探身门内，略一窥瞻，即见身在笠中[3]，与诸小豭同伏[4]。豁然自悟，已化豕矣。而耳中犹闻张呼，大惧，急以首触壁。闻人言曰："小豕颠痫矣。"还顾，已复为人。速出门，则张候于途。责曰："固嘱勿他往，何不听信？几至坏事！"遂把手送至市门[5]，乃去。杜忽醒，则身犹倚壁间。诣王氏问之，果有一豕自触死云。

校勘

　　底本：手稿本。参校：康熙本、异史、二十四卷本、铸雪斋本、青柯亭本。

注释

　　[1]瓦垄冠：即瓦楞冠，为明代平民戴的帽子。[2]圭窦：墙上凿的小门，上锐下方，其形如圭。[3]笠中：猪圈中用竹子编成的笠形盖子，用以覆盖小猪。[4]小豭（jiā）：小猪。[5]市门：市场上的门。古代市场有门，定时打开或关闭。

点评

　　杜翁梦中入冥，不暇审问因何事被勾，却急着尾随"容色媚好"的少女，而"少女"恰好是轮回变小猪者。杜翁一念之差几成畜牲，其中所寓劝化之意一目了然。杜翁梦醒即出冥，似梦非梦，又果然有头小猪撞死，证明他梦中化猪的经历确曾有过。这是一篇简短的寓言之作。

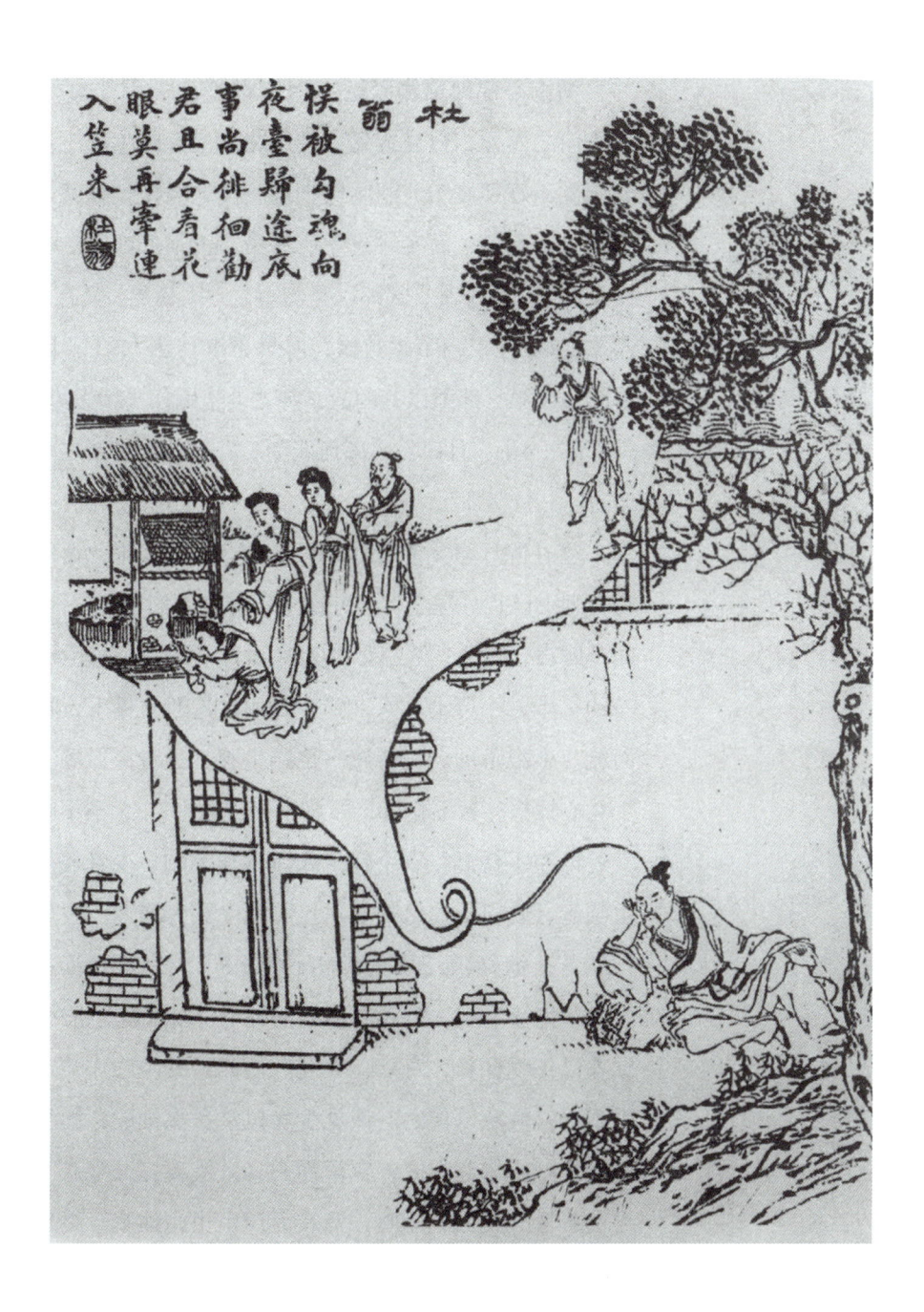

杜翁

误被勾魂向
夜台归途底
事尚徘徊劝
君且合看花
眼莫再牵连
入笠来

小谢

① "好狎妓"却在酒筵结束让妓女离开，故谓"倜傥"。

② 以祟人面目出现的小女鬼确实在捉弄陶生，但她们采用的是亲人间才有的动作。并非有意祟人，而是不谙世事，率真任性。

③ 鹤行鹭伏像小鸟儿，好看！"飘窜"，好词儿。人能飘不？不能，只有灵魂能飘。二女鬼灵动跳跃，鬼影憧憧。蒲松龄之前很少出现这样天真可爱、无道学气、无脂粉气、稚气十足的少女形象。

④ "恍惚""飘散"用词生动，写出灵魂飘忽的样子。

　　渭南姜部郎第多鬼魅〔1〕，常惑人，因徙去。留苍头门之而死，数易皆死，遂废之。里有陶生望三者，夙倜傥，好狎妓①，酒阑辄去之。友人故使妓奔就之，亦笑内，不拒；而实终夜无所沾染。尝宿部郎家，有婢夜奔，生坚拒不乱，部郎以是契重之。家綦贫，又有"鼓盆"之戚〔2〕，茅屋数椽，溽暑不堪其热〔3〕；因请部郎假废第。部郎以其凶故，却之。生因作《续无鬼论》献部郎〔4〕，且曰："鬼何能为！"部郎以其请之坚，诺之。

　　生往除厅事〔5〕。薄暮〔6〕，置书其中，返取他物，则书已亡。怪之，仰卧榻上，静息以伺其变。食顷，闻步履声，睨之，见二女自房中出②，所亡书送还案上。一约二十，一可十七八，并皆姝丽。逡巡立榻下，相视而笑。生寂不动。长者翘一足踹生腹，少者掩口匿笑。生觉心摇摇，若不自持，即急肃然端念〔7〕，卒不顾。女近以左手捋髭，右手轻批颐颊，作小响，少者益笑。生骤起，叱曰："鬼物敢尔！"二女骇奔而散。生恐夜为所苦，欲移归，又耻其言不掩〔8〕，乃挑灯读。暗中鬼影憧憧〔9〕，略不顾瞻。夜将半，烛而寝。始交睫，觉人以细物穿鼻，奇痒，大嚏。但闻暗处隐隐作笑声。生不语，假寐以俟之。俄见少女以纸条撚细股，鹤行鹭伏而至。生暴起呵之，飘窜而去③。既寝，又穿其耳。终夜不堪其扰。鸡既鸣，乃寂无声，生始酣眠。终日无所睹闻。

　　日既下，恍惚出现。生遂夜炊，将以达旦。长者渐曲肱几上〔10〕，观生读；既而掩生卷。生怒捉之，即已飘散④；少间，又抚之。生以手按卷读，少者潜于脑后，交两手掩生目，瞥然去〔11〕，远立以哂。生指骂曰："小鬼头！捉得便都杀却！"女子即又不惧。因戏之曰："房中纵送〔12〕，我都不解，缠我无益。"⑤二女微笑，转身向灶，析薪溲米〔13〕，为生执爨〔14〕。生顾而奖曰："两卿此为，不胜憨跳耶〔15〕？"俄顷，粥熟，争以匕、箸、陶碗置几上。生曰："感卿服役，何以报德？"女笑云："饭中溲合砒、鸩矣〔16〕。"生曰："与卿夙无嫌怨，何至以此相加。"啜已，复盛，争为奔走。生乐之，习以为常。

日渐稔〔17〕，接坐倾语，审其姓名。长者云："妾秋容，乔氏；彼阮家小谢也。"又研问所由来，小谢笑曰："痴郎！尚不敢一呈身〔18〕，谁要汝问门第，做嫁娶耶？"生正容曰："相对丽质，宁独无情？但阴冥之气，中人必死。不乐与居者，行可耳；乐与居者，安可耳。如不见爱，何必玷两佳人？如果见爱，何必死一狂生？"⑥二女相顾动容，自此不甚虐弄之〔19〕。然时而探手于怀，捋裤于地，亦置不为怪。一日，录书未卒业而出。返则小谢伏案头，操管代录〔20〕。见生，掷笔睨笑。近视之，虽劣不成书，而行列疏整〔21〕。生赞曰："卿雅人也，苟乐此，仆教卿为之。"乃拥诸怀，把腕而教之画。秋容自外入，色乍变，意似妒。小谢笑曰："童时尝从父学书，久不作，遂如梦寐。"秋容不语。生喻其意，伪为不觉者，遂抱而授以笔，曰："我视卿能此否？"作数字而起，曰："秋娘大好笔力！"⑦秋容乃喜。

生于是折两纸为范〔22〕，俾共临摹。生另一灯读，窃喜其各有所事，不相侵扰。仿毕，衹立几前〔23〕，听生月旦〔24〕。秋容素不解读，涂鸦不可辨认，花判已〔25〕，自顾不如小谢，有惭色。生奖慰之，颜始霁。二女由此师事生，坐为抓背，卧为按股，不惟不敢侮，争媚之。逾月，小谢书居然端好。生偶赞之。秋容大惭，粉黛淫淫〔26〕，泪痕如线。生百端慰解之，乃已。因教之读，颖悟非常，指示一过，无再问者。与生竞读，常至终夜。小谢又引其弟三郎来，拜生门下。年

---

⑤刚肠书生阻断女鬼祟人的最主要途径。

⑥少女絮聒口气。生动精彩。陶生这段话数层含义：其一，他并非对美人不动情，无奈人鬼有别；其二，劝说女鬼尊重自己和他人；其三，男女之间以"爱"至上，倘若无爱苟合，是玷污二佳人，倘若真爱，又何必害死一书生？此番话深沉、沉着、老练又动情，有刚毅内涵又诗意温文。经过这次推心置腹交谈，二女鬼感动并觉悟。陶生语言如博学者论文，滔滔不绝，严密周详。语言个性化。

⑦"秋娘大好笔力！"纯是和稀泥以调和二女妒意。

卷四

855

十五六,姿容秀美,以金如意一钩为贽。生令与秋容执一经[27],满堂咿唔,生于此设鬼帐焉。部郎闻之喜,以时给其薪水。

积数月,秋容与三郎皆能诗,时相酬唱。小谢阴嘱勿教秋容,生诺之;秋容阴嘱勿教小谢,生亦诺之⑧。

⑧ 二女鬼孩子气的嫉妒。

一日,生将赴试,二女涕泪持别。三郎曰:"此行可以托疾免。不然,恐履不吉[28]。"生以告疾为辱,遂行。先是,生好以诗词讥切时事,获罪于邑贵介[29],日思中伤之。阴赂学使,诬以行简[30],淹禁狱中[31]。资斧绝,乞食于囚人,自分已无生理。忽一人飘忽而入,则秋容也,以馔具馈生。相向悲咽,曰:"三郎虑君不吉,今果不谬。三郎与妾同来,赴院申理矣。"数语而出,人不之睹。

越日,部院出[32],三郎遮道声屈[33],收之。秋容入狱报生,返身往侦之,三日不返。生愁饿无聊,度一日如年岁。忽小谢至,怆惋欲绝,言:"秋容归,经由城隍祠,被西廊黑判强摄去,逼充御媵[34]。秋容不屈,今亦幽囚。妾驰百里,奔波颇殆;至北郭,被老棘刺吾足心,痛彻骨髓,恐不能再至矣。"因示之足,血殷凌波焉[35]。出金三两,跛踦而没[36]。部院勘三郎,素非瓜葛,无端代控,将杖之,扑地遂灭,异之。览其状,情词悲恻。提生面鞫,问:"三郎何人?"生伪为不知。部院悟其冤,释之。

既归,竟夕无一人。更阑[37],小谢始至。惨然曰:"三郎在部院,被廨神押赴冥司[38]。冥王以三郎义,令托生富贵家。秋容久锢,妾以状投城隍,又被按阁[39],不得入,且复奈何?"生忿曰:"黑老魅何敢如此!明日仆其像,践踏为泥,数城隍而责之。案下吏暴横如此,渠在醉梦中耶?"悲愤相对,不觉四漏将残[40],秋容飘然忽至。两人惊喜,急问。秋容泣下曰:"今为郎万苦矣!判日以刀杖相逼,今夕忽放妾归,曰:'我无他,原以爱故;既不愿,固亦不曾污玷。烦告陶秋曹〔41〕，勿见谴责。'"生闻少欢，欲与同寝，曰："今日愿为卿死。"二女戚然曰："向受开导，颇知义理，何忍以爱君者杀君乎？"执不可。然挽颈倾头，情均伉俪。二女以遭难故，妒念全消⑨。

会一道士途遇生，顾谓："身有鬼气！"生以其言异，具告之。道士曰："此鬼大好，不拟负他。"因书二符付生，曰："归授两鬼，任其福命：如闻门外有哭女者，吞符急出，先到者可活。"生拜受，归嘱二女。后月余，果闻有哭女者。二女争奔而去，小谢忙急，忘吞其符。见有丧舆过，秋容直出，入棺而没；小谢不得入，痛哭而返。生出视，则富室郝氏殡其女。共见一女子入棺而去，方共惊疑；俄闻棺中有声，息肩发验，女已顿苏。因暂寄生斋外，罗守之。忽开目问陶生。郝氏研诘之，答云："我非汝女也。"遂以情告。郝未深信，欲舁归；女不从，径入生斋，偃卧不起。郝乃识婿而去。生就视之，面庞虽异，而光艳不减秋容，喜惬过望，殷叙平生。忽闻呜呜鬼泣，则小谢哭于暗陬〔42〕。心甚怜之，即移灯往，宽譬哀情〔43〕，而衿袖淋浪〔44〕，痛不可解。近晓始去。天明，郝以婢媪赍送香奁，居然翁婿矣。暮入帷房，则小谢又哭。如此六七夜。夫妇俱为惨动，不能成合卺之礼。生忧思无策。秋容曰："道士，仙人也，再往求，倘得怜救。"生然之，迹道士所在，叩伏自陈。道士力言"无术"。生哀不已。道士笑曰："痴生好缠人。合与有缘，请竭吾术。"乃从生来，索静室，掩扉坐，戒勿相问。凡十余日，不饮不食，潜窥之，暝若睡。一日晨兴，有少女搴帘入，明眸皓齿，光艳照人，微笑曰："跋履终夜，惫极矣！被汝纠缠不了，奔驰百里外，始得一好庐舍〔45〕，道人载与俱来矣。待见其人，便相交付耳。"敛昏〔46〕，小谢至，女遽起，迎抱之，翕然合为一体〔47〕，仆地而僵。道士自室中出，拱手径去。拜而送之。及返，则女已苏，扶置床上，气体渐舒，但把足呻言趾股酸痛，数日始能起。

⑨两个小女鬼，一对并蒂花。双美并秀，如春兰秋菊，各有佳妙。小谢柔弱，秋容妩媚。陶生如珠，二女如龙。二龙戏珠，有分有合，回环往复，盘旋生辉。

后生应试得通籍〔48〕，有蔡子经者，与同谱〔49〕，以事过生，留数日。小谢自邻舍归，蔡望见之，疾趋相蹑。小谢侧身敛避，心窃怒其轻薄。蔡告生曰："一事深骇物听〔50〕，可相告否？"诘之，答曰："三年前，少妹夭殒，经两夜而失其尸，至今疑念。适见夫人，何相似之深也？"生笑曰："山荆陋劣，何足以方君妹〔51〕？然既系同谱，义即至切，何妨一献妻孥〔52〕。"乃入内，使小谢衣殉装出〔53〕。蔡大惊曰："真吾妹也！"因而泣下。生乃具述本末。蔡喜曰："妹子未死，吾将速归，用慰严慈〔54〕。"遂去，过数日，举家皆至，后往来如郝焉。

异史氏曰："绝世佳人，求一而难之，何遽得两哉！事千古而一见，惟不私奔女者能遘之也〔55〕。道士其仙耶？何术之神也。苟有其术，丑鬼可交耳。"⑩

⑩与小说开头陶生不接受私奔女相呼应。

校勘

底本：手稿本。参校：康熙本、异史、二十四卷本、铸雪斋本、青柯亭本。

注释

〔1〕渭南姜部郎第：渭南，陕西县名。部郎，明清时中央各部的郎中、员外郎等官员的统称。第，房子。〔2〕"鼓盆"之戚：丧妻之痛。《庄子·至乐》："庄周妻死，惠子吊之，庄子则方箕踞鼓盆而歌。"〔3〕溽（rù）暑：闷热潮湿。〔4〕《续无鬼论》：晋代阮瞻写过《无鬼论》。〔5〕往除厅事：前往打扫厅堂。〔6〕薄暮：傍晚。〔7〕肃然端念：安定心情，端正意念。〔8〕耻其言不掩：以说了不算为耻。陶望三曾写《续无鬼论》，真有鬼却怕了，是耻辱。〔9〕鬼影憧（chōng）憧：鬼影往来不绝。〔10〕曲肱几上：弯曲胳膊放在茶几上。〔11〕瞥然：迅速。〔12〕房中纵送：性行为。〔13〕析薪溲（sōu）米：劈柴淘米。〔14〕执爨（cuàn）：做饭。〔15〕憨跳：傻玩傻闹，调皮捣蛋。〔16〕饭中溲合砒、鸩：饭里添上毒药。溲，浸泡。砒，砒霜。鸩，用鸩羽浸成的毒酒。鸩是一种毒鸟。〔17〕渐稔：逐渐熟悉。〔18〕呈身：显露身体。〔19〕虐弄：恶作剧。〔20〕操管：执笔。〔21〕行列疏整：横竖成行，排列有序。〔22〕折

两纸为范：将两张白纸折出竖格，控制书写行距。〔23〕祗立：恭敬地站着。〔24〕月旦：评论。〔25〕花判：批阅意见。〔26〕粉黛淫淫：眼泪把香粉和描眼圈的青黛都冲下来。〔27〕执一经：学习一种经书。〔28〕恐履不吉：恐怕遇到不好的事。〔29〕邑贵介：县里有地位的人。〔30〕诬以行简：诬告行为不检点。〔31〕淹禁：监禁。〔32〕部院：巡抚。〔33〕遮道声屈：拦路喊冤。〔34〕御媵：姬妾。〔35〕血殷（yān）凌波：鲜血染红鞋袜。〔36〕跛踦（bǒ qī）：行步不稳。〔37〕更阑：夜深。〔38〕廨神：官衙的守护神。〔39〕按阁：搁置不理。〔40〕四漏：四更。〔41〕秋曹：对刑部官员的尊称。预示陶生将在刑部任职。〔42〕暗陬（zōu）：黑暗角落。〔43〕宽譬哀情：宽慰劝解悲哀的感情。〔44〕衿袖淋浪：衣襟衣袖被泪水沾湿。〔45〕庐舍：原意是房子，此处指可以附着小谢灵魂的躯体。〔46〕敛昏：黄昏。〔47〕翕（xī）然：忽然。〔48〕通籍：做官。新任官职者的名字、籍贯需登记在册。〔49〕同谱：同一次录取。〔50〕物听：众人的议论。〔51〕方君妹：与您的妹妹做比。〔52〕一献妻孥（nú）：古人以出妻现子为至交的表现。〔53〕殉装：安葬时穿的衣服。〔54〕严慈：严父慈母的简称。〔55〕惟不私奔女者能遘之：只有不和私奔女苟合的人能够遇到。私，通奸。

点评

人鬼之间从隔阂到融合、相恋，把一个铁骨铮铮的书生和两个柔美的女鬼写绝、写活。人鬼恋的故事蕴藏着很深的哲理。写鬼当然是谎话，但写得极圆、极妙，让人们觉得，鬼是真实存在的。《聊斋志异》对两个女鬼的描写真实、细腻，似乎她们可以从纸上走下来。小谢和秋容有亦鬼亦人的特点，表面上是调皮的少女，仔细琢磨是女鬼，是比人间少女还美丽可爱的女鬼。两个小女鬼无奇不有的顽皮是其天真个性的显露。与女鬼打交道的陶生性格刚直，他的浩然正气和坦荡胸怀感动了女鬼，使他们之间的关系渐渐发生变化。《小谢》既是正人君子正心息虑的"正气歌"，又是刺贪刺虐杰作。小说中心，是一个"情"字。故事开始时，人对鬼相当警惕，故事结尾时，人宁肯为鬼而死，鬼却追求重生。围绕一个"情"字，故事跌宕起伏、层层波折，煞是好看。

小谢

恩雠相乘幸脱雠尤
邪妬念已潜移返魂
香蒸双珠合道士何
来衔小奇

卷四

缢鬼

范生者，宿于逆旅，食后，烛而假寐[1]。忽一婢来，袱衣置椅上，又有镜奁掭篚[2]，一一列案头，乃去。俄一少妇自房中出，发篚开奁，对镜栉掠[3]；已而髻，已而簪，顾影徘徊甚久。前婢来，进匜沃盥[4]。盥已捧帨[5]，既，持沐汤去。妇解袱出裙帔[6]，炫然新制，就着之。掩衿提领，结束周至[7]。①范不语，中心疑怪，谓必奔妇[8]，将严装以就客也。妇装讫，出长带，垂诸梁而结焉。讶之。妇从容跂双弯[9]，引颈受缢。才一着带，目即合，眉即竖，舌出吻两寸许，颜色惨变如鬼。②大骇奔出，呼告主人，验之已渺。主人曰："曩子妇经于是[10]，毋乃此乎？"吁！异哉！即死犹作其状，此何说也？

异史氏曰："冤之极而至于自尽，苦矣！然前为人而不知，后为鬼而不觉，所最难堪者，束装结带时耳。故死后顿忘其他，而独于此际此境，犹历历一作，是其所极不忘者也。"

①美丽周至。

②恐怖之极。

校勘

底本：手稿本。参校：康熙本、异史、铸雪斋本。

注释

[1]烛而假寐：点着蜡烛闭目养神。[2]镜奁掭(tì)篚：女人梳妆用品。镜奁，放镜子的匣子；掭篚，放梳子的筐子。[3]栉掠：即梳头挽髻。[4]进匜(yí)沃盥：用盛水的小壶一边倒水一边洗脸。匜，盛水的用具。在洗脸时从里边倒水，洗后水流到脸盆里。[5]盥已捧帨：洗完后捧上拭脸的布巾。[6]解袱出裙帔：解开包袱拿出裙子和披肩。[7]结束周至：打扮得非常整齐。[8]奔妇：私奔的女子。[9]跂双弯：蹺起双脚的脚跟。[10]曩子妇经于是：过去儿媳妇吊

861

死在这个地方。

点评

  吊死鬼不能忘怀"束装结带"投环自尽的情境，一次又一次地重演自缢场面，自然是怪异的传说。但《聊斋》对人物的心理却洞察得极为深刻。"冤之极而至于自尽"是什么情境？居然有目击者一一详写少妇自尽前的梳妆、着装，极尽善尽美之能事。"顾影徘徊"说明少妇极珍爱自己，然后却不得不引颈受缢。其内心痛苦可以想见。少妇自尽的过程，如何踮脚，如何目合，如何舌出吻，一一写得细致、形象、宛在目前，而少妇投环前以"从容"二字描写，尤显其视死如归之心。

七夜夫婦俱為冤忤動不能虎令恐之禮生憂思無策秋容曰道士仙人也再往求偶得憐救生然之蹴道士所在叩伏自陳道士力言無術生哀不已道士笑曰

儡兒

范生者宿於逆旅食後燭而假寐忽一婢來撲衣置衲工又有鏡奩掃置二列案頭乃去俄一女婦自房中出發笥笑開奩對鏡櫛掠已而髻已而簪願影俳徊甚久婢來進匜沃盥已捧帨院持沐湯去婦解襆出裙帔炸然新製就著之掩衿提頷結束周匝范不語中心疑怪謂必奔婦將盥漱以就客也婦竟出長帶束諸梁而結偶辨之婦泛客致瓜檻引頸受縊才一著帶可即舍眉即瞪目出吻兩寸許相嚮怖變如鬼大駭奔出呼告主人驗之已渺主人曰異子媳縊於是世乃禁子咋而異哀院死猶作其狀此何說也

異史氏曰寬之極而空於目畫若笑默而不滿人而不知後為鬼而不覺所最難堪者束裝待帶時其戒戒慎慎而獨於此際此遂僧騰之呉門畫工其志名書曾乃且手畫旁泉曰□□

吴门画工

吴门画工某〔1〕，忘其名，喜绘吕祖〔2〕，每想像而神会之〔3〕，希幸一遇，虔结在念〔4〕，靡刻不存〔5〕。

一日，值群丐饮郊郭间，内一人敝衣露肘，而神采轩豁〔6〕。心忽动，疑为吕祖，谛视，觉愈确，遂捉其臂曰："君吕祖也。"丐者大笑。某坚执为是，伏拜不起。丐者曰："我即吕祖，汝将奈何？"某叩头，但祈指教。丐者曰："汝能相识，可谓有缘。然此处非语所，夜间当相见也。"再欲遮问，转盼遂杳，骇叹而归。

至夜，果梦吕祖来，曰："念子志虑专凝〔7〕，特来一见。但汝骨气贪吝，不能为仙。我使子见一人可也。"即向空一招，遂有一丽人蹑空而下〔8〕，服饰如贵嫔，容光袍仪，焕映一室。吕祖曰："此乃董娘娘〔9〕，子审志之。"既而又问："记得否？"答曰："已记之。"又曰："勿忘却。"俄而丽者去，吕祖亦去。醒而异之，即梦中所见，肖而藏之，终亦不解所谓。

后数年，偶游于都。会董妃薨〔10〕，上念其贤〔11〕，将为肖像。诸工群集，口授心拟，终不能似。某忽触念梦中丽者，得无是耶？即以图呈进。宫中传览，皆谓神肖。由是授官中书〔12〕，辞不受；赐万金。于是，名大噪。贵戚家争遗重币，乞为先人传影〔13〕。但悬空摹写，罔不曲似〔14〕。浃辰之间〔15〕，累数巨万。莱芜朱拱奎曾见其人。

> **校勘**
>
> 底本：手稿本。参校：康熙本、异史、二十四卷本、铸雪斋本。

> **注释**
>
> 〔1〕吴门：今江苏苏州。〔2〕吕祖：吕洞宾。传说"八仙"之一。道教全真道尊为五祖之一。〔3〕想像神会：通过想象跟吕祖相见。〔4〕虔结在念：虔诚地把吕祖存在心里。〔5〕靡刻不存：时刻不忘。〔6〕神采轩豁：神采奕奕。〔7〕志虑专凝：专心致志地想念。〔8〕蹑空而下：踏空而下。〔9〕董娘娘：即董鄂妃，顺治皇帝的爱妃。〔10〕董妃薨：董鄂妃去世。董鄂妃于顺治十七

年（1656）去世，追封皇后。〔11〕上念其贤：手稿本缺此四字，今据抄本。〔12〕中书：内阁属员，从七品。〔13〕为先人传影：给已逝长辈画像。〔14〕曲似：完全相似。曲，周遍；详尽。〔15〕浃辰之间：按古时计时法，浃辰为十二天。此为概指，即在很短时间内。

点评

　　吴门画工喜绘吕祖，吕祖就让他借画董鄂妃大发横财，反映了《聊斋》"天人感应"的理念。文中吕祖真人不露相，因人而施助，神仙与凡人宛如旧雨新知那样随便，是个有神采的形象。吴门画工为董鄂妃画像，含蕴深长，迷离隐晦。董鄂妃是清顺治皇帝和孝庄皇太后宫廷矛盾的焦点。1651年，顺治皇帝遵皇太后命册吴克善之女（皇太后之侄女）为皇后，但对皇后冷淡，三年后废她为静妃。1655年册立绰尔济之女（废皇后侄女）为皇后，仍然帝后不和，顺治专宠内大臣鄂硕之女董鄂妃。1655年封皇贵妃。1660年董鄂妃死，顺治悲痛欲绝，追封董为皇后，命诸大臣祭祀。吴门画工因为画董鄂妃神肖，一步登天，竟被授七品官，辞而不就又赐万金。区区小技得此厚报，就因为画的是皇帝的爱妃。顺治帝与董鄂妃的故事，包括顺治帝因董去世而出家之事，小说无一语涉及，"上念其贤，将为肖像"，含不尽之意于言外，发人深思。

吴门画工

吴门画工某,忘其名,喜绘吕祖,每想像而神会之,希幸一遇,虔结在念靡刻不存。一日值厓雨,欻见门内一人敝衣露肘而神采轩豁,心忽动,疑为吕祖,谛视愈确,遽捉其臂曰:"若吕祖也。"其人笑,叱咤为是,伏拜不起。某曰:"我即吕祖,汝将奈何?"其叩头愈力。指教云:"汝能相识,可谓有缘,然此地非语所。俟间当相见也。"开欲遮阑,转眄已不见。叹而归,空校果梦吕祖来曰:"念子志虑常凝,特来一见。但汝骨气贪吝,不能为仙。我使子见一人可也。"即向空一招,遂有一丽人碎空而下,服饰如贵嫔,容光艳艳,映一室。吕祖曰:"此董娘子,审志之既,而又问记得否?"答:"已记之。"又曰:"勿忘却。"俄而丽者去,吕祖亦去。

林氏

济南戚安期，素佻达[1]，喜狎姬，妻婉戒之，不听。妻林氏，美而贤。会北兵入境[2]，被俘去，暮宿途中，欲相犯，林伪诺之。适兵佩刀系床头，急抽刀自刭死，兵举而委诸野[3]。次日，拔舍去[4]。有人传林死，戚痛悼而往。视之，有微息。负而归，目渐动，稍稍嚬呻，扶其项，以竹管滴沥灌饮，能咽。戚抚之曰："卿万一能活，相负者必遭凶折[5]！"半年，林平复如故，但首为颈痕所牵，常若左顾。戚不以为丑，爱恋逾于平昔，曲巷之游从此绝迹。林自觉形秽，将为置媵，戚执不可。

居数年，林不育，因劝纳婢，戚曰："业誓不二，鬼神宁不闻之？即嗣续不承[6]，亦吾命耳。若未应绝，卿岂老不能生者耶？"林乃托疾，使戚独宿，遣婢海棠襆被卧其床下。①既久，阴以宵情问婢。婢言无之。林不信。至夜，戒婢勿往，自诣婢所卧。少间，闻床上睡息已动。潜起，登床扪之。戚醒，问谁，林耳语曰："我海棠也。"戚却拒曰："我有盟誓，不敢更也。若似曩年，尚须汝奔就耶？"林乃下床出。戚自是孤眠。林使婢托己往就之。戚念妻生平曾未肯作不速之客，疑焉，摸其项，无痕，知为婢，又咄之。婢惭而退。既明，以情告林，使速嫁婢。林笑曰："君亦不必过执。倘得一丈夫子[7]，即亦幸甚。"戚曰："苟背盟誓，鬼责将及，尚望延宗嗣乎？"

林翌日笑语戚曰："凡农家者流，苗与秀不可知，播种常例不可违。晚间耕耨之期至矣。"戚笑会之。既夕，林灭烛呼婢，使卧己衾中。戚入，就榻戏曰："佃人来矣。深愧钱镈不利[8]，负此良田。"婢不语。既而举事，婢小语曰："私处小肿，颠猛不任。"戚体意温恤之②。事已，婢伪起溺，以林易之。自此，时值落红，辄一为之，

① 曾经婉戒丈夫不要狎妓的林氏竟然主动当起丈夫的"马泊六"来。其拉纤可谓登峰造极。

② 夫妻谁骗谁？是丈夫为妻子骗还是妻子为丈夫骗？哪有丈夫与妻子做爱还听不出"妻子"声音、辨别不出妻子身体来的？实际上戚安期把渔色行为纳入到妻子求嗣的轨道中了。

867

而戚不知也。

未几，婢腹震，林每使静坐，不令给役于前。故谓戚曰："妾劝内婢[9]，而君弗听。设尔日冒妾时[10]，君误信之。交而得孕，将复如何？"戚曰："留犊鬻母[11]。"③林乃不言。

无何，婢举一子，林暗买乳媪，抱养母家。积四五年，又产一子一女。长子名长生，已七岁，就外祖家读。林半月辄托归宁，一往看视。婢年益长，戚时时促遣之。林辄诺。婢日思儿女，林从其愿，窃为上鬟，送诣母所，谓戚曰："日谓我不嫁海棠，母家有义男，业配之。"

又数年，子女俱长成。值戚初度，林先期治具，为候宾友。戚叹曰："岁月骛过[12]，忽已半世。幸各强健，家亦不至冻馁。所阙者，膝下一点[13]。"④林曰："君执拗，不从妾言，夫谁怨？然欲得男，两亦非难，何况一也？"戚解颜曰："既言不难，明日便索两男。"⑤林言："易耳，易耳！"早起，命驾至母家，严妆子女，载与俱归。入门，令雁行立，呼父，叩祝千秋[14]。拜已而起，相顾嬉笑。戚骇怪不解⑥。林曰："君索两男，妾添一女。"始为详述本末。戚喜曰："何不早告？"曰："早告，恐绝其母。今子已成立，尚可绝乎？"戚感极，涕不自禁。乃迎婢归，偕老焉。古有贤姬，如林者，可谓圣矣。⑦

③ 狡猾！这是对林氏嫡妻地位神圣不可侵犯的保证书，此时，戚安期明知海棠怀孕，他要让孩子平平安安出生。此话赤裸裸地反映出戚某和海棠关系的残酷性，海棠既满足了他朝三暮四的邪念，也成了他的生育工具。

④ 戚在适当时机诱引林氏把子女带回家。这句话实际意思是：藏在外边的孩子可以回家了。

⑤ 戚很清楚地知道有两个儿子藏在外边。

⑥ 天才演员。

⑦ 有评家说："《聊斋》此篇，极意写戚为林诳，余窃意林为戚诳也。"

校勘

底本：手稿本。参校：康熙本、异史、二十四卷本、铸雪斋本、青柯亭本。

注释

[1]佻达：轻佻放纵。[2]北兵：即清兵。[3]委诸野：丢弃在野外。[4]拔舍去：撤掉兵营的营房离开。[5]凶折：死。[6]嗣续不承：手稿为"似续不承"，据抄本。[7]丈夫子：儿子。[8]钱镈（bó）不利：耕地的工具不行。[9]内婢：即纳婢。[10]尔日：那个时候。[11]留犊鬻母：把孩子留下，

把母亲卖掉。〔12〕岁月鹜过：岁月匆匆。〔13〕膝下一点：承欢膝下的孩子。〔14〕叩祝千秋：跪下叩头祝贺寿诞。

点评

"不孝有三，无后为大。"在蒲松龄笔下，千方百计将丈夫和丫鬟拉到一张床上的林氏是贤姬，今人观之，令人作呕。在封建社会，子嗣无比重要，比性爱本身重要，比嫡庶之争重要，凌驾一切又操纵一切。像如来佛的手心，一切婚姻爱情的"孙悟空"都跳不出其五指化成的五行山。林氏式的妇德是《聊斋》赞扬的，其思想属于封建婚姻观范畴，其生动形象的描写，却反映出封建婚姻最残酷、最可怕的本质方面：妻子为了子嗣丧失尊严，丈夫为了子嗣丧失人格，妇女作为传宗接代工具的悲哀。

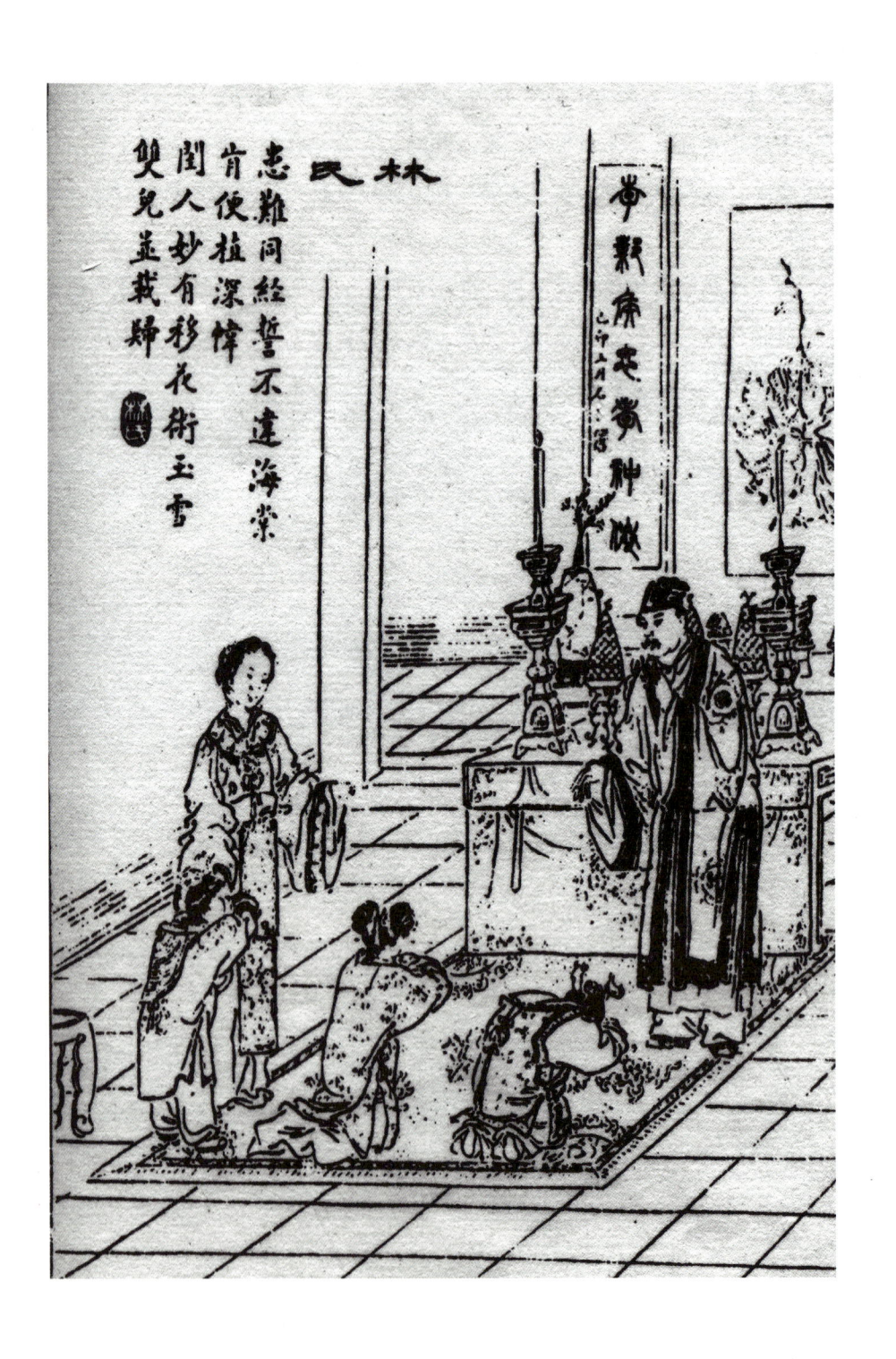

林氏

患難同經誓不違海棠
肯便植深幃
閨人妙有移花術
雙兒並蒂歸

胡大姑

益都岳于九,家有狐祟,布帛器具,辄被抛掷邻堵。蓄细葛,将取作服,见捆卷如故,解视,则边实而中虚,悉被剪去。诸如此类,不堪其苦。乱诟骂之,岳戒止云:"恐狐闻。"狐在梁上曰:"我已闻之矣。"由是祟益甚。

一日,夫妻卧未起,狐摄衾服去,各白身蹲床上,望空哀祝之。忽见好女子自窗入,掷衣床头。视之,不甚修长;衣绛红,外袭雪花比甲[1]。岳着衣,揖之曰:"上仙有意垂顾,即勿相扰。请以为女,如何?"狐曰:"我齿较汝长,何得妄自尊?"又请为姊妹,乃许之。于是命家人皆呼以胡大姑。

时颜镇张八公子家,有狐居楼上,恒与人语。岳问:"识之否?"答云:"是吾家喜姨,何得不识?"岳曰:"彼喜姨曾不扰人,汝何不效之?"狐不听,扰如故,犹不甚祟他人,而专祟其子妇:履袜簪珥,往往弃道上;每食,辄于粥碗中埋死鼠或粪秽。妇辄掷碗骂骚狐,并不祷免。岳祝曰:"儿女辈皆呼汝姑,何略无尊长体耶?"狐曰:"教汝子出若妇,我为汝媳,便相安矣。"子妇骂曰:"淫狐不自惭,欲与人争汉子耶?"时妇坐衣笥上,忽见浓烟出尻下,熏热如笼。启视,藏裳俱烬,剩一二事,皆姑服也。又使岳子出其妇,子不应。过数日,又促之,仍不应,狐怒,以石击之,额破裂,血流几毙。岳益患之。

西山李成爻,善符水,因币聘之。李以泥金写红绢作符[2],三日始成。又以镜缚梃上,捉作柄,遍照宅中。使童子随视,有所见,即急告。至一处,童言:"墙上若犬伏。"李即戴手书符其处,既而禹步庭中,咒移时,即见家中犬豕并来,帖耳戢尾,若听教命。李挥曰:"去!"即纷然鱼贯而去。又咒,群鸭即来,又挥去之。已而鸡至。李指一鸡,大叱之;他鸡俱去,此鸡独伏,交翼长鸣,曰:"予不敢矣!"李曰:"此物是家中所作紫姑也。"家人并言不曾作。李曰:"紫姑今尚在。"因共忆三年前,曾为此戏,怪异即自尔日始矣。遍搜之,见刍偶犹在厩梁上。李取投火中。乃出一酒瓿,三咒三叱,鸡起径去。闻瓿口言曰:"岳四狠哉!数年后,当复来。"岳乞付之汤火;李不可,携去。或见其壁间挂数十瓶,塞口者皆狐也。言其以次纵之,出为祟,因此获聘金,居为奇货云。

校勘

底本：手稿本。参校：康熙本、异史、二十四卷本、铸雪斋本。

注释

〔1〕外袭雪花比甲：外边穿着雪花图案的马甲。〔2〕以泥金写红绢作符：用金屑将符咒写在红绢上。

点评

本文出现的岳于九、李成爻，事迹不详。胡大姑沿袭了妖精害人的陈规，被称"大姑"的狐仙，贪婪猥琐，窃葛布，扰子妇，而且要求"教汝子出妇，我为汝媳"，寡廉鲜耻，被岳家子妇骂为"淫狐"。此狐还以巨石击不肯出妇的岳子，残忍的占有心毕现。这样的妖狐被诛，大快人心。而被请来诛狐的李某，接受了岳家的金钱，也将祟人之狐捉住，却并不诛恶务尽，而要带回家居为奇货，再放出来祟人，以便再次捉狐赚钱。"螳螂捕蛇，黄雀在后"，善捉狐的李某，比妖狐还能害人。钱锺书曾说："艺术是重楼复室，千门万户，决不仅仅是一大间敞厅，不过这些屋子有正有偏，有高有下，决不可能都居正中，都在同一层楼上。"《胡大姑》较《婴宁》等名作，仅仅算一个小小偏殿，但作家对术士的讥讽却相当精彩。

胡大姑

水米無干竟
見俠
願為人婦亦何
心紫姑作怪難
能語輾轉株連
究被擒

细侯

①细侯露面是倚门卖笑姿态，与一般妓女无甚不同。

②满生寻欢买笑，亦与一般嫖客相同。

③满生留恋细侯，但其诗并非情诗，而是狎妓诗，满生仍把细侯当一般妓女。

④青楼女子开口就要给人"当家"，一洗丝竹粉黛气息。不是逢场作戏，而是想跟心上人过日子。

⑤细侯向往清贫淡泊而夫妻相守的日子。一个生活在纸醉金迷环境中的妓女居然有精神追求，有学诗雅兴，并看中穷书生。可谓"出淤泥而不染"。

⑥种黍可以酿酒，故曰"暇则诗酒可遣"。

昌化满生〔1〕，设帐于余杭〔2〕。偶涉廛市，经临街阁下，忽有荔壳坠肩头①。仰视，一雏姬凭阁上，妖姿要妙〔3〕，不觉注目发狂。姬俯哂而入。询之，知为娼楼贾氏女细侯也。其声价颇高，自顾不能适愿。归斋冥想，终宵不枕。明日，往投以刺，相见，言笑甚欢，心志益迷。托故假贷同人，敛金如干，携以赴女，款洽臻至②。即枕上口占一绝赠之云："膏腻铜盘夜未央〔4〕，床头小语麝兰香〔5〕。新鬟明日重妆凤〔6〕，无复行云梦楚王〔7〕。"③细侯蹙然曰："妾虽污贱，每愿得同心而事之。君既无妇，视妾可当家否④？"生大悦，即叮咛，坚相约。细侯亦喜曰："吟咏之事，妾自谓无难，每于无人处，欲效作一首，恐未能便佳，为观听所讥，倘得相从，幸教妾也。"因问生家田产几何。答曰："薄田半顷，破屋数椽而已。"细侯曰："妾归君后，当长相守⑤，勿复设帐为也。四十亩聊足自给，十亩可以种黍⑥，织五匹绢，纳太平之税有余矣〔8〕。闭户相对，君读妾织，暇则诗酒可遣，千户侯何足贵〔9〕！"生曰："卿身价略可几多？"曰："依媪贪志，何能盈也？多不过二百金足矣。可恨妾齿稚，不知重资财，得辄归母。所私蓄者区区无多。君能办百金，过此即非所虑。"生曰："小生之落寞，卿所知也。百金何能自致？有同盟友〔10〕，令于湖南，屡相见招，仆以道远，故惮于行。今为卿故，当往谋之。计三四月可以归复。幸耐相候。"细侯诺之。生即弃馆南游〔11〕。至则令已免官，以罣误居民舍〔12〕，宦囊空虚，不能为礼。生落魄难返，就邑中授徒焉。三年，莫能归。偶笞弟子，弟子自溺死，东翁痛子而讼其师〔13〕，因被逮囹圄。幸有他门人，怜师无过，时致馈遗，以是得无苦。

细侯自别生，杜门不交一客。母诘知故不可夺，亦姑听之。有富贾某，慕细侯名，托媒于媪，务在必得，不靳直〔14〕。细侯不可。贾以负贩诣湖南，敬侦生耗〔15〕。时狱已将解，贾以金赂当事吏，使久锢之⑦。归告媪云："生已瘐死。"细侯疑其信不确。媪曰："无论满生已死，纵或不死，与其从穷措大，以椎布终也〔16〕，何如衣锦而厌粱肉乎〔17〕？"细侯曰："满生虽贫，其骨清也〔18〕。守龌龊商，诚非所愿⑧。且道路之言，何足凭信！"贾又转嘱他商，假作满生绝命书寄细侯，以绝其望。细侯得书，惟朝夕哀哭。媪曰："我自幼于汝，抚育良劬〔19〕。汝成人二三年，所得报者，日亦无多。既不愿隶籍〔20〕，即又不嫁，何以谋生活？"细侯不得已，遂嫁贾⑨。贾衣服簪珥，供给丰侈。年余，生一子。

无何，生得门人力，昭雪而出，始知贾之锢已也。然念素无郤，反复不得其由。门人义助资斧以归。既闻细侯已嫁，心甚激楚〔21〕，因以所苦，托市媪卖浆者达细侯。细侯大悲，方悟前此多端，悉贾之诡谋。乘贾他出，杀抱中儿，携所有亡归满⑩；凡贾家服饰，一无所取。贾归，怒质于官。官原其情，置不问。⑪

呜呼！寿亭侯之归汉〔22〕，亦复何殊？顾杀子而行，亦天下之忍人也〔23〕！

⑦富商不仅起到挑拨离间的小人作用，还代表与官府勾结的势力。

⑧掷地有声。表现出一个微贱女子的高尚追求，追求心灵相通的高洁精神，不为金钱和享受所动。

⑨细侯幼稚，想不到其他商人也可以被买通造假。

⑩细侯实际赌了一把：官府追查，就赔上一条命；官府放过，就一劳永逸地跟富商一刀两断。

⑪但评："商本非其夫也，彼非夫而诡谋以锢吾夫，彼固吾仇也，抱中儿即仇家子也，杀之而归满，应怒其忍而哀其情。"

校勘

底本：手稿本。参校：康熙本、异史、二十四卷本、铸雪斋本、青柯亭本。

注释

〔1〕昌化：县名，旧属杭州府。〔2〕设帐于余杭：在余杭设馆教书。〔3〕妖姿要妙：风姿妖媚，风情万种，时髦美丽。〔4〕膏腻：油灯。铜盘：油灯座。夜未央：夜还没到一半。〔5〕床头小语麝兰香：把满身香气的美人搂在怀里窃窃私语。〔6〕新鬟明日重妆凤：明天你就要重新梳妆接待他人。鬟，

古代妇人的环形发髻；凤，钗的一种。〔7〕无复行云梦楚王：不再把今日情郎放到心上。梦楚王，男女相爱之意。〔8〕太平之税：国家正常征收的赋税。〔9〕千户侯：食邑千户的侯爵。〔10〕同盟友：亲密的朋友。〔11〕弃馆：放弃了教职。〔12〕以罣（guà）误居民舍：官吏以过失而丢官为民。〔13〕东翁：私塾老师对主人的敬称。〔14〕靳直：吝惜价钱。〔15〕敬侦生耗：特意打听满生的消息。敬，警戒、特意。〔16〕椎布：平民生活。椎，指平民妇女梳的棒槌式发髻。布，布衣。〔17〕衣锦而厌粱肉：穿锦绣衣裳，吃鸡鸭鱼肉。厌，吃饱。粱，细米白面。〔18〕骨清：品质清高，超凡脱俗。〔19〕抚育良劬：辛辛苦苦地抚养。〔20〕隶籍：做妓女，隶属于乐籍。〔21〕激楚：激愤悲痛。〔22〕寿亭侯之归汉：汉献帝建安五年（200），关羽在刘备失利无讯的窘迫中投降曹操，因立有战功被封汉寿（地名）亭侯。当得知刘备在袁绍处消息后，关羽封金挂印，留书拜辞曹操，驰奔袁绍军营。事见《三国志·蜀书·关羽传》。〔23〕忍人：心肠硬的人。

点评

　　一个卑贱的妓女，不乐意跟随富商吃香的喝辣的，而乐意跟随穷书生自食其力、诗酒相娱，这已算出淤泥而不染。当她发现受骗后竟杀亲生子回归心上人，更惊心动魄。古代文学中母亲忍情杀子早已有之，唐传奇《原化记·崔慎思》写侠女杀子以断绝私情。世界文学也有母亲杀子的描写。古希腊神话改编的《美狄亚》写美狄亚为报复丈夫的见异思迁，当着丈夫的面杀掉亲生孩子。细侯杀子是决绝行为，当然不人道，但归根到底是由为富不仁的富商造成的，由官商勾结、坑害良民造成的。这或许就是细侯杀子这一离奇悲剧的深刻社会意义。蒲松龄不仅将微贱的妓女与古代著名的仁人志士并列，人物命名也大有深意。汉代有位好官吏郭汲，字细侯，后人借用他的字给受人民爱戴的官员命名。刘禹锡有诗句"童子争迎郭细侯"；陈师道有诗句"到处儿童说细侯"；蒲松龄写诗送别他尊敬的县令张嵋"又杖青藤送细侯"。用父母官的别称给妓女命名，说明作者对其非常重视。

紬裘

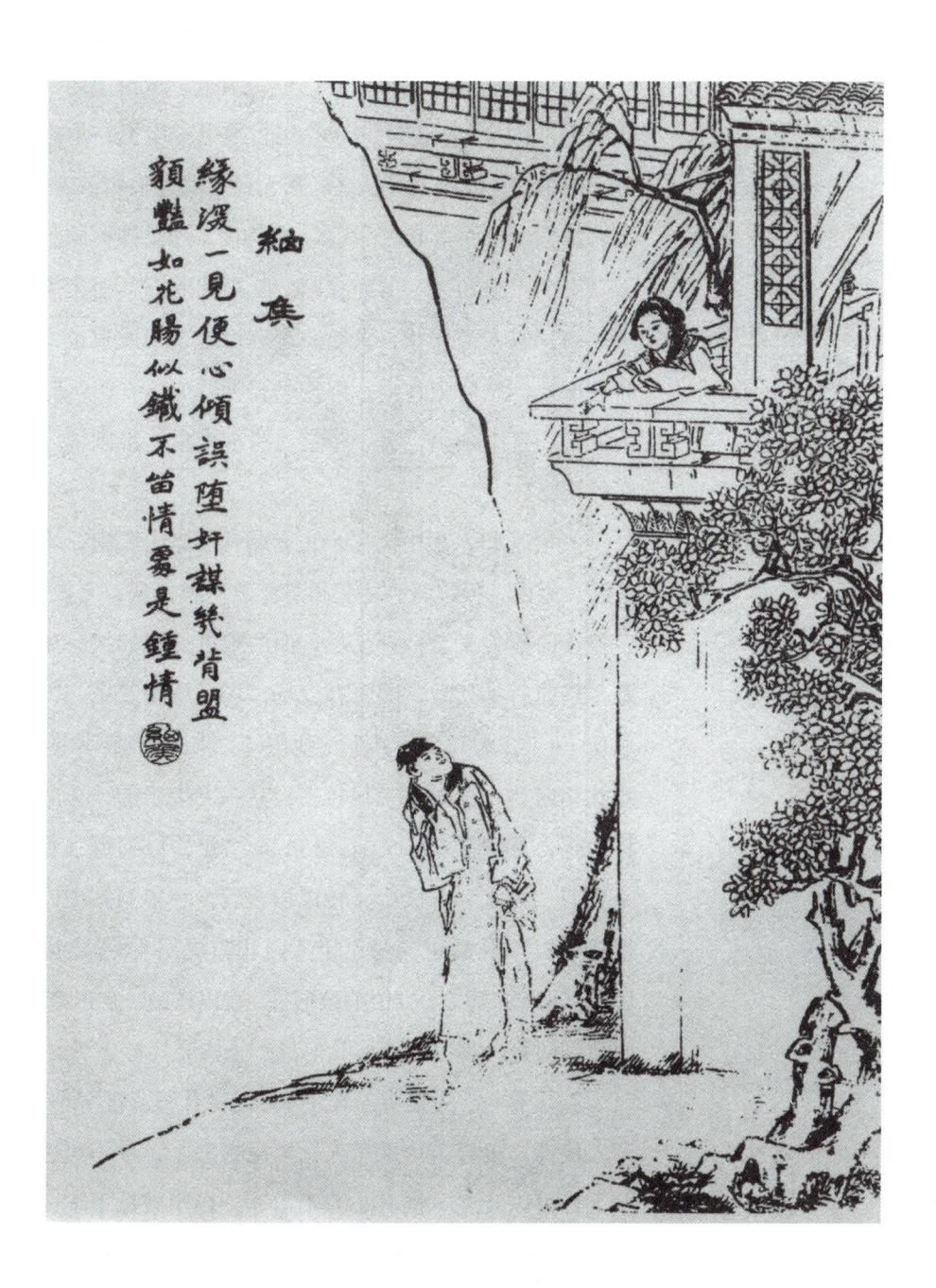

緣慳一見便心傾　誤墮奸謀豈肯盟
貌豔如花腸似鐵　不笛情罥是鍾情

狼 三则

①形容树高，狼吞肉必然困难。

②从"遥望"到"死狼"，二十几个字，层层递进，写出屠人意外发现狼悬于树的心情。

③狼瞪目而视、馋涎欲滴的绿眼睛，屠夫惊骇而警惕的眼神，活画。

④恶狼骗人的心机刻画十分生动。

⑤一"急"字，摄下屠夫电光石火般本能的动作。

⑥一"觉"字，以屠人手感形容狼在挣扎中死去。一些十分简单普通的字眼，被聊斋先生用到文章中，起到既简练叙事又生动描写的作用。

　　有屠人货肉归，日已暮，欻一狼来，瞰担中肉，似甚涎垂〔1〕，步亦步〔2〕，尾行数里。屠惧，示之以刃，则稍却；既走，又从之。屠无计，默念狼所欲者肉，不如姑悬诸树而蚤取之〔3〕。遂钩肉，翘足挂树间①，示以空空。狼乃止。屠亦径归。昧爽往取肉，遥望树上悬巨物，似人缢死状，大骇。逡巡近之，则死狼也②。仰首审视，见口中含肉，肉钩刺狼腭，如鱼吞饵。时狼革价昂，直十余金，屠小裕焉。缘木求鱼，狼则罹之，亦可笑已！

　　一屠晚归，担中肉尽，止有剩骨。途中两狼，缀行甚远。屠惧，投以骨，一狼得骨止，一狼仍从；复投之，后狼止而前狼又至；骨已尽，而两狼之并驱如故。屠大窘，恐前后受其敌。顾野有麦场，场主积薪其中，苫蔽成丘〔4〕。屠乃奔倚其下，弛担持刀〔5〕。狼不敢前，眈眈相向③。少时，一狼径去；其一犬坐于前，久之，目似瞑，意暇甚〔6〕④。屠暴起〔7〕，以刀劈狼首，又数刀，毙之。方欲行，转视积薪后，一狼洞其中，意将隧入以攻其后也。身已半入，止露尻尾〔8〕，屠自后断其股，亦毙之。方悟前狼假寐，盖以诱敌。狼亦黠矣，而顷刻两毙，禽兽之变诈几何哉，止增笑耳！

　　一屠暮行，为狼所逼。道旁有夜耕者所遗行室〔9〕，奔入伏焉。狼自苫中探爪入，屠急捉之⑤，令不可去，顾无计可以死之。惟有小刀不盈寸，遂割破爪下皮，以吹豕之法吹之。极力吹，移时，觉狼不甚动⑥，方缚以带。出视，则狼胀如牛，股直不能屈，口张不得合。遂负之以归。非屠，乌能作此谋也！

　　三事皆出于屠，则屠人之残，杀狼亦可用也。

878

校勘

底本：手稿本。参校：康熙本、异史、二十四卷本、铸雪斋本、青柯亭本。

注释

〔1〕涎垂：垂涎。〔2〕步亦步：狼对屠人亦步亦趋。〔3〕蚤：早。〔4〕苫蔽：苫，用稻草、麦秆编成，名"草苫"，用来盖柴草。〔5〕弛担：放下担子。〔6〕意暇甚：悠然之状。〔7〕暴起：突然跳起。〔8〕尻（kāo）尾：屁股和尾巴。〔9〕行室：临时简易房。

点评

狼之凶残世人皆知，《聊斋》笔下的狼却各具个性。狼之一贪婪，因迫不及待地食肉而被"如鱼吞饵"钓在树上。狼之二狡猾，两只狼竟然分工合作，一只狼假装睡觉迷惑人，另一只狼从背后穴柴草攻入。狼之三莽撞，愚蠢地探爪于室内被屠夫捉住。三屠也人各一面，屠之一悬肉于树本意只是为了避狼保肉，因为狼的笨拙，屠竟得到昂贵的狼皮，可谓瞎猫碰着死老鼠；屠之二始终以聪明机智的姿态出现，他对跟来的狼，先以肉骨投之，为缓兵之计，后倚柴草警惕狼的袭击，不失时机连杀二狼，真是置于死地而后生；屠之三急中生智，以自己惯常的吹猪法，将残暴的狼吹死。三屠四狼，栩栩如生，笔法的凝炼熟达，令人叹服。文字虽短，却层层叙写，峭折多变，遣词用字颇有神韵。

狼

魚因吞餌牽衡鉤不
謂貪狼竟效尤償
草有金無意得笑
人何事抗敵求

美人首

诸商寓居京舍，舍与邻屋相连，中隔板壁，板有松节脱处，穴如盏。忽女子探首入，挽凤髻，绝美；旋伸一臂，洁白如玉。众骇其妖，欲捉之[1]，已缩去。少顷，又至，但隔壁不见其身。奔之，则又去之。一商操刀伏壁下，俄首出，暴决之，应手而落，血溅尘土。众惊告主人，主人惧，以其首首焉[2]。逮诸商鞫之，殊荒唐。淹系半年[3]，迄无情词，亦未有以人命讼者，乃释商，瘗女首。

校勘

底本：手稿本。参校：康熙本、异史、二十四卷本、铸雪斋本。

注释

[1]"欲捉之"手稿本还多出一"兵"字。今据抄本。[2]以其首首焉：拿美人首向官府自首。[3]淹系：关在监狱里。

点评

本文为侈陈怪异、妄谈鬼神之作。然遣词用字，参差错落，艺术描写富于变化。"挽凤髻"的美人首，"洁白如玉"的美人臂，像正常生活中的佳人，却又从"穴如盏"的狭小地方伸出，且"隔壁不见其身"，分明是鬼怪。当商人操刀砍去时，偏偏又真像杀了人，"血溅尘土"。作者似乎故意用种种不合逻辑（包括日常生活的逻辑和志怪小说的逻辑）的情景描写骇人耳目。

美人首

昔日相思
半化灰桃花
人面费疑精
想从海外觅
颅国一夕无端
尼月末

卷四

刘亮采〔1〕

①开头就直截了当写本文是传闻。但明伦评:"起笔质实而奇警,又是一种文法。"

闻济南怀利仁言:刘公亮采,狐之后身也。①初,太翁居南山〔2〕,有叟造其庐,自言胡姓。问所居,曰:"只在此山中。闲处人少,惟我两人,可与数晨夕〔3〕,故来相拜识。"因与接谈,词旨便利〔4〕,悦之。治酒相欢,醺而去。越日复来,愈益款厚。刘云:"自蒙下交,分即最深。但不识家何里,焉所问兴居〔5〕?"胡曰:"不敢讳,实山中之老狐也。与若有夙因,故敢内交门下〔6〕。固不能为翁福,亦不敢为翁祸②,幸相信勿骇。"刘亦不疑,更相契重〔7〕。即叙年齿,胡作兄,往来如昆季。有小休咎,亦以告。

②坦荡。

时刘乏嗣,叟忽云:"公勿忧,我当为君后。"刘讶其言怪,胡曰:"仆算数已尽〔8〕,投生有期矣。与其他适,何如生故人家?"刘曰:"仙寿万年,何遽及此?"叟摇首曰:"非汝所知。"遂去。夜果梦叟来,曰:"我今至矣。"既醒,夫人生男,是为刘公。公既长,身短,言词敏谐,绝类胡③。少有才名,壬辰成进士〔9〕。为人任侠,急人之急,以故秦、楚、燕、赵之客〔10〕,趾错于门〔11〕;货酒卖饼者,门前成市焉。④

③对开头的传闻加以佐证,前后呼应。

④豪爽个性,来自胡叟,亦来自乃父。

校勘

底本:手稿本。参校:康熙本、异史、二十四卷本、铸雪斋本、青柯亭本。

注释

〔1〕刘亮采:字公严,山东省济南人,明代任官户部主事,后隐居灵岩。擅长写诗绘画。康熙三十一年(1692)《历城县志》有传。〔2〕太翁:清代人称呼曾祖、祖,也可以称呼父亲。〔3〕数晨夕:一起度过晨夕。〔4〕词旨便利:

说话敏捷恰当。〔5〕问兴居：探望，问好。〔6〕内交：结交。〔7〕契重：友好，看重。〔8〕数已尽：死期到了。〔9〕壬辰：明神宗万历二十年（1592）。〔10〕秦、楚、燕、赵之客：陕西、湖北、湖南、河北、山西一带的人。〔11〕趾错于门：纷纷登门拜访。趾错，足趾交错，形容人多。

点评

　　刘亮采是真实的历史人物，他身材短小，性情诙谐，嬉笑怒骂皆成文章。此文以他为篇名，描写中心却是刘翁和胡叟的深厚动人的友情。两人一见面，就如"酒逢知己千杯少"一般地喝个醺醉，胡叟坦承自己是狐，刘翁一点也不大惊小怪，反而更相契重。两位都是襟怀坦诚之辈，友谊越来越深，对于友谊的依恋使得胡叟转世为刘翁之子。这是多么缠绵的深情。全文前后呼应，富有匠心。

劉亮采

漫說前身與後身，南村有窖竟通神。玉壺佚否分明語，誰諉佳兒是坡人。

蕙芳

①好名儿！请注意"异史氏曰"的解释，作者认为，自己跟马二混的相似就在于"混"，调侃。

②客气而坚决地拒绝。马二混的诚笃倒无多少描写，其母之诚笃写得力透纸背。

③典型化的贫妇语言。诚笃守分。

④老太精明，观察蕙芳的来处。

⑤马母见蕙芳西去，蕙芳就点化西巷的吕媪。

⑥姿态横生。"吸风"一词，纯是贫妇声口，如颊上三毛，画人神采。数拒蕙芳，把一个安贫守拙、守着多大碗吃多大饭的贫媪形象，令人叹为观止地刻画出来。

⑦画马二混突然得到美妇，不知所措形态。马二混见蕙芳，"喜""惊""骇"却无一句话，真真"朴讷"，此段描写活画诚朴而拙于言辞者。

马二混①，居青州东门内，以货面为业。家贫，无妇，与母共作苦。一日，媪独居，忽有美人来，年可十六七，椎布甚朴〔1〕，而光华照人。媪惊顾穷诘，女笑曰："我以贤郎诚笃，愿委身母家〔2〕。"媪益惊曰："娘子天人，有此一言，则折我母子数年寿。"②女固请之，意必为侯门亡人〔3〕，拒益力。女乃去。越三日，复来，留连不去。问其姓氏，曰："母肯纳我，我乃言。不然，固无庸问。"媪曰："贫贱佣保骨〔4〕，得妇如此，不称亦不祥。"③女笑坐床头，恋恋殊殷。媪辞之，言："娘子宜速去，勿相祸。"女乃出门，媪视之，西去④。又数日，西巷中吕媪来⑤，谓母曰〔5〕："邻女董蕙芳，孤而无依，自愿为贤郎妇。胡弗纳？"母以所疑虑具白之，吕曰："乌有此耶！如有乖谬〔6〕，咎在老身。"母大喜，诺之。

吕既去，媪扫室布席，将待子归往娶之。日将暮，女飘然自至，入室参母，起拜尽礼，告媪曰："妾有两婢，未得母命，不敢进也。"媪曰："我母子守穷庐，不解役婢仆。日得蝇头利，仅足自给，今增新妇一人，娇嫩坐食，尚恐不充饱，益之二婢，岂吸风所能活耶？"⑥女笑曰："婢来，亦不费母度支〔7〕，皆能自得食。"问："婢何在？"女乃呼："秋月，秋松！"声未及已，忽如飞鸟堕。二婢已立于前。即令伏地叩母。

既而马归，母迎告之。马喜，入室，见翠栋雕梁，俸于宫殿〔8〕；中之几屏帘幌，光耀夺视，惊极，不敢入。女下床迎笑，睹之若仙，益骇，却退。女挽之坐，与温语。马喜出非分，形神若不相属⑦。即起，欲出行沽。女止曰："勿须。"因命二婢治具。秋月出一革袋，执向扉后，格格撼摆之，已而以手探入，壶盛酒，桦盛炙，触类熏腾，饮已而寝，则花罽锦裀，温腻非常。天明出门，则茅庐依旧。母子共奇之。媪诣吕所，将迹所由，入门，先谢其媒合之德，吕讶云："久不拜访，何邻女子之曾托乎？"媪益疑，具言端委。吕大骇，即同媪来视新妇。女笑逆之，极道作合之义。吕见其惠丽，愕眙良久〔9〕，即亦不辨，唯唯而已⑧。女赠白木搔具一事〔10〕，曰："无以报德，姑奉此为姥姥爬背耳。"吕受以归，审视则化为白金。

马自得妇，顿更旧业，门户一新。笥中貂锦无数，任马取着，而出室门，则为布素，但轻暖耳⑨。女所自衣亦然。

积四五年，忽曰："我谪降人间十余载，因与子有缘，遂暂留止。今别矣。"马苦留之，女曰："请别择良偶，以承庐墓〔11〕。我岁月当一至焉。"忽不见。马乃娶秦氏。后三年，七夕，夫妻方共语，女忽入，笑曰："新偶良欢，不念故人耶？"马惊起，怆然曳坐，便道衷曲。女曰："我适送织女渡河〔12〕，乘间一相望耳。"两相依依，语无休止。忽空际有人呼"蕙芳"，女急起作别。马问其谁，曰："余适同双成姊来〔13〕，彼不耐久伺矣。"马送之，女曰："子寿八旬，至期，我来收尔骨。"言已遂逝。今马六十余矣，其人但朴讷，无他长。⑩

异史氏曰："马生其名混，其业亵，蕙芳奚取哉？于此见仙人之贵朴讷诚笃也。余尝谓友人，若我与尔，鬼狐且弃之矣，所差不愧于仙人者，惟'混'耳⑪。"

⑧机警。媪亦深谙世故。

⑨此乃《茅屋为秋风所破歌》中大庇天下寒士理想的浪漫化也。

⑩两位大名鼎鼎的仙女是蕙芳的女伴儿。蕙芳的"高级仙女"身份再明白不过。而作者似乎亲眼见过马二混。一是神奇之至的仙女，一乃确切之至的真人，你不相信仙女？有真人为证，两段相得益彰。《聊斋》"凡事境奇怪，实情致周匝"（冯镇峦评）。读《聊斋》不作妙文看，而做实事读，岂非呆汉？

⑪蕙芳式的幻想不过是给贫困良民的空中楼阁耳。

校勘

底本：手稿本。参校：康熙本、异史、二十四卷本、铸雪斋本、青柯亭本。

注释

〔1〕椎布甚朴：平民女子的打扮。梳着棒槌式发髻，穿着布衣，非常朴素。〔2〕委身：到这里居住，即许嫁。〔3〕侯门亡人：大户人家逃亡出来的人。〔4〕佣保：雇工。〔5〕谓母曰：手稿本为"谓马曰"，当为误笔，据抄本。

〔6〕乖谬：差错。〔7〕度支：开支。〔8〕侔于：相当于。〔9〕愕眙：惊奇地看呆了。〔10〕搔具：即俗称"痒痒挠"。〔11〕承庐墓：继承家族香火。〔12〕织女：据殷芸《小说》，住在天河之东的天帝之女织女，嫁给住在天河之西的牛郎，天帝规定她跟牛郎每年在七月初七时可见一次面。〔13〕双成：据《汉武帝内传》，董双成是西王母的侍女。

点评

  人神恋爱曾被看作是人民对战乱的厌恶，对桃花源般安宁生活的向往，《幽明录·刘晨阮肇》《搜神后记·袁相根硕》都是如此。《聊斋》中的人神恋呈现崭新的面貌，不再是人千方百计求仙，而是满身紫气的仙人为凡人俗事征服。仙女热烈地追求人类，来跟人过正常的夫妇生活。贫穷无学问、干低下工作的马二混，因为"诚笃"感动了上帝，娶到了嫡居人间的仙女蕙芳，这一人神相爱故事体现了《聊斋》的美好理想。更有意思的是，《聊斋》为马二混设计了回家雕梁画栋、貂锦无数，出门却茅屋布衣依旧。蒲松龄把神仙彻底平民化，马二混娶到了仙女，而这仙女不过是人间贤妻良母的诗意化象征。

題好

軸暮生涯。
佳期何期中
鎖有仙姝相雖
葺謂雖相見記
取唐宮乞巧圖

山神

　　益都李会斗，偶山行，值数人籍地饮[1]。见李至，欢然并起，曳入坐，竞觞之[2]。视其柈馔[3]，杂陈珍错[4]。移时，饮甚欢，但酒味薄涩，忽遥有一人来，面狭长，可二三尺许；冠之高细称是[5]。众惊曰："山神至矣！"即都纷纷四去。李亦伏匿坎窞中[6]；既而起视，则肴酒一无所有，惟有破陶器贮溲浡[7]，瓦片上盛蜥蜴数枚而已[8]。

校勘

　　底本：手稿本。参校：康熙本、异史、二十四卷本、铸雪斋本。

注释

　　[1]籍地：席地而坐。[2]竞觞之：争相敬酒。[3]柈馔：盘里的菜。[4]杂陈珍错：山珍海味乱摆一气。[5]冠之高细称（chèn）是：帽子大小形状和脸差不多，也有二三尺长。[6]坎窞（dàn）：坑。[7]溲浡（sōu bó）：小便。[8]蜥蜴：壁虎。

点评

　　滑稽谈片。山神形象相当怪异，但起的作用不过是将几位野外饮酒者唬走，此数人才是真正妖异。他们的"珍错"变成壁虎，酒变为小便。稀奇古怪。李会斗莫名其妙就跟素不相识的人饮酒，结局尴尬，耐人寻味。文章虽短，却有章法，饮酒时已经觉"薄涩"，变为溲浡也就可以理解了。

山 神
良宵欽敘各銜杯，
瞞得老饕入座來。
不走山神鶯立散，囊中揭福有誰猜

萧七

徐继长，临淄人[1]，居城东之磨房庄。业儒未成，去而为吏。偶适姻家[2]，道出于氏殡宫[3]。薄暮醉归，过其处，见楼阁繁丽，一叟当户坐。徐酒渴思饮，揖叟求浆。叟起邀客入，升堂授饮。饮已，叟曰："曛暮难行，姑留宿，早旦而发，如何也？"徐亦疲殆，乐遵所请。叟命家人具酒奉客，且谓徐曰："老夫一言，勿嫌孟浪[4]。郎君清门令望，可附婚姻。有幼女未字，欲充下陈[5]，幸垂援拾[6]。"①徐踧踖不知所对[7]。叟即遣伻告其亲族，又传语令女郎妆束。顷之，峨冠博带者四五辈，先后并至。女郎亦炫妆出[8]，姿容绝俗。于是交坐宴会。徐神魂眩乱，但欲速寝。②酒数行，坚辞不任，乃使小鬟引夫妇入帏，馆同爱止[9]。徐问其族姓，女自言："萧姓，行七。"又复细审门阀，女曰："身虽陋贱，配吏胥当不辱寞[10]，何苦研穷[11]？"③徐溺其色，款昵备至，不复他疑。

女曰："此处不可为家。审知汝家姊姊甚平善，或不拗阻，归除一舍，行将自至耳。"徐应之。既而加臂于身，奄忽就寐，及觉，则抱中已空。天色大明，松阴翳晓，身下籍黍穰尺许厚。骇叹而归。④

告妻。妻戏为除馆，设榻其中，合门出，曰："新娘子今夜至矣。"因与共笑。日既暮，妻戏曳徐启门，曰："新人得毋已在室耶？"⑤既入，则美人华妆坐榻上，见二人入，挢起逆之[12]，夫妻大愕。女掩口局局而笑[13]，参拜恭谨。妻乃治具，为之合欢。女早起操作，不待驱使。

一日谓徐："姊姨辈俱欲来吾家一望。"徐虑仓卒无以应客。女曰："都知吾家不饶，将先赍馔具来，但烦吾家姊姊烹饪而已。"徐告妻，妻诺之。晨炊后，果

---

① 怪哉，做爹的亲自送女儿给人做妾。

② "神魂眩乱，但欲速寝"八字，画出徐的见色起意、迫不及待的馋涎欲滴模样。

③ 柔中带刚，既有善意挖苦，又有巧妙掩饰。机智应变、巧舌如簧，跃然纸上。

④ "骇"自然是骇怪异；"叹"则是叹美人消失，明知是妖，仍然迷恋不已。

⑤ 徐妻为人大度且风趣诙谐，两个"戏"字，活画她的戏谑态度。

有人荷酒胾来，释担而去。妻为职庖人之役。晡后〔14〕，六七女郎至，长者不过四十以来，围坐并饮，喧笑盈室。徐妻伏窗一窥，惟见夫及七姐相向坐，他客皆不可睹。北斗挂屋角，欢然始去，女送客未返。妻入视案上，杯桮俱空。笑曰："诸婢想俱饿，遂如狗舐砧〔15〕。"⑥少间，女还，殷殷相劳，夺器自涤，促嫡安眠⑦。妻曰："客临吾家，使自备饮馔，亦大笑话。明日合另邀致。"

⑥妙。

⑦安分守己的小妾。

逾数日，徐从妻言，使女复召客。客至，恣意饮啖；惟留四簋〔16〕，不加匕箸。徐问之，群笑曰："夫人为吾辈恶，故留以待调人〔17〕。"⑧

⑧众狐女亦知趣。

座间一女年十八九，素乌缟裳〔18〕，云是新寡，女呼为六姊；情态妖艳，善笑能口。与徐渐洽，辄以谐语相嘲。行觞政〔19〕，徐为录事〔20〕，禁笑谑。六姊频犯，连引十余爵，酡然径醉，芳体娇懒，荏弱难持。无何，亡去，徐烛而觅之，则酣寝暗帏中。近接其吻，亦不觉，以手探裤，私处坟起。心旌方摇〔21〕，席中纷唤徐郎，乃急理其衣，见袖中有绫巾，窃之而出。迨于夜央，众客离席。六姊未醒，七姐入，摇之，始呵欠而起，系裙理发从众去。

徐拳拳怀念，不释于心，将于空处展玩遗巾，而觅之已渺。疑送客时遗落途间。执灯细照阶除〔22〕，都复乌有，意悁悁不自得〔23〕。⑨女问之，徐漫应之。女笑曰："勿诳语，巾子，人已将去，徒劳心目。"徐惊，以实告，且言怀思。女曰："彼与君无宿分，缘止此耳。"问其故，曰："彼前身曲中女，君为士人，见而悦之，为两亲所阻，志不得遂，感疾贻危〔24〕。使人语之曰：'我已不起。但得若来获一扪其肌肤，死无憾！'彼感此意，诺如所请。适以冗羁未遽往，过夕而至，则病者已殒，是前世与君有一扪之缘也。过此即非所望。"

⑨痴痴迷迷，灵魂出窍。

后设筵再招诸女，惟六姊不至。徐疑女妒，颇有怨怼。女一日谓徐曰："君以六姊之故，妄相见罪。彼实不肯至，于我何尤？今八年之好，行将别矣，请为君极力一谋，用解从前之惑。彼虽不来，宁禁我不往？登门就之，或人定胜天，不可知。"徐喜，从之，女握手，飘然履虚，顷刻至其家。黄甍广堂，门户曲折，与初见时无少异。岳父母并出，曰："拙女久蒙温煦，老身以残年衰惫，有疏省问，或当不怪耶？"即张筵作会。女便问诸姊妹。母云："各归其家，惟六姊在耳。"即唤婢请六娘子来，久之不出。女入曳之以至，俯首简默，不似前此之谐。少时，叟媪辞去。女谓六姊曰："姐姐高自重，使人怨我！"六姊微哂曰："轻薄郎何宜相近！"女执两人残卮，强使易饮，曰："吻已接矣，作态何为？"少时，七姐亡去，室中止余二人。徐遽起相逼，六姊宛转撑拒。徐牵衣长跽而哀之，色渐和，相携入室。裁缓襦结，忽闻喊嘶动地，火光射闼。六姊大惊，推徐起曰："祸事忽临，奈何！"徐忙迫不知所为，而女郎已窜无迹矣。

徐怅然少坐，屋宇并失。猎者十余人，按鹰操刃而至，惊问："何人夜伏于此？"徐托言迷途，因告姓字。一人曰："适逐一狐，见之否？"答云："不见。"细认其处，乃于氏殡宫也。怏怏而归。尤冀七姊复至，晨占雀喜，夕卜灯花〔25〕⑩，而竟无消息矣。董玉铉谈。

⑩封建士子猎艳心理的画影图形。

校勘

底本：手稿本。参校：康熙本、异史、二十四卷本、铸雪斋本、青柯亭本。

注释

〔1〕临淄：战国时齐国都城，今山东省淄博市临淄区。〔2〕姻家：亲家。〔3〕殡宫：墓地。〔4〕孟浪：莽撞。〔5〕充下陈：即做侍妾。〔6〕幸垂援拾：希望能受纳。〔7〕踧踖（cùjí）：恭敬而不知所措。〔8〕炫妆：美丽耀眼的衣服。〔9〕馆同爰止：像凤凰双栖一样同居。语出《诗经·大雅·卷阿》："凤凰于飞，翙翙其羽，亦集爰止。"〔10〕吏胥：小吏。〔11〕研穷：一个劲地追问。〔12〕桥起逆之：急忙起来迎接。桥，疾起之状。〔13〕局局而笑：吃吃

而笑。〔14〕晡后：黄昏后。〔15〕狗舐砧（shì zhēn）：像狗把切肉的案板舔得干干净净，形容吃得盘光碗净。〔16〕簋（guǐ）：盛菜的碗碟。〔17〕调人：调味的人，即做饭者。〔18〕素舄缟裳：白衣白鞋，孝服。〔19〕觞政：酒令。〔20〕录事：酒席上管理饮酒酒令的人。〔21〕心旌方摇：心神不定，像风中摇摆的旗子。〔22〕阶除：台阶。〔23〕顼（xū）顼：茫然若失的样子。〔24〕感疾阽（diàn）危：因为心事太重而病势垂危。〔25〕晨占雀喜，夕卜灯花：古人认为早上鹊噪、晚上烛花，是亲人到来的预兆。

点评

　　此文写小吏徐继长和狐女相恋的艳遇，却关联到封建婚姻本质方面：嫡庶有序。徐娶萧七为妾，萧七主动提出要随徐回家与嫡妻相处。徐妻十分友好地欢迎萧七到来还热情地招待萧家姐妹，二女一夫，嫡庶和睦。徐妻有"船多不碍路"的胸怀，萧七却不曾也不敢对嫡妻地位有丝毫妨碍。这是聊斋先生赞赏的嫡庶有序、以男子为中心的爱情观。二美一夫和平共处好几年。谁知徐得陇望蜀，又看上六姐，轻薄一番，而他们之间只有"一扣之缘"。萧七极力为二人撮合，最终还是不能以人胜天。冥冥之中的"定数"，任何人的任何努力都无济于事，蒲松龄根深蒂固的唯心主义宿命观，在此文得到淋漓尽致的反映。但此文艺术成就突出，塑造了渔色者徐继长及几个活生生的女性形象，情态如画，对话传神，心理描写细致真切。

萧七

粉腻脂香
集绮筵温
柔乡不肯前
缘萧师未饮
心先醉福得
綘中竟杳然

乱离二则

学师刘芳辉，京都人。有妹许聘戴生，出阁有日矣。值北兵入境，父兄恐细弱为累，谋妆送戴家。修饰未竟，乱兵纷入，父子分窜〔1〕，女为牛录俘去〔2〕。从之数日，殊不少狎。夜则卧之别榻，饮食供奉甚殷。又掠一少年来，年与女相上下，仪采都雅。牛录谓之曰："我无子，将以汝继统绪〔3〕，肯否？"少年唯唯。又指女谓曰："如肯，即以此女为汝妇。"少年喜，愿从所命。牛录乃使同榻，浃洽甚乐〔4〕。既而枕上各道姓氏，则少年即戴生也。①

陕西某公任盐秩〔5〕，家累不从。值姜瓖之变〔6〕，故里陷为盗薮〔7〕，音信隔绝。后乱平，遣人探问，则百里绝烟〔8〕，无处可询消息。会以复命入都，有老班役丧偶〔9〕，贫不能娶，公资数金使买妇。时大兵凯旋，俘获妇口无算，插标市上，如卖牛马。②遂携金就择之。自分金少〔10〕，不敢问少艾〔11〕。中一媪甚整洁，遂赎以归。媪坐床上，细认曰："汝非某班投耶？"问所自知，曰："汝从我儿服役，胡不识！"班役大骇，急告公。公认之，果母也，因而痛哭，倍偿之。班役以金多，不屑谋媪。见一妇，年三十余，风范超脱，因赎之。既行，妇且走且顾，曰："汝非某班役耶？"又惊问之，曰："汝从我夫服役，如何不识！"班役益骇，导见公，公视之，真其夫人，又悲失声。一日而母妻重聚，③喜不可已，乃以百金为班役娶美妇焉。意必公有大德，所以鬼神为之感应。惜言者忘其姓字，秦中或有能道之者。④

异史氏曰："炎昆之祸，玉石不分〔12〕，诚然哉。若公一门，是以聚而传者也。董思白之后〔13〕，仅有一孙，今亦不得奉其祭祀〔14〕，亦朝士之责也。悲夫！"

①此万里难挑一、百年不一遇的好事。有多少掠走的妇女需要像《林氏》的女主角，抽刀自尽才能免除污辱？有几个掠妇女者像此牛录？千千万万的清兵是向妇女施暴的歹徒！

②多么触目惊心。这些号称"讨逆"的大兵，比土匪有过之无不及。有多少家庭失去了母亲、妻子、女儿？有多少妇女被牵到市场上出卖？真是惨不忍睹。

③一日与母妻团圆，更是千载难逢的美事。

④蒲松龄的恩师施闰章有首著名的诗《浮萍兔丝篇》，写到一个掠人妇为己妇的部曲，在炫耀抢来的女人时，恰好遇到其故夫，无巧不成书，那故夫买来的妻子，恰好是部曲的结发之妻。两人交换妻子后分手。施闰章用浮萍和兔丝比喻在动荡岁月中无法把握命运的普通百姓。《乱离》与之有异曲同工之妙。

校勘

底本：手稿本。参校：康熙本、异史、二十四卷本、铸雪斋本。

注释

〔1〕分窜：分头流窜。〔2〕牛录：牛录章京。满语，武官名。〔3〕统绪：宗族的延续。〔4〕浃洽：（夫妻）非常融洽。〔5〕盐秩：盐官。〔6〕姜瓖之变：姜瓖，明代宣化总兵，曾先后降李自成、清廷，任大同总兵。顺治五年（1648）叛清，次年被杀。其余部继续抗清七八年。清兵围剿，烧杀掳掠，民众受害很深。〔7〕盗薮：贼窝。〔8〕百里绝烟：百里之内无人烟。〔9〕班役：衙役。〔10〕自分：自己估计。〔11〕少艾：年轻女子。〔12〕炎昆之祸，玉石不分：炎昆，原意是指烧玉，此处指清兵镇压姜瓖等，祸及无辜军民。〔13〕董思白：明代著名书画家董其昌（1555—1636），号思白，官至南京礼部尚书。《明史》卷二八八有传。〔14〕不得奉其祭祀：无人为董姓先人祭祀。

点评

这是两则含泪的喜剧。一对未婚夫妇被掠到清兵营口中后忽然团聚；一位盐官与母亲、妻子意外团圆。作家没有解释戴生与未婚妻团聚是否因其有德，而推测盐官因有德得到鬼神的照应。仔细推敲，可以发现，在两个团圆喜剧背后隐藏了多少人的妻离子散、家破人亡的悲剧。小说贵巧，《乱离》诸事皆巧，曲曲折折，变出意外，令读者兴味盎然，渐入胜境。

亂離之別

學師劉芳輝京都人有妹許聘戴生出間有曰笑值北兵入境父兄招細弱為累謀欲送戴家修飾未竟亂兵後入父子分竄女為牛錄俘去泛之數日殊不少狎夜目即之別榻飲食供奉甚殷又掠一少年來年與女相上下儀采卻雅牛錄謂之曰我無子將以汝經緒肯否少年唯唯又指女謂曰如肯即以此為汝婦少年喜願從所命牛錄乃便同榻然合甚樂既而枕上各道姓氏則少年即戴生也

陝西某公任鹽秩家累不從值姜瓖之變故里隔為盜數音信隔絕後平遣人探問則百里絕煙無處可詢消息會以後 命入都有老班役裹

豢蛇

泗水山中〔1〕，旧有禅院，四无村落，人迹罕及，有道士栖止其中。或言内多大蛇，故游人益远之。一少年入山罗鹰〔2〕，入既深，无所归宿，遥见兰若，趋投之。道士惊曰："居士何来，幸不为儿辈所见①！"即命坐，具饘粥。食未已，一巨蛇入。粗十余围，昂首向客，怒目电瞵〔3〕②。客大惧。道士以掌击其额，呵曰："去！"蛇乃俯首入东室，蜿蜒移时，其躯始尽，盘旋其中，一室尽满。③客大惧，摇战。道士曰："此平时所豢养。有我在，不妨，所患客自遇之耳。"客甫坐，又一蛇入，较前略小，约可五六围。见客遽止，睒睒吐舌如前状〔4〕。道士又叱之。亦入室去。室无卧处，半绕梁间，壁上土摇落有声④。客益惧，终夜不寝。早起欲归，道士送之。出屋门，见墙上阶下，大如盎盏者，行卧不一。见生人，皆有吞噬状。客惧，依道士肘腋而行⑤，使送出谷口，乃归。

余乡有客中州者，寄居蛇佛寺。寺中僧具晚餐，肉汤甚美，而段段皆圆，类鸡项。疑问寺僧："杀鸡几何，遂得多项？"僧曰："此蛇段耳。"客大惊，有出门而哇者〔5〕。既寝，觉胸上蠕蠕，摸之，则蛇也，顿起骇呼，僧起曰："此常事，乌足骇怪〔6〕！"因以火照壁间，大小满墙，榻上下皆是也。次日，僧引入佛殿。佛座下有巨井，井中蛇粗如巨瓮，探首井边而不出。爇火下视，则蛇子蛇孙以数百万计，族居其中。僧云"昔蛇出为害，佛坐其上以镇之，其患始平"云。

① 道士称蛇为"儿辈"，他对蛇宛如家长对子女。蛇在道士面前老老实实。豢蛇者同蛇有感情交流。

② 体物之细，令人嗟叹。

③ 庞然巨蟒。

④ 身躯之重，压得屋顶尘土纷纷落下，有力的渲染。

⑤ 少年之惧生动形象。

校勘

底本：手稿本。参校：康熙本、异史、二十四卷本、铸雪斋本。

注释

〔1〕泗水：明清县名，属兖州府，今山东省济宁市泗水县。〔2〕罗鹰：张网捕鹰。〔3〕怒目电瞛（cōng）：愤怒的眼睛像闪电。〔4〕睒睗（shǎn）：闪烁。〔5〕哇：吐。〔6〕乌足：不足。

点评

吴组缃教授《颂蒲绝句》："湘江水莽曹州花，训鸽斗秋又豢蛇。熟悉人间真学问，不徒弄笔逞才华。"蒲松龄是有真学问的，他把对生活的长期认真观察化入《聊斋》。《搜神记》写过晋武帝时魏舒府里的蛇，仅百余字，蛇的具体形状并未语及。《聊斋》写"豢蛇"，是养的蛇。道士养蛇千奇百怪，可谓豢养之最。蒲松龄写"蛇"不是粗陈梗概，而是细致描摹，还用"少年"和"客"的厌恶心理，把豢蛇的奇事耸人听闻地写出，文笔精巧，写法多变。

蛇地
山程荒凉石
寺钟承渊
庄徼偶相逢
道人语有
驯蛇术何以
女挥剳
奉龍

雷公〔1〕

亳州民王从简，其母坐室中〔2〕，值小雨冥晦，见雷公持锤振翼而入。大骇，急以器中便溺倾注之。雷公沾秽〔3〕，若中刀斧，返身疾逃；极力展腾，不得去，颠倒庭际，噪声如牛。天上云渐低，渐与檐齐。云中萧萧如马鸣〔4〕，与雷公相应。少时，雨暴澍〔5〕，身上恶浊尽洗，乃作霹雳而去。

校勘
底本：手稿本。参校：康熙本、异史、二十四卷本、铸雪斋本。

注释
〔1〕雷公：古代神话的司雷之神。又称"雷祖""雷师"。据《山海经·海内东经》："雷泽中有雷神，龙身而人头。"王充《论衡》将雷公形象定位为左手举鼓，右手持锤。〔2〕亳州：明清州名，今安徽亳州市。〔3〕"雷公沾秽"：手稿误为"雷中沾秽"，据抄本。〔4〕云中萧萧如马鸣：形容下雨声。古人传说施雨之龙乃上帝之马，下雨时马鸣声即雨声。〔5〕澍：通"注"。

点评
民间传说，天雷欲打的人罪不可赦。王媪却急中生智，用秽物破神力，逃脱厄运。雷公被污，"若中刀斧""噪声如牛"，靠暴雨洗尽，才做霹雳离去。文字虽短，却写得层次分明。

雷公

亳州民王従簡其母坐室中值小雨冥晦見雷公持鎚棖翼與而入大駭写以器中便溺傾注之雷中污穢若中刀斧反身挨逃極力展翹不得去顛倒庭際咩声如牛天上雲漸低斷與簷齊雲中蕭蕭如萬馬與雷公相應少時雨暴澍目上碧潤盡洗乃作霹靂而去

菱角

胡大成楚人其母素奉佛戒送塾師讀書由觀音祠母囑過必入叩一日至祠有少女挽兒遊戲其中髮栽掩頸而風致娟媚時戌年十四心好之問其姓民女笑云我祠西焦畫工女菱角也阿將何為成又問有壻家無女配然曰無也成言

菱角

①稚男少女的爱情其实是观音牵线。但明伦评："分来一滴杨枝水，洒作人间并蒂莲，此非寻常邂逅者。"

②发裁掩颈，少女垂髫发型。陆放翁诗句："平生遭际苦萦缠，菱刺磨作芡实圆。"女主角命名寓磨难之意。

③"眉目"八字形神兼备，逼真活跳。目若秋水，刻画眼睛，刻画心灵。嘴里说不能自主，眼睛却泄露出其属意。

④聪明的菱角给胡大成提供求婚最佳途径。

⑤妙！卖身者不愿意为妻，不愿意为奴，偏偏要给人当至高无上的母亲！

⑥菩萨化老妇在人间吃苦，且不是一天一时，自从有了菩萨的传说，菩萨为哪个平民做过饭、织过鞋？只有穷秀才蒲松龄"派"菩萨做如此苦差。

⑦菩萨考察出胡大成诚意。其慧眼又看到菱角忠于爱情而不屈，于是行动起来。

胡大成，楚人〔1〕，其母素奉佛①。成从塾师读，道由观音祠〔2〕，母嘱过必入叩。一日，至祠，有少女挽儿遨戏其中，发裁掩颈②，而风致娟然。时成年十四，心好之。问其姓氏，女笑云："我祠西焦画工女菱角也，问将何为？"成又问："有婿家无？"女酡然曰〔3〕："无也。"成言："我为若婿，好否？"女惭云："我不能自主。"而眉目澄澄，上下睨成③，意似欣属焉〔4〕。成乃出，女追而遥告曰："崔尔诚，吾父所善。用为媒，无不谐④。"成曰："诺。"因念其慧而多情，益倾慕之。归，向母实白心愿。母止此儿，常恐拂之，即浼崔作冰〔5〕。焦责聘财奢，事已不就；崔极言成清族美才，焦始许之。

成有伯父，老而无子，授教职于湖北〔6〕，妻卒任所。母遣成往奔其丧。数月将归，伯又病，亦卒。淹留既久，适大寇据湖南，家耗遂隔。成窜民间，吊影孤惶而已〔7〕。一日，有媪年四十八九，萦回村中〔8〕，日昃不去〔9〕，自言："离乱罔归，将以自鬻。"或问其价，言："不屑为人奴，亦不愿为人妇，但有母我者⑤，则从之，不较直。"闻者皆笑。成往视之，面目间有一二颇肖其母，触于怀而大悲。自念只身，无缝纫者，遂邀归，执子礼焉。媪喜，便为炊饭织屦〔10〕，劬劳若母⑥。拂意辄谴之，而少有疾苦，则濡呴过于所生〔11〕。

忽谓曰："此处太平，幸可无虞。然儿长矣，虽在羁旅，大伦不可废〔12〕。三两日，当为儿娶之。"成泣曰："儿自有妇，但间阻南北耳。"媪曰："大乱时，人事翻覆，何可株待〔13〕？"成又泣曰："无论结发之盟不可背，且谁以娇女付萍梗人〔14〕？"媪不答，但为治帘幌衾枕〔15〕⑦，甚周备，亦不识其所自来。一日，日既夕，戒成曰："烛坐勿寐，我往视新妇来也未。"遂出门去。

905

⑧抗婚者形象如画：既不梳妆，也不穿扮，哭泣。

三更既尽，媪不返，心大疑。俄闻门外哗，出视，则一女子坐庭中，蓬首啜泣⑧。惊问："何人？"亦不语。良久，乃言曰："娶我来，即亦非福，但有死耳！"成大惊，不知其故。女曰："我少受聘于胡大成。不意胡北去，音信断绝。父母强以我归汝家，身可致，志不可夺也。"⑨成闻而哭曰："即我是胡某，卿菱角耶？"女收涕而骇，不信，相将入室，即灯审顾，曰："得无梦耶？"于是转悲为喜，相道离苦。

⑨三言两语，既介绍菱角身份，又写出性情。

　　先是，乱后，湖南百里，涤地无类〔16〕。焦携家窜长沙之东，又受周生聘。乱中不能成礼，期是夕送诸其家。女泣不盥栉。家中强置车中。至途次，女颠坠车下。遂有四人荷肩舆至〔17〕，云是周家迎女者，即扶升舆，疾行若飞，至是始停。一老姥曳入，曰："此汝夫家，但入勿哭。汝家婆婆，旦晚将至矣〔18〕。"⑩乃去。成诘知情事，始悟媪神人也。夫妻焚香共祷，愿得母子复聚。

⑩一个多么周到细致的菩萨，宛如慈爱的母亲抚慰受苦的子女。观音菩萨还不对当事者讲明事情来龙去脉，留一份惊喜给他们。

　　母自戎马戒严〔19〕，同侪人妇奔伏涧谷〔20〕。一夜，噪言寇至，即并张皇四匿。有童子以骑授母。母急不暇问，扶肩而上，轻迅剽遫〔21〕，瞬息至湖上。马踏水奔腾，蹄下不波。无何，扶下，指一户云："此中可居。"母将启谢，回视其马，化为金毛犼〔22〕⑪，高丈余，童子超乘而去〔23〕。母以手挝门，豁然启扉。有人出问，怪其音熟，视之，成也。母子抱哭，妇亦惊起，一门欢慰。疑媪为大士现身〔24〕，由此持观音经咒益虔。遂流寓湖北，治田庐焉。

⑪观音菩萨坐骑出现，揭开"老媪"身份之谜。观音坐骑供民间贫妇用，大爱菩萨。

校勘

底本：手稿本。参校：康熙本、异史、二十四卷本、铸雪斋本、青柯亭本。

注释

〔1〕楚人：古代楚国一带的人。〔2〕观音祠：供奉观音菩萨的庙宇，观音

即观世音，唐代因避李世民讳，改为观音，亦称"观自在"，传说中救苦救难的菩萨。〔3〕酡（tuó）然：脸红状。〔4〕欣属：欣然爱悦。〔5〕浼崔作冰：请求崔尔诚做媒人。〔6〕授教职：担任教职，即府学、县学里教谕、训导之职。〔7〕吊影孤惶：形影相吊，孤寂彷徨。〔8〕萦回：盘旋往复。〔9〕日昃（zè）：日头偏西。〔10〕织屦（jù）：做鞋。〔11〕濡呴（xǔ）：关怀、照顾。濡，湿润。呴，嘘气。《庄子·天运》："泉涸，鱼相与处于陆，相呴以湿，相濡以沫。"〔12〕大伦：指夫妇伦常。旧时称君臣、父子、夫妇、兄弟、朋友为五伦。〔13〕株待：守株待兔。〔14〕萍梗人：像浮萍一样到处漂泊的人。〔15〕帘幌衾枕：新房的用品，窗帘、帷幕、被褥、枕头。〔16〕涤地无类：不分青红皂白、不分男女老少都被杀掉。〔17〕肩舆：轿子。〔18〕旦晚：一早一晚，短时间。〔19〕戎马戒严：处于战争状态。〔20〕俦（chóu）人：同伴，众人。〔21〕轻迅剽遬（sù）：像风一样快速轻捷。〔22〕金毛犼（hǒu）：传说观世音菩萨的坐骑。〔23〕超乘（chéng）：跃身跳上马。〔24〕大士：佛教对菩萨的通称。此处指观音菩萨。

点评

　　这是个稚男少女苦恋的爱情故事，也是天人感应、诚则通灵的神话。蒲松龄志在为救苦救难、仁爱助人的观音菩萨唱颂歌。观音菩萨集平易、温柔、慈悲、智慧、善良于一身，不仅给平民做母亲，还帮助平民儿子和心上人团聚、全家团圆。2008年我曾在台湾佛光山向当代大德高僧星云大师请教：我在中央电视台将《菱角》中的观音解读为"平民观音"，对吗？大师说："可以。"

　　胡大成和菱角的爱情纯洁无邪、坚贞如磐，在磨难中表现出不凡的个性。小说布局周密，描写细致。千余字故事曲折动人，人物活灵活现。

　　蒲松龄平生最喜欢的神佛仙道是观世音、吕洞宾、关公。他在《关帝庙碑记》里说："故佛道中惟观自在、仙道中惟纯阳子、神道中惟伏魔大帝，此三圣愿力宏大，欲普渡三千世界，拔尽一切苦恼，以是故祥云宝马，常杂处人间，与人最近。"《菱角》中的观音，《吴门画工》中的吕洞宾，《公孙夏》里的关羽，都形象生动。

菱角

满地共戈
怅别离终
朝瞻屺诵风诗丈夫
闻咸慈悲力新妇
欢近阿母时

卷四

饿鬼〔1〕

① 真乃"饿鬼"也。

② "朱"谐"猪"。操业不雅，下贱也。

　　马永，齐人〔2〕，为人贪，无赖，家卒屡空〔3〕。乡人戏而名之"饿鬼"，年三十余，日益窭〔4〕，衣百结鹑〔5〕，两手交其肩，在市上攫食①。人尽弃之，不以齿。邑有朱叟者，少携妻居于五都之市〔6〕，操业不雅；②暮岁归其乡，大为士类所口〔7〕，而朱洁行为善〔8〕，人始稍稍礼貌之。一日，值马攫食不偿，为肆人所苦；怜之，代给其直。引归，赠以数百俾作本。马去，不肯谋业，坐而食。无何，资复匮，仍蹈旧辙，而常惧与朱遇，去之临邑〔9〕。

　　暮宿学宫〔10〕，冬夜凛寒，辄摘圣贤颠上旒而煨其板〔11〕。学官知之〔12〕，怒欲加刑。马哀免，愿为先生生财。学官喜，纵之去。马探某生殷富，登门强索资，故挑其怒，乃以刀自劙〔13〕，诬而控诸学。学官勒取重赂，始免申黜〔14〕。诸生因而共愤，公质县尹〔15〕。尹廉得实，笞四十，桎其颈，三日毙焉。

③ "猪"家出"马"，做"狗"文章升级，一概是畜牲。嬉笑怒骂。

④ 几句话，一幅漫画。寓讽刺于夸张，寓厌恶于冷嘲，穷形尽相，淋漓尽致。

　　是夜，朱叟梦马冠带而入，曰："负公大德，今来相报。"既寤，妾举子。叟知为马，名以马儿。少不慧，喜其能读。二十余，竭力经纪，得入邑泮。后考试寓旅邸，昼卧床上，见壁间悉糊旧艺〔16〕，视之有"犬之性"③四句题〔17〕，心畏其难，读而志之。入场，适是其题，录之，得优等，食饩焉〔18〕。六十余，补临邑训导〔19〕。官数年，曾无一道义交。惟袖中出青蚨〔20〕，则作鸺鹠笑〔21〕；不则睫毛一寸长，棱棱若不相识〔22〕。④偶大令以诸生小故〔23〕，判令薄惩〔24〕，辄酷掠如治盗贼〔25〕。有讼士子者，即富来叩门矣。如此多端，诸生不复可耐。而年近七旬，臃肿聋聩，每向人物色黑须药。有狂生某，锉茜根绐之〔26〕。天明共视，如庙中所塑灵官状〔27〕。大怒拘

909

生，生已早夜亡去。因此愤气中结，数月而死。

校勘

底本：手稿本。参校：康熙本、异史、二十四卷本、铸雪斋本、青柯亭本。

注释

〔1〕饿鬼：佛教认为，人生前做坏事，死后就要堕入饿鬼道。佛教认为六道轮回是天道、人道、阿修罗道、畜生道、饿鬼道、地狱道。堕入饿鬼道，永受饥渴之苦。〔2〕齐：古地名，指战国时的齐地，大致相当于今山东中东部。〔3〕家卒屡空：家里总是经常贫困。〔4〕窭（jù）：贫困。〔5〕衣百结鹑：悬鹑百结，衣服非常破，而且小得不合身。鹑，鹌鹑，尾秃。〔6〕五都之市：一些繁荣的大城市。〔7〕大为士类所口：为读书人非议。〔8〕洁行为善：加强修养，做好事。〔9〕临邑：邻近的县。山东北部亦有县名"临邑"。〔10〕学宫：即文庙（孔庙）。〔11〕摘圣贤颠上旒（liú）而煨其板：将文庙中所供奉的孔子头上的玉串摘下卖钱，将其手中的笏板拿来烧火。圣贤，指学宫中祭祀的孔子及其陪祀门徒的塑像。旒，冕冠前后悬垂的玉串。〔12〕学官：县教官正职为教谕，副职为儒学训导。〔13〕自劙（lí）：拿刀割伤自己。〔14〕申黜：对秀才进行申斥、降级。〔15〕公质县尹：大家一起到县尹处评理。〔16〕旧艺：过去用过的科举应试文章。〔17〕"犬之性"：八股文考试题目，出自《孟子·告子上》："然则犬之性，犹牛之性；牛之性，犹人之性欤？"〔18〕食饩（xì）：成为领取朝廷补助的秀才，即廪生。饩，科举时代国家发给在学高等级生员的膳食津贴。〔19〕训导：县学的副教官。〔20〕青蚨：金钱。〔21〕作鸬鹚笑：像水鸭子捉到鱼一样嘎嘎笑。鸬鹚，鱼鹰。〔22〕"睫毛"二句：眯起眼睛，假装不认识。〔23〕小故：小过错。〔24〕薄惩：轻轻的处罚。〔25〕酷掠如治盗贼：严加处罚像对待盗贼。〔26〕茜根：茜草的根，大红色。〔27〕灵官状：道观所塑灵官像为红脸、三目、翘须、獠牙。

点评

作者以敏锐的洞察力，深邃的思想，犀利辛辣的笔触，创造了高超的讽刺艺术。寓意深刻，锋芒毕露，艺术描写圆活而透辟，人物似浮雕，堪称刺贪刺虐佳作。鞭挞封建官吏入木三分。作者创造性地运用轮回观念。按佛教轮回观，今生作恶，来世变畜牲。今生积德，来世做官。《聊斋》反其道而行之，让前世做尽坏事者来变学官。更丑恶的是学官日常表现：见钱眼开。学官是饿鬼转世，用哈哈镜把生活真实写得更加触目惊心。此文的思想容量使它成为科举制的真实的缩影，那就是"鬼谋虽远，庶其警其贪淫"（余集《聊斋志异》序）。

饿鬼

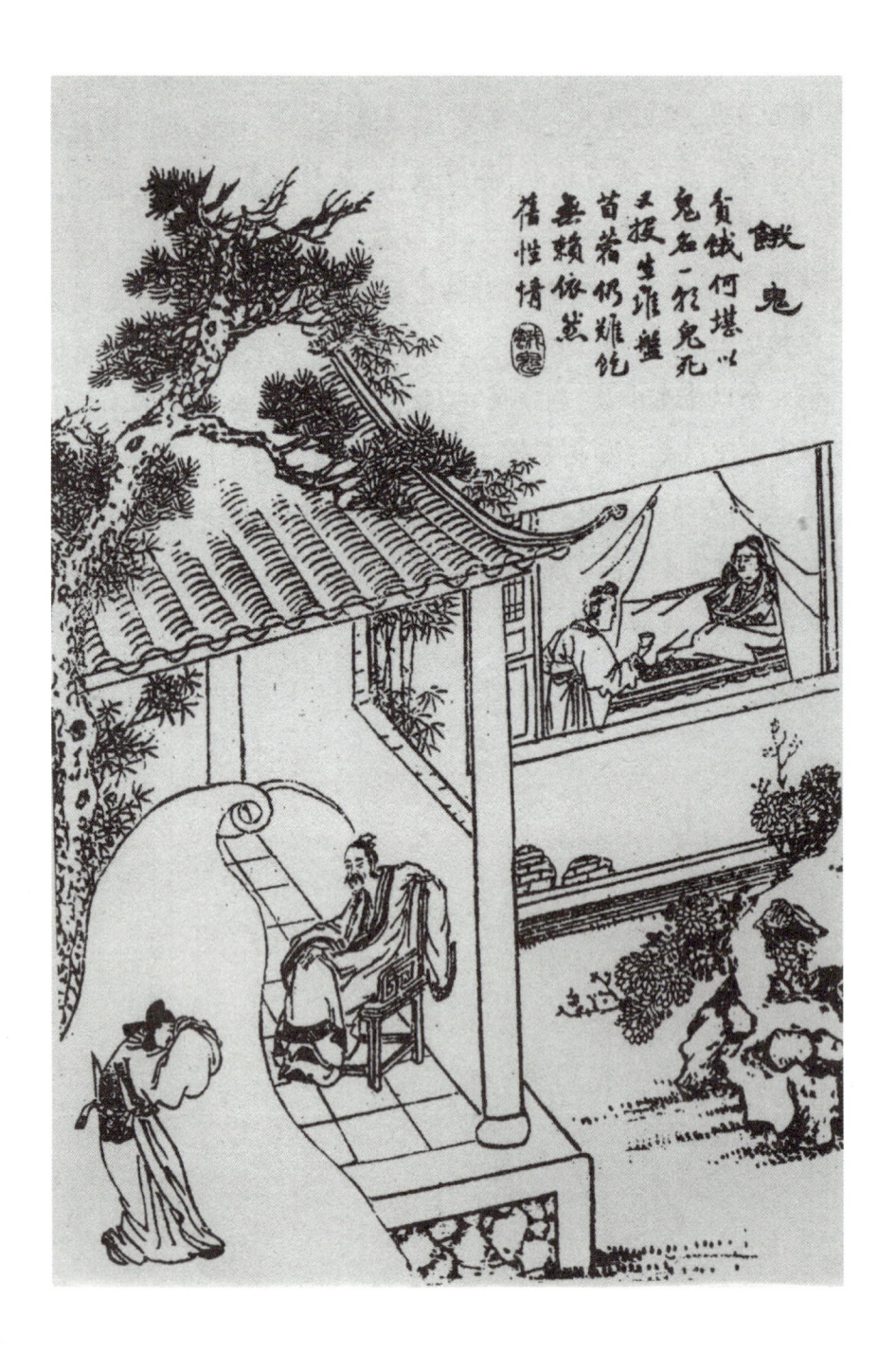

贪饿何堪以鬼名一於鬼死又投生谁盘苗蓄仍难饱无赖依然旧性情

考弊司

闻人生，河南人。抱病经日，见一秀才入，伏谒床下，谦抑尽礼。已而请生少步〔1〕，把臂长语，刺刺且行〔2〕，数里外犹不言别。生仁足，拱手致辞〔3〕。秀才云："更烦移趾〔4〕，仆有一事相求。"生问之，答云："吾辈悉属考弊司辖。司主名虚肚鬼王。初见之，例应割髀肉〔5〕①，浼君一缓颊耳。"生惊问："何罪而至于此？"曰："不必有罪。此是旧例，若丰于贿者，可赎也。然而我贫。"生曰："我素不稔鬼王，何能效力？"曰："君前世是伊大父行〔6〕，宜可听从。"

言次，已入城郭。至一府署，廨宇不甚弘敞，惟一堂高广，堂下两碣东西立〔7〕，绿书大于栲栳〔8〕，一云"孝弟忠信"，一云"礼义廉耻"。蹑阶而进〔9〕，见堂上一匾，大书"考弊司"。楹间，板雕翠字一联云："曰校、曰序、曰庠，两字德行阴教化〔10〕；上士、中士、下士，一堂礼乐鬼门生。"游览未已，官已出，鬈发鲐背，若数百年人②；而鼻孔撩天〔11〕，唇外倾，不承其齿③。从一主簿吏〔12〕，虎首人身。又十余人列侍，半狞恶若山精〔13〕。秀才曰："此鬼王也。"生骇极，欲却退。鬼王已睨，降阶揖生上，便问兴居〔14〕。生但诺诺。又问："何事见临？"生以秀才意具白之。鬼王色变曰："此有成例，即父命所不敢承！"④气象森凛，似不可入一词。生不敢言，骤起告别，鬼王侧行送之〔15〕，至门外始返⑤。

生不归，潜入以观其变。至堂下，则秀才已与同辈数人，交臂历指〔16〕，俨然在徽纆中〔17〕。一狞人持刀来，裸其股，割片肉，可骈三指许〔18〕。秀才大嗥欲嘎〔19〕。生少年负义〔20〕，愤不自持，大呼曰："惨惨如此，成何世界！"⑥鬼王惊起，暂命止割，桥履逆

①割肉乃索贿隐喻。"虚肚鬼王"，填不满的欲壑也。

②夸张到极点。

③丑恶到极点。

④唯孔方兄管用。

⑤鬼王降阶而迎，侧行而送，恭敬之至，却就是不听"大父行"的话。

⑥"惨惨如此，成何世界！"是常被引用的《聊斋》名言。

生〔21〕。生忿然已出，遍告市人，将控上帝。或笑曰："迂哉！蓝蔚苍苍〔22〕，何处觅上帝而诉之冤也？此辈惟与阎罗近，呼之或可应耳。"乃示之途。

趋而往，果见殿陛威赫〔23〕，阎罗方坐〔24〕，伏阶号屈。王召讯已，立命诸鬼缒继提锤而去。少顷，鬼王及秀才并至。审其情确，大怒曰："怜尔夙世攻苦〔25〕，暂委此任，候生贵家〔26〕，今乃敢尔！其去若善筋，增若恶骨，罚令生生世世不得发迹也〔27〕！"鬼乃箠之，仆地，颠落一齿；以刀割指端，抽筋出，亮白如丝。鬼王呼痛，声类斩豕。手足并抽讫，有二鬼押去。

生稽首而出，秀才从其后，感荷殷殷〔28〕，挽送过市。见一户，垂朱帘，帘内一女子，露半面，容妆绝美。生问："谁家？"秀才曰："此曲巷也。"既过，生低徊不能舍，遂坚止秀才。秀才曰："君为仆来，而令踽踽以去，心何忍？"生固辞，乃去。生望秀才去远，急趋入帘内。女接见，喜形于色。入室促坐，相道姓名。女自言："柳氏，小字秋华。"一妪出，为具肴酒。酒阑，入帏，欢爱殊浓，切切订婚嫁。既曙，妪入曰："薪水告竭〔29〕，要耗郎君金资。奈何！"生顿念腰橐空虚，惶愧无声。久之，曰："我实不曾携得一文。宜署券保〔30〕，归即奉酬。"妪变色曰："曾闻夜度娘索逋欠耶〔31〕？"秋华嗫嚅〔32〕，不作一语。生暂解衣为质，妪持笑曰："此尚不能偿酒直耳。"呶呶不满志〔33〕，与女俱入。生惭，移时，犹冀女出展别〔34〕，再订前约；久久无音，潜入窥之，见妪与秋华自肩以上化为牛鬼〔35〕，目晱晱相对立。大惧，趋出；欲归，则百道歧出，莫知所从。问之市人，并无知其村名者。徘徊廛肆之间，历两昏晓，凄意含酸，响肠鸣饿，进退无以自决。

忽秀才过，望见之，惊曰："何尚未归，而简亵若此〔36〕？"生觍颜莫对。秀才曰："有之矣！得勿为花夜叉所迷耶？"遂盛气而往，曰："秋华母子，何遽不少施面目耶〔37〕！"去少时，即以衣来付生，曰："淫婢无礼，已叱骂之矣。"送生至家，乃别而去。生暴绝三日而苏，言之历历。

校勘

底本：手稿本。参校：康熙本、异史、二十四卷本、铸雪斋本、青柯亭本。

注释

〔1〕少步：略微走几步。〔2〕刺刺：不停地说话。〔3〕致辞：告辞。〔4〕移趾：麻烦您挪步。〔5〕髀肉：大腿肉。〔6〕大父行：祖父辈。〔7〕碣：

圆顶石碑。〔8〕栲栳（kǎo lǎo）：柳条大筐。〔9〕躇（chú）阶而进：一步跨两级台阶。〔10〕"曰校"两句：阴世学校都重视德行即道德品行教育；各类读书人聚集在一起，向鬼王学习礼乐，都是鬼王的门生。校、序、庠，分别是夏、殷、周时期学校名称。上士、中士、下士，本是周代官名，此处指有各等级功名的读书人。〔11〕撩天：朝天。〔12〕主簿吏：主管文书的小吏。〔13〕山精：传说的山中怪物，黑脸毛身。〔14〕兴居：日常生活，起居。〔15〕侧行送之：侧身送行，表示恭敬。〔16〕交臂历指：反手被捆上刑具。交臂，反绑；历指，拶指之刑。〔17〕徽纆（mò）：捆犯人的绳索。〔18〕骈三指：三指并列。〔19〕大嗥欲嗄（shà）：大声号哭，声音嘶哑。〔20〕负义：讲义气。〔21〕蹻履：踮起脚跟走路，表示急迫。逆：迎。〔22〕蓝蔚苍苍：蓝天茫茫无际。〔23〕殿陛威赫：宫殿上石陛下庄严显赫。〔24〕方坐：端坐。〔25〕凤世攻苦：前世刻苦攻读。〔26〕候生贵家：等待轮回转世投生到富贵之家。〔27〕生生世世不得发迹：世世代代贫困。〔28〕感荷殷殷：情深意厚地感谢。〔29〕薪水告竭：生活必需品没有了。〔30〕署券保：立下欠条以后偿还。〔31〕夜度娘：妓女。〔32〕嚬蹙：很不高兴，皱着眉头。〔33〕呶（náo）呶：嘟嘟哝哝。〔34〕展别：陈述别情。〔35〕牛鬼：牛首之鬼。〔36〕简亵：衣着不庄重。指闻人生外衣被剥，只穿内衣。〔37〕面目：情面。

🔶 点评

　　《聊斋》讽刺艺术有力的篇章之一。考弊司，顾名思义，是考察弊端的地方，却成为藏污纳垢、魑魅害人场所。这个司挂羊头卖狗肉，所作所为和他们的宣言南辕北辙。说的是道德高调，做的是"吃人"行径。两种完全不同的事物奇妙糅合在一起，鲜明对照，产生强烈的艺术力量。表面看来，闻人生在妓院的遭遇与考弊司似不相关，鬼王是鬼王，妓女是妓女，实际上，将二者有机地联系在一起来看，妓院乃是对考弊司的巧妙反衬。妓女留嫖客过夜后讨钱，没钱就要衣服。与鬼王无缘无故就割书生的肉相比，妓女要宽容得多。鬼王的贪婪和无耻超过妓女，销金窟的妓院和考弊司相比，小巫见大巫。本文设幻寓理，意味深长。作者以冷辣之笔和怪诞情节触及时弊，讽刺锋芒直指一切俨然人上的统治者。鬼王割肉情节妙手天成。"惨惨如此，成何世界"成经典话语。

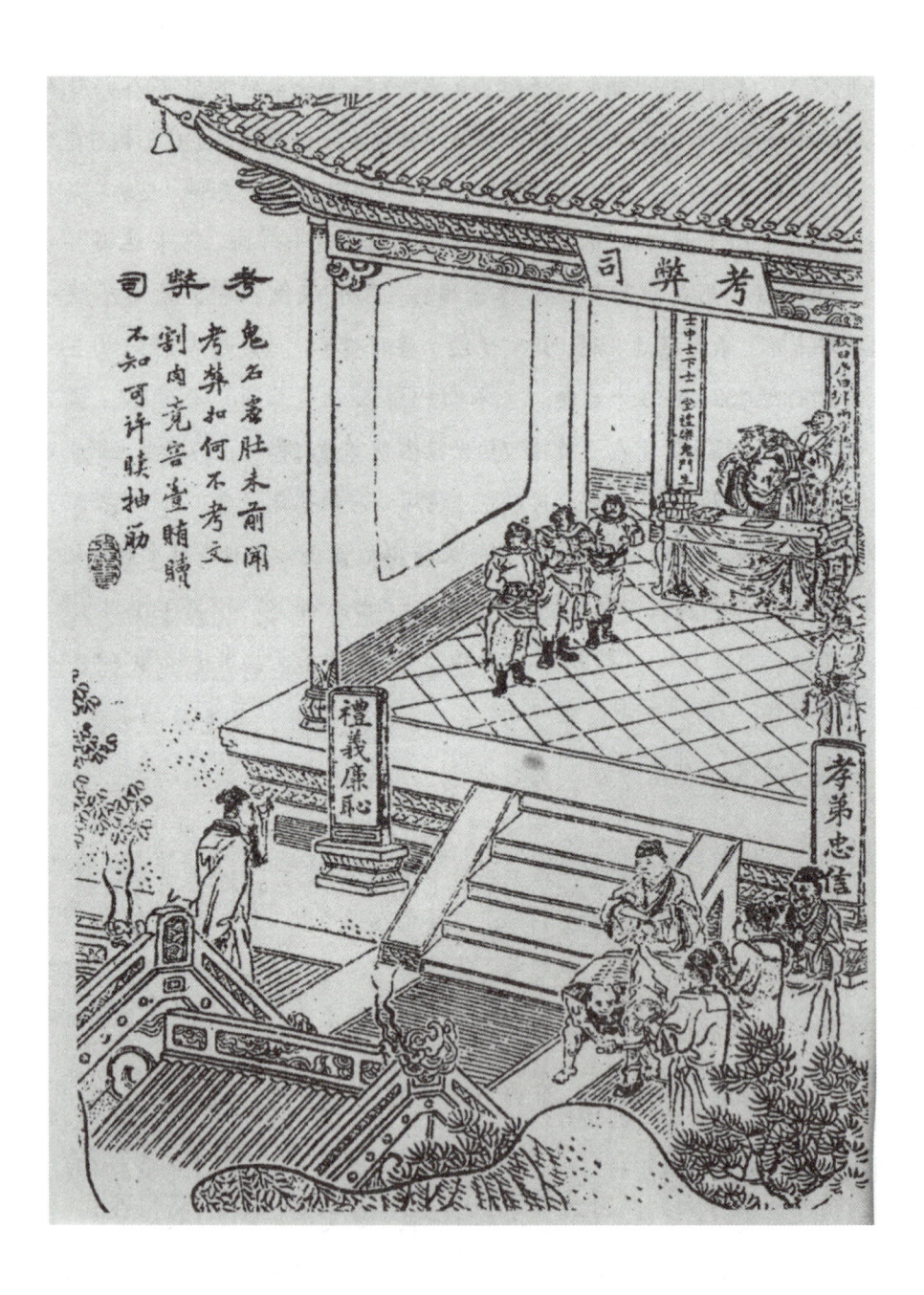

考弊司

孝弟忠信

禮義廉恥

孝鬼名囊肚未前聞
考弊如何不考文
弊割肉克官瞠瞎睛
司不知可許瞇抽勵

阎罗

沂州徐公星自言夜作阎罗王。州有马生亦然。徐公闻之，访诸其家，问马："昨夕冥中处分何事？"马曰"无他事，但送左萝石升天〔1〕。天上堕莲花〔2〕，朵大如屋"云。

校勘

底本：手稿本。参校：异史、铸雪斋本。

注释

〔1〕左萝石：即左懋第（1601—1646），因其父葬萝石山，故自号"萝石"。山东莱阳人，崇祯时进士及第，明亡后，任南明太常卿，并以兵部侍郎身份出使清，被执不屈遇害。〔2〕天上堕莲花：莲花即莲花形佛座，是菩萨的标志。

点评

本文以"阎罗"障眼歌颂一代忠臣左萝石，天上降莲花，是让左升天为佛，仅仅五十八个字，寓民族思想于其中，新颖别致，不落俗套。